ROALD

DAHL

GEORGY PORGY
GESAMMELTE
ERZÄHLUNGEN

ROWOHLT

Hinweise auf die Originalausgaben, die Originaltitel der Erzählungen
und die Übersetzer siehe Quellennachweis Seite 445–446
Einbandgestaltung Peter Wippermann
unter Verwendung der Farb-Photo-Lithographie
von Pablo Picasso zur Plakat-Ausstellung
der Galerie Motte, Genf, vom 16. 1.–23. 2. 1968

1.–93. Tausend Februar 1970 bis November 1990
94.–95. Tausend April 1996

Gesamtherstellung Clausen & Bosse, Leck
Printed in Germany
ISBN 3 498 09081 x

Inhalt

Lammkeule

Das Zimmer war aufgeräumt und warm, die Vorhänge waren zugezogen, die beiden Tischlampen brannten – ihre und die vor dem leeren Sessel gegenüber. Zwei hohe Gläser, Whisky und Sodawasser auf dem Büfett hinter ihr. Frische Eiswürfel im Thermoskübel.

Mary Maloney wartete auf ihren Mann, der bald von der Arbeit nach Hause kommen mußte.

Hin und wieder warf sie einen Blick auf die Uhr, aber ohne Ungeduld, nur um sich an dem Gedanken zu erfreuen, daß mit jeder Minute der Zeitpunkt seiner Heimkehr näherrückte. Eine heitere Gelassenheit ging von ihr aus und teilte sich allem mit, was sie tat. Die Art, wie sie den Kopf über ihre Näharbeit beugte, hatte etwas Beruhigendes. Sie war im sechsten Monat ihrer Schwangerschaft, und ihre Haut wies eine wunderbare Transparenz auf, der Mund war weich, die Augen mit ihrem neuen zufriedenen Blick wirkten größer und dunkler als zuvor.

Um zehn Minuten vor fünf begann sie zu lauschen, und wenig später, pünktlich wie immer, knirschten draußen die Reifen auf dem Kies. Die Wagentür wurde zugeschlagen, vor dem Fenster erklangen Schritte, und dann drehte sich der Schlüssel im Schloß. Sie legte die Handarbeit beiseite, stand auf und ging zur Tür, um ihn mit einem Kuß zu begrüßen.

«Hallo, Liebling», sagte sie.

«Hallo», antwortete er.

Sie nahm seinen Mantel und hängte ihn in den Schrank. Dann machte sie am Büfett die Drinks zurecht – einen ziemlich starken für ihn und einen schwachen für sich –, und bald saßen sie in ihren Sesseln einander gegenüber, sie mit der Näharbeit, während er die Hände um das hohe Glas gelegt hatte und es behutsam hin- und herbewegte, so daß die Eiswürfel leise klirrten.

Für sie war dies immer die glücklichste Zeit des Tages. Sie wußte, daß er nicht gern sprach, bevor er das erste Glas geleert hatte, und sie selbst genoß es, ruhig dazusitzen und sich nach den langen Stunden der Einsamkeit in seiner Nähe zu wissen. Sie liebte es, sich ganz auf die Gegenwart dieses Mannes zu konzentrieren und – wie man bei einem Sonnenbad die Sonne fühlt – jene warme männliche Ausstrahlung zu fühlen, die von ihm ausging, wenn sie beide allein waren. Sie liebte die Art, wie er sich lässig im Sessel zurücklehnte, die Art, wie er zur Tür hereinkam oder langsam mit großen Schritten das Zimmer durchquerte. Sie liebte den angespannten, gedankenverlorenen Blick, mit dem seine Augen oft auf ihr ruhten, die charakteristische Form seines Mundes und vor allem die Art, wie er über seine Müdigkeit schwieg und still dasaß, bis der Whisky ihn etwas aufgemuntert hatte.

«Müde, Liebling?»

«Ja», sagte er, «ich bin müde.» Und bei diesen Worten tat er etwas Ungewöhnliches. Er hob sein Glas und leerte es auf einen Zug, obgleich es noch halb voll, mindestens noch halb voll war. Sie sah es nicht, aber sie wußte, was er getan hatte, denn sie hörte die Eiswürfel auf den Boden des leeren Glases fallen, als er den Arm senkte. Er beugte sich im Sessel vor, zögerte einen Augenblick, stand dann auf und ging zum Büfett, um sich noch einen Whisky einzuschenken.

«Laß mich das doch machen!» rief sie und sprang hilfsbereit auf.

«Setz dich hin», sagte er.

Als er zurückkam, verriet ihr die dunkle Bernsteinfarbe des Drinks, daß er sehr viel Whisky und sehr wenig Wasser genommen hatte.

«Liebling, soll ich dir deine Hausschuhe holen?»

«Nein.»

Sie beobachtete, wie er das tiefbraune Getränk schlürfte. Es war so stark, daß sich in der Flüssigkeit kleine ölige Wirbel bildeten.

«Eigentlich», meinte sie, «ist es doch eine Schande, daß ein Polizist, der so viele Dienstjahre hat wie du, noch immer den ganzen Tag auf den Beinen sein muß.»

Er antwortete nicht. Sie nähte mit gesenktem Kopf weiter, aber jedesmal wenn er das Glas an die Lippen hob, hörte sie die Eiswürfel klirren.

«Liebling», begann sie von neuem, «möchtest du etwas Käse essen? Ich habe heute nichts gekocht, weil Donnerstag ist.»

«Nein», sagte er.

«Wenn du zu müde zum Ausgehen bist», fuhr sie fort, «dann bleiben wir eben zu Hause. In der Kühltruhe ist eine Menge Fleisch und Gemüse, und wenn wir hier essen, brauchst du gar nicht aus deinem Sessel aufzustehen.»

Ihre Augen warteten auf eine Antwort, ein Lächeln, ein kleines Nicken, doch er reagierte nicht.

«Jedenfalls», sagte sie, «hole ich dir erst einmal etwas Käse und ein paar Kekse.»

«Ich will nichts.»

Sie rückte unruhig hin und her, die großen Augen forschend auf ihn gerichtet. «Aber du *mußt* doch zu Abend essen. Ich kann uns schnell etwas braten. Wirklich, ich tu's gern. Wie wär's mit Koteletts? Vom Lamm oder vom Schwein, ganz nach Wunsch. Es ist alles da.»

«Ich habe keinen Hunger.»

«Aber Liebling, du *mußt* essen! Ich mach einfach irgendwas zurecht, und dann kannst du es essen oder nicht, wie du willst.»

Sie stand auf und legte ihre Handarbeit auf den Tisch neben die Lampe.

«Setz dich hin», sagte er. «Setz dich noch einen Moment hin.»

Erst jetzt wurde ihr unheimlich zumute.

«Na los, setz dich hin», wiederholte er.

Sie ließ sich langsam in den Sessel sinken und blickte dabei ihren Mann mit großen, verwirrten Augen an. Er hatte seinen zweiten Whisky ausgetrunken und starrte finster in das Glas.

«Hör zu», murmelte er. «Ich muß dir etwas sagen.»

«Was hast du denn, Liebling? Was ist los?»

Er saß jetzt mit gesenktem Kopf da und rührte sich nicht. Das Licht der Lampe neben ihm fiel nur auf den oberen Teil seines Gesichts; Kinn und Mund blieben im Schatten. Sie sah einen kleinen Muskel an seinem linken Augenwinkel zucken.

«Dies wird ein ziemlicher Schlag für dich sein, fürchte ich», begann er. «Aber ich habe lange darüber nachgedacht, und meiner Ansicht nach ist es das einzig Richtige, dir alles offen zu sagen. Ich hoffe nur, daß du es nicht zu schwernimmst.»

Und er sagte ihr alles. Es dauerte nicht lange, höchstens vier oder fünf Minuten. Sie hörte ihm zu, stumm, wie betäubt, von ungläubigem Entsetzen erfüllt, während er sich mit jedem Wort weiter von ihr entfernte.

«Das ist es also», schloß er. «Ich weiß, daß es nicht gerade die rechte Zeit ist, darüber zu sprechen, aber mir bleibt einfach keine andere Wahl. Natürlich werde ich dir Geld geben und dafür sorgen, daß du alles hast, was du brauchst. Aber ich möchte jedes Aufsehen vermeiden. Ist ja auch nicht nötig. Ich muß schließlich an meine Stellung denken, nicht wahr?»

Ihre erste Regung war, nichts davon zu glauben, es weit von sich zu weisen. Dann kam ihr der Gedanke, daß er möglicherweise gar nichts gesagt, daß sie sich das alles nur eingebildet hatte. Wenn sie jetzt an ihre Arbeit ging und so tat, als hätte sie nichts gehört, dann würde sie vielleicht später, beim Aufwachen sozusagen, entdecken, daß nie etwas Derartiges geschehen war.

«Ich werde das Essen machen», flüsterte sie schließlich, und diesmal hielt er sie nicht zurück.

Als sie das Zimmer verließ, fühlte sie nicht, daß ihre Füße den Boden berührten. Sie fühlte überhaupt nichts – bis auf ein leichtes Schwindelgefühl und einen Brechreiz. Alles lief jetzt automatisch ab. Die Kellertreppe, der Lichtschalter, die Tiefkühltruhe, die Hand, die in der Truhe den ersten besten Gegenstand ergriff. Sie nahm ihn heraus und betrachtete ihn. Er war in Papier gewickelt, also riß sie das Papier ab und betrachtete ihn von neuem.

Eine Lammkeule.

Nun gut, dann würde es Lamm zum Abendessen geben. Sie umfaßte das dünne Knochenende mit beiden Händen und trug die Keule nach oben. Als sie durch das Wohnzimmer ging, sah sie ihn mit dem Rücken zu ihr am Fenster stehen. Sie machte halt.

«Um Gottes willen», sagte er, ohne sich umzudrehen, «koch bloß kein Essen für mich. Ich gehe aus.»

In diesem Augenblick trat Mary Maloney einfach hinter ihn, schwang, ohne sich zu besinnen, die große gefrorene Lammkeule hoch in die Luft und ließ sie mit aller Kraft auf seinen Hinterkopf niedersausen.

Ebensogut hätte sie mit einer eisernen Keule zuschlagen können.

Sie wich einen Schritt zurück und wartete. Seltsamerweise blieb er noch mindestens vier, fünf Sekunden leicht schwankend stehen. Dann stürzte er auf den Teppich.

Der krachende Aufprall, der Lärm, mit dem der kleine Tisch umfiel – diese Geräusche halfen ihr, den Schock zu überwinden. Sie kehrte langsam in die Wirklichkeit zurück, empfand aber nichts als Kälte und Überraschung, während sie mit zusammengekniffenen Augen den leblosen Körper anstarrte. Ihre Hände umklammerten noch immer die idiotische Fleischkeule.

Na schön, sagte sie sich. Ich habe ihn also getötet.

Erstaunlich, wie klar ihr Gehirn auf einmal arbeitete. Die Gedanken überstürzten sich fast. Als Frau eines Polizeibeamten wußte sie genau, welche Strafe sie erwartete. Gut, in Ordnung. Ihr machte das gar nichts aus. Es würde sogar eine Erlösung sein. Aber das Kind? Wie verfuhr das Gesetz mit Mörderinnen, die ungeborene Kinder trugen? Tötete man beide – Mutter und Kind? Oder wartete man bis nach der Geburt? Was geschah mit den Kindern?

Mary Maloney wußte es nicht. Und sie war keineswegs gewillt, ein Risiko einzugehen.

Sie brachte das Fleisch in die Küche, legte es in eine Bratpfanne und schob es in den eingeschalteten Ofen. Dann wusch sie sich die Hände und lief nach oben ins Schlafzimmer. Sie setzte sich vor den Spiegel, ordnete ihr Haar und frischte das Make-up auf. Sie versuchte ein Lächeln. Es fiel recht sonderbar aus. Auch der zweite Versuch mißglückte.

«Hallo, Sam», sagte sie laut und munter.

Die Stimme klang viel zu gezwungen.

«Ich hätte gern Kartoffeln, Sam. Ja, und vielleicht eine Dose Erbsen.»

Das war besser. Sowohl die Stimme als auch das Lächeln wirkten jetzt natürlicher. Sie probierte es wieder und wieder, bis sie zufrieden war. Dann eilte sie nach unten, schlüpfte in ihren Mantel, öffnete die Hintertür und ging durch den Garten auf die Straße.

Es war erst kurz vor sechs, und beim Kaufmann brannte noch Licht.

«Hallo, Sam», sagte sie munter und lächelte dem Mann hinter dem Ladentisch zu.

«Ach, guten Abend, Mrs. Maloney. Wie geht's denn?»

«Ich hätte gern Kartoffeln, Sam. Ja, und vielleicht eine Dose Erbsen.»

Der Kaufmann drehte sich um und nahm eine Büchse vom Regal.

«Patrick ist heute so müde, daß er keine Lust hat, sich ins Restaurant zu setzen», erklärte sie. «Wir essen sonst donnerstags immer auswärts, wissen Sie, und jetzt habe ich kein Gemüse im Haus.»

«Und was ist mit Fleisch, Mrs. Maloney?»

«Fleisch habe ich, danke. Eine schöne Lammkeule aus der Kühltruhe.»

«Aha.»

«Eigentlich lasse ich ja das Fleisch lieber erst auftauen, bevor ich's brate, aber es wird wohl auch so gehen. Meinen Sie nicht, Sam?»

«Wenn Sie mich fragen», sagte der Gemüsehändler, «ich finde, daß es gar keinen Unterschied macht. Wollen Sie die Idaho-Kartoffeln?»

«O ja, die sind gut. Zwei Tüten, bitte.»

«Sonst noch etwas?» Er neigte den Kopf zur Seite und sah sie wohlgefällig an. «Na, und der Nachtisch? Was wollen Sie ihm zum Nachtisch geben?»

«Hm... Wozu würden Sie mir denn raten, Sam?»

Der Mann schaute sich im Laden um. «Wie wär's mit einem schönen großen Stück Käsekuchen? Den ißt er doch gern, nicht wahr?»

«Ja, das ist ein guter Gedanke. Auf Käsekuchen ist er ganz versessen.»

Als alles eingewickelt war und sie bezahlt hatte, verabschiedete sie sich mit ihrem freundlichsten Lächeln. «Vielen Dank, Sam. Auf Wiedersehen.»

«Auf Wiedersehen, Mrs. Maloney. *Ich* habe zu danken.»

Und jetzt, sagte sie sich auf dem Heimweg, jetzt kehrte sie zu ihrem Mann zurück, der auf sein Abendessen wartete. Und sie mußte es gut kochen, so schmackhaft wie möglich, denn der arme Kerl war müde. Und wenn sie beim Betreten des Hauses etwas Ungewöhnliches vorfinden sollte, etwas Unheimliches oder Schreckliches, dann würde es natürlich ein Schock für sie sein. Verrückt würde sie werden vor Schmerz und Entsetzen. Wohlgemerkt, sie *erwartete* nicht, etwas Derartiges vorzufinden. Sie ging nur mit ihren Einkäufen nach Hause. Mrs. Patrick Maloney ging am Donnerstagabend mit ihren Einkäufen nach Hause, um das Abendessen zu kochen.

So ist es recht, ermunterte sie sich. Benimm dich natürlich, genauso wie immer. Laß alles ganz natürlich an dich herankommen, dann brauchst du nicht zu heucheln.

So summte sie denn ein Liedchen vor sich hin und lächelte, als sie durch die Hintertür in die Küche trat.

«Patrick!» rief sie. «Ich bin wieder da, Liebling.»

Sie legte das Paket auf den Tisch und ging ins Wohnzimmer. Und als sie ihn dort sah, auf dem Boden zusammengekrümmt, einen Arm unter dem Körper, da war es wirklich ein Schock. Die Liebe und das Verlangen nach ihm wurden von neuem wach, und sie lief zu ihm hin, kniete neben ihm nieder und weinte bittere Tränen. Es war nicht schwer. Sie brauchte nicht zu heucheln.

Ein paar Minuten später stand sie auf und ging zum Telefon. Die Nummer der Polizeistation wußte sie auswendig. Als sich der Wachtmeister vom Dienst meldete, rief sie: «Schnell! Kommen Sie schnell! Patrick ist tot!»

«Wer spricht denn da?»

«Mrs. Maloney. Mrs. Patrick Maloney.»

«Sie sagen, Patrick Maloney ist tot?»

«Ich glaube, ja», schluchzte sie. «Er liegt auf dem Boden, und ich glaube, er ist tot.»

«Wir kommen sofort», sagte der Mann.

Der Wagen fuhr gleich darauf vor. Sie öffnete die Haustür, und zwei Polizisten traten ein. Beide waren ihr bekannt – wie fast alle Beamten des Reviers –, und sie fiel hysterisch weinend in Jack Noonans Arme. Er setzte sie sanft in einen Sessel und ging dann zu seinem Kollegen O'Malley hinüber, der neben dem Leichnam kniete.

«Ist er tot?» flüsterte sie.

«Ich fürchte, ja. Was ist geschehen?»

Sie erzählte kurz ihre Geschichte – wie sie zum Kaufmann gegangen war und Patrick bei der Rückkehr leblos auf dem Boden gefunden hatte. Während sie sprach, weinte und sprach, entdeckte Noonan etwas geronnenes Blut am Hinterkopf des Toten. Er zeigte es O'Malley, und der stürzte sofort zum Telefon.

Bald erschienen noch mehr Männer. Zuerst ein Arzt, dann zwei Detektive – den einen kannte sie dem Namen nach. Später kam ein Polizeifotograf und machte Aufnahmen; auch ein Experte für Fingerabdrücke traf ein. Es wurde viel geflüstert und gemurmelt neben dem Toten, und die Detektive stellten ihr Fragen über Fragen. Aber sie behandelten sie sehr freundlich. Sie erzählte wieder ihre Geschichte, diesmal von Anfang an: Patrick war nach Hause gekommen, und sie hatte genäht, und er war müde, so müde, daß er nicht zum Abendessen ausgehen wollte. Sie berichtete, wie sie das Fleisch in den Ofen geschoben hatte – «es ist immer noch drin» –, wie sie wegen der Kartoffeln und der Erbsen zum Kaufmann gelaufen war und wie sie Patrick bei der Rückkehr leblos auf dem Boden gefunden hatte.

«Welcher Kaufmann?» fragte einer der Detektive.

Sie sagte es ihm. Er drehte sich schnell um und flüsterte dem anderen Detektiv etwas zu. Der Mann verließ sofort das Haus.

Nach einer Viertelstunde kam er mit einer Seite Notizen zurück. Wieder wurde leise verhandelt, und durch ihr Schluchzen hindurch drangen ein paar Satzfetzen an ihr Ohr: «... hat sich völlig normal benommen ... sehr vergnügt ... wollte ihm ein gutes Abendessen machen ... Erbsen ... Käsekuchen ... unmöglich, daß sie ...»

Kurz darauf verabschiedeten sich der Fotograf und der Arzt; zwei Männer traten ein und trugen die Leiche auf einer Bahre fort. Dann ging auch der Experte für Fingerabdrücke. Die beiden Detektive aber blieben da, die beiden Polizisten ebenfalls. Sie waren ausgesprochen freundlich zu ihr. Jack Noonan erkundigte sich, ob sie nicht lieber anderswohin gehen wolle, vielleicht zu ihrer Schwester oder zu seiner Frau, die sich gern um sie kümmern und sie für die Nacht unterbringen werde.

Nein, sagte sie. Im Augenblick sei sie einfach nicht fähig, auch nur einen Schritt zu tun. Hätten sie etwas dagegen, wenn sie hierbliebe, bis sie sich besser fühlte? Wirklich, im Augenblick könne sie sich zu nichts aufraffen.

Dann solle sie sich doch ein Weilchen hinlegen, schlug Jack Noonan vor.

Nein, sagte sie. In diesem Sessel sei sie am besten aufgehoben. Später vielleicht, wenn es ihr etwas besser ginge ...

Sie blieb also sitzen, während die Männer das Haus durchsuchten. Gelegentlich stellte einer der Detektive ihr eine Frage. Manchmal sprach Jack Noonan ihr sanft zu, wenn er vorbeikam. Von ihm erfuhr sie auch, daß ihr Mann durch einen Schlag auf den Hinterkopf getötet worden war, durch einen Schlag mit einem stumpfen Gegenstand, höchstwahrscheinlich einem großen Stück Metall. Sie suchten die Waffe. Der Mörder, sagte Jack, habe sie vermutlich mitgenommen; er könne sie aber ebensogut im Garten oder im Hause versteckt haben.

«Es ist die alte Geschichte», schloß er. «Wenn man die Waffe hat, hat man auch den Täter.»

Später kam einer der Detektive und setzte sich neben sie. Vielleicht habe irgendein Gegenstand im Hause als Waffe gedient, meinte er. Würde sie wohl so freundlich sein und nachsehen, ob etwas fehlte – ein sehr großer Schraubenschlüssel oder eine schwere Metallvase.

Metallvasen hätten sie nicht, antwortete sie.

«Aber einen großen Schraubenschlüssel?»

Nein, auch keinen großen Schraubenschlüssel. Höchstens in der Garage.

Die Suche ging weiter. Sie wußte, daß draußen im Garten noch mehr Polizisten waren, denn sie hörte ihre Schritte auf dem Kies, und manchmal sah sie durch einen Spalt zwischen den Vorhängen das Aufblitzen einer Taschenlampe. Es war schon ziemlich spät, fast neun, wie ihr ein Blick auf die Uhr zeigte. Die vier Männer, die die Zimmer durchsuchten, machten einen müden, leicht gereizten Eindruck.

«Jack», sagte sie, als Wachtmeister Noonan wieder einmal vorbeikam. «Würden Sie mir wohl etwas zu trinken geben?»

«Natürlich, Mrs. Maloney. Von dem Whisky hier?»

«Ja, bitte. Aber nur ganz wenig. Vielleicht wird mir davon besser.»

Er reichte ihr das Glas.

«Warum trinken Sie nicht auch einen Schluck?» fragte sie. «Bitte, bedienen Sie sich doch. Sie müssen schrecklich müde sein, und Sie haben sich so rührend um mich gekümmert.»

«Hm ...» Er zögerte. «Eigentlich ist es ja nicht erlaubt, aber einen kleinen Tropfen zur Stärkung könnte ich ganz gut brauchen.»

Nach und nach fanden sich auch die anderen ein, und jeder wurde überredet, einen Schluck Whisky zu trinken. Sie standen recht verlegen mit ihren Gläsern herum, fühlten sich etwas unbehaglich in Gegenwart der Witwe und suchten krampfhaft nach tröstenden Worten. Wachtmeister Noonan ging aus irgendeinem Grund in die Küche, kam sofort zurück und sagte: «Hören Sie, Mrs. Maloney, Ihr Ofen ist noch an, und das Fleisch ist noch drin.»

«Ach herrje», rief sie. «Das hatte ich ganz vergessen.»

«Am besten drehe ich ihn wohl aus, was?»

«Ja, Jack, das wäre sehr nett von Ihnen. Herzlichen Dank.»

Als der Sergeant zum zweitenmal zurückkam, sah sie ihn mit ihren großen, dunklen, tränenfeuchten Augen an. «Jack Noonan», begann sie zaghaft.

«Ja?»

«Würden Sie mir einen kleinen Gefallen tun – Sie und die anderen?»

«Wir wollen's versuchen, Mrs. Maloney.»

«Nun», fuhr sie fort, «Sie alle sind doch gute Freunde meines lieben Patrick gewesen, und jetzt bemühen Sie sich, den Mann zu fangen, der ihn umgebracht hat. Inzwischen werden Sie wohl schon schrecklichen Hunger haben, denn Ihre Essenszeit ist ja längst vorbei. Ich weiß, daß Patrick – Gott sei seiner Seele gnädig – mir nie verzeihen würde, wenn ich Sie in seinem Haus nicht anständig bewirtete. Wollen Sie nicht den Lammbraten essen, der im Ofen ist? Ich denke, er wird gar sein.»

«Kommt überhaupt nicht in Frage», wehrte Jack Noonan bescheiden ab.

«Bitte», sagte sie flehentlich. «Bitte, essen Sie das Fleisch. Ich könnte keinen Bissen davon anrühren, weil es für Patrick bestimmt war, verstehen Sie? Aber für Sie ist das etwas anderes. Sie würden mir einen Gefallen tun, wenn Sie alles aufäßen. Hinterher können Sie ja weiterarbeiten.»

Die vier Polizisten widersprachen zwar, doch sie waren tatsächlich sehr hungrig, und nach einigem Hin und Her willigten sie ein, in die Küche zu gehen und sich zu bedienen. Die Frau blieb in ihrem Sessel sitzen. Durch die offene Tür konnte sie hören, wie sich die Männer unterhielten. Ihre Stimmen klangen dumpf, wie verschleiert, da sie den Mund voller Fleisch hatten.

«Noch ein Stück, Charlie?»

«Nein. Wir wollen lieber nicht alles aufessen.»

«Aber sie *will*, daß wir's aufessen. Wir tun ihr einen Gefallen damit, hat sie gesagt.»

«Na gut. Dann gib mir noch was.»

«Muß eine verdammt dicke Keule gewesen sein, mit der dieser Kerl den armen Patrick erschlagen hat», bemerkte einer der Polizisten.

«Der Doktor sagt, sein Schädel ist völlig zertrümmert. Wie von einem Schmiedehammer.»

«Na, dann dürfte es nicht schwer sein, die Mordwaffe zu finden.»

«Ganz meine Meinung.»

«Wer's auch getan hat – er wird so ein Ding nicht länger als nötig mit sich herumschleppen.»

Einer von ihnen rülpste.

«Also ich glaube, daß es noch hier im Haus oder im Garten ist.»

«Wahrscheinlich genau vor unserer Nase, was, Jack?»

Und im Wohnzimmer begann Mary Maloney zu kichern.

Mann aus dem Süden

Die Bar des Hotels wurde um sechs Uhr abends geöffnet, und da es gleich soweit war, beschloß ich, mir ein Bier zu holen und es zum Schwimmbecken mitzunehmen, wo ich in einem Liegestuhl die Abendsonne genießen wollte.

Ich ging zur Bar, bekam das Bier und schlenderte mit der Flasche und einem Glas in der Hand durch den Garten zum Bassin.

Es war ein sehr schöner Garten mit Rasenflächen, Azaleenbeeten und hohen Kokospalmen. Der Wind fuhr durch die Wipfel der Palmen und ließ die Blätter zischen und knistern, als stünden sie in Flammen. Unter den Blättern sah ich die großen braunen Nüsse in Büscheln hängen.

Rings um das Schwimmbecken standen viele Liegestühle, weiße Tische und riesige bunte Gartenschirme. Braungebrannte Männer und Frauen im Badeanzug saßen teils in der Sonne, teils im Schatten.

Im Wasser tummelten sich drei oder vier Mädchen und etwa ein Dutzend junger Männer, die übermütig herumplanschten, viel Lärm machten und mit einem großen Gummiball spielten.

Ich blieb stehen und beobachtete sie. Die Mädchen waren Engländerinnen aus dem Hotel. Die Jungen kannte ich nicht, aber da sie wie Amerikaner sprachen, nahm ich an, sie seien Seekadetten von dem US-Schulschiff, das am Morgen den Hafen angelaufen hatte.

Nach einer Weile ging ich weiter. Ich steuerte auf einen gelben Schirm zu, unter dem vier leere Stühle standen, setzte mich, füllte mein Glas mit Bier, zündete mir eine Zigarette an und lehnte mich bequem zurück.

Es war sehr angenehm, mit einem Bier und einer Zigarette im Freien zu sitzen. Und es machte Spaß, den Badenden zuzuschauen, die sich in dem grünen Wasser vergnügten.

Die amerikanischen Jungen kamen sehr gut mit den englischen Mädchen zurecht. Sie waren schon so weit mit ihnen, daß sie tauchten und ihnen nach den Beinen griffen.

Mein Blick fiel auf einen kleinen, ältlichen Mann, der forsch und sehr schnell um das Becken herumging. Bei jedem seiner kurzen, hüpfenden Schritte federte er auf den Zehen hoch. Er trug einen makellos weißen Anzug und einen breitrandigen cremefarbenen Panamahut. Während er dicht am Rande des Bassins entlangtrippelte, musterte er die Leute und die Liegestühle.

Er machte neben mir halt und zeigte lächelnd zwei Reihen winziger, schiefstehender, leicht verfärbter Zähne. Ich lächelte zurück.

«Bittäh Entschuldigung, aber darf ich hier sitzen?»

«Gewiß», antwortete ich. «Ist ja alles frei.»

Er tänzelte auf einen Liegestuhl zu und prüfte ihn von allen Seiten auf seine Sicherheit. Dann ließ er sich nieder und schlug die kurzen Beine übereinander. In seine weißen Wildlederschuhe waren kleine Löcher gestanzt – wegen der Ventilation.

«Eine schöne Abend», sagte er. «Die Abende alle sind schön hier in Jamaica.» Ich kam nicht dahinter, ob er mit italienischem oder spanischem Akzent sprach, aber ich war sicher, daß er aus Südamerika stammte. Und daß er älter war, als er auf den ersten Blick wirkte. Achtundsechzig vielleicht, wenn nicht gar siebzig.

«Ja», sagte ich. «Es ist herrlich hier.»

«Und wer, darf ich fragen, sind diese Leute? Die sind nicht von Hotel.» Er wies auf die Badenden im Bassin.

«Ich glaube, es sind amerikanische Kadetten», erwiderte ich. «Amerikaner, die zu Marineoffizieren ausgebildet werden.»

«Natürlich es sind Amerikaner. Wer sonst auf Welt macht denn soviel Lärm? Aber Sie, Sie sind nicht Amerikaner, nein?»

«Nein, ich nicht.»

Plötzlich stand ein amerikanischer Kadett vor uns. Er kam geradewegs aus dem Wasser und triefte vor Nässe. Eine der jungen Engländerinnen war bei ihm.

«Sind diese Stühle besetzt?» fragte er.

«Nein», antwortete ich.

«Gestatten Sie, daß ich mich setze?»

«Nur zu.»

«Danke», sagte der Junge. Er hatte ein zusammengerolltes Frottiertuch in der Hand, und als er saß, holte er daraus ein Päckchen Zigaretten und ein Feuerzeug hervor. Das Mädchen lehnte die Zigarette ab, die er ihr anbot; dann hielt er mir das Päckchen hin, und ich griff zu. Der kleine Mann sagte: «Danke, nein, aber ich werde rauchen Zigarre.» Er nahm eine Zigarre aus einem krokodilledernen Etui, brachte ein Taschenmesser zum Vorschein, an dem sich auch eine kleine Schere befand, und knipste das Ende der Zigarre ab.

«Warten Sie, ich gebe Ihnen Feuer.» Der junge Amerikaner hob sein Feuerzeug.

«Das wird nicht gehen in diese Wind.»

«O doch. Es geht immer.»

Der kleine Mann nahm die unangezündete Zigarre aus dem Mund, legte den Kopf schräg und sah den Jungen an.

«*Im-mer?*» wiederholte er langsam.

«Gewiß. Es versagt nie. Jedenfalls nicht bei mir.»

Der kleine Mann hielt den Kopf noch immer zur Seite geneigt, und er sah noch immer den Jungen an. «Aha. Also Sie meinen, diese berühmte Feuerzeug versagt nie. So meinen Sie doch, ja?»

«Das meine ich nicht nur», antwortete der Junge. «Ich weiß es genau.» Er mochte neunzehn oder zwanzig Jahre alt sein, hatte ein langes, sommersprossiges Gesicht und eine ziemlich spitze, vogelähnliche Nase. Auf der Brust, die nicht sehr braungebrannt war, hatte er ebenfalls Sommersprossen und ein paar Büschel rötlicher Haare. Er hielt das Feuerzeug in der rechten Hand – bereit, das Rädchen anzureiben. «Es versagt nie», beteuerte er und lächelte jetzt, weil er seine kleine Prahlerei absichtlich auf die Spitze trieb. «Ich garantiere Ihnen, daß es nie versagt.»

«Eine Moment, bittäh!» Die Hand mit der Zigarre schoß hoch, Handfläche nach außen, als wollte sie den Verkehr anhalten. «Nur eine Moment.» Er hatte eine eigenartig leise, tonlose Stimme und blickte den Jungen unverwandt an. «Sollen wir vielleicht kleine Wette darum machen?» fragte er lächelnd. «Sollen wir kleine Wette machen, ob Ihre Feuerzeug brennt?»

«Aber ja», sagte der Junge. «Warum denn nicht?»

«Sie mögen gern wetten?»

«Klar. Ich wette immer.»

Der Mann betrachtete nachdenklich seine Zigarre. Ich kam zu dem Schluß, daß mir sein Benehmen ganz und gar nicht gefiel. Wenn mich nicht alles täuschte, wollte er an der Sache verdienen und den Jungen finanziell schädigen; gleichzeitig hatte ich das Gefühl, daß er mit viel Genuß ein kleines Privatgeheimnis hütete.

Nun hob er den Kopf und sagte langsam: «Ich mag auch gern wetten. Warum sollen wir nicht machen gute Wette darum? Gute dicke Wette.»

«Augenblick mal», fiel ihm der Junge ins Wort. «Das kann ich nicht. Aber ich wette mit Ihnen um einen Vierteldollar. Ich wette sogar um *einen* Dollar oder den entsprechenden Betrag in englischer Währung – ein paar Shilling, nehme ich an.»

Wieder schoß die Hand mit der Zigarre hoch. «Hören Sie zu. Wir werden haben viel Spaß. Zuerst wir machen Wette. Dann wir gehen hinauf in meine Zimmer hier in Hotel, wo kein Wind ist, und ich wette, Sie können nicht anzünden Ihre Feuerzeug zehnmal hintereinander, ohne daß einmal versagt.»

«Ich wette, daß ich es kann», beharrte der junge Mann.

«Schön. Gut. Wir machen Wette, ja?»

«Okay. Ich wette mit Ihnen um einen Dollar.»

«Nein, nein. Ich mache Ihnen sehr gute Wette. Ich bin reich. Ich bin eine Sportsmann. Hören Sie zu. Vor Hotel steht mein Wagen. Ist sehr schöner Wagen. Amerikanischer Wagen aus Ihre Land. Cadillac...»

«Halt, halt.» Der Junge lehnte sich zurück und lachte. «So hoch kann ich nicht wetten. Das ist ja Irrsinn.»

«Kein Irrsinn, überhaupt nicht. Sie zünden Feuerzeug zehnmal hintereinander an, und Cadillac gehört Ihnen. Sie wollen doch haben diese Cadillac, ja?»

«Gewiß, einen Cadillac hätte ich schon ganz gern.» Der junge Amerikaner lächelte.

«Gut. Schön. Wir machen Wette, und ich setze meine Cadillac.»

«Und was setze ich dagegen?»

Der kleine Mann entfernte sorgfältig den roten Ring von seiner noch immer unangezündeten Zigarre. «Ich will nicht, daß Sie mehr setzen, als Sie sich können leisten. Sie verstehen?»

«Ja, aber was soll ich denn setzen?»

«Ich werde es machen sehr leicht für Sie, ja?»

«Okay. Machen Sie's leicht.»

«Irgendeine Kleinigkeit, die Sie können entbehren, die Ihnen nicht zu sehr fehlt, wenn Sie verlieren. Recht?»

«Zum Beispiel?»

«Zum Beispiel... nun, vielleicht Ihr kleiner Finger von linke Hand.»

«Mein *was*?» Der Junge hörte auf zu lächeln.

«Ja. Warum nicht? Sie gewinnen, Sie nehmen Wagen. Sie verlieren, ich nehme Finger.»

«Ich verstehe Sie nicht. Was soll das heißen, Sie nehmen den Finger?»

«Ich hacke ab.»

«Heiliger Bimbam! Das ist ja eine verrückte Wette. Ich glaube, ich bleibe bei einem Dollar.»

Der kleine Mann streckte die flachen Hände vor und zuckte, kaum wahrnehmbar, verächtlich mit den Schultern. «Wirklich», sagte er, «ich wundere mich. Sie sagen, es brennt, aber Sie wollen nicht wetten. Gut, dann wir sprechen nicht mehr davon, ja?»

Der junge Amerikaner saß regungslos da und starrte auf die Badenden im Schwimmbecken. Plötzlich fiel ihm ein, daß er seine Zigarette noch nicht angezündet hatte. Er schob sie zwischen die Lippen, schloß die Hände um das Feuerzeug, rieb das Rädchen an, und schon brannte der Docht, ohne zu flackern, mit kleiner gelber Flamme. Die schützenden Hände hielten jeden Luftzug fern.

«Könnte ich auch Feuer haben?» bat ich.

«Ach herrje, das habe ich ganz vergessen. Entschuldigen Sie.»

Ich streckte die Hand nach dem Feuerzeug aus, aber er stand auf, kam zu mir und zündete es für mich an.

«Danke», sagte ich, und er ging zu seinem Stuhl zurück.

«Gefällt es Ihnen hier?» fragte ich.

«Prima», antwortete er. «Sehr schöne Gegend.»

Dann trat Schweigen ein. Ich merkte, daß es dem kleinen Mann gelungen war, den anderen mit seinem unsinnigen Vorschlag durcheinanderzubringen. Der Junge saß sehr still da, und ich spürte, wie sich eine kleine Spannung in ihm entwickelte. Nach einer Weile fing er an, unruhig zu werden. Er rutschte in seinem Stuhl hin und her, rieb sich die Brust, massierte sein Genick, legte schließlich die Hände auf die Knie und klopfte mit den Fingern gegen die Kniescheibe. Bald darauf klopfte er auch mit dem Fuß auf den Boden.

«Lassen Sie mich die ganze Geschichte noch mal zusammenfassen», begann er plötzlich zu sprechen. «Sie sagten, wir gehen in Ihr Zimmer, und wenn dieses Feuerzeug zehnmal nacheinander zündet, gewinne ich einen Cadillac. Versagt es auch nur ein einziges Mal, dann verliere ich den kleinen Finger meiner linken Hand. Ist das richtig?»

«Ganz richtig. Genauso ist Wette. Ich glaube aber, Sie haben Angst.»

«Wie wird das, wenn ich verliere? Muß ich meinen Finger ausstrecken, damit Sie ihn abhacken können?»

«O nein! Das ist nicht gut. Wer weiß, vielleicht Sie kommen in Versuchung, ihn nicht auszustrecken. Ich mache so: Zuerst ich binde Ihre linke Hand an Tisch, und dann wir fangen an. Ich stehe bereit mit Messer, und ich hacke zu die Moment, wo Ihre Feuerzeug versagt.»

«Welches Baujahr ist Ihr Cadillac?» fragte der Junge.

«Bittäh Entschuldigung. Wie meinen?»

«Welches Baujahr – wie alt ist der Cadillac?»

«Ah! Wie alt? Ja. Ist von letzte Jahr. Ganz neu. Aber ich sehe, Sie haben keine Mut zu wetten. Amerikaner nie haben Mut.»

Der Junge zögerte kurz. Er sah erst das englische Mädchen, dann mich an, bevor er in scharfem Ton sagte: «Einverstanden. Die Wette gilt.»

«Gut!» Der kleine Mann klatschte in die Hände, nur einmal und sehr leise. «Schön, wir machen es gleich. Und Sie, Sir –» und damit war ich gemeint – «würden Sie vielleicht haben die Güte, zu – wie nennen Sie das? – schiedsrichtern.» Er hatte blasse, fast farblose Augen mit winzigen schwarzen Pupillen.

«Wissen Sie», sagte ich, «das ist eine blödsinnige Wette. Mir gefällt sie gar nicht.»

«Mir auch nicht», ließ sich das englische Mädchen vernehmen. Es waren die ersten Worte, die sie sprach. «Ich finde, es ist eine absolut idiotische Wette.»

«Ist das Ihr Ernst, daß Sie ihm den Finger abhacken wollen, wenn er verliert?» fragte ich.

«Natürlich. Und auch, daß ich ihm Cadillac geben will, wenn er gewinnt. Kommen Sie jetzt. Wir gehen in meine Zimmer.»

Er stand auf. «Sie möchten vielleicht etwas anziehen?» erkundigte er sich.

«Nein», antwortete der Junge. «Ist nicht nötig.» Dann wandte er sich an mich. «Sie würden mir einen Gefallen tun, wenn Sie als Schiedsrichter mitkämen.»

«Meinetwegen», stimmte ich zu. «Aber ich kann nicht behaupten, daß mir die Wette gefällt.»

«Du kommst auch mit», sagte er zu dem Mädchen. «Du kommst mit und siehst zu.»

Der kleine Mann ging mit uns durch den Garten zum Hotel. Er war freudig erregt, und seine gehobene Stimmung schien zu bewirken, daß er mehr denn je auf den Zehen federte.

«Ich wohne in Nebengebäude», erklärte er. «Sie wollen erst Wagen sehen? Ist gerade hier.»

Er führte uns zur Vorderseite des Hotels und deutete auf einen schnittigen hellgrünen Cadillac, der dort parkte.

«Das ist er. Der grüne. Sie mögen?»

«Donnerwetter, das ist aber ein schicker Wagen», rief der Junge.

«Gut. Nun gehen wir zu mir und sehen, ob Sie ihn können gewinnen.»

Wir folgten ihm in das Nebengebäude. Im ersten Stock schloß er eine Tür auf, und wir traten in ein geräumiges, komfortables Doppelzimmer. Über dem Fußende des einen Bettes hing der Morgenrock einer Frau.

«Zuerst», sagte er, «wir wollen uns stärken mit eine kleine Martini.»

Die Getränke standen auf einem Tischchen in der Fensterecke. Auch ein Shaker, ein Behälter mit Eiswürfeln und Gläser waren vorhanden. Bevor er sich mit den Martinis befaßte, drückte er auf den Klingelknopf, und nach kurzer Zeit erschien ein farbiges Stubenmädchen.

«Ah!» Er stellte die Ginflasche hin, zog seine Brieftasche heraus und entnahm ihr eine Pfundnote. «Sie werden etwas für mich tun, bittäh», sagte er und gab dem Mädchen das Geld. «Das ist für Sie. Wir wollen jetzt eine Spielchen spielen, und ich möchte, daß Sie mir bringen zwei – nein, drei Sachen. Ich brauche ein paar Nägel; ich brauche eine Hammer, und ich brauche eine Hackbeil, eine Schlachterbeil, die Sie aus Küche leihen können. Das läßt sich machen, ja?»

«*Ein Hackbeil!*» Das Mädchen starrte ihn mit weitaufgerissenen Augen an und faltete unwillkürlich die Hände. «Sie meinen ein *richtiges* Hackbeil?»

«Gewiß, gewiß. Sie können diese Sachen doch holen für mich?»

«Ja, Sir, ich will's versuchen. Natürlich versuche ich, sie zu bekommen.» Damit ging sie hinaus.

Der kleine Mann reichte die Drinks herum. Wir standen da und kosteten den Martini – der Junge mit dem langen, sommersprossigen Gesicht und der spitzen Nase, nackt bis auf eine ausgeblichene braune Badehose; die Engländerin, ein grobknochiges blondes Mädchen in einem hellblauen Badeanzug, die den Jungen über den Rand des Glases unverwandt ansah; der kleine Mann in makellosem Weiß, der seinen Martini trank und die blassen Augen auf das Mädchen in dem hellblauen Badeanzug gerichtet hielt. Ich wußte nicht, was ich aus alledem machen sollte. Der Mann schien es mit der Wette ernst zu meinen, und er schien auch die Sache mit dem Finger ernst zu meinen. Aber verflixt, was sollte werden, wenn der Junge verlor? Dann mußten wir ihn so schnell wie möglich in dem Cadillac, den er nicht gewonnen hatte, ins Krankenhaus bringen. Das wäre eine schöne Geschichte. Na, wäre das nicht wirklich eine schöne Geschichte? Jawohl, und noch dazu eine verdammt sinnlose Geschichte.

«Finden Sie diese Wette nicht ziemlich albern?» fragte ich.

«Ich finde die Wette prima», erklärte der Junge. Er hatte seinen Martini bereits ausgetrunken.

«Und ich finde sie ausgesprochen idiotisch», sagte das Mädchen. «Albern und idiotisch. Was geschieht, wenn du verlierst?»

«Das macht gar nichts. Weißt du, ich kann mich nicht erinnern, daß ich jemals im Leben den kleinen Finger meiner linken Hand gebraucht hätte. Hier –» er spreizte den Finger ab und hielt ihn fest – «hier ist er, ein völlig unnützes Ding. Warum sollte ich ihn also nicht verwetten? Ich finde, es ist eine prima Wette.»

Der kleine Mann lächelte, nahm den Shaker und füllte unsere Gläser nach.

«Bevor wir anfangen», sagte er, «will ich dem ... dem Schiedsrichter geben Wagenschlüssel.» Er zog einen Schlüssel aus der Tasche und überreichte ihn mir. «Die Papiere», fügte er hinzu, «die Wagenpapiere und Versicherung sind in Handschuhkasten von Cadillac.»

Das farbige Stubenmädchen kam herein. In der einen Hand trug sie ein kleines Hackbeil, wie es die Fleischer gebrauchen, um Knochen zu zerkleinern, und in der anderen einen Hammer und eine Tüte mit Nägeln.

«Gut! Sie haben alles. Danke, danke. Jetzt Sie können gehen.» Er wartete, bis das Mädchen die Tür geschlossen hatte. Dann legte er das Werkzeug auf eines der Betten und sagte: «Nun wir machen uns fertig, ja?» Und zu dem Jungen: «Helfen Sie mir, bittäh, mit diese Tisch. Wir rücken ihn etwas nach vorn.»

Es war einer der üblichen Hotelschreibtische, ein einfacher rechteckiger Tisch mit einer Unterlage aus Löschpapier, einem Tintenfaß, Federhaltern und Briefbogen. Die beiden trugen ihn in die Mitte des Zimmers und nahmen die Schreibsachen fort.

«Und nun eine Stuhl.» Der kleine Mann ergriff einen Stuhl und stellte ihn neben den Tisch. Er war sehr munter, sehr aufgekratzt, wie jemand, der bei einer Kindergesellschaft Spiele organisiert. «Und nun die Nägel. Ich muß einschlagen die Nägel.» Er holte die Tüte und den Hammer vom Bett.

Wir standen mit unseren Martinis hinter ihm und sahen zu, wie er zwei Nägel in den Tisch schlug, etwa fünfzehn Zentimeter voneinander entfernt. Er schlug sie nicht ganz ein, sondern ließ sie etwas herausstehen. Dann prüfte er sie auf ihre Festigkeit.

Ich möchte schwören, daß der Kerl das nicht zum erstenmal macht, sagte ich mir. Bei ihm gibt's kein Zögern, kein Überlegen, Tisch, Nägel, Hammer, Hackbeil. Er weiß genau, was er braucht und wie alles geordnet werden muß.

«Und jetzt», verkündete er, «jetzt fehlt nur noch Schnur.» Auch ein Stück Schnur fand sich. «Gut, endlich sind wir fertig. Wollen Sie, bittäh, hier an Tisch Platz nehmen?» wandte er sich an den Jungen.

Der Junge stellte sein Glas ab und setzte sich.

«Nun, bittäh, linke Hand zwischen diese zwei Nägel. Die Nägel sind nur, daß ich festbinden kann Ihre Hand. Gut, schön. Jetzt ich binde Ihre Hand fest an Tisch – so.»

Er knüpfte die Schnur um das Handgelenk des Jungen, wickelte sie mehrmals um den breiten Teil der Hand und befestigte sie dann an den Nägeln. Er machte das sehr geschickt, und als er den letzten Knoten geschlungen hatte, war es dem Jungen unmöglich, die Hand wegzuziehen. Aber er konnte die Finger bewegen.

«Nun, bittäh, Sie schließen alle Finger bis auf die kleine zu Faust, Die kleine Finger muß ganz gerade auf Tisch liegen ... *Aus*-gezeichnet! *Aus*-gezeichnet! Jetzt wir sind fertig. Mit Ihre rechte Hand Sie bedienen Feuerzeug. Aber eine Moment, bittäh.»

Er lief zum Bett, ergriff das Hackbeil, kam zurück und stellte sich mit dem Beil in der Hand neben den Tisch.

«Wir sind alle bereit?» erkundigte er sich. «Herr Schiedsrichter, Sie müssen sagen zu beginnen.»

Die Engländerin in ihrem hellblauen Badeanzug stand hinter dem Stuhl des Jungen. Sie stand da und sprach kein Wort. Der Junge saß sehr still, hielt das Feuerzeug in der rechten Hand und blickte auf das Hackbeil. Der kleine Mann blickte auf mich.

«Sind Sie bereit?» fragte ich den Jungen.

«Ich bin bereit.»

«Und Sie?» wandte ich mich an den kleinen Mann.

«Ganz bereit», sagte er und hob das Beil in die Luft, so daß es etwa sechzig Zentimeter über dem Finger des Jungen schwebte. Der Junge betrachtete es mit kühler Gelassenheit. Nicht einmal seine Lippen bewegten sich. Er zog nur die Augenbrauen hoch und runzelte die Stirn.

«In Ordnung», sagte ich. «Fangen Sie an.»

«Würden Sie wohl laut mitzählen, wenn ich zünde?» bat der Junge.

«Ja», erwiderte ich. «Selbstverständlich.»

Mit dem Daumen der rechten Hand öffnete er die Verschlußkappe des Feuerzeugs. Dann rieb er, ebenfalls mit dem Daumen, das Rädchen scharf an. Aus dem Feuerstein sprühte ein Funken, der Docht fing Feuer und brannte mit kleiner gelber Flamme.

«Eins!» rief ich.

Er blies die Flamme nicht aus; er drückte die Kappe des Feuerzeugs herunter und wartete ungefähr fünf Sekunden, bevor er sie zum zweitenmal öffnete.

Wieder rieb er das Rädchen scharf an, und wieder brannte der Docht mit kleiner Flamme.

«Zwei!»

Ich zählte; die anderen schwiegen. Der Junge blickte starr auf das Feuerzeug. Der kleine Mann hielt das Hackbeil in der erhobenen Hand und blickte ebenfalls auf das Feuerzeug.

«Drei!»

«Vier!»

«Fünf!»

«Sechs!»

«Sieben!»

Offensichtlich war es eines jener Feuerzeuge, die immer funktionieren. Der Feuerstein zündete mit einem großen Funken, und der

Docht hatte die richtige Länge. Ich beobachtete, wie der Daumen die Verschlußkappe auf die Flamme schnellen ließ. Dann eine Pause. Dann hob der Daumen von neuem die Kappe. Bei diesem Feuerzeug machte der Daumen alles. Ich holte Luft und bereitete mich darauf vor, acht zu sagen. Der Daumen rieb das Rädchen an. Der Feuerstein sprühte Funken. Die kleine Flamme erschien.

«Acht!» rief ich, und im gleichen Augenblick öffnete sich die Tür. Wir alle drehten uns um und sahen, daß eine Frau auf der Schwelle stand, eine kleine, schwarzhaarige, ziemlich alte Frau. Sie blieb etwa zwei Sekunden wie erstarrt stehen, dann schrie sie: «Carlos! Carlos!» und stürzte auf den kleinen Mann zu. Sie umklammerte sein Handgelenk, entriß ihm das Beil, warf es auf das Bett, packte ihn an den Aufschlägen seines weißen Jacketts und schüttelte ihn sehr heftig, während sie in einer spanisch klingenden Sprache laut und zornig auf ihn einredete. Sie schüttelte ihn so stark, daß man ihn gar nicht mehr sehen konnte. Seine Umrisse verschwammen nebelhaft wie die Speichen eines kreisenden Rades.

Schließlich beruhigte sie sich, und der kleine Mann wurde wieder sichtbar. Sie zerrte ihn durch das Zimmer und beförderte ihn mit einem Stoß auf eines der Betten. Dort hockte er nun, blinzelte verstört, betastete seinen Kopf und überzeugte sich, daß er ihn noch bewegen konnte.

«Es tut mir so leid», sagte die Frau. «Es tut mir so schrecklich leid, daß dies passieren mußte.» Sie sprach ein fast akzentfreies Englisch.

«Ich mache mir solche Vorwürfe», fuhr sie fort. «Wenn ich nicht zum Friseur gegangen wäre ... Nur für zehn Minuten, um mir das Haar waschen zu lassen, und kaum habe ich den Rücken gekehrt, da ist er schon wieder dabei.» Sie war sichtlich bekümmert, und ihre Stimme klang sehr verzweifelt.

Der Junge band seine Hand vom Tisch los. Das englische Mädchen und ich standen neben ihm und schwiegen.

«Er ist eine öffentliche Gefahr», erklärte die Frau. «Dort, wo wir wohnen, hat er allen möglichen Leuten insgesamt siebenundvierzig Finger abgenommen, und er hat elf Wagen verloren. Schließlich drohte man, ihn in eine Anstalt zu bringen. Deswegen bin ich mit ihm hierhergekommen.»

«Wir haben nur eine kleine Wette gemacht», murmelte der Mann vom Bett her.

«Hat er Ihnen einen Wagen versprochen?» fragte die Frau.

«Ja», antwortete der Junge. «Einen Cadillac.»

«Er hat keinen Wagen. Der Cadillac gehört mir. Und das ist ja das schlimmste», fügte sie hinzu, «daß er mit Ihnen wettet, obgleich er gar nichts zum Wetten hat. Ich schäme mich, und es tut mir so schrecklich leid.» Sie schien eine sehr nette Frau zu sein.

«Nun ja», sagte ich, «hier ist dann also Ihr Wagenschlüssel.» Ich legte ihn auf den Tisch.

«Wir haben nur eine kleine Wette gemacht», murmelte der Mann.

«Er hat überhaupt nichts zum Wetten», wiederholte die Frau. «Er hat nichts mehr auf der Welt. Gar nichts. Weil ich ihm nämlich schon längst alles abgewonnen habe. Es dauerte lange, sehr lange, und es war ein hartes Stück Arbeit, aber schließlich habe ich ihm alles abgewonnen.» Sie blickte den Jungen an und lächelte – ein leises trauriges Lächeln. Dann kam sie näher und streckte die Hand aus, um den Schlüssel vom Tisch zu nehmen.

Ich sehe sie jetzt noch vor mir, diese Hand; sie hatte nur einen Finger und den Daumen.

Schwein

I

Vor langen Jahren begab es sich, daß in der Stadt New York ein reizender kleiner Junge zur Welt kam, dem die gücklichen Eltern den Namen Lexington gaben.

Kaum war die Mutter mit Lexington in den Armen aus der Klinik in ihr Heim zurückgekehrt, da sagte sie zu ihrem Mann: «Liebling, heute mußt du unbedingt mit mir ausgehen. Wir werden in dem allerbesten Restaurant essen, um die Geburt unseres Sohnes und Erben zu feiern.»

Ihr Mann umarmte sie zärtlich und versicherte ihr, daß eine Frau, die ein so schönes Kind wie Lexington zur Welt gebracht habe, durchaus berechtigt sei, einen solchen Wunsch zu äußern. Und dann erkundigte er sich, ob sie denn schon kräftig genug sei, spätabends in der Stadt herumzulaufen.

Nein, sagte sie, das nicht, aber darum kümmere sie sich kein bißchen.

Am Abend warfen sie sich also in Gala, ließen den kleinen Lexington in der Obhut einer ausgebildeten Kinderpflegerin, die sie täglich zwanzig Dollar kostete und obendrein aus Schottland stammte, und gingen in das feinste und teuerste Restaurant der Stadt. Dort aßen sie jeder einen riesigen Hummer und teilten sich eine Flasche Champagner. Dann zogen sie in einen Nachtklub, wo sie eine zweite Flasche Champagner tranken und ein paar Stunden Hand in Hand sitzen blieben, um ausführlich und mit höchster Bewunderung über sämtliche körperlichen Vorzüge ihres entzückenden neugeborenen Sohnes zu sprechen.

Gegen zwei Uhr morgens kehrten sie zu ihrem Haus im östlichen Teil von Manhattan zurück. Der Mann bezahlte den Taxichauffeur und fing dann an, in seinen Taschen nach dem Hausschlüssel zu suchen. Nach einer Weile wurde ihm klar, daß er ihn in der Tasche seines anderen Anzugs vergessen hatte, und er schlug vor, zu läuten, damit die Kinderpflegerin herunterkäme. Eine Nurse für zwanzig Dollar täglich müsse darauf gefaßt sein, gelegentlich nachts aus dem Bett geholt zu werden, fügte er hinzu.

Er klingelte also. Sie warteten. Nichts geschah. Der Mann läutete noch einmal, lange und laut. Sie warteten wieder eine Minute. Schließlich stellten sie sich mitten auf die Straße und riefen den Namen der Nurse (McPottle) zu den Fenstern des Kinderzimmers im dritten Stock hinauf. Keine Antwort. Das Haus blieb dunkel und stumm. Die Frau machte sich Sorgen. Dort oben war ihr Baby eingesperrt. Allein mit McPottle. Und wer war McPottle? Man hatte sie erst seit zwei Tagen und wußte kaum mehr von ihr, als daß sie schmale Lippen, einen mißbilligenden Blick, einen gestärkten Busen und offenbar einen für ihren Beruf viel zu festen Schlaf hatte. Wenn sie die Haustürglocke nicht hörte, wie konnte sie dann erwarten, ein Baby schreien zu hören? Vielleicht hatte das arme Würmchen in eben diesem Augenblick seine Zunge verschluckt oder war in seinem Kissen erstickt.

«Er hat ja gar kein Kissen», erwiderte der Mann. «Du brauchst dich wirklich nicht aufzuregen. Aber wenn du hineinwillst – bitte sehr, das schaffen wir schon.» Nach all dem Champagner war er glänzender Laune. Er bückte sich, band einen seiner Lackschuhe auf und zog ihn aus. Dann packte er ihn an der Spitze und warf ihn mit kräftigem Schwung durch die Fensterscheibe des Eßzimmers im Erdgeschoß.

«Na also», sagte er grinsend. «Das ziehen wir McPottle vom Lohn ab.»

Er ging hin, griff sehr vorsichtig durch das Loch im Glas, öffnete den Riegel und schob das Fenster auf.

«So, jetzt werde ich dich hineinheben, Mütterchen», erklärte er, nahm seine Frau um die Taille und hob sie hoch. Das brachte ihre schwellenden roten Lippen sehr nah an seinen Mund, und er fing an, sie zu küssen. In dieser Stellung mit baumelnden Beinen und im übrigen unfähig, sich zu rühren, lassen sich Frauen sehr gern küssen, das wußte er aus Erfahrung, und deshalb blieb er eine Weile dabei, während sie mit den Füßen strampelte und glucksende Laute ausstieß. Schließlich drehte er sie um und schickte sich an, sie behutsam durch das offene Fenster ins Eßzimmer zu schieben. In diesem Augenblick näherte sich auf der Straße geräuschlos ein Streifenwagen der Polizei. Er hielt etwa dreißig Schritte vom Haus entfernt, drei Polizisten irischer Abstammung sprangen heraus, zogen ihre Revolver und rannten auf das Ehepaar zu.

«Hände hoch!» riefen sie. «Hände hoch!» Diesem Befehl konnte der Mann jedoch unmöglich folgen, ohne seine Frau loszulassen, und hätte er das getan, so wäre sie entweder auf das Pflaster gestürzt oder teils innerhalb, teils außerhalb des Hauses hängengeblieben, was für eine Frau eine höchst unbequeme Stellung ist. Also fuhr er ritterlich fort, sie hochzustemmen. Die Polizisten, die alle schon Medaillen für das Töten von Verbrechern bekommen hatten, eröffneten sofort das Feuer, und obwohl sie im Laufen schossen und obwohl ihnen die Frau nur ein sehr kleines Ziel bot, brachten sie es fertig, jeden Körper mehrmals zu treffen – was in beiden Fällen tödlich wirkte.

So geschah es, daß der kleine Lexington bereits im Alter von zwölf Tagen Waise wurde.

II

Die Nachricht von diesem blutigen Zwischenfall, der für die Polizisten einige Verhöre zur Folge hatte, wurde sämtlichen Angehörigen des verstorbenen Ehepaares von eifrigen Zeitungsreportern mitgeteilt, und sofort stiegen die nächsten Verwandten, zwei Leichenbestatter, drei Rechtsanwälte und ein Geistlicher in Taxis, um sich zu dem Haus mit dem zerbrochenen Fenster zu begeben. Alle, Männer wie Frauen, versammelten sich im Wohnzimmer, saßen im Kreise auf Sofas und Sesseln, rauchten Zigaretten, nippten Sherry und überlegten, was in aller Welt man nun mit dem Baby dort oben, dem Waisenkind Lexington, anfangen sollte.

Wie sich bald herausstellte, hatte keiner der Verwandten besondere Lust, die Verantwortung für das Kind zu übernehmen, und so dauerten die Diskussionen und Verhandlungen den ganzen Tag an. Jeder erklärte, er habe den dringenden, fast unwiderstehlichen Wunsch, sich um den Kleinen zu kümmern, und würde es auch mit der größten Freude tun, wenn nicht... Entweder war die Wohnung zu klein, oder der Betreffende hatte schon ein Baby und konnte unmöglich noch eines versorgen, oder er hatte keine Ahnung, wo er das Kind während der Sommerreise lassen sollte, oder er befand sich in vorgeschrittenem Alter, was doch für einen heranwachsenden Knaben recht nachteilig war, und so weiter und so fort. Alle wußten natürlich, daß der Vater sehr verschuldet und das Haus mit Hypotheken belastet war, daß man also aus der Sache kein Geld herausschlagen konnte.

Abends um sechs sprachen sie noch immer mit äußerster Lebhaftigkeit aufeinander ein, als plötzlich eine alte Tante des verstorbenen Vaters – ihr Name war Glosspan – aus Virginia hereingefegt kam. Ohne Hut und Mantel abzulegen, ohne sich auch nur hinzusetzen, ignorierte sie alle Angebote von Martini, Whisky und Sherry und verkündete energisch, sie werde von nun an die alleinige Sorge für den kleinen Jungen übernehmen. Außerdem, so erklärte sie, sei sie bereit, sämtliche Kosten für Unterhalt und Ausbildung zu tragen, so daß die anderen mit beruhigtem Gewissen zurückgehen könnten, wohin sie gehörten. Damit eilte sie die Treppe hinauf ins Kinderzimmer, riß Lexington aus seiner Wiege, nahm ihn fest in die Arme und entschwand. Die Verwandten saßen wie die Ölgötzen da – manche glotzten nur, andere lächelten erleichtert –, und McPottle, die Nurse stand steif und mißbilligend auf der obersten Treppenstufe mit zusammengekniffenen Lippen, die Arme über dem gestärkten Busen gekreuzt.

Und so geschah es, daß der kleine Lexington im Alter von dreizehn Tagen die Stadt New York verließ und südwärts fuhr, um bei seiner Großtante Glosspan im Staate Virginia zu leben.

III

Tante Glosspan ging auf die Siebzig zu, als sie Lexingtons Beschützerin wurde, aber niemand, der sie sah, hätte das erraten. Sie war lebhaft wie eine halb so alte Frau, hatte ein schmales, runzliges, aber noch immer schönes Gesicht und zwei allerliebste braune Augen, die einen munter und vergnügt anblitzten. Daß sie eine alte Jungfer war, hätte auch niemand vermutet, denn an Tante Glosspan war nichts Altjüngferliches. Sie war weder verbittert noch mürrisch, noch reizbar, und sie hatte keinen Schnurrbart. Überdies war sie nicht im geringsten auf andere Leute neidisch, und das findet man selten bei einer alten Jungfer oder einer jungfräulichen Dame, wobei wir natürlich nicht genau wissen, ob Tante Glosspan nur das eine oder auch das andere war.

Auf jeden Fall war sie eine exzentrische alte Frau, das konnte niemand bezweifeln. Seit dreißig Jahren führte sie ein seltsames Einsiedlerleben in einem Häuschen an den Hängen der Blue Ridge Mountains, einige Meilen vom nächsten Dorf entfernt. Sie hatte fünf Morgen Weideland, einen Gemüsegarten, einen Blumengarten, drei Kühe, ein Dutzend Hühner und einen prächtigen Hahn.

Und jetzt hatte sie noch den kleinen Lexington.

Als strenge Vegetarierin hielt sie den Genuß von Tierfleisch nicht nur für ungesund und widerwärtig, sondern auch für eine entsetzliche Grausamkeit. Sie aß nur schöne, saubere Nahrungsmittel wie Milch, Butter, Eier, Käse, Gemüse, Nüsse, Kräuter und Obst, und sie war glücklich in dem Bewußtsein, daß ihretwegen keine lebende Kreatur getötet wurde, nicht einmal eine Garnele. Als eine der braunen Hennen in der Blüte ihrer Jahre an Legenot verstarb, war Tante

Glosspan so traurig, daß sie um ein Haar das Eieressen aufgegeben hätte.

Von Säuglingen verstand sie nicht das geringste, aber das machte ihr keine Sorgen. Während sie in New York auf den Zug wartete, der sie und Lexington nach Virginia bringen sollte, kaufte sie sechs Saugflaschen, zwei Dutzend Windeln, eine Schachtel Sicherheitsnadeln, Milch für die Reise und ein broschiertes Büchlein mit dem Titel *Kinderpflege*. Was brauchte sie mehr? Als sich der Zug in Bewegung setzte, gab sie dem Baby etwas Milch, legte es nach bestem Wissen trocken und bettete es zum Schlafen auf dem Sitz. Dann las sie die *Kinderpflege* von A bis Z durch.

«Das ist kein Problem», sagte sie und warf das Buch aus dem Fenster. «Überhaupt kein Problem.»

Und merkwürdigerweise war es das wirklich nicht. Daheim in dem Landhaus ging alles so glatt wie nur möglich. Der kleine Lexington trank seine Milch, stieß auf, schrie und schlief, kurzum, er tat alles, was man von einem artigen Baby erwartet. Tante Glosspan strahlte vor Freude, sooft sie ihn ansah, und küßte ihn immer wieder ab.

IV

Mit sechs Jahren war Lexington zu einem wunderschönen Jungen mit langem, goldblondem Haar und kornblumenblauen Augen herangewachsen. Er war gescheit und fröhlich und lernte bald, seiner alten Tante auf allerlei Weise in der Wirtschaft zu helfen. So sammelte er zum Beispiel im Hühnerstall die Eier ein, drehte die Kurbel des Butterfasses, grub im Gemüsegarten Kartoffeln aus und suchte am Berghang wilde Kräuter. Tante Glosspan sagte sich, daß sie allmählich an seinen Unterricht denken müsse.

Der Gedanke, ihn in ein Internat zu schicken, war ihr jedoch unerträglich. Sie liebte Lexington jetzt so sehr, daß selbst die kürzeste Trennung ihr Tod gewesen wäre. Natürlich gab es unten im Tal eine Dorfschule, aber die sah schrecklich aus, und sie wußte, daß man ihn dort von Anfang an zwingen würde, Fleisch zu essen.

«Weißt du was, mein Liebling?» sagte sie eines Tages zu ihm, als er in der Küche auf einem Schemel saß und zusah, wie sie Käse bereitete. «Eigentlich könnte ich dich doch sehr gut selbst unterrichten.»

Der Junge blickte mit seinen großen blauen Augen zu ihr auf und lächelte sie vertrauensvoll an. «Das wäre fein», antwortete er.

«Und als allererstes werde ich dich kochen lehren.»

«Ich glaube, das würde mir Spaß machen, Tante Glosspan.»

«Spaß oder nicht, lernen mußt du's auf jeden Fall», erwiderte sie. «Wir Vegetarier haben nicht so viele Lebensmittel zur Verfügung wie andere Leute, und deswegen müssen wir mit dem, was wir haben, doppelt geschickt umgehen.»

«Tante Glosspan», fragte der Junge, «was essen denn andere Leute und wir nicht?»

«Tiere», sagte sie und schüttelte sich vor Ekel.

«Meinst du lebende Tiere?»

«Nein, tote.»

Der Junge dachte einen Augenblick nach. «Du meinst, die Leute *essen* die Tiere, wenn sie sterben, statt sie zu begraben?»

«Sie warten nicht, bis sie sterben, mein Schätzchen. Sie töten sie.»

«Wie machen sie das, Tante Glosspan?»

«Meistens schneiden sie ihnen mit einem Messer die Kehle durch.»

«Und was für Tiere töten sie?»

«Hauptsächlich Kühe und Schweine. Auch Schafe.»

«Kühe!» rief der Junge. «Meinst du solche wie Daisy und Schneeglöckchen und Lily?»

«Ganz recht, mein Liebling.»

«Aber *wie* essen sie sie denn, Tante Glosspan?»

«Sie zerschneiden sie und kochen die Stücke. Am liebsten haben sie es, wenn das Fleisch ganz rot und blutig ist und an den Knochen klebt. Klumpen von Kuhfleisch, aus denen noch das Blut sickert, essen sie besonders gern.»

«Schweine auch?»

«Sie schwärmen für Schweine.»

«Klumpen von blutigem Schweinefleisch», murmelte der Junge. «Stell dir das vor. Was essen sie sonst noch, Tante Glosspan?»

«Hühner.»

«Hühner?»

«Millionen davon.»

«Mit Federn und allem?»

«Nein, Liebling. Die Federn nicht. Aber nun lauf hinaus, mein Herzchen, und hole Tante Glosspan ein bißchen Schnittlauch, ja?»

Bald darauf begann der Unterricht. Er umfaßte fünf Fächer – Lesen, Schreiben, Geographie, Rechnen und Kochen –, von denen das letzte bei Lehrerin und Schüler das weitaus beliebteste war. Wie sich nach kurzer Zeit herausstellte, wies Lexington in dieser Hinsicht eine wirklich große Begabung auf. Er war flink und geschickt, der geborene Koch. Seine Pfannen handhabte er wie ein Jongleur, und er konnte eine Kartoffel in zwanzig papierdünne Scheiben schneiden, bevor seine Tante eine andere geschält hatte. Sein Gaumen war außerordentlich fein entwickelt, und wenn in einer kräftigen Zwiebelsuppe ein einziges Blättchen Salbei war, dann schmeckte er das sogleich heraus. Bei einem so kleinen Jungen waren diese Fähigkeiten etwas verwirrend, und Tante Glosspan wußte offen gestanden nicht recht, was sie daraus machen sollte. Trotzdem war sie über die Maßen stolz auf das Kind und prophezeite ihm eine glänzende Zukunft.

«Was für ein Segen», sagte sie, «daß ich einen so entzückenden kleinen Gefährten habe, der mir in meinem hohen Alter zur Seite steht.»

Nach ein paar Jahren zog sie sich endgültig aus der Küche zurück und überließ Lexington die Sorge für sämtliche Mahlzeiten. Der Junge war nun zehn Jahre alt und Tante Glosspan fast achtzig.

V

Als Alleinherrscher in der Küche begann Lexington sofort zu experimentieren. Die alten Lieblingsgerichte interessierten ihn nicht mehr. Ein heftiger Drang zum Schöpferischen beseelte ihn; er hatte Hunderte von neuen Ideen im Kopf. «Ich will damit anfangen, ein Kastaniensoufflé zu erfinden», sagte er, ging an die Arbeit und brachte das Soufflé an demselben Abend auf den Tisch. Es war fabelhaft. «Du bist ein Genie!» rief Tante Glosspan, erhob sich von ihrem Stuhl und küßte ihn auf beide Wangen. «Du wirst Geschichte machen!»

Von nun an verstrich kaum ein Tag, ohne daß er eine leckere neue Schöpfung serviert hätte. Er bereitete Paranußsuppe, Maiskotelett, Gemüseragout, Löwenzahnomelette, Käsecremepfannkuchen, gefüllten Kohl, Schalotten *à la bonne femme, Mousse piquante* von roten Rüben, Stroganoff-Pflaumen, überbackenen Käsetoast, panierte Rübenschnitzel, brennende Tannennadeltorte und viele andere herrliche Gerichte eigener Erfindung. Tante Glosspan erklärte, sie habe nie im Leben so gut gegessen. Jeden Morgen saß sie schon lange vor der Mittagszeit in ihrem Schaukelstuhl auf der Veranda, leckte sich die Lippen, schnüffelte nach den Gerüchen, die aus dem Küchenfenster drangen, und sah mit Spannung der kommenden Mahlzeit entgegen.

«Was machst du denn heute, mein Junge?» fragte sie dann wohl.

«Rate mal, Tante Glosspan.»

«Riecht wie Schwarzwurzelpfannkuchen, finde ich», antwortete sie und schnüffelte angestrengt.

Und dann kam das zehnjährige Kind mit einem kleinen Triumphlächeln heraus, in den Händen einen großen Topf, in dem ein himmlisches Ragout aus Pastinak und Liebstöckel dampfte.

«Weißt du, was du tun solltest?» meinte die Tante, während sie sich das Ragout schmecken ließ. «Du solltest sofort Papier und Bleistift nehmen, dich hinsetzen und ein Kochbuch schreiben.»

Langsam die Pastinakwurzel kauend, blickte Lexington zu ihr hinüber.

«Warum nicht?» rief sie. «Ich habe dich schreiben gelehrt, und ich habe dich kochen gelehrt, und jetzt brauchst du nur noch beides zu vereinigen. Ja, mein Liebling, du schreibst ein Kochbuch, und das wird dich in der ganzen Welt berühmt machen.»

«Schön», sagte er. «Einverstanden.»

An demselben Tag begann Lexington mit der Niederschrift des monumentalen Werkes, das ihn für den Rest seines Lebens beschäftigen sollte. Er gab ihm den Titel: *Iß gut und gesund.*

VI

Sieben Jahre später hatte der nunmehr Siebzehnjährige etwa neuntausend Rezepte aufgezeichnet, samt und sonders eigene Erfindungen und alle ausgezeichnet.

Dann aber wurde seine Arbeit durch Tante Glosspans tragisches Ende jäh unterbrochen. Eines Nachts hatte sie einen heftigen Anfall, und Lexington, der in ihr Schlafzimmer gestürzt kam, um zu sehen, was der Lärm bedeutete, fand sie auf ihrem Bett liegen, schreiend und fluchend und sich zu allerlei komplizierten Knoten verdrehend. Es war ein entsetzlicher Anblick, und der aufgeregte Jüngling tanzte händeringend in seinem Pyjama um sie herum. Er hatte keine blasse Ahnung, was er tun sollte. In dem Bemühen, sie zu beruhigen, holte er schließlich einen Eimer Wasser aus dem Teich auf der Kuhweide und kippte ihn ihr über den Kopf, was jedoch die Krämpfe nur verstärkte, so daß die alte Dame binnen einer Stunde ihren Geist aufgab.

«Das ist wirklich zu schlimm», sagte der arme Junge und kniff sie ein paarmal, um sich zu vergewissern, daß sie tot war. «Und so plötzlich! So schnell und unerwartet! Vor wenigen Stunden schien es ihr doch noch ausgezeichnet zu gehen, denn sie aß drei große Portionen von meiner neuesten Schöpfung, den Pilzbouletten in Teufelssauce, und sie sagte, es schmecke herrlich.»

Da er seine Tante sehr geliebt hatte, weinte er einige Minuten. Dann riß er sich zusammen, trug sie hinaus und begrub sie hinter dem Kuhstall.

Am nächsten Tag räumte er ihre Sachen auf, und dabei fand er einen Umschlag, der in ihrer Handschrift an ihn adressiert war. Als er ihn öffnete, kamen zwei Fünfzigdollarnoten und ein Brief zum Vorschein. *Geliebter Junge,* las er, *ich weiß, daß Du immer hier oben gelebt hast, seit Du dreizehn Tage alt warst, und nie ins Tal hinuntergekommen bist. Aber sobald ich tot bin, mußt Du Dir Schuhe und ein sauberes Hemd anziehen und ins Dorf hinunter zum Doktor gehen. Bitte den Doktor, Dir einen Totenschein zu geben, damit Du beweisen kannst, daß ich gestorben bin. Diesen Totenschein bringst Du meinem Rechtsanwalt, einem Mann namens Samuel Zuckermann, der in der Stadt New York lebt und bei dem ich mein Testament hinterlegt habe. Mr. Zuckermann wird Dir mehr Geld geben, und es ist mein ausdrücklicher Wille, daß Du es dazu verwendest, Dein Studium kulinarischer und vegetarischer Angelegenheiten fortzusetzen. Arbeite weiterhin an Deinem großen Buch, bis Du es in jeder Hinsicht als vollkommen ansiehst. Deine Dich liebende Tante Glosspan.*

Lexington, der immer alles getan hatte, was seine Tante ihm sagte, steckte das Geld ein, zog Schuhe und ein reines Hemd an, ging den Berg hinunter ins Dorf und trug dem Doktor sein Anliegen vor.

«Die alte Glosspan?» rief der Arzt. «Mein Gott, ist sie tot?»

«Ganz gewiß ist sie tot», antwortete der junge Mann. «Wenn Sie mit mir kommen wollen, werde ich sie ausgraben, und dann können Sie sich selbst davon überzeugen.»

«Wie tief haben Sie sie begraben?» erkundigte sich der andere.

«Sechs oder sieben Fuß tief, schätze ich.»

«Und wann?»

«Ach, vor etwa acht Stunden.»

«Dann ist sie tot», sagte der Arzt. «Hier ist der Totenschein.»

VII

Unser Held machte sich auf den Weg nach der Stadt New York, um Mr. Zuckermann aufzusuchen. Er reiste zu Fuß, schlief hinter Hekken, lebte von Beeren und wilden Kräutern und brauchte sechzehn Tage, um die Metropole zu erreichen.

«Was für ein erstaunlicher Ort», rief er, als er an der Ecke der Siebenundfünfzigsten Straße und der Fifth Avenue Umschau hielt. «Nirgends Kühe, nirgends Hühner, und von all den vielen Frauen sieht keine wie Tante Glosspan aus.»

Was Mr. Zuckermann betraf, so ließ auch er sich mit nichts vergleichen, was Lexington je gesehen hatte.

Der Anwalt war ein schwammiger kleiner Mann mit fahlen Wangen und einer riesigen blauroten Nase, und wenn er lächelte, schossen aus seinem Mund herrliche goldene Blitze. In seinem vornehm eingerichteten Büro drückte er Lexington warm die Hand und gratulierte ihm zum Tode seiner Tante.

«Ich nehme an, Sie wissen, daß Ihre hochverehrte Pflegemutter eine sehr wohlhabende Frau war?» fragte er.

«Meinen Sie die Kühe und die Hühner?»

«Ich meine eine halbe Million Dollar», sagte Mr. Zuckermann.

«Wieviel?»

«Eine halbe Million, mein Junge. Und dieses Vermögen hat sie Ihnen vermacht.» Mr. Zuckermann lehnte sich in seinem Stuhl zurück und faltete die Hände über dem wabbeligen Bauch. Gleichzeitig schob er heimlich den rechten Zeigefinger durch die Weste und unter das Hemd, um sich in der Nabelgegend zu kratzen – eine Beschäftigung, die ihm besonderen Genuß bereitete. «Natürlich muß ich fünfzig Prozent für meine Bemühungen abziehen», fügte er hinzu, «aber zweihundertfünfzigtausend bleiben immerhin für Sie übrig.»

«Ich bin reich!» rief Lexington. «Wie herrlich! Wann kann ich das Geld haben?»

«Nun», sagte Mr. Zuckermann, «zum Glück stehe ich mit den Steuerbehörden hier in der Gegend auf ziemlich freundschaftlichem Fuß, und so werde ich sie wohl überreden können, daß sie auf alle Erbschaftssteuern und sonstigen Abgaben verzichten.»

«Das ist sehr freundlich von Ihnen», murmelte Lexington.

«Natürlich werde ich dem zuständigen Herrn ein kleines Honorar zahlen müssen.»

«Tun Sie, was Sie für richtig halten, Mr. Zuckermann.»

«Ich denke, hunderttausend werden genügen.»

«Du lieber Himmel, ist das nicht *sehr* viel?»

«Bei Steuerinspektoren und Polizisten darf man sich nie knauserig zeigen», erklärte Mr. Zuckermann. «Merken Sie sich das für die Zukunft.»

«Und was bleibt für mich übrig?» fragte der Jüngling in sanftem Ton.

«Einhundertfünfzigtausend. Aber davon gehen noch die Begräbniskosten ab.»

«Begräbniskosten?»

«Sie müssen das Bestattungsinstitut bezahlen. Ist Ihnen das nicht bekannt?»

«Ich habe sie doch selbst begraben, Mr. Zuckermann. Hinter dem Kuhstall.»

«Daran zweifle ich nicht», erwiderte der Rechtsanwalt. «Trotzdem ...»

«Ich habe kein Bestattungsinstitut in Anspruch genommen.»

«Hören Sie», sagte Mr. Zuckermann geduldig. «Sie werden es vielleicht nicht wissen, aber wir haben in dieser Stadt ein Gesetz, demzufolge kein Testamentserbe einen Pfennig vom Nachlaß bekommt, solange die Begräbniskosten nicht restlos beglichen sind.»

«Das ist ein *Gesetz*?»

«Allerdings, und zwar ein sehr gutes. Die Bestattungsinstitute gehören zu unseren großen nationalen Errungenschaften und müssen unter allen Umständen geschützt werden.»

Mit einer Gruppe auf das Gemeinwohl bedachter Ärzte leitete Mr. Zuckermann selbst ein Unternehmen dieser Art, das in der Stadt neun luxuriös eingerichtete Institute besaß, ganz zu schweigen von einer Sargfabrik in Brooklyn und einer Fortbildungsschule für Einbalsamierer in Washington Heights. Folglich waren feierliche Beisetzungen in Mr. Zuckermanns Augen eine durch und durch religiöse Angelegenheit. Ja, das alles bewegte ihn tief – fast so tief, möchte man sagen, wie die Geburt Jesu Christi den Krämer.

«Sie hatten kein Recht, hinzugehen und Ihre Tante auf diese Weise zu beerdigen», erklärte er. «Absolut kein Recht.»

«Es tut mir sehr leid, Mr. Zuckermann.»

«Geradezu umstürzlerisch ist das.»

«Ich will ja alles tun, was Sie sagen, Mr. Zuckermann. Aber ich möchte gern wissen, wieviel mir bleibt, wenn auch das erledigt ist.»

Eine Pause entstand. Mr. Zuckermann seufzte, runzelte die Stirn und fuhr insgeheim fort, mit der Fingerspitze den Rand seines Nabels zu bearbeiten.

«Wie wär's mit fünfzehntausend?» schlug er vor und ließ ein breites goldenes Lächeln aufblitzen. «Das ist eine hübsche, runde Summe.»

«Kann ich das Geld gleich mitnehmen?»

«Bitte sehr, wie Sie wünschen.»

Mr. Zuckermann rief seinen Kassierer und wies ihn an, Lexington aus der Kleingeldkasse fünfzehntausend Dollar gegen Quittung zu verabfolgen. Der Jüngling, der mittlerweile froh war, überhaupt etwas zu bekommen, nahm das Geld dankbar an und steckte es in sein Ränzel. Dann schüttelte er Mr. Zuckermann die Hand, dankte ihm herzlich für seine Hilfe und verließ das Büro.

«Die Welt gehört mir!» rief unser Held, als er auf die Straße hinaustrat. «Jetzt habe ich fünfzehntausend Dollar, von denen ich leben kann, bis mein Buch erschienen ist. Und dann werde ich natürlich noch viel mehr haben.» Er stand vor Mr. Zuckermanns Haus und überlegte, in welche Richtung er gehen sollte. Schließlich wandte er sich nach links, schlenderte gemächlich die Straße hinunter und bewunderte die Sehenswürdigkeiten der Großstadt.

«Was für ein widerwärtiger Geruch», sagte er schnüffelnd. «Das ist ja nicht auszuhalten.» Für seine empfindlichen Geruchsnerven, die nur an die köstlichsten Küchendüfte gewöhnt waren, bedeutete der Gestank der aus den Omnibussen dringenden Auspuffgase eine wahre Folter.

«Nur fort von hier, bevor meine Nase völlig ruiniert ist», murmelte er. «Aber zuerst muß ich etwas zu essen haben. Ich sterbe vor Hunger.» Der arme Junge hatte in den letzten Wochen nur von Beeren und wilden Kräutern gelebt, und sein Magen schrie nach einer soliden Mahlzeit. Jetzt hätte ich gern ein hübsches Maiskotelett, dachte er, oder vielleicht ein paar saftige Schwarzwurzelpfannkuchen.

Er überquerte die Straße und trat in ein kleines Restaurant. Drinnen war es heiß, dunkel und still. Ein durchdringender Geruch nach Bratfett und Kohlwasser erfüllte die Luft. Der einzige Gast, ein Mann mit einem braunen Hut auf dem Kopf, saß hingegeben über sein Essen gebeugt und sah bei Lexingtons Eintritt nicht auf.

Unser Held nahm an einem Ecktisch Platz und hängte sein Ränzel über die Stuhllehne. Das wird höchst interessant, sagte er sich. Zeit meines Lebens, also siebzehn Jahre lang, habe ich nur Gerichte gegessen, die Tante Glosspan oder ich gekocht hatten – abgesehen natürlich von der Milch, die mir McPottle gewärmt haben muß, solange ich ihr anvertraut war. Jetzt aber habe ich Gelegenheit, die Kunst eines neuen Küchenchefs zu begutachten, und mit einigem Glück springen dabei vielleicht ein paar nützliche Anregungen für mein Buch heraus.

Ein Kellner löste sich aus dem Schatten des Hintergrundes und blieb neben dem Tisch stehen.

«Guten Tag», sagte Lexington. «Ich möchte, bitte, ein großes Maiskotelett haben. Braten Sie es in einer sehr heißen Pfanne fünfundzwanzig Sekunden auf jeder Seite, richten Sie es mit saurer Sahne an und streuen Sie vor dem Servieren eine Prise Liebstöckl darüber – es sei denn, daß Ihr Chef eine originellere Methode hat, die kennenzulernen ich natürlich entzückt wäre.»

Der Kellner legte den Kopf schräg und starrte seinen Gast mißtrauisch an. «Schnitzel mit Kohl können Sie haben», erwiderte er. «Etwas anderes ist nicht mehr da.»

«Schnitzel? Was für ein Schnitzel?»

Der Kellner zog ein schmutziges Taschentuch heraus, das er an einem Zipfel faßte und wie eine Peitsche heftig durch die Luft schlug. Dann schneuzte er sich laut und ausgiebig.

«Wollen Sie's nehmen oder nicht?» fragte er, während er sich die Nase wischte.

«Ich habe keine Ahnung, woraus dieses Schnitzel besteht», antwortete Lexington, «aber ich würde es gern kosten. Wissen Sie, ich schreibe nämlich ein Kochbuch und ...»

«Ein Schnitzel mit Kohl!» schrie der Kellner, und irgendwo in den hinteren Räumen des Restaurants wiederholte eine ferne Stimme die Bestellung.

Der Kellner verschwand. Lexington holte sein Messer und seine Gabel aus dem Ränzel. Tante Glosspan hatte ihm das Besteck aus schwerem Silber zu seinem sechsten Geburtstag geschenkt, und seither hatte er nie ein anderes benutzt. Während er auf das Essen wartete, polierte er Messer und Gabel sorgfältig mit einem Lappen aus weichem Musselin.

Bald erschien der Kellner mit einem Teller, auf dem eine dicke goldbraune Scheibe dampfte. Lexington beugte sich vor und schnupperte neugierig an dem unbekannten Gericht. Seine Nasenflügel blähten sich zitternd, um den Geruch aufzunehmen.

«Aber das ist ja himmlisch!» rief er aus. «Dieses köstliche Aroma! Phantastisch!»

Der Kellner trat einen Schritt zurück, ohne seinen Gast aus den Augen zu lassen.

«Nie im Leben habe ich etwas so herrlich Würziges gerochen», erklärte unser Held und griff nach seinem Besteck. «Woraus ist denn das nur gemacht?»

Der Mann mit dem braunen Hut drehte sich um, glotzte den Jüngling an und aß dann weiter. Der Kellner steuerte im Rückwärtsgang auf die Küche zu.

Lexington schnitt ein Stückchen von der dampfenden Scheibe ab, spießte es auf seine silberne Gabel und führte es an die Nase, um noch einmal daran zu riechen. Dann steckte er es in den Mund und begann langsam zu kauen, mit halb geschlossenen Augen und gespanntem Körper.

«Wunderbar!» rief er. «Ein ganz neuer Geschmack! O Glosspan, geliebte Tante, wärst du doch bei mir und könntest dieses bemerkenswerte Gericht kosten! Kellner! Kommen Sie schnell her! Ich brauche Sie!»

Der eingeschüchterte Kellner beobachtete ihn vom anderen Ende des Raumes und schien nicht gewillt, dem Ruf zu folgen.

«Wenn Sie herkommen und mit mir reden, schenke ich Ihnen

dies», sagte Lexington und schwenkte eine Hundertdollarnote. «Bitte, kommen Sie, ich muß Sie etwas fragen.»

Vorsichtig schlich sich der Kellner an den Tisch heran, griff hastig nach dem Geldschein, hielt ihn dicht vor die Augen, betrachtete ihn von allen Seiten und ließ ihn dann in der Tasche verschwinden.

«Was kann ich für Sie tun, lieber Freund?» erkundigte er sich.

«Hören Sie», antwortete Lexington, «wenn Sie mir mitteilen, woraus dieses köstliche Gericht besteht und wie es zubereitet wird, dann gebe ich Ihnen noch einmal hundert Dollar.»

«Ich hab's Ihnen doch schon gesagt. Es ist Schnitzel.»

«Und was ist Schnitzel?»

«Haben Sie denn noch nie Schnitzel gegessen?» Der Kellner sah ihn verwundert an.

«Sagen Sie mir um Himmels willen, was es ist, und spannen Sie mich nicht so auf die Folter.»

«Schweinefleisch ist es», erwiderte der Kellner. «Man braucht's nur in die Pfanne zu legen.»

«*Schweinefleisch?* Ist das wahr?»

«Dafür kann ich Ihnen garantieren.»

«Aber ... aber ... das ist unmöglich», stammelte der Jüngling. «Tante Glosspan, die mehr von solchen Dingen verstand als sonst jemand auf der Welt, hat immer behauptet, daß Fleisch jeder Art abscheulich sei, ekelerregend, schrecklich, widerwärtig, mit einem Wort ungenießbar. Und doch ist das Stück hier auf meinem Teller zweifellos das Leckerste, was ich je gekostet habe. Wie in aller Welt erklären Sie sich das? Tante Glosspan hätte mir gewiß nicht gesagt, es sei widerlich, wenn es nicht so wäre.»

«Vielleicht hat Ihre Tante das Fleisch nicht richtig zubereitet», meinte der Kellner.

«Ist das möglich?»

«Aber ja. Besonders bei Schwein, Schwein muß sehr sorgfältig zubereitet werden, sonst kann man's nicht essen.»

«Heureka!» rief Lexington. «Ich wette, genauso war es! Sie hat es falsch gemacht!» Er drückte dem Mann einen zweiten Hundertdollarschein in die Hand. «Führen Sie mich in die Küche», bat er, «und stellen Sie mich dem Genie vor, das dieses Gericht zubereitet hat.»

Sofort wurde Lexington in die Küche geleitet, wo er den Koch kennenlernte, einen älteren Mann mit einem Hautausschlag auf einer Seite des Halses.

«Sie müssen aber noch einen Hunderter herausrücken», bemerkte der Kellner.

Lexington tat das mit größter Bereitwilligkeit, doch diesmal gab er das Geld dem Koch. «Hören Sie», sagte er, «ich muß gestehen, daß ich von dem, was mir der Kellner erzählt hat, ganz verwirrt bin. Sind Sie wirklich sicher, daß jenes köstliche Gericht, das ich soeben verzehrt habe, aus Schweinefleisch gemacht war?»

Der Koch hob die rechte Hand und kratzte sich an seinem Ausschlag.

«Nun», antwortete er und blinzelte dabei dem Kellner listig zu, «ich kann nur so viel sagen, daß ich *glaube*, es war Schweinefleisch.»

«Sie meinen, Sie wissen es nicht genau?»

«Genau weiß man so etwas nie.»

«Was könnte es denn sonst gewesen sein?» fragte Lexington interessiert.

«Hm ...» Der Koch sprach sehr langsam und blickte den Kellner unverwandt an. «Sehen Sie, es besteht immerhin die Möglichkeit, daß es ein Stück Mensch war.»

«Von einem Mann?»

«Ja.»

«Du lieber Himmel!»

«Vielleicht auch von einer Frau. Der Geschmack ist in beiden Fällen der gleiche.»

«Nun, das ist wirklich überraschend», meinte der Jüngling.

«Man lernt nie aus.»

«Ja, das stimmt.»

«Erst kürzlich haben uns Metzger große Mengen davon statt Schweinefleisch geliefert», erklärte der Koch.

«Tatsächlich?»

«Das Schlimme ist, daß man nie weiß, welches welches ist. Gut ist beides.»

«Das Stück, das ich hatte, war einfach herrlich.»

«Freut mich, daß es Ihnen geschmeckt hat», erwiderte der Koch. «Aber um ehrlich zu sein, ich denke, es war vom Schwein. Ich bin sogar ziemlich sicher.»

«Ja?»

«Ja, wirklich.»

«Dann wollen wir also annehmen, daß Sie recht haben», sagte Lexington. «Würden Sie mir jetzt wohl erzählen – und hier sind nochmals hundert Dollar für Ihre Mühe –, würden Sie mir, bitte, genau erzählen, wie Sie es zubereitet haben?»

Nachdem der Koch das Geld eingesteckt hatte, erging er sich in einer anschaulichen Beschreibung, wie man ein Schweineschnitzel klopft, paniert und brät, während sich der Jüngling, um kein Wort von diesem großartigen Rezept zu verlieren, an den Küchentisch setzte und jede Einzelheit in seinem Notizbuch festhielt.

«Ist das alles?» fragte er, als der Koch seinen Vortrag beendet hatte.

«Das ist alles.»

«Aber gewiß gehört doch noch mehr dazu?»

«Vor allem brauchen Sie natürlich ein gutes Stück Fleisch», belehrte ihn der Koch. «Dann haben Sie schon halb gewonnen. Das Schwein muß erstens gesund und zweitens vorschriftsmäßig geschlachtet sein, sonst schmeckt es scheußlich, ganz gleich, wie Sie es zubereiten.»

«Machen Sie es mir vor», bat Lexington. «Schlachten Sie eins, damit ich es lerne.»

«In der Küche schlachten wir keine Schweine», erklärte der Koch. «Das Fleisch, von dem Sie gegessen haben, stammt aus dem Schlachthaus.»

«Dann geben Sie mir die Adresse.»

Der Koch gab sie ihm. Unser Held dankte den beiden vielmals für ihre Freundlichkeit, lief hinaus, sprang in ein Taxi und fuhr zum Schlachthaus.

VIII

Das Schlachthaus war ein großes vierstöckiges Backsteingebäude, dem ein eigenartiger Geruch entströmte, süßlich und schwer wie Moschus. Am Haupteingang hing ein Schild mit der Aufschrift: *Besichtigung jederzeit.* Dadurch ermutigt, ging Lexington hinein und gelangte auf einen Hof mit Kopfsteinpflaster, der das Haus umgab. Er folgte einer Reihe von Wegweisern (*Zu den Führungen*) und kam schließlich zu einer vom Hauptgebäude getrennten Wellblechbude (*Warteraum für Besucher).* Nach höflichem Anklopfen trat er ein.

In dem Raum befanden sich bereits sechs Personen: eine dicke Mutter mit zwei kleinen Jungen von etwa neun und elf Jahren; ein junges Paar mit strahlenden Augen – die beiden schienen noch in den Flitterwochen zu sein –, und eine blasse Frau, die lange weiße Handschuhe trug, sehr aufrecht saß, starr vor sich hin blickte und die Hände im Schoß gefaltet hatte. Niemand sprach. Lexington überlegte, ob sie wohl alle, wie er, Kochbücher schrieben, doch als er die Frage laut an sie richtete, bekam er keine Antwort. Die Erwachsenen lächelten nur geheimnisvoll und schüttelten den Kopf, während die beiden Kinder ihn wie einen Verrückten anstarrten.

Bald darauf öffnete sich die Tür. Ein Mann mit einem lustigen roten Gesicht stand auf der Schwelle und sagte: «Die nächsten, bitte.» Die Mutter erhob sich und ging mit den beiden Jungen hinaus.

Nach zehn Minuten kam der Mann zurück. «Die nächsten, bitte», sagte er, und die Jungvermählten sprangen auf.

Zwei neue Besucher traten ein und setzten sich – ein Mann in mittleren Jahren und seine ungefähr gleichaltrige Frau, die einen Einkaufskorb mit Lebensmitteln bei sich hatte.

«Die nächsten, bitte», sagte der Führer wieder, und die Frau mit den langen weißen Handschuhen stand auf.

Mehrere Leute kamen herein und nahmen auf den steiflehnigen Holzstühlen Platz.

Bald erschien der Führer zum viertenmal, und nun war Lexington an der Reihe.

«Folgen Sie mir bitte», sagte der Mann und ging mit dem Jüngling über den Hof auf das Hauptgebäude zu.

«Wie aufregend das ist!» Lexington hüpfte von einem Fuß auf den anderen. «Ich wollte nur, meine liebe Tante Glosspan könnte das alles mit mir zusammen erleben.»

«Ich mache nur den ersten Teil der Führung», erklärte sein Begleiter. «Danach reiche ich Sie weiter.»

«Ganz wie Sie meinen», rief der begeisterte Jüngling.

Sie gelangten zu einem großen eingezäunten Platz hinter dem Hauptgebäude, wo einige hundert Schweine herumliefen. «Hier fängt's an», sagte der Führer, «und dann werden sie da drüben hineingetrieben.»

«Wo?»

«Dort.» Der Mann deutete auf einen langen Holzschuppen an der Außenwand des Gebäudes. «Wir nennen es den Kettenpferch. Kommen Sie bitte.»

Als Lexington und der Führer sich näherten, waren drei Männer in hohen Gummistiefeln gerade dabei, ein Dutzend Schweine in den Pferch zu treiben, und so gingen die beiden gleich mit hinein.

«Passen Sie auf», sagte der Führer, «jetzt werden die Tiere angekettet.»

Der Schuppen hatte Holzwände und kein Dach. An der einen Wand, parallel zum Fußboden, war in etwa drei Fuß Höhe ein Stahlkabel mit Haken angebracht, das in ständiger langsamer Bewegung war. Am Ende des Schuppens wechselte es die Richtung, stieg senkrecht zur Dachöffnung hinauf und weiter zum obersten Stockwerk des Hauptgebäudes.

Die zwölf Schweine, die sich in der Nähe des Eingangs zusammendrängten, standen unbeweglich und blickten furchtsam umher. Einer der Männer in Gummistiefeln nahm eine Eisenkette von der Wand, ging damit von hinten auf eines der Schweine zu, bückte sich und schlang ihm rasch ein Ende der Kette ums Hinterbein. Das andere Kettenende befestigte er an einem Haken des vorbeilaufenden Kabels. Die Kette straffte sich. Das Bein des Tieres wurde hochgezerrt und nach hinten gezogen, und das Schwein kam ins Rutschen. Es fiel jedoch nicht hin, denn es war ein ziemlich gelenkiges Schwein und brachte es irgendwie fertig, im Gleichgewicht zu bleiben, während es auf drei Beinen hüpfte und sich gegen die ziehende Kette wehrte. Aber das Tier glitt immer weiter rückwärts, bis es am Ende des Schuppens, wo das Kabel die Richtung änderte und senkrecht nach oben führte, plötzlich den Boden unter den Füßen verlor und aufwärts schwebte. Schrilles Protestgequieke erschallte.

«Das ist wirklich faszinierend», sagte Lexington. «Aber was hat da so merkwürdig gekracht, als es in die Luft gezogen wurde?»

«Wahrscheinlich das Bein», antwortete der Führer. «Oder das Bekken.»

«Macht das nichts aus?»

«Was soll es ausmachen?» meinte der andere. «Die Knochen ißt man ja nicht.»

Die Männer in Gummistiefeln beeilten sich, auch die übrigen Schweine anzuketten; eines nach dem anderen wurde an das laufende Kabel gehakt und schwebte unter lautem Protestgeschrei himmelwärts.

«Zu diesem Rezept gehört ein gut Teil mehr als Kräuterpflücken», sagte Lexington. «Tante Glosspan hätte das nie geschafft.»

Während Lexington nach oben schaute, wo soeben das letzte Schwein entschwand, näherte sich ihm von hinten ein Mann in Gummistiefeln, schlang eine Kette um das Fußgelenk des Jünglings und hakte das andere Ende an das laufende Kabel. Bevor unser Held wußte, wie ihm geschah, fiel er um und wurde über den Betonboden des Kettenpferchs geschleift.

«Halt!» schrie er. «Alles anhalten! Mein Bein ist in die Kette gekommen.»

Niemand schien ihn zu hören, und fünf Sekunden später wurde der unglückselige junge Mann vom Fußboden hochgerissen und stieg durch das offene Dach des Schuppens nach oben, hilflos an einem Knöchel hängend und wie ein Fisch zappelnd.

«Hilfe!» brüllte er. «Hilfe! Ein Irrtum! Ein furchtbarer Irrtum! Haltet die Maschinen an! Laßt mich runter!»

Der Führer nahm die Zigarre aus dem Mund, sah gelassen zu, wie der Jüngling rasch gen Himmel fuhr, und sagte kein Wort. Die Männer in Gummistiefeln waren schon damit beschäftigt, die nächste Gruppe Schweine in den Pferch zu treiben.

«Rettet mich!» kreischte unser Held. «Laßt mich runter! Bitte laßt mich runter!» Aber er näherte sich bereits dem obersten Stockwerk des Gebäudes, wo sich das Kabel wie eine Schlange krümmte und auf eine Öffnung in der Wand zulief, auf eine Art Tor ohne Türflügel. Und dort, zum Empfang bereit, anzusehen, wie Petrus an der Himmelspforte, stand in einer fleckigen gelben Gummischürze der Schlächter.

Lexington, der mit dem Kopf nach unten hing, sah ihn verkehrt herum – und auch das nur kurz –, doch er bemerkte sofort den Ausdruck friedlichen Wohlwollens, das freundliche Blinzeln der Augen, das leichte nachdenkliche Lächeln, die Grübchen in den Wangen – und das alles erfüllte ihn mit Hoffnung.

«Hallo», grüßte der Schlächter freundlich.

«Schnell! Retten Sie mich!» schrie unser Held.

«Mit Vergnügen», antwortete der Schlächter, nahm Lexington mit der linken Hand sanft am Ohr, hob die Rechte und schnitt ihm mit einem Messer die Halsschlagader durch.

Das Kabel lief mit Lexington weiter. Für den Jüngling stand alles kopf, und das Blut, das aus seiner Kehle drang, floß ihm in die Augen, aber er konnte trotzdem so einigermaßen sehen. Er hatte den verschwommenen Eindruck, in einem sehr langen Raum zu sein, an dessen anderem Ende sich ein riesiger, dampfender Wasserkessel befand. Dunkle, halb vom Dampf verhüllte Gestalten tanzten um den Behälter herum und schwenkten lange Stangen. Das Förderband führte offenbar über den Kessel hinweg, und wenn Lexington sich nicht täuschte, wurden die Schweine eines nach dem anderen in das kochende Wasser getaucht. Eines der Tiere schien an den Vorderbeinen lange weiße Handschuhe zu tragen.

Unser Held fühlte sich plötzlich sehr schläfrig, aber erst als sein gutes, kräftiges Herz den letzten Blutstropfen aus seinem Körper gepumpt hatte, ging er aus dieser, der besten aller möglichen Welten, in die nächste über.

Die Wirtin

Billy Weaver hatte London nachmittags mit dem Personenzug verlassen, war unterwegs in Swindon umgestiegen, und als er in Bath ankam, war es etwa neun Uhr abends. Über den Häusern am Bahnhof ging der Mond auf; der Himmel war sternklar, die Luft schneidend kalt, und Billy spürte den Wind wie eine flache, eisige Klinge auf seinen Wangen.

«Entschuldigen Sie», sagte er, «gibt es hier in der Nähe ein nicht zu teueres Hotel?»

«Versuchen Sie's mal im *Bell and Dragon*», antwortete der Gepäckträger und wies die Straße hinunter. «Da können Sie vielleicht unterkommen. Es ist ungefähr eine Viertelmeile von hier auf der anderen Seite.»

Billy dankte ihm, nahm seinen Koffer und machte sich auf, die Viertelmeile zum *Bell and Dragon* zu gehen. Er war noch nie in Bath gewesen und kannte niemanden im Ort. Aber Mr. Greenslade vom Zentralbüro in London hatte ihm versichert, es sei eine herrliche Stadt. «Suchen Sie sich ein Zimmer», hatte er gesagt, «und wenn das erledigt ist, melden Sie sich sofort bei unserem Filialleiter.»

Billy war siebzehn Jahre alt. Er trug einen neuen marineblauen Mantel, einen neuen braunen Hut und einen neuen braunen Anzug. Seine Stimmung war glänzend, und er schritt energisch aus. In letzter Zeit bemühte er sich, alles energisch zu tun, denn seiner Ansicht nach war Energie das hervorstechendste Kennzeichen erfolgreicher Geschäftsleute. Die großen Tiere in der Direktion waren immer phantastisch energiegeladen. Billy bewunderte sie sehr.

In der breiten Straße, die er entlangging, gab es keine Läden, sondern nur zwei Reihen hoher Häuser, von denen eines wie das andere aussah. Alle hatten Portale und Säulen, zu den Haustüren führten vier oder fünf Stufen hinauf, und zweifellos hatten hier einmal vornehme Leute gewohnt. Jetzt aber bemerkte man sogar im Dunkeln, daß von den Türen und Fensterrahmen die Farbe abblätterte und daß die weißen Fassaden im Laufe der Jahre rissig und fleckig geworden waren.

Plötzlich fiel Billys Blick auf ein Fenster zu ebener Erde, das von einer Straßenlaterne hell beleuchtet wurde. An einer der oberen Scheiben klebte ein Zettel. ZIMMER MIT FRÜHSTÜCK lautete die gedruckte Aufschrift. Unter dem Zettel stand eine Vase mit schönen großen Weidenkätzchen.

Er blieb stehen. Dann trat er etwas näher. An beiden Seiten des Fensters hingen grüne Gardinen aus einem samtartigen Gewebe. Die gelben Weidenkätzchen paßten wunderbar dazu. Er ging ganz dicht heran und spähte durch die Fensterscheibe ins Zimmer. Das erste, was er sah, war der Kamin, in dem ein helles Feuer brannte. Auf dem Teppich vor dem Feuer lag ein hübscher kleiner Dackel, zusammengerollt, die Nase unter dem Bauch. Das Zimmer war, soweit Billy im Halbdunkel erkennen konnte, recht freundlich eingerichtet. Außer einem großen Sofa und mehreren schweren Lehnsesseln war noch ein Klavier da, und in einer Ecke entdeckte er einen Papagei im Käfig. Billy sagte sich, daß Tiere eigentlich immer ein gutes Zeichen seien, und auch sonst hatte er den Eindruck, in diesem Haus könne man eine anständige Unterkunft finden. Sicherlich lebte es sich hier behaglicher als im *Bell and Dragon*.

Andererseits war ein Gasthof vielleicht doch vorteilhafter als ein Boardinghouse. Da konnte man abends Bier trinken und sich mit Pfeilwerfen vergnügen, man hatte Gesellschaft, und außerdem war es gewiß erheblich billiger. Er hatte schon einmal in einem Hotel gewohnt und war recht zufrieden gewesen. Ein Boardinghouse dagegen kannte er nur dem Namen nach, und ehrlich gesagt, hatte er ein wenig Angst davor. Schon das Wort klang nach wässerigem Kohl, habgierigen Wirtinnen und penetrantem Bücklingsgeruch im Wohnzimmer.

Nachdem Billy diese Überlegungen zwei oder drei Minuten lang in der Kälte angestellt hatte, beschloß er, zunächst einen Blick auf das *Bell and Dragon* zu werfen und sich dann endgültig zu entscheiden. Er wandte sich zum Gehen.

Da geschah ihm etwas Seltsames. Als er zurücktrat, um seinen Weg fortzusetzen, wurde sein Blick plötzlich auf höchst merkwürdige Weise von dem Zettel gefesselt, der am Fenster klebte. ZIMMER MIT FRÜHSTÜCK, las er, ZIMMER MIT FRÜHSTÜCK, ZIMMER MIT FRÜHSTÜCK, ZIMMER MIT FRÜHSTÜCK. Jedes Wort war wie ein großes schwarzes Auge, das ihn durch das Glas anstarrte, ihn festhielt, ihn zum Stehenbleiben nötigte, ihn zwang, sich nicht von dem Haus zu entfernen – und ehe er sich's versah, war er von dem Fenster zur Haustür gegangen, hatte die Stufen erstiegen und die Hand nach dem Klingelknopf ausgestreckt.

Er läutete. Die Glocke schrillte in irgendeinem der hinteren Räume, und gleichzeitig – es mußte gleichzeitig sein, denn er hatte den Finger noch auf dem Knopf – sprang die Tür auf, und vor ihm stand eine Frau.

Wenn man läutet, dauert es gewöhnlich mindestens eine halbe Minute, bevor die Tür geöffnet wird. Aber diese Frau war wie ein Schachtelmännchen: Man drückte auf den Knopf, und schon sprang sie heraus! Geradezu unheimlich war das.

Sie mochte fünfundvierzig bis fünfzig Jahre alt sein, und sie begrüßte ihn mit einem warmen Willkommenslächeln.

«Bitte treten Sie näher», sagte sie freundlich. Sie hielt die Tür weit offen, und Billy ertappte sich dabei, daß er automatisch vorwärts gehen wollte. Der Drang oder vielmehr die Begierde, ihr in dieses Haus zu folgen, war außerordentlich stark.

«Ich habe das Schild im Fenster gesehen», erklärte er, ohne die Schwelle zu überschreiten.

«Ja, ich weiß.»

«Ich suche ein Zimmer.»

«Alles ist für Sie bereit, mein Lieber», antwortete sie. Ihr Gesicht war rund und rosig, der Blick ihrer blauen Augen sehr sanft.

«Ich war auf dem Weg zum *Bell and Dragon*», berichtete Billy. «Aber dann sah ich zufällig dieses Schild in Ihrem Fenster.»

«Lieber Junge», sagte sie, «warum stehen Sie denn in der Kälte? Kommen Sie doch herein.»

«Wieviel kostet das Zimmer?»

«Fünfeinhalb für die Nacht einschließlich Frühstück.»

Das war unglaublich billig. Weniger als die Hälfte des Betrages, mit dem er gerechnet hatte.

«Wenn es zuviel ist», fügte sie hinzu, «kann ich's vielleicht auch ein bißchen billiger machen. Wollen Sie ein Ei zum Frühstück? Eier sind zur Zeit teuer. Ohne Ei kostet es einen halben Shilling weniger.»

«Fünfeinhalb ist ganz gut», erwiderte er. «Ich möchte gern hierbleiben.»

«Das habe ich mir gleich gedacht. Kommen Sie herein.»

Sie schien wirklich sehr nett zu sein. Und sie sah genauso aus wie eine Mutter, die den besten Schulfreund ihres Sohnes für die Weihnachtstage in ihrem Hause willkommen heißt. Billy nahm den Hut ab und trat ein.

«Hängen Sie Ihre Sachen nur dorthin», sagte sie. «Warten Sie, ich helfe Ihnen aus dem Mantel.»

Andere Hüte oder Mäntel waren in der Diele nicht zu sehen. Auch keine Schirme, keine Spazierstöcke – nichts.

«Wir haben hier *alles* für uns allein», bemerkte sie und lächelte ihm über die Schulter zu, während sie ihn die Treppe hinaufführte. «Wissen Sie, ich habe nicht sehr oft das Vergnügen, einen Gast in meinem kleinen Nest zu beherbergen.»

Die Alte ist ein bißchen verdreht, dachte Billy. Aber für fünfeinhalb die Nacht kann man das schon in Kauf nehmen. «Ich hätte geglaubt, Sie wären von Gästen überlaufen», sagte er höflich.

«Bin ich auch, mein Lieber, bin ich auch. Die Sache ist nur so, daß ich dazu neige, ein ganz klein wenig wählerisch und eigen zu sein – wenn Sie verstehen, was ich meine.»

«O ja.»

«Aber bereit bin ich immer. Ja, ich halte Tag und Nacht alles bereit für den Fall, daß einmal ein annehmbarer junger Mann erscheint. Und es ist eine große Freude, mein Lieber, eine sehr große Freude, wenn ich hie und da die Tür aufmache und jemand vor mir sehe, der *genau* richtig ist.» Sie hatte den Treppenabsatz erreicht, blieb stehen, die eine Hand auf dem Geländer, wandte den Kopf und lächelte mit blassen Lippen auf ihn herab. «Wie Sie», setzte sie hinzu, und der Blick ihrer blauen Augen glitt langsam von Billys Kopf bis zu seinen Füßen und dann wieder hinauf.

In der ersten Etage sagte sie zu ihm: «Hier wohne ich.»

Sie stiegen noch eine Treppe höher. «Und dies ist Ihr Reich», fuhr sie fort. «Ich hoffe, Ihr Zimmer gefällt Ihnen.» Damit öffnete sie die Tür eines kleinen, aber sehr hübschen Vorderzimmers und knipste beim Eintreten das Licht an.

«Morgens scheint die Sonne direkt ins Fenster, Mr. Perkins. Sie heißen doch Mr. Perkins, nicht wahr?»

«Nein», sagte er. «Weaver.»

«Mr. Weaver. Wie hübsch. Ich habe eine Wärmflasche ins Bett getan, damit sich die Bezüge nicht so klamm anfühlen. In einem fremden Bett mit frischer Wäsche ist eine Wärmflasche sehr angenehm, finden Sie nicht? Und falls Sie frösteln, können Sie jederzeit den Gasofen anstecken.»

«Danke», sagte Billy. «Haben Sie vielen Dank.» Er bemerkte, daß die Überdecke bereits abgenommen und die Bettdecke an einer Seite zurückgeschlagen war – er brauchte nur noch hineinzuschlüpfen.

«Ich bin so froh, daß Sie gekommen sind», beteuerte sie und blickte ihm ernst ins Gesicht. «Ich hatte mir schon Gedanken gemacht.»

«Alles in Ordnung», antwortete Billy munter. «Gar kein Grund zur Sorge.» Er legte seinen Koffer auf den Stuhl und schickte sich an, ihn zu öffnen.

«Und wie sieht's mit Abendbrot aus, mein Lieber? Haben Sie irgendwo etwas gegessen, bevor Sie herkamen?»

«Danke, ich bin wirklich nicht hungrig», sagte er. «Ich glaube, ich werde so bald wie möglich schlafen gehen, weil ich morgen beizeiten aufstehen und mich im Büro melden muß.»

«Gut, dann will ich Sie jetzt allein lassen, damit Sie auspacken können. Aber ehe Sie sich hinlegen, seien Sie doch bitte so freundlich, unten im Salon ihre Personalien ins Buch einzutragen. Das muß jeder tun, denn es ist hierzulande Gesetz, und in *diesem* Stadium wollen wir uns doch nach den Gesetzen richten, nicht wahr?» Sie winkte leicht mit der Hand und verließ rasch das Zimmer.

Das absonderliche Benehmen seiner Wirtin beunruhigte Billy nicht im geringsten. Die Frau war ja harmlos – darüber bestand wohl kein Zweifel –, und zudem schien sie eine freundliche, freigebige Seele zu sein. Vermutlich hatte sie im Krieg einen Sohn verloren oder einen anderen Schicksalsschlag erlitten, über den sie nie hinweggekommen war.

Wenig später, nachdem er seinen Koffer ausgepackt und sich die Hände gewaschen hatte, ging er ins Erdgeschoß hinunter und betrat den Salon. Die Wirtin war nicht da, aber im Kamin brannte das Feuer, und davor schlief noch immer der kleine Dackel. Das Zimmer war herrlich warm und gemütlich. Da habe ich Glück gehabt, dachte Billy und rieb sich die Hände. Besser hätte ich's gar nicht treffen können.

Da das Gästebuch offen auf dem Klavier lag, zog er seinen Füllfederhalter heraus, um Namen und Adresse einzuschreiben. Auf der Seite standen bereits zwei Eintragungen, und Billy las sie, wie man es bei Fremdenbüchern immer tut. Der eine Gast war ein gewisser Christopher Mulholland aus Cardiff, der andere hieß Gregory W. Temple und stammte aus Bristol.

Merkwürdig, dachte er plötzlich. Christopher Mulholland. Das klingt irgendwie bekannt.

Wo in aller Welt hatte er diesen keineswegs alltäglichen Namen schon gehört?

Ein Mitschüler? Nein. Vielleicht einer der vielen Verehrer seiner Schwester oder ein Freund seines Vaters? Nein, ganz gewiß nicht. Er blickte wieder in das Buch.

Christopher Mulholland, 231 Cathedral Road, Cardiff.

Gregory W. Temple, 27 Sycamore Drive, Bristol.

Wenn er es recht bedachte, hatte der zweite Name einen fast ebenso vertrauten Klang wie der erste.

«Gregory Temple», sagte er laut vor sich hin, während er in seinem Gedächtnis suchte. «Christopher Mulholland ...»

«So reizende junge Leute», hörte er eine Stimme hinter sich. Er fuhr herum und sah seine Wirtin ins Zimmer segeln. Sie trug ein großes silbernes Tablett, das sie weit von sich ab hielt, ziemlich hoch, als hätte sie die Zügel eines lebhaften Pferdes in den Händen.

«Die Namen kommen mir so bekannt vor», sagte er.

«Wirklich? Wie interessant.»

«Ich möchte schwören, daß ich sie irgendwoher kenne. Ist das nicht sonderbar? Vielleicht aus der Zeitung. Handelt es sich etwa um berühmte Persönlichkeiten? Kricketspieler, Fußballer oder dergleichen?»

«Berühmt ...» Sie stellte das Teebrett auf den niedrigen Tisch vor dem Sofa. «Ach nein, berühmt waren sie wohl nicht. Aber sie waren ungewöhnlich hübsch, alle beide, das kann ich Ihnen versichern. Groß, jung und hübsch, mein Lieber, genau wie Sie.»

Billy beugte sich von neuem über das Buch. «Nanu», rief er, als sein Blick auf die Daten fiel. «Die letzte Eintragung ist ja mehr als zwei Jahre alt.»

«So?»

«Tatsächlich. Und Christopher Mulholland hat sich fast ein Jahr früher eingeschrieben – also vor reichlich drei Jahren.»

«Du meine Güte», sagte sie kopfschüttelnd mit einem gezierten kleinen Seufzer. «Das hätte ich nie gedacht. Wie doch die Zeit verfliegt, nicht wahr, Mr. Wilkins?»

«Ich heiße Weaver», verbesserte Billy. «W-e-a-v-e-r.»

«O ja, natürlich!» Sie setzte sich auf das Sofa. «Wie dumm von mir. Entschuldigen Sie bitte. Zum einen Ohr hinein, zum anderen hinaus, so bin ich nun mal, Mr. Weaver.»

«Wissen Sie», begann Billy von neuem, «was bei alledem höchst merkwürdig ist?»

«Nein, was denn, mein Lieber?»

«Ja, sehen Sie, mit diesen beiden Namen – Mulholland und Temple – verbinde ich nicht nur die Vorstellung von zwei Menschen, die sozusagen unabhängig voneinander existieren, sondern mir scheint auch, daß sie auf irgendeine Art und Weise zusammengehören. Als wären sie beide auf demselben Gebiet bekannt, wenn Sie verstehen, was ich meine – etwa wie ... ja ... wie Dempsey und Tunney oder wie Churchill und Roosevelt.»

«Sehr amüsant», sagte sie. «Aber kommen Sie, mein Lieber, setzen Sie sich zu mir aufs Sofa. Sie sollen eine Tasse Tee trinken und Ingwerkeks essen, bevor Sie zu Bett gehen.»

«Bemühen Sie sich doch nicht», protestierte Billy. «Machen Sie bitte meinetwegen keine Umstände.» Er lehnte am Klavier und sah zu, wie sie eifrig mit den Tassen und Untertassen hantierte. Sie hatte kleine, weiße, sehr bewegliche Hände mit roten Fingernägeln.

«Ich bin überzeugt, daß ich die Namen in der Zeitung gelesen habe», fuhr Billy fort. «Gleich wird's mir einfallen. Ganz bestimmt.»

Es gibt nichts Quälenderes, als einer Erinnerung nachzujagen, die einem immer wieder entschlüpft. Er mochte nicht aufgeben.

«Warten Sie einen Moment», murmelte er. «Nur einen Moment. Mulholland... Christopher Mulholland... war das nicht der Etonschüler, der eine Wanderung durch Westengland machte und der dann plötzlich...»

«Milch?» fragte sie. «Und Zucker?»

«Ja, bitte. Und der dann plötzlich...»

«Etonschüler?» wiederholte sie. «Ach nein, mein Lieber, das kann nicht stimmen, denn *mein* Mr. Mulholland war kein Etonschüler. Er studierte in Cambridge. Na, wollen Sie denn nicht herkommen und sich an dem schönen Feuer wärmen? Nur zu, ich habe Ihnen schon Tee eingeschenkt.» Sie klopfte leicht auf den Platz an ihrer Seite und schaute Billy erwartungsvoll lächelnd an.

Er durchquerte langsam das Zimmer und setzte sich auf die Sofakante. Sie stellte die Teetasse vor ihn hin.

«So ist's recht», sagte sie. «Wie hübsch und gemütlich das ist, nicht wahr?»

Billy trank seinen Tee, und auch sie nahm ein paar kleine Schlukke. Eine Zeitlang sprachen die beiden kein Wort. Aber Billy wußte, daß sie ihn ansah. Sie hatte sich ihm halb zugewandt, und er spürte, wie sie ihn über den Tassenrand hinweg beobachtete. Hin und wieder streifte ihn wie ein Hauch ein eigenartiger Geruch, der unmittelbar von ihr auszugehen schien und der keineswegs unangenehm war. Ein Duft, der Billy an irgend etwas erinnerte – er konnte nur nicht sagen, an was. Eingemachte Walnüsse? Neues Leder? Oder die Korridore im Krankenhaus?

Schließlich brach sie das Schweigen. «Mr. Mulholland war ein großer Teetrinker. Nie im Leben habe ich jemanden soviel Tee trinken sehen wie den lieben Mr. Mulholland.»

«Ich nehme an, er ist erst vor kurzem ausgezogen», meinte Billy, der noch immer an den beiden Namen herumrätselte. Er war jetzt ganz sicher, daß er sie in der Zeitung gelesen hatte – in den Schlagzeilen.

«Ausgezogen?» Sie hob erstaunt die Brauen. «Aber nein, lieber Junge, er ist gar nicht ausgezogen. Er wohnt noch hier. Mr. Temple auch. Sie sind beide im dritten Stock untergebracht.»

Billy stellte die Tasse vorsichtig auf den Tisch und starrte seine

Wirtin an. Sie lächelte, streckte eine ihrer weißen Hände aus und klopfte ihm beruhigend aufs Knie. «Wie alt sind Sie, mein Freund?»

«Siebzehn.»

«Siebzehn!» rief sie. «Ach, das ist das schönste Alter! Mr. Mulholland war auch siebzehn. Aber ich glaube, er war ein wenig kleiner als Sie, ja, bestimmt war er kleiner, und seine Zähne waren nicht *ganz* so weiß wie Ihre! Sie haben wunderschöne Zähne, Mr. Weaver, wissen Sie das?»

«So gut, wie sie aussehen, sind sie gar nicht», sagte Billy. «Auf der Rückseite haben sie eine Menge Füllungen.»

Sie überhörte seinen Einwurf. «Mr. Temple war natürlich etwas älter», erzählte sie weiter. «Er war schon achtundzwanzig. Aber wenn er mir das nicht verraten hätte, wäre ich nie darauf gekommen, nie im Leben. Sein Körper war ganz ohne Makel.»

«Ohne was?» fragte Billy.

«Er hatte eine Haut wie ein Baby. *Genau* wie ein Baby.»

Es entstand eine Pause. Billy nahm seine Tasse, trank einen Schluck und setzte sie behutsam auf die Untertasse zurück. Er wartete auf irgendeine Bemerkung seiner Wirtin, aber sie hüllte sich in Schweigen. So saß er denn da, blickte unentwegt in die gegenüberliegende Zimmerecke und nagte an seiner Unterlippe.

«Der Papagei dort...» sagte er schließlich. «Wissen Sie, als ich ihn zuerst durchs Fenster sah, bin ich tatsächlich darauf hereingefallen. Ich hätte schwören können, daß er lebt.»

«Leider nicht mehr.»

«Eine ausgezeichnete Arbeit», bemerkte Billy. «Wirklich, er sieht nicht im geringsten tot aus. Wer hat ihn denn ausgestopft?»

«Ich.»

«Sie?»

«Natürlich», bestätigte sie. «Haben Sie schon meinen kleinen Basil gesehen?» Sie deutete mit einer Kopfbewegung auf den Dackel, der so behaglich zusammengerollt vor dem Kamin lag. Billy schaute hin, und plötzlich wurde ihm klar, daß sich das Tier die ganze Zeit ebenso stumm und unbeweglich verhalten hatte wie der Papagei. Er streckte die Hand aus. Der Rücken des Hundes, den er vorsichtig berührte, war hart und kalt, und als er mit den Fingern das Haar beiseite schob, sah er darunter die trockene, gut konservierte, schwarzgraue Haut.

«Du lieber Himmel», rief er, «das ist ja phantastisch!» Er wandte sich von dem Hund ab und blickte voller Bewunderung die kleine Frau an, die neben ihm auf dem Sofa saß. «So etwas muß doch unglaublich schwierig sein.»

«Durchaus nicht», erwiderte sie. «Ich stopfe *alle* meine kleinen Lieblinge aus, wenn sie von mir gehen. Möchten Sie noch eine Tasse Tee?»

«Nein, danke», sagte Billy. Der Tee schmeckte ein wenig nach bitteren Mandeln, und das mochte er nicht.

«Sie haben sich in das Buch eingetragen, nicht wahr?»

«Ja, gewiß.»

«Dann ist es gut. Weil ich später, falls ich Ihren Namen einmal vergessen sollte, immer herunterkommen und im Buch nachschlagen kann. Das tue ich fast täglich mit Mr. Mulholland und Mr. ... Mr. ...»

«Temple», ergänzte Billy. «Gregory Temple. Entschuldigen Sie, aber haben Sie denn außer den beiden in den letzten zwei, drei Jahren gar keine anderen Gäste gehabt?»

Sie hielt die Tasse hoch in der Hand, neigte den Kopf leicht nach links, blickte aus den Augenwinkeln zu ihm auf, lächelte ihn freundlich an und sagte: «Nein, lieber Freund. Nur Sie.»

Der Weltmeister

Den ganzen Tag – das heißt, soweit die Kunden uns Zeit dazu ließen – hatten wir im Büro der Tankstelle am Tisch gehockt und die Rosinen präpariert. Sie waren dick und weich, weil sie in Wasser gelegen hatten, und wenn man sie mit der Rasierklinge ritzte, sprang die Haut auf, und das gelbe Fleisch quoll heraus. Alles ging so glatt, wie man es nur wünschen konnte.

Aber es handelte sich um insgesamt hundertsechsundneunzig Stück, und so wurden wir erst am späten Nachmittag fertig.

«Sehen sie nicht herrlich aus?» rief Claud und rieb sich die Hände. «Wie spät ist es, Gordon?»

«Kurz nach fünf.»

Durch das Fenster sahen wir einen Kombiwagen an den Pumpen vorfahren. Er wurde von einer Frau gelenkt, und hinten saßen acht oder neun Kinder, die Eis schleckten.

«Wir müssen bald aufbrechen», sagte Claud. «Die ganze Geschichte wird ein Reinfall, wenn wir nicht vor Sonnenuntergang draußen sind, das ist dir wohl klar.» Zweifellos, er fing an, nervös zu werden. Sein Gesicht hatte den gleichen aufgeregten, etwas glotzäugigen Ausdruck wie vor einem Hunderennen oder einem abendlichen Rendezvous mit Clarice.

Wir gingen beide hinaus, und Claud gab der Frau so viele Gallonen Benzin, wie sie verlangte. Als sie fort war, blieb er mitten auf dem Fahrweg stehen und blinzelte besorgt zu der Sonne hinauf, die nur noch eine Handbreit von der Baumlinie des Hügelrückens auf der anderen Talseite entfernt war.

«Schön», sagte ich, «schließ ab.»

Er ging rasch von Pumpe zu Pumpe und befestigte jeden Schlauch mit einem kleinen Vorhängeschloß am Halter.

«Diesen gelben Pullover solltest du lieber ausziehen», meinte er.

«Warum denn?»

«Weil du sonst im Mondschein wie ein verdammter Leuchtturm wirkst.»

«Es wird schon gehen.»

«Wird es nicht», widersprach er. «Tu mir den Gefallen, Gordon, zieh ihn aus. Wir treffen uns in drei Minuten.» Er verschwand in seinem Wohnwagen hinter der Tankstelle, und ich ging hinein, um meinen gelben Pullover mit einem blauen zu vertauschen.

Als ich zurückkam, hatte Claud schwarze Hosen an und einen dunkelgrünen Sweater mit Rollkragen. Auf dem Kopf trug er eine braune Stoffmütze, deren Schirm er tief in die Stirn gezogen hatte. Er sah aus wie ein Apachendarsteller aus einem Nachtklub.

«Was hast du da drunter?» fragte ich und deutete auf einen Wulst um seine Hüften.

Er zog den Sweater hoch und zeigte mir zwei schmale, aber sehr lange, weiße Baumwollsäcke, die glatt und fest um seinen Bauch gebunden waren. «Für den Transport», antwortete er in geheimnisvollem Ton.

«Aha.»

«Gehen wir», sagte er.

«Ich bin noch immer dafür, den Wagen zu nehmen.»

«Viel zu riskant. Man würde ihn stehen sehen.»

«Bis zum Wald sind's aber reichlich drei Meilen.»

«Ja», bestätigte er. «Die Sache ist nur so, daß wir jeder sechs Monate ins Kittchen kommen, wenn sie uns erwischen.»

«Davon hast du mir gestern nichts gesagt.»

«Nein?»

«Ich gehe nicht mit», erklärte ich. «Das lohnt sich nicht.»

«Ach was, der Spaziergang wird dir guttun, Gordon. Komm nur.»

Es war ein stiller, sonniger Abend. Kleine, leuchtendweiße Wolkenstreifen hingen unbeweglich am Himmel, und das Tal war kühl und sehr ruhig, als wir am Grasrand der Straße entlangwanderten, die zwischen den Hügeln nach Oxford führt.

«Hast du die Rosinen?» fragte Claud.

«Ja, in der Tasche.»

Zehn Minuten später bogen wir von der Hauptstraße nach links ab, und nun ging es auf einem schmalen Weg zwischen hohen Hekken bergan.

«Wie viele Wildhüter sind dort?» erkundigte ich mich.

«Drei.»

Claud warf seine halb aufgerauchte Zigarette weg und zündete sich sofort eine neue an.

«Im allgemeinen bin ich nicht für neue Methoden zu haben», sagte er. «Jedenfalls nicht bei so was.»

«Natürlich.»

«Aber bei Gott, Gordon, ich glaube, diesmal wird's ein Treffer.»

«Meinst du?»

«Gar keine Frage.»

«Hoffentlich hast du recht.»

«Wir werden einen neuen Meilenstein in der Geschichte des Wilderns errichten», schwärmte er. «Aber du darfst keiner Menschenseele erzählen, wie wir's angefangen haben, verstehst du? Denn wenn das durchsickert, wird's jeder Dummkopf in der Gegend ebenso machen, und dann bleibt nicht ein Fasan übrig.»

«Kein Wort verrate ich.»

«Du kannst sehr stolz auf dich sein», fuhr er fort. «Jahrhundertelang haben sich kluge Männer mit diesem Problem beschäftigt, und keiner von ihnen ist jemals auf eine Idee gekommen, die auch nur halb so schlau war wie deine. Warum hast du mir nicht schon eher davon erzählt?»

«Du hast mich nie nach meiner Meinung gefragt», erwiderte ich.

Und so war es. Bis zum Tage zuvor hatte Claud nie mit mir über das geheiligte Thema, nämlich das Wildern, gesprochen. Oft genug hatte ich an Sommerabenden beobachtet, wie er nach getaner Arbeit mit der Mütze auf dem Kopf aus seinem Wohnwagen schlüpfte und in Richtung der Wälder verschwand. Wenn ich ihm vom Bürofenster aus nachschaute, hatte ich mich mitunter gefragt, was er wohl vorhabe, was für hinterlistige Streiche er dort oben im stockdunklen Wald verüben wolle. Selten kam er vor Mitternacht zurück, und nie, schlechterdings nie, brachte er bei seiner Heimkehr Beute mit. Und doch – ich hatte keine Ahnung, wie er das machte – hing am nächsten Tag immer etwas zu essen in unserer Vorratskammer – ein Fasan, ein Hase oder ein paar Rebhühner.

In diesem Sommer war Claud besonders rührig gewesen, und in den letzten beiden Monaten hatte er sein Tempo derart gesteigert, daß er wöchentlich vier oder fünf solcher Ausflüge unternahm. Und das war noch nicht alles. Mir schien, daß sich seine Einstellung zum Wildern neuerdings auf eine subtile, mysteriöse Weise verändert hatte. Er kam mir so zielbewußt, verschlossen, ja verbissen vor wie noch nie, und ich hatte den Eindruck, es handle sich nicht mehr um eine Spielerei, sondern um einen Kreuzzug, um eine Art Privatkrieg, den Claud ganz allein gegen einen unsichtbaren, verhaßten Feind führte.

Aber gegen wen?

Ich war meiner Sache nicht sicher, hatte jedoch den Verdacht, es sei kein anderer als Mr. Hazel, der berühmte Mr. Victor Hazel, dem die Wälder und die Fasanen gehörten. Dieser Herr, der Besitzer einer großen Brauerei, zeichnete sich durch unglaubliche Arroganz aus und war über alle Maßen reich. Seine Ländereien erstreckten sich meilenweit auf beiden Seiten des Tales. Er war ein Selfmademan ohne jeglichen Charme und mit bemerkenswert wenigen Vorzügen, verachtete alle Menschen in untergeordneter Stellung, obgleich er selbst einmal zu ihnen gehört hatte, und machte verzweifelte Anstrengungen, in jene Gesellschaftskreise zu gelangen, die er für die richtigen hielt. Er veranstaltete Parforcejagden, gab große Jagdgesellschaften, trug phantastische Westen und fuhr an jedem Wochentag auf dem Weg zur Fabrik in seinem riesigen schwarzen Rolls-Royce an unserer Tankstelle vorüber. Manchmal erspähten wir dann für einen Moment über dem Lenkrad sein feistes, glänzendes Brauergesicht, rot wie ein Schinken, aufgedunsen und erhitzt von übermäßigem Biergenuß.

Um auf Claud zurückzukommen – tags zuvor hatte er ganz unvermittelt zu mir gesagt: «Ich gehe heute abend wieder in Hazels Wälder hinauf. Willst du mich nicht begleiten?»

«Ich?»

«Für dieses Jahr wird's dann wohl aus sein mit Fasanen», fügte er hinzu. «Die Jagd wird am Sonnabend eröffnet, und später sind die Vögel in alle Winde verstreut – sofern welche übrigbleiben.»

«Warum diese plötzliche Einladung?» fragte ich mißtrauisch.

«Kein besonderer Grund, Gordon. Gar keiner.»

«Ist es gefährlich?»

Darauf gab er mir keine Antwort.

«Ich nehme an, du hast da oben eine Flinte oder so was versteckt?»

«Eine Flinte!» rief er entsetzt. «Kein Mensch *schießt* Fasanen, weißt du das nicht? In Hazels Wäldern brauchst du nur eine Kinderpistole abzufeuern, und schon fallen die Wildhüter über dich her.»

«Wie machst du's denn sonst?»

«Ach», sagte er nur und senkte geheimnistuerisch die Lider. Erst nach längerem Schweigen sprach er weiter. «Traust du dir zu, daß du den Mund halten kannst, wenn ich dir das eine oder andere erzähle?»

«Ganz entschieden.»

«Noch nie in meinem ganzen Leben habe ich jemandem ein Wort davon gesagt, Gordon.»

«Ich fühle mich sehr geehrt», antwortete ich. «Du kannst dich vollständig auf mich verlassen.»

Er wandte den Kopf und blickte mich mit seinen blassen Augen an. Sie waren groß und feucht wie die eines Ochsen und so dicht vor mir, daß ich im Zentrum, verkehrt herum gespiegelt, mein Gesicht sah.

«Ich werde dir jetzt die drei besten Arten der Welt schildern, Fasanen ohne Flinte zu erlegen», begann er. «Und da du auf diesem kleinen Spaziergang mein Gast bist, darfst du bestimmen, wie wir es heute machen wollen. Einverstanden?»

«Dahinter steckt etwas.»

«Nichts steckt dahinter, Gordon. Ich schwöre.»

«Gut. Also weiter.»

«Paß auf», fuhr er fort, «hier kommt das erste große Geheimnis.» Er hielt inne, um kräftig an seiner Zigarette zu ziehen. «Fasanen», flüsterte er, «sind *wild* auf Rosinen.»

«Rosinen?»

«Auf gewöhnliche Rosinen. Das ist bei ihnen geradezu eine Manie. Mein Vater hat das vor mehr als vierzig Jahren entdeckt. Und er hat auch alle drei Methoden entdeckt, die ich dir jetzt beschreiben werde.»

«Hast du nicht mal gesagt, daß dein Vater ein Säufer war?»

«Allerdings. Aber er war auch ein großer Wilderer, Gordon. Vielleicht der größte, den es je in der Geschichte Englands gegeben hat. Mein Vater studierte das Wildern wie eine Wissenschaft.»

«Tatsächlich?»

«Es ist mein Ernst, Gordon. Mein voller Ernst.»

«Ich glaub dir's ja.»

«Weißt du», erzählte er weiter, «mein Vater hielt immer eine Schar junger Hähne auf unserem Hof. Nur zu Versuchszwecken.»

«Hähne?»

«Ganz recht. Und sooft er sich etwas Neues ausgedacht hatte, um Fasanen zu fangen, probierte er die Wirkung zuerst an einem Hahn aus. Auf diese Weise hat er die Sache mit den Rosinen entdeckt. Und auch die Roßhaarmethode.» Claud warf einen raschen Blick über die Schulter, als wollte er sich vergewissern, daß uns niemand belauschte. «Man macht das so», erklärte er. «Zuerst legt man ein paar Rosinen über Nacht in Wasser, damit sie hübsch rund und saftig werden. Dann nimmt man ein schönes steifes Roßhaar und schneidet es in fingernagellange Stücke. Darauf sticht man durch jede Rosine ein solches Stück Roßhaar, und zwar so, daß es rechts und links ein wenig herausschaut. Verstanden?»

«Ja.»

«Nun kommt also der alte Fasan und frißt eine von den Rosinen, nicht wahr? Du stehst hinter einem Baum und beobachtest das. Und wie geht's weiter?»

«Ich nehme an, das Haar bleibt ihm in der Kehle stecken.»

«Selbstverständlich, Gordon. Aber das Erstaunliche, das, was mein Vater entdeckt hat, ist folgendes: Sowie das geschieht, *kann der Fasan nicht mehr die Füße heben.* Er steht da wie angenagelt, steht da und bewegt seinen albernen Hals wie einen Pumpenschwengel auf und ab. Du brauchst nur noch aus deinem Versteck hervorzukommen und ihn in aller Ruhe mit den Händen zu packen.»

«Das glaube ich nicht.»

«Ich schwör's dir», beteuerte er. «Hat ein Fasan erst mal das Roßhaar verschluckt, dann kannst du dicht an seinem Ohr ein Gewehr abfeuern, ohne daß er auch nur einen Sprung macht. Das ist eine von jenen unerklärlichen Kleinigkeiten, die zu entdecken es eines Genies bedarf.»

Er schwieg eine Weile, und in seinen Augen blitzte Stolz auf, während er sich der Erinnerung an seinen Vater, den großen Erfinder, überließ.

«Das war die Methode Nummer eins», fuhr er fort. «Methode Nummer zwei ist sogar noch einfacher. Man braucht dazu nur eine Angelschnur. Auf den Haken wird als Köder eine Rosine gesteckt, und dann kann man die Fasanen genau wie Fische angeln. Man wirft die Schnur weit aus, legt sich im Gebüsch auf den Bauch und wartet, bis einer anbeißt. Dann holt man ihn ein.»

«Das hat aber bestimmt nicht dein Vater erfunden.»

Claud zog es vor, meinen Einwurf zu überhören. «Diese Methode ist bei Sportanglern sehr beliebt. Vor allem bei solchen, die nicht so oft, wie sie möchten, an die Küste fahren können. Es verschafft ihnen etwas von der altgewohnten Spannung. Das Dumme ist nur, daß es ziemlichen Lärm macht. Wenn man die Schnur einholt, schreit der Fasan wie verrückt, und alle Wildhüter im Walde kommen angerannt.»

«Und wie ist die Methode Nummer drei?» fragte ich.

«Oh», antwortete er, «Nummer drei ist eine bildschöne Sache. Die letzte, die mein Vater vor seinem Tode noch erfunden hat.»

«Die Krönung seines Lebenswerkes, wie?»

«Genau das, Gordon. Ich kann mich noch deutlich an alles erinnern, sogar daran, daß es an einem Sonntag war. Stell dir vor, morgens kommt mein Vater plötzlich mit einem weißen Hahn unter dem Arm in die Küche und sagt: ‹Ich glaube, ich hab's.› Er lächelt ein bißchen, in seinen Augen ist ein Schimmer von Stolz, er kommt sehr leise und ruhig herein, setzt den Vogel mitten auf den Küchentisch und sagt: ‹Bei Gott, diesmal ist die Sache goldrichtig.› Meine Mutter sieht von ihrem Abwasch auf und sagt: ‹Was ist goldrichtig? Nimm sofort den dreckigen Vogel von meinem Tisch, Horace.› Der Hahn hat einen komischen kleinen Papierhut auf dem Kopf, wie eine umgekehrte Waffeltüte für Eis, und mein Vater zeigt stolz mit dem Finger darauf. ‹Streichle ihn›, sagt er zu mir. ‹Er wird sich nicht vom

Fleck rühren.› Der Hahn versucht, mit dem Fuß den Papierhut herunterzukratzen, aber er sitzt fest, als wäre er angeleimt. ‹Kein Vogel in der Welt läuft weg, wenn man ihm die Augen verdeckt›, erklärt mein Vater. Er stößt den Hahn mit dem Finger, pufft ihn und knufft ihn, ohne daß der Vogel im geringsten Notiz davon nimmt. ‹Den kannst du haben›, sagt er zu Mutter, ‹schlachte ihn und tische ihn uns zur Feier der Erfindung auf, die ich soeben gemacht habe.› Damit packt er mich am Arm, läuft mit mir hinaus, und schon marschieren wir über die Felder zu dem großen Wald von Haddenham, der früher dem Herzog von Buckingham gehört hat. In weniger als zwei Stunden hatten wir fünf schöne, fette Fasanen gefangen, und zwar ohne jede Mühe. War ebenso einfach, wie sie im Laden zu kaufen.»

Claud hielt inne, um Atem zu schöpfen. Seine Augen waren groß, feucht und träumerisch von dem Rückblick in die Wunderwelt seiner Jugend.

«Etwas begreife ich aber nicht», sagte ich. «Wie hat er den Fasanen im Wald die Papierhüte auf den Kopf stülpen können?»

«Das wirst du nie erraten.»

«Bestimmt nicht.»

«Nun, die Sache ist so. Zuerst gräbt man ein kleines Loch in die Erde, dann dreht man aus einem Stück Papier eine Tüte, stellt sie mit der Spitze nach unten in das Loch, bestreicht das Innere der Tüte mit Vogelleim und tut ein paar Rosinen hinein. Auf der Erde legt man einen Streifen Rosinen aus, der zu dem Tütchen hinführt. Der alte Fasan folgt pickend der Spur, und wenn er an das Loch kommt, steckt er den Kopf hinein, um auch die letzten Rosinen zu verschlingen. Im nächsten Moment merkt er, daß er Papier über den Augen hat und nichts mehr sieht. Ist doch fabelhaft, worauf manche Leute verfallen, nicht wahr, Gordon?»

«Dein Vater war ein Genie», bestätigte ich.

«Dann entschließe dich. Such dir ganz nach Belieben eine von den drei Methoden aus, und die wollen wir dann heute abend anwenden.»

«Findest du nicht, daß sie alle drei ziemlich grausam sind?»

«Grausam?» rief er entrüstet. «Du lieber Gott! Und wer hat in den letzten sechs Monaten fast täglich gebratenen Fasan gegessen, ohne einen Penny dafür zu bezahlen?»

Er drehte sich um und ging auf die Tür der Werkstatt zu. Ich sah ihm an, daß meine Bemerkung ihn tief verletzt hatte.

«Warte mal», sagte ich. «Geh nicht.»

«Kommst du heute abend mit oder nicht?»

«Ja, aber ich habe noch eine Frage. Mir ist da gerade etwas eingefallen.»

«Behalt's für dich», knurrte er. «Was verstehst du schon von Fasanen!»

«Erinnerst du dich an das Schlafmittel, das mir der Arzt vorigen Monat wegen meiner Rückenschmerzen gegeben hat?»

«Na und?»

«Warum sollte das Zeug nicht auch auf Fasanen wirken?»

Claud schloß die Augen und schüttelte mitleidig den Kopf.

«Warte», sagte ich.

«Darüber brauchen wir gar nicht erst zu reden», erwiderte er. «Kein Fasan in der Welt schluckt die lausigen roten Kapseln. Wenn dir nichts Besseres einfällt ...»

«Du vergißt die Rosinen», unterbrach ich ihn. «Hör mal zu. Wir nehmen eine Beere, weichen sie ein, bis sie aufgequollen ist, machen mit einer Rasierklinge einen kleinen Einschnitt und höhlen sie ein bißchen aus. Dann öffnen wir eine von meinen roten Kapseln und schütten alles Pulver in die Rosine, worauf wir den Ritz mit Nadel und Faden sorgfältig zunähen. Nun ...»

Aus den Augenwinkeln konnte ich beobachten, wie sich Clauds Mund langsam öffnete.

«Nun», fuhr ich fort, «haben wir eine hübsche, sauber aussehende Rosine, die zweieinhalb Gran Schlafpulver enthält, und jetzt will ich *dir* etwas sagen: Das reicht aus, einen erwachsenen *Mann* bewußtlos zu machen, also erst recht einen *Vogel*!»

Ich wartete zehn Sekunden, damit der Stoß seine volle Wirkung entfalten konnte.

«Und was noch wichtiger ist», fuhr ich fort, «diese Methode gestattet uns, in großem Maßstab zu operieren. Wenn wir Lust haben, können wir *zwanzig* Rosinen präparieren. Wir brauchen nichts weiter zu tun, als sie bei Sonnenuntergang auf den Futterplätzen auszustreuen und dann wegzugehen. Nach einer halben Stunde fangen die Pillen an zu wirken, die Fasanen, die sich zum Schlafen auf den Bäumen niedergelassen haben, werden schwindlig, sie taumeln, suchen sich im Gleichgewicht zu halten, aber bald fällt jeder Vogel, der auch nur eine einzige Rosine gefressen hat, bewußtlos herunter. Wie Äpfel vom Baum werden sie purzeln, mein Junge, und wir brauchen sie nur noch aufzusammeln.»

Claud starrte mich hingerissen an. «Großer Gott», murmelte er.

«Ein weiterer Vorteil ist, daß uns niemand erwischen wird. Wir bummeln ganz harmlos durch den Wald, lassen hier und dort ein paar Rosinen fallen, und selbst wenn man uns beobachtet, wird kein Mensch Verdacht schöpfen.»

«Gordon», sagte er, legte die Hand auf mein Knie und sah mich mit Augen an, die groß und leuchtend wie Sterne waren. «Gordon, wenn das glückt, wird es das Wildern revolutionieren.»

«Freut mich sehr.»

«Wie viele Pillen hast du denn noch?» fragte er.

«Neunundvierzig. Fünfzig waren in dem Glas, und ich habe nur eine genommen.»

«Neunundvierzig sind nicht genug. Wir brauchen mindestens zweihundert.»

«Bist du verrückt?» rief ich.

Er ging langsam zur Tür, blieb dort stehen, mit dem Rücken zu mir, und betrachtete den Himmel.

«Zweihundert sind das Minimum», sagte er ruhig. «Wenn wir die nicht haben, brauchen wir gar nicht erst anzufangen.»

Was soll das? dachte ich. Was, zum Teufel, hat dieser Bursche vor?

«Es ist unsere letzte Chance, bevor die Jagd eröffnet wird», fügte er hinzu.

«Mehr kann ich nicht kriegen.»

«Sollen wir vielleicht mit leeren Händen heimkommen? Wie?»

«Aber warum so *viele*?»

Claud wandte den Kopf und blickte mich mit großen unschuldigen Augen an. «Warum nicht?» sagte er freundlich. «Hast du etwas dagegen?»

Plötzlich ging mir ein Licht auf. Mein Gott, dachte ich, der verdrehte Kerl will Mr. Victor Hazels festliche Eröffnung der Jagd torpedieren.

«Du besorgst zweihundert von diesen Pillen», befahl er. «Dann lohnt sich die Sache.»

«Das schaffe ich nie.»

«Du kannst es wenigstens versuchen, nicht wahr?»

Mr. Hazel eröffnete die Jagd alljährlich am ersten Oktober, und das war immer ein großes Ereignis. Schwächliche Herren in Tweedanzügen, teils Angehörige alter Adelsgeschlechter, teils Besitzer von sehr viel Geld, kamen in Begleitung ihrer Gewehrträger, Hunde und Gattinnen von weit her gefahren, und den ganzen Tag hallte das Tal von dem Lärm der Schüsse wider. Fasanen gab es immer in Hülle und Fülle, denn jeden Sommer wurde der Bestand in den Wäldern durch Dutzende und aber Dutzende junger Vögel aufgefrischt, was unglaublich teuer war. Ich hatte sagen hören, daß sich die Kosten für das Aufziehen und die Ernährung eines jeden Fasans, bis er schußreif war, auf mehr als fünf Pfund beliefen (annähernd der Preis für zweihundert Laib Brot). Aber Mr. Hazel fand, daß sich jeder Penny dieser Investition lohnte. Er wurde, wenn auch nur für wenige Stunden, ein großer Mann in einer kleinen Welt, und selbst das Oberhaupt der Grafschaft klopfte ihm beim Abschied auf den Rücken und versuchte, sich seines Vornamens zu erinnern.

«Wie wär's, wenn wir die Dosis verringerten?» schlug Claud vor. «Könnten wir nicht den Inhalt einer Kapsel auf vier Rosinen verteilen?»

«Ich glaube, das ließe sich machen.»

«Aber wird der vierte Teil einer Kapsel für einen Vogel genügen?»

Wirklich, der Bursche schien Nerven wie Stricke zu haben. Es war gefährlich genug, um diese Jahreszeit auch nur einen einzigen Fasan aus Mr. Hazels Wäldern zu holen, und er wollte gleich mit dem ganzen Bestand aufräumen.

«Ein Viertel ist überreichlich», erwiderte ich.

«Bist du sicher?»

«Rechne dir's selbst aus. Es geht nach Körpergewicht, und folglich würden die Fasanen immer noch etwa zwanzigmal mehr als nötig bekommen.»

«Dann werden wir's also mit dem vierten Teil der Dosis probieren», entschied Claud und rieb sich die Hände. Er stellte eine kurze Berechnung an. «Das ergibt hundertsechsundneunzig Rosinen.»

«Ist dir auch klar, was das bedeutet?» fragte ich. «Das Präparieren wird stundenlang dauern.»

«Wenn schon!» rief er. «Dann gehen wir eben erst morgen. Wir weichen die Rosinen über Nacht ein und können sie vormittags und nachmittags fertigmachen.»

Und so geschah es.

Nun, vierundzwanzig Stunden später, waren wir unterwegs. Wir schritten schnell aus, und nach ungefähr vierzig Minuten näherten wir uns der Stelle, wo der Pfad nach rechts abbog und auf dem Hügelkamm zu dem großen Wald führte, in dem die Fasanen lebten. Bis dahin hatten wir noch eine Meile zu gehen.

«Ich darf doch wohl annehmen, daß die Wildhüter keine Gewehre haben», sagte ich.

«Alle Wildhüter sind bewaffnet.»

Das hatte ich befürchtet.

«Hauptsächlich wegen der kleinen Raubtiere.»

«Aha.»

«Natürlich schließt das nicht aus, daß sie auch mal einem Wilderer eins aufbrennen.»

«Du machst Witze.»

«Keineswegs. Aber sie schießen nur von hinten. Wenn man wegrennt, meine ich. Sie knallen einem gern auf fünfzig Schritt Entfernung in die Beine.»

«Das dürfen sie nicht!» rief ich. «So etwas ist strafbar!»

«Wildern auch», versetzte Claud.

Eine Weile gingen wir stumm nebeneinander her. Die Sonne stand hinter der hohen Hecke zu unserer Rechten, und der Weg lag im Schatten.

«Sei froh, daß wir heute leben und nicht vor dreißig Jahren», begann Claud von neuem. «Damals schossen sie sofort auf Anruf.»

«Glaubst du das?»

«Ich weiß es», erwiderte er. «Wenn ich als kleiner Bengel nachts in die Küche kam, habe ich meinen Alten oft genug bäuchlings auf dem Tisch liegen sehen, während ihm meine Mutter mit einem Kartoffelmesser die Schrotkugeln aus den Hinterbacken kratzte.»

«Hör auf», sagte ich. «Du machst mich nervös.»

«Jetzt glaubst du's mir, wie?»

«Ja.»

«Zuletzt war er über und über mit kleinen weißen Narben bedeckt. Sah aus wie beschneit.»

«Ja», sagte ich. «Schon gut.»

«Wildererarsch nannte man es damals», fuhr Claud fort. «Und im ganzen Dorf gab es keinen Mann, der nicht wenigstens ein paar solcher Narben gehabt hätte. Aber mein Alter hielt den Rekord.»

«Gratuliere», murmelte ich.

«Ich wollte wirklich, er wäre jetzt hier», meinte Claud gedankenvoll. «Er hätte alles darum gegeben, heute abend dabeizusein.»

«Ich würde ihm gern meinen Platz abtreten», sagte ich.

Wir hatten den Kamm des Hügels erreicht und sahen nun den düsteren Hochwald über uns. Hinter den Bäumen ging die Sonne unter, und kleine Goldfunken blitzten durch das Geäst.

«Gib mir die Rosinen», sagte Claud.

Ich reichte ihm die Tüte, und er steckte sie in die Hosentasche.

«Im Wald wird nicht mehr gesprochen», mahnte er. «Geh immer hinter mir her und sieh zu, daß du keine Zweige abbrichst.»

Fünf Minuten später hatten wir es geschafft. Der Weg, von einer niedrigen Hecke begrenzt, führte drei- bis vierhundert Schritte am Waldrand entlang. Claud kroch auf allen vieren durch die Hecke, und ich folgte ihm.

Im Wald war es kühl und dunkel. Kein Sonnenlicht fiel herein.

«Das ist ja geradezu gespenstisch», sagte ich.

«Psst!» Claud war ganz Auge und Ohr. Er ging dicht vor mir, hob die Füße sehr hoch und setzte sie vorsichtig auf den feuchten Boden.

Sein Kopf war unaufhörlich in Bewegung; er ließ den Blick von einer Seite zur anderen wandern und hielt Umschau, ob irgendwo Gefahr drohte. Ich versuchte, das gleiche zu tun, gab es jedoch bald auf, da ich hinter jedem Baum einen Wildhüter sah.

Im Dach des Waldes tauchte nun ein großes Stück Himmel auf, und ich wußte, daß wir uns der Lichtung näherten. Claud hatte mir erzählt, die Lichtung sei die Stelle im Wald, wo die jungen Fasanen Anfang Juli ausgesetzt und dann von den Wildhütern gefüttert, getränkt und bewacht würden. Viele Vögel blieben aus Gewohnheit bis zum Beginn der Jagd dort.

«In der Lichtung gibt es immer eine Menge Fasanen», hatte er gesagt.

«Und auch Wildhüter, nehme ich an.»

«Ja, aber ringsum ist Gebüsch, und das hilft.»

Wir liefen in raschen, kurzen Sprüngen geduckt von Baum zu Baum, machten immer wieder halt, warteten, lauschten, rannten dann weiter und knieten schließlich im Schutze einer dichten Gruppe von Erlen unmittelbar am Rande der Lichtung. Claud grinste, knuffte mich in die Rippen und deutete durch die Zweige auf die Fasanen.

Die Lichtung wimmelte von Vögeln. Es müssen mindestens zweihundert gewesen sein, die zwischen den Baumstümpfen herumstolzierten.

«Da siehst du's», flüsterte Claud.

Der Anblick war überwältigend – eine Art Wirklichkeit gewordener Wildderertraum. Und wie nah sie waren! Einige standen kaum zehn Schritte von unserem Versteck entfernt. Die plumpen Hennen waren gelblichbraun und so fett, daß ihre Brustfedern beinahe die Erde streiften. Die Hähne waren schön und geschmeidig, mit langen Schwänzen und leuchtendroten Ringen um die Augen, wie scharlachrote Brillen. Ich blickte Claud von der Seite an. Auf seinem breiten Gesicht lag ein Ausdruck höchster Verzückung. Mit leicht geöffnetem Mund starrte er aus glasigen Augen auf die Fasanen.

Ich glaube, daß alle Wilderer ähnlich reagieren, wenn sie Wild sichten. Sie sind wie Frauen, die im Schaufenster eines Juweliers riesige Smaragde erspähen. Der Unterschied ist nur, daß Frauen weniger wählerisch in den Methoden sind, deren sie sich später bedienen, um den Schmuck zu erbeuten. Ein Wildererarsch ist nichts gegen die Qualen, die ein weibliches Wesen bereitwillig auf sich nimmt.

«Aha», hörte ich Claud leise sagen, «da ist ja der Wildhüter.»

«Wo?»

«Drüben auf der anderen Seite, hinter dem dicken Baum. Sei vorsichtig.»

«Mein Gott!»

«Schon gut. Er kann uns nicht sehen.»

Zusammengekauert beobachteten wir den Wildhüter. Der kleine Mann mit einer Mütze auf dem Kopf und einem Gewehr unter dem Arm stand unbeweglich. Er glich einem in die Erde gerammten Pfahl.

«Komm, wir gehen», flüsterte ich.

Das Gesicht des Mannes war von dem Mützenschirm beschattet, aber ich hatte den Eindruck, daß er zu uns herüberschaute.

«Ich bleibe hier nicht», sagte ich.

«Psst!» machte Claud.

Langsam, ohne die Augen von dem Wildhüter abzuwenden, griff er in die Tasche und holte eine Rosine heraus. Er legte sie in die rechte Handfläche und schleuderte sie mit einem kleinen Schwung des Handgelenks durch die Luft. Ich sah sie über die Büsche fliegen und dicht hinter zwei Hennen niederfallen, die neben einem alten Baumstumpf standen. Beide Vögel drehten sich rasch um, als die Rosine aufprallte. Die eine Henne hüpfte hin und pickte etwas auf, was zweifellos die Rosine war.

Ich behielt den Wildhüter im Auge. Er hatte sich nicht gerührt.

Claud warf eine zweite Rosine auf die Lichtung, dann eine dritte, eine vierte und eine fünfte.

In diesem Moment wandte der Wildhüter den Kopf, um in den Wald hinter sich zu blicken.

Blitzschnell zog Claud die Papiertüte aus der Tasche und schüttete einen Haufen Rosinen in die rechte Hand.

«Laß das», sagte ich.

Aber schon hatte er mit einer weit ausholenden Armbewegung die ganze Handvoll hoch über die Büsche auf die Lichtung geworfen.

Wie Regentropfen auf trockenes Laub fielen die Rosinen mit einem leisen, weichen Klatschen zu Boden, und jeder Fasan auf der Lichtung mußte sie entweder gesehen oder gehört haben. Die Folge war ein großes Flügelschlagen, als alle herbeistürzten, um den Schatz zu finden.

Der Kopf des Wildhüters fuhr herum, als wäre im Hals eine Sprungfeder eingebaut. Die Vögel pickten mit wildem Eifer die Rosinen auf. Der Mann machte zwei schnelle Schritte vorwärts, und eine Sekunde fürchtete ich, er werde der Sache auf den Grund gehen. Aber nein – er blieb stehen und ließ den Blick aufmerksam in die Runde schweifen.

«Komm», flüsterte Claud. «Und nicht aufrichten!» Damit kroch er geschwind auf allen vieren davon, wie ein Affe.

Ich folgte ihm. Er hatte die Nase dicht über der Erde, und sein breites, kräftiges Hinterteil ragte gen Himmel. Nun verstand ich auch, warum der Wildererarsch in dieser Zunft eine Berufskrankheit geworden war.

So krochen wir ein gutes Stück.

«Jetzt rennen», befahl Claud.

Wir richteten uns auf, liefen weiter, und wenige Minuten später schlüpften wir durch die Hecke in die schöne Sicherheit des offenen Weges hinaus.

«Glänzend ist das gegangen», sagte Claud schweratmend. «Hat es nicht wunderbar geklappt?» Sein Gesicht war scharlachrot und leuchtete vor Triumph.

«Ein Reinfall war es», knurrte ich.

«Was?» rief er.

«Natürlich war es ein Reinfall. Wir können doch jetzt unmöglich zurückgehen. Der Wildhüter weiß, daß jemand da war.»

«Gar nichts weiß er», antwortete Claud. «In fünf Minuten ist es im Wald stockdunkel, und dann verzieht er sich nach Hause zum Abendbrot.»

«Ich glaub, ich werde es ebenso machen.»

«Du bist ein schöner Wilderer», meinte Claud. Er setzte sich auf die Böschung an der Hecke und zündete sich eine Zigarette an.

Die Sonne war untergegangen, und über dem blassen Rauchblau des Himmels lag ein schwacher gelber Glanz. Im Walde hinter uns wurden die grauen Schatten zwischen den Bäumen allmählich schwarz.

«Wie lange dauert es, bis das Schlafmittel wirkt?» fragte Claud.

«Vorsicht», flüsterte ich. «Da kommt jemand.»

Der Mann war geräuschlos aus der Dämmerung aufgetaucht; als ich ihn erblickte, war er knapp dreißig Schritte von uns entfernt.

«Noch so ein elender Wildhüter», murmelte Claud.

Wir sahen dem Mann entgegen, der geradewegs auf uns zukam. Er trug eine Schrotflinte unter dem Arm, und ein schwarz-weißer Hühnerhund folgte ihm dicht auf den Fersen. Kurz vor uns machte er halt. Auch der Hund blieb stehen und beobachtete uns zwischen den Beinen seines Herrn hindurch.

«Guten Abend», grüßte Claud freundlich.

Der Mann war etwa vierzig Jahre alt, ein großer, hagerer Kerl mit scharfem Blick, vorspringenden Backenknochen und harten, gefährlichen Händen.

«Ich kenne euch», sagte er ruhig und kam näher. «Ich kenne euch beide.»

Claud schwieg.

«Ihr seid von der Tankstelle. Stimmt's?»

Seine Lippen waren schmal und trocken und mit einer Art bräunlicher Kruste überzogen.

«Ihr seid Cubbage und Hawes von der Tankstelle an der Landstraße. Stimmt's?»

«Was spielen wir hier eigentlich?» fragte Claud. «Quiz?»

Der Wildhüter spuckte einen dicken Klecks Speichel aus, den ich durch die Luft fliegen und sechs Zoll vor Clauds Füßen klatschend im Staub landen sah. Der schleimige Klumpen glich einer kleinen Auster.

«Schert euch weg», sagte der Mann. «Los, verschwindet!»

Claud saß auf der Böschung, rauchte seine Zigarette und betrachtete den Klecks Speichel.

«Los, los», wiederholte der Mann. «Verschwindet!»

Beim Sprechen hob sich seine Oberlippe und entblößte das Zahnfleisch. Ich sah eine Reihe kleiner, mißfarbiger Zähne, von denen der eine schwarz war und die anderen gelb oder braun schimmerten.

«Dies ist zufällig ein öffentlicher Weg», antwortete Claud. «Ich ersuche Sie, uns nicht zu belästigen.»

Der Wildhüter nahm das Gewehr vom linken Arm in den rechten. «Ihr treibt euch hier herum und wollt offenbar ein Verbrechen begehen», sagte er. «Das würde ausreichen, euch festzunehmen.»

«O nein, das würde nicht ausreichen», erwiderte Claud. Dieses Gespräch machte mich ziemlich nervös.

«Ich habe schon seit einiger Zeit ein Auge auf dich», fuhr der Wildhüter fort, indem er Claud ansah.

«Es wird spät», sagte ich. «Müssen wir nicht nach Hause?»

Claud zertrat seine Zigarette und erhob sich langsam.

«Schön», sagte er, «ich habe nichts dagegen.»

Wir ließen den Wildhüter stehen und schlenderten den Weg zurück, den wir gekommen waren. In dem Halbdunkel war der Mann hinter uns bald außer Sicht.

«Das ist der Oberaufseher», erklärte Claud. «Er heißt Rabbetts.»

«Komm bloß weiter.»

«Nein, wir warten hier», entschied Claud.

Zu unserer Linken war ein Gatter, das auf ein Feld führte. Wir stiegen hinüber und setzten uns hinter die Hecke.

«Für Mr. Rabbetts ist jetzt Essenszeit», sagte Claud. «Der stört uns bestimmt nicht mehr.»

Wir saßen mäuschenstill hinter der Hecke und warteten, daß der Wildhüter auf seinem Heimweg an uns vorbeiginge. Am Himmel blinkten ein paar Sterne, und ein heller Dreiviertelmond stieg im Osten über den Hügeln auf.

«Da ist er», flüsterte Claud. «Rühre dich nicht.»

Mr. Rabbetts näherte sich mit fast unhörbaren Schritten, und sein Hund tappte auf weichen Pfoten hinter ihm her. Wir beobachteten die beiden durch die Hecke.

«Heute abend kommt er nicht mehr zurück», sagte Claud.

«Woher weißt du das?»

«Wenn ein Wildhüter deine Wohnung kennt, lauert er dir nie im Wald auf. Er geht zu deinem Haus, versteckt sich draußen und wartet, bis du kommst.»

«Das ist ja noch schlimmer.»

«Ach wo, man muß nur die Beute irgendwo unterstellen, bevor man heimgeht. Dann kann er einen nicht fassen.»

«Und was ist mit dem anderen – dem auf der Lichtung?»

«Der ist auch fortgegangen.»

«Das kannst du nicht wissen.»

«Ich habe diese Brüder monatelang beobachtet, Gordon. Verlaß dich darauf, ich kenne alle ihre Gewohnheiten. Die Sache ist ganz ungefährlich.»

Widerstrebend folgte ich ihm. Oben im Wald war es stockfinster und sehr still, und als wir uns vorsichtig zwischen den Baumreihen vorwärts bewegten, schienen unsere Schritte widerzuhallen, als wären wir in einer Kathedrale.

«Von hier aus haben wir die Rosinen geworfen», sagte Claud.

Ich spähte durch die Büsche. In milchigen Dunst gehüllt, lag die Lichtung im Mondschein.

«Bist du auch sicher, daß der Wildhüter fort ist?»

«Ich *weiß*, daß er fort ist.»

Unter dem Mützenschirm konnte ich Clauds Gesicht sehen, die blassen Lippen, die weichen, blassen Wangen, die großen Augen, in denen vor Erregung kleine Funken tanzten.

«Schlafen sie?»

«Ja.»

«Wo?»

«Hier rundherum. Sie bleiben immer in der Nähe.»

«Was tun wir jetzt?»

«Wir warten. Ich habe dir eine Lampe mitgebracht», fügte er hinzu und gab mir eine jener kleinen Stablampen, die wie ein Füllfederhalter geformt sind. «Du wirst sie brauchen.»

Allmählich verflog meine Angst. «Wollen wir mal versuchen, ob wir irgendwo in den Bäumen Fasanen entdecken können?» fragte ich.

«Nein.»

«Ich möchte aber gern wissen, wie sie aussehen, wenn sie schlafen.»

«Wir treiben keine Naturstudien», erwiderte Claud. «Sei jetzt still.»
Lange standen wir und warteten, ohne daß etwas geschah.

«Mir kommt da gerade ein scheußlicher Gedanke», sagte ich. «Wenn sich ein schlafender Vogel auf seinem Zweig im Gleichgewicht halten kann, liegt eigentlich kein Grund vor, warum er dann wegen des Schlafpulvers herunterfallen sollte.»

Claud warf mir einen raschen Blick zu.

«Schließlich ist er ja nicht tot», fuhr ich fort. «Er schläft nur.»

«Er ist betäubt», verbesserte mich Claud.

«Das ist doch bloß eine *tiefere* Art von Schlaf. Warum soll er herunterfallen, nur weil er tiefer schläft?»

Düsteres Schweigen.

«Schade, daß wir's nicht zuerst mit Hühnern ausprobiert haben», meinte Claud. «Mein Vater hätte das getan.»

«Dein Vater war ja auch ein Genie», antwortete ich.

In diesem Augenblick ertönte hinter uns ein leises Plumpsen.

«Was ist das?»

«Psst!»

Wir lauschten.

Bum!

«Hörst du's?»

Es war ein tiefer, dumpfer Laut, als sei ein Sandsack aus Schulterhöhe zu Boden gefallen.

Bum!

«Das sind Fasanen!» rief ich.

«Warte noch!»

«Bestimmt sind es Fasanen!»

Bum! Bum!

«Du hast recht!»

Wir liefen in den Wald zurück.

«Wo sind sie?»

«Dort drüben! Da hat's zweimal gebumst!»

«Ich dachte, es wäre auf der anderen Seite gewesen.»

«Schau nach», sagte Claud. «Weit können sie jedenfalls nicht sein.»

Wir suchten ungefähr eine Minute lang.

«Ich habe einen!» schrie er.

Ich lief zu ihm. Er hielt in beiden Händen einen herrlichen Fasanenhahn. Wir betrachteten ihn genau im Licht unserer Taschenlampen.

«Betäubt bis an die Kehllappen», sagte Claud. «Er lebt noch, ich fühle sein Herz, aber er ist betäubt bis an die Kehllappen.»

Bum!

«Noch einer!»

Bum! Bum!

«Wieder zwei!»

Bum!

Bum! Bum! Bum!

«Herr, du meine Güte!»

Bum! Bum! Bum! Bum!

Bum! Bum!

Ringsum regnete es Fasanen von den Bäumen. Wir liefen wie die Verrückten im Dunkeln hin und her und leuchteten den Erdboden mit unseren Lampen ab.

Bum! Bum! Bum! Beinahe wären sie mir auf den Kopf gefallen. Ich stand unter dem Baum, als sie herunterkamen, und ich fand sie sofort – zwei Hähne und eine Henne. Sie waren schlaff und warm, und die Federn fühlten sich wundervoll weich an.

«Wo soll ich sie hinlegen?» rief ich, als ich die drei Vögel an den Beinen gepackt hatte.

«Bring sie rüber, Gordon. Wir werden sie hier aufeinanderschichten, wo es hell ist.»

Claud stand am Rande der Lichtung, von Mondlicht überflutet, in jeder Hand ein großes Bündel Fasanen. Sein Gesicht strahlte, seine Augen waren groß und glänzend, und er schaute sich um wie ein kleiner Junge, der gerade entdeckt hat, daß die ganze Welt aus Schokolade ist.

Bum!

Bum! Bum!

«Das gefällt mir nicht», sagte ich. «Es sind zu viele.»

«Prachtvoll ist es!» rief er, warf die Vögel hin, die er trug, und lief fort, um weiterzusuchen.

Bum! Bum! Bum! Bum!

Bum!

Jetzt waren sie leicht zu finden. Unter jedem Baum lagen zwei oder drei. Schnell hatte ich sechs gesammelt, lief zurück, drei in jeder Hand, und legte sie zu den anderen. Dann wieder sechs. Und noch einmal sechs.

Immer mehr plumpsten herab.

In einem Taumel der Ekstase stürmte Claud wie ein Besessener von Baum zu Baum. Ich sah den Lichtstrahl seiner Lampe durch das Dunkel zucken, und jedesmal wenn er einen Vogel fand, stieß er einen Triumphschrei aus.

Bum! Bum! Bum!

«Das müßte dieser Schuft Hazel hören!» rief er.

«Brüll nicht so», ermahnte ich ihn. «Ich habe Angst.»

«Was sagst du?»

«Du sollst nicht so brüllen. Es könnten Wildhüter in der Nähe sein.»

«Ach was, die sind alle beim Essen.»

Drei oder vier Minuten hielt der Fasanenregen noch an. Dann wurde es plötzlich still.

«Such weiter!» schrie Claud. «Unter den Bäumen liegen sie haufenweise!»

«Meinst du nicht, wir sollten uns verdrücken, solange die Luft noch rein ist?»

«Nein», antwortete er.

Wir suchten weiter. In einem Umkreis von hundert Schritten, im Norden, Süden, Osten und Westen der Lichtung, sahen wir unter jedem Baum nach, und schließlich hatten wir wohl die meisten gefunden. An unserem Sammelplatz lag ein Berg Fasanen, so groß wie ein Scheiterhaufen.

«Ein Wunder», murmelte Claud. «Verdammt noch mal, ein Wunder.» Er starrte die Vögel wie verzückt an.

«Am besten nehmen wir jeder ein halbes Dutzend und machen uns aus dem Staub», sagte ich.

«Du, Gordon, ich möchte sie zählen.»

«Dazu ist jetzt keine Zeit.»

«Ich muß sie zählen.»

«Nein», protestierte ich. «Komm.»

«Eins ... zwei ... drei ... vier ...» Er zählte langsam und sorgfältig, nahm einen Vogel nach dem anderen auf und legte ihn behutsam beiseite. Der Mond stand jetzt genau über uns, und auf der Lichtung war es taghell.

«Ich bleibe hier nicht länger stehen», erklärte ich und trat ein paar Schritte zurück, um im Schatten zu warten, bis er fertig war.

«Hundertsiebzehn ... hundertachtzehn ... hundertneunzehn ... *hundertzwanzig*!» rief er. «Stell dir vor: einhundertzwanzig Fasanen! Das ist der absolute Rekord!»

Daran zweifelte ich keinen Augenblick.

«Mein Alter hat einmal fünfzehn in einer Nacht erwischt. Das war seine Höchstleistung, und danach war er acht Tage betrunken.»

«Du bist der Weltmeister», sagte ich. «Können wir jetzt gehen?»

«Gleich.» Er zog seinen Sweater hoch und wickelte die beiden weißen Baumwollsäcke ab, die er sich um den Bauch gebunden hatte. Einen davon drückte er mir in die Hand. «Hier ist deiner. Pack ihn voll, aber schnell.»

Das Mondlicht war so hell, daß ich den Aufdruck unten am Sack lesen konnte. *J. W. Crump*, stand da, *Keston-Dampfmühlen, London SW 17*.

«Ich muß immerzu daran denken, daß vielleicht der widerliche Kerl mit den braunen Zähnen hinter einem Baum steht und uns beobachtet», flüsterte ich.

«Ausgeschlossen», beruhigte mich Claud. «Du kannst mir's glauben, der lauert uns bei der Tankstelle auf.»

Wir fingen an, die Fasanen in die Säcke zu stopfen. Die Vögel waren weich, ihre Köpfe hingen schlaff herab, und die Haut unter den Federn war noch warm.

«Unten auf dem Weg wartet ein Taxi», sagte Claud.

«Wie?»

«Ich fahre immer im Taxi zurück, Gordon. Wußtest du das nicht?»

«Nein.»

«Ein Taxi ist anonym», erklärte er. «Außer dem Chauffeur weiß niemand, wer darin sitzt. Das hat mir mein Vater beigebracht.»

«Und wer ist der Chauffeur?»

«Charlie Kinch. Der freut sich, wenn er mir einen Gefallen tun kann.»

Wir hatten nun alle Fasanen eingepackt, und ich versuchte, den schweren Sack auf die Schulter zu heben. Er enthielt etwa sechzig Vögel und wog mindestens anderthalb Zentner.

«Wie soll ich denn das schleppen?» murrte ich. «Wir müssen einen Teil der Beute zurücklassen.»

«Wenn's nicht anders geht, wirst du den Sack eben ziehen», meinte Claud.

Wir stapften also durch den pechschwarzen Wald und schleiften die Säcke hinter uns her.

«Bis zum Dorf schaffen wir's nie», sagte ich.

«Keine Angst», erwiderte Claud, «der alte Charlie hat mich noch nie im Stich gelassen.»

Wir erreichten den Waldrand und spähten durch die Hecke.

«Hallo, Charlie», wisperte Claud, und der alte Mann am Lenkrad des Taxis steckte den Kopf in den Mondschein hinaus. Sein zahnloser Mund verzog sich zu einem schlauen Grinsen. Wir zwängten uns durch das Gestrüpp und zerrten die Säcke bis zum Wagen.

«Hallo», sagte Charlie. «Was ist denn das?»

«Kohlköpfe», antwortete Claud. «Mach die Tür auf.»

Zwei Minuten später saßen wir sicher im Taxi und fuhren langsam den Hügel hinunter auf das Dorf zu.

Jetzt war alles vorüber, ausgenommen die Freude. Claud triumphierte und war nahe daran, vor Stolz und Aufregung zu platzen. Immer wieder beugte er sich vor, schlug Charlie Kinch auf die Schulter und rief: «Na, was sagst du, Charlie? Ist das ein Fang oder nicht?» Und jedesmal wandte sich Charlie um, blickte mit großen Augen auf die vollgestopften Säcke, die zwischen uns auf dem Boden lagen, und murmelte: «Mein Gott, Mann, wie hast du das bloß fertiggebracht?»

«Sechs Paar davon sind für dich, Charlie», erklärte Claud, und Charlie meinte: «Diesmal werden Mr. Hazels Gäste wohl nicht allzu viele Fasanen schießen», worauf Claud sagte: «Bestimmt nicht, alter Junge, bestimmt nicht.»

«Was willst du um Himmels willen mit hundertzwanzig Fasanen anfangen?» fragte ich.

«Sie für den Winter einfrieren», erwiderte Claud. «Ich packe sie mit dem Fleisch für die Hunde in unsere Kühltruhe.»

«Aber nicht heute abend, wie?»

«Nein, Gordon, heute nicht mehr. Wir bringen sie über Nacht zu Bessie.»

«Zu was für einer Bessie?»

«Bessie Organ.»

«Bessie *Organ*!»

«Ja, die versteckt immer meine Beute. Wußtest du das nicht?»

«Gar nichts weiß ich», stammelte ich und glotzte ihn entgeistert an. Mrs. Organ war die Frau von Reverend Jack Organ, dem Vikar des Dorfes.

«Man darf seine Beute immer nur von einer ehrbaren Frau transportieren lassen», verkündete Claud. «So ist's doch, Charlie, nicht wahr?»

«Bessie versteht ihre Sache», bestätigte Charlie.

Inzwischen hatten wir das Dorf erreicht. Die Straßenlaternen brannten noch, und die Männer waren auf dem Heimweg vom Wirtshaus. Ich sah, wie Will Prattley durch die Seitentür seines Fischgeschäftes ins Haus schlüpfte, während Mrs. Prattley, ohne daß er es wußte, im ersten Stock aus dem Fenster schaute und ihn beobachtete.

«Der Vikar ißt nichts lieber als Fasanenbraten», bemerkte Claud.

«Er läßt die Vögel achtzehn Tage hängen», fügte Charlie hinzu. «Dann schüttelt er sie ordentlich, und alle Federn fallen ab.»

Das Taxi bog nach links in den Pfarrhof ein. Im Haus brannte kein Licht, und niemand ließ sich blicken. Claud und ich warfen die Fasanen in den Kohlenschuppen, verabschiedeten uns dann von Charlie und kehrten im Mondschein mit leeren Händen zur Tankstelle zurück. Ob Mr. Rabbetts irgendwo auf der Lauer lag, weiß ich nicht. Gesehen haben wir jedenfalls nichts von ihm.

«Da kommt sie», sagte Claud am nächsten Morgen zu mir.

«Wer?»

«Bessie – Bessie Organ.» Er sprach den Namen mit einem gewissen Besitzerstolz aus, etwa so, wie ein General seinen tapfersten Offizier erwähnt.

Ich folgte ihm nach draußen.

«Dort hinten.» Er deutete mit der Hand.

Auf der Straße, noch sehr weit entfernt, entdeckte ich eine kleine weibliche Gestalt, die auf uns zukam.

«Was schiebt sie?» fragte ich.

Claud sah mich verschmitzt an. «Es gibt nur eine sichere Methode, Wildererbeute zu transportieren», erklärte er. «Im Kinderwagen unter einem Baby.»

«Ja», murmelte ich, «ja, natürlich.»

«In dem Wagen sitzt Christopher Organ, anderthalb Jahre alt. Ein entzückender Junge, Gordon.»

Ich strengte meine Augen an, und nun sah ich auch das Kind. Es thronte hoch oben auf dem Wagen, dessen Verdeck heruntergeklappt war.

«Unter dem kleinen Burschen liegen mindestens sechzig bis siebzig Fasanen», behauptete Claud strahlend. «Stell dir das vor!»

«Sechzig oder siebzig Fasanen kann man unmöglich in einen Kinderwagen stopfen.»

«Man kann, wenn der Boden tief genug ist und wenn man die Matratze herausnimmt. Die Vögel werden ganz eng gepackt, bis oben hin, dann kommt ein Laken darüber und fertig. Du wirst dich wundern, wie wenig Platz so ein schlaffer Fasan braucht.»

Wir standen neben den Pumpen und warteten auf Bessie Organ. Es war einer jener schwülen, windstillen Septembermorgen, an denen sich der Himmel allmählich bezieht und die Luft nach Gewitter riecht.

«Keck und unerschrocken mitten durchs Dorf», sagte Claud. «Gute alte Bessie.»

«Sie scheint es ziemlich eilig zu haben.»

Claud zündete sich eine neue Zigarette am Stummel der vorigen an. «So was gibt's bei Bessie nicht», erwiderte er.

«Sieht aber ganz so aus», widersprach ich. «Schau doch hin.»

Er blinzelte durch den Rauch seiner Zigarette. Dann nahm er die Zigarette aus dem Mund, um besser sehen zu können.

«Tatsächlich, sie geht ein ganz klein wenig schnell», meinte er zögernd.

«Verdammt schnell geht sie.»

Eine Pause entstand. Claud wandte keinen Blick von der Frau, die rasch näher kam.

«Vielleicht möchte sie nicht vom Regen überrascht werden, Gordon. Ja, ich wette, das ist es. Sie denkt, es wird regnen, und will nicht, daß der Kleine naß wird.»

«Warum klappt sie dann nicht das Verdeck hoch?»

Auf diese Frage wußte er nichts zu erwidern.

«Sie rennt!» rief ich. «Sieh nur!» Bessie hatte sich plötzlich in Trab gesetzt.

Claud stand unbeweglich und beobachtete die Frau. In der Stille glaubte ich, das Kind schreien zu hören.

«Was ist denn da los?»

Er antwortete nicht.

«Mit dem Kleinen ist irgendwas nicht in Ordnung», sagte ich.

Bessie, die noch ungefähr zweihundert Schritte entfernt war, hastete auf uns zu.

«Hörst du ihn?» fragte ich.

«Ja.»

«Er schreit sich die Seele aus dem Leib.»

Die dünne, schrille Stimme wurde mit jeder Sekunde lauter. Das Kind schrie ununterbrochen, wild, gellend, fast hysterisch.

«Er hat Krämpfe», behauptete Claud.

«Kann schon sein.»

«Deswegen rennt sie so, Gordon. Sie möchte ihn schnell unter die kalte Dusche bringen.»

«Ich glaube, du hast recht», sagte ich. «Im Grunde weiß ich sogar, daß du recht hast. Hör bloß, wie er brüllt.»

«Du kannst Gift darauf nehmen, daß er Krämpfe oder sonst etwas in der Art hat.»

«Ich bin ganz deiner Meinung.»

Claud trat auf dem Kies unserer Einfahrt unbehaglich von einem Fuß auf den anderen. «Mit so kleinen Kindern ist doch dauernd was los», bemerkte er. «Jeden Tag passieren da die unglaublichsten Sachen.»

«Natürlich.»

«Ich kannte mal ein Baby, das kam mit den Fingern in die Radspeichen des Kinderwagens. Glatt abgeschnitten wurden sie ihm. Alle fünf.»

«Ja.»

«Na, wie dem auch sei», schloß Claud, «ich wollte wirklich, sie hörte auf zu laufen.»

Hinter Bessie tauchte jetzt ein langer Lastwagen mit Ziegelsteinen auf. Der Chauffeur steckte den Kopf aus dem Fenster, fuhr neben Bessie her und glotzte sie an. Sie kümmerte sich nicht um ihn und eilte weiter. Nun war sie schon so nahe, daß ich ihr rundes, rotes Gesicht mit dem weit offenen, nach Luft schnappenden Mund sehen konnte. Ich bemerkte, daß sie elegante weiße Handschuhe trug und dazu ein lustiges weißes Hütchen, das wie ein Pilz auf ihrem Kopf saß.

Plötzlich flog ein riesiger Fasan aus dem Kinderwagen auf und schwang sich in die Luft.

Claud stieß einen Schreckensschrei aus.

Der Idiot in dem Lastwagen brüllte vor Lachen.

Der Fasan flatterte wie betrunken umher, bis ihn nach wenigen Sekunden seine Kräfte verließen und er am Straßenrand im Gras landete.

Ein Lieferwagen, der das Lastauto überholen wollte, begann laut zu hupen. Bessie rannte, so schnell sie nur konnte.

Und schon flog ein zweiter Fasan aus dem Wagen. Dann ein dritter, ein vierter, ein fünfter.

«Mein Gott!» keuchte ich. «Das Schlafmittel! Es wirkt nicht mehr!»

Claud sagte kein Wort.

Die letzten fünfzig Schritte legte Bessie in rasendem Tempo zurück. Sie kam die Einfahrt zur Tankstelle entlanggejagt, während die Vögel nach allen Himmelsrichtungen aufstiegen.

«Zum Teufel, was soll denn das heißen?» kreischte sie.

«Hinten herum!» rief ich. «Fahren Sie hinten herum!»

Aber sie stoppte scharf bei der ersten Pumpe, und bevor wir sie erreichen konnten, hatte sie das weinende Kind aus dem Wagen gerissen.

«Nein, nein!» schrie Claud, auf sie zustürzend. «Nehmen Sie den Jungen nicht hoch! Setzen Sie ihn hin! Halten Sie das Laken fest!»

Bessie hörte gar nicht auf ihn, und da der Gegendruck des Kindes auf einmal fehlte, quoll eine Wolke von Fasanen aus dem Wagen, mindestens fünfzig bis sechzig große braune Vögel, die wild mit den Flügeln schlugen, um höher in die Luft zu steigen.

Verzweifelt mit den Armen fuchtelnd, liefen Claud und ich hin und her und versuchten, sie von dem Grundstück zu verscheuchen. «Fort mit euch!» schrien wir. «Husch, husch!» Die Fasanen nahmen jedoch keine Notiz von uns; sie waren noch halb betäubt. Es dauerte kaum dreißig Sekunden, da kamen sie wieder herunter und ließen sich wie ein Heuschreckenschwarm auf meine Tankstelle nieder. Alles war voll von ihnen. Flügel an Flügel saßen sie auf den Dachrändern und auf dem Schutzdach über den Pumpen. Etwa ein Dutzend Vögel hatten sich auf dem Sims unseres Bürofensters zusammengedrängt. Einige hockten zwischen den Schmierölflaschen, andere rutschten auf den Motorhauben meiner Gebrauchtwagen herum. Ein Fasanenhahn mit prächtigem Schwanz thronte stolz auf einer Benzinpumpe, und viele, die noch zu betäubt waren, sich aufzuschwingen, saßen mit gesträubten Federn und blinzelnden kleinen Augen im Kies zu unseren Füßen.

Auf der Straße hatte sich hinter dem Lastauto mit Ziegelsteinen und dem Lieferwagen bereits eine lange Wagenschlange gebildet. Leute kamen aus den Häusern, überquerten den Fahrdamm, um alles möglichst genau zu sehen. Ich schaute auf die Uhr. Zwanzig vor neun. Jeden Moment, dachte ich, kann sich vom Dorf her ein großer schwarzer Wagen nähern, und der Wagen wird ein Rolls-Royce sein, und das feiste, glänzende Gesicht hinter dem Lenkrad wird dem Brauereibesitzer Mr. Victor Hazel gehören.

«Sie haben ihn ganz zerpickt!» rief Bessie und preßte das schreiende Kind an ihren Busen.

«Gehen Sie nach Hause, Bessie», sagte Claud, der kreidebleich war.

«Schließ zu», befahl ich. «Häng das Schild raus. Wir sind heute nicht da.»

Der Wunsch

Der Junge strich zufällig mit der Hand über sein Bein, und dabei geriet er an die verschorfte Stelle auf der Kniescheibe. Er beugte sich vor, um sie zu untersuchen. Schorf war etwas, was man einfach anfassen *mußte*; er hatte dieser Verlockung noch nie widerstehen können.

Ja, dachte er, ich werde es abkratzen, auch wenn es noch nicht soweit ist, auch wenn es in der Mitte noch festklebt, auch wenn es weh tut wie sonst was.

Mit dem Fingernagel tastete er vorsichtig um den Rand herum. Dann schob er den Nagel darunter, und auf einmal – er brauchte kaum nachzuhelfen – löste sich der Schorf. Der ganze harte braune Schorf ging glatt ab und enthüllte ein rundes Fleckchen zarter rosa Haut.

Gut. Wirklich sehr gut. Er rieb die Stelle, und sie tat nicht weh. Er nahm den Schorf, legte ihn sich auf den Schenkel und schnippte ihn mit dem Finger fort, so daß er durch die Luft flog und auf dem Teppich landete, auf diesem riesigen roten, schwarzen und gelben Teppich, der die Diele von der Treppe bis zur Haustür bedeckte. Ein gewaltiger Teppich. Größer als der Tennisplatz. Viel größer. Er betrachtete ihn ernst, ließ den Blick mit stillem Vergnügen auf ihm ruhen. Bisher hatte er ihn nie richtig angesehen, aber jetzt leuchteten die Farben plötzlich geheimnisvoll auf und sprangen ihm geradezu in die Augen.

Ja, sagte er sich, ich weiß, wie es ist. Die roten Teile des Teppichs sind glühende Kohlestücke. Was ich tun muß, ist dies: Ich muß den ganzen Weg bis zur Haustür gehen, ohne sie zu berühren. Wenn ich auf Rot trete, verbrenne ich. Wirklich, dann verbrenne ich ganz und gar. Und die schwarzen Teile des Teppichs ... ja, das sind Schlangen, giftige Schlangen, Kreuzottern und Kobras, manche so dick wie Baumstämme. Wenn ich auf eine von ihnen trete, werde ich gebissen und muß noch vor dem Tee sterben. Und wenn ich heil hinüberkomme, ohne zu verbrennen und ohne gebissen zu werden, dann kriege ich morgen zum Geburtstag einen jungen Hund.

Er stand auf und stieg ein paar Stufen höher, um dieses riesige

Gewebe aus Farbe und Tod besser überblicken zu können. Würde er es schaffen? War genug Gelb da? Gelb war die einzige Farbe, auf die er treten durfte. Sollte er es wagen? Eine solche Reise mußte man sich gründlich überlegen, denn sie barg viele Gefahren. Das Gesicht des Jungen – hellblonde Ponyfransen, zwei große blaue Augen, ein kleines spitzes Kinn – lugte besorgt über das Geländer. Das Gelb war an manchen Stellen etwas spärlich verteilt, und ein-, zweimal klaffte dazwischen eine breite Lücke, aber anscheinend lief es bis zum anderen Ende. Das konnte doch eigentlich nicht zu schwer sein für ihn, der erst gestern den ganzen Weg von den Ställen bis zur Laube gegangen war, ohne ein einziges Mal auf die Ritzen zwischen den Steinen zu treten. Wenn nur die Schlangen nicht wären. Der bloße Gedanke an Schlangen löste in seinen Beinen ein feines elektrisches Prickeln aus, das er bis in die Fußsohlen spürte.

Langsam, Stufe um Stufe, näherte er sich dem Teppichrand. Er hob den kleinen, in einer Sandale steckenden Fuß und stellte ihn vorsichtig auf einen gelben Fleck. Dann zog er den anderen Fuß nach, der gerade noch Platz auf dem Gelb hatte. So! Der Anfang war gemacht. Auf seinem ovalen Gesicht lag ein Ausdruck äußerster Konzentration, und vielleicht war er jetzt eine Spur blasser als sonst. Er breitete die Arme aus, um sich im Gleichgewicht zu halten. Beim zweiten Schritt hob er den Fuß hoch über einen schwarzen Fleck und zielte mit dem Zeh sorgfältig auf eine schmale gelbe Rinne hinter dem Schwarz. Als er auch mit dem anderen Fuß gelandet war, blieb er eine Weile steif und unbeweglich stehen. Die schmale gelbe Rinne lief ohne Unterbrechung etwa fünf Meter weiter. Er arbeitete sich behutsam vor, Schritt für Schritt, wie ein Seiltänzer. Als die Rinne schließlich zur Seite abbog, mußte er wieder einen langen Schritt machen, diesmal über eine unheimlich aussehende Mischung aus Rot und Schwarz hinweg. Plötzlich begann er zu schwanken. Er ließ die Arme wie Windmühlenflügel kreisen, verzweifelt bemüht, dem Feuer und den Schlangen zu entgehen. Zum Glück erreichte er unbeschadet die andere Seite. Er war völlig außer Atem und so angespannt, daß er die ganze Zeit auf den Zehenspitzen stand, die Arme ausgebreitet, die Hände zu Fäusten geballt. Er befand sich auf einer großen, sicheren Insel von Gelb. Sie bot ihm genügend Raum, er konnte nicht hinunterfallen, und so verschnaufte er erst einmal, zögerte, wartete und wünschte, für immer auf der großen, sicheren gelben Insel bleiben zu können. Aber dann würde er ja keinen jungen Hund zum Geburtstag bekommen. Dieser Gedanke trieb ihn vorwärts.

Immer weiter rückte er vor. Nach jedem Schritt hielt er inne und überlegte, wohin er jetzt den Fuß setzen mußte. Einmal hatte er die

Wahl, ob er nach links oder nach rechts gehen wollte. Er entschied sich für rechts; der Weg erschien ihm zwar schwieriger, aber dafür war in dieser Richtung nicht soviel Schwarz. Das Schwarz machte ihn nervös. Er blickte über die Schulter, um zu sehen, wieviel er schon geschafft hatte. Fast die Hälfte. Jetzt konnte er nicht mehr umkehren. Er stand mitten auf dem Teppich; es gab kein Zurück, und es war auch unmöglich, zum seitlichen Rand zu springen – die Entfernung war zu groß. Als er all das Schwarz und Rot sah, das noch vor ihm lag, fühlte er plötzlich eine beklemmende Furcht in sich aufsteigen – wie damals, am Osternachmittag, als er sich ganz allein im finstersten Teil von Piper's Wood verirrt hatte.

Er ging einen Schritt weiter, trat vorsichtig auf das einzige gelbe Fleckchen, das er erreichen konnte, und diesmal kam er mit dem Fuß dicht an eine schwarze Stelle heran. Er berührte das Schwarz nicht, er wußte genau, daß er es nicht berührte, denn er sah ja die schmale gelbe Linie, die seine Sandalenspitze von dem schwarzen Gebiet trennte. Aber die Schlange regte sich, als spüre sie die Nähe des Jungen. Sie hob lauernd den Kopf und starrte mit hellen, runden Augen auf seinen Fuß.

«Ich habe dich nicht berührt! Du darfst mich nicht beißen! Du weißt, daß ich dich nicht berührt habe!»

Eine andere Schlange glitt lautlos neben die erste, und auch sie hob den Kopf: zwei Köpfe jetzt, zwei Paar Augen, die auf den Fuß starrten, auf die kleine nackte Stelle unterhalb des Sandalenriemens. Der Junge stellte sich auf die Zehenspitzen und blieb so stehen, vor Schreck wie erstarrt. Minuten vergingen, bevor er wagte, an den nächsten Schritt zu denken.

Dieser nächste Schritt würde sehr schwierig sein, weil da ein tiefer, gewundener Strom von Schwarz quer über den Teppich lief. Und der Junge stand ausgerechnet so, daß er ihn an der breitesten Stelle überqueren mußte. Sollte er springen? Das war zu gefährlich, denn er wußte ja nicht, ob er genau auf dem schmalen gelben Streifen dort drüben landen würde. Er holte tief Luft, hob einen Fuß und schob ihn weit, weit vor, senkte ihn tiefer und tiefer, bis endlich die Spitze der Sandale sicher auf gelbem Boden ruhte. Nun beugte er sich nach vorn, verlagerte sein Gewicht auf den vorgestellten Fuß und versuchte dann, den anderen nachzuholen. Er strengte sich mächtig an, zog und zerrte, aber die Beine waren zu weit auseinander. Es half nichts, er mußte zurück. Auch das schaffte er nicht. Er stand breitbeinig da und vermochte sich nicht zu rühren. Unter sich sah er den tiefen, gewundenen schwarzen Strom. Teile davon regten sich jetzt, rollten sich auf, glitten hin und her und glitzerten in einem widerlich öligen

Glanz. Er schwankte, fuchtelte wild mit den Armen, um nicht zu fallen, aber das machte es nur noch schlimmer. Er kippte nach rechts, zunächst langsam, dann immer schneller. Im letzten Moment streckte er instinktiv die Hand aus, um den Sturz zu dämpfen. Das, was er gleich darauf sah, ließ ihn vor Entsetzen gellend aufschreien: Seine bloße Hand stieß mitten hinein in eine große, glänzende Masse von Schwarz und verschwand darin.

Draußen im Sonnenschein, weit hinter dem Haus, suchte die Mutter ihren Sohn.

Hals

Als vor etwa acht Jahren der alte Sir William Turton starb und sein Sohn Basil nicht nur den Titel, sondern auch die *Turton Press* erbte, wurden, wie ich mich erinnere, in der Fleet Street zahlreiche Wetten abgeschlossen, wie lange es dauern würde, bis eine hübsche junge Frau den kleinen Burschen überzeugt hätte, daß sie sich um ihn kümmern müsse. Um ihn und sein Geld, heißt das.

Basil – nunmehr Sir Basil Turton – mochte damals vierzig Jahre zählen. Er war Junggeselle, ein Mann von sanfter, schlichter Wesensart, der sich bis dahin nur für seine Sammlung moderner Gemälde und Skulpturen interessiert hatte. Nie war sein Seelenfrieden durch eine Frau gestört worden; kein Skandal und kein Gerede hatten je seinen Namen befleckt. Nun aber, da er die Herrschaft über ein großes Zeitungsimperium angetreten hatte, mußte er das stille väterliche Landhaus verlassen und nach London übersiedeln.

Natürlich scharten sich die Geier sofort um ihn, und nicht nur die Fleet Street, sondern fast die ganze Stadt sah gespannt zu, wie sie ihm nachstellten. Sie gingen dabei langsam vor, sehr langsam und sehr bedächtig, so daß ich statt von Geiern vielleicht lieber von einem Haufen gelenkiger Krebse sprechen sollte, die unter Wasser nach einem Stück Pferdefleisch greifen.

Aber zur allgemeinen Überraschung wußte der kleine Kerl allen Eroberungsversuchen geschickt zu entgehen, und so zog sich die Jagd über den Frühling und Frühsommer jenes Jahres hin. Obgleich Sir Basil nicht zu meinen Bekannten gehörte, so daß für mich kein Anlaß bestand, ihm freundschaftliche Gefühle entgegenzubringen, ergriff ich unwillkürlich für ihn, meinen Geschlechtsgenossen, Partei und triumphierte jedesmal, wenn es ihm gelang, mit heiler Haut davonzukommen.

Dann, etwa Anfang August – anscheinend auf irgendein weibliches Geheimsignal hin –, schlossen die Mädchen untereinander eine Art Waffenstillstand und fuhren in die Ferien, um auszuruhen, neue Kräfte zu sammeln und Pläne für den Abschuß im Winter zu schmieden. Das war ein Fehler, denn genau in diesem Augenblick kam vom Kontinent ein bezauberndes Geschöpf herüber: Natalia Soundso, von der noch nie jemand gehört hatte, tauchte in London auf, nahm Sir Basil fest an der Hand und schleifte ihn, der sich gewissermaßen in Trance befand, zum Standesamt in der Caxton Hall, bevor irgend jemand, am wenigsten der Bräutigam selbst, begriffen hatte, was eigentlich geschah.

Sie können sich vorstellen, daß die Londoner Damen entrüstet waren, und natürlich zögerten sie keinen Augenblick, allerlei saftigen Klatsch über die frischgebackene Lady Turton («diese unverschämte Wilddiebin») zu verbreiten. Aber damit brauchen wir uns nicht aufzuhalten. Wir können getrost die nächsten sechs Jahre überspringen und uns einer Begebenheit zuwenden, die sich vor genau einer Woche ereignete, als ich das Vergnügen hatte, Ihrer Ladyschaft zum erstenmal zu begegnen. Wie Sie sich denken können, leitet sie mittlerweile nicht nur die gesamte *Turton Press*, sondern hat sich dadurch auch eine beträchtliche politische Machtstellung erworben. Gewiß, das ist auch schon anderen Frauen gelungen, aber Lady Turtons Fall ist insofern ungewöhnlich, als sie Ausländerin ist und niemand recht zu wissen scheint, aus welchem Lande sie stammt – aus Jugoslawien, Bulgarien oder Rußland.

Am letzten Donnerstag also war ich bei Londoner Freunden zu einer kleinen Abendgesellschaft geladen. Als wir vor dem Dinner im Salon standen, einen Martini tranken und über die Atombombe und Mr. Bevan sprachen, steckte das Mädchen den Kopf herein, um den letzten Gast anzukündigen.

«Lady Turton», meldete sie.

Niemand hörte auf zu reden; dazu waren wir alle zu gut erzogen. Keine Köpfe fuhren herum. Nur unsere Blicke gingen zur Tür und warteten auf ihr Erscheinen.

Sie trat ein, groß und schlank, in einem rotgoldenen glitzernden Kleid, und ging schnell, mit lächelndem Mund und ausgestreckten Händen auf die Gastgeberin zu.

«Mildred, guten Abend!»

«Meine liebe Lady Turton! Wir reizend!»

Ich glaube, jetzt hörten wir tatsächlich auf zu reden und fuhren herum. Wir starrten sie an und warteten ganz bescheiden darauf, ihr vorgestellt zu werden, als wäre sie die Königin oder ein berühmter Filmstar. Aber sie sah besser aus als die Königin oder ein Filmstar. Sie hatte schwarzes Haar und eines jener blassen, ovalen, unschuldigen Gesichter, wie man sie bei den Madonnen flämischer Maler des fünfzehnten Jahrhunderts findet. Ja, sie hätte von Memling oder van Eyck gemalt sein können. Jedenfalls war das mein erster Eindruck. Später, als ich an die Reihe kam, sie zu begrüßen, stellte ich fest, daß ihr Gesicht – bis auf die Konturen und die Farbgebung – keineswegs das einer Madonna war. Ganz im Gegenteil.

So hatte sie beispielsweise sehr merkwürdige Nasenflügel, die überaus stark geschwungen waren und dabei so gebläht, wie ich es nie zuvor gesehen hatte. Die Nase bekam dadurch etwas Witterndes, Schnaubendes, das irgendwie an ein wildes Tier erinnerte – an einen Mustang.

Und ihre Augen waren, aus der Nähe betrachtet, nicht groß und rund, wie die Madonnenmaler sie malten, sondern länglich und schmal, halb lächelnd, halb mürrisch und ein wenig ordinär, so daß sie fast etwas verworfen wirkte. Überdies sah sie einen nie offen an. Der Blick kam langsam von der Seite, mit einer eigenartig gleitenden Bewegung, die mich beunruhigte. Ich versuchte, die Farbe ihrer Augen zu ergründen, hielt sie für hellgrau, war mir aber nicht sicher.

Dann wurde sie zu anderen Gästen geführt, um deren Bekanntschaft zu machen. Ich blickte ihr nach. Offensichtlich war sie sich ihres Erfolges bewußt und genoß es, von diesen Londonern umschmeichelt zu werden. ‹Schaut mich an›, schien sie zu sagen, ‹ich bin erst vor wenigen Jahren hergekommen, aber schon jetzt bin ich reicher und mächtiger als irgendeiner von euch.› In ihrem Gang lag etwas Triumphierendes.

Ein paar Minuten später begaben wir uns ins Speisezimmer, und zu meiner Überraschung saß ich zur Rechten Ihrer Ladyschaft. Vermutlich hatte unsere Gastgeberin das so arrangiert, weil sie mir Gelegenheit geben wollte, Material für die Gesellschaftsspalte zu sammeln, die ich jeden Tag für eine Abendzeitung schreibe. Ich machte mich auf eine anregende Unterhaltung gefaßt. Aber die berühmte Dame beachtete mich überhaupt nicht; sie sprach ausschließlich mit ihrem Nachbarn zur Linken, dem Gastgeber. Erst gegen Ende der Mahlzeit – ich war gerade mit meinem Eis fertig – wandte sie sich plötzlich um, streckte die Hand aus, nahm meine Tischkarte und las den Namen. Dann richtete sie ihren Blick mit jener eigenartig gleitenden Bewegung der Augen auf mich. Ich lächelte und deutete eine Verbeugung an. Ohne mein Lächeln zu erwidern, begann sie mit einer seltsam plätschernden Stimme Fragen auf mich abzufeuern, ziemlich persönliche Fragen – Beruf, Alter, Familie und dergleichen –, die ich beantwortete, so gut ich konnte.

Bei diesem Verhör erfuhr sie unter anderem von meinem Interesse für Malerei und Bildhauerkunst.

«Dann sollten Sie uns einmal auf dem Land besuchen und sich die Sammlung meines Mannes ansehen.» Sie sagte das nur als Gesprächsfloskel, aber ich kann es mir in meinem Beruf nicht erlauben, eine solche Chance ungenutzt zu lassen.

«Ich wüßte nicht, was ich lieber täte, Lady Turton. Sehr freundlich von Ihnen. Wann darf ich kommen?»

Ihr Kopf fuhr hoch. Sie zögerte, runzelte die Stirn, zuckte die Achseln. «Ach, das ist mir gleich. Irgendwann.»

«Wie wär's mit diesem Wochenende? Würde Ihnen das passen?» Der Blick ihrer länglichen, schmalen Augen heftete sich für eine Sekunde auf mein Gesicht und glitt dann weiter. «Warum nicht? Wenn Sie wollen ... Mir ist es gleich.»

So packte ich denn am nächsten Sonnabendnachmittag meinen Koffer und fuhr im Wagen nach Wooton. Vielleicht sind Sie der Meinung, ich hätte die Einladung ein wenig forciert – nun ja, anders wäre ich nie dazu gekommen. Und mir lag nicht nur aus beruflichen Gründen sehr viel daran, das Haus zu besichtigen. Bekanntlich zählt Wooton zu den wirklich bedeutenden Steinhäusern der frühen englischen Renaissance. Wie seine Gegenstücke Longleat, Wollaton und Montacute wurde es in der zweiten Hälfte des sechzehnten Jahrhunderts erbaut, als die großen Herren zum erstenmal auf die festen Burgen verzichten und sich behagliche Wohnsitze schaffen konnten. Damals hat eine neue Schule von Architekten, unter ihnen John Thorpe und die Smithsons, in ganz England wahre Wunderwerke erstehen lassen. Wooton liegt südlich von Oxford in der Nähe eines Städtchens namens Princes Risborough. Als ich in das Portal einbog, verdunkelte sich bereits der Himmel, und der frühe Winterabend brach an.

Ich fuhr jetzt sehr langsam und versuchte, soviel wie möglich von dem Park zu beiden Seiten des Weges zu sehen. Besonders interessierten mich die berühmten Figurenbäume, von denen ich schon viel gehört hatte. Und ich muß sagen, es war wirklich ein eindrucksvoller Anblick. Überall standen kräftige Eiben, die so beschnitten und zurechtgestutzt waren, daß sie seltsame Formen und Figuren bildeten: Hühner, Tauben, Flaschen, Stiefel, Lehnstühle, Burgen, Eierbecher, Laternen, alte Frauen mit bauschigen Röcken, hohe Säulen, einige von einer Kugel gekrönt, andere von großen, runden Dächern oder Pilzhüten. In der Dämmerung hatte sich das Grün in Schwarz verwandelt, so daß die Bäume wie dunkle, glatte Skulpturen wirkten. An einer Stelle sah ich eine Rasenfläche mit riesigen Schachfiguren, jede eine lebende Eibe, wunderbar gestaltet. Ich hielt den Wagen an und stieg aus. Die Figuren waren doppelt so groß wie ich. Ein vollständiges Schachspiel. Die Könige, die Damen, die Läufer, Springer, Türme und Bauern – alle standen sie da, als sollte die Partie gleich eröffnet werden.

Hinter der nächsten Wegbiegung erblickte ich das große graue Haus, dessen Vorhof von einer hohen Balustrade umgeben war und zu beiden Seiten von säulenverzierten Pavillons flankiert wurde. Auf den Pfeilern der Balustrade erhoben sich Obelisken – der italienische Einfluß auf den Tudor-Geschmack. Eine mindestens dreißig Meter breite Freitreppe führte zum Haus hinauf.

In der Mitte des Vorhofs stand, wie ich zu meinem Entsetzen sah, ein Brunnenbecken mit einer großen Statue von Epstein. Zweifellos ein wunderbares Stück, aber in dieser Umgebung einigermaßen fehl am Platze. Als ich die Treppe hinaufstieg und mich noch einmal umschaute, entdeckte ich, daß auch auf den kleinen Rasenplätzen und Terrassen ringsum moderne Statuen und seltsam geformte Skulpturen standen. Ich glaubte einen Gaudier Breska, einen Brancusi, einen Saint-Gaudens, einen Henry Moore und noch einen Epstein zu erkennen.

Die Tür wurde von einem jungen Diener geöffnet, der mich in ein Schlafzimmer im ersten Stock führte. Ihre Ladyschaft, erklärte er, habe sich zu einer Ruhepause zurückgezogen, und die übrigen Gäste seien ihrem Beispiel gefolgt, aber alle würden sich in etwa einer Stunde, zum Dinner gekleidet, im großen Salon einfinden.

Mein Beruf zwingt mich, viele Wochenendbesuche zu machen. Ich verbringe wohl fünfzig Sonnabende und Sonntage im Jahr in den Häusern anderer Leute und habe daher eine feine Witterung für ungewohnte Atmosphären. Schon wenn ich ein Haus betrete, kann ich förmlich riechen, ob alles in Ordnung ist. Das Haus, in dem ich mich jetzt befand, gefiel mir gar nicht, denn in der Luft lag ein Hauch jenes trockenen Geruchs, der nichts Gutes verheißt. Ich spürte ihn sogar, als ich mit Behagen mein warmes Bad in einer riesigen Marmorwanne genoß, und ich konnte nur hoffen, daß bis Montag nichts Unerfreuliches geschehen würde.

Kaum zehn Minuten später geschah etwas – wenn es auch eher überraschend als unerfreulich war. Ich saß auf dem Bett und zog mir die Socken an, als sich die Tür leise öffnete und ein schwarzbefrackter, schiefschultriger alter Gnom mit schleichenden Schritten hereinkam. Er sagte, er sei der Butler, heiße Jelks und erlaube sich die Frage, ob ich mich wohl fühlte und alles hätte, was ich brauchte.

Ich beruhigte ihn über diesen Punkt. Er versicherte, daß er sich nach Kräften bemühen werde, mir das Wochenende so angenehm wie möglich zu machen. Ich dankte ihm und wartete, daß er ginge. Er zögerte, dann bat er mit einer Stimme, die vor Salbung triefte, um die Erlaubnis, eine recht heikle Sache zur Sprache zu bringen. Ich forderte ihn auf, loszuschießen.

Um ganz offen zu sein, sagte er, es handle sich um das Trinkgeld. Das sei eine Angelegenheit, die ihm ernste Sorgen bereite.

Ach? Und wieso?

Nun, wenn ich es wirklich wissen wolle, ihm gefalle der Gedanke nicht, daß seine Gäste sich verpflichtet fühlen könnten, ihm beim Verlassen des Hauses ein Trinkgeld zu geben – wie es ja allgemein üblich sei. Er empfinde dieses Verfahren als erniedrigend, sowohl für den, der das Trinkgeld gebe, als auch für den, der es erhalte. Außerdem sei ihm durchaus klar, daß Gäste wie ich – er bitte höflichst, ihm diese Offenheit zu verzeihen – mitunter in eine peinliche Lage gerieten, weil sie sich anstandshalber verpflichtet fühlten, mehr zu geben, als sie sich eigentlich leisten könnten.

Er machte eine Pause, und zwei kleine, verschlagene Augen suchten in meinem Gesicht nach einem Zeichen der Zustimmung. Ich murmelte, daß er das meine Sorge sein lassen sollte.

O nein, erwiderte er rasch, er hoffe aufrichtig, daß ich mich bereit erklären würde, ihm kein Trinkgeld zu geben.

«Nun», sagte ich, «darüber brauchen wir uns doch jetzt noch nicht aufzuregen. Das findet sich alles, wenn es soweit ist.»

«Nein, Sir!» rief er. «Bitte, ich muß darauf bestehen.»

Ich gab also nach.

Er dankte mir. Dann trat er schlurfend zwei, drei Schritte näher, neigte den Kopf zur Seite, faltete die Hände über der Brust wie ein Priester und zuckte, als wollte er sich entschuldigen, kaum merklich die Achseln. Die kleinen, scharfen Augen sahen mich unverwandt an, während ich – die eine Socke am Fuß, die andere in der Hand – zu erraten suchte, was nun kommen würde.

Alles, worum er bitte, sagte er leise, so leise jetzt, daß seine Stimme wie Musik klang, die schwach aus einer großen Konzerthalle auf die Straße dringt, alles, worum er bitte, sei dies: Ich möge ihm statt des Trinkgelds dreiunddreißigeindrittel Prozent meines auf Wooton erzielten Spielgewinns überlassen. Wenn ich verlöre, brauchte ich ihm nichts zu geben.

Das kam alles so leise, so sanft und so plötzlich heraus, daß ich nicht einmal überrascht war. «Wird hier viel Karten gespielt, Jelks?»

«Ja, Sir. Sehr viel.»

«Finden Sie dreiunddreißigeindrittel nicht ein bißchen happig?»

«Keineswegs, Sir.»

«Wie wär's mit zehn Prozent?»

«Nein, Sir, darauf kann ich mich nicht einlassen.»

Er betrachtete die Fingernägel seiner linken Hand und runzelte die Stirn.

«Na, dann fünfzehn. In Ordnung?»

«Dreiunddreißigeindrittel, Sir! Das ist nur recht und billig. Denn sehen Sie, Sir, ich weiß ja nicht einmal, ob Sie ein guter Spieler sind. Ohne persönlich werden zu wollen – ich setze auf ein Pferd, das ich noch nie habe laufen sehen.»

Zweifellos werden Sie jetzt denken, daß ich gar nicht erst hätte anfangen dürfen, mit dem Butler zu feilschen, und vielleicht haben Sie recht. Aber als liberal gesinnter Mensch bemühe ich mich immer, Angehörigen der unteren Klassen freundlich entgegenzukommen. Außerdem mußte ich bei näherer Überlegung zugeben, daß dies ein faires Angebot war und daß kein Sportsmann das Recht hatte, es abzulehnen.

«Also gut, Jelks. Wie Sie wollen.»

«Danke, Sir.» Er steuerte auf die Tür zu, schob sich langsam seitwärts vor wie ein Krebs. Wieder zögerte er, eine Hand auf dem Türknopf. «Wenn Sie gestatten, Sir... Dürfte ich Ihnen einen kleinen Rat geben?»

«Na?»

«Es ist nur, daß Ihre Ladyschaft dazu neigt, zu hoch zu reizen.»

Nun, *das* ging wirklich zu weit. Ich war so verdutzt, daß ich meine Socke fallen ließ. Gewiß, es ist nichts dabei, wenn man wegen des Trinkgelds mit dem Butler ein kleines sportliches Abkommen trifft, aber wenn er mit Ratschlägen anfängt, wie man der Gastgeberin am besten das Geld abnehmen kann, dann ist es zweifellos Zeit, ihn in die Schranken zu weisen.

«Danke, Jelks, das genügt.»

«Sie verstehen mich hoffentlich nicht falsch, Sir. Ich meine nur, daß Sie bestimmt gegen Ihre Ladyschaft spielen. Sie hat immer Major Haddock als Partner.»

«Major Haddock? Major Jack Haddock?»

«Ja, Sir.»

Ich bemerkte, daß Jelks leicht die Nase rümpfte, als er von diesem Mann sprach. Und noch weniger schien er von Lady Turton zu halten. Jedesmal wenn er ‹Ihre Ladyschaft› sagte, verzog er den Mund, als sauge er an einer Zitrone, und seine Stimme hatte einen leicht spöttischen Klang.

«Entschuldigen Sie mich jetzt bitte, Sir. *Ihre Ladyschaft* wird um sieben Uhr herunterkommen. Ebenso *Major Haddock* und die anderen.» Er schlüpfte aus der Tür und ließ den schwachen Geruch irgendeines Einreibemittels zurück, der die Atmosphäre keineswegs verbesserte.

Kurz nach sieben betrat ich den großen Salon. Lady Turton, schön wie immer, erhob sich, als sie mich sah.

«Ich wußte nicht mehr genau, wann Sie kommen würden», sagte sie mit ihrer eigentümlich wiegenden Stimme. «Wie war doch gleich Ihr Name?»

«Ich fürchte, ich habe Sie beim Wort genommen, Lady Turton. Hoffentlich ist es Ihnen recht.»

«Warum nicht?» erwiderte sie. «Das Haus hat siebenundvierzig Schlafzimmer. Dies ist mein Mann.»

Ein kleiner Mann tauchte hinter ihrem Rücken auf und begrüßte mich mit den Worten: «Wissen Sie, ich freue mich wirklich, daß Sie kommen konnten.» Er hatte ein sehr gewinnendes warmes Lächeln, und als er mir die Hand gab, spürte ich in dem Druck seiner Finger sofort etwas Freundschaftliches.

«Und Carmen La Rosa», sagte Lady Turton.

Das war eine kräftig gebaute Frau, die aussah, als hätte sie etwas mit Pferden zu tun. Sie nickte mir zu, verzichtete aber darauf, meine bereits ausgestreckte Hand zu ergreifen, so daß ich gezwungen war, die Bewegung in ein Naseputzen umzuwandeln.

«Sind Sie erkältet?» fragte sie. «Das tut mir leid.»

Miss Carmen La Rosa mißfiel mir.

«Und dies ist Jack Haddock.»

Ich kannte den Mann, wenn auch nur flüchtig. Er war Direktor in einigen Unternehmen (was immer das bedeuten mochte) und ein bekanntes Mitglied der Gesellschaft. Ich hatte ihn ein paarmal in meiner Spalte erwähnt, aber er war mir nie sympathisch gewesen. Wahrscheinlich lag das vor allem daran, daß mir Leute, die ihre militärischen Titel mit ins Privatleben hinübernehmen, immer verdächtig sind – besonders Majore und Obersten. Wie er da stand in seinem Smoking, mit dem vollblütigen, animalischen Gesicht, den schwarzen Augenbrauen und den blendendweißen Zähnen, sah er so gut aus, daß es fast indezent wirkte. Er hatte die Angewohnheit, beim Lächeln die Oberlippe zu heben und die Zähne zu entblößen, und er lächelte jetzt, als er mir seine behaarte braune Hand reichte.

«Ich hoffe, Sie sagen etwas Nettes über uns in Ihrer Spalte.»

«Das möchte ich ihm raten», meinte Lady Turton, «sonst sage ich nämlich etwas Unangenehmes über ihn auf meiner ersten Seite.»

Ich lachte, aber alle drei, Lady Turton, Major Haddock und Carmen La Rosa, hatten sich bereits abgewandt und nahmen wieder auf dem Sofa Platz. Jelks brachte mir einen Drink, und Sir Basil zog mich zu einem ruhigen Gespräch in den Hintergrund des Salons. Lady Turton rief alle Augenblicke nach ihrem Mann, damit er irgend etwas für sie hole – noch einen Martini, eine Zigarette, einen Aschenbecher, ein Taschentuch –, aber wenn er sich dann halb aus seinem

Sessel erhoben hatte, war ihm Jelks schon zuvorgekommen und versorgte Lady Turton mit dem Gewünschten.

Es war klar, daß Jelks seinen Herrn liebte, und ebenso klar, daß er die Frau haßte. Sooft er etwas für sie tat, stieß er verächtlich ein wenig Luft durch die Nase und preßte die Lippen zusammen, so daß sie aussahen wie das Hinterteil eines Puters.

Beim Dinner saß Lady Turton zwischen ihren beiden Freunden, Haddock und Miss La Rosa. Durch dieses unkonventionelle Arrangement hatten Sir Basil und ich Gelegenheit, unser interessantes Gespräch über Bilder und Skulpturen fortzusetzen. Natürlich hatte ich inzwischen begriffen, daß der Major in Ihre Ladyschaft verliebt war. Und ich hatte das Gefühl – so ungern ich diesen Verdacht äußere –, daß die La Rosa demselben Vogel nachjagte.

Das alles schien der Gastgeberin sehr zu behagen. Aber ihrem Mann behagte es gar nicht. Ich stellte fest, daß er sich, während wir uns unterhielten, unablässig der Vorgänge am anderen Ende des Tisches bewußt war. Seine Gedanken schweiften des öfteren von unserem Thema ab, er unterbrach sich mitten im Satz, und sein Blick ruhte sekundenlang mit einem geradezu rührenden Ausdruck auf der schönen Frau mit dem schwarzen Haar und den eigenartig geblähten Nasenflügeln. Es konnte ihm nicht entgangen sein, wie aufgekratzt sie war, wie sie beim Sprechen gestikulierte und dabei mehrmals die Hand auf den Arm des Majors legte und wie fordernd die andere Frau, diejenige, die möglicherweise etwas mit Pferden zu tun hatte, immer wieder rief: «Nata-*li*-a! Nata-*li*-a, hör doch mal zu!»

«Morgen», sagte ich, «müssen Sie mir die Skulpturen zeigen, die Sie im Garten stehen haben.»

«Natürlich», murmelte er. «Mit Vergnügen.» Er schaute dabei zu seiner Frau hinüber, und der flehende Blick seiner Augen war herzzerreißend. Dieser Mann hatte ein so weiches, liebevolles Gemüt, daß selbst jetzt kein Zorn in ihm war, nichts, was eine Explosion hätte auslösen können.

Nach dem Essen wurde ich sofort an den Kartentisch befohlen, um mit Miss Carmen La Rosa gegen Major Haddock und Lady Turton zu spielen. Sir Basil setzte sich mit einem Buch auf das Sofa.

Das Spiel verlief durchaus normal; es brachte keinerlei Überraschungen und war ziemlich langweilig. Aber Jelks fiel mir auf die Nerven. Den ganzen Abend lungerte er um uns herum, leerte die Aschenbecher, erkundigte sich, was wir zu trinken wünschten, und schaute uns in die Karten. Er war offenbar kurzsichtig, und ich bezweifle, daß er viel von dem mitbekam, was vor sich ging. Wie Sie wissen oder vielleicht auch nicht wissen, darf ein Butler in England niemals eine Brille tragen – übrigens auch keinen Schnurrbart. Das ist eine unverbrüchliche goldene Regel und obendrein eine sehr vernünftige, obgleich mir nicht ganz klar ist, was eigentlich dahintersteckt. Vermutlich würde er mit Bart zu sehr wie ein Gentleman und mit Brille zu sehr wie ein Amerikaner aussehen, und wohin sollte das führen, frage ich Sie. Nun, jedenfalls machte Jelks mich ziemlich nervös, genau wie Lady Turton, die dauernd wegen irgendeiner Zeitungssache ans Telefon gerufen wurde.

Um elf Uhr blickte sie von ihren Karten auf und sagte: «Basil, du solltest jetzt schlafen gehen.»

«Ja, mein Liebes, vielleicht hast du recht.» Er klappte das Buch zu, erhob sich und blieb ein Weilchen am Tisch stehen, um uns zuzuschauen. «Alles in Ordnung mit dem Spiel?» fragte er.

Da die anderen nicht antworteten, sagte ich: «Es ist ein schönes Spiel.»

«Das freut mich. Und Jelks wird sich um Sie kümmern und Ihnen bringen, was Sie brauchen.»

«Jelks kann auch schlafen gehen», entschied Lady Turton.

Ich hörte, wie Major Haddock neben mir durch die Nase atmete, wie die Karten, eine nach der anderen, leise auf den Tisch klatschten und wie Jelks' Füße über den Teppich auf uns zuschlurrten.

«Wäre es Ihnen nicht lieber, wenn ich aufbliebe, M'lady?»

«Nein. Gehen Sie zu Bett. Du auch, Basil.»

«Ja, mein Liebes. Gute Nacht. Gute Nacht, alle miteinander.»

Jelks öffnete seinem Herrn die Tür und verließ hinter ihm das Zimmer.

Sobald wir den nächsten Robber beendet hatten, erklärte ich, daß auch ich mich zurückziehen wolle.

«Bitte sehr», sagte Lady Turton. «Gute Nacht.»

Ich ging in mein Zimmer, schloß die Tür ab, nahm eine Tablette und legte mich schlafen.

Am nächsten Morgen stand ich gegen zehn Uhr auf. Als ich im Frühstückszimmer erschien, war Sir Basil schon da und wurde gerade von Jelks mit gegrillten Nieren, Speck und gebratenen Tomaten versorgt. Er freute sich, mich zu sehen, und fragte, ob ich Lust hätte, ihn gleich nach dem Frühstück auf einem langen Spaziergang durch den Garten zu begleiten. Ich versicherte ihm, daß ich mir nichts Besseres wünschen könne.

Eine halbe Stunde später brachen wir auf. Sie glauben gar nicht, wie erleichtert ich war, aus diesem Haus heraus an die frische Luft zu kommen. Es war einer jener warmen, leuchtenden Tage, die gelegentlich mitten im Winter auf eine Regennacht folgen, mit strahlendem

Sonnenschein und ohne Wind. Die kahlen Bäume sahen herrlich aus in dem goldenen Licht. Das Wasser tropfte noch von den Ästen, und die Pfützen auf den Wegen funkelten wie Diamanten. Am Himmel standen zarte Wölkchen.

«Was für ein herrlicher Tag!»

«Ja, ganz herrlich, nicht wahr?»

Das war ungefähr alles, was wir während des Spaziergangs sprachen; mehr war nicht nötig. Sir Basil führte mich zu den großen Schachfiguren; dann zeigte er mir die anderen kunstvoll gestutzten Bäume, die Gartenhäuschen mit dem schönen Schnitzwerk, die Teiche, die Brunnen, das Labyrinth, in dem man sich nur im Sommer verirren konnte, wenn die Hecken belaubt waren. Auch die Blumenbeete besichtigten wir, die künstlichen Grotten, die Gewächshäuser mit ihren Weinstöcken und Pfirsichbäumen. Und natürlich die Skulpturen. Die meisten zeitgenössischen Bildhauer waren hier mit Werken aus Bronze, Granit, Kalkstein und Holz vertreten. Obgleich es ein Genuß war, diese Schöpfungen in der Sonne warm aufleuchten zu sehen, schienen sie mir nach wie vor ein bißchen fehl am Platze in diesem weitläufigen, nach strengen Regeln angelegten Park.

«Wollen wir uns nicht ein Weilchen ausruhen?» schlug Sir Basil vor, nachdem wir länger als eine Stunde umhergewandert waren. Wir setzten uns auf eine weiße Bank in der Nähe eines mit Wasserlilien bedeckten Teiches voller Karpfen und Goldfische und zündeten uns eine Zigarette an. Unsere Bank befand sich auf einer Anhöhe, ziemlich weit vom Haus entfernt, so daß wir den Garten vor uns liegen sahen wie eine Zeichnung aus einem alten Buch über Gartenarchitektur. Die Hecken, Rasenflächen, Terrassen und Brunnen bildeten ein hübsches Muster aus Vierecken und Kreisen.

«Mein Vater hat Wooton gekauft, kurz bevor ich geboren wurde», sagte Sir Basil. «Ich habe immer hier gelebt und kenne jedes Fleckchen. Ich liebe den Garten von Tag zu Tag mehr.»

«Im Sommer ist es hier bestimmt wunderbar.»

«O ja. Sie müssen uns einmal im Mai oder Juni besuchen. Versprechen Sie mir das?»

«Natürlich», sagte ich. «Mit dem größten Vergnügen.»

Während ich sprach, beobachtete ich eine rotgekleidete Frau, die sich in der Ferne zwischen den Blumenbeeten bewegte. Ich sah, wie sie mit wiegendem Gang einen Rasenplatz überquerte; dann wandte sie sich nach links und schritt an einer hohen Eibenhecke entlang, bis sie zu einem zweiten, kleineren Rasen kam, der kreisrund war und in dessen Mitte eine Skulptur aufragte.

«Der Garten ist jünger als das Haus», sagte Sir Basil. «Er wurde im frühen achtzehnten Jahrhundert von einem Franzosen namens Beaumont angelegt – demselben, der den Garten von Levens in Westmoreland gestaltet hat. Zweihundertfünfzig Leute haben mindestens ein Jahr lang daran gearbeitet.»

Ein Mann hatte sich jetzt zu der Frau im roten Kleid gesellt. Sie standen, etwa einen Meter voneinander entfernt, genau im Mittelpunkt des Gartenpanoramas auf diesem runden Rasenstück, anscheinend in ein Gespräch vertieft. Der Mann hielt irgend etwas Schwarzes in der Hand.

«Wenn es Sie interessiert, zeige ich Ihnen nachher die Rechnungen, die Beaumont dem alten Herzog eingereicht hat.»

«Ja, die würde ich sehr gern sehen. Sicherlich sind sie hochinteressant.»

«Er hat seinen Arbeitern einen Shilling pro Tag gezahlt, und sie arbeiteten zehn Stunden.»

In dem klaren Sonnenlicht war es nicht schwer, die Bewegungen und Gesten der beiden Gestalten auf dem Rasen zu verfolgen. Sie hatten sich jetzt der Skulptur zugewandt, zeigten darauf und lachten. Offenbar machten sie Witze über ihre Form. Ich erkannte, daß es sich um einen Henry Moore handelte, ein in Holz gearbeitetes Werk von einmaliger Schönheit, schlank, glatt mit zwei oder drei Löchern und einigen seltsamen Vorsprüngen, die an Gliedmaßen erinnerten.

«Als Beaumont die Eiben für die Schachfiguren und die anderen Sachen pflanzte, wußte er, daß mindestens hundert Jahre vergehen würden, bevor sie sich in Form schneiden ließen. So viel Geduld bringen wir bei unseren Planungen nicht mehr auf, was?»

«Nein», bestätigte ich. «Ganz gewiß nicht.»

Das schwarze Ding in der Hand des Mannes war eine Kamera. Er trat jetzt ein paar Schritte zurück und fotografierte die Frau neben dem Henry Moore. Sie nahm die verschiedensten Posen ein, die alle albern waren und komisch wirken sollten. Einmal legte sie die Arme um einen der Vorsprünge und schmiegte sich an ihn, dann wieder kletterte sie auf die Skulptur, setzte sich im Damensitz darauf und ergriff imaginäre Zügel. Die hohe Eibenhecke hinter den beiden trennte sie von dem Haus und dem vorderen Teil des Gartens. Nur von unserer Anhöhe aus waren sie deutlich zu sehen. Sie hatten allen Grund, sich unbeobachtet zu glauben, und selbst wenn sie zufällig in unsere Richtung geblickt hätten – das heißt gegen die Sonne –, so wären ihnen wohl kaum die beiden kleinen Gestalten aufgefallen, die regungslos auf der Bank am Teich saßen.

«Wissen Sie, ich liebe diese Eiben», sagte Sir Basil. «Ihre Farbe ist gerade in einem Garten so überaus wohltuend für das Auge. Und im

Sommer dämpft sie das grelle Sonnenlicht, so daß man die Bäume überhaupt erst richtig bewundern kann. Haben Sie die vielen Schattierungen von Grün an den Flächen und Facetten der gestutzten Bäume bemerkt?»

«Ja, ein herrlicher Anblick, nicht wahr?»

Der Mann schien jetzt der Frau irgend etwas zu erklären. Er deutete auf den Henry Moore, und die Art, wie sie den Kopf zurückwarfen, verriet mir, daß sie wieder lachten. Der Mann stand noch immer mit ausgestrecktem Zeigefinger da, und nun lief die Frau zur Rückseite der Holzskulptur, bückte sich und schob den Kopf durch eines der Löcher. Die Plastik war etwa so groß wie, sagen wir, ein kleines Pferd, aber wesentlich schmaler. Von unserer Bank aus konnte ich beide Seiten sehen – die linke mit dem Körper der Frau, die rechte mit dem durchgesteckten Kopf. Es erinnerte an diese Scherzaufnahmen in Seebädern, wo man den Kopf durch ein Loch im Brett steckt und als dicke Dame fotografiert wird. Der Mann hob jetzt die Kamera ans Auge.

«Und noch etwas gefällt mir an den Eiben», fuhr Sir Basil fort. «Im Frühsommer, wenn die Zweige ausschlagen ...»

Hier verstummte er plötzlich, reckte den Oberkörper und beugte sich ein wenig vor. Ich spürte, wie er förmlich erstarrte.

«Ja», sagte ich, «wenn die Zweige ausschlagen ...?»

Die Aufnahme war fertig, aber die Frau zog den Kopf nicht zurück. Ich sah, wie der Mann beide Hände (mit der Kamera) auf den Rükken legte und auf sie zuging. Dann bückte er sich, brachte sein Gesicht ganz nah an das ihre heran und blieb so stehen. Ich nehme an, daß er ihr ein paar Küsse gab oder dergleichen. In der tiefen Stille glaubte ich das Klingen eines Frauenlachens zu hören, das von weit her durch den sonnenhellen Garten zu uns drang.

«Wollen wir nicht zurückgehen?» fragte ich.

«Zurück?»

«Ja. Wir könnten dann vor dem Essen noch einen Martini trinken.»

«Einen Martini? Ja, das werden wir tun.» Aber er rührte sich nicht. Er saß still, war mir gleichsam entrückt und starrte wie gebannt auf die beiden Gestalten. Ich starrte sie ebenfalls an. Es war mir unmöglich, den Blick abzuwenden; ich *mußte* einfach hinsehen. Das, was sich dort in der Ferne abspielte, schien ein gefährliches kleines Ballett zu sein: Man kannte die Musik und die Tänzer, aber nicht den Handlungsverlauf, nicht die Choreographie. Man wußte nicht, was als nächstes geschehen würde, man war fasziniert und *mußte* einfach hinsehen.

«Gaudier Breska», sagte ich. «Was glauben Sie, wie weit er es gebracht hätte, wenn er nicht so früh gestorben wäre?»

«Wer?»

«Gaudier Breska.»

«Ja», murmelte er. «Allerdings.»

Plötzlich fiel mir etwas Seltsames auf. Die Frau hatte den Kopf noch immer nicht zurückgezogen, aber sie schob jetzt ihren Körper in langsamen Windungen hin und her. Der Mann stand einen Schritt von ihr entfernt und sah sie an. Er schien irgendwie beunruhigt zu sein; der gesenkte Kopf und die angespannte Körperhaltung deuteten darauf hin, daß er nicht mehr lachte. Nach einer Weile legte er die Kamera auf den Boden, näherte sich der Frau und nahm ihren Kopf in die Hände. Und auf einmal war es eher ein Puppenspiel als ein Ballett – winzige hölzerne Marionetten, die winzige hölzerne Bewegungen machten, verrückt und unwirklich, auf einer weit entfernten, von der Sonne beleuchteten Bühne.

Wir saßen auf der weißen Bank und sahen schweigend zu, wie der Marionettenmann an dem Kopf der Frau herumhantierte. Er tat es sanft, daran war nicht zu zweifeln, sanft und vorsichtig. Von Zeit zu Zeit trat er zurück, um nachzudenken; mehrmals hockte er sich nieder, um die Lage aus einem anderen Blickwinkel zu begutachten. Immer wenn er die Frau allein ließ, begann sie von neuem, sich hin und her zu winden, und zwar auf eine seltsame Art, die mich an einen Hund erinnerte, der zum erstenmal ein Halsband trägt.

«Sie ist eingeklemmt», sagte Sir Basil.

Nun ging der Mann auf die andere Seite der Holzskulptur, dorthin, wo sich der Körper der Frau befand. Er bückte sich und versuchte, irgend etwas mit ihrem Hals zu machen. Dann, als hätte er plötzlich die Geduld verloren, zerrte er zwei-, dreimal heftig an dem Hals, und diesmal drang die Stimme der Frau, schrill vor Zorn oder Schmerz, klar und deutlich durch das Sonnenlicht zu uns.

Aus den Augenwinkeln sah ich, daß Sir Basil ruhig nickte. «Als Junge bin ich einmal mit der Hand in einem Glas Konfitüre steckengeblieben», sagte er. «Bekam sie nicht wieder heraus.»

Der Mann war ein paar Schritte zurückgetreten und stand nun da, die Hände in die Hüften gestemmt, den Kopf hoch erhoben. Ich hatte den Eindruck, daß er ärgerlich und gereizt war. Die Frau schien aus ihrer unbequemen Stellung heraus mit ihm zu sprechen oder ihn vielmehr anzuschreien, und wenn sich auch ihr Körper nur winden konnte, so waren doch die Beine frei, mit denen sie wild auf den Boden stampfte.

«Ich habe das Glas mit dem Hammer zerschlagen und meiner Mutter erzählt, ich hätte es aus Versehen vom Regal gestoßen.» Sir Basil wirkte jetzt völlig entspannt, kein bißchen nervös, obgleich er mit merkwürdig tonloser Stimme sprach. «Vielleicht sollten wir hinuntergehen und sehen, ob wir helfen können.»

«Das wäre wohl das beste.»

Aber er rührte sich nicht. Er nahm eine Zigarette heraus, zündete sie an und legte das abgebrannte Streichholz sorgfältig in die Schachtel zurück.

«Ach, entschuldigen Sie», sagte er. «Möchten Sie auch eine?»

«Danke, ich glaube, ja.»

Er machte aus dem Anbieten und Anzünden der Zigarette eine umständliche kleine Zeremonie, und wieder legte er das abgebrannte Streichholz sorgfältig in die Schachtel zurück. Dann standen wir auf und gingen langsam den grasigen Abhang hinunter.

Für die beiden war es natürlich eine ziemliche Überraschung, als wir durch einen Torbogen in der Eibenhecke auf sie zutraten.

«Was ist denn hier los?» fragte Sir Basil. Er sprach sanft, aber es war eine gefährliche Sanftmut, die seine Frau sicherlich noch nie bei ihm erlebt hatte.

«Sie hat den Kopf durch das Loch gesteckt und kriegt ihn nicht wieder raus», erklärte Major Haddock. «War ein Jux, wissen Sie.»

«Ein was?»

«Basil!» schrie Lady Turton. «Stell dich nicht so dumm an! Tu etwas, ja?» Sie konnte sich zwar nicht viel bewegen, aber reden konnte sie noch.

«Wird wohl nichts anderes übrigbleiben, als dieses Holzding aufzubrechen», sagte der Major. An seinem grauen Schnurrbart haftete ein wenig Rot, und das genügte, sein männliches Aussehen zu zerstören – wie der überflüssige Farbtupfen, der ein vollkommenes Gemälde ruiniert. Er wirkte nur noch komisch.

«Aufbrechen? Den Henry Moore aufbrechen?»

«Mein lieber Sir Basil, es gibt keine andere Möglichkeit, Ihre Gattin zu befreien. Gott weiß, wie sie es fertiggebracht hat, sich da hineinzuquetschen, aber heraus kommt sie nicht von selbst, soviel steht fest. Die Ohren sind im Weg.»

«Ach Gott», seufzte Sir Basil. «Das ist ja schrecklich. Mein schöner Henry Moore.»

Hier begann Lady Turton ihren Mann in höchst unangenehmer Weise zu beschimpfen, und vermutlich hätte sie nicht so bald damit aufgehört, wäre nicht plötzlich Jelks aus dem Schatten aufgetaucht. Er kam über den Rasen geschlurft und stellte sich wortlos in respektvoller Entfernung neben Sir Basil auf, als erwarte er seine Befehle.

Die schwarze Kleidung des Butlers paßte ganz und gar nicht zu diesem sonnigen Morgen. Mit seinem runzligen, rosig-weißen Gesicht und den weißen Händen sah er wie ein Maulwurf aus, der sein ganzes Leben unter der Erde verbracht hat.

«Kann ich etwas tun, Sir Basil?» fragte er gleichmütig. Er hatte zwar seine Stimme in der Gewalt, nicht aber sein Mienenspiel. Als er Lady Turton ansah, funkelte es triumphierend in seinen Augen auf.

«Ja, Jelks. Holen Sie mir eine Säge oder so etwas, damit ich ein Stück Holz herausschneiden kann.»

«Soll ich nicht jemand von den Leuten rufen, Sir Basil? William ist ein guter Zimmermann.»

«Nein, das mache ich selbst. Holen Sie nur das Werkzeug – und beeilen Sie sich.»

Während sie auf Jelks warteten, ging ich ein wenig umher, weil ich nicht mehr mit anhören konnte, was Lady Turton zu ihrem Mann sagte. Aber ich war zeitig genug zurück, um den Butler kommen zu sehen. Ihm voran eilte Miss Carmen La Rosa, die sofort auf die Gastgeberin zustürzte. «Nata-*li*-a! Meine liebe Nata-*li*-a! Was hat man mit dir gemacht?»

«Ach, halt den Mund», fauchte die Gastgeberin. «Und geh aus dem Weg, ja?»

Sir Basil stand jetzt neben dem Kopf seiner Frau und blickte dem Butler entgegen. Jelks trottete langsam auf ihn zu, in der einen Hand eine Säge, in der anderen eine Axt. Etwa einen Meter vor der Skulptur blieb er stehen und streckte die beiden Werkzeuge aus, damit sein Herr zwischen ihnen wählen konnte. Zwei, drei Sekunden des Schweigens und Abwartens folgten, und als ich auf Jelks blickte, sah ich, wie sich die Hand mit der Axt um den Bruchteil eines Zentimeters näher an Sir Basil heranschob. Eine kaum merkliche Bewegung, ein winziges Vorschieben der Hand, langsam und verstohlen, ein kleines Angebot, ein kleines überredendes Angebot, das von einem nur angedeuteten Heben der Augenbrauen begleitet wurde.

Ich bin mir nicht sicher, ob Sir Basil es sah, aber er zögerte. Wieder schob sich die Hand mit der Axt um den Bruchteil eines Zentimeters vor. Das Ganze erinnerte stark an jenen Kartentrick, bei dem der Mann sagt: ‹Ziehen Sie, welche Sie wollen› – und dann wählt man unweigerlich die Karte, die er einem zugedacht hat. Sir Basil wählte die Axt. Wie im Traum streckte er die Hand danach aus und nahm sie von Jelks in Empfang. Dann, als er den Griff umklammerte, schien er zu begreifen, was von ihm verlangt wurde, und es kam Leben in ihn.

Für mich war das wie der schreckliche Moment, in dem man ein Kind auf die Straße laufen sieht und ein Auto rast heran, und man kann nur die Augen schließen und warten, bis das Krachen einem verrät, daß es geschehen ist. Diese Sekunde des Wartens, in der gelbe und rote Punkte vor einem schwarzen Hintergrund tanzen, wird zu einer langen, intensiv erlebten Zeit. Vielleicht stellt sich nachher heraus, daß niemand getötet oder verletzt worden ist. Aber davon wird einem nicht besser im Magen, denn ob so oder so – man hat *alles* gesehen.

Ich jedenfalls sah dies hier so genau wie nur möglich, und ich kehrte erst in die Wirklichkeit zurück, als ich Sir Basils Stimme, noch leiser als sonst, mit sanftem Protest den Butler zur Ordnung rufen hörte.

«Jelks», sagte er, und ich öffnete die Augen. Da stand er, unverändert und ruhig und freundlich, mit der Axt in der Hand. Auch Lady Turtons Kopf war noch an seinem Platz, das heißt, er steckte in dem Loch. Aber ihr Gesicht war aschgrau geworden, der Mund klappte auf und zu, und sie gab gurgelnde Laute von sich.

«Ich bitte Sie, Jelks», sagte Sir Basil, «wo haben Sie Ihre Gedanken? Das Ding ist doch viel zu gefährlich. Geben Sie mir die Säge.» Und als er das Werkzeug auswechselte, bemerkte ich, daß auf seinen Wangen zwei warme rote Flecke erschienen und darüber, rund um die Augenwinkel, die winzigen Fältchen eines Lächelns.

Geschmack

Wir waren unser sechs beim Dinner an jenem Abend im Hause meines Freundes Mike Schofield in London: Mike, seine Frau und seine Tochter, meine Frau und ich sowie ein gewisser Richard Pratt.

Richard Pratt, ein berühmter Gourmet, war Vorsitzender eines kleinen Vereins, genannt ‹die Epikureer›. Jeden Monat verschickte er privat an die Mitglieder eine Broschüre über Speisen und Weine, und er organisierte auch Festessen, bei denen erlesene Gerichte und seltene Weine serviert wurden. Um sich seinen Geschmackssinn voll und ganz zu bewahren, rauchte er nicht, und wenn er über Weine sprach, hatte er eine seltsame, fast verschrobene Art, jeden einzelnen wie ein lebendes Wesen zu charakterisieren.

«Ein intelligenter Wein», sagte er etwa, «ein wenig schüchtern und zurückhaltend, aber sehr intelligent.» Oder: «Ein gefälliger Wein, freundlich und heiter – ein bißchen frivol vielleicht, aber dennoch gefällig.»

Mike hatte mich schon zweimal mit Pratt zusammen eingeladen, und in beiden Fällen hatten die Schofields weder Mühe noch Kosten gescheut, um dem berühmten Gourmet ein exquisites Menü vorzusetzen. Und diesmal wollten sie sich offenbar selbst übertreffen. Als wir das Speisezimmer betraten, sah ich sofort, daß der Tisch für ein Festmahl gedeckt war. Die schlanken Kerzen, die gelben Rosen, das viele glänzende Silber, die drei Weingläser für jede Person und dazu der leichte Bratengeruch aus der Küche – das alles ließ mir das Wasser im Munde zusammenlaufen.

Wir setzten uns, und plötzlich erinnerte ich mich, daß Mike bei jedem der vorangegangenen Besuche gefragt hatte, ob Richard Pratt sich zutraue, das Wachstum und den Jahrgang des französischen Rotweins zu bestimmen. Als Pratt erwiderte, daß dies nicht allzu schwierig sein dürfte, sofern es sich um einen der großen Jahrgänge handelte, hatte Mike Zweifel geäußert und ihm eine Wette angeboten. Pratt war auf den Vorschlag eingegangen und hatte beide Male eine Kiste des betreffenden Weines gewonnen.

Ich war sicher, daß sich das kleine Spiel an diesem Abend wiederholen würde, denn Mike nahm gern eine verlorene Wette in Kauf, wenn er dadurch beweisen konnte, daß sein Wein gut genug war, erkannt zu werden. Und was Pratt betraf, so fand er ein großes, nur schlecht verhehltes Vergnügen daran, seine Kennerschaft zur Schau zu stellen.

Der erste Gang wurde aufgetragen: sehr kroß in Butter gebratene Sprotten. Dazu gab es einen Mosel. Mike erhob sich und füllte eigenhändig die Gläser. Als er sich wieder setzte, fiel mir auf, daß er Richard Pratt beobachtete. Er hatte die Flasche vor mich hingestellt, so daß ich das Etikett lesen konnte.

‹Geierslay Ohligsberg, 1945› stand darauf. Er beugte sich vor und flüsterte mir zu, daß Geierslay ein kleines Dorf an der Mosel sei, außerhalb Deutschlands nahezu unbekannt. Bei diesem Wein, fügte er hinzu, handle es sich um eine Rarität, denn die Produktion des Weinguts sei so gering, daß ein Fremder kaum hoffen dürfe, etwas davon zu bekommen. Er selbst habe Geierslay im vorigen Sommer besucht, und es sei ihm unter großen Schwierigkeiten gelungen, ein paar Dutzend Flaschen zu erstehen.

«Ich bezweifle, daß außer mir jemand in England diesen Wein hat», sagte er mit einem Blick auf Richard Pratt. «Das Gute am Mosel ist», fuhr er mit erhobener Stimme fort, «daß er sich glänzend dazu eignet, vor dem Rotwein getrunken zu werden. Viele Leute servieren statt dessen Rheinwein, aber nur, weil sie es nicht besser wissen. Ein Rheinwein erdrückt einen delikaten Rotwein, ist Ihnen das bekannt? Es ist barbarisch, Rheinwein vor Rotwein zu servieren. Aber ein Mosel – ah! – ein Mosel ist genau das Richtige.»

Mike Schofield, ein liebenswürdiger Mann in mittleren Jahren, war Börsenmakler. Zwischenhändler an der Börse, um genau zu sein. Und er schien, wie viele Menschen seiner Art, Unbehagen, wenn nicht gar Scham zu empfinden, weil er so viel Geld in einem Beruf verdient hatte, der so wenig Bildung erforderte. Im Grunde seines Herzens wußte er, daß er in Wirklichkeit nicht viel mehr als ein Buchmacher war – ein würdevoller, unendlich ehrbarer, insgeheim jedoch skrupelloser Buchmacher –, und er wußte, daß seine Freunde es auch wußten. So war er jetzt bestrebt, ein Mann von Kultur zu werden, sich auf literarischem und ästhetischem Gebiet zu vervollkommnen, Gemälde zu sammeln, Schallplatten, Bücher und alles, was sonst noch dazugehört. Sein kleiner Sermon über Rhein- und Moselweine war ein Teil dieser Bildung, dieser Kultur, nach der er strebte.

«Ein köstliches Weinchen, nicht wahr?» fragte er mich, beobachtete aber nach wie vor Richard Pratt. Ich stellte fest, daß er ihm jedesmal, wenn er den Kopf senkte, um einen Bissen Fisch in den Mund zu schieben, einen raschen, verstohlenen Blick zuwarf. Ich konnte fast *fühlen,* wie er auf den Moment wartete, da Pratt den ersten Schluck trinken und mit einem erfreuten, erstaunten, vielleicht sogar verblüfften Lächeln von seinem Glas aufsehen würde. Und dann mußte sich ja eine Diskussion entwickeln, die Mike Gelegenheit gab, über das Dorf Geierslay zu berichten.

Aber Richard Pratt rührte den Wein nicht an. Seine Aufmerksamkeit war voll und ganz von Mikes achtzehnjähriger Tochter Louise in Anspruch genommen. Er hatte sich ihr halb zugewandt, lächelte sie an und erzählte ihr irgendeine Geschichte von einem Küchenchef in einem Pariser Restaurant. Beim Sprechen beugte er sich immer weiter vor, schien in seinem Eifer beinahe mit ihr zusammenzustoßen, und die arme Louise lehnte sich zurück, so weit sie nur konnte, nickte höflich, wenn auch recht verzweifelt, und wich Pratts Blick aus, indem sie starr auf den obersten Knopf seines Smokings sah.

Wir waren fertig mit dem Fisch, und das Dienstmädchen ging von einem zum anderen, um die Teller abzuräumen. Als sie zu Pratt kam, bemerkte sie, daß er noch nichts gegessen hatte, und blieb unschlüssig stehen. Pratt hob den Kopf, winkte sie fort und begann hastig zu essen. Mit flinken, ruckartigen Bewegungen schaufelte er sich die kleinen, knusprig braunen Fische in den Mund, griff dann nach seinem Glas, leerte es mit zwei raschen Schlucken und wandte sich sogleich Louise Schofield zu, um das unterbrochene Gespräch wiederaufzunehmen.

Mike hatte alles gesehen. Ich erinnere mich, daß er sehr ruhig und beherrscht dasaß, die Augen auf seinen Gast gerichtet. Sein rundes, freundliches Gesicht schien leicht zu erschlaffen, aber er hielt sich zurück und sagte kein Wort.

Bald darauf brachte das Dienstmädchen den zweiten Gang, einen großen Rinderbraten. Sie stellte ihn vor Mike auf den Tisch, und er stand auf, um ihn zu tranchieren. Er schnitt die Scheiben sehr dünn und hob sie behutsam auf die Teller, die das Mädchen ihm reichte. Als alle – auch er selbst – versorgt waren, legte er das Tranchiermesser hin, stützte die Hände auf die Tischkante und beugte sich ein wenig vor.

«So», sagte er zu uns allen, blickte dabei aber nur Richard Pratt an, «und nun der Rotwein. Ich muß ihn erst holen, also entschuldigen Sie mich einen Moment.»

«Holen, Mike?» fragte ich. «Wo ist er denn?»

«In meinem Arbeitszimmer, mit aufgezogenem Korken – damit er atmen kann.»

«Warum im Arbeitszimmer?»

«Wegen der Zimmertemperatur natürlich. Er steht schon seit vierundzwanzig Stunden dort.»

«Aber warum gerade im Arbeitszimmer?»

«Weil das der beste Platz im Haus ist. Richard hat mir bei seinem letzten Besuch dazu geraten.»

Als Pratt seinen Namen hörte, wandte er sich um.

«Das stimmt doch, nicht wahr?» fragte Mike.

«Ja», antwortete Pratt und nickte ernst mit dem Kopf. «Das stimmt.»

«Auf dem grünen Karteikasten in meinem Arbeitszimmer», sagte Mike. «Das ist die Stelle, die wir ausgesucht haben. Ein zugfreies Plätzchen in einem Raum mit gleichmäßiger Temperatur. Einen Augenblick bitte, ich bin gleich wieder da.»

Der Gedanke, daß er noch einen Wein auszuspielen hatte, belebte ihn sichtlich, und er eilte beschwingten Fußes hinaus. Eine Minute später kehrte er zurück. Er ging jetzt bedeutend langsamer und trug vorsichtig einen Weidenkorb, in dem eine dunkle Flasche lag. Das Etikett war nach unten gekehrt, also nicht sichtbar. «Nun», rief er, als er sich dem Tisch näherte, «wie steht's mit diesem hier, Richard? Den werden Sie nie erraten!»

Richard Pratt drehte sich ohne Hast um, schaute zu Mike auf und ließ dann den Blick zu der Flasche in dem kleinen Weidenkorb hinunterwandern. Er hob die Augenbrauen, bis sie einen hochmütigen Bogen bildeten, und schob die Unterlippe vor. Unglaublich anmaßend und häßlich sah er auf einmal aus.

«Sie kommen nie dahinter», beteuerte Mike. «Nicht in hundert Jahren.»

«Ein französischer Rotwein?» fragte Pratt herablassend.

«Selbstverständlich.»

«Von einem der kleineren Weingüter?»

«Vielleicht, Richard. Vielleicht auch nicht.»

«Aber es ist ein guter Jahrgang? Einer der großen Jahrgänge?»

«Ja, dafür garantiere ich.»

«Dann dürfte es nicht allzu schwierig sein», meinte Richard Pratt. Er sprach in einem näselnden Ton, und seine Miene drückte äußerste Langeweile aus. Auf mich machten die affektierte Redeweise und die überbetonte Gleichgültigkeit einen eigenartigen Eindruck, um so mehr, als zwischen seinen Augen ein Schatten von Bosheit lag und seine Haltung gespannte Aufmerksamkeit verriet. Ich spürte ein leichtes Unbehagen, als ich ihn beobachtete.

«Der hier ist wirklich schwer zu erraten», versicherte Mike. «Ich will Sie nicht drängen, darauf eine Wette abzuschließen.»

«So. Und warum nicht?» Wieder das langsame Heben der Brauen, der kühle, gespannte Blick.

«Weil es zu schwer ist.»

«Na, hören Sie, das ist nicht gerade ein Kompliment für mich.»

«Mein Lieber», sagte Mike, «wenn Sie Wert darauf legen, können wir natürlich gern wetten.»

«Es dürfte nicht allzu schwierig sein, ihn zu bestimmen.»

«Sie meinen, Sie wollen wetten?»

«Aber ja, ich bin durchaus dazu bereit», antwortete Richard Pratt.

«Gut, dann also um das Übliche. Eine Kiste des betreffenden Weines.»

«Sie glauben wohl nicht, daß ich ihn bestimmen kann, wie?»

«Offen gestanden und mit allem Respekt gesagt, nein.» Mike war nach wie vor bemüht, höflich zu bleiben, während der andere kaum verbarg, wie sehr das alles ihn langweilte. Und doch schien Pratts nächste Frage von einem gewissen Interesse zu zeugen.

«Wollen wir den Einsatz erhöhen?»

«Nein, Richard. Eine Kiste ist genug.»

«Würden Sie um fünfzig Kisten wetten?»

«Das wäre töricht.»

Mike stand kerzengerade hinter seinem Stuhl am Kopfende des Tisches und hielt vorsichtig die Flasche in ihrem albernen Flechtkorb. Eine Spur von Blässe lag jetzt um seine Nasenflügel, und die Lippen waren fest zusammengepreßt.

Pratt lehnte sich lässig zurück und blickte zu ihm auf, die Brauen gewölbt, die Lider halb geschlossen, ein kleines Lächeln in den Mundwinkeln. Und wieder sah ich oder glaubte zu sehen, wie etwas ausgesprochen Beunruhigendes in seinem Gesicht aufflackerte – bösartige, gespannte Aufmerksamkeit zwischen den Augen und in den Augen selbst, genau im Zentrum, im Schwarz der Pupille, ein lauerndes Fünkchen Verschlagenheit.

«Sie wollen also den Einsatz nicht erhöhen?»

«Was mich betrifft, alter Junge, mir ist es völlig egal», erklärte Mike. «Ich wette mit Ihnen um alles, was Sie wollen, um alles!»

Die drei Frauen und ich saßen schweigend da und beobachteten die beiden Männer. Mrs. Schofield wurde ärgerlich; ihr Mund bekam etwas Verkniffenes, und ich hatte den Eindruck, sie werde im nächsten Augenblick dazwischenfahren. Die Bratenscheiben lagen vor uns auf den Tellern und dampften leicht.

«Sie wetten wirklich um alles, was ich will?»

«Ich sagte es bereits. Wenn Sie das Risiko nicht scheuen – *ich* wette so hoch, wie es Ihnen beliebt.»

«Selbst um zehntausend Pfund?»

«Natürlich. Alles, was Sie wünschen.» Mikes Stimme klang jetzt sehr zuversichtlich. Er wußte genau, daß er jede Summe halten konnte, die Pratt ihm vorschlug.

«Sie sagen also, ich darf den Einsatz bestimmen?» vergewisserte sich Pratt noch einmal.

«Das habe ich gesagt.»

Eine Pause trat ein. Pratt blickte langsam in die Runde, erst auf mich, dann nacheinander auf die drei Frauen. Er schien uns daran erinnern zu wollen, daß wir Zeugen des Angebots waren.

«Mike!» mahnte Mrs. Schofield. «Mike, laß uns endlich mit diesem Unsinn aufhören und unseren Braten essen. Er wird ganz kalt.»

«Das ist kein Unsinn», sagte Pratt ruhig. «Wir schließen eine kleine Wette ab.»

Ich bemerkte, daß das Dienstmädchen mit einer Schüssel Gemüse im Hintergrund stand und offensichtlich nicht wußte, ob weiterserviert werden sollte oder nicht.

«Nun gut», meinte Pratt, «dann werde ich also den Einsatz nennen.»

«Legen Sie los», erwiderte Mike unbekümmert. «Mir ist es schnurzegal, worum wir wetten – Sie sind dran.»

Pratt nickte, und abermals spielte das kleine Lächeln um seine Mundwinkel. Ohne Mike aus den Augen zu lassen, sagte er langsam. «Ich wette mit Ihnen um die Hand Ihrer Tochter.»

Louise Schofield fuhr auf. «Halt!» rief sie. «Nein! Das ist nicht sehr witzig! Hör mal, Daddy, das ist überhaupt nicht witzig.»

«Beruhige dich, Kind», sagte ihre Mutter. «Sie scherzen ja nur.»

«Ich scherze nicht», erklärte Richard Pratt.

«Das ist lächerlich.» Mike konnte nicht verbergen, daß er einigermaßen fassungslos war.

«Sie sagten doch, Sie würden um alles wetten, was ich wollte.»

«Ich meinte Geld.»

«*Gesagt* haben Sie's nicht.»

«Aber gemeint.»

«Dann ist es schade, daß Sie sich nicht deutlicher ausgedrückt haben. Nun, wie dem auch sei, wenn Sie von Ihrem Angebot zurücktreten möchten, soll es mir recht sein.»

«Hier geht's gar nicht darum, ob ich von meinem Angebot zurücktreten möchte, alter Junge. Die Wette läßt sich ohnehin nicht durchführen, da Sie keinen gleichwertigen Einsatz zu bieten haben. Woher wollen Sie denn die Tochter nehmen, die Sie mir geben müßten, falls Sie verlieren? Und selbst wenn Sie eine hätten, würde ich sie bestimmt nicht heiraten.»

«Das freut mich, mein Lieber», warf Mrs. Schofield ein.

«Ich setze alles dagegen, was Sie wollen», verkündete Pratt. «Mein Haus zum Beispiel. Wie wär's mit meinem Haus?»

«Welches?» fragte Mike, natürlich im Scherz.

«Das Landhaus.»

«Warum nicht auch noch das andere?»

«Na schön, dann eben meine beiden Häuser.»

Hier sah ich Mike zögern. Er trat einen Schritt vor und stellte die Flasche in ihrem Korb behutsam auf den Tisch. Er schob den Salzstreuer zur Seite, den Pfefferstreuer, dann nahm er sein Messer in die Hand, betrachtete nachdenklich die Klinge und legte es wieder hin. Seine Tochter hatte ebenfalls bemerkt, daß er zögerte.

«Daddy!» rief sie. «Sei nicht *albern*! Es ist einfach *zu* blöde. Ich weigere mich, so verwettet zu werden.»

«Ganz recht, Liebes», kam ihr die Mutter zu Hilfe. «Hör sofort auf, Mike, setz dich hin und iß.»

Mike beachtete sie nicht. Er blickte hinüber zu seiner Tochter und lächelte – ein leichtes, väterliches, beruhigendes Lächeln. Aber in seinen Augen war ein kleines triumphierendes Leuchten. «Weißt du», sagte er noch immer lächelnd, «weißt du, Louise, wir sollten uns das doch mal überlegen.»

«Nun sei aber still, Daddy! Mir reicht's jetzt! Wirklich, etwas so Unsinniges ist mir noch nie vorgekommen!»

«Reg dich nicht auf, Kindchen. Hör dir erst mal an, was ich zu sagen habe.»

«Aber ich *will* es nicht hören.»

«Louise! Bitte! Die Sache ist so: Richard hat uns eine ernstgemeinte Wette angeboten. Er ist es, der darauf besteht, nicht ich. Und wenn er verliert, geht ein beträchtliches Vermögen in deinen Besitz über. Nein, warte einen Augenblick, Kindchen, unterbrich mich nicht. Jetzt kommt nämlich das Wichtigste: *Er kann unmöglich gewinnen.*»

«Er scheint es aber zu glauben.»

«Nun hör doch schon zu. Schließlich weiß ich, wovon ich rede. Ein Fachmann, der einen französischen Rotwein kostet – sofern es sich nicht um einen der berühmten großen Weine wie Lafitte oder Latour handelt –, ist keinesfalls imstande, genaue Angaben über das Weingut zu machen. Er kann dir natürlich sagen, aus welchem Bordeaux-Gebiet der Wein stammt, ob er aus Saint-Emilion, Pomerol, Graves oder Médoc kommt. Aber jedes Gebiet hat mehrere Gemarkungen, und jede Gemarkung hat viele, viele kleine Weingüter. Es ist unmöglich, sie nur vom Geschmack und Geruch her zu unterscheiden. Auch wenn ich sage, daß der Wein, den ich habe, von einem kleinen Weingut stammt, das inmitten vieler anderer kleiner Weingüter liegt, wird Richard den Namen nie erraten. Es ist unmöglich.»

«Das kannst du nicht wissen», widersprach Louise.

«O doch, verlaß dich drauf. Ich will mich ja nicht selbst loben, aber was Weine betrifft, da weiß ich so ziemlich Bescheid. Und dann, bedenke doch, Kind, ich bin dein Vater. Glaubst du etwa, ich würde dich in etwas hineinmanövrieren, was du nicht willst? Ich versuche nur, dir Geld zu verschaffen.»

«Mike!» rief seine Frau scharf. «Hör jetzt auf, Mike, bitte!»

Wieder beachtete er sie nicht. «Wenn diese Wette zustande kommt», sagte er zu seiner Tochter, «bist du in zehn Minuten die Besitzerin von zwei großen Häusern.»

«Aber ich brauche keine zwei großen Häuser, Daddy.»

«Dann verkauf sie. Verkauf sie ihm auf der Stelle zurück. Ich arrangiere das für dich. Und dann, stell dir das nur einmal vor, mein Kind, dann bist du reich! Unabhängig für den Rest deines Lebens!»

«Daddy, mir gefällt das nicht. Ich finde es leichtfertig.»

«Ich auch», erklärte die Mutter energisch und nickte dabei mit dem Kopf wie ein pickendes Huhn. «Du solltest dich schämen, Michael, überhaupt so einen Vorschlag zu machen! Noch dazu deiner eigenen Tochter!»

Mike hatte nicht einmal einen Blick für sie. «Sag ja!» drängte er, die Augen fest auf das Mädchen gerichtet. «Sag schnell ja! Ich garantiere dir, daß du nicht verlierst.»

«Aber mir gefällt es nicht, Daddy.»

«Los, Kind, sag doch ja!»

Mike setzte seiner Tochter schwer zu. Er beugte sich zu ihr, sah sie unverwandt mit seinen harten, hellen Augen an, und es war nicht leicht für Louise, ihm zu widerstehen.

«Und wenn ich nun verliere?»

«Begreife doch endlich, daß du nicht verlieren kannst. Ich garantiere es dir.»

«Ach, Daddy ...»

«Ich verschaffe dir ein Vermögen. Also los jetzt. Was sagst du, Louise? Ja?»

Ein letztes Zögern. Dann zuckte sie hilflos mit den Schultern. «Na gut. Aber nur, wenn du schwörst, daß ich auf keinen Fall verliere.»

«Großartig!» rief Mike. «Dann ist ja alles in Ordnung. Die Wette gilt.»

«Ja», bestätigte Richard Pratt und sah das Mädchen an. «Die Wette gilt.»

Sofort griff Mike nach dem Wein, goß ein Schlückchen in sein Glas und lief dann aufgeregt von einem zum anderen, um die Gläser zu füllen. Wir alle beobachteten nun Richard Pratt, beobachteten gespannt sein Gesicht, als er langsam die rechte Hand nach dem Glas ausstreckte. Der Mann war etwa fünfzig Jahre alt, und er hatte kein angenehmes Gesicht. Es schien nur aus Mund zu bestehen, aus Mund und Lippen – den fleischigen, feuchten Lippen des professionellen Gourmets. Die Unterlippe hing leicht nach unten, eine weiche, vorgewölbte Feinschmeckerlippe, die ständig auf den Rand eines Glases oder auf einen Leckerbissen zu warten schien. Wie ein Schlüsselloch, dachte ich, als ich ihn betrachtete; sein Mund gleicht einem großen Schlüsselloch.

Langsam hob er das Glas an die Nase. Die Nasenspitze tauchte ins Glas und bewegte sich leicht schnüffelnd über die Oberfläche des Weines. Er schwenkte den Wein sacht im Glas, damit das Bukett zu ihm aufstieg. Die Augen hatte er geschlossen. Er war völlig konzentriert. Die obere Hälfte seines Körpers, der Hals und die Brust, schien sich in eine große, sensible Riechmaschine zu verwandeln, in der die Botschaft der schnüffelnden Nase aufgefangen, gefiltert und analysiert wurde.

Mike hatte sich, wie ich feststellte, bequem zurückgelehnt, scheinbar unbeteiligt, obgleich er alles genau verfolgte. Mrs. Schofield saß starr und steif am anderen Ende des Tisches und blickte mißbilligend geradeaus. Louise hatte ihren Stuhl ein wenig herumgerückt, so daß sie dem Gourmet das Gesicht zuwandte, und wie ihr Vater ließ sie ihn nicht aus den Augen.

Die Riechprobe dauerte mindestens eine Minute; dann senkte Pratt das Glas, ohne die Augen zu öffnen oder den Kopf zu bewegen, und kippte sich fast die Hälfte des Inhalts in den Mund. Er wartete, den Mund voller Wein, und empfing den ersten Geschmack. Darauf ließ er etwas Wein die Kehle hinunterrinnen, und ich sah, wie sich sein Adamsapfel beim Schlucken bewegte. Das meiste behielt er jedoch im Mund. Und nun, ohne noch einmal zu schlucken, sog er durch die Lippen ein wenig Luft ein, die sich im Mund mit den Düften des Weines vermischte und in die Lungen drang. Nach einer Weile stieß er den Atem durch die Nase aus und begann, den Wein unter der Zunge herumzurollen und zu kauen. Er kaute ihn buchstäblich mit den Zähnen, wie ein Stück Brot.

Es war eine feierliche, eindrucksvolle Darbietung, und ich muß sagen, er machte seine Sache gut.

«Hm», meinte er, als er das Glas absetzte und sich mit seiner rosa Zunge über die Lippen fuhr. «Hm – ja. Ein sehr interessantes Weinchen – sanft und gefällig, fast weiblich im Nachgeschmack.»

Er hatte zuviel Speichel im Mund, und während er sprach, sprühte gelegentlich ein helles Tröpfchen auf den Tisch.

«Nun können wir anfangen zu eliminieren», sagte er. «Sie müssen entschuldigen, wenn ich dabei mit größter Sorgfalt vorgehe – schließlich steht ja viel auf dem Spiel. Normalerweise würde ich vielleicht etwas riskieren, schnell vorpreschen und mitten im Weingut meiner Wahl landen. Aber diesmal – ich muß diesmal sehr vorsichtig sein, nicht wahr?» Er blickte Mike an und lächelte ein dicklippiges, feuchtlippiges Lächeln. Mike verzog keine Miene.

«Zuerst also, aus welchem Gebiet in Bordeaux stammt dieser Wein? Das ist nicht schwer zu erraten. Er ist viel zu leicht in der Substanz, als daß er ein Saint-Emilion oder ein Graves sein könnte. Offensichtlich ein Médoc. Ja, *darüber* besteht kein Zweifel... Nun die zweite Frage: Aus welcher Gemarkung in Médoc kommt er? Das dürfte, wenn wir eliminieren, auch nicht schwer zu bestimmen sein. Margaux? Nein, ganz gewiß kein Margaux. Er hat nicht das feurige Bukett eines Margaux. Pauillac? Nein, auch kein Pauillac. Dafür ist er zu zart, zu mild und schmachtend. Der Wein aus Pauillac hat einen Geschmack, der fast herrisch in seinem Charakter ist. Und bei einem Pauillac schmecke ich auch immer ein gewisses Aroma heraus, ein eigenartig erdiges, kerniges Aroma, das die Rebe aus dem Boden jener Gegend annimmt. Nein, nein. Dies – dies ist ein sehr zarter Wein, zurückhaltend und keusch, der sich beim zweiten Schmecken zaghaft, aber sehr anmutig entfaltet. Ein bißchen schelmisch vielleicht beim zweiten Schmecken und auch ein bißchen unartig, da er die Zunge mit einer Spur, einer winzigen Spur von Gerbsäure neckt. Und im Nachgeschmack ist er köstlich – besänftigend und weiblich, mit einer gewissen heiteren Freigebigkeit, die man nur bei Weinen der Gemarkung Saint-Julien findet. Ohne Frage, dies ist ein Saint-Julien.»

Richard Pratt lehnte sich zurück, hielt die Hände in Brusthöhe und legte die Fingerspitzen sorgfältig gegeneinander. Er benahm sich lächerlich anmaßend, aber das war wohl Absicht – er wollte seinen Gastgeber verspotten. Ich war ziemlich gespannt, wie es weitergehen würde. Louise zündete sich eine Zigarette an. Pratt hörte das Zischen des aufflammenden Streichholzes und fuhr herum, plötzlich von Wut gepackt. «Bitte!» rief er. «Bitte, unterlassen Sie das! Es ist eine widerliche Angewohnheit, bei Tisch zu rauchen.»

Sie schaute ihn an, das brennende Streichholz noch in der Hand; der Blick ihrer großen, ruhigen Augen heftete sich auf sein Gesicht, verweilte dort einige Sekunden und entfernte sich dann langsam und verächtlich. Sie senkte den Kopf und blies das Streichholz aus, behielt jedoch die unangezündete Zigarette zwischen den Fingern.

«Entschuldigen Sie, meine Liebe», sagte Pratt, «aber ich kann es einfach nicht ertragen, wenn bei Tisch geraucht wird.»

Diesmal schaute sie ihn nicht an.

«Nun, lassen Sie mich sehen – wo waren wir stehengeblieben?» sprach er weiter. «Ach ja. Dieser Wein ist also aus Bordeaux, aus der Gemarkung Saint-Julien in Médoc. Gut und schön. Aber jetzt kommen wir zu dem schwierigsten Teil – dem Namen des Weinguts. Denn in Saint-Julien gibt es sehr viele Weingüter, und wie unser Gastgeber vorhin so treffend und richtig bemerkte, ist der Unterschied zwischen dem Wein des einen und dem des anderen oft recht geringfügig. Und trotzdem ...»

Er hielt inne und schloß die Augen. «Ich versuche, die ‹Lage› zu bestimmen», erklärte er. «Wenn mir das gelingt, ist die Schlacht schon halb gewonnen. Einen Moment, bitte ... Dies ist offenbar kein Wein erster Lage – nicht einmal zweiter. Es ist kein großer Wein. Ihm fehlt die Qualität, das ... das – wie soll ich sagen? – das Feuer, die Kraft. Aber eine dritte Lage – das könnte sein. Und doch bezweifle ich es. Wir wissen von unserem Gastgeber, daß es ein guter Jahrgang ist, und das schmeichelt dem Wein vermutlich etwas. Ich muß vorsichtig sein. Ich muß hier sehr vorsichtig sein.»

Er hob sein Glas und nahm einen kleinen Schluck.

«Ja», sagte er, mit den Lippen schmatzend. «Ich hatte recht. Es ist ein Wein vierter Lage. Jetzt bin ich sicher. Ein Wein vierter Lage von einem sehr guten Jahrgang, sogar von einem ganz großen Jahrgang. Deswegen schmeckte er im ersten Augenblick wie ein Wein dritter oder sogar zweiter Lage. Gut! Ausgezeichnet! Wir kommen der Sache schon näher. Was für Weingüter vierter Lage gibt es in der Gemarkung Saint-Julien?»

Wieder hob er das Glas und hielt den Rand an seine weiche, vorgewölbte Unterlippe. Ich sah die Zungenspitze hervorschießen, rosa und schmal, in den Wein tauchen und zurückschnellen – ein abstoßender Anblick. Mit geschlossenen Augen setzte er das Glas ab. Auf seinem Gesicht lag ein Ausdruck schärfster Konzentration; nur die fleischigen Lippen bewegten sich, glitten übereinander wie zwei feuchte Schwammstücke.

«Da ist es wieder!» rief er. «Gerbsäure im Mittelgeschmack und dieses Gefühl, als zöge die Zunge sich leicht zusammen. Ja, ja, natürlich! Jetzt hab ich's! Der Wein kommt von einem der kleinen Güter um Beychevelle. Ich erinnere mich deutlich ... Die Gegend um Beychevelle ... der Fluß ... der kleine Hafen, der so verschlammt ist, daß die Weinkähne ihn nicht mehr benutzen können. Beychevelle ... Vielleicht sogar ein Beychevelle selbst? Nein, das glaube ich nicht. Aber irgendwo in der Nähe ... Château Talbot? Könnte es ein Talbot sein? Ja, das wäre möglich. Warten Sie ...!»

Er nippte an seinem Glas. Aus den Augenwinkeln beobachtete ich, wie sich Mike Schofield immer weiter über den Tisch beugte, den Mund ein wenig geöffnet, die kleinen Augen starr auf Richard Pratt gerichtet.

«Nein. Ich hatte unrecht. Es ist kein Talbot. Ein Talbot spricht einen etwas schneller an als dieser hier; das Bukett ist dichter an der Oberfläche. Wenn es ein Vierunddreißiger ist, was ich glaube, dann kann es kein Talbot sein. Hm ... Lassen Sie mich nachdenken. Kein Beychevelle, kein Talbot und doch – und doch den beiden so ähnlich, so nah verwandt, daß der Weinberg eigentlich zwischen ihnen liegen muß. Nun, welcher könnte das sein?»

Er zögerte, und wir blickten ihn mit atemloser Spannung an. Jeder von uns, sogar Mikes Frau, beobachtete ihn jetzt. Ich hörte, wie sich das Dienstmädchen auf Zehenspitzen dem Büfett hinter mir näherte und die Gemüseschüssel sehr vorsichtig absetzte, um die Stille nicht zu stören.

«Ah!» rief er plötzlich aus. «Ich hab's! Ja, ich glaube, ich hab's.»

Er trank den letzten Schluck Wein. Dann, das Glas noch in der zum Mund erhobenen Hand, wandte er sich Mike zu, lächelte – ein weiches, öliges Lächeln – und sagte: «Wenn Sie's genau wissen wollen: Das ist der kleine Château Branaire-Ducru.»

Mike saß stumm und starr da.

«Und zwar vom Jahrgang neunzehnhundertvierunddreißig.»

Wir alle sahen auf Mike und warteten, daß er die Flasche in ihrem Korb umdrehte und das Etikett zeigte.

«Ist das Ihre endgültige Antwort?» fragte Mike.

«Ich denke, schon.»

«Nun, ist sie es, ja oder nein?»

«Ja.»

«Wie war doch der Name?»

«Château Branaire-Ducru. Hübsches Weingütchen. Reizendes altes Château. Kenne es recht gut. Komisch, daß ich nicht gleich darauf gekommen bin.»

«Na los, Daddy», sagte Louise, «dreh sie um und laß uns den Namen sehen. Ich möchte meine beiden Häuser haben.»

«Einen Augenblick», murmelte Mike. «Nur noch einen Augenblick.» Er saß ganz still, wie vom Donner gerührt, und sein Gesicht wurde schwammig und bleich, als flösse die Kraft langsam aus ihm heraus.

«Michael!» rief seine Frau scharf vom anderen Ende des Tisches. «Was ist los?»

«Bitte, Margaret, halt du dich aus dieser Angelegenheit heraus.»

Richard Pratt sah Mike an, mit lächelndem Mund und kleinen, glänzenden Augen. Mike sah niemanden an.

«Daddy!» rief seine Tochter angstvoll. «Daddy, du meinst doch nicht etwa, daß er richtig geraten hat?»

«Reg dich nicht auf, Kindchen», stieß Mike hervor. «Dazu besteht überhaupt kein Grund.»

Ich glaube, es war vor allem der Wunsch, seiner Familie zu entrinnen, der Mike bewog, zu Richard Pratt zu sagen: «Ich mache Ihnen einen Vorschlag, Richard. Wir beide verziehen uns jetzt ins Nebenzimmer und bereden die Sache in aller Ruhe.»

«Ich will nichts bereden», erwiderte Pratt. «Ich will das Etikett auf der Flasche sehen.» Er wußte, daß er gewonnen hatte; seine Haltung, seine gelassene Arroganz waren die eines Siegers, und ich merkte ihm an, daß er höchst unangenehm werden würde, wenn es Schwierigkeiten geben sollte. «Worauf warten Sie noch?» fuhr er Mike an. «Los, drehen Sie sie um.»

Dann geschah dies: Das Dienstmädchen, eine kleine, aufrechte Gestalt in Schwarz und Weiß, stand auf einmal neben Richard Pratt und hielt etwas in der Hand. «Ich glaube, das gehört Ihnen, Sir», sagte sie.

Pratt wandte sich um und warf einen Blick auf die horngeränderte Lesebrille, die sie ihm zeigte. Er zögerte einen Moment. «So? Ja, vielleicht ist es meine. Ich weiß es nicht.»

«Doch, Sir, sie gehört Ihnen.» Das Dienstmädchen, eine ältere Frau – den Siebzig näher als den Sechzig –, lebte schon seit vielen Jahren im Hause und war der Familie treu ergeben. Sie legte die Brille auf den Tisch.

Pratt griff danach und schob sie ohne ein Wort des Dankes in die Brusttasche hinter das weiße Taschentuch.

Aber das Mädchen ging nicht fort. Sie blieb neben Richard Pratt stehen – genau gesagt, einen halben Schritt hinter ihm –, und es war etwas so Ungewöhnliches in ihrem Benehmen und in der Art, wie sie dort stand, klein, unbeweglich, hoch aufgerichtet, daß ich von einer plötzlichen Vorahnung befallen wurde. Ihr altes graues Gesicht mit dem vorgestreckten Kinn hatte einen frostigen und entschlossenen Ausdruck, die Lippen waren zusammengepreßt, und die Hände hatte sie ineinandergekrampft. Die komische Haube auf ihrem Kopf und der schmale weiße Schürzenlatz ließen sie wie einen zerzausten, weißbrüstigen Vogel erscheinen.

«Sie haben die Brille in Mr. Schofields Arbeitszimmer liegengelassen», sagte sie mit betonter, unnatürlicher Höflichkeit. «Auf dem grünen Karteikasten, Sir, als Sie vor dem Essen allein im Arbeitszimmer waren.»

Es dauerte einige Zeit, bis wir die volle Bedeutung ihrer Worte erfaßten, und in dem Schweigen, das folgte, bemerkte ich, wie sich Mike langsam im Stuhl aufrichtete. Sein Gesicht bekam wieder Farbe, die Augen öffneten sich weit, der Mund wurde hart, und der gefährliche weiße Fleck in der Nähe der Nasenflügel begann sich auszubreiten.

«Bitte, Michael!» flehte seine Frau. «Bleib ruhig, Lieber! Bleib ganz ruhig!»

Haut

In jenem Jahr – 1946 – wollte der Winter nicht weichen. Obwohl es bereits April war, wehte ein eisiger Wind durch die Straßen der Stadt, und Schneewolken trieben am Himmel dahin.

Der alte Mann, der Drioli hieß, schlurfte mühsam über den Bürgersteig der Rue de Rivoli. Ihn fror, er fühlte sich elend. Wie ein Igel hatte er sich in seinem schäbigen Mantel zusammengerollt, so daß nur die Augen und der obere Teil des Kopfes über dem hochgeschlagenen Kragen zu sehen waren.

Die Tür eines Restaurants öffnete sich, und als Drioli den Duft von gebratenen Hähnchen roch, begann sein leerer Magen zu knurren. Er ging weiter und betrachtete ohne Interesse die Auslagen der Geschäfte – Parfums, seidene Krawatten und Hemden. Juwelen, Porzellan, antike Möbel, Bücher in kostbaren Einbänden. Dann eine Gemäldegalerie. Er hatte schon immer eine Vorliebe für Gemäldegalerien gehabt. In dieser war nur ein einziges Bild im Fenster ausgestellt. Er blieb stehen, warf einen kurzen Blick darauf, wandte sich dann zum Gehen. Plötzlich stutzte er und schaute noch einmal hin. Eine leichte Unruhe überkam ihn, in seinem Gedächtnis regte es sich, die Erinnerung an etwas, was er irgendwo, irgendwann gesehen hatte, tauchte verschwommen auf. Er betrachtete das Bild genauer. Es war eine Landschaft, eine Gruppe von Bäumen, die sich weit, weit zur Seite bogen, als drücke ein gewaltiger Sturm sie zu Boden; darüber, wirbelnd und kreisend, der Himmel. Am Rahmen war ein kleines Schild angebracht: CHAIM SOUTINE (1894–1943).

Drioli starrte das Bild an und überlegte, was ihm daran so bekannt vorkam. Verrücktes Bild, dachte er. Sehr seltsam und verrückt – aber ich mag es... Chaim Soutine... Soutine... «Mein Gott!» rief er plötzlich. «Das ist ja mein kleiner Kalmück! Tatsächlich, mein kleiner Kalmück, und sein Bild ist in der besten Kunsthandlung von Paris ausgestellt!»

Der alte Mann preßte das Gesicht an die Scheibe. Er erinnerte sich an den Jungen – o ja, ganz deutlich erinnerte er sich an ihn. Aber wann war es gewesen? Und wo? Das ließ sich nicht so leicht herausfinden. Es war sehr lange her. Wie lange? Zwanzig – nein, eher dreißig Jahre, nicht wahr? Augenblick mal ... Ja, es war ein Jahr vor dem Krieg gewesen, vor dem ersten Krieg. 1913 also. Und dieser Soutine, dieser häßliche kleine Kalmück, ein mürrischer, verschlossener Mensch – Drioli hatte ihn gern gehabt, fast geliebt, und zwar, wenn er's recht bedachte, nur deshalb, weil der Bursche malen konnte.

Und wie er malen konnte! Die Erinnerungen nahmen jetzt langsam Gestalt an – die Straße, die lange Reihe der Mülleimer, der widerliche Gestank, die braunen Katzen, die graziös über den Unrat hinwegschritten, und dann die Frauen, die schwitzenden dicken Frauen auf den Haustürtreppen. Dort saßen sie, die Füße auf dem Kopfsteinpflaster der Straße. Welcher Straße? Wo hatte der Junge gewohnt?

Richtig, in der Cité Falguière! Der alte Mann nickte mehrmals mit dem Kopf, froh, daß ihm der Name eingefallen war. Und nun erinnerte er sich auch an das Atelier mit dem einzigen Stuhl und der schäbigen Couch, die dem Jungen als Bett diente, an die Saufgelage, den billigen Weißwein, die schrecklichen Streitereien, und dazwischen tauchte immer wieder das finstere, verbitterte Gesicht des Jungen auf, der über seiner Arbeit brütete.

Seltsam, wie mühelos ihm jetzt alles ins Gedächtnis zurückkehrte, wie jede kleine Begebenheit, deren er sich entsann, eine andere nach sich zog.

Zum Beispiel die Sache mit der Tätowierung. Wirklich, so etwas Verrücktes war noch nie dagewesen. Wie hatte es doch gleich angefangen? Ach ja – er war eines Tages zu Geld gekommen und hatte sehr viel Wein gekauft. Er sah sich noch in das Atelier treten, das Paket mit den Flaschen unter dem Arm – der Junge saß vor der Staffelei, und seine, Driolis, Frau stand ihm Modell.

«Heute abend wird gefeiert!» rief er. «Wir drei werden ein kleines Fest feiern.»

«Was gibt's denn zu feiern?» fragte der Junge, ohne aufzublicken. «Hast du dich etwa entschlossen, die Scheidung einzureichen, damit deine Frau mich heiraten kann?»

«Nein», sagte Drioli. «Wir feiern, weil ich heute mit meiner Arbeit viel Geld verdient habe.»

«Und ich habe nichts verdient. Das können wir auch feiern.»

«Wie du willst.» Drioli stand am Tisch und wickelte die Flaschen aus. Er war müde und sehnte sich nach Wein. Neun Kunden an einem Tag – alles schön und gut, aber für die Augen war es eine Tortur. Nie zuvor hatte er es bis auf neun gebracht. Neun angeheiterte Soldaten, und das Erstaunlichste war, daß nicht weniger als sieben bar bezahlt hatten. Daher also dieser ungeheure Reichtum. Aber die Arbeit war das reinste Augenpulver. Driolis Lider waren schwer vor

Müdigkeit, das Weiße des Augapfels war rot geädert, und etwa zwei Zentimeter dahinter nistete ein dumpfer Schmerz. Na wenn schon – jetzt hatte er ja Ruhe, er war klotzig reich, und das Paket enthielt drei Flaschen, eine für seine Frau, eine für seinen Freund und eine für ihn selbst. Er fand den Korkenzieher und entkorkte die Flaschen. Jedesmal war ein leises ‹Plopp› zu hören.

Der Junge legte den Pinsel hin. «Mein Gott», stöhnte er, «und dabei soll man nun arbeiten!»

Die junge Frau ging zu ihm hinüber, um das Bild zu betrachten. Drioli folgte ihr, in der einen Hand eine Flasche, in der anderen ein Glas.

«Nein!» rief der Junge, plötzlich auffahrend. «Bitte nicht!» Er riß das Bild von der Staffelei und stellte es gegen die Wand. Aber Drioli hatte es schon gesehen.

«Mir gefällt es.»

«Es ist scheußlich.»

«Es ist wunderbar. Alles, was du malst, ist wunderbar. Ich liebe deine Bilder.»

Der Junge runzelte mißmutig die Stirn. «Das Schlimme ist nur, daß sie mich nicht ernähren. Ich kann sie nicht essen.»

«Aber sie sind trotzdem wunderbar.» Drioli füllte das Glas mit Wein und reichte es ihm. «Trink», sagte er. «Das wird dich glücklich machen.»

Nie zuvor war er einem Menschen begegnet, der so unglücklich wirkte und so finster dreinschaute. Er hatte ihn vor etwa sieben Monaten in einem Café kennengelernt. Ihm war aufgefallen, daß der Junge, der da mutterseelenallein saß und trank, wie ein Russe oder Asiate aussah, und so hatte er neben ihm Platz genommen und ihn angesprochen.

«Bist du Russe?»

«Ja.»

«Woher?»

«Minsk.»

Drioli war aufgesprungen, hatte ihn umarmt und geschrien, daß auch er dort geboren sei.

«Ich bin nicht direkt aus Minsk», hatte der Junge erklärt. «Aber mein Dorf liegt ganz in der Nähe.»

«Wie heißt es?»

«Smilowitschi, etwa fünfzehn Werst von Minsk.»

«Smilowitschi!» hatte Drioli gerufen und ihn nochmals umarmt. «Da bin ich als Kind oft gewesen.» Dann hatte er sich wieder gesetzt und den anderen liebevoll gemustert. «Weißt du», hatte er gesagt, «du siehst nicht wie ein Westrusse aus. Man könnte dich eher für einen Tataren oder Kalmücken halten. Tatsächlich, du siehst genau wie ein Kalmück aus.»

Jetzt, im Atelier, betrachtete er ihn abermals, während der Junge das Glas auf einen Zug leerte. Ja, er hatte das Gesicht eines Kalmükken – sehr breitflächig, mit hohen Jochbeinen und einer aufgestülpten, plumpen Nase. Die Flächigkeit der Wangen wurde noch durch die Ohren betont, die weit vom Kopf abstanden. Und er hatte auch die schmalen Augen, das schwarze Haar, die wulstigen, trotzigen Lippen eines Kalmücken. Nur die Hände – die Hände überraschten Drioli immer wieder, denn sie waren weiß und feinknochig wie die einer Dame, mit langen, schlanken Fingern.

«Gib mir noch etwas», sagte der Junge. «Wenn wir schon feiern, dann aber auch ordentlich.»

Drioli füllte die Gläser und ließ sich auf den einzigen Stuhl fallen. Der Junge saß mit Driolis Frau auf der alten Couch. Die drei Flaschen standen zwischen ihnen auf dem Fußboden.

«Heute abend werden wir trinken, soviel wir nur können», verkündete Drioli. «Ich bin ungeheuer reich. Am besten gehe ich jetzt gleich und kaufe noch ein paar Flaschen. Wie viele soll ich holen?»

«Sechs», entschied der Junge. «Für jeden zwei.»

«Gut. Dann hole ich sie also jetzt.»

«Ich komme mit.»

Im nächsten Café kaufte Drioli sechs Flaschen Weißwein und trug sie mit Hilfe des Jungen ins Atelier. Sie stellten sie in zwei Reihen auf den Fußboden. Drioli entkorkte alle sechs, und dann tranken sie weiter.

«Nur die ganz Reichen können es sich leisten, so zu feiern», sagte Drioli.

«So ist es», bestätigte der Junge. «Nicht wahr, Josie?»

«Ja.»

«Wie fühlst du dich, Josie?»

«Gut.»

«Willst du Drioli verlassen und mich heiraten?»

«Nein.»

«Herrlicher Wein», lobte Drioli. «Ein Wein für reiche Leute.»

Langsam und methodisch gingen sie daran, sich zu betrinken. Das war ein stets gleich verlaufender Prozeß, bei dem es ein gewisses Zeremoniell zu beachten galt. Man mußte Haltung bewahren, mußte viele Dinge sagen und nochmals sagen. Sehr wichtig war es zum Beispiel, den Wein zu loben, und man durfte auch nichts übereilen, damit Zeit blieb, die drei köstlichen Stadien des Übergangs zu genießen, von denen Drioli besonders jenes liebte, in dem er zu schweben begann und seine Füße sich vom Körper lösten. Das war das beste Stadium – wenn er auf seine Füße hinabsah und sie so weit weg waren, daß er sich fragte, welchem Idioten sie wohl gehörten und warum sie da unten auf dem Boden herumlagen.

Nach einer Weile erhob er sich, um Licht zu machen. Er war sehr erstaunt, als er feststellte, daß seine Füße mit ihm gingen, denn er fühlte gar nicht, wie sie den Boden berührten. Es war sehr angenehm, durch die Luft zu schweben. Er wanderte im Atelier umher und sah sich heimlich die Bilder an, die an der Wand standen.

«Hör mal», sagte er plötzlich, «ich hab eine Idee.» Er ging hinüber und baute sich leicht schwankend vor der Couch auf. «Hör mal zu, mein kleiner Kalmück.»

«Was?»

«Ich hab eine großartige Idee. Hörst du auch zu?»

«Ich höre Josie zu.»

«Hör bitte *mir* zu. Du bist mein Freund, mein häßlicher kleiner Kalmück aus Minsk, und ich halte dich für einen Künstler ... für einen so großen Künstler, daß ich dich um ein Bild bitten möchte. Um ein schönes Bild ...»

«Nimm sie alle. Nimm dir, was du willst, aber störe mich nicht, wenn ich mit deiner Frau spreche.»

«Nein, nein. Hör doch zu. Ich meine ein Bild, das ich immer bei mir haben kann ... immer ... wohin ich auch gehe ... was auch geschieht ... Ein Bild, das du für mich gemalt hast ...» Er beugte sich vor und rüttelte den Jungen am Knie. «Bitte, bitte, hör zu.»

«Nun hör ihm schon zu», sagte Josie.

«Es ist so. Ich möchte, daß du mir ein Bild auf die Haut malst, auf den Rücken. Und dann sollst du es eintätowieren, damit es immer da bleibt.»

«Du bist ja verrückt.»

«Ich zeige dir, wie man mit dem Tätowierapparat umgeht. Das ist ganz einfach. Jedes Kind kann es lernen.»

«Ich bin kein Kind.»

«*Bitte ...*»

«Du bist völlig übergeschnappt. Was willst du eigentlich von mir?» Der Maler blickte in die dunklen, müden, aber vom Wein glänzenden Augen des anderen. «Zum Teufel, was willst du von mir?»

«Du könntest es leicht machen! Bestimmt, mein kleiner Kalmück, du könntest es!»

«Du meinst, mit dem Tätowierapparat?»

«Ja, mit dem Tätowierapparat! Ich bringe es dir in zwei Minuten bei.»

«Unmöglich!»

«Willst du etwa behaupten, daß ich nicht weiß, wovon ich rede?»

Nein, so etwas konnte niemand von ihm behaupten, denn wenn einer etwas vom Tätowieren verstand, dann war es – Drioli. Hatte er nicht erst im vorigen Monat den Bauch eines Mannes mit einem wunderbaren, hochkünstlerischen Blumenmuster überzogen? Und war ihm nicht ein Meisterwerk gelungen, als er einem Kunden mit sehr stark behaarter Brust das Bild eines Grizzlybären so eintätowierte, daß die Haare dem Bären als Pelz dienten? Konnte er nicht das Bild einer Dame mit solcher Raffinesse auf einen Männerarm malen, daß jedes Anschwellen des Muskels die Dame zum Leben erweckte und sie einige erstaunliche Verrenkungen vollführen ließ?

«Ich behaupte nichts weiter», sagte der Junge, «als daß du betrunken bist und daß dies eine Schnapsidee ist.»

«Wir könnten Josie als Modell nehmen. Eine Skizze von Josie auf meinem Rücken. Habe ich nicht das Recht, ein Bild meiner Frau auf dem Rücken zu tragen?»

«Von Josie?»

«Ja.» Drioli wußte, daß er nur den Namen seiner Frau zu nennen brauchte, damit die dicken braunen Lippen des Jungen sich leicht öffneten und zu zittern begannen.

«Nein», sagte Josie.

«Liebling, Josie, *bitte*. Nimm diese Flasche und trink sie aus, dann wirst du großzügiger werden. Es ist eine phantastische Idee. Noch nie in meinem Leben habe ich eine so geniale Idee gehabt.»

«Was für eine Idee?»

«Daß er mir dein Bild auf den Rücken malt. Habe ich etwa kein Recht, das zu verlangen?»

«Mein Bild?»

«Eine Aktstudie», sagte der Junge. «Gar keine schlechte Idee.»

«Keine Aktstudie», rief Josie.

«Es ist eine phantastische Idee», wiederholte Drioli.

«Eine völlig verrückte Idee», erklärte Josie.

«Auf jeden Fall ist es eine Idee», meinte der Junge. «Es ist eine Idee, die gefeiert werden muß.»

Sie leerten eine weitere Flasche. Dann sagte der Junge: «Es hat keinen Zweck, weil ich mit dem Apparat bestimmt nicht zurechtkomme. Aber ich werde dir ein Bild auf den Rücken malen. Das kannst du so lange behalten, bis du es beim Baden abwäschst. Wenn du nie mehr badest, behältst du es, solange du lebst.»

«Nein», sagte Drioli.

«Doch. Und wenn du dich eines Tages entschließt, in die Badewanne zu steigen, werde ich wissen, daß du mein Bild nicht mehr magst. Auf diese Weise kann ich herausfinden, wie groß deine Bewunderung für meine Kunst ist.»

«Um Himmels willen», wehrte Josie ab. «Seine Bewunderung für deine Kunst ist so groß, daß er sich nie mehr waschen wird. Mach lieber die Tätowierung. Aber keinen Akt.»

«Dann eben nur den Kopf», sagte Drioli.

«Ich kann doch nicht tätowieren.»

«Es ist wirklich ganz einfach. Ich bringe es dir im Handumdrehen bei. Du wirst sehen. Ich gehe jetzt und hole mein Werkzeug. Die Nadeln und die Tuschen. Ich habe Tuschen in allen Farben – in Farben, die noch viel schöner als deine sind ...»

«Es ist unmöglich.»

«Ich habe eine Menge Tuschen. Habe ich nicht eine Menge Tuschen in allen Farben, Josie?»

«Ja.»

«Du wirst sehen», wiederholte Drioli. «Ich gehe jetzt und hole sie.» Er stand auf und verließ mit unsicherem, aber entschlossenem Schritt das Zimmer.

Eine halbe Stunde später kam er zurück. «Ich habe alles mitgebracht», rief er und schwenkte einen braunen Koffer. «Hier ist alles drin, was man zum Tätowieren braucht.»

Er stellte den Koffer auf den Tisch, öffnete ihn und nahm die elektrischen Nadeln und die Fläschchen mit farbiger Tusche heraus. Nachdem er eine Nadel in den Tätowierapparat gesteckt hatte, ergriff er ihn und drückte auf einen Schalter. Ein leises Summen ertönte, und die Nadel, die etwa einen halben Zentimeter vorstand, sprang schnell auf und ab.

Drioli zog sich die Jacke aus und streifte den linken Hemdsärmel hoch. «Nun paß auf. Ich zeige dir, wie einfach es ist. Hier, ich zeichne mir ein Muster auf den Arm.»

Sein Unterarm war bereits mit blauen Musterungen bedeckt, aber er fand eine Stelle, die noch frei war.

«Zuerst suche ich mir die Tusche aus – in diesem Fall werde ich Blau nehmen – und tauche die Nadelspitze in die Tusche ... so ... Ich halte die Nadel senkrecht und lasse sie leicht über die Haut gleiten ... siehst du ... Durch den elektrischen Antrieb springt die Nadel auf und ab. Sie punktiert die Haut, die Tusche dringt ein, und das ist alles. Na, ist das nicht ein Kinderspiel? Schau her, jetzt zeichne ich einen Windhund ...»

Das Interesse des Jungen erwachte. «Komm, laß mich mal probieren – auf deinem Arm.»

Mit der summenden Nadel zog er blaue Linien über Driolis Arm. «Es ist wirklich einfach», murmelte er. «Als ob man eine Federzeichnung macht. Ganz genauso, es geht nur etwas langsamer.»

«Na bitte, ich hab's ja gesagt. Bist du fertig? Wollen wir anfangen?»

«Ja.»

«Das Modell!» rief Drioli. «Los, los, Josie!» In einem Taumel der Begeisterung torkelte er durch den Raum, eifrig wie ein Kind, das ein aufregendes Spiel vorbereitet. «Wo willst du sie haben? Wo soll sie stehen?»

«Dort drüben vor der Kommode. Mit offenem Haar. Ich werde sie malen, wie sie ihr Haar bürstet.»

«Großartig. Du bist ein Genie.»

Widerwillig erhob sich die junge Frau und stellte sich vor die Kommode. Ihr Glas nahm sie mit.

Drioli zog sein Hemd und die Hose aus. Nur noch mit Unterhose, Socken und Schuhen bekleidet, stand er leicht schwankend da. Sein magerer Oberkörper war fest, weißhäutig, fast unbehaart. «So», sagte er, «jetzt bin ich die Leinwand. Wo willst du deine Leinwand haben?»

«Auf der Staffelei, wie immer.»

«Sei nicht albern. Die Leinwand bin doch ich.»

«Dann geh auf die Staffelei, denn da gehörst du hin.»

«Wie kann ich das?»

«Bist du die Leinwand, ja oder nein?»

«Natürlich bin ich die Leinwand. Ich fühle mich schon ganz wie eine Leinwand.»

«Dann geh auf die Staffelei. Das kann doch nicht so schwierig sein.»

«Wirklich, es ist unmöglich.»

«Na gut, setz dich auf den Stuhl. Setz dich rittlings drauf, dann kannst du deinen betrunkenen Kopf auf die Lehne stützen. Beeil dich, ich will anfangen.»

«Ich bin fertig. Ich warte.»

«Zuerst», sagte der Junge, «mache ich einen Entwurf. Wenn mir das Bild gefällt, werde ich es eintätowieren.» Und er begann mit einem breiten Pinsel den nackten Rücken zu bemalen.

«Uiii! Uiii!» schrie Drioli. «Ein riesiger Tausendfüßler läuft mir das Rückgrat herunter.»

«Sitz still! Bewege dich nicht!» Der Junge arbeitete schnell. Er benutzte eine dünne blaue Wasserfarbe, damit er später ungehindert tätowieren konnte. Seit er zu malen begonnen hatte, war seine Konzentration so stark, daß sie die Trunkenheit zu verdrängen schien. Er setzte die Pinselstriche mit kurzen, ruckartigen Armbewegungen und hielt dabei das Handgelenk steif. In weniger als einer halben Stunde war der Entwurf fertig.

«Gut. Das ist alles», sagte er zu Josie, die sofort zur Couch ging, sich hinlegte und einschlief.

Drioli blieb wach. Er sah zu, wie der Junge nach der Nadel griff und sie in die Tusche tauchte; dann, als sie ihm in die Haut drang, fühlte er ein scharfes, kitzelndes Stechen. Der Schmerz, der unangenehm, aber nicht unerträglich war, hinderte ihn, einzuschlafen. Er vertrieb sich die Zeit, indem er den Lauf der Nadel verfolgte und beobachtete, welche Tuschen der Junge wählte. Daraus suchte er dann Form und Farben des Bildes zu erraten, das auf seinem Rücken entstand. Der Junge arbeitete mit erstaunlicher Intensität. Für ihn schien es nur noch diesen Tätowierapparat zu geben, mit dem sich so ungewöhnliche Effekte erzielen ließen.

Bis in den frühen Morgen hinein summte der kleine Motor. Draußen war es schon hell, und von der Straße drangen Geräusche ins Zimmer, als der Künstler endlich zurücktrat und sagte: «Es ist fertig.»

«Ich möchte es sehen», bat Drioli. Der Junge hielt einen Spiegel hoch, den er ein wenig zur Seite neigte, und Drioli verrenkte sich fast den Hals, um hineinzuschauen.

«Mein Gott!» rief er. Es war ein erstaunlicher Anblick. Von den Schultern bis zum Ende der Wirbelsäule war sein Rücken ein einziges Farbenmeer – gold und grün und blau und schwarz und rot. Die Tätowierung war so dicht, daß sie fast wie ein Impasto wirkte. Der Junge war den ursprünglichen Pinselstrichen so genau wie möglich gefolgt und hatte die Flächen farbig ausgefüllt. Es war wunderbar, wie er das Rückgrat und die Wölbung der Schulterblätter in die Komposition einbezogen hatte. Vor allem war es ihm trotz der zwangsläufig langsameren Arbeitsweise gelungen, die Ursprünglichkeit des Ausdrucks zu bewahren. Das Verzerrte, Gequälte, das so charakteristisch für die anderen Werke Soutines war, offenbarte sich auch hier. Sehr ähnlich war das Porträt nicht. Dem Jungen hatte wohl mehr daran gelegen, eine Stimmung einzufangen – trunken, in verschwimmenden Umrissen hob sich das Gesicht des Modells von einem Hintergrund wirbelnd kreisender dunkelgrüner Pinselstriche ab.

«Es ist großartig!»

«Ich muß sagen, mir gefällt es auch.» Der Junge trat zurück und betrachtete es kritisch. «Weißt du», fügte er hinzu, «ich glaube, es ist gut genug, signiert zu werden.» Er schaltete den Apparat ein und schrieb seinen Namen mit roter Tusche über die Stelle, an der Driolis rechte Niere saß.

Der alte Mann, der Drioli hieß, stand in einer Art von Trance vor dem Schaufenster der Kunsthandlung und starrte das Bild an. Das alles war so lange her – beinahe, als wäre es in einem anderen Leben geschehen.

Und der Junge? Was war aus ihm geworden? Drioli erinnerte sich jetzt, daß er ihn vergebens gesucht hatte, als er aus dem Krieg – dem ersten Krieg – zurückkehrte. Auf seine Frage: «Wo ist mein kleiner Kalmück?» hatte Josie geantwortet: «Er ist fort. Ich weiß nicht, wo er ist; angeblich soll sich ein Kunsthändler seiner angenommen und ihn nach Céret geschickt haben, damit er dort Bilder malt.»

«Vielleicht kommt er wieder.»

«Vielleicht. Wer weiß?»

Das war das letzte Mal gewesen, daß sie von ihm gesprochen hatten. Bald darauf waren sie nach Le Havre gezogen, wo es mehr Seeleute gab und das Geschäft besser ging. Der alte Mann lächelte, als er an Le Havre dachte. Gute Jahre waren das gewesen, die Jahre zwischen den Kriegen, mit dem kleinen Laden in der Nähe des Hafens und der gemütlichen Wohnung. Jeden Tag hatten sich drei, vier oder fünf Seeleute bei ihm tätowieren lassen, so daß es nie an Arbeit fehlte. Wirklich, das waren gute Jahre gewesen.

Dann war der zweite Krieg ausgebrochen. Josie war umgekommen, und die Deutschen waren einmarschiert. Niemand hatte sich mehr ein Bild auf den Arm tätowieren lassen wollen. Und Drioli war mittlerweile zu alt geworden, als daß er sich auf eine andere Arbeit hätte umstellen können. Verzweifelt war er nach Paris zurückgekehrt, in der unbestimmten Hoffnung, daß in einer so großen Stadt alles leichter sein werde. Aber darin hatte er sich getäuscht.

Und nun, da der Krieg vorbei war, besaß er weder die Mittel noch die Energie, sein kleines Geschäft neu aufzubauen. Es war nicht einfach für einen alten Mann, sich durchzuschlagen – besonders wenn es ihm widerstrebte zu betteln. Aber wie sonst sollte er am Leben bleiben?

Er starrte noch immer unverwandt auf das Bild. Das ist also mein kleiner Kalmück, dachte er. Wie schnell so ein Anblick die Erinnerung aufrühren kann. Bis vor wenigen Minuten hatte er sogar die Tätowierung auf seinem Rücken völlig vergessen. Seit einer Ewigkeit hatte er nicht mehr daran gedacht. Er preßte das Gesicht an die Glasscheibe und spähte in das Innere der Kunsthandlung. An den Wänden konnte er zahlreiche Gemälde erkennen, die alle von demselben Künstler zu stammen schienen. Viele Menschen gingen umher und betrachteten die Bilder. Offensichtlich war dies eine Sonderausstellung.

Einem plötzlichen Impuls folgend, stieß Drioli die Tür der Galerie auf und ging hinein.

Er stand in einem langgestreckten Raum auf einem dicken weinroten Teppich. Mein Gott, wie schön und wie warm es hier war! Und alle diese Menschen, die von einem Bild zum anderen schlenderten, gut gewaschen, gut gekleidet, einen Katalog in der Hand! Drioli blieb an der Tür stehen und sah sich nervös um. Ob er es wagen durfte, sich unter die Menge zu mischen? Bevor er Zeit hatte, seinen Mut zusammenzunehmen, hörte er eine Stimme fragen: «Was wollen Sie hier?»

Der Mann trug einen schwarzen Cutaway, war klein und dick und hatte ein sehr weißes Gesicht. Ein schlaffes Gesicht, dessen fleischige Wangen in zwei Fettwülsten über die Mundwinkel hingen. Er trat dicht an Drioli heran und fragte noch einmal: «Was wollen Sie hier?»

Drioli schwieg.

«Bitte», sagte der andere, «verlassen Sie gefälligst meine Galerie.»

«Darf ich mir nicht die Bilder anschauen?»

«Ich habe Sie gebeten zu gehen.»

Drioli rührte sich nicht von der Stelle. Er fühlte plötzlich eine maßlose Wut in sich aufsteigen.

«Machen Sie keine Schwierigkeiten», sagte der Mann. «Kommen Sie, hier geht's raus.» Er legte seine fette weiße Hand auf Driolis Arm und wollte ihn zur Tür drängen.

Das gab den Ausschlag. «Nehmen Sie Ihre verdammte Hand weg!» schrie Drioli. Seine Stimme schallte durch die lange Galerie, und alle Köpfe fuhren herum. Erstaunte Gesichter starrten den Menschen an, der so laut aufbegehrte. Ein Diener in Livree eilte dem Geschäftsinhaber zu Hilfe, und die beiden Männer versuchten, Drioli hinauszuwerfen. Die Leute beobachteten den Kampf ohne Erregung. Ihre Mienen verrieten nur ein schwaches Interesse; offenbar dachten sie alle: Die Sache geht in Ordnung. Für uns besteht keine Gefahr. Wir haben nichts zu befürchten.

«Auch ich», rief Drioli, «auch ich besitze ein Bild von diesem Maler! Er war mein Freund, und er hat mir ein Bild geschenkt.»

«Er ist verrückt.»

«Ein Irrer. Er hat einen Tobsuchtsanfall.»

«Man sollte die Polizei holen.»

Mit einer schnellen Drehung seines Körpers befreite sich Drioli von den beiden Männern, und bevor jemand ihn aufhalten konnte, rannte er durch die Galerie und brüllte: «Ich werde es euch zeigen! Ich werde es euch zeigen! Ich werde es euch zeigen!» Er warf den Mantel ab, dann die Jacke, das Hemd und wandte den Leuten seinen nackten Rücken zu.

«Da!» rief er keuchend. «Seht ihr? Da ist es!»

Plötzlich wurde es totenstill in dem Raum. Alle standen wie vom Donner gerührt, ratlos, verlegen, erschrocken. Alle starrten auf die Tätowierung. Sie war unversehrt, farbenprächtig wie immer, aber der Rücken des alten Mannes war magerer geworden, die Schulterblätter traten schärfer hervor, und das gab dem Bild ein seltsam verrunzeltes, gequetschtes Aussehen.

Jemand sagte: «Mein Gott, er hat ja recht!»

Die allgemeine Erregung machte sich in einem Stimmengewirr Luft, als die Leute auf den alten Mann zueilten, um das Bild aus nächster Nähe zu betrachten.

«Ja, unverkennbar.»

«Ein früher Soutine, nicht wahr?»

«Es ist phantastisch, ganz phantastisch!»

«Und sehen Sie, es ist signiert!»

«Nehmen Sie die Schultern etwas nach vorn, mein Freund, damit das Bild sich spannt.»

«Wann ist das entstanden, Alter?»

«Neunzehnhundertdreizehn», antwortete Drioli, ohne sich umzudrehen. «Im Herbst neunzehnhundertdreizehn.»

«Wer hat Soutine das Tätowieren beigebracht?»

«Ich.»

«Und das Mädchen?»

«Sie war meine Frau.»

Der Besitzer der Galerie bahnte sich einen Weg durch die Menge. Er war jetzt sehr ruhig, sehr ernst, nur seine Lippen deuteten ein Lächeln an. «Monsieur, ich kaufe das Bild», sagte er, und Drioli sah, wie bei der Bewegung des Kiefers das schlaffe Fett der Wangen erzitterte. «Haben Sie gehört, Monsieur? Ich kaufe das Bild.»

«Wie können Sie es kaufen?» fragte Drioli leise.

«Ich gebe Ihnen zweihunderttausend Francs dafür.» Die Augen des Kunsthändlers waren klein und dunkel, die Flügel seiner breiten Nase bebten.

«Tun Sie es nicht!» murmelte jemand hinter dem Alten. «Es ist zwanzigmal soviel wert.»

Drioli öffnete den Mund, um zu sprechen. Da keine Worte kamen, schloß er ihn; dann öffnete er ihn von neuem und sagte langsam: «Aber wie kann ich es verkaufen?» Er hob die Hände und ließ sie kraftlos sinken. «Monsieur, wie kann ich es denn verkaufen?» Abgrundtiefe Traurigkeit lag in seiner Stimme.

«Ja», meinten auch die Umstehenden, «wie kann er es verkaufen? Es ist doch ein Teil von ihm.»

«Hören Sie –» der Kunsthändler trat dicht an ihn heran – «ich will Ihnen helfen. Ich mache Sie reich. Wir werden uns unter vier Augen über dieses Bild einigen, ja?»

Drioli blickte ihn verständnislos an. «Aber wie können Sie es kaufen, Monsieur? Was wollen Sie damit anfangen, wenn Sie es gekauft haben? Wo werden Sie es aufbewahren? Wo werden Sie es heute abend hinstellen? Und wo morgen?»

«Wo ich es aufbewahren werde? Ja, wo bewahre ich es denn auf? Also ... hm ... ja, wirklich ...» Der Kunsthändler rieb sich mit seinem dicken weißen Zeigefinger die Nase. «Es scheint», sagte er schließlich, «daß ich Sie mitkaufe, wenn ich das Bild kaufe. Das ist ein Nachteil.» Wieder rieb er sich die Nase. «Das Bild hat keinen Wert, solange Sie am Leben sind. Wie alt sind Sie, mein Freund?»

«Einundsechzig.»

«Nun, Sie sind vielleicht nicht sehr kräftig, was?» Der Kunsthändler nahm die Hand von der Nase und musterte Drioli langsam von Kopf bis Fuß wie ein Bauer, der ein altes Pferd abschätzt.

Drioli wich einen Schritt zurück. «Das gefällt mir nicht. Ganz ehrlich, Monsieur, das gefällt mir nicht.» Er wich noch weiter zurück, bis er in den Armen eines großen Mannes landete, der ihn sanft an den Schultern festhielt. Drioli drehte sich um und stammelte eine Entschuldigung. Der Mann lächelte auf den Alten herab und klopfte ihm mit der kanariengelb behandschuhten Rechten beruhigend auf die nackte Schulter.

«Hören Sie, mein Freund», sagte der Fremde, noch immer lächelnd. «Schwimmen Sie gern? Liegen Sie gern in der Sonne?»

Drioli sah ihn verdutzt an.

«Mögen Sie gutes Essen? Und die Rotweine der großen Weingüter in Bordeaux?» Der Mann lächelte unentwegt und entblößte dabei große weiße Zähne, zwischen denen hier und dort Gold blitzte. Er sprach mit leiser, einschmeichelnder Stimme, ohne die Hand von Driolis Schulter zu nehmen. «Mögen Sie das?»

«Nun ... ja», antwortete Drioli in wachsender Verwirrung. «Natürlich.»

«Und die Gesellschaft schöner Frauen?»

«Warum nicht?»

«Und einen Schrank voll maßgeschneiderter Anzüge und Hemden? Ich habe den Eindruck, daß Sie etwas knapp mit Garderobe sind.»

Drioli starrte diesen liebenswürdigen Menschen an und wartete auf den Rest des Angebots.

«Haben Sie schon mal Schuhe getragen, die eigens für Sie angefertigt wurden?»

«Nein.»

«Aber Sie hätten nichts dagegen, was?»

«Nun ...»

«Und wie wär's, wenn jeden Morgen ein Friseur käme, der Sie rasiert und Ihnen das Haar schneidet?»

Drioli stand nur da und staunte.

«Und ein reizendes dralles Mädchen, das Sie manikürt?»

Jemand in der Menge lachte.

«Und hätten Sie nicht gern eine Klingel neben Ihrem Bett? Morgens brauchten Sie dann nur zu läuten, und schon würde Ihnen ein Stubenmädchen das Frühstück bringen. Na, wäre das nicht schön, mein Freund?»

Drioli schwieg.

«Sehen Sie, ich bin der Besitzer des Hotels Bristol in Cannes. Ich lade Sie ein, mit mir zu kommen und bis an Ihr seliges Ende als mein Gast herrlich und in Freuden zu leben.» Der Mann machte eine Pause, damit sein Zuhörer Zeit hätte, diese glänzenden Aussichten voll und ganz zu würdigen. Dann fuhr er fort: «Ihre einzige Pflicht – oder sagen wir lieber: Ihr Vergnügen – würde darin bestehen, daß Sie sich, nur mit einer Badehose bekleidet, täglich an meinem Strand aufhalten. Sie gehen inmitten meiner Gäste umher, sonnen sich, schwimmen, trinken Cocktails. Lockt Sie das nicht?»

Keine Antwort.

«Verstehen Sie – dadurch gebe ich allen meinen Gästen Gelegenheit, dieses faszinierende Bild von Soutine zu besichtigen. Sie werden berühmt werden. Man wird sagen: ‹Oh, da ist ja der Bursche mit den zehn Millionen Francs auf dem Rücken.› Wie finden Sie diese Idee, Monsieur? Gefällt sie Ihnen?»

Drioli betrachtete den Mann mit den kanariengelben Handschuhen und fragte sich, ob das etwa ein Scherz sein sollte.

«Es ist eine komische Idee», sagte er langsam. «Meinen Sie das alles im Ernst?»

«Aber natürlich ...»

«Moment mal», unterbrach ihn der Kunsthändler. «Hören Sie, Alter, mir ist eben die Lösung unseres Problems eingefallen. Ich kaufe das Bild und beauftrage einen Chirurgen, die Haut von Ihrem Rükken zu entfernen. Dann können Sie gehen, wohin Sie wollen, und das viele Geld genießen, das ich Ihnen dafür gebe.»

«Ohne Haut auf dem Rücken?»

«Nein, nein, Sie haben mich mißverstanden. Der Chirurg ersetzt das alte Hautstück durch ein neues. Eine ganz einfache Sache.»

«Kann man denn das?»

«Aber gewiß. Warum nicht?»

«Unmöglich!» mischte sich der Mann mit den kanariengelben Handschuhen ein. «Er ist zu alt für eine so schwierige Hautverpflanzung. Es wäre Ihr Tod, mein Freund. Ihr sicherer Tod.»

«Sie meinen ... ich würde sterben?»

«Natürlich. Eine solche Operation können Sie nicht überleben. Nur das Bild würde durchkommen.»

«Um Gottes willen!» rief Drioli. Er blickte entsetzt in die Gesichter der Menschen, die ihn beobachteten, und in der atemlosen Stille hörte man die ruhige Stimme eines Mannes, der irgendwo im Hintergrund stand: «Wenn man dem Alten genug Geld anbietet, ist er vielleicht sogar bereit, sich auf der Stelle umzubringen. Wer weiß?» Ein paar Leute lachten. Der Kunsthändler scharrte verlegen mit den Füßen auf dem Teppich.

Wieder legte sich die Hand in dem kanariengelben Handschuh auf Driolis Schulter. «Kommen Sie», forderte ihn der Mann mit seinem breiten, weißzahnigen Lächeln auf. «Wir beide werden erst einmal ein gutes Abendessen zu uns nehmen. Bei Tisch können wir ja weiterreden. Was halten Sie davon? Sind Sie hungrig?»

Drioli sah ihn mit zusammengezogenen Brauen an. Ihm gefielen weder der lange, biegsame Hals des Mannes noch die Art, wie er ihn schlangenhaft vorreckte, wenn er mit einem sprach.

«Gebratene Ente und Chambertin», sagte der Mann. Er gab diesen Worten eine kräftige, saftige Betonung, spritzte sie gleichsam mit der Zunge hervor. «Und vielleicht noch ein leichtes, lockeres *soufflé aux marrons*.»

Driolis Augen richteten sich auf die Decke, seine Lippen wurden schlaff und feucht. Man sah, wie dem armen alten Kerl buchstäblich das Wasser im Munde zusammenlief.

«Wie mögen Sie Ihre Ente?» fuhr der Mann fort. «Sehr braun und knusprig, oder bevorzugen Sie ...?»

«Ich komme», sagte Drioli rasch, bückte sich nach seinem Hemd und zerrte es in wilder Hast über den Kopf. «Warten Sie auf mich, Monsieur. Ich komme.» Und gleich darauf war er mit seinem neuen Gönner aus der Kunsthandlung verschwunden.

Schon wenige Wochen später wurde ein Bild von Soutine – das

Porträt einer Frau, in einer ungewöhnlichen Technik gemalt, schön gerahmt und dick mit Firnis überzogen – in Buenos Aires zum Verkauf angeboten. Diese Tatsache stimmt uns ein wenig nachdenklich, um so mehr, als es in Cannes kein Hotel Bristol gibt. Wir können nur für die Gesundheit des alten Mannes beten und inbrünstig hoffen, daß er dort, wo er jetzt weilt, von einem reizenden drallen Mädchen manikürt wird und daß ihm ein Stubenmädchen morgens das Frühstück ans Bett bringt.

Der Weg zum Himmel

Zeit ihres Lebens hatte Mrs. Foster an einer geradezu pathologischen Angst gelitten, einen Zug, ein Flugzeug, ein Schiff oder den Beginn einer Theatervorstellung zu verpassen. Im allgemeinen war sie gar nicht besonders nervös, aber der bloße Gedanke, sie könnte sich bei solchen Anlässen verspäten, setzte ihr derart zu, daß sie Zuckungen bekam. Es war nicht schlimm – nur eine kleine Muskelreizung im Winkel des linken Auges, wie ein verstohlenes Blinzeln –, doch das Unangenehme war, daß dieser Tic noch mindestens eine Stunde lang anhielt, wenn sie den Zug, das Flugzeug, oder was es nun war, glücklich erreicht hatte.

Merkwürdig, wie sich bei gewissen Leuten eine einfache Besorgnis, zum Beispiel die, den Zug nicht mehr zu erreichen, zu einer Besessenheit auswachsen kann. Spätestens eine halbe Stunde bevor es Zeit war, zum Bahnhof zu fahren, pflegte Mrs. Foster reisefertig, angetan mit Hut, Mantel und Handschuhen aus dem Aufzug zu treten. Unfähig, sich hinzusetzen, lief sie ziellos von einem Zimmer ins andere, bis ihr Mann, dem ihre Aufregung nicht entgangen sein konnte, endlich zum Vorschein kam und trocken bemerkte, man könne jetzt vielleicht aufbrechen, nicht wahr?

Mr. Foster war durchaus berechtigt, sich über das närrische Benehmen seiner Frau zu ärgern, nicht aber dazu, ihre Qualen zu vergrößern, indem er sie unnötig warten ließ. Daß er das tat, ist zwar durch nichts bewiesen, doch sooft sie zusammen irgendwohin wollten, erschien er unweigerlich im letzten oder vielmehr im allerletzten Moment und benahm sich dabei so betont freundlich, daß die Vermutung sehr nahe lag, er habe seiner unglückseligen Frau ganz bewußt eine boshafte kleine Privatqual auferlegt. Eines jedenfalls mußte ihm klar sein: Sie hätte niemals gewagt, nach ihm zu rufen oder ihn zur Eile anzutreiben. Dazu hatte er sie zu gut erzogen. Und er wußte auch, daß er nur ein klein wenig zu lange zu zögern brauchte, um sie in einen Zustand zu versetzen, der hart an Hysterie grenzte. Bei ein oder zwei besonderen Gelegenheiten in ihren späteren Ehejahren sah es fast so aus, als hätte er den Zug verpassen *wollen*, um die Leiden der armen Frau zu verschlimmern.

Genau kann man es ja nicht wissen, aber nimmt man an, daß er schuldig war, so wird sein Verhalten doppelt verwerflich durch die Tatsache, daß ihm Mrs. Foster, abgesehen von dieser einen kleinen Schwäche, immer eine gute und liebevolle Gattin gewesen war. Dreißig Jahre und mehr hatte sie ihm treu und brav gedient. Daran war nicht zu zweifeln. Bei all ihrer Bescheidenheit wußte sie das selbst, und wenn sie sich auch jahrelang gegen den Argwohn gewehrt hatte, Mr. Foster wolle sie absichtlich quälen, so hatte sie sich doch in letzter Zeit mehrmals bei einem beginnenden Zweifel ertappt.

Der nahezu siebzigjährige Mr. Eugene Foster lebte mit seiner Frau in New York City, und zwar in einem großen sechsstöckigen Haus der Zweiundsechzigsten Straße Ost; sie hatten vier Dienstboten. Die Wohnung war ziemlich düster, und sie bekamen nicht viel Besuch. An diesem Januarmorgen aber herrschte im Hause reges Leben und Treiben. Ein Mädchen trug Stapel von Staubhüllen in alle Zimmer, während ein anderes die Tücher über die Möbel breitete. Der Butler brachte die Koffer hinunter und stellte sie in die Halle. Die Köchin kam immer wieder aus der Küche, um mit dem Butler zu reden, und Mrs. Foster selbst, in einem altmodischen Pelzmantel und mit einem schwarzen Hut auf dem Kopf, eilte bald hierhin, bald dorthin, angeblich um alles zu überwachen. In Wirklichkeit dachte sie an nichts anderes als daran, daß sie ihr Flugzeug versäumen werde, wenn ihr Mann nicht bald aus seinem Arbeitszimmer käme und sich fertigmachte.

«Wie spät ist es, Walker?» fragte sie den Butler.

«Zehn Minuten nach neun, Madam.»

«Ist der Wagen da?»

«Ja, Madam, er wartet. Ich will gerade das Gepäck hinausbringen.»

«Bis Idlewild brauchen wir eine Stunde», sagte sie. «Mein Flugzeug startet um elf, aber wegen der Formalitäten muß ich eine halbe Stunde früher dort sein. Ich werde zu spät kommen. Ich *weiß*, daß ich zu spät kommen werde.»

«Sie schaffen es bequem, Madam», antwortete der Butler beruhigend. «Ich habe Mr. Foster gesagt, daß Sie um neun Uhr fünfzehn hier weg müssen. In fünf Minuten also.»

«Ja, Walker, ich weiß, ich weiß. Aber bitte, beeilen Sie sich mit dem Gepäck, ja?»

Sie ging in der Halle auf und ab, und sooft der Butler vorbeikam, fragte sie ihn, wie spät es sei. Dabei wiederholte sie sich immer von neuem, daß sie gerade dieses Flugzeug nicht versäumen dürfe. Monate hatte sie gebraucht, ihrem Mann die Erlaubnis zur Reise abzuringen. Kam sie zu spät, so verlangte er womöglich, sie solle ihr Vorhaben aufgeben. Das Schlimme war, daß er darauf bestand, sie zum Flugplatz zu begleiten.

«Guter Gott», sagte sie laut, «ich komme zu spät. Ich weiß, ich weiß, ich *weiß*, daß ich zu spät komme.» Der kleine Muskel am linken Auge zuckte bereits heftig. Die Augen selbst waren dicht am Weinen.

«Wie spät ist es, Walker?»

«Achtzehn Minuten nach, Madam.»

«Jetzt verpasse ich es ganz bestimmt!» rief sie. «Wenn er doch nur käme!»

Für Mrs. Foster war diese Reise sehr wichtig. Sie wollte allein nach Paris fliegen, um ihre Tochter, ihr einziges Kind, zu besuchen, die mit einem Franzosen verheiratet war. Für den Franzosen hatte Mrs. Foster nicht viel übrig, aber sie liebte ihre Tochter, und vor allem sehnte sie sich danach, endlich einmal ihre drei Enkel zu sehen. Sie kannte sie nur von den vielen Fotos, die sie erhalten hatte und die überall in der Wohnung aufgestellt waren. Entzückende Kinder. Mrs. Foster hing mit einer wahren Affenliebe an ihnen, und sooft ein neues Bild kam, zog sie sich damit zurück, betrachtete es lange und liebevoll und suchte in den kleinen Gesichtern nach den befriedigenden Kennzeichen der Blutsverwandtschaft, die so viel bedeutet. In letzter Zeit war ihr immer stärker zum Bewußtsein gekommen, daß sie keinen Wert darauf legte, den Rest ihres Lebens an einem Ort zu verbringen, wo sie diese Kinder nicht in ihrer Nähe haben, sie besuchen, auf Spaziergänge mitnehmen, beschenken, aufwachsen sehen konnte. Natürlich wußte sie, daß es falsch und gewissermaßen pflichtvergessen war, solche Gedanken zu hegen, solange ihr Mann lebte. Und ebenso wußte sie, daß Mr. Foster – obgleich er sich nicht mehr in seinen vielen Unternehmungen betätigte – niemals einwilligen würde, New York zu verlassen und nach Paris zu übersiedeln. Es war schon ein Wunder, daß er ihr gestattet hatte, für sechs Wochen hinüberzufliegen und ihre Lieben zu besuchen. Ach, wie sie wünschte, immer bei ihnen leben zu können!

«Wie spät, Walker?»

«Zweiundzwanzig Minuten nach, Madam.»

Der Butler hatte noch nicht zu Ende gesprochen, als die Tür aufging und Mr. Foster in die Halle trat. Er blieb einen Moment stehen, den Blick auf seine Frau gerichtet, und auch sie sah ihn an, den kleinen, noch immer hübschen alten Mann, dessen Gesicht mit dem gewaltigen Bart den bekannten Fotografien von Andrew Carnegie verblüffend ähnelte.

«Nun», sagte er, «ich glaube, wir sollten wohl langsam aufbrechen, wenn du das Flugzeug noch erreichen willst.»

«Ja, Lieber – ja! Es ist alles bereit. Der Wagen wartet.»

«Gut.» Er neigte den Kopf ein wenig zur Seite und musterte sie aufmerksam. Diese Angewohnheit, den Kopf schräg zu legen und ihn dann in kleinen, schnellen Rucken zu bewegen, war charakteristisch für ihn. Deswegen und weil er die Hände in Brusthöhe zu verschränken pflegte, erinnerte er, wenn er so dastand, an ein Eichhörnchen, ein nettes, lebhaftes Eichhörnchen aus dem Park.

«Hier ist Walker mit deinem Mantel, Lieber. Zieh ihn an.»

«Ich muß mir noch die Hände waschen», sagte er. «Bin gleich zurück.»

Sie wartete, während der Butler Hut und Mantel bereithielt.

«Meinen Sie, daß ich zu spät komme, Walker?»

«Nein, Madam», erwiderte der Butler, «Sie schaffen es bestimmt.»

Als Mr. Foster erschien, half ihm der Butler in den Mantel. Mrs. Foster eilte hinaus und stieg in den gemieteten Cadillac. Ihr Mann folgte ihr, ging aber die Stufen vor der Haustür sehr gemächlich hinunter und blieb auf halbem Wege stehen, um den Himmel zu betrachten und die kalte Morgenluft zu schnuppern.

«Sieht ein bißchen neblig aus», meinte er, als er sich im Wagen neben sie setzte. «Und draußen in Idlewild ist es meistens noch schlimmer. Ich würde mich nicht wundern, wenn gar keine Flugzeuge starten dürften.»

«Sag das nicht, Lieber – *bitte*.»

Sie schwiegen beide, bis der Wagen den Fluß überquert und Long Island erreicht hatte.

«Mit den Dienstboten habe ich alles geordnet», sagte Mr. Foster. «Sie gehen heute weg. Ich habe ihnen für sechs Wochen den halben Lohn gegeben und Walker gesagt, daß ich ihm telegrafieren werde, wenn wir sie wieder benötigen.»

«Ja», antwortete sie. «Er hat's mir erzählt.»

«Ich ziehe heute abend in den Klub. Wird zur Abwechslung mal ganz nett sein, im Klub zu wohnen.»

«Ja, Lieber, und ich werde dir schreiben.»

«Ab und zu schaue ich dann zu Hause nach, ob alles in Ordnung ist, und hole die Post.»

«Meinst du nicht, daß Walker doch lieber die ganze Zeit dableiben sollte, um nach dem Rechten zu sehen?» fragte sie zaghaft.

«Unsinn. Ganz überflüssig. Und ich müßte ihm dann den vollen Lohn zahlen.»

«Ach ja, natürlich.»

«Außerdem weiß man nie, was die Leute anstellen, wenn sie allein im Hause sind», verkündete Mr. Foster. Er zog eine Zigarre heraus, knipste die Spitze mit einem silbernen Zigarrenabschneider ab und ließ sein goldenes Feuerzeug aufflammen.

Seine Frau saß regungslos neben ihm, die Hände unter der Decke zusammengekrampft.

«Wirst du mir schreiben?» fragte sie.

«Mal sehen», antwortete er. «Ich glaub's aber nicht. Du weißt, ich schreibe nicht gern Briefe, wenn nichts Besonderes mitzuteilen ist.»

«Ja, Lieber, ich weiß. Mach's, wie du willst.»

Sie fuhren weiter, den Queens Boulevard entlang, und als sie sich dem flachen Marschland näherten, auf dem Idlewild erbaut ist, wurde der Nebel dichter, und der Wagen mußte das Tempo verlangsamen.

«Oh!» rief Mrs. Foster. «Jetzt werde ich das Flugzeug *bestimmt* verpassen! Wie spät ist es?»

«Reg dich nicht auf», sagte der alte Mann. «Ob du zur Zeit kommst oder nicht, spielt gar keine Rolle. Das Flugzeug kann ohnehin nicht starten. Bei solchem Wetter fliegen sie nie. Ich begreife nicht, warum du überhaupt losgefahren bist.»

Täuschte sie sich, oder hatte seine Stimme plötzlich einen neuen Klang? Sie wandte sich ihm zu. Die vielen Haare machten es schwierig, eine Veränderung in seinem Gesichtsausdruck wahrzunehmen. Das wichtigste war der Mund. Wie schon so oft, wünschte sie sich, ihn deutlich sehen zu können. Seine Augen verrieten nie etwas, ausgenommen, wenn er zornig war.

«Natürlich», fuhr er fort, «falls das Flugzeug zufällig doch startet, kommst du zu spät – darin muß ich dir zustimmen. Wäre es nicht besser, gleich umzukehren?»

Sie antwortete nicht und schaute durch das Fenster nach dem Nebel. Je weiter sie kamen, desto dichter schien er zu werden; sie konnte gerade den Straßenrand erkennen und dahinter ein wenig Grasland. Sie spürte, daß ihr Mann sie noch immer beobachtete. Auch sie sah ihn nun an, und dabei stellte sie mit einer Art Entsetzen fest, daß er unverwandt auf die Stelle in ihrem linken Augenwinkel blickte, wo sie den Muskel zucken fühlte.

«Nun?» sagte er.

«Was denn?»

«Wenn das Flugzeug startet, erreichst du es bestimmt nicht mehr. Bei dem Nebel können wir nicht schnell fahren.»

Nach diesen Worten hüllte er sich in Schweigen. Der Wagen kroch dahin. Der Fahrer hielt eine gelbe Lampe auf den Straßenrand gerichtet, und das half ihm weiter. Andere Lichter, weiße oder gelbe, tauchten vor ihnen aus dem Nebel auf, und ein besonders helles folgte ihnen die ganze Zeit.

Plötzlich hielt der Fahrer an.

«So!» rief Mr. Foster. «Jetzt sitzen wir fest. Wundert mich gar nicht.»

Der Fahrer drehte sich um. «Nein, Sir, wir haben's geschafft. Dies ist der Flughafen.»

Mrs. Foster sprang wortlos aus dem Wagen und eilte zum Haupteingang. In der Halle belagerten zahlreiche Menschen, meist verzweifelte Reisende, die Schalter. Sie bahnte sich einen Weg durch die Menge und befragte den Angestellten.

«Ja», sagte er, «der Abflug ist verschoben worden. Aber gehen Sie bitte nicht weg. Das Wetter kann sich jeden Augenblick aufklären.»

Sie kehrte zu ihrem Mann zurück, der noch immer im Wagen saß, und erzählte ihm die Neuigkeit. «Du brauchst wirklich nicht zu warten, Lieber», fügte sie hinzu. «Das hätte keinen Sinn.»

«Ich warte auch nicht», sagte er. «Vorausgesetzt, daß der Chauffeur mich zurückfahren kann. Wird das möglich sein, Chauffeur?»

«Ich denke, ja», meinte der Mann.

«Ist das Gepäck abgeladen?»

«Ja, Sir.»

«Leb wohl, Lieber.» Mrs. Foster beugte sich in den Wagen und gab ihrem Mann einen raschen Kuß auf den stachligen grauen Pelz seiner Wange.

«Leb wohl», antwortete er. «Gute Reise.»

Der Wagen verschwand im Nebel, und Mrs. Foster blieb allein zurück.

Der Rest des Tages war eine Art Albdruck für sie. Stunde um Stunde saß sie auf einer Bank, möglichst nahe bei dem Schalter der Fluggesellschaft, und etwa alle dreißig Minuten stand sie auf, um zu fragen, ob sich irgend etwas geändert habe. Immer erhielt sie die gleiche Antwort – sie müsse weiter warten, weil sich der Nebel jeden Augenblick lichten könne. Erst nach sechs Uhr abends gaben die Lautsprecher bekannt, der Abflug sei auf elf Uhr am nächsten Vormittag verlegt worden.

Als Mrs. Foster das hörte, wußte sie sich keinen Rat. Sie saß noch mindestens eine halbe Stunde auf ihrer Bank und dachte müde und verwirrt darüber nach, wo sie die Nacht verbringen sollte. Den Flugplatz zu verlassen, hatte sie keine Lust. Ihren Mann zu sehen auch nicht. Sie fürchtete, es werde ihm irgendwie gelingen, ihre Reise nach Frankreich zu hintertreiben. Am liebsten wäre sie geblieben, wo sie war: auf der Bank. Von allen Lösungen war diese die sicherste. Aber Mrs. Foster war erschöpft, und zudem wurde ihr klar, daß sie, eine ältere Dame, sich damit lächerlich machen würde. So ging sie denn schließlich in eine Telefonzelle und rief zu Hause an.

Ihr Mann, der gerade in den Klub fahren wollte, meldete sich. Sie berichtete ihm, was geschehen war, und fragte, ob die Dienstboten noch dort seien.

«Die sind alle weg», antwortete er.

«Dann werde ich mir ein Hotelzimmer nehmen. Du brauchst dich keinesfalls um mich zu kümmern.»

«Das wäre verrückt», entgegnete er. «Hier hast du doch das ganze Haus zu deiner Verfügung.»

«Aber, mein Lieber, es ist *leer.*»

«Dann bleibe ich eben bei dir.»

«Wir haben auch nichts zu essen im Hause. Nichts.»

«Iß, bevor du kommst. Sei nicht so dumm. Du bist wirklich das unbeholfenste Geschöpf, das mir je begegnet ist.»

«Ja», sagte sie. «Es tut mir leid. Ich werde hier ein Sandwich essen und dann kommen.»

Draußen hatte sich der Nebel ein wenig gelichtet, aber sie mußte trotzdem eine lange, langsame Taxifahrt überstehen und traf erst sehr spät in der Zweiundsechzigsten Straße ein.

Ihr Mann öffnete die Tür seines Arbeitszimmers, als er ihren Schritt hörte. «Nun?» fragte er von der Schwelle her. «Wie war's in Paris?»

«Ich fliege morgen früh um elf», antwortete sie. «Endgültig.»

«Du meinst, wenn sich der Nebel verzieht.»

«Er verzieht sich jetzt schon. Es ist Wind aufgekommen.»

«Du siehst müde aus», sagte er. «Du hattest gewiß einen unruhigen Tag.»

«Sehr angenehm war's nicht. Ich denke, ich gehe gleich zu Bett.»

«Ich habe für morgen um neun einen Wagen bestellt.»

«Ach, vielen Dank, Lieber. Und ich hoffe wirklich, du wirst dir nicht die Mühe machen, wieder mit hinauszufahren.»

«Nein», sagte er langsam. «Ich glaube nicht, daß ich mitkommen werde. Aber eigentlich könntest du mich unterwegs im Klub absetzen.»

Sie schaute ihn an und hatte plötzlich das Gefühl, er stehe weit weg von ihr, jenseits irgendeiner Grenze. Er wirkte so klein, so entfernt, daß sie nicht recht wußte, was er tat, was er dachte, oder auch nur, was er war.

«Der Klub ist in der City», wandte sie ein. «Das ist nicht die Richtung zum Flugplatz.»

«Du hast reichlich Zeit, meine Liebe. Oder magst du mir den Gefallen nicht tun?»

«Doch, natürlich.»

«Dann ist ja alles in Ordnung. Wir sehen uns morgen früh um neun.»

Sie ging in ihr Zimmer im zweiten Stock und war so erschöpft von den Anstrengungen dieses Tages, daß sie sofort einschlief.

Am nächsten Morgen stand Mrs. Foster zeitig auf, und um halb neun war sie bereits reisefertig.

Kurz nach neun erschien ihr Mann. «Hast du Kaffee gemacht?» fragte er.

«Nein», antwortete sie. «Ich dachte, du würdest im Klub ein gutes Frühstück bekommen. Der Wagen ist da. Er wartet schon eine ganze Weile.»

Sie standen in der Halle – neuerdings schienen sie sich immer in der Halle zu treffen –, sie in Hut und Mantel, die Handtasche über dem Arm, er in einem altmodischen Jackett mit breiten Aufschlägen.

«Dein Gepäck?»

«Das ist auf dem Flugplatz.»

«Ach ja», sagte er, «natürlich. Wenn du mich zuerst in den Klub bringen willst, dann sollten wir wohl lieber gleich aufbrechen, wie?»

«Ja!» rief sie. «O ja – *bitte*!»

«Ich hole mir nur noch ein paar Zigarren. Geh ruhig schon vor, ich komme sofort nach.»

Sie drehte sich um und eilte hinaus. Der Chauffeur öffnete ihr die Wagentür.

«Wie spät ist es?» fragte sie ihn.

«Ungefähr neun Uhr fünfzehn.»

Fünf Minuten darauf kam Mr. Foster. Er stieg langsam die Stufen hinunter, und seine Frau stellte fest, daß er in den engen Röhrenhosen, die er trug, Beine wie ein Ziegenbock hatte. Wie tags zuvor blieb er auf halbem Wege stehen, schnupperte die Luft und betrachtete den Himmel. Wenn auch das Wetter noch nicht ganz klar war, so drangen doch ein paar Sonnenstrahlen durch den Dunst.

«Vielleicht hast du diesmal mehr Glück», meinte er und kletterte in den Wagen.

«Beeilen Sie sich, bitte», sagte sie zu dem Chauffeur. «Halten Sie sich nicht mit der Decke auf. Das mache ich schon. Bitte fahren Sie, wir haben uns ohnehin verspätet.»

Der Mann setzte sich hinter das Lenkrad und ließ den Motor an.

«Moment mal», meldete sich Mr. Foster plötzlich. «Warten Sie einen Augenblick, Chauffeur, ja?»

«Was ist denn, Lieber?» Sie sah ihn in seinen Manteltaschen wühlen.

«Ich hatte ein kleines Geschenk, das du Ellen mitbringen sollst», sagte er. «Herrje, wo ist es denn nur? Ich weiß genau, daß ich's in der Hand hatte, als ich in die Halle kam.»

«Mir ist gar nicht aufgefallen, daß du etwas trugst. Was für ein Geschenk?»

«Eine kleine, in weißes Papier gewickelte Schachtel. Ich habe gestern vergessen, sie dir zu geben. Heute möchte ich es nicht wieder vergessen.»

«Eine kleine Schachtel!» rief Mrs. Foster. «Ich habe keine kleine Schachtel gesehen!» Sie suchte fieberhaft auf den Wagensitzen herum.

Ihr Mann kramte weiter in seinen Taschen. Dann knöpfte er den Mantel auf und tastete sein Jackett ab. «Zu dumm», sagte er. «Ich muß es im Schlafzimmer gelassen haben. Warte, ich bin sofort wieder da.»

«*Bitte!*» flehte sie. «Wir haben keine Zeit! *Bitte,* laß es! Du kannst es schicken. Es ist ja doch nur ein alberner Kamm. Du schenkst ihr immer Kämme.»

«Und was hast du gegen Kämme, wenn ich fragen darf?» Er war wütend, weil sie sich so hatte gehenlassen.

«Gar nichts, mein Lieber. Gewiß nicht. Aber ...»

«Warte hier», befahl er. «Ich hole die Schachtel.»

«Mach schnell, Lieber! *Bitte,* mach schnell!»

Sie saß im Wagen und wartete und wartete.

«Chauffeur, wie spät ist es?»

Der Mann schaute auf seine Armbanduhr. «Gleich halb zehn.»

«Schaffen wir's in einer Stunde bis zum Flughafen?»

«Ja, mit knapper Not.»

In diesem Augenblick entdeckte Mrs. Foster plötzlich die Ecke von etwas Weißem, das zwischen Sitz und Lehne eingekeilt war, dort, wo ihr Mann gesessen hatte. Sie zog ein in Papier gewickeltes Päckchen heraus und stellte dabei unwillkürlich fest, daß es so tief im Polster steckte, als hätte eine Hand nachgeholfen.

«Hier ist es!» rief sie. «Ich hab's gefunden! Oje, und nun sucht er da oben alles durch! Chauffeur, rasch – laufen Sie hinein und rufen Sie ihn, wenn Sie so gut sein wollen!»

Dem Chauffeur, einem Mann mit einem trotzigen, schmallippigen irischen Mund, paßte das alles nicht recht, aber er stieg aus und ging die Stufen zur Haustür hinauf. Gleich darauf kam er zurück. «Die Tür ist zu», sagte er. «Haben Sie den Schlüssel?»

«Ja, einen Moment ...» Sie kramte wild in ihrer Handtasche. Ihr kleines Gesicht war vor Angst verzerrt, der Mund krampfhaft zusammengepreßt.

«Hier! Nein – ich gehe selbst. Das ist besser. Ich weiß, wo er ist.»

Sie sprang aus dem Wagen und eilte die Stufen hinauf, den Schlüssel in der Hand. Schon hatte sie ihn ins Schlüsselloch gesteckt, war im Begriff, ihn zu drehen – da hielt sie inne. Sie hob den Kopf und stand vollständig regungslos, wie erstarrt inmitten all der Hast, die Tür zu öffnen und das Haus zu betreten. Sie wartete – fünf Sekunden, sechs, sieben, acht, neun, zehn. Wie sie da stand, mit erhobenem Kopf und angespanntem Körper, schien sie zu lauschen, ob sich ein Laut wiederholen werde, den sie soeben aus dem Innern des Hauses gehört hatte.

Ja, sie lauschte – das war offensichtlich. Ihre ganze Haltung drückte Lauschen aus. Man sah förmlich, wie sie ihr Ohr immer näher an die Tür brachte. Nun lag es unmittelbar an dem Holz, und sekundenlang behielt sie diese Stellung bei: den Kopf erhoben, das Ohr an der Tür, den Schlüssel in der Hand, bereit einzutreten, aber doch nicht eintretend und statt dessen offenbar bemüht, die schwachen Laute zu analysieren, die aus dem Innern des Hauses drangen.

Auf einmal kam wieder Leben in Mrs. Foster. Sie zog den Schlüssel aus der Tür, machte kehrt und rannte zum Wagen zurück.

«Es ist zu spät!» rief sie dem Chauffeur zu. «Ich kann nicht auf ihn warten, ich kann einfach nicht, weil ich sonst das Flugzeug versäume. Fahren Sie, Chauffeur, rasch! Zum Flugplatz!»

Hätte der Mann sie genau betrachtet, so wäre ihm zweifellos aufgefallen, daß sie kreidebleich geworden war und daß sich ihr Gesichtsausdruck plötzlich verändert hatte. Keine Spur mehr von ihrem sanften, ziemlich einfältigen Blick. Eine merkwürdige Härte hatte sich über ihre Züge verbreitet. Der kleine, sonst so schlaffe Mund war schmal und fest, die Augen blitzten, und als sie sprach, klang aus ihrer Stimme eine ungewohnte Autorität.

«Schnell, Chauffeur, schnell!»

«Reist denn Ihr Mann nicht mit Ihnen?» fragte er erstaunt.

«O nein, ich wollte ihn nur im Klub absetzen, aber das ist jetzt nicht wichtig. Er wird's schon einsehen und sich ein Taxi nehmen. Reden Sie nicht so lange. *Fahren* Sie! Ich muß die Maschine nach Paris erreichen!»

Unaufhörlich von Mrs. Foster angetrieben, fuhr der Mann wie die Feuerwehr, so daß er sie einige Minuten vor dem Start des Flugzeugs in Idlewild absetzen konnte. Bald war sie hoch über dem Atlantik, behaglich in ihren Sessel gelehnt, dem Motorengebrumm lauschend, in Gedanken schon in Paris. Noch immer befand sie sich in dieser neuen Stimmung. Sie fühlte sich ungemein kräftig und empfand ein eigenartiges Wohlbehagen. Wenn sie ein wenig atemlos war, so kam das mehr von der Verwunderung über das, was sie getan hatte, als von sonst etwas, und während sich das Flugzeug immer weiter von New York und der Zweiundsechzigsten Straße entfernte, senkte sich eine große Ruhe auf sie herab. Bei der Ankunft war sie so frisch, kühl und gelassen, wie sie es sich nur wünschen konnte.

Sie lernte ihre Enkelkinder kennen und fand sie in Fleisch und Blut noch viel schöner als auf den Fotos. Wie Engel, sagte sie sich, wie Engel sind sie! Und jeden Tag ging sie mit ihnen spazieren, fütterte sie mit Kuchen, kaufte ihnen Geschenke und erzählte ihnen wunderhübsche Geschichten.

Einmal in der Woche, am Dienstag, schrieb sie ihrem Mann einen netten Plauderbrief, voll von Neuigkeiten und Klatsch, den sie stets mit den Worten schloß: «Und bitte, achte darauf, daß Du regelmäßig ißt, obgleich ich befürchte, Du wirst das nicht tun, solange ich weg bin.»

Als die sechs Wochen um waren, bedauerten alle, daß sie nach Amerika zurückkehren mußte. Alle, nur sie nicht. Merkwürdigerweise schien ihr das nicht soviel auszumachen, wie man hätte erwarten können, und als sie ihre Lieben zum Abschied küßte, deutete irgend etwas in ihrem Verhalten und in ihren Worten auf die Möglichkeit hin, daß sie in nicht allzu ferner Zukunft wiederkommen werde.

Pflichtgetreu, wie sie war, hielt sie sich streng an das vereinbarte Datum. Genau sechs Wochen nach ihrer Ankunft schickte sie ihrem Mann ein Kabel und bestieg die Maschine nach New York.

In Idlewild stellte Mrs. Foster mit Interesse fest, daß kein Wagen auf sie wartete. Vielleicht amüsierte sie das sogar ein wenig. Sie war jedoch sehr ruhig und gab dem Träger, der ihr Gepäck zum Taxi schaffte, kein übertrieben hohes Trinkgeld.

In New York war es kälter als in Paris, und an den Straßenrändern lagen schmutzige Schneehaufen. Das Taxi hielt vor dem Haus in der Zweiundsechzigsten Straße, und Mrs. Foster überredete den Chauffeur, ihre beiden großen Koffer bis zur Haustür zu tragen. Dann bezahlte sie ihn und läutete. Sie wartete, aber niemand kam. Sicherheitshalber drückte sie noch einmal auf den Knopf. Sie hörte die Glocke im hinteren Teil des Hauses schrillen, doch nichts rührte sich.

So nahm sie denn ihren eigenen Schlüssel und schloß auf.

Das erste, was sie bei ihrem Eintritt erblickte, war ein Berg von Briefen, die auf dem Boden lagen, wie sie durch den Türschlitz gefallen waren. In der Halle war es dunkel und kalt. Über der alten Uhr hing eine Staubhülle. Trotz der Kälte war die Luft merkwürdig drückend, und Mrs. Foster spürte einen schwachen eigentümlichen Geruch, den sie nie zuvor wahrgenommen hatte.

Mit schnellen Schritten durchquerte sie die Halle und bog hinten links um die Ecke. In ihren Bewegungen war etwas Energisches und Zielbewußtes; sie wirkte wie eine Frau, die einer Sache auf den Grund gehen, die Bestätigung eines Verdachts suchen will. Und als sie nach ein paar Sekunden zurückkam, lag auf ihrem Gesicht ein kleiner Schimmer von Befriedigung.

Mitten in der Halle blieb sie stehen, als dächte sie darüber nach, was sie nun tun solle. Dann drehte sie sich mit einem Ruck um und ging in das Arbeitszimmer ihres Mannes. Auf dem Schreibtisch lag ein Notizbuch. Sie blätterte eine Weile darin, nahm dann den Telefonhörer auf und stellte eine Verbindung her.

«Hallo», sagte sie, «hören Sie – hier ist Nummer neun, Zweiundsechzigste Straße Ost... Ja, ganz recht. Könnten Sie wohl so bald wie möglich jemanden herüberschicken? Ja, er ist steckengeblieben, vermutlich zwischen der zweiten und der dritten Etage. Das ist jedenfalls der Stand, den der Anzeiger angibt... Sofort? Ach, das ist sehr freundlich von Ihnen. Wissen Sie, für meine Beine ist das viele Treppensteigen nichts mehr. Recht schönen Dank. Auf Wiederhören.»

Sie legte auf, blieb an dem Schreibtisch ihres Mannes sitzen und wartete geduldig auf den Monteur, der den Aufzug reparieren sollte.

Gelée Royale

«Ich mache mir Sorgen, Albert, schreckliche Sorgen.» Mrs. Taylor hielt die Augen auf das Baby gerichtet, das unbeweglich in ihrem linken Arm lag. «Ich weiß genau, da ist irgendwas nicht in Ordnung.»

Die Gesichtshaut des Säuglings war von einem durchsichtigen Weiß und spannte sich straff über die Knochen.

«Versuch's noch mal», riet Albert Taylor.

«Es hilft nichts.»

«Du mußt es immer wieder versuchen.»

Sie nahm die Flasche aus dem Topf mit heißem Wasser und prüfte die Temperatur der Milch, indem sie ein paar Tropfen auf die Innenseite ihres Handgelenks fallen ließ.

«Komm», flüsterte sie. «Komm, mein Liebes. Wach auf und trink noch ein bißchen.»

Die kleine Lampe, die neben ihr auf dem Tisch stand, hüllte sie in sanftes gelbes Licht.

«Bitte», flehte sie, «trink noch ein Schlückchen.»

Ihr Mann beobachtete sie über seine Zeitschrift hinweg. Er sah ihr an, daß sie halb tot vor Erschöpfung war. Ihr blasses ovales Gesicht, das für gewöhnlich so ernst und gelassen wirkte, hatte jetzt einen Ausdruck ratloser Verzweiflung. Aber trotz allem war eine eigenartige Anmut in ihrer Haltung, als sie sich über das Kind beugte.

«Siehst du», murmelte sie. «Es hilft nichts. Sie mag nicht.» Sie hob die Flasche gegen das Licht, damit sie die Maßstriche sehen konnte.

«Wieder nur eine Unze. Mehr hat sie nicht getrunken. Nein – noch nicht einmal soviel. Nur dreiviertel. Davon kann sie doch nicht existieren. Wirklich nicht, Albert. Es quält mich zu Tode.»

«Ich weiß», antwortete er.

«Wenn sie wenigstens herausfinden würden, was ihr fehlt.»

«Nichts fehlt ihr, Mabel. Das ist alles nur eine Frage der Zeit.»

«Natürlich fehlt ihr was.»

«Dr. Robinson ist anderer Meinung.»

Sie stand auf. «Höre mal, du kannst mir nicht einreden, daß es normal ist, wenn ein sechs Wochen altes Kind weniger, sogar *zwei ganze Pfund* weniger wiegt als bei der Geburt. Sieh dir doch die Beine an. Nichts als Haut und Knochen!»

Schlaff und stumm lag das winzige Baby in ihrem Arm.

«Dr. Robinson hat gesagt, du solltest dir keine Sorgen machen, Mabel. Und der andere hat's auch gesagt.»

«Ach», rief sie, «das ist ja großartig! Ich soll mir keine Sorgen machen!»

«Bitte, Mabel ...»

«Was soll ich denn sonst tun? Das Ganze als Spaß betrachten?»

«Das hat er nicht gesagt.»

«Ich hasse die Ärzte! Alle hasse ich sie!» Mrs. Taylor wandte sich ab und ging mit ihrem Kind im Arm schnell aus dem Zimmer.

Albert Taylor blieb, wo er war, und versuchte nicht, sie zurückzuhalten.

Gleich darauf hörte er im Schlafzimmer, gerade über ihm, das Tap-tap-tap rascher, nervöser Schritte auf dem Linoleum. Er wußte: Wenn diese Laute verstummten, mußte er zu ihr hinaufgehen, und dann würde sie wie üblich neben dem Kinderbettchen sitzen und still vor sich hin weinen, den Blick unverwandt auf das Baby gerichtet.

«Sie verhungert, Albert», würde sie sagen.

«Unsinn, sie denkt gar nicht daran.»

«Doch, sie verhungert, ich weiß es. Und – Albert ...»

«Ja?»

«Ich glaube, du weißt es auch und willst es nur nicht zugeben. Habe ich recht?»

So ging es jetzt allnächtlich.

In der letzten Woche waren sie mit dem Baby im Krankenhaus gewesen. Der Arzt hatte die Kleine gründlich untersucht und dann erklärt, daß ihr nichts fehle.

«Wir haben neun Jahre gebraucht, dieses Kind zu bekommen, Herr Doktor», hatte Mabel gesagt. «Ich würde sterben, wenn ihm etwas passierte.»

Das war vor sechs Tagen gewesen, und inzwischen hatte das Kind wieder fünf Unzen abgenommen.

Aber es nützte ja nichts, sich Sorgen zu machen, stellte Albert Taylor nachdenklich fest. In solchen Fällen mußte man sich einfach auf den Arzt verlassen. Er griff nach der Zeitschrift, die auf seinen Knien lag, und überflog das Inhaltsverzeichnis, um zu sehen, was ihm in dieser Woche geboten wurde.

UNSERE BIENEN IM MAI
DIE HONIGBEREITUNG
DER BIENENZÜCHTER UND DER BIENENPHARMAZEUT
HINWEISE ZUR BEKÄMPFUNG DER NOSEMA
DAS NEUESTE ÜBER GELÉE ROYALE
DIESE WOCHE IM BIENENHAUS
DIE HEILKRAFT VON PROPOLIS
DAS AUSSCHWÄRMEN
DAS JAHRESESSEN DER BRITISCHEN BIENENHALTER
VEREINSNACHRICHTEN

Albert Taylor hatte sich von jeher für alles begeistert, was mit Bienen zusammenhing. Als kleiner Junge hatte er sie oft mit bloßen Händen gefangen und war dann ins Haus gelaufen, um sie der Mutter zu zeigen; manchmal setzte er sie sich ins Gesicht, ließ sie über Wangen und Hals kriechen, und das Erstaunliche war, daß er nie gestochen wurde. Im Gegenteil, die Bienen fühlten sich anscheinend sehr wohl bei ihm. Nie versuchten sie fortzufliegen, und wenn er sie loswerden wollte, mußte er sie behutsam mit den Fingern abstreifen. Selbst dann kehrten sie oft zurück und setzten sich wieder auf seine Hände, Arme oder Knie, überallhin, wo nackte Haut war.

Sein Vater, ein Maurer, behauptete, der Junge müsse einen Hexengestank haben, der aus seinen Poren dringe, und er fügte hinzu, bei solchem Insektenhypnotisieren komme bestimmt nichts Gutes heraus. Die Mutter dagegen meinte, so etwas sei eine Gabe Gottes, und sie ging so weit, Albert und die Bienen mit dem heiligen Franziskus und den Vögeln zu vergleichen.

Im Laufe der Zeit wurde aus Albert Taylors Vorliebe für Bienen eine Leidenschaft, und mit zwölf Jahren baute er seinen ersten Bienenstock. Dann fing er seinen ersten Schwarm. Mit vierzehn hatte er bereits fünf Bienenstöcke, die hübsch in einer Reihe am Zaun des väterlichen Hofes standen, und schon damals beschäftigte er sich nicht nur mit der normalen Honiggewinnung, sondern auch mit der schwierigen, äußerst komplizierten Aufgabe, Königinnen zu züchten, indem er Larven in künstliche Zellen setzte und sie genau nach Vorschrift versorgte.

Wenn er in einem Stock arbeitete, brauchte er weder Pfeife, Handschuhe noch Kopfschutz. Zwischen dem Jungen und den Bienen bestand offenbar eine seltsame Sympathie, und im Dorf, in den Läden und Kneipen sprach man mit einem gewissen Respekt von Albert Taylor. Immer öfter kamen Leute und kauften Honig bei ihm.

Mit achtzehn Jahren pachtete er einen Morgen Brachland, das neben einem Obstgarten mit Kirschbäumen lag und ungefähr eine Meile vom Dorf entfernt war. Dort hatte er sich darangemacht, ein eigenes Geschäft aufzubauen. Jetzt, elf Jahre später, saß er noch immer an derselben Stelle, hatte aber sechs Morgen Land statt des einen, zweihundertvierzig gut besetzte Bienenstöcke und ein selbstgebautes Häuschen. Er hatte schon als Zwanzigjähriger geheiratet, und abgesehen von den neun Jahren Wartezeit auf das Kind, war auch das ein Erfolg gewesen. Ja, Albert hatte stets Glück gehabt, bis dieses merkwürdige kleine Mädchen erschienen war, das die Eltern in tödliche Angst versetzte, weil es die Nahrungsaufnahme verweigerte und täglich an Gewicht verlor.

Er blickte von der Zeitschrift auf und dachte an sein Töchterchen.

Vorhin zum Beispiel hatte die Kleine zu Beginn der Mahlzeit die Augen aufgeschlagen, und da war ihm etwas aufgefallen, was ihn sehr beunruhigte – dieser leere, verschwommene Blick, als wären die Augen gar nicht mit dem Gehirn verbunden, sondern lägen wie kleine graue Murmeln in ihren Höhlen.

Ob die Ärzte eigentlich wußten, was sie sagten?

Er zog seinen Aschbecher heran und kratzte langsam mit einem Streichholz die Asche aus dem Pfeifenkopf.

Man konnte ja das Kind zur Vorsicht in einem anderen Krankenhaus untersuchen lassen, vielleicht in Oxford. Wenn er nachher hinaufging, wollte er Mabel das vorschlagen.

Er hörte noch immer ihre Schritte im Schlafzimmer, aber sie hatte wohl die Schuhe mit Pantoffeln vertauscht, denn das Geräusch war sehr leise.

Wieder richtete er seine Aufmerksamkeit auf die Zeitschrift. Er las die «Hinweise zur Bekämpfung der Nosema», blätterte um und nahm den nächsten Artikel in Angriff: «Das Neueste über Gelée Royale.» Allerdings bezweifelte er, daß Dinge darin stehen würden, die er noch nicht wußte.

Was ist diese wundervolle, Gelée Royale genannte Substanz?

Er griff nach der Tabakdose, die neben ihm auf dem Tisch stand, und stopfte seine Pfeife, während er las.

Gelée Royale ist ein Drüsensekret der Ammenbienen, mit dem die Larven unmittelbar nach dem Ausschlüpfen aus dem Ei gefüttert werden. Die Speicheldrüsen der Bienen produzieren diese Substanz auf ähnliche Art, wie die Brustdrüsen der weiblichen Säugetiere Milch produzieren. Diese Tatsache ist von großem biologischem Interesse, weil es in der Welt keine anderen Insekten gibt, die einen solchen Prozeß entwickelt haben.

Weiß ich ja alles, dachte er, las aber weiter, denn er hatte nichts Besseres zu tun.

In den ersten drei Tagen nach dem Ausschlüpfen werden alle Bienenlarven mit Gelée Royale in konzentrierter Form gefüttert; danach wird für jene, die zu Drohnen oder Arbeiterinnen bestimmt sind, diese wertvolle Nahrung stark mit Honig und Blütenstaub verdünnt. Die Larven jedoch, die dazu bestimmt sind, Königinnen zu werden, erhalten ihre ganze Larvenzeit hindurch den konzentrierten Futtersaft, also reines Gelée Royale. Daher der Name.

Über ihm im Schlafzimmer waren keine Schritte mehr zu hören. Das Haus war still. Er zündete ein Streichholz an und hielt es an die Pfeife.

Gelée Royale muß eine ungeheuer nahrhafte Substanz sein, denn die Bienenlarven, die mit nichts anderem gefüttert werden, haben nach fünf Tagen das Fünfzehnhundertfache ihres ursprünglichen Gewichts erreicht.

Wird so ungefähr stimmen, dachte er, obwohl ihm noch nie eingefallen war, das Wachstum der Larven nach dem Gewicht zu bestimmen.

Das ist, als wäre ein Baby von siebeneinhalb Pfund im gleichen Zeitraum um fünf Tonnen schwerer geworden.

Albert Taylor stutzte und las den Satz noch einmal.

Er las ihn auch noch ein drittes Mal.

Das ist, als wäre ein Baby von siebeneinhalb Pfund ...

«Mabel!» schrie er, von seinem Stuhl aufspringend. «Mabel! Komm her!»

Er ging hinaus, blieb an der Treppe stehen und rief von neuem nach seiner Frau.

Keine Antwort.

Er lief hinauf und knipste auf dem oberen Flur das Licht an. Die Schlafzimmertür war geschlossen. Er öffnete sie und blickte von der Schwelle in das dunkle Zimmer. «Mabel», sagte er, «sei so gut und komme einen Augenblick herunter. Ich habe eine großartige Idee. Es handelt sich um das Baby.»

Die Lampe hinter ihm warf einen schwachen Lichtschein über das Bett, und er konnte undeutlich sehen, daß Mabel auf dem Bauch lag, das Gesicht in die Kissen gepreßt, die Arme von sich gestreckt. Sie weinte.

Er trat zu ihr und berührte ihre Schulter. «Mabel», bat er, «komm herunter. Vielleicht ist es wichtig.»

«Geh weg», sagte sie. «Laß mich in Ruhe.»

«Möchtest du denn nicht hören, was mir eben eingefallen ist?»

«Ach, Albert», schluchzte sie. «Ich bin *müde.* So müde, daß ich nicht mehr weiß, was ich tue. Ich kann das nicht länger aushalten. Ich kann nicht, ich kann nicht...»

Eine Pause entstand. Albert Taylor wandte sich ab, ging langsam zu dem Bettchen hinüber, in dem die Kleine lag, und schaute hinein. In der Dunkelheit war das Gesicht des Kindes nicht zu erkennen, doch als er sich vorbeugte, hörte er die schnellen, schwachen Atemzüge.

«Wann bekommt sie wieder die Flasche?» fragte er.

«Um zwei.»

«Und dann die nächste?»

«Morgen früh um sechs.»

«Die beiden Mahlzeiten gebe ich ihr», sagte er. «Schlaf du dich nur aus.»

Sie antwortete nicht.

«Leg dich gleich richtig hin, Mabel, und schlaf sofort ein, hörst du? Und mach dir keine Gedanken mehr. Für die nächsten zwölf Stunden übernehme ich alles. Du mußt dich ein wenig schonen, sonst brichst du völlig zusammen.»

«Ja, ich weiß», flüsterte sie.

«Das Würmchen und ich gehen jetzt mit dem Wecker ins Fremdenzimmer, und du legst dich schön bequem hin und denkst gar nicht an uns. Ja?» Er war schon dabei, das Bettchen aus der Tür zu schieben.

«Ach, Albert», schluchzte sie.

«Nicht aufregen, Mabel. Wird schon nichts passieren.»

«Albert...»

«Ja?»

«Ich liebe dich, Albert.»

«Ich dich auch, Mabel. Und nun schlaf.»

Bis zum nächsten Vormittag sah Albert Taylor seine Frau nicht wieder. Erst kurz vor elf Uhr kam sie in Morgenrock und Pantoffeln die Treppe heruntergeeilt.

«Du lieber Himmel!» rief sie. «Albert, sieh doch bloß auf die Uhr! Ich habe ja mindestens zwölf Stunden geschlafen! Ist alles in Ordnung? Wie war es?»

Er saß ruhig im Lehnstuhl, rauchte eine Pfeife und las die Morgenzeitung. Zu seinen Füßen schlief das Baby in einem Tragkörbchen.

«Hallo, Liebste», sagte er lächelnd.

Sie lief zu dem Körbchen und schaute hinein. «Hat sie etwas getrunken, Albert? Wie oft hast du ihr die Flasche gegeben? Um zehn hätte sie wieder trinken müssen, wußtest du das?»

Albert Taylor faltete die Zeitung zusammen und legte sie auf den Tisch. «Das erste Mal habe ich sie um zwei Uhr morgens gefüttert, und sie hat ungefähr eine halbe Unze getrunken, nicht mehr. Dann habe ich sie um sechs Uhr aufgenommen, und da war es schon etwas besser, zwei Unzen ...»

«*Zwei Unzen?* Albert, das ist ja wunderbar!»

«Und vor zehn Minuten haben wir die letzte Mahlzeit beendet. Dort auf dem Kamin steht die Flasche. Eine Unze ist noch drin, und drei hat sie getrunken. Was sagst du dazu?» Sein breites Lächeln verriet, wie beglückt er über diesen Erfolg war.

Mrs. Taylor kniete sich rasch hin und betrachtete das Kind.

«Sieht sie nicht besser aus?» fragte ihr Mann eifrig. «Ich finde, das Gesicht ist runder geworden.»

«Vielleicht klingt es albern», antwortete sie, «aber ich glaube wirklich, sie hat sich erholt. Ach, Albert, du bist ein Wunder! Wie hast du das nur geschafft?»

«Sie ist über den Berg, das ist alles. Genau, wie es der Doktor vorausgesagt hat.»

«Ich hoffe zu Gott, daß du recht hast, Albert.»

«Natürlich habe ich recht. Paß auf, von jetzt an gedeiht sie.»

Seine Frau blickte das Baby liebevoll an.

«Du siehst auch besser aus, Mabel.»

«Ich fühle mich ausgezeichnet. Es tut mir leid wegen gestern.»

«Ich mache dir einen Vorschlag», sagte er. «In Zukunft werde ich ihr abends und nachts die Flasche geben, und du versorgst sie tagsüber.»

Sie hob den Kopf und sah mit gerunzelter Stirn zu ihm auf. «Nein, das kommt überhaupt nicht in Frage.»

«Ich möchte nicht, daß du zusammenklappst, Mabel.»

«Tue ich auch nicht. Ich bin jetzt wieder ganz frisch.»

«Warum wollen wir uns die Arbeit nicht teilen?»

«Nein, Albert. Um das Kind kümmere ich mich, ich ganz allein. So etwas wie gestern passiert nicht noch mal.»

Eine Weile blieb es still. Albert Taylor untersuchte den Tabak im Kopf seiner Pfeife. «Schön», sagte er schließlich, «dann werde ich dir wenigstens den Kleinkram abnehmen, das Sterilisieren, das Mischen und die übrigen Vorbereitungen. Ein bißchen hilft dir das auch.»

Sie schaute ihn verwundert an und fragte sich, was plötzlich über ihn gekommen sei.

«Sieh mal, Mabel ...»

«Ja, Liebster?»

«Mir ist klargeworden, daß ich bis zur vergangenen Nacht keinen Finger gerührt habe, um dir zu helfen.»

«Das ist nicht wahr.»

«Doch, doch. Und deshalb habe ich beschlossen, dich von nun an nach Möglichkeit zu entlasten. Ich werde die Milch mit Haferschleim mischen und die Flaschen sterilisieren. Einverstanden?»

«Das ist süß von dir, Liebster, aber ich glaube wirklich, es ist nicht nötig ...»

«Sei vernünftig!» rief er. «Laß es dabei! Die letzten drei Male habe ich die Milch zurechtgemacht, und du siehst ja, was dabei herausgekommen ist. Wann gibst du ihr die nächste Mahlzeit? Um zwei, nicht wahr?»

«Ja.»

«Dafür steht schon alles bereit», verkündete er. «Fix und fertig zum Gebrauch. Wenn es soweit ist, gehst du einfach in die Speisekammer, nimmst das Fläschchen vom Gestell und wärmst es. Eine kleine Hilfe ist das doch, nicht wahr?»

Sie erhob sich von den Knien, trat zu ihm und küßte ihn auf die Wange. «Du bist so gut», sagte sie. «Mit jedem Tag, den ich dich kenne, liebe ich dich mehr.»

Als Albert nachmittags draußen im Sonnenschein an seinen Bienenkörben arbeitete, hörte er Mabel vom Hause her nach ihm rufen.

«Albert!» schrie sie. «Albert, wo bist du?» Sie kam durch die Butterblumen auf ihn zugerannt.

Er lief ihr entgegen und dachte, es sei ein Unglück geschehen.

«Oh, Albert! Rate mal!»

«Was ist denn los?»

«Eben habe ich ihr die Zweiuhrflasche gegeben, und sie hat alles ausgetrunken.»

«Nein!»

«Jeden Tropfen! Ach, ich bin so glücklich, Albert! Jetzt hat sie's überwunden. Wie du gesagt hast, sie ist über den Berg.» Sie fiel ihm um den Hals und drückte ihn an sich, während er ihr auf den Rükken klopfte und lachend sagte, was für eine wundervolle kleine Mutter sie sei.

«Willst du beim nächstenmal hereinkommen und aufpassen, ob sie wieder soviel trinkt, Albert?»

Er versicherte, das werde er sich um keinen Preis entgehen lassen, und sie umarmte ihn noch einmal, drehte sich um und lief zurück zum Haus. Unterwegs hüpfte und sang sie in einem fort.

Natürlich lag eine gewisse Spannung in der Luft, als die Zeit der Sechsuhrflasche herankam. Schon um halb sechs saßen beide Eltern im Wohnzimmer und warteten auf den großen Augenblick. Das fertige Fläschchen stand in einem Topf mit warmem Wasser auf dem Kamin. Das Baby schlief in seinem Körbchen auf dem Sofa.

Zwanzig Minuten vor sechs erwachte es und begann aus Leibeskräften zu schreien.

«Siehst du wohl!» rief Mrs. Taylor. «Sie will ihr Fläschchen. Nimm sie rasch auf, Albert, und bring sie mir her. Aber erst gib mir die Flasche.»

Er holte die Flasche und legte dann seiner Frau das Kind in den Schoß. Vorsichtig berührte sie die Lippen des Babys mit dem Sauger. Die Kleine schnappte sofort danach und fing an, gierig zu trinken.

«Oh, Albert, ist das nicht herrlich?»

«Großartig ist es, Mabel!»

Nach sieben oder acht Minuten war der Inhalt der Flasche restlos in der Kehle des Kindes verschwunden.

«Ei, du tüchtiges Mädchen», lobte Mrs. Taylor. «Wieder vier Unzen.»

Albert Taylor beugte sich in seinem Stuhl vor und betrachtete prüfend das kleine Gesicht. «Weißt du was», sagte er, «mir scheint, sie hat schon ein bißchen zugenommen. Was meinst du?»

Die Mutter schaute auf das Kind hinab.

«Kommt sie dir nicht größer und dicker als gestern vor, Mabel?»

«Ich bin nicht sicher, Albert. Vielleicht hast du recht – obgleich in so kurzer Zeit von *wirklichem* Zunehmen nicht die Rede sein kann. Nun, das wichtigste ist, daß sie jetzt richtig trinkt.»

«Sie ist über den Berg», wiederholte Albert. «Ich glaube, du brauchst dir keine Sorgen mehr um sie zu machen.»

«Gewiß nicht.»

«Möchtest du, daß ich das Bettchen wieder in unser Schlafzimmer schaffe, Mabel?»

«Ja, bitte», erwiderte sie.

Albert ging hinauf und stellte das Bettchen an seinen alten Platz. Mrs. Taylor folgte ihm mit dem Kind, legte es, nachdem sie die Windeln gewechselt hatte, zum Schlafen nieder und deckte es sorgsam zu.

«Sieht sie nicht reizend aus, Albert?» flüsterte sie. «Ist unser Kind nicht das schönste Baby, das du in deinem ganzen Leben gesehen hast?»

«Komm jetzt, Mabel», sagte er. «Komm und koche uns etwas zu essen. Wir haben's beide nötig.»

Nach Tisch setzten sich die Eltern im Wohnzimmer in ihre Sessel, Albert mit seiner Zeitschrift und seiner Pfeife, Mrs. Taylor mit ihrem Strickzeug. Diesmal aber war die Atmosphäre ganz anders als am

Abend zuvor. Alle Spannungen hatten sich plötzlich in nichts aufgelöst. Mrs. Taylors hübsches ovales Gesicht strahlte vor Freude, ihre Wangen waren rosig, ihre Augen glänzten, und um den Mund lag ein kleines träumerisches Lächeln. Ab und zu sah sie von ihrer Handarbeit auf, um Albert einen liebevollen Blick zuzuwerfen. Gelegentlich verstummte das Klappern der Nadeln für einige Sekunden, und dann saß sie mäuschenstill, schaute zur Decke hinauf, lauschte, ob oben ein Schrei oder ein Wimmern ertönte. Doch nichts rührte sich im Schlafzimmer.

«Albert», begann sie nach einer Weile.

«Ja, Liebste?»

«Was wolltest du mir gestern abend erzählen, als du ins Schlafzimmer gestürzt kamst? Du sagtest, du hättest eine Idee wegen des Babys.»

Albert Taylor ließ die Zeitschrift sinken und sah seine Frau verschmitzt an. «Habe ich das gesagt?»

«Ja.» Sie wartete, daß er weiterspräche, aber er schwieg. «Warum grinst du so?» erkundigte sie sich dann. «Denkst du an etwas Komisches?»

«Komisch ist es, das stimmt», gab er zu.

«Sag's mir doch, Liebster.»

«Ich weiß nicht recht, ob ich's tun soll», antwortete er. «Vielleicht hältst du mich für einen Schwindler.»

Selten hatte sie ihn so selbstzufrieden gesehen. Sie lächelte ihm aufmunternd zu.

«Ich bin bloß auf dein Gesicht gespannt, wenn du *das* hörst, Mabel.»

«Aber Albert, was ist denn los?»

Er war nicht gesonnen, sich hetzen zu lassen.

«Du findest doch, daß es der Kleinen besser geht, nicht wahr?» fragte er.

«Natürlich finde ich das.»

«Du stimmst mit mir überein, daß sie auf einmal ausgezeichnet trinkt und kaum wiederzuerkennen ist?»

«Ja, Albert, gewiß.»

«Gut», sagte er, und sein Lächeln wurde noch breiter. «Und siehst du, das habe ich fertiggebracht.»

«Was hast du fertiggebracht?»

«Das Kind gesund zu machen.»

«Ja, Liebster, davon bin ich fest überzeugt.» Mrs. Taylor strickte emsig.

«Du glaubst mir nicht, wie?»

«Natürlich glaube ich dir, Albert. Du hast es geschafft, du ganz allein.»

«Und wie habe ich das angefangen?»

«Nun ...» Sie überlegte einen Augenblick. «Wahrscheinlich hast du ein besonderes Geschick, die richtige Mischung von Milch und Haferschleim zu treffen. Denn seitdem du das Fläschchen zurechtmachst, ist sie wohler und wohler geworden.»

«Du meinst also, das Mischen sei eine Art Kunst?»

«Sieht jedenfalls so aus.» Still in sich hineinlächelnd strickte sie weiter. Männer sind doch große Kinder, dachte sie.

«Ich will dir ein Geheimnis verraten», sagte er. «Du hast völlig recht mit deiner Vermutung. Allerdings kommt es beim Mischen gar nicht so sehr auf das Wie an. Das wichtigste sind die Zutaten, Mabel, verstehst du?»

Mrs. Taylor sah ihren Mann scharf an. «Albert», sagte sie, «du willst doch nicht etwa behaupten, du hättest dem Kind irgendwas in die Milch gemischt?»

Er grinste.

«Hast du's getan oder nicht?»

«Kann schon sein», antwortete er.

«Was soll das heißen?»

Das Lächeln, das seine Zähne entblößte, gab ihm ein merkwürdig grimmiges Aussehen.

«Albert», rief sie, «hör auf, dich über mich lustig zu machen.»

«Ja, mein Herz.»

«In *Wirklichkeit* hast du ihr nichts in die Milch gemischt, nicht wahr? Sag mir die Wahrheit, Albert. Bei einem so kleinen Kind könnte das schlimme Folgen haben.»

«Doch, Mabel, ich hab's getan.»

«Albert Taylor! Wie konntest du?»

«Reg dich nicht auf», erwiderte er. «Wenn du willst, sollst du alles genau hören, aber um Himmels willen ruhig.»

«Bier war es! Ich weiß genau, es war Bier!»

«Bitte, Mabel, rede keinen Unsinn.»

«Was war es denn sonst?»

Vorsichtig legte Albert seine Pfeife auf den Tisch und lehnte sich im Sessel zurück. «Sag mal», begann er, «hast du schon mal was von Gelée Royale gehört?»

«Nein, nie.»

«Das ist eine großartige Sache», erklärte er. «Wirkt geradezu Wunder. Und gestern abend fiel mir plötzlich ein, daß ich etwas davon in die Milch tun könnte ...»

«Um Gottes willen!»

«Mabel, du weißt ja noch gar nicht, was es ist.»

«Das interessiert mich auch nicht», versetzte sie. «Man darf doch einem so zarten Kind nicht irgendwas in die Milch tun. Bist du denn verrückt geworden?»

«Gelée Royale ist absolut unschädlich, Mabel, sonst hätte ich's der Kleinen nie gegeben. Es kommt von Bienen.»

«Das hätte ich mir denken können.»

«Und es ist so kostbar, daß es praktisch unerschwinglich ist. Wer es als Medizin nehmen will, muß sich jedesmal mit einem winzigen Tropfen begnügen.»

«Und darf ich fragen, wieviel du unserem Kind gegeben hast?»

«Ah», sagte er, «das ist der springende Punkt. Jetzt kommen wir zur Sache. Ich schätze, daß unser Baby allein bei den letzten vier Mahlzeiten ungefähr fünfzigmal soviel Gelée Royale geschluckt hat wie sonst jemand auf der Welt. Was sagst du nun?»

«Bitte, Albert, mach keine Witze.»

«Ich kann's beschwören», sagte er stolz.

Sie saß mit halboffenem Mund und gerunzelter Stirn im Sessel und starrte ihn an.

«Weißt du, was dieses Gelée Royale kostet, wenn du's kaufen willst, Mabel? Neulich habe ich die Annonce einer amerikanischen Firma gelesen, und da wurde die Pfunddose zu einem Preis von rund fünfhundert Dollar angeboten. *Fünfhundert Dollar!* Das ist teurer als Gold, verstehst du!»

Sie hatte nicht die leiseste Ahnung, wovon er sprach.

«Ich kann's dir beweisen!» Er sprang auf und ging zu dem großen Bücherschrank, in dem er seine Bienenliteratur verwahrte. Im obersten Fach waren sämtliche Nummern der AMERIKANISCHEN BIENENZEITSCHRIFT sauber neben denen der BRITISCHEN BIENENZEITSCHRIFT und anderen Fachblättern aufgeschichtet. Albert nahm das neueste Heft der AMERIKANISCHEN BIENENZEITSCHRIFT heraus und schlug eine Seite mit kleinen Anzeigen auf.

«Bitte sehr», rief er. «Genau, wie ich gesagt habe. ‹Wir verkaufen Gelée Royale zum Großhandelspreis von vierhundertachtzig Dollar je Pfunddose.›»

Er reichte ihr das Heft, damit sie sich selbst überzeugen konnte.

«Glaubst du mir nun? Das ist eine Firma in New York, Mabel. Steht alles wörtlich da.»

«Es steht aber nicht da, daß man es einem Baby in die Milch rühren darf», antwortete sie. «Ich weiß wirklich nicht, Albert, was du dir dabei gedacht hast.»

«Das Zeug hilft ihr doch, oder nicht?»

«So sicher bin ich da gar nicht mehr.»

«Sei nicht albern, Mabel. Du weißt, daß es hilft.»

«Dann müßten es andere Leute ihren Kindern ja auch geben.»

«Ich sage dir doch, daß es zu teuer ist», antwortete er. «Nur so zum Einnehmen kann sich kein Mensch in der Welt reines Gelée Royale leisten – höchstens vielleicht ein oder zwei Multimillionäre. Die einzigen, die es kaufen, sind große Handelsgesellschaften, die Hautcreme und andere Schönheitsmittel für Frauen herstellen. Sie mischen ganz wenig davon in eine große Dose Creme, und das geht dann zu enormen Preisen ab wie warme Semmeln. Es soll die Runzeln glätten.»

«Und stimmt das?»

«Du lieber Himmel, wie soll ich das wissen, Mabel? Aber darauf –» er kehrte zu seinem Sessel zurück – «darauf kommt es nicht an. Wichtig ist nur, daß dieses Gelée Royale unserer Kleinen in kürzester Zeit geholfen hat, und deshalb finde ich, wir sollten es ihr auch weiterhin geben. Nein, unterbrich mich nicht, Mabel. Laß mich ausreden. Ich habe draußen zweihundertvierzig Bienenkörbe, und wenn ich hundert davon auf die Produktion von Gelée Royale umstelle, dann können wir ihr so viel geben, wie sie braucht.»

«Albert Taylor», rief seine Frau und starrte ihn mit weit aufgerissenen Augen an, «hast du den Verstand verloren?»

«Hör mich doch erst einmal an.»

«Ich verbiete dir das», sagte sie energisch. «Von diesem schrecklichen Gelée bekommt mein Kind keinen Tropfen mehr, verstanden?»

«Aber Mabel ...»

«Außerdem hatten wir letztes Jahr eine erbärmliche Honigernte, und wenn du jetzt mit deinen Bienenkörben Unsinn machst, ist gar nicht abzusehen, wohin das führt.»

«Meine Bienenkörbe sind in Ordnung, Mabel.»

«Du weißt genau, daß wir letztes Jahr nur die Hälfte einer normalen Ernte hatten.»

«Tu mir einen Gefallen», bat er. «Laß mich etwas von der wunderbaren Wirkung dieser Substanz erzählen.»

«Du hast überhaupt noch nicht gesagt, was für ein Zeug das ist.»

«Schön, Mabel, auch das sollst du erfahren. Willst du zuhören? Willst du mir erlauben, darüber zu sprechen?»

Seufzend griff sie nach ihrem Strickzeug. «Also rede dir's von der Seele, Albert. Fang an.»

Er zögerte, denn er wußte nicht recht, wie er beginnen sollte. Es war nicht leicht, so etwas zu erklären, wenn der andere keine Ahnung von Bienenzucht hatte.

«Du weißt wohl», sagte er, «daß jeder Schwarm nur eine Königin hat?»

«Ja.»

«Und daß diese Königin alle Eier legt?»

«Ja, Lieber, soviel weiß ich.»

«Schön. Die Königin kann zwei Arten von Eiern legen. Das wird dir neu sein, aber sie kann es. Wir nennen das eines der Wunder des Bienenstocks. Sie legt Eier, aus denen Drohnen hervorgehen, und sie legt Eier, aus denen Arbeitsbienen schlüpfen. Wenn das kein Wunder ist, Mabel ...»

«Ja, Albert, wird schon so sein.»

«Die Drohnen sind die Männchen. Um die brauchen wir uns nicht zu kümmern. Die Arbeitsbienen sind weiblich. Und auch die Königin ist natürlich ein Weibchen. Aber es gibt da einen wichtigen Unterschied. Die Arbeiterinnen sind verkümmerte Weibchen, wenn du verstehst, was ich meine. Ihre Geschlechtsorgane sind ganz unentwikkelt, während die Königin erstaunlich fruchtbar ist. Sie kann an einem einzigen Tag ihr eigenes Gewicht in Eiern legen.»

Er hielt inne, um seine Gedanken zu ordnen.

«Nun ist es so. Die Königin kriecht auf der Wabe umher und legt ihre Eier in das, was wir Zellen nennen. Du kennst doch die Honigwaben mit den vielen kleinen Löchern, nicht wahr? Nun, eine Brutwabe sieht ebenso aus, nur enthalten die Zellen keinen Honig, sondern Eier. Die Königin legt in jede Zelle ein Ei, und nach drei Tagen schlüpft aus jedem dieser Eier eine kleine Larve. Sobald das geschehen ist, wimmeln die Ammenbienen – das sind junge Arbeiterinnen – um die Larven herum und fangen wie wild an, sie zu füttern. Und weißt du, womit?»

«Mit Gelée Royale», antwortete Mabel geduldig.

«Richtig!» rief er. «Sie produzieren diesen sogenannten Futtersaft in einer Speicheldrüse und pumpen ihn in die Zelle, um die Larve damit zu ernähren. Und was geschieht dann?»

Er machte eine dramatische Pause, und seine kleinen hellgrauen Augen blinzelten vielsagend. Dann drehte er sich langsam um und griff nach der Zeitschrift, die er am Abend zuvor gelesen hatte.

«Möchtest du wissen, was dann geschieht?» Er feuchtete sich die Lippen an.

«Ich kann's kaum erwarten.»

«‹Gelée Royale›», las er vor, «‹muß eine ungeheuer nahrhafte Substanz sein, denn die Bienenlarven, die mit nichts anderem gefüttert werden, haben nach fünf Tagen das *Fünfzehnhundertfache* ihres ursprünglichen Gewichtes erreicht.›»

«Wieviel?»

«Das Fünfzehnhundertfache, Mabel. Und weißt du, was das bedeutet, wenn man das Gewicht eines Menschen zugrunde legt? Es bedeutet –» er senkte die Stimme, beugte sich vor und blickte sie mit seinen kleinen hellen Augen an – «es bedeutet, daß ein Baby von siebeneinhalb Pfund nach fünf Tagen *fünf Tonnen* wiegt!»

Zum zweitenmal hörte Mrs. Taylor auf zu stricken.

«Du darfst das natürlich nicht wörtlich nehmen, Mabel.»

«Warum nicht?»

«Weil es bloß eine wissenschaftliche Ausdrucksweise ist.»

«Gut, Albert. Weiter.»

«Aber das ist nur die halbe Geschichte», fuhr er fort. «Die Hauptsache kommt erst. Das Erstaunlichste über Gelée Royale habe ich dir noch gar nicht erzählt. Ich werde dir jetzt erklären, wie diese Substanz eine gewöhnliche, unscheinbare kleine Arbeitsbiene, die praktisch keine Geschlechtsorgane hat, in eine schöne, starke, fruchtbare Königin verwandeln kann.»

«Willst du damit sagen, daß unser Baby unscheinbar und gewöhnlich ist?» fragte sie scharf.

«Dreh mir bitte nicht die Worte im Mund um, Mabel. Hör lieber zu. Weißt du, daß die Bienenkönigin und die Arbeiterinnen, obwohl sie in ausgewachsenem Zustand völlig verschieden voneinander sind, aus genau der gleichen Art von Ei schlüpfen?»

«Das glaube ich nicht», antwortete sie.

«Es ist so wahr, wie ich hier sitze, Mabel. Die Bienen können es jederzeit so einrichten, daß sich statt einer Arbeiterin eine Königin aus der Larve entwickelt.»

«Wie denn?»

«Ah», sagte er und hob seinen dicken Zeigefinger, «darauf wollte ich gerade kommen. Das ist das Geheimnis. Nun, Mabel, rate mal, was dieses Wunder bewirkt.»

«Gelée Royale», erwiderte sie. «Davon redest du ja schon die ganze Zeit.»

«Jawohl, Gelée Royale!» Er klatschte in die Hände und rutschte aufgeregt im Sessel hin und her. Sein dickes, rundes Gesicht glühte, und auf den Backenknochen brannten zwei dunkelrote Flecke. «Die Sache ist folgendermaßen. Ich will's dir so einfach wie möglich erklären. Die Bienen wollen eine neue Königin. Also bauen sie eine besonders große Zelle, Königinnenzelle nennen wir sie, und bringen die alte Königin dazu, eines ihrer Eier hineinzulegen. Die anderen eintausendneunhundertneunundneunzig Eier legt sie in gewöhnliche Zellen. Sobald die Larven ausgeschlüpft sind, fangen die Ammenbienen an, Gelée Royal in sie hineinzupumpen. Damit werden alle gefüttert, die Arbeiterinnenlarven ebenso wie die künftige Königin. Aber nun hör gut zu, Mabel, denn jetzt kommt der Unterschied. Die Arbeiterinnenlarven erhalten diese wunderbare Nahrung nur an den *ersten drei Tagen* ihres Larvenlebens. Dann folgt eine ganz andere Ernährung. Man könnte sagen, daß sie entwöhnt werden, obwohl dieser plötzliche Wechsel natürlich keine richtige Entwöhnung ist. Nach drei Tagen werden sie ganz einfach auf die übliche Bienennahrung gesetzt, also auf eine Mischung von Honig und Blütenstaub, und etwa zwei Wochen später kriechen sie als Arbeiterinnen aus den Zellen. Die Larve in der Königinnenzelle dagegen bekommt *ihr ganzes Larvenleben hindurch* Gelée Royale. Die Ammenbienen füllen so viel davon in die Zelle, daß die kleine Larve buchstäblich in dem Saft schwimmt. Und dadurch wird eine Königin aus ihr.»

«Beweisen kannst du das aber nicht», warf Mrs. Taylor ein.

«Bitte, Mabel, rede nicht so dumm daher. Tausende haben es wieder und wieder bewiesen, berühmte Gelehrte in allen Ländern der Erde. Man braucht nur eine Larve aus einer gewöhnlichen Zelle in eine Königinnenzelle zu tun, und schon wächst sie sich im Eiltempo zu einer Königin aus, vorausgesetzt, daß die Ammenbienen sie gut mit Gelée Royale versorgen. Was die Sache noch wunderbarer macht, ist der enorme Unterschied zwischen der Königin und der Arbeitsbiene, wenn sie ausgewachsen sind. Der Hinterleib ist anders gestaltet. Der Stachel ist anders. Die Beine sind anders. Der ...»

«Worin unterscheiden sich denn die Beine?» fragte sie, um ihn auf die Probe zu stellen.

«Die Beine? Nun, die Arbeiterinnen haben sogenannte Körbchen an den Beinen, in denen sie den Blütenstaub transportieren. Die Königin hat keine. Und noch etwas. Die Königin hat vollständig entwickelte Geschlechtsorgane. Bei den Arbeiterinnen sind sie verkümmert. Das Verblüffendste aber ist, daß die Königin durchschnittlich vier bis sechs Jahre lebt, während es eine Arbeitsbiene kaum auf ebenso viele Monate bringt. Und das alles nur, weil die eine Gelée Royale bekommen hat und die andere nicht.»

«Schwer zu glauben, daß allein die Ernährung so etwas bewirken kann», sagte sie.

«Natürlich ist es schwer zu glauben. Auch das ist eines der Wunder des Bienenstocks. Sogar das größte von allen. Ein so großes Wunder ist es, daß die Gelehrten jahrhundertelang daran herumgerätselt haben. Warte einen Augenblick. Bleib sitzen. Rühre dich nicht vom Fleck.»

Wieder sprang er auf, ging zum Bücherschrank und wühlte in den aufgeschichteten Heften.

«Ich will dir ein paar Berichte heraussuchen. Hier ist schon einer. Hör mal zu.» Er fing an, aus einer Nummer der AMERIKANISCHEN BIENENZEITSCHRIFT vorzulesen: «‹Als Leiter eines ausgezeichneten Forschungslaboratoriums in Toronto, das die Bevölkerung von Kanada ihm, dem Entdecker des Insulins, in Anerkennung seiner großen Verdienste um die Menschheit geschenkt hat, wollte Dr. Frederick A. Banting Näheres über Gelée Royale erfahren und beauftragte seinen Mitarbeiterstab, eine grundlegende Analyse vorzunehmen ...›»

Albert hielt inne. «Nun, ich brauche dir nicht alles vorzulesen, aber hier steht jedenfalls, daß Dr. Banting und seine Mitarbeiter Gelée Royale aus Königinnenzellen nahmen, in denen sich zwei Tage alte Larven befanden. Und die Analyse ergab – na, was glaubst du wohl? Sie ergab, fuhr er fort, «daß Gelée Royale Karbolsäuren enthält, Glyzeride, Dextrose *und* – jetzt paß auf – und achtzig bis fünfundachtzig Prozent *unidentifizierte* Säuren!»

Mit der Zeitschrift in der Hand stand er neben dem Bücherschrank. Um seine Lippen spielte ein verstohlenes Triumphlächeln, und Mrs. Taylor beobachtete ihn verwirrt.

Er war nicht groß. Sein derber, breiter, fleischiger Körper ruhte auf zu kurz geratenen Beinen, die leicht gebogen waren. Der runde, massige Schädel war mit kurz geschnittenem borstigem Haar bedeckt. Auf Kinn und Wangen wucherte gelblichbrauner Flaum, der etwa einen Zoll lang war, da Albert neuerdings auf das Rasieren verzichtete. Er sah ziemlich grotesk aus, das ließ sich nicht leugnen.

«Achtzig bis fünfundachtzig Prozent unidentifizierte Säuren», wiederholte er. «Ist das nicht phantastisch?» Er wandte sich von neuem dem Schrank zu und suchte andere Zeitschriften durch.

«Was sind denn unidentifizierte Säuren?»

«Das ist es ja gerade! Niemand weiß es. Nicht einmal Banting hat sie bestimmen können. Hast du mal was von Banting gehört?»

«Nein.»

«Er ist so ungefähr der berühmteste lebende Arzt der Welt, weiter nichts.»

Mrs. Taylor sah ihn mit seinem borstigen Kopf, dem haarigen Gesicht und dem plumpen gedrungenen Körper vor dem Bücherschrank hocken, sie hörte seine summende Stimme, und plötzlich fiel ihr auf, daß er irgendwie an eine Biene erinnerte. Sie hatte schon oft festgestellt, daß Frauen mit der Zeit anfingen, ihren Reitpferden zu gleichen, und daß Leute, die Vögel, Bullterrier oder Spitze züchteten, eine gewisse Ähnlichkeit mit den Tieren ihrer Wahl hatten. Nie zuvor aber hatte sie bemerkt, daß ihr Mann wie eine Biene aussah, und so war diese Entdeckung ein gelinder Schock für sie.

«Hat dieser Banting jemals versucht, Gelée Royale zu essen?» erkundigte sie sich.

«Gegessen hat er's natürlich nicht, Mabel. Er hatte ja nur ganz wenig davon. Es ist zu kostbar.»

«Weißt du was?» Sie betrachtete ihn mit einem leichten Lächeln. «Du siehst neuerdings ein bißchen wie eine Biene aus. Ist dir das schon mal aufgefallen?»

Er drehte sich um und blickte sie erstaunt an.

«Es wird wohl hauptsächlich am Bart liegen», fügte sie hinzu. «Ich wollte, du nähmst ihn dir ab. Sogar die Farbe ist bienenähnlich, findest du nicht?»

«Zum Teufel, was redest du da, Mabel?»

«Aber Albert, sei doch nicht so unbeherrscht.»

«Möchtest du noch mehr hören oder nicht?»

«Ja, Liebster. Entschuldige bitte. War nur ein Scherz. Sprich weiter.»

Er zog eine Zeitschrift heraus und blätterte eine Weile darin. «Hier, Mabel, dies zum Beispiel. ‹Im Jahre neunzehnhundertneununddreißig experimentierte Heyl mit einundzwanzig Tage alten Ratten, denen er Gelée Royale in verschiedenen Mengen injizierte. Als Ergebnis fand er eine vorzeitig follikulare Entwicklung der Ovarien, die in direktem Verhältnis zu der injizierten Dosis Gelée Royale stand.›»

«Siehst du!» rief sie. «Das wußte ich!»

«Was?»

«Ich wußte, daß etwas Schreckliches dabei herauskommen würde.»

«Unsinn. Was ist denn daran so schrecklich? Jetzt hör dir mal das an, Mabel. ‹Still und Burdett stellten fest, daß eine bisher nicht fortpflanzungsfähige männliche Ratte zahlreiche Junge zeugte, nachdem sie täglich eine geringe Dosis Gelée Royale bekommen hatte.›»

«Albert», unterbrach sie ihn, «das Zeug ist *viel* zu stark für ein Baby. Mir gefällt das ganz und gar nicht.»

«Unsinn, Mabel.»

«Dann sag mir, warum sie es nur an Ratten ausprobieren. Warum haben diese berühmten Gelehrten das Zeug nicht selbst eingenommen? Weil sie zu schlau sind. Glaubst du, Dr. Banting will riskieren, daß er – na, wie war's doch? – daß er vorzeitige Ovarien bekommt? Der nicht.»

«Aber sie haben es ja Menschen gegeben, Mabel. Hier ist ein langer Artikel darüber.» Er schlug die Seite um und begann von neuem aus der Zeitschrift vorzulesen. «‹Im Jahre neunzehnhundertdreiundfünfzig ging eine Gruppe mexikanischer Ärzte dazu über, gegen Leiden wie zerebrale Neuritis, Arthritis, Diabetes, Nikotinvergiftung, männliche Impotenz, Asthma, Krupp und Gicht kleinste Mengen von Gelée Royale zu verordnen... Zahlreiche beglaubigte Zuschriften über Heilerfolge liegen vor... Ein bekannter Effektenmakler in Mexico City litt an einer besonders hartnäckigen Hautflechte. Er wurde physisch abstoßend, verlor viele Kunden, und sein Geschäft ging dem Ruin entgegen. In seiner Verzweiflung griff er zu Gelée Royale – ein Tropfen zu jeder Mahlzeit – und siehe da, in vierzehn Tagen war er geheilt. Ein Kellner im Café Jena, ebenfalls in Mexico City, berichtete, daß sein Vater, nachdem er von dieser Wundersubstanz geringe Quantitäten in Kapseln genommen hatte, mit neunzig Jahren Vater eines gesunden Knaben wurde. Ein Stierkampfunternehmer in Acapulco, dem ein Stier zu träge erschien, injizierte dem Tier, bevor man es in die Arena ließ, ein Gramm Gelée Royale (eine ungewöhnlich große Dosis. Daraufhin wurde der Stier so feurig und wild, daß er sofort zwei Picadores, drei Pferde sowie einen Matador tötete und schließlich...›»

«Horch!» rief Mrs. Taylor. «Ich glaube, das Kind weint.»

Albert blickte von der Zeitschrift auf. Tatsächlich, aus dem Schlafzimmer drang lautes, kräftiges Geschrei.

«Sie wird Hunger haben», meinte er.

Seine Frau sah auf die Uhr und sprang erschrocken auf. «Du lieber Himmel, es ist ja schon über ihre Zeit. Mach rasch die Milch fertig, Albert, ich hole sie inzwischen herunter. Beeil dich, wir dürfen sie nicht warten lassen...»

Eine halbe Minute später kam Mrs. Taylor mit dem brüllenden Kind zurück. Sie zitterte vor Aufregung, denn sie war noch nicht an den schrecklichen ununterbrochenen Lärm gewöhnt, den ein gesunder Säugling macht, wenn er nach seiner Nahrung verlangt. «Schnell, Albert!» rief sie, setzte sich in den Sessel und legte das Kind auf ihrem Schoß zurecht. «Bitte, beeil dich!»

Albert brachte ihr aus der Küche die Flasche mit warmer Milch. «Die Temperatur ist gerade richtig», sagte er. «Du brauchst nicht zu probieren.»

Sie rückte das Kinderköpfchen in ihrem Arm etwas höher und schob den Gummipfropfen in den weit offenen schreienden Mund. Sofort verstummte das Gebrüll, und das Baby begann gierig zu saugen. Mrs. Taylor atmete auf.

«Ach, Albert, ist sie nicht süß?»

«Unbeschreiblich süß, Mabel – dank Gelée Royale.»

«Nein, Liebster, ich will nichts mehr von dem gräßlichen Zeug hören. Ich ängstige mich zu Tode, wenn ich nur daran denke.»

«Du machst da einen großen Fehler», sagte er.

«Das wird sich ja zeigen.»

Die Kleine sog unentwegt an der Flasche.

«Ich glaube, sie trinkt wieder alles aus, Albert.»

«Bestimmt.»

Bald darauf war die Flasche leer.

«Ach, was bist du für ein gutes Kind!» rief Mrs. Taylor und wollte behutsam den Sauger herausziehen. Das Baby erriet, was sie im Schilde führte, und sog stärker, weil es die Flasche nicht hergeben mochte. Mrs. Taylor aber ließ nicht locker, und flupp war der Sauger draußen.

«Waa! Waa! Waa!» schrie das Baby.

«Ja, die dumme Luft», sagte Mrs. Taylor, legte das Kind an ihre Schulter und klopfte es auf den Rücken, bis es zweimal nacheinander aufstieß.

«Siehst du, mein Herzchen, nun ist alles in Ordnung.»

Nach einer Pause von wenigen Sekunden fing das Geschrei von neuem an.

«Laß sie noch mal aufstoßen», riet Albert. «Sie hat zu schnell getrunken.»

Wieder legte seine Frau das Kind an die Schulter. Sie rieb sein Rückgrat. Sie nahm es von der einen Schulter an die andere. Sie bettete es mit dem Gesicht nach unten in ihren Schoß. Sie setzte es auf ihr Knie. Aber statt aufzustoßen, schrie das Würmchen immer lauter und eindringlicher.

«Gut für die Lungen», meinte Albert grinsend. «Auf diese Weise üben sie ihre Lungen. Wußtest du das, Mabel?»

«So, so, so», sagte die Frau und bedeckte das Gesicht des Kindes mit Küssen. «So, so, so.»

Sie wartete weitere fünf Minuten, aber das Geschrei verstummte keinen Augenblick.

«Du solltest sie neu wickeln», schlug Albert vor. «Sie hat sich naß gemacht, das ist alles.» Er holte eine Windel aus der Küche, und Mrs. Taylor legte das Baby trocken.

Es half gar nichts.

«Waa! Waa! Waa! Waa! Waa!» brüllte das Kind.

«Du hast ihr doch nicht etwa die Sicherheitsnadel durch die Haut gestochen, Mabel?»

«Natürlich nicht», antwortete sie und fühlte vorsichtshalber unter der Windel nach.

Die Eltern saßen einander gegenüber in ihren Sesseln, betrachteten nervös lächelnd das Kind auf dem Schoß der Mutter und warteten, daß es müde würde und mit dem Geschrei aufhöre.

«Weißt du was?» sagte Albert Taylor schließlich.

«Ja?»

«Ich wette, sie hat noch Hunger. Bestimmt fehlt ihr nichts weiter als ein ordentlicher Schluck aus der Flasche. Soll ich ihr was holen?»

«Ich glaube nicht, daß wir das tun sollten, Albert.»

«Wird ihr bestimmt nichts schaden», versicherte er und stand auf. «Ich wärme ihr eine zweite Portion.»

Er ging in die Küche und kam nach einigen Minuten mit einer bis zum Rand gefüllten Flasche zurück.

«Ich habe die doppelte Menge genommen», erklärte er. «Acht Unzen. Für alle Fälle.»

«Bist du verrückt, Albert? Weißt du nicht, daß zuviel ebenso schädlich ist wie zuwenig?»

«Du brauchst ihr ja nicht alles zu geben, Mabel. Wenn du denkst, daß sie genug hat, hörst du eben auf. Na los, gib ihr zu trinken.»

Mrs. Taylor kitzelte die Oberlippe des Babys mit der Spitze des Saugers. Wie eine Falle schloß sich der kleine Mund um den Gummipfropfen, und plötzlich herrschte Stille im Zimmer. Der Körper des Kindes entspannte sich, und das Gesicht bekam einen Ausdruck höchster Seligkeit.

«Na bitte, Mabel, was habe ich dir gesagt?»

Mrs. Taylor schwieg.

«Sie ist heißhungrig, sonst nichts. Sieh nur, wie sie saugt.»

Mrs. Taylor beobachtete den Flüssigkeitsspiegel in der Flasche. Er sank schnell, und bald waren von den acht Unzen drei oder vier verschwunden.

«So», sagte sie, «das genügt.»

«Jetzt kannst du nicht plötzlich aufhören, Mabel.»

«Doch, Liebster, ich muß.»

«Ach wo. Gib ihr den Rest und mach dir keine Gedanken.»

«Aber Albert ...»

«Siehst du denn nicht, daß sie ausgehungert ist? Nur zu, mein Herzchen, trink weiter.»

«Das ist unvernünftig», widersprach seine Frau, zog aber die Flasche nicht weg.

«Sie holt nach, Mabel, und sie hat's nötig.»

Fünf Minuten später war die Flasche leer. Diesmal protestierte das Kind nicht. Still und friedlich lag es in den Armen der Mutter, seine Augen strahlten vor Zufriedenheit, der Mund stand halb offen, die Lippen waren mit Milch beschmiert.

«Zwölf ganze Unzen, Mabel!» sagte Albert Taylor. «Das Dreifache der normalen Menge. Ist das nicht fabelhaft?»

Seine Frau blickte auf das Baby. Langsam veränderte sich ihr Gesichtsausdruck: Die ängstliche Besorgnis der ratlosen Mutter ergriff wieder von ihr Besitz.

«Was hast du denn?» fragte Albert. «Das ist doch wirklich kein Grund zur Aufregung. Wenn sie sich erholen soll, braucht sie eben mehr als schäbige vier Unzen. Mach dich nicht lächerlich.»

«Komm her, Albert», flüsterte sie.

«Warum?»

«Ich habe gesagt, komm her.»

Er gehorchte und stellte sich neben sie.

«Sieh genau hin und sag mir, ob dir irgendwas auffällt.»

Er beugte sich über das Baby. «Sie ist dicker geworden, Mabel, wenn du das meinst. Dicker und größer.»

«Heb sie hoch», befahl Mrs. Taylor. «Komm, nimm sie auf.»

Er griff zu. «Mein Gott, sie wiegt ja mindestens eine Tonne!»

«So ist es.»

«Wie herrlich!» rief er begeistert. «Ich wette, sie hat schon ihr normales Gewicht erreicht.»

«Mir ist das unheimlich, Albert. Es geht zu schnell.»

«Unsinn.»

«Das liegt nur an diesem widerlichen Gelée», sagte sie. «Ich hasse das Zeug.»

«Gelée Royale ist nicht widerlich», antwortete er empört.

«Du weißt nicht, was du redest, Albert. Glaubst du, es ist *normal*, wenn ein Kind so schnell zunimmt?»

«Du bist aber auch nie zufrieden!» rief er. «Erst stirbst du vor Angst, weil sie abnimmt, und jetzt regst du dich auf, weil sie zunimmt. Was ist eigentlich mit dir los, Mabel?»

Sie stand auf und ging mit dem Baby im Arm zur Tür. «Ich kann nur sagen», erklärte sie, «es ist ein Segen, daß ich hier bin, um aufzupassen. Du wirst ihr nichts mehr davon geben, soviel ist sicher.»

Albert sah ihr durch die offene Tür nach, wie sie die Diele überquerte und anfing, die Treppe hinaufzusteigen. Als sie die dritte oder vierte Stufe erreicht hatte, blieb sie plötzlich ein paar Sekunden regungslos stehen. Sie schien nachzudenken. Dann machte sie kehrt und kam mit schnellen Schritten ins Zimmer zurück.

«Albert», sagte sie.

«Ja?»

«Ich nehme an, in der letzten Flasche, die wir ihr gegeben haben, war kein Gelée Royale.»

«Ich wüßte nicht, warum du das annehmen solltest, Mabel.»

«Albert!»

«Was ist denn?» fragte er unschuldig und sanft.

«Wie kannst du es wagen!»

Albert Taylors rundes, bärtiges Gesicht nahm einen gekränkten und verwirrten Ausdruck an. «Ich finde, du solltest sehr froh sein, daß sie noch mal eine große Dosis bekommen hat», sagte er. «Wirklich, das finde ich. Und glaub mir, Mabel, es war eine sehr große Dosis.»

Seine Frau preßte das schlafende Kind an sich und sah ihren Mann mit weit aufgerissenen Augen an. Wie erstarrt vor Zorn stand sie in der Tür, hoch aufgerichtet, das Gesicht blasser, der Mund schmaler als sonst.

«Warte nur ab», fügte Albert hinzu, «deine Tochter wird so prächtig gedeihen, daß sie auf jeder Baby-Ausstellung im ganzen Land den ersten Preis kriegt. Warum legst du sie nicht gleich mal auf die Waage, um zu sehen, wieviel sie wiegt. Soll ich die Waage holen, damit du's feststellen kannst?»

Seine Frau ging zu dem großen Tisch in der Mitte des Zimmers, legte das Kind darauf und fing an, es zu entkleiden. «Ja», antwortete sie kurz, «hol die Waage.» Das Babyjäckchen und das Hemdchen flogen beiseite, die Windel folgte, und schon lag das Kind nackt auf dem Tisch.

«Mabel!» rief Albert. «Das ist ja ein Wunder! Rund wie eine Kugel ist sie!»

Tatsächlich, das Kind hatte seit dem vorigen Tage eine erstaunliche Menge Fleisch angesetzt. Der schmale eingefallene Brustkorb mit den vorspringenden Rippen war jetzt dick und rund wie ein Fäßchen, und der Bauch wölbte sich weit vor. Arme und Beine dagegen hatten mit diesem Wachstum merkwürdigerweise nicht Schritt gehalten. Sie waren kurz und mager geblieben und erinnerten an Stäbchen, die man in einen Fettkloß gespießt hat.

«Schau», sagte Albert, «sie bekommt sogar einen Pelz auf dem Bauch, der sie warm hält!» Er streckte die Hand aus, um mit den Fingerspitzen über den seidigen gelblichen Flaum zu streichen, der sich von einem Tag zum anderen gebildet hatte.

«Rühr sie nicht an!» schrie seine Frau, fuhr herum und stand mit flammenden Augen vor ihm. Sie sah plötzlich aus wie ein kleiner Kampfhahn. Ihr Hals war vorgereckt, als wollte sie ihm ins Gesicht fliegen und ihm die Augen aushacken.

«Reg dich nicht auf», sagte er begütigend und wich ein wenig zurück.

«Du mußt verrückt sein!» rief sie.

«Reg dich nicht auf, Mabel, bitte. Wenn du immer noch glaubst, es sei eine gefährliche Substanz... Das glaubst du doch, nicht wahr? Also gut, dann höre jetzt mal genau zu. Ich werde dir ein für allemal beweisen, daß Gelée Royale absolut unschädlich für Menschen ist, auch in großen Mengen. Zum Beispiel – was meinst du wohl, warum wir im vorigen Sommer nur die Hälfte unserer gewöhnlichen Honigernte gehabt haben? Sag mir das.»

Er hatte sich inzwischen drei oder vier Schritte von ihr entfernt, und das schien ihm ein Gefühl der Sicherheit zu geben.

«Wir hatten im vorigen Sommer nur deswegen halb soviel Honig wie sonst», fuhr er langsam und leise fort, «weil ich hundert von meinen Bienenkörben auf die Produktion von Gelée Royale umgestellt habe.»

«Was hast du...?»

«Ah», flüsterte er, «das überrascht dich wohl ein wenig? Und ich hab's die ganze Zeit direkt vor deiner Nase getan.» Seine Augen glänzten, und ein listiges Lächeln zog langsam seinen Mund in die Breite. «Den Grund wirst du nie erraten», sprach er weiter. «Ich wollte eigentlich nicht darüber reden, weil ich fürchtete, es würde dich ... na ja ... irgendwie stören.»

Albert machte eine kleine Pause. Er hielt die Hände in Brusthöhe vor sich und rieb sie aneinander, so daß ein schabendes Geräusch entstand.

«Erinnerst du dich, was ich dir aus der Zeitschrift vorgelesen habe? Die Stelle über die Ratte meine ich. Wie heißt es doch da? ‹Still und Burdett stellten fest, daß eine bisher nicht fortpflanzungsfähige männliche Ratte...›» Er zögerte, und sein Lächeln wurde noch breiter. «Hast du verstanden, Mabel?»

Sie stand unbeweglich und sah ihn an.

«Als ich den Satz zum allererstenmal las, sprang ich sofort vom Stuhl auf und sagte mir, wenn das auf eine lausige Ratte so wirkt, dann sehe ich wirklich keinen Grund, warum es nicht auch auf Albert Taylor wirken sollte.»

Er hielt wiederum inne, streckte den Kopf vor und wandte das eine Ohr seiner Frau zu, in der Hoffnung, sie werde etwas sagen. Aber sie schwieg.

«Und das ist noch nicht alles», fuhr er schließlich fort. «Ich fühlte mich so ausgezeichnet, Mabel, so ganz anders als vorher, und deswegen habe ich es weitergenommen, auch nachdem du mir die gute Nachricht mitgeteilt hattest. Eimerweise muß ich das Zeug in den letzten zwölf Monaten geschluckt haben.»

Der angstvolle Blick der Frau glitt über Gesicht und Hals ihres Mannes. Am Hals war kein Stückchen Haut zu sehen, nicht einmal unter den Ohren. Bis zu der Stelle, wo der Hals im Hemdkragen verschwand, war rundherum alles mit seidigen gelblichbraunen Haaren bedeckt.

«Bedenke», sagte Albert, während er zärtlich das Baby betrachtete, «auf ein kleines Kind wirkt es natürlich viel besser als auf einen ausgewachsenen Mann wie mich. Du brauchst sie ja nur anzuschauen, dann siehst du's, nicht wahr?»

Langsam wandten sich die Augen der Frau dem Kind zu. Es lag nackt auf dem Tisch, weiß, fett und verschlafen, wie eine gigantische Made, die sich dem Ende ihres Larvenlebens nähert und bald mit fertig ausgebildeten Mundwerkzeugen und Flügeln zum Vorschein kommen wird.

«Warum deckst du sie nicht zu, Mabel?» sagte er. «Wir wollen doch nicht, daß sich unsere kleine Königin erkältet.»

Der rasende Foxley

Seit sechsunddreißig Jahren fahre ich fünfmal in der Woche mit dem Zug um acht Uhr zwölf in die Stadt. Er ist nie übermäßig voll, und von seiner Endstation, dem Bahnhof Cannon Street, habe ich nur noch elf und eine halbe Minute bis zu meinem Büro in Austin Friars zu gehen.

Ich bin schon immer gern mit der Vorortbahn gefahren; diese kleine Reise bereitet mir in jeder ihrer Phasen Vergnügen, und ihr geregelter Ablauf ist für mich, einen Mann von festen Gewohnheiten, angenehm und beruhigend. Außerdem dient mir die Fahrt als eine Art Rutschbahn, auf der ich sanft, aber sicher in das Wasser der täglichen Pflichten gleite.

Unsere Station ist ein kleiner Landbahnhof, und morgens finden sich dort höchstens zwanzig Leute ein, um auf den Achtuhrzwölf zu warten. Wir bilden eine Gruppe, deren Zusammensetzung sich selten ändert, und wenn gelegentlich ein neues Gesicht auf dem Bahnsteig erscheint, läuft eine kleine Protestwelle durch die Reihen – wie in einem Käfig voller Kanarienvögel, in dem ein neuer Mitbewohner aufgetaucht ist.

Aber im allgemeinen sind wir unter uns, wenn ich morgens vier Minuten vor Abfahrt des Zuges eintreffe; sie stehen auf ihren gewohnten Plätzen, diese guten, soliden, verläßlichen Leute, mit den gewohnten Regenschirmen, Hüten, Krawatten und Gesichtern, die Zeitung unter dem Arm, jahraus, jahrein so unverändert und unveränderlich wie die Möbel in meinem Wohnzimmer. Ich schätze das.

Ich schätze auch meinen Fensterplatz, auf dem ich beim ratternden Rollen des Zuges die *Times* lese. Dieser Teil der Fahrt dauert zweiunddreißig Minuten, und er beruhigt sowohl meinen Geist als auch meinen reizbaren alten Körper wie eine gute, gründliche Massage. Glauben Sie mir, Regelmäßigkeit ist das beste Mittel, sich ein ausgeglichenes Gemüt zu bewahren. Ich habe diese morgendliche Fahrt alles in allem etwa zehntausendmal gemacht, und ich genieße sie von Tag zu Tag mehr. Im Laufe der Jahre (unwichtig, aber interessant) bin ich zu einer Art lebender Uhr geworden. Ich kann jederzeit sagen, ob wir zwei, drei oder vier Minuten Verspätung haben, und ich brauche nicht aufzuschauen, um zu wissen, an welcher Station wir halten.

Was den Weg von der Cannon Street zu meinem Büro betrifft, so ist er weder zu lang noch zu kurz – ein gesunder kleiner Spaziergang inmitten eines Stromes von Menschen, die ebenso wie ich jeden Morgen in die Stadt fahren und mit zuverlässiger Pünktlichkeit ihrem Arbeitsplatz zustreben. Es gibt mir ein Gefühl der Sicherheit, mich in Gesellschaft so vieler ordentlicher, vertrauenswürdiger Menschen zu wissen, die einen festen Beruf haben und sich nicht in der Welt herumtreiben. Ihr Leben wird wie das meine von dem Minutenzeiger einer genaugehenden Uhr bestimmt, und in vielen Fällen kreuzen sich unsere Wege täglich zur gleichen Zeit und am gleichen Ort.

Wenn ich zum Beispiel in die St. Swithins's Lane einbiege, kommt mir unweigerlich eine elegante Dame in mittleren Jahren entgegen, die einen silbernen Kneifer trägt und eine schwarze Aktentasche bei sich hat – eine erstklassige Buchhalterin, würde ich sagen, oder eine leitende Angestellte in der Textilindustrie. Überquere ich bei grünem Licht die Threadneedle Street, so treffe ich in neun von zehn Fällen einen Herrn, dessen Knopfloch jeden Tag mit einer anderen Blume geschmückt ist. Seine Hosen sind schwarz, seine Gamaschen grau, und er ist offensichtlich ein pünktlicher und äußerst gewissenhafter Mensch, ein Bankier vielleicht oder ein Anwalt wie ich selbst. Seit fünfundzwanzig Jahren eilen wir morgens aneinander vorbei, und wir haben des öfteren einen flüchtigen Blick der Achtung und Anerkennung gewechselt.

Mindestens die Hälfte aller Gesichter, denen ich auf diesem kurzen Weg begegne, sind mir seit langem vertraut. Und es sind gute Gesichter, Gesichter, die mir liegen, Menschen, die mir liegen – solide, fleißige Geschäftsleute, ohne jene Unruhe und die glitzernden Augen, die man bei den sogenannten Intellektuellen sieht, bei diesen Typen, die die Welt auf den Kopf stellen wollen mit ihrer Labour-Regierung, ihrer sozialen Gesundheitsfürsorge und allem, was sonst noch dazugehört.

Sie sehen also, daß ich in jeder Beziehung ein zufriedener Mensch bin. Oder vielleicht sollte ich lieber sagen, daß ich ein zufriedener Mensch *war*. Zu der Zeit, da ich die kleine autobiographische Skizze schrieb, die Sie eben gelesen haben – sie war als Mahnung und Beispiel für die Angestellten meines Büros bestimmt –, gab ich völlig wahrheitsgetreu das wieder, was ich dachte und fühlte. Aber das liegt eine volle Woche zurück, und inzwischen ist etwas sehr Merkwürdiges geschehen. Es begann am letzten Dienstag, gerade an dem Morgen, als ich den Entwurf dieser Skizze in der Tasche trug, und alles traf der Zeit und den Umständen nach so genau zusammen, daß ich darin nur eine Fügung Gottes sehen kann. Ja, Gott hatte meinen kleinen Aufsatz gelesen und sich gesagt: «Dieser Perkins wird mir zu selbstgefällig. Es ist höchste Zeit, ihm eine Lektion zu erteilen.» Ich glaube aufrichtig, daß es so war.

Am letzten Dienstag also, dem Dienstag nach Ostern, einem warmen, sonnigen Frühlingsmorgen, trat ich, die *Times* unter dem Arm, meine Skizze in der Tasche, auf den Bahnsteig unserer kleinen Station und merkte sofort, daß irgend etwas nicht in Ordnung war. Ich *fühlte* geradezu die eigenartige kleine Protestwelle, die durch die Reihen meiner Mitreisenden lief.

Ich machte halt und sah mich um.

Der Fremde stand genau in der Mitte des Bahnsteigs, breitbeinig, die Arme über der Brust gekreuzt, als wäre er hier der Herr und Gebieter. Er war ein ziemlich großer, kräftiger Mann, der es fertigbrachte, sogar von hinten unerhört arrogant und geschniegelt zu wirken. Ganz entschieden gehörte er nicht zu uns. Er trug einen Spazierstock statt eines Regenschirms, seine Schuhe waren braun statt schwarz, der graue Hut saß ihm lächerlich schief auf dem Kopf, und irgendwie schien dieser Mensch zuviel Seide und Glanz an sich zu haben. Ich hatte keine Lust, ihn noch länger zu betrachten. Starr in die Luft blickend, ging ich an ihm vorbei und gab, wie ich von Herzen hoffe, der Atmosphäre, die bereits kühl war, einen Anflug von Frost.

Der Zug fuhr ein. Und nun stellen Sie sich, sofern Ihre Phantasie dazu ausreicht, mein Entsetzen vor, als der Neue mir ungeniert in *mein* Abteil folgte! Das hatte mir in den letzten fünfzehn Jahren niemand zu bieten gewagt. Mein Privileg wurde von jeher respektiert. Eines meiner speziellen kleinen Vergnügen besteht nämlich darin, das Abteil bis zur nächsten, manchmal sogar bis zur zweiten oder dritten Station für mich allein zu haben. Aber hier, bitte schön, flegelte sich dieser Kerl, dieser Fremde, auf dem Platz mir gegenüber, schneuzte sich, raschelte mit der *Daily Mail* und zündete sich eine abscheuliche Pfeife an.

Ich senkte die *Times* ein wenig und musterte ihn verstohlen. Er mochte etwa in meinem Alter sein – so um dreiundsechzig herum –, aber er hatte eines dieser gräßlich gut aussehenden braunen, von Wind und Wetter gegerbten Gesichter, die man heutzutage in allen Reklameanzeigen für Herrenhemden findet – Löwenjäger, Polospieler, Everest-Bezwinger, Urwaldforscher und Sportsegler in einer Person. Stahlgraue Augen, dunkle Brauen, kräftige weiße Zähne, die fest auf das Mundstück der Pfeife bissen. Ich mißtraue allen gut aussehenden Männern. Die oberflächlichen Freuden dieser Welt sind ihnen zu leicht erreichbar, und sie treten auf, als verdankten sie ihr gutes Aussehen einzig und allein sich selbst. Wohlgemerkt, gegen hübsche *Frauen* habe ich gar nichts. Das ist etwas anderes. Aber bei einem Mann – nein, es tut mir leid, bei einem Mann finde ich so etwas geradezu anstößig. Nun, wie dem auch sei, der Kerl saß mir jedenfalls genau gegenüber, und ich musterte ihn über den Rand meiner Zeitung hinweg, als er plötzlich den Kopf hob und unsere Blicke sich trafen.

«Stört Sie die Pfeife?» fragte er und hielt das Ding hoch. Das war alles, was er sagte. Aber der Klang seiner Stimme hatte eine ungeahnte und außerordentliche Wirkung auf mich. Tatsächlich, ich glaube, ich fuhr zusammen. Dann erstarrte ich gleichsam und sah ihn mindestens eine Minute an, bevor ich mich so weit in der Gewalt hatte, daß ich ihm antworten konnte.

«Dies ist ein Raucherabteil», sagte ich. «Tun Sie, was Ihnen beliebt.»

«Ich wollte mich nur vergewissern.»

Da war sie wieder, diese vertraute, eigenartig scharfe Stimme, die die Endsilben verschluckte und die Worte hart und schnell hervorspie wie ein Maschinengewehr, das Obstkerne verschießt. Woher kannte ich diese Stimme? Und wie kam es, daß jedes Wort einen winzigen empfindlichen Punkt weit hinten in meiner Erinnerung traf? Du meine Güte, dachte ich, nimm dich zusammen. Was ist denn das für ein Unsinn?

Der Fremde wandte sich wieder seiner Zeitung zu. Ich gab vor, das gleiche zu tun. Mittlerweile war ich jedoch so aufgewühlt, daß ich mich nicht mehr zu konzentrieren vermochte. Ich beobachtete ihn also weiterhin verstohlen über den Rand der Leitartikelseite hinweg. Ja, er hatte ein unerträgliches Gesicht, gut aussehend, aber mit einem Stich ins Vulgäre, fast ins Laszive. Und dieser ekelhaft ölige Schimmer auf der Haut ... Hatte ich dieses Gesicht wirklich schon einmal gesehen? Ich zweifelte jetzt kaum noch daran, denn ich brauchte es nur anzuschauen, um sofort ein seltsames Unbehagen zu empfinden, das ich nicht definieren konnte – ich wußte nur, daß es mit Schmerz, mit Gewalt, vielleicht sogar mit Furcht zu tun hatte.

Wir wechselten kein Wort mehr während der Fahrt, aber Sie dürfen mir glauben, daß mein gewohntes Gleichmaß durch diese Begegnung empfindlich gestört wurde. Der Tag war für mich verdorben. Mehr als einer meiner Angestellten bekam eine scharfe Antwort von mir, vor allem nach dem Mittagessen, als ich auch noch Schwierigkeiten mit meiner Verdauung hatte.

Am nächsten Morgen stand er wieder da, in der Mitte des Bahnsteigs, mit seinem Spazierstock, seiner Pfeife, seinem seidenen Schal und seinem widerlich gut aussehenden Gesicht. Ich ging an ihm vorbei und trat auf einen gewissen Mr. Grummitt zu, einen Börsenmakler, der schon seit achtundzwanzig Jahren mit mir fährt. Normalerweise hätte ich nie eine Unterhaltung mit ihm angefangen – wir sind alle ziemlich zurückhaltend –, aber eine solche Krise bricht eben das Eis.

«Grummitt», fragte ich leise, «wer ist dieser ordinäre Kerl?»

«Keine Ahnung», erwiderte Grummitt.

«Recht unsympathisch.»

«Sehr.»

«Hoffentlich fährt er nicht regelmäßig.»

«Um Himmels willen», sagte Grummitt.

Dann lief der Zug ein.

Diesmal stieg der Mann zu meiner großen Erleichterung in ein anderes Abteil.

Aber am nächsten Morgen hatte ich ihn wieder bei mir.

«Hm», sagte er, als er es sich auf dem Platz mir gegenüber bequem gemacht hatte, «*famoser* Tag heute.» Und von neuem spürte ich voller Unbehagen, wie sich in meiner Erinnerung langsam etwas regte, stärker jetzt, dichter an der Oberfläche, wenn auch noch immer nicht ganz in meiner Reichweite.

Dann kam Freitag, der letzte Arbeitstag der Woche. Morgens regnete es, aber es war einer jener warmen, sprühenden Aprilschauer, die nur fünf, sechs Minuten dauern, und als ich auf den Bahnsteig kam, waren alle Regenschirme eingerollt, die Sonne schien, und große weiße Wolken trieben am Himmel. Trotzdem fühlte ich mich bedrückt. Für mich hatte die Fahrt zur Stadt ihren Reiz verloren. Ich wußte, daß der Fremde dasein würde. Und wirklich, dort stand er, breitbeinig, als wäre er unser aller Herr und Gebieter, und diesmal schwang er seinen Spazierstock lässig hin und her.

Der Stock! Das gab den Ausschlag! Ich blieb wie angewurzelt stehen.

«Es ist Foxley!» flüsterte ich. «Der rasende Foxley! Und er schwingt noch immer seinen Stock.»

Ich trat näher an ihn heran, um mir Gewißheit zu verschaffen. Glauben Sie mir, ich habe noch nie im Leben so einen Schock bekommen. Es war tatsächlich Foxley. Bruce Foxley – der rasende Foxley, wie wir ihn nannten. Das letzte Mal hatte ich ihn in der Schule gesehen, und ich war damals – lassen Sie mich überlegen –, ja, ich war nicht älter als zwölf, dreizehn Jahre gewesen.

In diesem Augenblick kam der Zug, und so wahr ich lebe, er stieg wieder in mein Abteil. Er legte Hut und Stock ins Gepäcknetz, wandte sich dann um, nahm Platz und setzte seine Pfeife in Brand. Durch den Rauch hindurch sah er mich mit seinen kleinen, kalten Augen an und sagte: «*Kolossaler* Tag, was? Wie im Sommer.»

Zweifellos, das war Foxleys Stimme. Sie hatte sich überhaupt nicht verändert. Jedenfalls nicht im Klang – die Worte, die sie sprach, waren nicht die von früher.

«Na schön, Perkins», hatte diese Stimme damals etwa gesagt. «Na schön, du ungezogener Bursche. Dann werde ich dir also wieder mal ein paar überziehen.»

Wann war das gewesen? Es mußte fast fünfzig Jahre her sein. Erstaunlich, daß sich auch seine Gesichtszüge kaum verändert hatten. Noch immer das arrogant vorspringende Kinn, die hochmütig geblähten Nasenflügel, die verächtlich blickenden Augen, die zu klein waren und etwas zu eng zusammenstanden; noch immer diese Art, den Kopf herausfordernd vorzuschieben und einen mit dem Blick in die Enge zu treiben; sogar an das Haar konnte ich mich erinnern – dicht, leicht gewellt, ölig schimmernd wie ein gut gemischter Salat. Er hatte immer eine Flasche mit grünem Haarwasser auf seiner Kommode stehen – wenn man in einem Zimmer Staub wischen muß, lernt man die Gegenstände darin allmählich kennen und hassen. Auf dem Etikett der Flasche prangten das königliche Wappen und der Name einer Firma in der Bond Street; darunter standen die kleingedruckten Worte: ‹Hoflieferant und Friseur Seiner Majestät König Edward VII.› Dieser Satz hat sich mir eingeprägt, weil ich es immer so komisch fand, daß jemand damit prahlte, der Friseur eines Mannes zu sein, der zwar ein König, aber nichtsdestoweniger fast kahl war.

Und jetzt saß ich also Foxley gegenüber und beobachtete, wie er sich zurücklehnte und anfing, die Zeitung zu lesen. Es war ein seltsames Gefühl, nur einen Meter von diesem Mann entfernt zu sein, der mich vor fünfzig Jahren derart gequält hatte, daß ich mitunter dem Selbstmord nahe gewesen war. *Mich* hatte er nicht wiedererkannt, und wegen meines Schnurrbarts war das auch nicht zu befürchten. Ich fühlte mich völlig sicher. Nichts hinderte mich, ihn zu betrachten, so lange ich wollte.

Wenn ich zurückdenke, wird mir erst klar, wie entsetzlich ich in meinem ersten Schuljahr unter Foxley gelitten habe. Schuld daran war seltsamerweise mein Vater, natürlich ohne daß er es wußte.

Ich war zwölfeinhalb Jahre alt, als ich in diese traditionsreiche alte Public School kam. Das war – einen Moment bitte –, richtig, im Jahre 1907. Mein Vater, der einen seidenen Zylinder und einen Cutaway trug, brachte mich zum Bahnhof. Ich erinnere mich noch sehr gut:

Wir standen zwischen Koffern und Kartons, inmitten einer – so schien es mir jedenfalls – tausendköpfigen Schar sehr großer, sehr lebhafter, sehr laut miteinander sprechender Jungen, als plötzlich jemand, der an uns vorbeiwollte, meinen Vater von hinten so heftig anstieß, daß er ihn fast zu Boden warf.

Mein Vater, ein kleiner, höflicher, würdiger Mann, drehte sich erstaunlich schnell um und packte den Schuldigen am Handgelenk.

«Bringt man euch in der Schule keine besseren Manieren bei, junger Mann?» fragte er.

Der Junge, der mindestens einen Kopf größer als mein Vater war, sah mit einem kalten Blick auf ihn herunter, lächelte arrogant und schwieg.

«Mir scheint», sagte mein Vater und erwiderte den Blick ebenso kalt, «daß eine Entschuldigung angebracht wäre.»

Aber der Junge stand nur da und sah mit diesem merkwürdigen arroganten Lächeln in den Mundwinkeln auf meinen Vater hinunter, während sein Kinn sich weiter und weiter vorschob.

«Du bist ein unverschämter und schlecht erzogener Bursche», fuhr mein Vater fort. «Ich kann nur hoffen und wünschen, daß du in deiner Schule eine Ausnahme bist. Ich lege nicht den geringsten Wert darauf, daß mein Sohn solche Manieren annimmt.»

Hier wandte der große Junge den Kopf in meine Richtung, und zwei kleine, kalte, ziemlich eng zusammenstehende Augen starrten auf mich herab. Ich ließ mich nicht einschüchtern; ich wußte damals noch nicht, welche Macht in Public Schools die älteren Schüler über die jüngeren haben. Um meinen Vater, den ich liebte und achtete, zu unterstützen, hielt ich diesem Blick tapfer stand.

Mein Vater wollte noch etwas hinzufügen, aber der Junge drehte sich einfach um und schlenderte gemächlich den Bahnsteig entlang, bis er in der Menge verschwand.

Bruce Foxley vergaß diesen Zwischenfall nie. Es war natürlich mein besonderes Pech, daß ich – wie sich bei meiner Ankunft in der Schule herausstellte – zu demselben ‹Haus› gehörte wie er. Schlimmer noch, ich war in seiner Gruppe. Er absolvierte sein letztes Jahr, und er war Vertrauensmann – Präfekt, wie das bei uns hieß. In dieser Eigenschaft war er offiziell berechtigt, jeden Schüler der unteren Klassen zu verprügeln. Und da ich in seiner Gruppe war, wurde ich automatisch sein persönlicher Sklave. Als Foxleys Kammerdiener, Koch, Dienstmädchen und Laufbursche war es meine Pflicht, darauf zu achten, daß er keinen Finger krumm machte, wenn es nicht unbedingt notwendig war. Ich kenne keine Gesellschaftsordnung, in der ein Diener so ausgebeutet wird, wie wir unglücklichen ‹Füchse› von den Präfekten der Schule ausgebeutet wurden. Im Winter mußte ich mich sogar jeden Morgen auf die Toilette hocken – sie befand sich in einem ungeheizten Bretterverschlag –, um den Sitz anzuwärmen, bis Foxley kam.

Ich erinnere mich noch genau an seine schlaksige, lässig elegante Art, durch ein Zimmer zu schlendern. Wenn ihm ein Stuhl im Wege war, stieß er ihn um und überließ es mir, ihn aufzuheben. Er trug seidene Hemden und hatte immer ein seidenes Taschentuch im Ärmelaufschlag stecken. Seine Schuhe wurden von einem Mann namens Lobb angefertigt, der ebenfalls den Titel Hoflieferant führte. Es waren spitze Schuhe, und ich mußte das Leder jeden Tag fünfzehn Minuten lang mit einem Knochen polieren.

Aber die schlimmsten Erinnerungen sind mit dem Umkleideraum verbunden.

Wie oft habe ich, ein schmaler, blasser Knirps, in Pyjama, braunem Kamelhaarmorgenrock und Pantoffeln an der Tür dieses riesigen Raumes gestanden. Eine helle elektrische Birne hing an einer Schnur von der Decke herab. Auf die Garderobenhaken an den Wänden waren schwarze und gelbe Fußballhemden gestülpt, denen ein durchdringender Schweißgeruch entströmte. Und die Stimme, diese scharfe, Endsilben verschluckende, Obstkerne spuckende Stimme sagte: «Na, wie viele sollen es diesmal sein? Sechs im Morgenrock oder vier ohne?»

Ich konnte mich nie überwinden, diese Frage zu beantworten. Ich stand nur da und starrte auf die schmutzigen Dielen, schwindlig vor Furcht, unfähig, an etwas anderes zu denken als daran, daß dieser große Junge gleich anfangen würde, mich mit seinem langen, dünnen weißen Stock methodisch geschickt und mit offensichtlichem Vergnügen zu schlagen, bis ich blutete. Vor fünf Stunden hatte ich mich erfolglos bemüht, das Kaminfeuer in seinem Arbeitszimmer in Gang zu bringen. Ich hatte mein Taschengeld für eine Schachtel Spezialfeueranzünder ausgegeben, ich hatte die Kohlen mit einer Zeitung gefächelt, ich hatte auf den Knien gelegen und aus Leibeskräften geblasen – alles vergebens.

«Wenn du störrischer Bursche nicht antworten willst», sagte die Stimme, «dann muß ich eben für dich entscheiden.»

Ich brachte kein Wort heraus. Und dabei hätte ich so gern geantwortet, weil ich genau wußte, was ich zu wählen hatte. Es ist das erste, was ein neuer Schüler lernt. Immer den Morgenrock anbehalten und die Extraschläge in Kauf nehmen. Sonst gibt es mit ziemlicher Sicherheit blutige Striemen. Selbst drei mit Morgenrock sind besser als einer ohne.

«Zieh dich aus, geh in die Ecke und bück dich, bis deine Hände die Zehen berühren. Ich werde dir vier geben.»

Langsam zog ich den Morgenrock aus und legte ihn auf den Stiefelschrank. Langsam ging ich in die Ecke, frierend und ungeschützt in meinem Baumwollpyjama. Ich trat leise auf, und alles um mich herum war plötzlich hell und flach und weit entfernt wie das Bild einer Laterna magica, sehr groß, sehr unwirklich und wegen des Wassers in meinen Augen sehr verschwommen.

«Los, bück dich. Tiefer – viel tiefer.»

Nun ging er zum anderen Ende des Umkleideraums, und ich beobachtete ihn durch meine Beine hindurch, bis er die Tür erreicht hatte, die über zwei Stufen in den sogenannten Waschflur führte, einen fliesenbelegten Korridor, an dessen einer Wand Waschbecken angebracht waren. Dahinter befand sich das Badezimmer. Ich konnte Foxley jetzt nicht mehr sehen, aber ich wußte, daß er den Waschflur entlang bis zum Badezimmer ging. Das tat er immer. Dann hörte ich ein fernes, aber laut zwischen den Becken und Röhren widerhallendes Geräusch: Seine Schuhe schlugen auf den Steinfußboden auf, als er zu laufen begann. Durch meine Beine hindurch sah ich, wie er die beiden Stufen zum Umkleideraum hinaufsprang und mit vorgestrecktem Kopf, den Stock hoch erhoben, auf mich zugerast kam. Das war der Moment, in dem ich die Augen schloß, auf den Hieb wartete und mir befahl, mich um alles in der Welt nicht aufzurichten.

Jeder, der schon einmal richtige Prügel bezogen hat, wird Ihnen bestätigen, daß man den Schmerz erst acht bis zehn Sekunden nach dem Schlag fühlt. Den Schlag selbst empfindet man nur als einen derben Stoß gegen das Gesäß, der einen völlig benommen macht. (Ich habe gehört, bei einer Schußverletzung sei es genauso.) Aber später, mein Gott, später ist es, als hätte einem jemand einen glühenden Feuerhaken auf das nackte Gesäß gelegt, und ob man will oder nicht, man muß einfach nach hinten greifen und versuchen, den Schmerz mit den Händen zu dämpfen.

Foxley wußte um diese Verzögerung, und der langsame Rückweg zur Tür des Badezimmers – eine Entfernung von etwa fünfzehn Metern – gab jedem Schlag viel Zeit, den Höhepunkt des Schmerzes zu erreichen, bevor der nächste fiel.

Beim vierten Schlag richtete ich mich unweigerlich auf. Ich konnte nicht anders. Es war die automatische Abwehrreaktion eines Körpers, der nicht fähig ist, mehr zu ertragen, als man ihm bereits zugemutet hat.

«Du hast gezuckt», sagte Foxley. «Der letzte zählt nicht. Los – bück dich.»

Diesmal war ich vorsichtig genug, meine Fußknöchel zu umklammern.

Danach pflegte er mich zu beobachten, wenn ich – sehr steif jetzt und mir die Rückseite reibend – zum Stiefelschrank ging, um meinen Morgenrock anzuziehen. Ich versuchte immer, den Kopf so zu halten, daß er mein Gesicht nicht sah. Und beim Hinausgehen hörte ich jedesmal sein: «He du! Komm zurück!»

Ich blieb dann stehen, drehte mich um und wartete.

«Komm her. Na los, komm schon. Hast du nicht etwas vergessen?»

Alles, woran ich in diesem Augenblick denken konnte, war der schreckliche Schmerz im Gesäß.

«Du bist ein unverschämter und schlecht erzogener Bursche.» Er ahmte die Stimme meines Vaters nach. «Bringt man euch in eurer Schule keine besseren Manieren bei?»

«Danke... schön», stammelte ich. «Danke... schön... für die Schläge.»

Und dann schlich ich über die dunklen Treppen zum Schlafsaal, wo mir viel besser wurde, weil jetzt alles vorbei war und der Schmerz nachließ. Die anderen standen um mich herum. Sie behandelten mich mit einem gewissen rauhen Mitgefühl, denn ihnen war ja oft genug das gleiche widerfahren.

«He, Perkins, laß mal sehen.»

«Wie viele hast du bekommen?»

«Fünf, nicht wahr? Wir haben's von hier deutlich gehört.»

«Na los, Mann, zeig mal die Striemen.»

Ich streifte meine Pyjamahose herunter, damit die Fachleute den Schaden gewissenhaft begutachten konnten.

«Ziemlich weit auseinander, finde ich. Habe schon Besseres von Foxley gesehen.»

«Hier, die beiden sind ganz dicht zusammen. Berühren sich fast. Donnerwetter, das sind zwei Prachtstücke.»

«Der hier unten ist miserabel gezielt.»

«Ist er bis zum Ende des Waschflurs gegangen, um seinen Anlauf zu nehmen?»

«Du hast einen extra bekommen, weil du gezuckt hast, nicht wahr?»

«Weiß der Teufel, der alte Foxley hat wirklich einen Pik auf dich, Perkins.»

«Es blutet ein bißchen. Wasch dich lieber, hörst du?»

Da ging die Tür auf, und Foxley erschien. Alle stoben auseinander, und jeder tat so, als sei er mit Zähneputzen beschäftigt oder spreche sein Gebet, während ich mit heruntergelassener Hose allein in der Mitte des Schlafsaals stand.

«Was ist denn hier los?» fragte Foxley und prüfte mit einem raschen Blick das Werk seiner Hände. «He, Perkins! Zieh dir gefälligst die Hose hoch und mach, daß du ins Bett kommst.»

Und das war das Ende des Tages.

In der Woche hatte ich nie Zeit für mich selbst. Foxley brauchte nur zu sehen, daß ich im Arbeitszimmer nach einem Roman griff oder mein Briefmarkenalbum aufschlug, und schon gab er mir irgend etwas zu tun. Einer seiner Lieblingsaufträge für mich, besonders wenn es draußen regnete, war dieser: «Ach, Perkins, ich glaube, ein paar wilde Schwertlilien würden sich auf meinem Schreibtisch ganz gut ausnehmen, meinst du nicht auch?»

Wilde Lilien wuchsen nur an den Teichen, den Orange Ponds. Um dorthin zu gelangen, mußte man drei Kilometer auf der Landstraße und dann einen Kilometer querfeldein gehen. Ich zog den Regenmantel an, setzte den Strohhut auf, nahm meinen Regenschirm und brach zu dieser langen, einsamen Wanderung auf. Laut Vorschrift hatten wir im Freien stets einen Strohhut zu tragen. Stroh verträgt aber bekanntlich keinen Regen, folglich mußte zum Schutz des Hutes der Schirm mitgenommen werden. Andererseits kann man sich keinen Schirm über den Kopf halten, wenn man auf dem Waldboden herumkriecht und Lilien sucht. Um den Hut zu schonen, legte ich ihn also am Ufer des Teichs unter den Regenschirm, bis ich die Blumen gepflückt hatte. Auf diese Weise erkältete ich mich sehr oft.

Aber der schrecklichste Tag war der Sonntag. Am Sonntag mußte das Arbeitszimmer saubergemacht werden. Wie gut erinnere ich mich an diese angsterfüllten Morgenstunden, an das wahnwitzige Staubwischen und Scheuern und dann das Warten auf Foxleys Inspektion.

«Fertig?» fragte er, wenn er kam.

«Ich ... ich glaube, ja.»

Er schlenderte zu seinem Schreibtisch hinüber, holte einen weißen Handschuh aus der Schublade, zog ihn langsam über die rechte Hand und strich dabei jeden Finger einzeln glatt. Ich stand da und sah zitternd zu, wie er durch den Raum ging und mit dem weiß behandschuhten Zeigefinger über Bilderrahmen, Wandleisten, Regale, Fensterbretter und Lampenschirme fuhr. Ich konnte die Augen nicht von diesem Finger abwenden. Für mich war er ein Werkzeug des Schicksals. Fast immer gelang es ihm, irgendeinen winzigen Spalt zu entdecken, den ich übersehen oder an den ich vielleicht gar nicht gedacht hatte. Dann pflegte Foxley sich ohne jede Hast umzudrehen und jenes gefährliche kleine Lächeln zu lächeln, das keines war. Er hielt den weißen Finger hoch, damit ich die dünne Staubschicht sehen konnte, die darauf lag.

«Hm», sagte er dann. «Du bist also ein kleiner Faulpelz. Stimmt's?»

Keine Antwort.

«Nun?»

«Ich war sicher, daß ich überall Staub gewischt hätte.»

«Bist du ein ungezogener kleiner Faulpelz, ja oder nein?»

«J-ja.»

«Aber deinem Vater wäre es gewiß nicht recht, wenn wir dich so aufwachsen ließen. Dein Vater legt großen Wert auf gute Manieren, nicht wahr?»

Keine Antwort.

«Ich habe dich gefragt, ob dein Vater Wert auf gute Manieren legt.»

«Das ... das kann schon sein.»

«Ich tue ihm also einen Gefallen, wenn ich dich bestrafe, nicht wahr?»

«Ich weiß nicht.»

«Ja oder nein?»

«J-ja.»

«Gut, dann treffen wir uns nach der Andacht im Umkleideraum.»

Der Rest des Tages verging in quälendem Warten.

Mein Gott, wie die Erinnerungen eine nach der anderen lebendig werden... Der Sonntag war auch der Tag, an dem wir nach Hause schreiben mußten. «Liebe Mami und lieber Papa! Vielen Dank für Euren Brief. Ich hoffe, es geht Euch beiden gut. Mir geht es gut, ich habe mich nur im Regen erkältet, aber das wird bald vorüber sein. Gestern haben wir gegen Shrewsbury gespielt und 4 : 2 gewonnen. Ich habe zugeschaut. Foxley, der in unserem Haus Präfekt ist, hat eines von unseren Toren geschossen. Vielen Dank für den Kuchen. Herzliche Grüße, Euer William.»

Meist ging ich auf die Toilette, um meinen Brief zu schreiben, oder in die Stiefelkammer oder ins Badezimmer – irgendwohin, wo Foxley nicht war. Aber ich durfte darüber die Zeit nicht vergessen. Um halb fünf wurde Tee getrunken, und dann verlangte Foxley seinen Toast. Jeden Tag mußte ich für ihn Toast machen. In der Woche wurden die Arbeitszimmer nicht geheizt, und dann drängten sich alle Schüler, die Toast für ihren Präfekten zu machen hatten, um das kleine Feuer in der Bibliothek, so daß es immer Kämpfe um einen einigermaßen günstigen Platz gab. Überdies mußte ich darauf achten, daß Foxleys Toast erstens sehr kroß, zweitens nicht angebrannt, drittens heiß und viertens rechtzeitig fertig war. Wurde eine dieser Bedingungen nicht erfüllt, so war das ein ‹strafwürdiges Vergehen›.

«He, du! Was soll das hier sein?»
«Es ist Toast.»
«Entspricht das tatsächlich deiner Vorstellung von Toast?»
«Ich ... ich ...»
«Du bist zu faul, ihn richtig zu machen, was?»
«Ich habe mir wirklich Mühe gegeben.»
«Weißt du, was einem faulen Pferd passiert, Perkins?»
«Nein.»
«Bist du ein Pferd?»
«Nein.»
«Na, jedenfalls bist du ein Esel – haha. Kommt ungefähr auf eins heraus. Wir sprechen uns heute abend.»

Ach, die Qual dieser Tage! Foxleys Toast anbrennen zu lassen, war ein ‹strafwürdiges Vergehen›. Ebenso, zu vergessen, daß Foxleys Fußballstiefel geputzt werden mußten. Ebenso, Foxleys Fußballdreß nicht aufzuhängen. Ebenso, Foxleys Regenschirm falsch herum einzurollen. Ebenso, die Tür ins Schloß zu werfen, wenn Foxley arbeitete. Ebenso, Foxleys Badewasser zu heiß einlaufen zu lassen. Ebenso, die Knöpfe auf Foxleys O.T.C.-Uniform nicht richtig blankzureiben oder etwas von der blauen Metallpolitur auf den Stoff der Uniform zu schmieren. Ebenso, die *Sohlen* von Foxleys Schuhen nicht zu putzen. Ebenso, in Foxleys Arbeitszimmer auch nur die geringste Unordnung zu dulden. Wirklich, soweit es Foxley betraf, war ich selbst ein strafwürdiges Vergehen.

Ich warf einen Blick aus dem Fenster. Du meine Güte, ich mußte eine ganze Weile vor mich hin geträumt haben. Noch nicht einmal meine *Times* hatte ich geöffnet. Foxley saß zurückgelehnt mir gegenüber und las die *Daily Mail*. Durch eine blaue Rauchwolke aus seiner Pfeife sah ich über die Zeitung die obere Hälfte seines Gesichts mit den kleinen hellen Augen, der gerunzelten Stirn und dem welligen, leicht öligen Haar.

Es war ein merkwürdiges, ein aufregendes Erlebnis, ihn nach all den Jahren wiederzusehen. Ich wußte, daß er mir nicht mehr gefährlich werden konnte, aber die alten Erinnerungen machten mir trotzdem zu schaffen, und ich fühlte mich keineswegs behaglich in seiner Gegenwart. Mir war zumute, als hätte man mich mit einem zahmen Tiger zusammen in einen Käfig gesperrt.

Was ist denn das für ein Unsinn? fragte ich mich. Sei nicht so blöd. Du lieber Himmel, wenn du wolltest, könntest du ihm rundheraus sagen, was du von ihm hältst, und er hätte keine Möglichkeit, seine Wut an dir auszulassen. Halt – das war eine Idee!

Nur ... nun ja ... lohnte es sich überhaupt? Für so etwas war ich wohl doch schon zu alt. Ich wußte nicht einmal genau, ob ich wirklich noch wütend auf ihn war.

Was sollte ich also tun? Schließlich konnte ich nicht einfach dasitzen und ihn wie ein Idiot anstarren.

In diesem Augenblick kam mir eine kleine boshafte Idee. Am liebsten, schoß es mir durch den Kopf, am liebsten würde ich mich jetzt vorbeugen, ihm leicht auf das Knie klopfen, ihm sagen, wer ich bin, und dabei sein Gesicht beobachten. Und dann anfangen, über die gemeinsame Schulzeit zu sprechen – laut genug, daß die anderen Leute im Wagen es hören können. Ihn scherzhaft an einige Sachen erinnern, die er mir angetan hat. Vielleicht sogar die Prügelszenen im Umkleideraum schildern, um ihn etwas in Verlegenheit zu bringen. Ein bißchen Ärger und Unbehagen würden ihm gar nichts schaden. Und für mich wäre es eine Genugtuung.

Plötzlich hob er den Kopf und ertappte mich dabei, daß ich ihn anstarrte. Es war bereits das zweite Mal, und ich bemerkte ein gereiztes Aufleuchten in seinen Augen.

Nun gut, dachte ich. Also los. Aber sprich freundlich, ungezwungen, höflich. Das ist viel wirkungsvoller und für ihn bedeutend peinlicher.

Ich lächelte ihn also an, nickte ihm verbindlich zu und sagte mit lauter Stimme: «Gestatten Sie bitte, daß ich mich vorstelle.» Ich beugte mich vor und sah ihn aufmerksam an, weil ich mir seine Reaktion nicht entgehen lassen wollte. «Mein Name ist Perkins – William Perkins. Ich war neunzehnhundertsieben in Repton.»

Die anderen im Wagen saßen sehr still. Ich spürte förmlich, daß sie die Ohren spitzten und der Dinge harrten, die da kommen sollten.

«Freut mich, Sie kennenzulernen», erwiderte er und ließ die Zeitung sinken. «Ich heiße Fortescue – Jocelyn Fortescue. Eton, neunzehnhundertsechzehn.»

Georgy Porgy

Wenn ich auch weit davon entfernt bin, mein eigenes Lob singen zu wollen, so darf ich doch wohl sagen, daß ich mich in fast jeder Beziehung als eine ziemlich ausgereifte und abgerundete Persönlichkeit betrachte. Ich bin viel gereist. Ich bin einigermaßen belesen. Ich spreche Griechisch und Latein. Ich befasse mich mit den verschiedensten Wissenschaften. Ich habe über die Entwicklung des Madrigals im fünfzehnten Jahrhundert gearbeitet und die Ergebnisse veröffentlicht. Ich war beim Tode vieler Menschen zugegen und habe außerdem, wie ich hoffe, das Leben zahlreicher anderer von der Kanzel herab durch meine Predigten beeinflußt.

Trotz alledem muß ich gestehen, daß ich noch nie – ja, wie soll ich mich ausdrücken? – noch nie wirklich etwas mit Frauen zu tun gehabt habe.

Um ganz ehrlich zu sein, bis vor drei Wochen hatte ich keine einzige auch nur mit dem Finger berührt, abgesehen vielleicht von gelegentlichen Hilfeleistungen beim Übersteigen eines Zauntritts oder dergleichen. Und selbst dann habe ich mich immer bemüht, die Betreffende nur dort anzufassen, wo keine nackte Haut war, zum Beispiel an der Schulter oder der Taille, weil ich es nicht ertragen kann, weibliche Haut an der meinen zu spüren. Die Berührung von Haut mit Haut, das heißt von meiner Haut mit der Haut einer Frau – mag es sich nun um Hals, Gesicht, Bein, Hand oder nur Finger handeln – war mir von jeher so unangenehm, daß ich prinzipiell jede Dame mit fest auf dem Rücken verschränkten Händen begrüßte, um dem sonst unvermeidlichen Händeschütteln zu entgehen.

Wenn ich schon davon spreche, möchte ich sogar sagen, daß mich *jede* Art von physischem Kontakt mit dem anderen Geschlecht ungeheuer verwirrt, selbst wenn es sich nicht um nackte Haut handelt. Steht eine Frau dicht neben mir in einer Schlange, so daß sich unsere Körper berühren, oder quetscht sie sich im Bus neben mich auf den Sitz, Hüfte an Hüfte, Schenkel an Schenkel, dann brennen meine Wangen wie verrückt und ich triefe förmlich von Schweiß.

Bei einem Schuljungen, der soeben das Alter der Pubertät erreicht hat, ist das alles durchaus in Ordnung. Hier zieht Mutter Natur einfach die Bremse an und hält den Burschen zurück, bis er alt genug ist, sich wie ein Gentleman zu benehmen. Das kann ich nur billigen.

Warum aber ich, ein Mann im reifen Alter von einunddreißig Jahren, noch immer unter einer solchen Verwirrung leide, das ist eine Frage, auf die ich keine Antwort finde. Schließlich hat man mich doch gelehrt, Versuchungen zu widerstehen, und ich habe gewiß keinen Hang zu vulgären Leidenschaften.

Wenn ich mich irgendwie meines Äußeren schämen müßte, so würde das vielleicht vieles erklären. Ich bin jedoch keineswegs häßlich. Im Gegenteil, ich muß zugeben, daß mich das Schicksal in dieser Hinsicht recht freundlich behandelt hat. Ich messe genau fünf und einen halben Fuß, und obwohl meine Schultern leicht abfallen, passen sie gut zu meiner schlanken, geschmeidigen Figur. (Finden Sie nicht auch, daß leicht abfallende Schultern einem Mann, der nicht übermäßig groß ist, ein feines, ästhetisches Aussehen verleihen?) Meine Gesichtszüge sind regelmäßig, die Zähne in bestem Zustand (die oberen stehen ein ganz klein wenig vor), und das Haar, das von einem ungewöhnlich leuchtenden Rotbraun ist, bedeckt üppig und dicht meinen Kopf. Du lieber Himmel, und dabei habe ich Männer, die gegen mich die reinsten Knirpse waren, im Umgang mit dem schönen Geschlecht erstaunliche Sicherheit entfalten sehen. Oh, wie ich sie beneidete! Wie ich mich danach sehnte, es ihnen gleichzutun! Immer habe ich mir gewünscht, daß ich fähig wäre, an einigen dieser amüsanten kleinen Finessen teilzuhaben, die ich fortwährend im Umgang zwischen Männern und Frauen beobachtete – Berührungen der Hände, ein Küßchen auf die Wange, verschlungene Arme, aneinandergepreßte Knie oder Füße unter dem Tisch und vor allem jene rückhaltlose, heftige Umarmung zweier Menschen beim Tanz.

Für mich hat es das alles nie gegeben. Ach, ich mußte mich sogar ständig bemühen, es zu vermeiden. Und das, liebe Freunde, ist leichter gesagt als getan, selbst für einen unbedeutenden Hilfsgeistlichen irgendwo auf dem Lande, weit entfernt von den Fleischtöpfen der Metropole.

Meine Gemeinde, müssen Sie wissen, enthielt eine erstaunlich große Anzahl von Damen. Es gab ihrer eine Unmenge im Kirchspiel, und das Schlimme war, daß die meisten – mindestens sechzig Prozent – alte Jungfern waren, mithin also gänzlich ungebändigt von dem wohltätigen Einfluß der heiligen Ehe.

Behende wie ein Eichhörnchen mußte ich sein, sage ich Ihnen.

Man sollte meinen, daß ich bei der sorgfältigen Erziehung, die meine Mutter mir angedeihen ließ, ohne weiteres mit solchen Dingen hätte fertig werden können, und zweifellos wäre das auch der

Fall gewesen, wenn sie nur lange genug gelebt hätte, um meine Erziehung zu vollenden. Doch leider wurde sie mir entrissen, als ich noch sehr jung war.

Sie war eine wunderbare Frau, meine Mutter. An den Handgelenken pflegte sie breite Armbänder zu tragen, immer fünf oder sechs auf einmal, Armbänder, an denen alles mögliche hing und die bei jeder Bewegung klirrten und klingelten. Wo sie auch sein mochte, man konnte sie immer finden, indem man diesem melodischen Geräusch nachging. Besser als Kuhglocken war das. Abends hockte sie in ihren schwarzen Hosen im Türkensitz auf dem Sofa und rauchte ungezählte Zigaretten aus einer langen schwarzen Spitze. Ich kauerte auf dem Boden und beobachtete sie.

«Willst du meinen Martini kosten, George?» fragte sie mich oft.

«Sei vorsichtig, Clare», mahnte dann mein Vater. «Wenn du dem Jungen dauernd Alkohol gibst, hört er auf zu wachsen.»

«Los», sagte sie. «Hab keine Angst. Trink nur.»

Ich gehorchte meiner Mutter stets aufs Wort.

«Nicht soviel», sagte mein Vater. «Ein Schlückchen genügt, damit er weiß, wie es schmeckt.»

«Misch dich nicht ein, Boris. Dies ist *sehr* wichtig.»

Meine Mutter vertrat die Theorie, man dürfe vor einem Kind nichts in der Welt geheimhalten. Zeige ihm alles. Laß ihn seine Erfahrungen machen.

«Ich will nicht, daß mein Sohn mit anderen Kindern über schmutzige Geheimnisse flüstert und an diesen oder jenen Fragen herumrätselt, nur weil ihm niemand die Wahrheit sagt.»

Sag ihm alles. Laß ihn zuhören.

«Komm her, George, ich will dir erzählen, was man von Gott wissen muß.»

Abends, bevor ich zu Bett ging, las sie mir nie Geschichten vor, statt dessen «erzählte» sie. Jeden Abend etwas anderes.

«Komm her, George, heute will ich dir von Mohammed erzählen.»

Sie hockte in ihren schwarzen Hosen im Türkensitz auf dem Sofa und winkte mir mit einer merkwürdig schlaffen Gebärde. In der Hand hielt sie die lange schwarze Zigarettenspitze, und die Armreifen mit den vielen Anhängern klirrten.

«Wenn man schon eine Religion haben muß, finde ich den Mohammedanismus ebenso gut wie irgendeine andere. Er geht davon aus, daß es das wichtigste ist, gesund zu bleiben. Man darf eine Menge Frauen haben, aber weder rauchen noch trinken.»

«Warum darf man weder rauchen noch trinken?»

«Wegen der vielen Frauen, Liebling. Für sie muß man gesund und männlich bleiben.»

«Was heißt männlich?»

«Darüber sprechen wir morgen, mein Herzchen. Immer nur eine Sache auf einmal. Ja, und die Mohammedaner leiden auch nie an Verstopfung.»

«Na, Clare», ließ sich mein Vater vernehmen, «halte dich lieber an die Tatsachen.»

«Was weißt denn du davon, mein guter Boris? Wenn *du* einmal versuchen wolltest, dich täglich morgens, mittags und abends in Richtung auf Mekka zu verneigen, bis deine Stirn die Erde berührt, dann würdest du in dieser Beziehung etwas weniger Schwierigkeiten haben.»

Ich verstand zwar kaum die Hälfte von dem, was sie mir erzählte, aber ich hörte ihr trotzdem mit Begeisterung zu. Sie vertraute mir ja Geheimnisse an, und etwas Aufregenderes gab es nicht.

«Komm her, George, ich will dir genau erklären, wie dein Vater sein Geld verdient.»

«Nein, Clare, jetzt ist es genug.»

«Unsinn, Liebster. Warum sollen wir vor dem Jungen ein *Geheimnis* daraus machen? Dann denkt er doch nur, es wäre noch viel, viel schlimmer.»

Als ich zehn Jahre alt war, fing sie an, mir detaillierte Vorträge über die sexuelle Frage zu halten. Das war das größte Geheimnis von allen und daher das reizvollste.

«Komm her, George, ich werde dir erzählen, wie du auf die Welt gekommen bist, ganz von Anfang an.»

Ich sah meinen Vater aufblicken und den Mund weit öffnen, wie er es immer tat, wenn er etwas Wichtiges sagen wollte. Doch schon richtete meine Mutter ihre glänzenden Augen auf ihn, und er wandte sich wieder seinem Buch zu, ohne ein Wort gesprochen zu haben.

«Dein armer Vater ist verlegen», sagte sie und schenkte mir ihr privates Lächeln, das nur ich bekam, niemand anders. Bei diesem Lächeln hob sie langsam den einen Mundwinkel, so daß sich eine hübsche Falte bis zum Auge hinauf bildete und eine Art Blinzel-Lächeln daraus wurde.

«Verlegen sein, Liebling, ist etwas, wovor ich dich um jeden Preis bewahren möchte. Und bilde dir ja nicht ein, daß dein Vater nur *deinetwegen* verlegen wäre.»

Mein Vater rückte nervös im Sessel hin und her.

«Mein Gott, solche Dinge setzen ihn sogar in Verlegenheit, wenn er mit mir, seiner Frau, allein ist.»

«Was für Dinge?» fragte ich.

Mein Vater stand auf und verließ das Zimmer.

Ungefähr eine Woche nach diesem Abend kam meine Mutter ums Leben. Vielleicht waren inzwischen auch schon zehn Tage vergangen oder vierzehn, genau weiß ich das nicht. Ich weiß nur, daß sich diese besondere Serie von «Erzählungen» dem Ende näherte, als es geschah, und weil ich selbst in die kurze Kette von Ereignissen, die zu ihrem Tode führten, verwickelt war, steht mir noch jede Einzelheit dieser merkwürdigen Nacht so deutlich vor Augen, als wäre es gestern gewesen. Jederzeit kann ich meine Erinnerung einschalten und alles wie einen Film an meinen Augen vorüberziehen lassen, und was ich sehe, verändert sich nie. Immer endet es an derselben Stelle, nicht früher, nicht später, und immer beginnt es auf dieselbe Weise, seltsam unvermittelt, im Dunkeln, mit der Stimme meiner Mutter, die irgendwo über mir meinen Namen ruft.

«George! Wach auf, George! Wach auf!»

Und dann blendet mich grelles elektrisches Licht, aus dessen Mitte, aber von weit her, die Stimme auf mich einspricht: «George, wach auf, spring aus dem Bett, zieh deinen Schlafrock an! Schnell! Unten gibt es etwas Interessantes zu sehen. Komm, Kind, komm! Beeil dich! Zieh deine Hausschuhe an. Wir gehen hinaus.»

«Hinaus?»

«Rede nicht lange, George. Tu, was ich dir gesagt habe.»

Ich bin so verschlafen, daß ich kaum die Füße heben kann, aber meine Mutter nimmt mich fest an der Hand und führt mich nach unten, hinaus in die Nacht, wo mir die Kälte entgegenschlägt, als hätte mir jemand einen nassen Schwamm ins Gesicht geworfen. Ich reiße die Augen weit auf und sehe den Rasen, der von Frost glitzert, und die riesigen Äste der Zeder, die schwarz vor der schmalen Mondsichel stehen. Darüber wölbt sich der mit unzähligen Sternen besäte Himmel.

Wir eilen über den Rasen, meine Mutter und ich; ihre Armbänder klirren wie toll, und ich muß laufen, um nicht zurückzubleiben. Bei jedem Schritt höre ich das spröde, gefrorene Gras unter meinen Füßen knirschen.

«Josephine hat gerade angefangen, ihre Jungen zu kriegen», sagt meine Mutter. «Das ist eine prachtvolle Gelegenheit. Jetzt wirst du sehen, wie das vor sich geht.»

In der Garage brennt Licht, und wir treten ein. Mein Vater ist nicht da, der Wagen auch nicht. Der leere Raum wirkt riesengroß, und durch die Sohlen meiner Hausschuhe spüre ich den eiskalten Betonfußboden. In einer Ecke liegt Josephine in ihrem niedrigen Drahtkäfig auf einem

Strohhaufen. Josephine, ein großes blauschwarzes Kaninchen mit roten Augen, blickt mißtrauisch auf, als wir hereinkommen. Ihr Mann, der Napoleon heißt, ist in einem Käfig in der gegenüberliegenden Ecke untergebracht. Ich bemerke, daß er auf den Hinterbeinen steht und ungeduldig an dem Maschendraht kratzt.

«Schau!» ruft meine Mutter. «Gerade kriegt sie das erste! Es ist schon fast draußen!»

Wir schleichen zu Josephine hin, und ich hocke mich vor den Käfig, das Gesicht ans Gitter gepreßt. Ich bin entzückt. Hier kommt ein Kaninchen aus dem anderen heraus. Phantastisch ist das, die reinste Hexerei. Und sehr geschwind geht es.

«Sieh nur, wie es herauskommt, so hübsch sauber in seinen kleinen Cellophanbeutel verpackt!» sagt meine Mutter. «Und nun gib acht, wie sie für ihr Kleines sorgt! Die Ärmste hat keinen Waschlappen, und wenn sie einen hätte, könnte sie ihn nicht in den Pfoten halten, also wäscht sie ihr Kind mit der Zunge.»

Die Kaninchenmutter wendet ihre kleinen roten Augen ängstlich in unsere Richtung und rückt dann herum, so daß nun ihr Körper zwischen uns und dem Jungen ist.

«Komm nach drüben», sagt meine Mutter. «Das dumme Tier hat sich bewegt. Ich glaube, sie möchte ihr Baby vor uns verstecken.»

Wir gehen auf die andere Seite des Käfigs. Josephine folgt uns mit dem Blick. Das Männchen krallt sich am Gitter fest und hüpft wie besessen.

«Warum ist Napoleon so aufgeregt?» frage ich.

«Ich weiß nicht, Liebling. Kümmere dich nicht um ihn. Schau Josephine an. Ich glaube, sie kriegt bald das nächste. Sieh nur, wie sorgfältig sie ihr Baby wäscht! Sie behandelt es genauso, wie Menschenmütter ihre Kinder behandeln. Denk dir, als du geboren wurdest, habe ich's mit dir auch so gemacht.»

Das große blauschwarze Kaninchen beobachtet uns noch immer. Dann schiebt es das Junge mit der Schnauze von uns fort, dreht sich langsam auf die andere Seite und fängt von neuem mit Lecken und Säubern an.

«Ist es nicht geradezu ein Wunder, daß eine Mutter instinktiv weiß, was sie zu tun hat?» flüstert meine Mutter. «Nun stell dir mal vor, Liebling, daß du das Baby wärst und ich Josephine – halt, komm wieder nach drüben, sonst siehst du ja nichts.»

Wir kriechen um den Käfig herum, damit wir das Junge ungehindert betrachten können.

«Sieh nur, wie sie es hätschelt und mit Küssen bedeckt. Da! Jetzt küßt sie es *wirklich*! Genau wie ich dich!»

Ich schaue genauer hin. Was ist das für eine sonderbare Art, zu küssen?

«Nein!» schreie ich. «Sie frißt es!»

Tatsächlich, der Kopf des winzigen Kaninchens verschwindet im Maul der Mutter.

«Schnell, Mammi!»

Mein Schrei ist noch nicht verklungen, da hat Josephine schon den ganzen kleinen Körper verschluckt.

Ich drehe mich hastig um, und ehe ich weiß, wie mir geschieht, ist das Gesicht meiner Mutter über mir, dicht über mir, keine sechs Zoll entfernt. Vielleicht versucht sie etwas zu sagen, vielleicht ist sie auch zu überrascht, um etwas zu sagen, aber ich sehe nichts als ihren Mund, den riesigen roten Mund, der sich weiter und weiter öffnet, bis er nur noch ein tiefes klaffendes Loch mit einer schwarzen Mitte ist. Ich schreie wieder, und diesmal kann ich nicht aufhören. Dann kommen plötzlich ihre Hände auf mich zu, ich fühle ihre Haut an der meinen, lange, kalte Finger schließen sich eng um meine Fäuste, ich springe zurück, reiße mich los, stürze blindlings in die Nacht hinaus. Immerfort schreiend, renne ich die Auffahrt entlang und durch das Tor, höre dabei hinter mir im Dunkeln das Klirren der Armbänder, das mein Geschrei übertönt und immer lauter wird, je näher sie mir kommt auf dem Weg, der bergab führt, den Hügel hinunter und über die Brücke zur Landstraße, wo viele Wagen mit blendenden Scheinwerfern im Sechzigmeilentempo dahinrasen.

Irgendwo hinter mir höre ich das Kreischen von Bremsen, das Scharren von Reifen auf dem Asphalt. Dann wird es still, und plötzlich bemerke ich, daß die Armbänder nicht mehr klingeln.

Arme Mutter.

Hätte ich sie nur etwas länger behalten dürfen.

Ich gebe zu, daß sie mir mit diesen Kaninchen einen furchtbaren Schreck eingejagt hat, aber es war nicht ihre Schuld. Irgendwie passierten zwischen uns immer so seltsame Dinge, und ich hatte mir angewöhnt, darin eine Art Abhärtung zu sehen, die mir eher nützte als schadete. Hätte sie nur lange genug gelebt, um meine Erziehung vollenden zu können, so wäre mir sicherlich all der Verdruß erspart geblieben, von dem ich Ihnen vor fünf Minuten berichtet habe.

Damit bin ich wieder bei meinem Thema. Von meiner Mutter wollte ich nämlich gar nicht sprechen. Sie hat nichts mit dem zu tun, wovon hier die Rede sein soll, und ich werde sie nicht mehr erwähnen.

Ich habe Ihnen von den alten Jungfern meines Kirchspiels erzählt. Nicht wahr, alte Jungfer ist ein häßliches Wort? Es beschwört das Bild einer zähen, alten Henne mit runzligem Schnabel herauf oder läßt an ein schandmäuliges Monstrum denken, das in Reithosen im Hause herumstapft. Aber das traf auf meine alten Jungfern keineswegs zu. Sie waren saubere, gesunde, ansehnliche Frauen, die meisten von ihnen aus sehr guter Familie und obendrein wohlhabend, so daß jeder andere unverheiratete Mann ihre Gesellschaft recht erfreulich gefunden hätte.

Anfangs, als ich noch neu im Kirchspiel war, hatte ich keinen Grund zur Klage. Mein Beruf und mein geistliches Gewand boten mir einen gewissen Schutz, und zudem befleißigte ich mich einer würdevollen Zurückhaltung, um Vertraulichkeiten von vornherein abzuwehren. So konnte ich mich einige Monate lang sorglos im Kreise meiner Pfarrkinder bewegen. Keine Dame ließ es sich einfallen, mich auf einem Wohltätigkeitsbasar unterzufassen oder meine Finger zu berühren, wenn sie mir beim Abendessen das Salzfäßchen reichte. Ich war sehr glücklich und fühlte mich so wohl wie seit Jahren nicht mehr. Sogar die nervöse Angewohnheit, beim Sprechen mein Ohrläppchen mit dem Zeigefinger zu reiben, verlor sich allmählich.

Das war, was ich die erste Periode nenne, und sie erstreckte sich über nahezu sechs Monate. Dann kam der Ärger.

Freilich, ich hätte wissen müssen, daß ein gesunder Mann nicht hoffen darf, Verwicklungen nur dadurch zu vermeiden, daß er auf Distanz zwischen sich und den Damen bedacht ist. Auf die Dauer hilft das gar nichts. Hat es eine Wirkung, dann eher die entgegengesetzte.

Wie oft sah ich sie bei einer Whistpartie verstohlen zu mir herüberspähen. Sie tuschelten miteinander, nickten vielsagend, leckten sich die Lippen, sogen an ihren Zigaretten, schmiedeten flüsternd Angriffspläne. Manchmal fing ich ein paar Gesprächsfetzen auf: «Was für ein scheuer Mensch ... ein bißchen nervös ist er, nicht wahr ... viel zu verkrampft ... er braucht Gesellschaft ... man müßte ihm die Hemmungen nehmen ... ihn lehren, sich zu entspannen.» Und dann, im Laufe der nächsten Wochen, fingen sie an, mich einzukreisen. Ich wußte, daß sie es taten, ich fühlte, was vor sich ging, obwohl sie fürs erste ihre Absicht durch nichts verrieten.

Das war die zweite Periode. Sie dauerte den größten Teil eines Jahres. Eine aufreibende Zeit, und doch war es der Himmel auf Erden, verglichen mit der dritten und letzten Phase.

Denn nun gaben die Angreifer nicht mehr vereinzelte, ungezielte Schüsse aus dem Hinterhalt ab – nein, sie stürzten plötzlich mit aufgepflanztem Bajonett auf mich zu. Entsetzlich war es, schreckenerregend. Nichts kann einen Mann mehr entnerven als ein blitzschneller, unerwarteter Überfall. Ich bin kein Feigling. Jedem *Einzelwesen* meiner Größe biete ich unter allen Umständen unerschrocken die

Stirn. Aber dieser Angriff – davon bin ich jetzt fest überzeugt – war das Werk *vieler* Frauen, die eine raffiniert zusammenarbeitende Einheit bildeten.

Der erste Vorstoß kam von Miss Elphinstone, einem dicken Weibsbild mit Muttermalen. Ich mußte sie eines Nachmittags aufsuchen, um von ihr einen Beitrag für die neuen Orgelbälge zu erbitten, und nach einer liebenswürdigen Unterhaltung in der Bibliothek schrieb sie mir huldvoll einen Scheck über zwei Guineen aus. Ich bat sie, mich nicht hinauszubegleiten, und ging in die Halle, um meinen Hut zu holen. Gerade wollte ich ihn vom Haken nehmen, als sie plötzlich – sie mußte mir nachgeschlichen sein –, als sie plötzlich ihren bloßen Arm unter den meinen schob, und gleich darauf waren ihre Finger in den meinen verschlungen. Wieder und wieder drückte sie meine Hand, so fest, so regelmäßig, als betätige sie den Ball eines Zerstäubers.

«Sind Sie wirklich so unnahbar, wie Sie immer tun?» flüsterte sie.

O Himmel!

Ich kann nur sagen, daß ich, als ihr Arm unter den meinen glitt, das Gefühl hatte, eine Kobra ringele sich um mein Handgelenk. Ich wandte mich zur Flucht, stieß die Haustür auf und rannte die Auffahrt hinunter, ohne mich umzusehen.

Am nächsten Tag fand im Gemeindesaal des Dorfes ein Basar statt (auch hier ging es darum, Geld für die neuen Orgelbälge zusammenzubringen). Gegen Ende der Veranstaltung stand ich nichtsahnend in einer Ecke, trank Tee und beobachtete die Dorfbewohner, die sich vor den Ständen drängten. Plötzlich hörte ich neben mir jemand sagen: «Oje, was haben Sie für hungrige Augen, mein Lieber!» Im nächsten Moment lehnte sich ein kurvenreicher Körper an mich, und eine Hand mit roten Fingernägeln versuchte, mir ein dickes Stück Kokosnußkuchen in den Mund zu schieben.

«Miss Prattley», rief ich. «Bitte!»

Aber schon hatte sie mich an die Wand gequetscht, und ich, in der einen Hand die Tasse, in der anderen die Untertasse, war völlig wehrlos. Ich fühlte, wie mir am ganzen Körper der Schweiß ausbrach, und wäre mein Mund nicht voll von dem Kuchen gewesen, den sie hineinstopfte, dann hätte ich ganz bestimmt geschrien.

Ein häßlicher Zwischenfall, doch es kam noch viel schlimmer.

Am folgenden Tag war es Miss Unwin. Besagte Miss Unwin war eng mit Miss Elphinstone *und* Miss Prattley befreundet, und daher wäre natürlich äußerste Vorsicht am Platze gewesen. Aber wer hätte gedacht, daß ausgerechnet Miss Unwin, dieses stille, sanfte Mäuschen – sie hatte mir erst ein paar Wochen zuvor ein wunderschönes, eigenhändig gesticktes Kissen für die Kirche geschenkt –, wer also hätte gedacht, daß sie sich je irgendwelche Freiheiten herausnehmen würde? Als sie mich bat, sie in die Krypta zu begleiten und ihr die Wandmalereien aus der Sachsenzeit zu zeigen, kam mir keinen Augenblick der Gedanke, daß dies eine Teufelei sein könnte. Und doch war es eine.

Ich mag dieses Erlebnis nicht beschreiben; es war zu peinlich. Andere, nicht weniger grausame Überfälle folgten. Fast täglich ereignete sich eine neue Schändlichkeit. Ich war nur noch ein Nervenbündel. Manchmal wußte ich kaum, was ich tat. Bei der Trauung der jungen Gladys Pitcher fing ich an, die Begräbnisformel zu lesen. Als ich das Neugeborene von Mrs. Harris taufte, ließ ich das Würmchen ins Taufbecken fallen, so daß es beinahe ertrunken wäre. Ein Hautausschlag am Hals, den ich seit reichlich zwei Jahren nicht mehr gehabt hatte, trat wieder auf, und die dumme Geschichte mit meinem Ohrläppchen wurde schlimmer denn je. Sogar mein Haar begann auszufallen. Je mehr ich mich zurückzog, desto heftiger verfolgten sie mich. So sind die Frauen. Nichts reizt sie so sehr wie ein Mann, der zu bescheiden oder zu schüchtern ist, sich ihnen zu nähern. Und doppelt hartnäckig werden sie, wenn es ihnen glückt – und hier muß ich, so schwer es mir wird, ein Geständnis machen –, wenn es ihnen, wie in meinem Fall, glückt, tief in den Augen dieses Mannes einen kleinen geheimen Schimmer von Sehnsucht zu entdecken.

Wissen Sie, im Grunde war ich nämlich ganz wild auf Frauen.

Ja, ich weiß, nach allem, was ich erzählt habe, werden Sie das kaum glaubhaft finden, aber es war wirklich so. Das, was mich an den Frauen erschreckte, war einzig und allein der körperliche Kontakt. Vorausgesetzt, daß sie in sicherer Entfernung blieben, konnte ich sie stundenlang beobachten, und zwar ebenso fasziniert, wie Sie vielleicht ein Tier beobachten, das Sie um keinen Preis anfassen möchten, einen Seepolypen zum Beispiel oder eine Giftschlange. Ich liebte den Anblick eines weißen, weichen Armes, der aus einem Ärmel tauchte, merkwürdig nackt wie eine geschälte Banane. Es regte mich maßlos auf, wenn ein Mädchen in einem enganliegenden Kleid durchs Zimmer ging, und ich genoß es auch, Frauenbeine von hinten zu sehen, besonders wenn sie in Schuhen mit hohen Absätzen steckten – der wundervolle Schwung in den Kniekehlen und die Beine selbst, straff und von einer bis zum äußersten angespannten Elastizität. Wenn ich an einem Sommernachmittag in Lady Birdwells Wohnzimmer am Fenster saß, schaute ich manchmal über den Rand meiner Teetasse zum Schwimmbassin hinüber und war wie berauscht, wenn ich zwischen der oberen und der unteren Hälfte eines zweiteiligen Badeanzugs einen sonnenverbrannten Streifen Fleisch erspähte.

An solchen Gedanken ist nichts Schlimmes. Alle Männer haben sie von Zeit zu Zeit. Bei mir aber hinterließen sie ein furchtbares Schuldgefühl. Bin ich es etwa, fragte ich mich immer wieder, der unbewußt verantwortlich ist für die schamlose Art, in der sich diese Damen neuerdings gefallen? Ist es das unkontrollierbare Glänzen meiner Augen, das fortwährend ihre Leidenschaft erregt und sie reizt? Gebe ich ihnen, sooft ich sie anschaue, unwissentlich jenes Signal, das man den Komm-zu-mir-Wink nennt? Tue ich das?

Oder gehört ihr aggressives Benehmen zu den Kennzeichen der weiblichen Natur?

Auf diese Frage hätte ich wohl leicht eine beruhigende Antwort finden können, doch das genügte mir nicht. Mein Gewissen läßt sich nie mit Vermutungen beschwichtigen, es fordert Beweise. Ich mußte einwandfrei feststellen, wer in diesem Fall der schuldige Teil war – ich oder sie. So entschloß ich mich denn zu einem einfachen Experiment eigener Erfindung, das ich mit Hilfe von Snellings Ratten durchführte.

Etwa ein Jahr zuvor hatte ich Ärger mit einem unartigen Chorknaben namens Billy Snelling gehabt. Der Junge hatte an drei aufeinanderfolgenden Sonntagen ein Paar weiße Ratten in die Kirche mitgebracht und sie während meiner Predigt auf dem Fußboden herumlaufen lassen. Schließlich hatte ich die Tiere konfisziert, sie mit nach Hause genommen und in einer Kiste untergebracht, die ich in den Schuppen am Ende des Pfarrgartens stellte. Aus reiner Menschlichkeit hatte ich sie gefüttert, und das Ergebnis war, daß sich diese Kreaturen, wenn auch ohne die geringste Ermutigung von meiner Seite, sehr schnell zu vermehren begannen. Aus dem Pärchen wurden fünf, aus den fünf wurden zwölf.

So stand es, als ich den Entschluß faßte, sie zu Forschungszwekken zu verwenden. Die Bedingungen waren ideal, denn es gab ebenso viele Männchen wie Weibchen, sechs von jeder Sorte.

Zunächst sperrte ich Männchen und Weibchen in getrennte Käfige, und zwar für volle drei Wochen. Die Ratte ist ein sehr wollüstiges Tier, und einundzwanzig Tage sind für sie, wie jeder Zoologe bestätigen wird, eine außerordentlich lange Trennungszeit. Ich vermute, daß eine Woche erzwungenen Zölibats für eine Ratte ungefähr einem Jahr gleicher Behandlung für jemanden wie Miss Elphinstone oder Miss Prattley entspricht – woraus man ersieht, daß ich bemüht war, wirklichkeitsnahe Bedingungen zu schaffen.

Als die drei Wochen vorüber waren, nahm ich eine große Kiste, die in der Mitte durch ein Gitter geteilt war, und setzte die Weibchen auf die eine, die Männchen auf die andere Seite. Das Gitter bestand nur aus drei blanken Drähten mit jeweils einem Zoll Zwischenraum, aber es war mit starkem elektrischem Strom geladen.

Um die Sache der Wirklichkeit noch mehr anzunähern, gab ich jedem Weibchen einen Namen. Das größte, das auch die längsten Barthaare hatte, war Miss Elphinstone. Ein anderes mit einem kurzen, dicken Schwanz nannte ich Miss Prattley. Das kleinste hieß Miss Unwin und so weiter. Die Männchen, alle sechs, waren ICH.

Nun holte ich mir einen Stuhl, ließ mich darauf nieder und beobachtete.

Ratten sind von Natur mißtrauisch, und als ich die beiden Geschlechter, nur durch die Drähte getrennt, in dieselbe Kiste gesetzt hatte, rührte sich zunächst keines der Tiere. Die Männchen starrten die Weibchen unverwandt durch das Gitter an. Die Weibchen wiederum starrten die Männchen an und warteten, daß sie herüberkämen. Ich sah genau, daß beide Seiten vor Verlangen brannten. Die Barthaare zitterten, die Nasen zuckten, und gelegentlich schlug ein langer Schwanz scharf gegen die Wand der Kiste.

Nach einer Weile löste sich ein Männchen aus seiner Gruppe. Vorsichtig, den Bauch dicht über dem Boden, näherte es sich dem Gitter. Es berührte einen Draht und wurde sofort elektrisch hingerichtet. Die elf Hinterbliebenen saßen regungslos, wie erstarrt.

Neun und eine halbe Minute lang rührte sich auf beiden Seiten nichts, aber ich bemerkte, daß alle Männchen den Körper ihres toten Genossen anstarrten, während die Weibchen nur Augen für die Männchen hatten.

Schließlich konnte es Miss Prattley mit dem kurzen Schwanz nicht länger aushalten. Sie sprang vorwärts, kam an den Draht und fiel tot um.

Die Männchen preßten den Leib fest an den Boden und betrachteten nachdenklich die beiden Leichen am Drahtgitter. Auch die Weibchen waren anscheinend tief erschüttert, und wieder blieb es auf beiden Seiten geraume Zeit still.

Nun verriet Miss Unwin Zeichen von Ungeduld. Sie schnaufte hörbar, und ihre bewegliche rosa Nasenspitze zuckte hin und her. Dann wippte sie auf und nieder, als wollte sie seilspringen. Sie schaute sich nach ihren vier Gefährtinnen um und hob den Schwanz hoch in die Luft, was wohl heißen sollte: Jetzt geht's los, Kinder! Und schon lief sie flink auf die Drähte zu, steckte den Kopf hindurch und wurde getötet.

Sechzehn Minuten später machte Miss Foster ihre erste Bewegung. Miss Foster war eine Frau aus dem Dorf, die Katzen züchtete, und sie hatte die Unverschämtheit gehabt, an ihrem Haus in der High Street ein großes Schild mit der Aufschrift *Fosters Katzenheim* anzubringen. Durch ihre langjährige Gemeinschaft mit diesen Tieren schien sie all deren schlechte Eigenschaften erworben zu haben, und wenn sie mir in einem Zimmer nahe kam, spürte ich trotz des Rauchs ihrer russischen Zigarette einen schwachen, aber scharfen Katzengeruch. Ich hatte nie den Eindruck gehabt, daß sie imstande sei, ihre niedrigen Instinkte zu beherrschen, und so beobachtete ich mit Genugtuung, wie sich die Törichte das Leben nahm, indem sie mit einem letzten, verzweifelten Sprung auf das männliche Geschlecht zustürzte.

Die nächste war eine Miss Montgomery-Smith, eine energische kleine Person, die mir einmal hatte einreden wollen, sie sei mit einem Bischof verlobt gewesen. Sie starb bei dem Versuch, auf dem Bauch unter dem Draht durchzukriechen, und ich muß sagen, daß ich daraus gewisse Rückschlüsse auf ihre Lebensweise zog.

Die fünf Männchen saßen noch immer unbeweglich und warteten.

Als fünftes Weibchen machte sich Miss Plumley auf den Weg. Sie war eine seltsame Person, die mir immerzu Botschaften in den Klingelbeutel steckte. Erst am letzten Sonntag, als ich nach dem Morgengottesdienst in der Sakristei das Geld zählte, hatte ich in einem zusammengefalteten Zehnshillingschein so ein Zettelchen gefunden. *Bei der Predigt klang heute Ihre arme Stimme recht heiser*, stand darauf. *Bitte, gestatten Sie mir, Ihnen zur Linderung eine Flasche von meinem selbstbereiteten Hustenbalsam zu bringen. Herzlichst Eunice Plumley.*

Miss Plumley schlenderte gemächlich zum Gitter, schnüffelte mit der Nasenspitze an dem mittleren Draht, kam etwas zu nahe, und zweihundertvierzig Volt Wechselstrom fuhren ihr in den Körper.

Die fünf Männchen blieben, wo sie waren, und sahen dem Gemetzel zu.

Auf der weiblichen Seite war jetzt nur noch Miss Elphinstone übrig.

Eine geschlagene halbe Stunde machte weder sie noch eine der anderen Ratten eine Bewegung. Schließlich richtete sich eines der Männchen langsam auf, tat einen Schritt vorwärts, zögerte, besann sich eines Besseren und kauerte sich wieder auf den Boden.

Das muß Miss Elphinstone über die Maßen enttäuscht haben, denn plötzlich stürmte sie mit blitzenden Augen vor und versuchte über das Gitter zu springen. Es war eine bemerkenswerte Leistung, und beinahe hätte sie es geschafft. Eines ihrer Hinterbeine streifte jedoch den obersten Draht, und so starb sie wie die anderen ihres Geschlechts.

Es tat mir unbeschreiblich wohl, dieses einfache und, wie ich selbst sagen muß, klug erdachte Experiment zu beobachten. Mit einem Schlage hatte sich mir die unglaublich lüsterne und hemmungslose weibliche Natur enthüllt. Mein eigenes Geschlecht war glänzend gerechtfertigt, ich konnte beruhigt sein.

All die quälenden Schuldgefühle, die sich immer wieder in mir geregt und mein Gewissen belastet hatten, flogen im Nu aus dem Fenster. Das Bewußtsein meiner Unschuld verlieh mir ungeahnte Kraft und Heiterkeit.

Einen Augenblick spielte ich mit dem absurden Gedanken, das schwarze Eisengitter, das den Pfarrgarten umgab, unter Strom zu setzen; die Pforte allein würde vielleicht schon genügen. Dann konnte ich von der Bibliothek aus in aller Gemütsruhe zuschauen, wie die Damen Elphinstone, Prattley und Unwin – diesmal in Menschengestalt – ihre endgültige Strafe dafür empfingen, daß sie ein unschuldiges männliches Wesen belästigt hatten.

Verrückte Gedanken!

Nein, sagte ich mir, so geht es nicht. Ich muß mich vielmehr mit einer Art unsichtbarem elektrischen Zaun umgeben, der ganz aus meiner persönlichen Moral besteht. Dahinter kann ich dann in vollständiger Sicherheit sitzen, während die Feinde, einer nach dem anderen, gegen das Gitter prallen.

Ich nahm mir vor, ein schroffes Benehmen an den Tag zu legen, alle Frauen kurz abzufertigen und sie nicht anzulächeln. Auch wollte ich keinen Schritt mehr zurückweichen, wenn eine auf mich zukam, sondern ihr standhalten, sie durchdringend ansehen und jeden Annäherungsversuch mit einer scharfen Antwort quittieren.

In dieser Stimmung begab ich mich am nächsten Tag zu Lady Birdwells Tennisgesellschaft.

Ich selbst spielte nicht, aber die Lady hatte mich freundlich aufgefordert, gegen sechs Uhr zu kommen, wenn das Spiel zu Ende sei. Sie glaubte wohl, die Anwesenheit eines Geistlichen werde der Zusammenkunft eine gewisse Note verleihen, und vielleicht hoffte sie auch, daß sie mich zu einer Darbietung wie bei ihrer letzten Gesellschaft überreden könnte, wo ich nach dem Souper volle einundeinviertel Stunden am Klavier gesessen und die Gäste mit einem Vortrag über die Entwicklung des Madrigals im Laufe der Jahrhunderte unterhalten hatte.

Pünktlich um sechs Uhr erreichte ich auf meinem Fahrrad den langen Weg, der vom Gartentor zum Haus führte. Es war die erste Juniwoche, und die Rhododendronsträucher zu beiden Seiten standen in voller Blüte, purpurn und hellrot. Ich fühlte mich ungewöhnlich munter und verwegen. Nach dem Experiment mit den Ratten konnte mich nun niemand mehr überrumpeln. Ich wußte genau, was meiner harrte, und war entsprechend gerüstet. Das kleine Gitter um mich herum würde mich schützen.

«Ah, guten Abend, mein lieber Vikar», rief Lady Birdwell, als sie meiner ansichtig wurde, und eilte mit ausgestreckten Armen auf mich zu.

Ich hielt mannhaft stand und blickte ihr fest in die Augen.

«Wie geht's Birdwell?» fragte ich. «Ist er noch in der Stadt?»

Bestimmt hatte sie nie zuvor erlebt, daß jemand, der nicht zu Lord Birdwells Bekannten gehörte, in diesem Ton von ihm sprach. Sie erstarrte förmlich zur Salzsäule, sah mich sonderbar an und wußte offenbar nicht, was sie antworten sollte.

«Ich werde mich setzen, wenn Sie nichts dagegen haben», sagte ich und ging an ihr vorbei zur Terrasse, wo neun oder zehn Gäste bequem in Rohrsesseln lehnten und an ihren Drinks nippten. Die Gesellschaft bestand vorwiegend aus Frauen, der gewohnte Kreis, alle in weißen Tenniskleidern, und ich hatte den Eindruck, mein ehrbarer schwarzer Anzug werde es mir erleichtern, die erforderliche Distanz zu halten.

Die Damen begrüßten mich lächelnd. Ich verbeugte mich kurz und nahm auf einem freien Stuhl Platz, ohne ihr Lächeln zu erwidern.

«Ich erzähle meine Geschichte lieber ein andermal zu Ende», sagte Miss Elphinstone. «Ich glaube, sie würde unserem Vikar nicht gefallen.» Sie kicherte und warf mir einen schelmischen Blick zu. Ich wußte, daß sie auf mein übliches nervöses Lachen wartete und auf meine übliche Beteuerung, wie weitherzig ich sei, aber ich tat nichts dergleichen. Ich hob nur die eine Seite meiner Oberlippe, bis sie sich zu einem schwachen verächtlichen Lächeln kräuselte – das hatte ich am Morgen vor dem Spiegel ausprobiert –, und sagte scharf mit lauter Stimme: «*Mens sana in corpore sano.*»

«Wie bitte?» rief sie. «Noch einmal, Herr Vikar.»

«Ein sauberer Geist in einem gesunden Körper», antwortete ich. «Es ist der Wahlspruch meiner Familie.»

Daraufhin entstand ein ziemlich langes befremdetes Schweigen. Ich sah, daß die Damen Blicke wechselten, die Stirn runzelten und verstohlen den Kopf schüttelten.

«Unser Vikar ist schlechter Laune», verkündete Miss Foster, die Katzenzüchterin. «Ich glaube, er braucht einen Drink.»

«Danke», antwortete ich. «Wie Sie wissen, nehme ich keinen Alkohol zu mir.»

«Darf ich Ihnen dann vielleicht einen schönen kalten Fruchtcocktail mixen?»

Dieser Satz kam sanft und ganz unerwartet von jemand, der rechts hinter mir saß, und aus der Stimme klang eine so aufrichtige Hilfsbereitschaft, daß ich mich hastig umwandte.

Ich erblickte eine Dame von ungewöhnlicher Schönheit, die ich bisher erst einmal, etwa vor einem Monat, gesehen hatte. Sie hieß Miss Roach, und ich entsann mich, daß sie mir damals aufgefallen war, weil sie sich so sehr von den anderen unterschied. Ihre liebenswürdige und dabei zurückhaltende Art hatte mich stark beeindruckt, und die Tatsache, daß ich mich in ihrer Gegenwart wohl gefühlt hatte, ließ nur einen Schluß zu: Miss Roach gehörte nicht zu den Frauen, die sich mir in irgendeiner Weise aufzudrängen suchten.

«Sie müssen doch müde sein, nachdem Sie den weiten Weg geradelt sind», meinte sie.

Ich drehte mich vollends um und betrachtete sie aufmerksam. Sie war wirklich eine auffallende Erscheinung – erstaunlich muskulös für eine Frau, mit breiten Schultern, kräftigen Armen und strammen Waden. Ihr Gesicht, noch erhitzt von den Anstrengungen des Nachmittags, strahlte in einem gesunden Rot.

«Danke vielmals, Miss Roach», erwiderte ich, «aber ich rühre Alkohol in keiner Form an. Vielleicht ein Gläschen Zitronenlimonade...»

«Fruchtcocktail besteht nur aus Obst, Padre.»

Wie ich es liebe, Padre genannt zu werden! Das Wort klingt so militärisch – man denkt sofort an strenge Disziplin und Offiziersrang.

«Fruchtcocktail?» sagte Miss Elphinstone. «Eine völlig harmlose Sache.»

«Da ist nichts drin als Vitamin C», fügte Miss Foster hinzu.

«Viel besser für Sie als Brauselimonade», versicherte Lady Birdwell. «Kohlensäure greift die Magenschleimhaut an.»

«Ich hole Ihnen ein Glas», sagte Miss Roach und lächelte mir freundlich zu. Es war ein gutes, offenes Lächeln, und von einem Mundwinkel zum anderen konnte ich nichts Arglistiges oder Boshaftes darin entdecken.

Sie erhob sich und ging zu dem Tisch, auf dem die Getränke standen. Ich sah, wie sie eine Orange zerkleinerte, dann einen Apfel, eine Gurke, eine Traube. Das alles füllte sie in ein Glas und goß ziemlich viel Flüssigkeit aus einer Flasche dazu. Ich konnte die Aufschrift auf dem Etikett ohne Brille nicht lesen, aber ich glaubte einen Namen wie *Jim* oder *Tim* oder *Pim* zu erkennen.

«Ich hoffe, es ist noch genug davon da», rief Lady Birdwell. «Meine Kinder sind so gierig danach.»

«Reichlich», antwortete Miss Roach. Sie kam mit dem Glas zurück und stellte es vor mich hin.

Auch ohne das Getränk zu probieren, verstand ich, weshalb die Kinder so dafür schwärmten. Die Flüssigkeit war von einem dunklen Bernsteinrot, zwischen den Eiswürfeln schwammen Obststückchen, und Miss Roach hatte das Ganze mit etwas Minze garniert. Ich vermutete, sie habe die Minze eigens für mich dazugetan, um die Süße zu mildern und der Mischung, die sonst wohl nur für Jugendliche bestimmt war, einen «erwachseneren» Geschmack zu geben.

«Ist es Ihnen auch nicht zu dickflüssig, Padre?»

«Keineswegs», erwiderte ich und nahm einen Schluck. «Es schmeckt köstlich. Wirklich, ganz ausgezeichnet.»

Nach all der Mühe, die sich Miss Roach gemacht hatte, schien es fast unrecht, das Getränk so schnell hinunterzugießen, doch es war derart erfrischend, daß ich nicht widerstehen konnte.

«Soll ich Ihnen noch eins zurechtmachen?»

Statt mir das Glas aus der Hand zu nehmen, wartete sie, bis ich es auf den Tisch gestellt hatte, und das gefiel mir.

«Die Minze würde ich aber nicht essen», sagte Miss Elphinstone.

«Ich will lieber noch ein Flasche aus dem Haus holen», rief Lady Birdwell. «Sie werden sie brauchen, Mildred.»

«Tun Sie das», antwortete Miss Roach. «Ich trinke Unmengen von dem Zeug», erklärte sie, zu mir gewandt. «Und ich glaube nicht, daß man mich abgemagert nennen kann.»

«Gewiß nicht», beteuerte ich eifrig. Ich beobachtete sie wieder beim Mischen des Getränks, und als sie die Flasche hob, sah ich unter der Haut ihres Armes die Muskeln spielen. Sie kehrte mir den Rücken zu, und ich bemerkte, daß sie einen prachtvollen Hals hatte, nicht dürr und sehnig wie die Hälse vieler sogenannter moderner Schönheiten, sondern fleischig und stark, mit einer kleinen Furche auf jeder Seite, wo die Sehnen vorsprangen. Bei einer solchen Person konnte man das Alter schwer erraten, aber ich schätzte sie auf nicht mehr als achtundvierzig oder neunundvierzig Jahre.

Kaum hatte ich mein zweites Glas geleert, als mich eine höchst merkwürdige Empfindung überkam. Mir war, als stiege ich von meinem Stuhl in die Luft, emporgetragen von Hunderten kleiner warmer Wellen, die unter mir fluteten. Ich fühlte mich leicht wie eine Wasserblase; alles um mich herum schien auf und ab zu schweben und dabei sanft von einer Seite zur anderen zu schwingen. Das war überaus angenehm, und ich verspürte eine fast unbezwingbare Lust, laut zu singen.

«Na, geht's Ihnen gut?» hörte ich Miss Roachs Stimme aus weiter Ferne. Ich drehte mich um und stellte zu meinem Erstaunen fest, daß sie dicht neben mir saß. Auch sie schwebte auf und ab.

«Großartig», versicherte ich. «Mir geht's einfach großartig.»

Ihr breites rosiges Gesicht war mir so nahe, daß ich den hellen Flaum sah, der ihre Wangen bedeckte. Im Sonnenlicht schimmerte jedes einzelne Härchen wie Gold. Plötzlich war ich versucht, die Hand auszustrecken und diese Wangen zu streicheln. Um ehrlich zu sein – es wäre mir gar nicht unangenehm gewesen, hätte sie das bei mir getan.

«Hören Sie», sagte sie weich, «wollen wir beide nicht einen kleinen Spaziergang durch den Garten machen und die Lupinen anschauen?»

«Fein», antwortete ich. «Wunderbar. Ganz wie Sie wünschen.»

In Lady Birdwells Garten befindet sich neben dem Krocketplatz ein kleines Sommerhaus, und ehe ich wußte, wie mir geschah, saß ich in diesem Sommerhaus neben Miss Roach auf einer Art Chaiselongue. Ich schwebte noch immer auf und ab, sie ebenfalls, und was das betrifft, ging es dem Sommerhaus auch nicht anders. Wunderbar war das. Ich fragte Miss Roach, ob ich ihr etwas vorsingen solle.

«Jetzt nicht», erwiderte sie, schlang die Arme um mich und zog meine Brust so fest an die ihre, daß es weh tat.

«Lassen Sie», sagte ich schmelzend.

«So ist es schön», murmelte sie in einem fort. «So ist es schön, nicht wahr?»

Hätte Miss Roach oder irgendein anderes weibliches Wesen eine Stunde zuvor dergleichen getan, ich weiß nicht, was passiert wäre. Wahrscheinlich wäre ich in Ohnmacht gefallen. Vielleicht sogar gestorben. Nun aber, obwohl ich noch immer derselbe war, störte es mich kein bißchen, daß diese üppigen nackten Arme meinen Körper berührten. Im Gegenteil – und das war das Erstaunlichste an der Sache –, allmählich erwachte in mir der Wunsch, die Umarmung zu erwidern.

Ich nahm ihr linkes Ohrläppchen zwischen Daumen und Zeigefinger und zog spielerisch daran.

«Unartiger Junge», sagte sie.

Ich zog stärker und drückte gleichzeitig ein wenig. Das erregte sie in solchem Maße, daß sie wie ein Schwein grunzte und schnaufte. Ihr Atem wurde laut und keuchend.

«Küß mich», befahl sie.

«Wie?» fragte ich.

«Los, küß mich.»

In diesem Augenblick sah ich ihren Mund, ihren großen Mund

langsam auf mich zukommen, sich öffnen, sich immer weiter öffnen, und auf einmal fühlte ich, wie sich mir der Magen umdrehte, und ich erstarrte vor Schreck.

«Nein!» schrie ich. «Nein, Mammi, nein!»

Glauben Sie mir, in meinem ganzen Leben habe ich nichts Entsetzlicheres gesehen als diesen Mund. Ich konnte es einfach nicht ertragen, daß er mir näher und näher kam. Hätte mir jemand ein rotglühendes Eisen ins Gesicht stoßen wollen, ich wäre längst nicht so versteinert gewesen, das schwöre ich. Die starken Arme hielten mich fest umschlungen, so daß ich mich nicht rühren konnte, und der Mund wurde größer und größer. Plötzlich war er dicht über mir, riesig, feucht, ein klaffendes Loch – und in der nächsten Sekunde war ich drinnen.

Ich befand mich ganz in dem riesigen Mund, lag längs der Zunge auf dem Bauch, mit den Füßen irgendwo in der Gegend der Kehle, und ich wußte instinktiv, daß ich genau wie das kleine Kaninchen lebend verschluckt werden würde, wenn es mir nicht sofort gelang, zu entkommen. Ich fühlte, wie meine Beine durch eine Art Sog in den Schlund hinabgezerrt wurden, hob rasch die Arme, packte die unteren Vorderzähne und hielt mich aus Leibeskräften daran fest. Mein Kopf war nahe der Mundöffnung, ich konnte sogar zwischen den Lippen ein Stückchen Außenwelt sehen – den gebohnerten Holzfußboden des Sommerhauses, der im Sonnenschein glänzte, und darauf einen gigantischen Fuß mit einem weißen Tennisschuh.

Ich hatte mich krampfhaft an den Rand der Zähne geklammert und war dabei, mich trotz des Sogs langsam zum Tageslicht hinaufzuziehen, als plötzlich die oberen Zähne auf meine Fingerknöchel schlugen und so wütend zubissen, daß ich loslassen mußte. Ich glitt abwärts, die Füße voran, und suchte dabei wie verrückt nach irgendeinem Halt, aber alles war so weich und glatt, daß ich nichts packen konnte. Als ich an dem letzten Backenzahn vorbeirutschte, sah ich etwas Goldenes aufblitzen, und drei Zoll weiter erblickte ich über mir etwas, was wie ein dicker roter Stalaktit vom Gaumen herabhing und wohl das Zäpfchen war. Ich griff mit beiden Händen danach, aber das Ding glitschte durch meine Finger, und ich sauste in die Tiefe.

Ich erinnere mich, daß ich um Hilfe rief, doch ich vermochte kaum meine eigene Stimme zu hören, weil die Kehle von lärmenden Atemzügen widerhallte. Hier schien immer eine steife Brise zu wehen, ein merkwürdiger, wechselnder Wind, der bald sehr kalt (beim Einatmen) und bald sehr heiß (beim Ausatmen) war.

Ich brachte es fertig, mich mit den Ellbogen an einer scharfen, fleischigen Erhebung festzuhaken – vermutlich war es der Kehldeckel –, blieb dort einen Augenblick hängen und strampelte mit den Beinen, um an der Wand des Schlundes Halt zu finden, aber eine heftige Schluckbewegung der Kehle riß mich mit, und es ging wieder abwärts.

Von nun an gab es nichts mehr, woran ich mich hätte klammern können, und ich glitt tiefer und tiefer, bis meine Beine im oberen Teil des Magens baumelten. Ich fühlte, wie mich die langsame, starke rhythmische Darmbewegung ergriff und mich immer weiter nach unten beförderte.

Hoch über mir, draußen an der frischen Luft, hörte ich Frauenstimmen schwatzen:

«Das kann doch nicht wahr sein ...»

«Meine liebe Mildred, wie schrecklich ...»

«Der Mann muß verrückt sein ...»

«Ihr armer Mund, schauen Sie ihn nur an ...»

«Ein Wüstling ...»

«Ein Sadist ...»

«Wirklich, wir sollten an den Bischof schreiben ...»

Und dann Miss Roachs Stimme, lauter als die anderen. Sie kreischte wie ein Papagei und fluchte wie ein Landsknecht. «Der kleine Dreckskerl hat verdammtes Glück, daß ich ihn nicht umgebracht habe. Hören Sie, sagte ich zu ihm, wenn ich mir einen Zahn ziehen lassen will, dann gehe ich zum Zahnarzt und nicht zu einem lausigen Vikar ... Dabei habe ich ihm nicht die geringste Veranlassung gegeben ...»

«Wo steckt er denn jetzt, Mildred?»

«Weiß der Himmel. Wahrscheinlich in dem verwünschten Sommerhaus.»

«Los, Kinder, wir wollen ihn aufstöbern!»

O Gott, o Gott. Wenn ich jetzt, nach drei Wochen, auf das alles zurückblicke, begreife ich nicht, wie ich den Albdruck dieses entsetzlichen Nachmittags überlebt habe, ohne den Verstand zu verlieren.

Sich mit einer solchen Hexenbande einzulassen ist sehr gefährlich, und wäre es ihnen gelungen, mich in dem Sommerhaus zu erwischen, sie hätten mich in ihrer sinnlosen Wut auf der Stelle in Stücke gerissen.

Entweder das, oder sie wären mit mir durch die Hauptstraße des Dorfes zur Polizeiwache marschiert, Lady Birdwell und Miss Roach an der Spitze der Prozession.

Aber natürlich erwischten sie mich nicht.

Es ist ihnen damals nicht gelungen, und es ist ihnen bis heute noch nicht gelungen, und wenn mir das Glück treu bleibt, bin ich für immer vor ihnen sicher – oder jedenfalls für einige Monate, und dann ist ohnehin Gras über die dumme Geschichte gewachsen.

Wie Sie sich denken können, muß ich mich ganz für mich halten und darf mich weder bei öffentlichen noch bei privaten Zusammenkünften blicken lassen. In einem solchen Fall ist Schreiben eine sehr wohltuende Beschäftigung, und ich verwende täglich viele Stunden darauf, mit Sätzen zu spielen. Jeder Satz ist für mich ein Rädchen, und ich habe den Ehrgeiz, mehrere hundert davon zu sammeln und sie da zusammenzufügen, mit ineinandergreifender Verzahnung, wie ein Getriebe, aber jedes Rad von verschiedener Größe und verschieden schneller Umdrehung. Hin und wieder versuche ich, ein sehr großes Rad mit einem sehr kleinen zu verbinden, und zwar so, daß die langsame Bewegung des großen Rades ein summendes Herumwirbeln des kleinen bewirkt. Eine äußerst knifflige Angelegenheit.

Abends singe ich oft Madrigale, aber dabei vermisse ich sehr mein Spinett.

Trotzdem fühle ich mich hier ganz wohl und habe mir alles so gemütlich gemacht wie nur möglich. Es ist ein kleines Zimmer, das höchstwahrscheinlich im ersten Abschnitt des Zwölffingerdarms liegt – gleich dahinter, in Höhe der rechten Niere, führt er senkrecht nach unten. Der Boden ist ganz eben – die erste ebene Stelle, die ich bei dem schrecklichen Absturz erreichte –, und nur deswegen gelang es mir, hier festen Fuß zu fassen. Über mir sehe ich eine Art Öffnung, die ich für den Pförtner halte, wo der Magen in den Dünndarm mündet (ich entsinne mich, daß meine Mutter mir schematische Zeichnungen der Verdauungsorgane zeigte), und unter mir ist in der Wand eine merkwürdige kleine Höhle, die Mündung des Ausführungsganges der Bauchspeicheldrüse in den Zwölffingerdarm.

Für einen konservativ eingestellten Mann wie mich ist diese Behausung ein wenig bizarr. Eichenmöbel und Parkettfußboden wären mehr nach meinem Geschmack. Etwas aber gibt es hier, was mir so gefällt, und das sind die Wände. Sie sind wunderschön weich, wie gepolstert, so daß ich nach Herzenslust gegen sie anrennen kann, ohne mir weh zu tun.

Zu meinem größten Erstaunen habe ich hier mehrere Menschen vorgefunden, zum Glück ausschließlich Männer. Aus irgendeinem Grunde tragen sie alle weiße Kittel. Sie tun sehr geschäftig und kommen sich offenbar ungemein wichtig vor. In Wirklichkeit sind sie samt und sonders erbärmliche Dummköpfe. Sie scheinen nicht einmal zu wissen, wo sie sind. Ich versuche dauernd, es ihnen zu erklären, aber sie hören einfach nicht zu. Manchmal bringen sie mich so zur Verzweiflung, daß ich meinen Gleichmut verliere und anfange zu schreien. Dann erscheint auf ihren Gesichtern ein lauernder, mißtrauischer Ausdruck; sie weichen langsam zurück und sagen: «Ja, ja, nur ruhig. Nur ruhig, Herr Vikar. Nicht aufregen. Schön brav sein.»

Was soll so ein Gerede?

Aber da ist auch ein älterer Herr – er besucht mich jeden Morgen nach dem Frühstück –, der anscheinend etwas mehr in der Wirklichkeit lebt als die anderen. Er ist höflich und würdevoll, und ich glaube, er fühlt sich einsam, denn er sitzt mit Vorliebe in meinem Zimmer und hört mir zu. Ärger gibt es nur, wenn wir auf unseren Aufenthaltsort zu sprechen kommen; dann sagt er immer, er wolle mir zur Flucht verhelfen. Auch heute morgen redete er davon, und gleich war der Streit da.

«Verstehen Sie doch», sagte ich geduldig, «ich *will* nicht fliehen.»

«Aber warum denn nicht, mein lieber Vikar?»

«Wie oft soll ich Ihnen noch erzählen, daß sie draußen nach mir suchen.»

«Wer?»

«Miss Elphinstone und Miss Roach und Miss Prattley und die anderen.»

«Was für ein Unsinn.»

«Doch, sie verfolgen mich. Und ich glaube, hinter Ihnen sind sie auch her, Sie wollen es nur nicht zugeben.»

«Nein, lieber Freund, hinter mir sind sie nicht her.»

«Würden Sie mir dann gütigst erklären, was Sie hier unten tun?»

Das verblüffte ihn etwas, und er wußte offensichtlich nicht, was er antworten sollte.

«Ich wette, Sie haben sich mit Miss Roach eingelassen und sind ebenso verschluckt worden wie ich. Jawohl, genau das ist passiert, Sie schämen sich nur, es einzugestehen.»

Als ich das sagte, sah er auf einmal so blaß und niedergeschlagen aus, daß er mir leid tat.

«Soll ich Ihnen ein Lied vorsingen?» fragte ich.

Er erhob sich, ohne zu antworten, und ging langsam hinaus.

«Mut, lieber Freund», rief ich ihm nach. «Seien Sie nicht traurig. Es gibt immer Balsam in Gilead.»

Der Lautforscher

Es war ein warmer Sommerabend. Klausner ging mit schnellen Schritten um das Haus herum in den Garten an der Rückseite. Vor einem Bretterschuppen blieb er stehen. Er schloß die Tür auf, trat ein und machte die Tür hinter sich zu.

In dem Schuppen gab es nur einen einzigen Raum. Auf einer hölzernen Werkbank, die dicht an die ungestrichene Wand herangeschoben war, stand inmitten eines Durcheinanders von Drähten, Batterien und allerlei scharfen Werkzeugen ein etwa ein Meter langer schwarzer Kasten, der die Form eines Kindersargs hatte.

Klausner ging auf den Kasten zu, dessen Deckel offen war. Er beugte sich vor, betrachtete mit größter Aufmerksamkeit ein Gewirr verschiedenfarbiger Drähte und silberner Röhren, hob ein Blatt Papier auf, das neben dem Kasten lag, sah es sich sehr genau an, legte es hin, schaute von neuem in den Kasten, fuhr mit den Fingern über die Drähte, zupfte leicht an ihnen, um die Verbindungen zu prüfen, blickte wieder auf das Papier, dann in den Kasten, dann abermals auf das Papier. So kontrollierte er etwa eine Stunde lang jeden einzelnen Draht.

Schließlich tastete seine Hand über die Vorderseite des Kastens und drehte an den drei Knöpfen, die sich dort befanden. Während er die Bewegungen des Mechanismus im Kasten beobachtete, sprach er leise vor sich hin, nickte mit dem Kopf und lächelte manchmal. Seine Hände glitten pausenlos hin und her, die Finger hantierten flink und geschickt, sein Mund verzog sich eigenartig, wenn er an eine komplizierte Verbindung geriet, und er murmelte in einem fort: «Ja... Ja... Und jetzt diesen hier... Ja... Ja... Aber stimmt das? Habe ich – wo ist mein Diagramm?... Ach ja... Natürlich... Ja, ja... So ist es richtig... Und jetzt... Gut... Gut... Ja... Ja, ja, ja.» Er war völlig konzentriert, aber es lag etwas Drängendes in der Art, wie er arbeitete, etwas Atemloses, das auf eine starke, mühsam unterdrückte Erregung hindeutete.

Plötzlich hörte er Schritte auf dem Kiesweg. Er richtete sich auf und fuhr herum, als die Tür sich öffnete und ein hochgewachsener Mann eintrat. Es war Scott. Es war nur Scott, der Arzt.

«Sieh mal einer an», rief der Arzt. «Also hier verstecken Sie sich abends immer.»

«Hallo, Doktor», sagte Klausner.

«Ich kam gerade vorbei», erklärte der andere. «Und da wollte ich doch sehen, wie es Ihnen geht. Im Haus war niemand, deshalb habe ich Sie im Garten gesucht. Was macht der Hals?»

«Alles in Ordnung. Danke.»

«Na, wenn ich schon hier bin, kann ich ihn mir ja noch einmal anschauen.»

«Bitte, bemühen Sie sich nicht. Mir fehlt nichts. Ich bin völlig gesund.»

Dr. Scott merkte, daß die Atmosphäre mit Spannung geladen war. Er betrachtete den schwarzen Kasten auf der Werkbank, dann blickte er den Mann an. «Sie haben noch den Hut auf», sagte er.

«Wirklich?» Klausner nahm den Hut ab und legte ihn auf die Werkbank.

Der Arzt kam näher und beugte sich über den Kasten. «Was ist das?» fragte er. «Bauen Sie ein Radio?»

«Nein. Nur so eine Bastelei.»

«Ziemlich komplizierte Sache, was?»

«Ja.» Klausner wirkte nervös und zerstreut.

«Was soll's denn werden?» erkundigte sich der Arzt. «Sieht ja direkt unheimlich aus, das Ding.»

«Mir ist da eine Idee gekommen ...»

«Ja?»

«Hat mit Geräuschen zu tun, das ist alles.»

«Du meine Güte! Haben Sie denn tagsüber bei der Arbeit noch nicht genug Lärm?»

«Ich mag Geräusche.»

«Scheint mir auch so.» Dr. Scott wandte sich zum Gehen. An der Tür drehte er sich noch einmal um und sagte: «Na, ich will Sie nicht länger stören. Schön, daß Ihr Hals wieder in Ordnung ist.» Aber er blieb stehen, denn der seltsame Mechanismus in dem Kasten interessierte ihn, und außerdem hätte er gar zu gern gewußt, was dieser wunderliche Kauz vorhatte. «Wozu ist es denn nun wirklich?» fragte er. «Sie haben mich neugierig gemacht.»

Klausner sah auf den Kasten, dann auf den Arzt. Er hob die Hand und rieb nachdenklich sein rechtes Ohrläppchen. Eine Pause trat ein. Der Arzt stand lächelnd an der Tür und wartete.

«Also gut, ich will's Ihnen erklären, wenn es Sie interessiert.» Wieder trat eine Pause ein. Offensichtlich wußte Klausner nicht, wie er beginnen sollte.

Er trat von einem Fuß auf den anderen, zupfte am Ohrläppchen, sah auf seine Füße, und schließlich sagte er langsam: «Ja, also... Theoretisch ist die Sache ganz einfach. Das menschliche Ohr... Sie wissen ja, daß es nicht alles hören kann. Es gibt Töne, die so hoch oder so tief sind, daß wir sie nicht hören können.»

«Richtig», bestätigte der Arzt.

«Ja, jeder Ton, der grob gesprochen mehr als fünfzehntausend Schwingungen in der Sekunde hat, ist für uns nicht mehr zu hören. Hunde haben bessere Ohren als wir. Gewiß kennen Sie diese Pfeifchen, deren Ton so hoch ist, daß nur ein Hund sie hören kann.»

«Ja, ich habe schon mal so ein Ding gesehen.»

«Natürlich. Und weiter oben auf der Tonleiter, also über dem Ton der Hundepfeife, gibt es noch einen Ton – eine Schwingung, wenn Sie wollen, aber ich spreche lieber von einem Ton. Den können Sie auch nicht hören. Und darüber gibt es noch einen und noch einen, immer höher und höher die Tonleiter hinauf, eine endlose Tonfolge... eine Unendlichkeit von Tönen... Es gibt einen Ton – wenn unser Ohr ihn nur hören könnte –, der so hoch ist, daß er eine Million Schwingungen in der Sekunde hat... und einen, der noch millionenmal höher ist... und so weiter, immer höher und höher, bis ins Unendliche... in die Ewigkeit... hinter die Sterne.»

Klausner sprach mit wachsender Erregung. Er war ein kleiner, schmächtiger Mann, nervös und zappelig, mit Händen, die dauernd in Bewegung waren. Sein großer Kopf neigte sich zur linken Schulter, als wäre der Hals nicht stark genug, ihn zu tragen. Er hatte ein weiches, blasses, fast weißes Gesicht, und der Blick seiner hellgrauen Augen, die zwinkernd durch eine nickelgeränderte Brille schauten, war unstet und verträumt. Ja, er war klein und schmächtig, nervös und zappelig, eine Motte von einem Mann, bald verträumt und zerstreut, bald aufgeregt und lebhaft, und doch spürte der Arzt, als er das seltsam blasse Gesicht und die hellgrauen Augen betrachtete, daß an diesem kleinen Mann etwas Distanziertes war, etwas ungemein Distanziertes, als hätte sich sein Geist weit vom Körper entfernt.

Der Arzt wartete auf nähere Erklärungen. Klausner seufzte und faltete fest die Hände. «Ich glaube», sagte er, langsamer jetzt, «ich glaube, daß es eine ganze Welt von Lauten gibt, die wir nicht hören können. Vielleicht erklingt dort oben in den hohen, unhörbaren Regionen eine neue erregende Musik mit zarten Harmonien und wilden, schneidenden Dissonanzen – eine Musik, die so mächtig ist, daß sie uns verrückt machen würde, wenn unsere Ohren darauf eingestellt wären, sie zu hören. Ja, das ist durchaus möglich... Und nicht nur das. Es kann dort sogar...»

«Ja», unterbrach ihn der Arzt, «aber es ist nicht sehr wahrscheinlich.»

«Warum nicht? Warum nicht?» Klausner deutete auf eine Fliege, die auf einer kleinen Rolle Kupferdraht saß. «Sehen Sie diese Fliege? Was für ein Geräusch macht sie jetzt? Keines – soweit wir hören können. Aber wer sagt uns, daß sie nicht wie verrückt in den höchsten Tönen pfeift oder bellt oder krächzt oder singt? Sie hat doch einen Mund, nicht wahr? Sie hat eine Kehle!»

Der Arzt blickte lächelnd auf die Fliege. Er stand noch immer an der Tür, halb zum Gehen gewandt. «Und das wollen Sie also herausfinden?» fragte er.

«Vor einiger Zeit», berichtete Klausner, «fertigte ich ein einfaches Instrument an, das mir das Vorhandensein vieler unhörbarer Geräusche bewies. Oft habe ich dagesessen und beobachtet, wie die Nadel meines Instruments Klangschwingungen in der Luft anzeigte, die ich nicht hören konnte. Und *das* sind die Laute, die ich gern hören möchte. Ich möchte wissen, woher sie kommen und wer oder was sie hervorbringt.»

«Und der Apparat, an dem Sie da arbeiten? Wird der Ihnen ermöglichen, diese Geräusche zu hören?»

«Vielleicht. Wer weiß? Bis jetzt ist es mir noch nicht geglückt. Aber ich habe einige Veränderungen vorgenommen, und heute abend werde ich's noch mal versuchen. Dieser Apparat –» Klausner legte die Hand darauf – «soll Klangschwingungen, die für das menschliche Ohr zu hoch sind, auffangen und sie in hörbare Töne umwandeln. Ich stelle ihn ein, beinahe wie ein Radio.»

«Wie meinen Sie das?»

«Eine ganz einfache Sache. Angenommen, ich möchte das Piepsen einer Fledermaus hören, also einen ziemlich hohen Ton – etwa dreißigtausend Schwingungen in der Sekunde. Das normale menschliche Ohr kann ihn kaum hören. Aber wenn nun eine Fledermaus in diesem Raum herumflöge, dann brauchte ich den Apparat nur auf dreißigtausend einzustellen, und schon würde ich das Piepsen ganz klar hören. Ich würde sogar den richtigen Ton hören – f oder b, was es gerade ist –, nur die *Tonhöhe* wäre viel niedriger. Verstehen Sie?»

Der Arzt sah auf den langen schwarzen Kasten. «Und das wollen Sie heute abend versuchen?»

«Ja.»

«Na, dann viel Glück.» Dr. Scott blickte auf seine Uhr. «Du meine Güte, ich muß ja weiter. Auf Wiedersehen. Und vielen Dank, daß Sie es mir erklärt haben. Ich komme mal vorbei und frage, ob es geklappt hat.» Er ging hinaus und schloß die Tür hinter sich.

Klausner bastelte noch eine Zeitlang an den Drähten in dem schwarzen Kasten herum; dann richtete er sich auf und sagte in einem leisen, erregten Flüstern: «So, jetzt machen wir noch einen Versuch... Diesmal im Garten... Vielleicht... vielleicht... ist der Empfang dort besser. Hoch damit... Vorsichtig... Mein Gott, ist das schwer!» Er trug den Kasten zur Tür, merkte, daß er die Tür nicht öffnen konnte, ohne den Kasten abzusetzen, trug ihn auf die Werkbank zurück, öffnete die Tür, nahm den Kasten und trug ihn mit einiger Mühe in den Garten. Auf dem Rasen stand ein kleiner Holztisch, und dort setzte er seine Last behutsam ab. Dann holte er aus dem Schuppen einen Kopfhörer. Er stülpte ihn über die Ohren und schob die Stekker in den Apparat. Seine Hände bewegten sich flink und zielsicher. Aufgeregt, wie er war, atmete er laut und schnell durch den Mund. Er sprach noch immer mit sich selbst, beruhigend und ermutigend, als hätte er Angst – Angst, daß der Apparat nicht funktionierte, und Angst vor dem, was geschehen würde, wenn er funktionierte.

Er stand im Garten neben dem Holztisch, so blaß, klein und dünn, daß er einem greisenhaften, schwindsüchtigen, bebrillten Kind glich. Die Sonne war untergegangen. Kein Lüftchen regte sich, kein Geräusch war zu hören. Vom Rasen aus konnte er über einen niedrigen Zaun in den Nachbargarten sehen, wo eine Frau mit einem Blumenkorb zwischen den Beeten umherging. Er betrachtete sie eine Zeitlang, dachte aber dabei an etwas ganz anderes. Dann wandte er sich dem Kasten auf dem Tisch zu und drückte einen Hebel an der Vorderseite herunter. Er legte die linke Hand auf den Lautstärkeregler und die rechte auf den Drehknopf, mit dem sich ein Zeiger über eine große Skalenscheibe bewegen ließ. Auf der Skala standen wie bei einem Radioapparat die Frequenzangaben – viele Zahlen zwischen 15 000 und 1 000 000.

Nun beugte er sich über den Kasten, den Kopf gespannt lauschend zur Seite geneigt, und begann mit der rechten Hand den Knopf zu drehen. Der Zeiger wanderte langsam über die Skala, so langsam, daß Klausner kaum eine Bewegung sah. In dem Kopfhörer ertönte ein schwaches, unregelmäßiges Knistern.

Außer diesem knisternden Geräusch vernahm er noch ein gedämpftes Summen, das von dem Apparat selbst herrührte, aber das war alles. Während er lauschte, überkam ihn ein seltsames Gefühl: Ihm war, als wüchsen seine Ohren weit aus dem Kopf heraus, als sei jedes Ohr durch einen dünnen, steifen Draht mit dem Kopf verbunden und als würde dieser Draht immer länger, so daß die Ohren wie Fühler höher und höher in ein geheimes Territorium vordrangen, in ein gefährliches ultrasonores Gebiet, in das sich Menschenohren noch nie gewagt hatten und eigentlich auch nicht wagen durften.

Der kleine Zeiger wanderte langsam über die Skala. Plötzlich hörte Klausner einen Schrei, einen entsetzlichen, durchdringenden Schrei. Er zuckte zusammen, und seine Hände krampften sich um den Rand des Tisches. Dann blickte er nach allen Seiten, als erwarte er, denjenigen zu sehen, der geschrien hatte. Aber er sah nur die Frau im Nachbargarten, und die war es bestimmt nicht gewesen. Sie stand über ein Beet gebückt, schnitt gelbe Rosen und legte sie in ihren Korb.

Da war er wieder – dieser kehllose, unmenschliche Schrei, scharf und kurz, sehr klar und kalt. Der Ton hatte etwas Metallisches, Mollartiges, wie es Klausner nie zuvor gehört hatte. Er schaute umher, suchte instinktiv nach dem Ursprung des Geräusches. Die Frau nebenan war das einzige lebende Wesen, das er entdecken konnte. Er sah, wie sie eine Rose am Stiel ergriff und sie mit der Gartenschere abschnitt.

Wieder der Schrei. Er gellte genau in dem Augenblick auf, als der Rosenstiel durchgeschnitten wurde. Jetzt legte die Frau die Schere zu den Rosen in den Korb und wandte sich zum Gehen.

«Mrs. Saunders!» schrie Klausner mit vor Aufregung schriller Stimme. «Hallo, Mrs. Saunders!»

Die Frau fuhr herum und sah ihren Nachbarn auf dem Rasen stehen – eine phantastische kleine Gestalt mit seltsamen Klappen über den Ohren, die heftig die Arme schwenkte und so schrill, so laut nach ihr rief, daß sie dachte, es sei etwas passiert.

«Schneiden Sie noch eine ab! Bitte, schneiden Sie schnell noch eine ab!»

Sie starrte ihn verdutzt an. «Nanu, Mr. Klausner», sagte sie. «Was ist denn los?»

«Bitte, tun Sie mir den Gefallen», beschwor er sie. «Schneiden Sie noch eine Rose ab!»

Mrs. Saunders hatte ihren Nachbarn schon immer für einen Sonderling gehalten, und jetzt war er anscheinend völlig verrückt geworden. Sie überlegte, ob sie ins Haus laufen und ihren Mann holen sollte. Nein, dachte sie. Nein, er ist harmlos. Ich darf ihm nur nicht widersprechen. «Gern, Mr. Klausner, ganz wie Sie wollen», sagte sie, nahm die Schere aus dem Korb, bückte sich und schnitt eine Rose ab.

Und wieder hörte Klausner diesen entsetzlichen, kehllosen Schrei, wieder genau in dem Augenblick, da der Rosenstiel durchgeschnitten wurde. Er nahm den Kopfhörer ab und lief an den Zaun, der die beiden Gärten trennte. «Halt!» rief er. «Das genügt. Nicht noch mehr. Bitte, nicht noch mehr.»

Die Frau hob erstaunt den Kopf, die gelbe Rose in der einen, die Gartenschere in der anderen Hand.

«Ich will Ihnen etwas sagen, Mrs. Saunders», sprach er weiter. «Etwas so Merkwürdiges, daß Sie's vielleicht gar nicht glauben werden.» Er legte die Hand auf den Zaun und sah sie eindringlich durch seine dicken Brillengläser an. «Sie haben heute abend einen Korb voll Rosen geschnitten. Sie haben mit einer scharfen Schere die Stiele lebender Wesen durchtrennt, und jede Rose hat dabei entsetzlich geschrien. Haben Sie das gewußt, Mrs. Saunders?»

«Nein», antwortete sie. «Das habe ich wirklich nicht gewußt.»

«So ist es aber», versicherte Klausner. Er atmete hastig, bemühte sich jedoch, seine Erregung zu unterdrücken. «Ich habe gehört, wie sie schrien. Jedesmal wenn Sie eine Rose abschnitten, hörte ich diesen Schmerzensschrei. Ziemlich hoch, ungefähr einhundertzweiunddreißigtausend Schwingungen in der Sekunde. Sie, Mrs. Saunders, konnten es natürlich nicht hören. Aber *ich* habe es gehört.»

«Ist das wahr, Mr. Klausner?» Sie beschloß, bis fünf zu zählen und dann auf das Haus zuzurennen.

«Sie werden vielleicht einwenden», fuhr er fort, «daß ein Rosenstrauch kein Nervensystem hat, mit dem er etwas empfinden kann, und keine Kehle, die es ihm ermöglicht zu schreien. Das stimmt. Er hat beides nicht. Nicht so wie wir jedenfalls. Aber woher wissen Sie, Mrs. Saunders –» er lehnte sich weit über den Zaun und sprach in einem leidenschaftlichen Flüsterton – «*woher wissen Sie,* daß ein Rosenstrauch, von dem man eine Blüte abschneidet, nicht ebenso großen Schmerz empfindet wie Sie, wenn man Ihnen mit einer Gartenschere das Handgelenk durchschneidet. *Woher wissen Sie das*? Der Strauch *lebt* doch, nicht wahr?»

«Ja, Mr. Klausner. O ja ... Gute Nacht.» Damit machte sie kehrt und lief wie gehetzt den Gartenweg entlang. Klausner ging zum Tisch zurück. Er setzte den Kopfhörer auf und blieb eine Weile lauschend stehen. Nichts – nur das schwache Knistern und das Summen im Apparat. Er bückte sich, nahm ein weißes Gänseblümchen zwischen Daumen und Zeigefinger und zog langsam daran, bis der Stengel brach.

Von dem Augenblick, in dem er zu ziehen begann, bis zu dem Augenblick, da der Stengel brach, hörte er deutlich einen Schrei, einen leisen, hohen, seltsam unbeseelten Schrei. Er wiederholte das Experiment an einem anderen Gänseblümchen. Auch diesmal drang aus dem Kopfhörer ein Schrei an sein Ohr – aber er war jetzt nicht sicher, was dieser Schrei ausdrückte. Schmerz? Nein, eher Überraschung. Oder auch das nicht? Dieser Schrei drückte in Wahrheit keine der Empfindungen aus, die dem Menschen bekannt sind. Es war einfach ein Schrei, ein neutraler, unbeteiligter Schrei – ein einzelner Ton, der nichts ausdrückte. Und genauso war es bei den Rosen gewesen. Er hatte unrecht gehabt, es einen Schmerzensschrei zu nennen. Eine Blume empfindet wahrscheinlich keinen Schmerz. Sie fühlt etwas anderes, von dem wir nichts wissen – etwas, was vielleicht Schmarte heißt oder Plupfer oder Erflückerung oder sonstwie.

Klausner richtete sich auf und nahm den Kopfhörer ab. Es wurde dunkel. Er sah, wie in den umliegenden Häusern die Lichter aufflammten. Vorsichtig hob er den schwarzen Kasten vom Tisch, trug ihn in den Schuppen und stellte ihn auf die Werkbank. Dann schloß er die Tür von außen ab und ging ins Haus.

Am nächsten Morgen stand er in aller Frühe auf, zog sich an und lief sofort in den Schuppen, um den Apparat zu holen. Er umfaßte ihn mit beiden Händen, drückte ihn gegen die Brust und schritt, leicht unter dem Gewicht schwankend, am Haus vorbei zur Gartenpforte und von dort über die Straße in den Park. Nachdem er kurz Umschau gehalten hatte, ging er weiter, bis er zu einem großen Baum kam, einer Buche. Er stellte den Kasten dicht neben den Baumstamm. Dann rannte er ins Haus zurück, holte eine Axt aus dem Kohlenkeller, trug sie über die Straße in den Park und legte sie ebenfalls neben den Baum.

Wieder hielt er Umschau, blickte nervös durch seine dicken Gläser nach allen Seiten. Kein Mensch weit und breit. Es war sechs Uhr morgens.

Klausner stülpte den Kopfhörer über die Ohren und schaltete den Apparat ein. Er lauschte ein Weilchen dem vertrauten schwachen Summen; dann ergriff er die Axt, stellte sich breitbeinig hin und hieb sie mit aller Kraft dicht über dem Boden in den Baumstamm. Die Scheide drang tief in das Holz und blieb dort stecken. Im Augenblick des Aufpralls hörte er einen höchst merkwürdigen Laut. Es war ein unbekannter Laut, anders als alles, was er jemals gehört hatte, ein rauhes tonloses Dröhnen, ein brummendes, tiefes Ächzen, nicht schnell und kurz wie der Aufschrei der Rosen, sondern langgezogen wie ein Seufzen. Am lautesten war es, als die Axt aufschlug, dann wurde es nach und nach schwächer, bis es schließlich verstummte.

Entsetzt starrte Klausner auf die Stelle, wo die Axt in das hölzerne Fleisch des Baumes gedrungen war. Er umfaßte mit beiden Händen den Griff der Axt, zog die Schneide behutsam aus dem Stamm und warf das Werkzeug auf die Erde. Seine Finger tasteten über den Riß, der im Holz klaffte; er versuchte, die Ränder zusammenzupressen, um die Wunde zu schließen, und dabei murmelte er immer wieder: «Baum ... ach, Baum ... Es tut mir leid ... Es tut mir so leid ... Aber es wird heilen ... O ja, es wird heilen ...»

So stand er eine Zeitlang vor dem großen Baum, die Hände auf dem Stamm; dann drehte er sich plötzlich um und lief zurück – über die Straße, durch die Pforte, ins Haus. Er ging zum Telefon, sah im Buch nach, wählte eine Nummer und wartete. Seine linke Hand hielt den Hörer umklammert, während er mit der rechten ungeduldig auf den Tisch klopfte. Er hörte das Klingelzeichen am anderen Ende der Leitung, dann ein Klicken. Eine verschlafene männliche Stimme sagte: «Hallo, ja.»

«Dr. Scott?» fragte er.

«Ja. Am Apparat.»

«Dr. Scott, Sie müssen sofort kommen – bitte, schnell.»

«Wer spricht denn da?»

«Klausner. Sie erinnern sich doch, ich habe Ihnen gestern abend von den Lauten erzählt, die ich hören möchte, und davon, daß ich hoffte ...»

«Ja, ja, natürlich, aber was ist los? Sind Sie krank?»

«Nein, krank bin ich nicht, aber ...»

«Was denn», sagte der Arzt, «und da reißen Sie mich morgens um halb sieben aus dem Schlaf?»

«Bitte, kommen Sie. Kommen Sie schnell. Ich möchte, daß jemand es hört. Es macht mich verrückt! Ich kann es nicht glauben ...»

Der Arzt kannte diesen verzweifelten, fast hysterischen Ton – es war der gleiche Ton, in dem man ihm schon oft durchs Telefon zugerufen hatte: «Hier ist ein Unfall passiert. Kommen Sie schnell.» Er sagte langsam: «Sie wollen also wirklich, daß ich aufstehe und zu Ihnen komme?»

«Ja, jetzt gleich. Sofort, bitte.»

«Also gut – in ein paar Minuten bin ich da.»

Klausner setzte sich neben das Telefon und wartete. Er suchte sich zu erinnern, wie der Schrei des Baumes geklungen hatte, aber es gelang ihm nicht. Er wußte nur, daß es furchtbar gewesen war und daß sich ihm vor Entsetzen der Magen umgedreht hatte. Was für einen Schrei würde wohl ein Mensch ausstoßen, der fest in der Erde verankert dastehen mußte, während ihm jemand eine scharfe Axt ins Bein hieb, so daß die Schneide tief eindrang und sich in der Wunde einkeilte? Vielleicht den gleichen Schrei? Nein. Ganz bestimmt nicht. Der Schrei des Baumes war schrecklicher gewesen als irgendein Laut, den Menschen hervorbringen konnten, weil er etwas so grauenhaft Tonloses, Kehlloses gehabt hatte. Und wie würden wohl andere Lebewesen schreien? Klausner sah sofort ein Weizenfeld vor sich, ein

Feld voll lebender, aufrecht stehender gelber Weizenhalme, über das eine Mähmaschine fuhr, die mit ihren scharfen Messern die Halme durchschnitt, fünfhundert Halme in der Sekunde, in jeder Sekunde. O Gott, was mußte *das* für ein Laut sein? Fünfhundert Weizenpflanzen, die gleichzeitig aufschrien, und in jeder Sekunde wurden fünfhundert weitere geschnitten und schrien – nein, dachte er, ich will nicht mit meinem Apparat auf ein Weizenfeld gehen. Ich würde danach nie wieder Brot essen können. Und wie ist es mit Kartoffeln, fragte er sich, mit Kohlköpfen, Karotten und Zwiebeln? Und mit Äpfeln? Ach nein, bei Äpfeln ist nichts zu befürchten. Sie fallen auf natürliche Weise ab, wenn sie reif sind. Mit Äpfeln ist es etwas anderes, sofern man sie abfallen läßt und sie nicht von den Zweigen reißt. Aber Gemüse ... Kartoffeln zum Beispiel. Eine Kartoffel würde bestimmt schreien, ebenso eine Karotte, eine Zwiebel, ein Kohlkopf ...

Er hörte das Knarren der Gartenpforte, sprang auf, lief hinaus und sah den hochgewachsenen Arzt, der sich mit seiner schwarzen Tasche in der Hand dem Haus näherte.

«Na», sagte Dr. Scott, «wo brennt's denn?»

«Kommen Sie mit, Doktor. Ich möchte, daß Sie es hören. Ich habe Sie gerufen, weil Sie der einzige sind, dem ich's erzählt habe. Es ist drüben im Park. Kommen Sie mit.»

Der Arzt sah ihn an. Klausner schien sich beruhigt zu haben. Nichts deutete auf Geistesgestörtheit oder Hysterie hin; er war nur nervös und erregt.

Sie gingen über die Straße in den Park. Klausner führte den Arzt zu der großen Buche, an deren Fuß der sargähnliche schwarze Kasten stand. Daneben lag die Axt.

«Warum haben Sie den Apparat hierhergebracht?» fragte Dr. Scott.

«Ich brauchte einen Baum. In meinem Garten gibt es keine großen Bäume.»

«Und was soll die Axt?»

«Das werden Sie gleich sehen. Aber jetzt setzen Sie bitte den Kopfhörer auf und geben Sie acht. Geben Sie sehr gut acht und sagen Sie mir nachher genau, was Sie gehört haben. Ich möchte ganz sichergehen ...»

Der Arzt lächelte, nahm den Kopfhörer und stülpte ihn über die Ohren.

Klausner bückte sich und schaltete den Apparat ein. Dann ergriff er die Axt, stellte sich breitbeinig hin, um den Schlag zu führen. Einen Augenblick zögerte er noch. «Können Sie etwas hören?» fragte er den Arzt.

«Kann ich *was*?»

«Können Sie etwas *hören*?»

«Nur ein Summen.»

Klausner stand mit der erhobenen Axt da. Aber er brachte es einfach nicht fertig, zuzuschlagen. Der Gedanke an den Laut, den der Baum von sich geben würde, ließ ihn abermals zögern.

«Worauf warten Sie noch?» fragte der Arzt.

«Auf nichts», antwortete Klausner. Er holte weit aus und schwang die Axt gegen den Baum. Und während er sie schwang, glaubte er zu fühlen, ja mehr noch, war er sicher zu fühlen, daß sich die Erde unter ihm bewegte. Ein leichtes Beben lief durch den Boden, auf dem er stand, als wären die Wurzeln des Baumes in der Tiefe erzittert. Aber es war zu spät, den Schlag zu bremsen. Die Axt traf den Stamm und drang in ihn ein. In diesem Augenblick erklang über den Männern das Krachen berstenden Holzes und das Rauschen von Blättern, die andere Blätter streiften. Sie sahen beide hoch, und der Arzt schrie: «Passen Sie auf! Laufen Sie, Mann! Schnell, laufen Sie!»

Er hatte den Kopfhörer abgerissen und rannte davon. Klausner aber stand wie erstarrt und blickte auf den großen, viele Meter langen Ast, der sich langsam nach unten neigte. An der dicksten Stelle des Astes, dort, wo er in den Stamm überging, barst, knackte und splitterte das Holz. Klausner konnte gerade noch rechtzeitig beiseite springen. Der Ast fiel auf den Apparat und zertrümmerte ihn.

«Mein Gott!» rief der Arzt, als er zurückgelaufen kam. «Das ging nahe vorbei! Ich dachte schon, es hätte Sie erwischt!»

Klausner sah den Baum an. Sein großer Kopf war zur Seite geneigt, und auf seinem weichen, weißen Gesicht lag ein Ausdruck des Entsetzens. Langsam näherte er sich dem Baum und löste vorsichtig die Axt aus dem Stamm.

«Haben Sie es gehört, Doktor?» fragte er mit versagender Stimme.

Der Arzt war vom Laufen und der Aufregung noch ganz außer Atem. «Was gehört?»

«Im Kopfhörer. War da irgendein Geräusch, als die Axt aufschlug?»

Dr. Scott rieb sich den Nacken. «Hm», murmelte er, «offen gestanden...» Er runzelte die Stirn und nagte an seiner Unterlippe. «Nein, nicht daß ich wüßte. Wirklich, ich kann es nicht sagen. Die Axt schlug auf, und in der nächsten Sekunde habe ich den Kopfhörer schon abgerissen.»

«Ja, ja, aber was haben Sie gehört?»

«Ich weiß es nicht», beteuerte der Arzt. «Ich weiß nicht, was ich gehört habe. Wahrscheinlich das Geräusch des splitternden Astes.» Er sprach schnell und ziemlich gereizt.

«Wie hat es geklungen?» Klausner beugte sich ein wenig vor und sah ihn scharf an. «Beschreiben Sie mir genau, wie es geklungen hat.»

Der Arzt verlor die Geduld. «Zum Teufel, woher soll ich das wissen? Ich war mehr daran interessiert, mein Leben zu retten. Lassen wir das.»

«Dr. Scott, *wie hat es geklungen*?»

«Herr des Himmels, denken Sie denn, ich achte auf so was, wenn der halbe Baum herunterkommt und ich um mein Leben rennen muß?» Der Arzt war zweifellos nervös. Klausner spürte es. Er stand regungslos da und blickte Dr. Scott an, ohne ein Wort zu sprechen. Der Arzt scharrte mit den Füßen, zuckte die Achseln und wandte sich schließlich ab. «Nun», sagte er, «das ist dann wohl alles.»

«Halt!» befahl der kleine Mann, und sein weiches, weißes Gesicht rötete sich plötzlich. «Halt, Sie müssen das hier erst nähen.» Er zeigte auf den klaffenden Riß, den zweiten, den die Axt in den Baumstamm geschlagen hatte. «Nähen Sie das schnell.»

«Seien Sie nicht albern.»

«Tun Sie, was ich Ihnen sage. Nähen Sie es.» Klausner hob die Axt etwas höher. Er sprach leise, in einem seltsamen, fast drohenden Ton.

«Seien Sie nicht albern», wiederholte der Arzt. «Ich kann kein Holz nähen. Kommen Sie, wir gehen ins Haus.»

«Sie können kein Holz nähen?»

«Nein, natürlich nicht.»

«Haben Sie Jod in Ihrer Tasche?»

«Und wenn ich welches habe?»

«Bepinseln Sie die Wunde mit Jod. Es wird brennen, aber das läßt sich nicht ändern.»

«Unsinn», sagte der Arzt, und wieder wandte er sich zum Gehen. «Machen Sie sich doch nicht lächerlich. Kommen Sie mit ins Haus, und dann ...»

«Bepinseln Sie die Wunde mit Jod!»

Der Arzt zögerte. Er sah, wie sich Klausners Hand fester um den Griff der Axt schloß. Entweder tue ich ihm den Willen, dachte er, oder ich laufe weg, so schnell ich kann. Er fühlte sich verpflichtet, zu bleiben.

«Also gut», sagte er. «Ich bepinsele die Wunde mit Jod.»

Aus seiner schwarzen Tasche, die etwa zehn Meter entfernt im Gras lag, holte er eine Flasche Jod und etwas Watte. Dann trat er an den Baumstamm heran, entkorkte die Flasche, goß etwas Jod auf die Watte, bückte sich und betupfte die Schnittfläche. Er behielt dabei Klausner im Auge, der mit der Axt in der Hand unbeweglich dastand und ihn beobachtete.

«Passen Sie auf, daß Sie es richtig hineinbekommen.»

«Ja», sagte der Arzt.

«Und jetzt die andere Wunde – die obere.»

Der Arzt gehorchte.

«So, ich bin fertig.» Dr. Scott richtete sich auf und begutachtete mit ernster Miene seine Arbeit. «Das dürfte völlig genügen.»

Klausner untersuchte gewissenhaft die beiden Wunden.

«Ja», meinte er und nickte bedächtig mit dem großen Kopf, «ja, das dürfte genügen.» Er ging einen Schritt zurück. «Kommen Sie morgen wieder, um es sich anzusehen?»

«Natürlich», versicherte der Arzt. «Selbstverständlich.»

«Und behandeln Sie die Wunden wieder mit Jod?»

«Wenn es nötig ist, ja.»

«Danke, Doktor.» Klausner nickte noch einmal mit dem Kopf. Er ließ die Axt fallen, und plötzlich lächelte er, ein wildes, erregtes Lächeln. Der Arzt trat schnell auf ihn zu, nahm ihn sanft beim Arm und sagte: «Kommen Sie jetzt.» Und dann gingen sie fort, die beiden, gingen schweigend und ziemlich eilig zurück – durch den Park, über die Straße, ins Haus.

Der krumme Hund

Der Rattenfänger

Am Nachmittag kam der Rattenfänger zur Tankstelle. Leisen Schrittes pirschte er sich die Zufahrt herauf, einen Rucksack über der einen Schulter. Seine braunen Manchesterhosen waren unter den Knien mit weißem Bindfaden zusammengeschnürt; dazu trug er einen altmodischen schwarzen Kittel mit großen Taschen.

«Bitte?» fragte Claud, obwohl er genau wußte, wer da kam.

«Ungeziefervertilgung.» Rasch musterte er die ganze Lokalität.

«Der Rattenfänger?»

«Jawohl.»

Der Mann war mager und gebräunt, mit scharfen Zügen und zwei schwefelgelben Zähnen, die von oben über die Unterlippe ragten. Die Ohrmuscheln waren dünn und spitz und saßen weit hinten, gegen den Nacken hin. Wenn er einen mit den schmalen schwarzen Augen anschaute, blitzte etwas Gelbes darin auf.

«Sie sind aber rasch gekommen.»

«Sonderauftrag des Gesundheitsamtes.»

«Und nun wollen Sie also die Ratten fangen?»

«Jawohl.»

Der dunkle, verstohlene Blick, den er hatte, war der eines Tieres, das sein Leben lang vorsichtig aus einem Loch im Boden hervorspäht.

«Wie wollen Sie sie denn fangen?»

«Ah!» sagte der Rattenfänger geheimnisvoll. «Es kommt darauf an, wo sie stecken.»

«Sie stellen wohl Fallen auf?»

«Fallen!» rief er entrüstet. «Auf die Art würden Sie nicht viel fangen. Ratten sind doch keine Karnickel.»

Er streckte die Nase empor und zog die Luft ein, wobei die Nase merklich hin und her zuckte.

«Nein», sagte er geringschätzig. «Mit Fallen kommt man den Ratten nicht bei. Ratten sind klug, das kann ich Ihnen sagen. Wer sie fangen will, muß sie kennen. Unsereiner muß sich in Ratten auskennen.»

Ich konnte sehen, wie Claud große Augen machte, offenbar fasziniert.

«Klüger als Hunde sind sie, die Ratten.»

«Ach was.»

«Wissen Sie, was die tun? Sie beobachten einen! Die ganze Zeit, während man Vorkehrungen trifft, um sie zu fangen, sitzen sie ruhig in einer Ecke und sehen einem zu.» Der Mann ging in die Knie und machte einen langen Hals.

«Wie stellen Sie es denn an?» fragte Claud gespannt.

«Ah! Das ist es eben. Man muß sich in den Ratten auskennen.»

«Wie fangen Sie sie?»

«Es gibt verschiedene Methoden», meinte der Rattenfänger verschmitzt.

Er hielt inne und nickte bedächtig mit dem abstoßenden Kopf. «Das kommt ganz darauf an», erklärte er, «wo sie stecken. Bei Ihnen handelt es sich nicht um die Kanalisation, wie?»

«Nein.»

«Eine knifflige Sache, das mit der Kanalisation. Ja», sagte er und schnupperte mit seiner beweglichen Nasenspitze behutsam in der Luft herum, «das mit der Kanalisation ist eine knifflige Sache.»

«So schwierig kann das ja nicht sein.»

«Ach nein? Dann versuchen Sie's doch mal. Wie würden Sie denn da vorgehen? Ich bin gespannt.»

«Ich würde sie ganz einfach vergiften.»

«Ganz einfach, wie? Und wo würden Sie das Gift hintun, wenn man fragen darf?»

«In die Kanalisation, wohin denn sonst!»

«So!» frohlockte der Rattenfänger. «Hab ich's mir doch gedacht! In die Kanalisation! Und wissen Sie, was dann geschieht? Es wird einfach weggeschwemmt. Abwasserkanäle sind wie ein Fluß, müssen Sie wissen.»

«Das sagen Sie so», erwiderte Claud. «Das ist nur eine Behauptung.»

«Es ist eine Tatsache.»

«Na schön, meinetwegen. Was würden Sie denn tun?»

«Da muß man eben die Ratten kennen, wenn es sich um die Kanalisation handelt.»

«Also, wie denn?»

«Hören Sie zu. Ich erklär's Ihnen.» Der Rattenfänger trat einen Schritt näher und schlug einen geheimnisvollen Ton an wie einer, der im Vertrauen unerhörte Berufsgeheimnisse auskramt. «Man geht von der Voraussetzung aus, daß die Ratte ein Nagetier ist. Ratten *nagen*. Was immer man ihnen vorsetzt, ganz gleich was, alles, was sie noch nie gesehen haben, was tun sie damit? Sie nagen daran.

Na also, ist doch klar! Man hat es mit einem Abwasserkanal zu tun, und was macht man?»

Seine Stimme, leise und kehlig, hatte etwas vom Quaken eines Frosches; auch ließ er gewissermaßen jedes Wort genießerisch auf der Zunge zergehen. Er sprach, ähnlich wie Claud, mit dem breiten, mundartlichen Einschlag, wie er in Buckinghamshire auf dem Lande üblich ist, nur daß er die Worte mehr auskostete.

«Was macht man? Man steigt einfach in den Kanal hinunter und nimmt ein paar Papiertüten mit, gewöhnliche braune Papiertüten, und diese Tüten sind mit Gips gefüllt. Sonst nichts. Dann hängt man die Tüten an der Decke der Kanalröhren auf, daß sie fast bis zum Wasser herabhängen, aber nicht ganz. Klar? Nicht ganz bis zum Wasser und gerade hoch genug, daß eine Ratte sie noch erreichen kann.»

Gespannt hörte Claud zu.

«Das wär's dann. Die Ratte kommt herangeschwommen und sieht die Tüte. Sie stutzt. Sie riecht daran und findet den Geruch gar nicht übel. Und dann, was tut sie dann?»

«Sie nagt daran!» rief Claud.

«Klar, Mensch, versteht sich. Sie fängt an, an der Tüte zu nagen, und die Tüte platzt, und die alte Ratte kriegt einen Mundvoll Gips ab.»

«Na und?»

«Damit ist sie erledigt.»

«Wie, erledigt?»

«Jawohl, tot.»

«Aber Gips ist doch nicht giftig.»

«Ah, da irren Sie sich. Gips geht auf. Wenn er feucht wird, geht er auf. Im Körper der Ratte drin geht er auf, und daran krepiert die Ratte, schneller als an irgend etwas anderem.»

«Nein!»

«Man muß sich eben in den Ratten auskennen.»

Der Rattenfänger strahlte vor heimlichem Stolz; er rieb sich die knochigen Hände, die er sich vor das Gesicht hielt. Claud schaute ihm fasziniert zu.

«Also, wo sind diese Ratten?» Das Wort ‹Ratten› ließ er genießerisch wie Butter auf der Zunge zergehen. «Sehen wir uns diese Ratten einmal an.»

«Dort drüben im Heustock, auf der andern Seite der Straße.»

«Nicht im Haus?» fragte er, sichtlich enttäuscht.

«Nein, nur um den Heustock herum, sonst nirgends.»

«Die sind bestimmt auch im Haus. Machen sich nachts an die Lebensmittel heran und verbreiten Krankheiten und Seuchen. Haben Sie Krankheitsfälle hier?» fragte er, wobei er zuerst mich, dann Claud anschaute.

«Hier ist alles gesund.»

«Ganz sicher?»

«Doch, sicher.»

«Man kann das nämlich nie wissen. Wochenlang kann man immer mehr kränkeln, ohne es zu merken. Dann auf einmal – wumm! – und es hat einen erwischt. Deshalb nimmt es ja Dr. Arbuthnot so genau. Deshalb hat er mich sogleich hergeschickt. Damit sich keine Krankheiten ausbreiten.»

Er trat jetzt als Vertreter des Gesundheitsamtes auf. Ein höchst wichtiger Ratz war er jetzt, und schwer enttäuscht, daß wir nicht wenigstens an Beulenpest daniederlagen.

«Mir fehlt nichts», erklärte Claud betreten.

Der Rattenfänger sah ihm nochmals forschend ins Gesicht, ohne etwas zu sagen.

«Und wie wollen Sie sie im Heustock fangen?»

Der Mann schmunzelte, langte in seinen Rucksack und holte eine große Dose heraus, die er sich auf Augenhöhe vors Gesicht hielt. Listig guckte er seitlich daran vorbei.

«Gift!» sagte er leise. So wie er das Wort aussprach, klang es höchst gefährlich. «Ein tödliches Gift ist das.» Er wog die Dose in der Hand, während er sprach. «Genug, um Abertausende von Menschen umzubringen.»

«Furchtbar», bemerkte Claud.

«Allerdings. Sie, junger Mann, würden sechs Monate eingesteckt, wenn man Sie auch nur mit einem Löffelvoll davon ertappte.» Er befeuchtete sich die Lippen. Wenn er sprach, reckte er den Hals nach vorn.

«Wollen Sie sehen?» fragte er und holte eine Kupfermünze aus der Tasche, mit der er den Deckel aufklemmte. «Da! Das ist es.» Fast liebevoll sprach er von dem Zeug und hielt es Claud hin.

«Mais? Oder ist es Gerste?»

«Hafer. Mit tödlichem Gift getränkt. Nehmen Sie auch nur ein Körnchen in den Mund, und in fünf Minuten sind Sie eine Leiche.»

«Tatsächlich?»

«Jawohl. Die lasse ich nie aus den Augen, die Dose.»

Er streichelte sie und rüttelte ein bißchen daran, daß der Inhalt leise raschelte.

«Aber heute nicht. Ihre Ratten kriegen das heute noch nicht. Sie würden es sowieso nicht nehmen. Bestimmt nicht. Ratten sind mißtrauisch. Höchst mißtrauisch. Heute kriegen sie deshalb guten, unverfälschten Hafer, der ihnen nichts anhaben kann. Höchstens daß sie davon fett werden. Und morgen nochmals dasselbe. Das schmeckt ihnen so gut, daß es in ein paar Tagen die Ratten aus der ganzen Gegend herbeilockt.»

«Sehr schlau.»

«Schlau muß man sein. Schlauer als eine Ratte, und das will etwas heißen.»

«Eigentlich muß man fast selber eine Ratte sein», sagte ich. Es entfuhr mir, ehe ich mich dessen versah, und ich konnte auch nichts dafür, weil ich den Mann dabei vor Augen hatte. Doch die Wirkung auf ihn war erstaunlich.

«Na also!» rief er. «Jetzt haben Sie's erfaßt! Eine treffende Bemerkung! Ein guter Rattenfänger muß mehr wie eine Ratte sein als irgend etwas anderes. Schlauer als eine Ratte, und das ist keine Kleinigkeit, kann ich Ihnen sagen.»

«Da haben Sie recht.»

«Also, gehen wir. Ich habe nicht den ganzen Tag Zeit, wissen Sie. Lady Leonora Benson verlangt mich dringend in ihr Haus dort oben am Berg.»

«Hat sie auch Ratten?»

«Jedermann hat Ratten», erklärte der Rattenfänger und zuckelte die Zufahrt hinunter, über die Straße und zum Heustock hinüber, während wir ihm nachschauten. Sein Gang war erstaunlich wie der einer Ratte – dieses langsame, fast zarte Zuckeln mit lockeren Knien und ohne jedes Geräusch auf dem Kies. Behend setzte er über das Gatter und in die Wiese hinüber, wo er rund um den Heustock ging und dabei Hafer verstreute.

Am nächsten Tag kam er wieder und wiederholte das Ganze.

Als er am übernächsten Tag wiederkam, legte er den vergifteten Hafer aus. Diesen streute er nicht einfach hin; er verteilte ihn sorgfältig in kleinen Häufchen an den vier Ecken des Heustocks.

«Haben Sie einen Hund?» fragte er, als er wieder über die Straße kam, nachdem er das Gift verteilt hatte.

Ich bejahte.

«Wenn Sie Ihren Hund qualvoll krepieren sehen wollen, dann brauchen Sie ihn bloß auf die Wiese hinüber zu lassen.»

«Wir passen schon auf», versicherte Claud, «nur keine Bange.»

Am nächsten Tag kam er nochmals vorbei, um die Kadaver einzusammeln.

«Haben Sie einen alten Sack?» fragte er. «Wahrscheinlich brauchen wir einen Sack, um sie wegzuschaffen.»

Er tat sehr wichtig, und seine schwarzen Augen funkelten vor Stolz, war er doch im Begriff, uns das umwerfende Ergebnis seiner Kunst vorzuführen.

Claud holte einen Sack, und zu dritt begaben wir uns über die Straße, wobei der Rattenfänger vorausging. Claud und ich lehnten uns an das Gatter und schauten zu, wie er um den Heustock herumging und sich bückte, um nach den angehäuften Giftkörnern zu sehen.

«Da stimmt etwas nicht», murmelte er verärgert.

Er zuckelte zu einem andern Häufchen hin und ließ sich auf die Knie nieder, um es genau zu untersuchen.

«Da stimmt etwas ganz und gar nicht.»

«Was fehlt denn?»

Er gab keine Antwort, aber es war offensichtlich, daß die Ratten seinen Köder nicht angerührt hatten.

«Das sind sehr schlaue Ratten», bemerkte ich.

«Genau das habe ich ihm auch gesagt, Gordon. Es sind keine gewöhnlichen Ratten, mit denen wir es hier zu tun haben.»

Der Rattenfänger trat zu uns heran. Es war ihm anzusehen, daß er sehr verärgert war. «Ach was», sagte er zu mir. «Mit diesen Ratten ist weiter nichts, als daß jemand sie füttert. Sie haben irgendwo etwas Saftiges zu fressen, und zwar in rauhen Mengen. Ratten, die Hafer verschmähen, das gibt's ja gar nicht, es sei denn, sie sind bereits vollgefressen.»

«Schlaue Tiere», bemerkte Claud.

Angewidert wandte sich der Mann ab. Dann kniete er wieder nieder und begann die Giftkörner mit einem Schäufelchen aufzuheben und sorgfältig in die Dose zu schütten. Als er damit fertig war, begaben wir uns zu dritt wieder zurück.

Ein etwas kläglicher, gedemütigter Rattenfänger stand jetzt versonnen bei den Tanksäulen. Er hatte sich in sich selbst zurückgezogen und sann schweigend über seinen Mißerfolg nach, mit einem bösen Funkeln seiner verschleierten Augen. Wenn er sich die Lippen befeuchtete, umfuhr die Zungenspitze die beiden gelben Zähne. Auf das Befeuchten der Lippen legte er offenbar großen Wert. Auf einmal warf er zuerst mir, dann Claud einen verstohlenen Blick zu. Er zuckte mit der Nasenspitze und schnupperte, wippte ein paarmal auf den Sohlen und sagte dann leise: «Soll ich Ihnen etwas zeigen?» Offenbar wollte er seinem Ruf wieder aufhelfen.

«Was denn?»

«Soll ich Ihnen etwas Erstaunliches zeigen?» Während er sprach, langte er mit der Rechten tief in die Rocktasche und holte mit festem Griff eine große, lebende Ratte hervor.

«Mensch!»

«Ah, sehen Sie!» Er stand jetzt etwas gebückt und machte einen langen Hals, während er uns verschmitzt anschaute und diese gewaltige braune Ratte zwischen Finger und Daumen wie in einer Zwinge hielt, so daß sie den Kopf nicht drehen und nicht zubeißen konnte.

«Tragen Sie immer Ratten mit sich herum?»

«Ich habe immer eine Ratte oder zwei bei mir.»

Darauf fuhr er mit der freien Hand in die andere Tasche und brachte ein weißes Frettchen zum Vorschein.

«Ein Frettchen», sagte er und hielt es am Genick empor.

Das Tier schien ihn zu kennen und ließ sich ruhig halten.

«Es gibt nichts, was einer Ratte schneller den Garaus macht, als ein Frettchen. Und nichts, wovor eine Ratte größere Angst hat.»

Er hielt die beiden Tiere so vor sich hin, daß die Nase des Frettchens nur noch eine Handbreit von der Ratte entfernt war. Mit seinen roten Glasperlenaugen sah das Frettchen die Ratte starr an. Diese wehrte sich verzweifelt und suchte von dem mörderischen Gegner wegzukommen.

«Und jetzt», sagte er, «aufgepaßt!»

Der Kragen seines khakifarbenen Hemdes stand offen, und er hob die Ratte empor und ließ sie ins Hemd hineingleiten, zwischen Hemd und Haut. Sobald er die Hand frei hatte, knöpfte er vorne den Kittel auf, so daß man sehen konnte, wie das Hemd sich ausbauschte, wo die Ratte war. Der Gürtel hinderte sie daran, nach unten zu entkommen.

Dann ließ er das Frettchen hinterhergleiten.

Sogleich entstand unter dem Hemd ein gewaltiger Aufruhr. Offenbar lief die Ratte um ihn herum, verfolgt von dem Frettchen. Sechs- oder siebenmal ging es ringsum, die kleinere Ausbuchtung immer hinter der größeren her, wobei der Abstand zwischen den beiden sich jedesmal etwas verringerte, bis sie schließlich zusammentrafen, worauf ein wildes Gemenge und Gequietsche entstand.

Während der ganzen Vorstellung hatte der Rattenfänger mit gespreizten Beinen völlig reglos dagestanden, mit locker herabhängenden Armen, den dunklen Blick auf Claud geheftet. Nun griff er mit der einen Hand in sein Hemd hinein und holte das Frettchen heraus; mit der andern zog er die tote Ratte hervor. An der weißen Schnauze des Frettchens waren Blutspuren zu sehen.

«Ich weiß nicht, ob das sehr schön war.»

«Jedenfalls haben Sie bestimmt noch nie so was gesehen.»

«Das nicht, nein.»

«Früher oder später werden Sie wohl ganz hübsch gebissen werden», meinte Claud. Aber er war sichtlich beeindruckt, und der Rattenfänger gewann seine Selbstsicherheit wieder.

«Soll ich Ihnen etwas noch viel Erstaunlicheres zeigen?» fragte er. «Etwas, das Sie gar nicht glauben würden, wenn Sie es nicht mit eigenen Augen gesehen haben?»

«Na?»

Wir standen draußen vor den Tanksäulen, und es war einer jener angenehm warmen Novembervormittage. Zwei Autos fuhren vor, um zu tanken, eines hinter dem andern, und Claud ging hin, um sie abzufertigen.

«Wollen Sie's sehen?» fragte der Rattenfänger.

Ich warf Claud einen unsicheren Blick zu. «Doch», sagte Claud, «lassen Sie mal sehen.»

Der Rattenfänger ließ die tote Ratte in die eine Tasche gleiten, das Frettchen in die andere. Dann langte er in den Rucksack hinein und holte, weiß Gott, eine zweite lebende Ratte daraus hervor.

«Na, so was!» sagte Claud.

«Ich habe immer eine Ratte oder zwei bei mir», erklärte der Mann seelenruhig. «In meinem Beruf muß man die Ratten kennen, und wenn man sie kennenlernen will, muß man sie in seiner Nähe haben. Das hier ist eine Kanalratte. Eine alte Kanalratte, schlauer als schlau. Sehen Sie, wie sie mich die halbe Zeit beobachtet, um herauszukriegen, was ich vorhabe? Sehen Sie das?»

«Ein widerliches Tier.»

«Was haben Sie im Sinn?» fragte ich. Ich versprach mir noch weniger davon als das letzte Mal.

«Holen Sie mir ein Stück Bindfaden.»

Claud holte ihm ein Stück Bindfaden.

Mit der Linken schlang der Mann dem Tier die Schnur um ein Hinterbein. Die Ratte zappelte und suchte den Kopf herumzukriegen, um zu sehen, was da hinten vorging, aber er hielt sie mit Finger und Daumen fest um den Hals gepackt.

«So», sagte er dann und schaute in die Runde. «Sie haben da drin einen Tisch.»

«Wir wollen die Ratte nicht im Haus drin», erklärte ich.

«Ich brauche aber einen Tisch. Oder sonst etwas wie eine Tischplatte.»

«Wie wär's mit der Haube dieses Wagens da?» fragte Claud.

Wir traten zu dem Auto hin, und der Mann setzte die alte Kanalratte auf die Motorhaube. Dann befestigte er die Schnur am Scheibenwischer, so daß die Ratte angepflockt war.

Zuerst kauerte sie reglos und argwöhnisch da, eine große graue

Ratte mit funkelnden schwarzen Augen und einem schuppigen Schwanz, der auf der Motorhaube hingeringelt lag. Sie schaute vom Rattenfänger weg, lauerte aber aus einem Augenwinkel darauf, was er wohl im Schilde führe. Der Mann trat ein paar Schritte zurück, und sogleich schien die Ratte erleichtert. Sie setzte sich auf die Hinterbacken und begann sich den grauen Pelz auf der Brust zu lecken. Dann putzte sie sich mit beiden Vorderpfoten die Schnauze. Um die drei Zuschauer in der Nähe schien sie sich nicht zu kümmern.

«Und nun, wie wär's mit einer kleinen Wette?» fragte der Rattenfänger.

«Wetten tun wir nicht.»

«Nur zum Spaß. Es macht mehr Spaß, wenn man wettet.»

«Worauf wollen Sie denn wetten?»

«Ich wette, daß ich die Ratte töten kann, ohne die Hände zu gebrauchen. Ich stecke die Hände in die Taschen und brauche sie überhaupt nicht.»

«Sie wollen mit dem Fuß nach ihr treten», meinte Claud.

Offenbar hatte der Rattenfänger es darauf abgesehen, etwas zu verdienen. Ich schaute die Ratte an, die getötet werden sollte, und es war mir unbehaglich dabei; nicht, weil sie getötet werden, vielmehr weil es auf eine besondere, geradezu genießerische Art geschehen sollte.

«Nein», sagte der Rattenfänger. «Nicht mit dem Fuß.»

«Auch nicht mit den Armen?» fragte Claud.

«Weder mit den Armen noch mit den Beinen oder den Händen.»

«Sie werden sich draufsetzen.»

«Nein. Zerquetscht wird sie nicht.»

«Da bin ich gespannt, wie Sie das machen.»

«Zuerst wetten wir. Um ein Pfund.»

«Seien Sie nicht albern», sagte Claud. «Wie kommen wir dazu, Ihnen ein Pfund zu geben?»

«Wieviel wollen Sie wetten?»

«Nichts.»

«Schön. Dann eben nicht.»

Er tat, als wolle er die Schnur vom Scheibenwischer losknüpfen.

«Einen Shilling wette ich», erklärte Claud. Das merkwürdige Gefühl in meiner Magengrube nahm zu, aber etwas an der Sache schlug mich in seinen Bann; ich konnte mich nicht losreißen.

«Sie auch?»

«Nein», sagte ich.

«Wo fehlt's denn Ihnen?» fragte der Rattenfänger.

«Wetten tu ich nun einmal nicht.»

«Ich soll das also für einen lumpigen Shilling machen?»

«Meinetwegen brauchen Sie es überhaupt nicht zu machen.»

«Wo ist das Geld?» fragte er Claud.

Claud legte einen Shilling vorne auf die Haube. Der Rattenfänger kramte zwei Sixpencestücke hervor und schob sie neben Clauds Shilling. Als er dabei die Hand ausstreckte, zuckte die Ratte zusammen, zog den Kopf ein und machte sich klein.

«Die Wette gilt», erklärte der Rattenfänger.

Claud und ich traten ein paar Schritte zurück; der andere trat vor. Er steckte die Hände in die Taschen und beugte den Oberkörper gegen die Ratte, so daß sein Gesicht auf gleicher Höhe mit ihr war, ungefähr einen Meter entfernt.

Sein Blick begegnete dem der Ratte und hielt ihn fest. Gespannt kauerte das Tier da; es witterte äußerste Gefahr, war aber noch nicht verängstigt. So wie es sich hinkauerte, hatte ich den Eindruck, es schicke sich an, dem Mann ins Gesicht zu springen; doch etwas im Blick des Rattenfängers hielt es offenbar davon ab, schüchterte es ein und versetzte es dann allmählich in eine solche Angst, daß es zurückzuweichen begann, langsam, mit eingeknickten Beinen, bis die Schnur an seinem Hinterbein sich straffte. Durch ruckartige Bewegungen versuchte es sich davon zu befreien, um noch weiter von dem Mann wegzukommen. Dieser beugte sich gegen die Ratte hin und wandte keinen Blick von ihr, worauf sie, von panischem Schreck ergriffen, plötzlich einen Satz seitwärts in die Luft machte. Der Ruck, mit dem die Schnur sie zurückschnellte, mußte ihr fast das Bein ausgerenkt haben.

Sie kauerte sich wieder hin, mitten auf der Motorhaube, so weit weg, wie die Schnur es zuließ, und zwar angstvoll gespannt, mit bebenden Schnurrbarthaaren.

Nun begann der Rattenfänger wieder, sein Gesicht näher heranzurücken. Ganz langsam, so langsam, daß eigentlich gar keine Bewegung zu sehen war, nur daß jedesmal, wenn man hinschaute, sein Gesicht wieder ein Stück näher an der Ratte war. Dabei wandte er kein Auge von ihr. Die Spannung war beträchtlich, und ich verspürte plötzlich das Bedürfnis, ihm zuzuschreien, er solle aufhören. Es schlug mir auf den Magen, aber ich brachte keinen Laut heraus. Etwas höchst Unerquickliches stand uns bevor, davon war ich überzeugt. Etwas Unheilvolles und Grausames und Rattenhaftes, das mir vielleicht den Magen vollends umkehrte. Aber sehen mußte ich es jetzt.

Das Gesicht des Rattenfängers war noch etwa fünfundvierzig Zentimeter von der Ratte entfernt. Dreißig Zentimeter. Dann fünfundzwanzig, und bald betrug der Abstand nicht viel mehr als eine Handbreit. Die Ratte drückte sich flach an die Motorhaube, gespannt und voller Angst. Auch der Rattenfänger war angespannt, aber mit einer gefährlichen, aktiven Spannung, wie eine dicht aufgezogene Sprungfeder. Ein Lächeln umspielte seine Lippen. Dann stieß er plötzlich zu.

Er stieß zu, wie eine Schlange zustößt, indem er den Kopf mit einer messerscharfen Bewegung nach vorne schnellte, die vom ganzen Körper ausging, und ich sah gerade noch, wie er den Mund mit den beiden gelben Zähnen weit aufsperrte und wie sich sein Gesicht dabei vor Anstrengung verzerrte.

Mehr begehrte ich nicht zu sehen. Ich schloß die Augen, und als ich sie wieder aufmachte, war die Ratte tot, und der Rattenfänger strich das Geld ein und spuckte aus.

«Das ist es, woraus man Schleckzeug macht», bemerkte er. «Rattenblut ist, was die großen Konfitürenfabriken verwenden, um Schleckzeug herzustellen.»

Wiederum kostete er jedes Wort aus; wie dicker Sirup troff das Wort «Schleckzeug» von seinen Lippen.

«Nein», sagte er, «gegen einen Tropfen Rattenblut ist nichts einzuwenden.»

«Reden Sie doch nicht so widerlich daher», ereiferte sich Claud.

«Ja, das ist eben so. Sie haben es schon oft gegessen. Türkenhonig und Bärendreck, das wird alles aus Rattenblut gemacht.»

«Verschonen Sie uns damit.»

«In großen Kesseln wird es aufgekocht und mit Stangen umgerührt. Das ist eines der Geheimnisse der Konfitürenfabriken, und niemand ahnt etwas davon, außer denen, die das Zeug liefern.»

Plötzlich bemerkte er, daß er die Zuhörer gegen sich hatte, daß wir feindselige, angewiderte und erboste Mienen machten. So brach er denn jäh ab, drehte sich ohne ein weiteres Wort um und entfernte sich die Zufahrt hinunter und auf die Straße hinaus, mit dem bedächtigen, zuckelnden Gang, der an eine herumstreichende Ratte gemahnte, völlig lautlos, selbst auf dem Kies.

Rummins

Die Sonne stand über den Hügeln, der Nebel hatte sich verzogen, und Claud fand es herrlich, mit dem Hund am Vormittag die Landstraße entlangzuziehen, jetzt im Herbst, wo das Laub golden und gelb wurde und manchmal ein Blatt sich löste, langsam hin und her schwebte und lautlos vor ihm auf den Wiesenrain fiel. In der Höhe ging ein leichter Wind, und in den Buchenwipfeln war ein Rauschen und Tuscheln wie in einer Menschenmenge.

Für Claud Cubbage war das immer das Beste am ganzen Tag. Anerkennend ruhte sein Blick auf dem sammetweich spielenden Hinterteil des Windhundes, der vor ihm hertrottete.

«Jackie», rief er sanft. «Hei, Jackson. Wie gefällt's dir, mein Junge?»

Der Hund wandte sich halbwegs um, als er seinen Namen hörte, und antwortete mit einem raschen Wedeln.

Einen Hund wie diesen Jackie wird es nie mehr geben, sagte sich Claud. Wie schön war seine schlanke, stromlinienförmige Gestalt, der kleine, spitze Kopf, die hellbraunen Augen, die schwarze, bewegliche Nase. Schön auch der lange Hals, und wie die Brust sich zurückwölbte und in den kaum vorhandenen Bauch überging. Und wie luftig und lautlos er sich auf den Zehen bewegte.

«Jackson», sagte er. «Mein guter Jackson.»

In der Ferne, zum Teil von der Hecke verdeckt, konnte Claud das alte Bauernhaus sehen, das Rummins gehörte.

Dort mache ich kehrt, sagte er sich. Das genügt dann für heute.

Rummins, der gerade einen Kessel Milch über den Hof trug, sah ihn herankommen. Bedächtig stellte er den Kessel hin und kam ans Gatter, wo er beide Arme auf die oberste Stange stützte und wartete.

«Guten Tag, Herr Rummins», sagte Claud. Mit Rummins mußte man höflich sein, wegen der Eier.

Rummins nickte und beugte sich über das Gatter, um den Hund zu mustern.

«Sieht gesund aus», bemerkte er.

«Ist auch gesund.»

«Wann lassen Sie ihn rennen?»

«Das weiß ich noch nicht, Herr Rummins.»

«Ach was. Wann lassen Sie ihn rennen?»

«Er ist doch erst zehn Monate alt, Herr Rummins. Noch nicht einmal richtig dressiert.»

Mit seinem stechenden Blick spähte Rummins mißtrauisch über das Gatter hinweg. «Ich hätte direkt Lust, zwei Pfund darauf zu wetten, daß Sie ihn demnächst irgendwo heimlich rennen lassen.»

Verlegen trat Claud von einem Fuß auf den andern. Dieser Mann mit dem breiten Froschmaul, den schlechten Zähnen und dem lauernden Blick war ihm höchst unsympathisch; und höflich mit ihm sein zu müssen, wegen der Eier, das ging ihm ganz gegen den Strich.

«Ihr Heustock, gegenüber der Tankstelle», sagte er, um auf ein anderes Thema zu kommen, «der ist voll von Ratten.»

«In Heustöcken gibt's immer Ratten.»

«Aber nicht so wie in diesem. Wir haben sogar mit den Behörden zu tun gehabt.»

Rummins blickte scharf auf. Mit den Behörden hatte er nicht gern zu tun. Wer mit Eiern Schwarzhandel treibt und Schwarzschlachtungen vornimmt, tut gut daran, den Behörden aus dem Weg zu gehen.

«Was war denn damit?»

«Man hat den Rattenfänger herübergeschickt.»

«Bloß wegen ein paar Ratten?»

«Ein paar! Du mein Gott, es wimmelt ja davon.»

«Ausgeschlossen.»

«Doch, Herr Rummins. Hunderte von Ratten.»

«Und der Rattenfänger, hat er sie denn nicht gefangen?»

«Nein.»

«Warum nicht?»

«Die waren wohl zu schlau.»

Rummins fuhr mit dem Daumenende innen am Nasenloch entlang, wobei er den Nasenflügel zwischen Daumen und Knöchel hielt.

«Für Rattenfänger habe ich nichts übrig», erklärte er. «Rattenfänger sind Staatsangestellte, und für die habe ich nichts übrig.»

«Ich auch nicht, Herr Rummins. Diese Rattenfänger sind aalglatte, durchtriebene Gesellen.»

«Tja», sagte Rummins und fuhr mit der Hand unter die Mütze, um sich am Kopf zu kratzen, «ich wollte das Heu dort sowieso bald hereinholen. Könnte das eigentlich heute schon tun. Staatsangestellte, die in meinem Zeug herumschnüffeln, kann ich nicht brauchen.»

«Da haben Sie recht, Herr Rummins.»

«Wir kommen im Laufe des Tages vorbei – Bert und ich.» Damit wandte er sich ab und schlurfte davon.

Gegen drei Uhr nachmittags kamen Rummins und Bert in einem Fuhrwerk angefahren, das von einem mächtigen schwarzen Gaul gezogen wurde. Bei der Tankstelle schwenkte der Wagen von der Straße ab und hielt in der Nähe des Heustocks.

«Das dürfte sehenswert sein», sagte ich. «Hol die Flinte.»

Claud holte das Gewehr und steckte eine Patrone hinein.

Ich schlenderte über die Straße und lehnte mich gegen das offene Gatter. Rummins stand jetzt oben auf dem Heustock und schnitt an der Leine herum, mit der das Deckstroh festgebunden war. Bert blieb auf dem Fuhrwerk und machte sich mit dem mehr als ein Meter langen Messer zu schaffen.

Bert hatte ein schadhaftes Auge. Es war hellgrau überzogen, wie ein gekochtes Fischauge, und obwohl es sich in seiner Höhle nicht bewegte, schien es einen immer anzusehen und zu verfolgen, wie die

Augen der Leute auf gewissen Bildern im Museum. Einerlei, wo man stand und wo Bert hinschaute, immer war da dieses schadhafte Auge von der Seite her starr auf einen gerichtet, hellgrau überzogen, mit einem schwarzen Punkt in der Mitte, dem Auge eines Fisches auf der Schüssel vergleichbar.

Im Gegensatz zu seinem Vater, der kurz und untersetzt war wie ein Frosch, war Bert ein langer, markloser Schlaks, an dem alles schlenkerte, selbst der Kopf, der zur Seite fiel, als wäre er zu schwer für den Hals.

«Den Heustock habt ihr erst letzten Juni gemacht», sagte ich zu ihm. «Warum muß der schon weg?»

«Vater will es so.»

«Komisch, einen neuen Heustock im November abzubauen.»

«Vater will es so», wiederholte Bert und schaute mit beiden Augen, dem gesunden und dem andern, stumpf und ausdruckslos auf mich herab.

«All die Arbeit, das Heu aufzuschichten und mit Stroh zu decken, nur um es fünf Monate später wieder abzureißen.»

«Vater will es so haben.»

Dauernd fuhr er sich mit dem Handrücken unter der triefenden Nase durch und wischte ihn dann an der Hose ab.

«Bert, an die Arbeit», rief Rummins, und der Junge kletterte auf den Heustock, dort wo das Deckstroh entfernt worden war. Mit dem langen Messer begann er in das dicht gestapelte Heu hineinzusägen, wobei er den Griff mit beiden Händen hielt und den Körper hin und her bewegte. Man hörte, wie die Klinge sich knirschend in das dürre Heu hineinfraß; das Geräusch wurde leiser, je tiefer das Messer drang.

«Claud will ein paar von den Ratten abknallen, wenn sie herauskommen.»

Sogleich hörten der Bauer und sein Junge auf zu arbeiten und schauten zu Claud hinüber, der sich, das Gewehr in der Hand, an die rote Tanksäule lehnte.

«Sagen Sie ihm, er soll die verdammte Flinte wegtun», rief Rummins.

«Er schießt gut. Sie können ganz ruhig sein.»

«Niemand schießt in meiner Nähe auf Ratten, ganz gleich, wie gut er schießt.»

«Sie werden ihn kränken.»

«Sagen Sie ihm, er soll es wegtun», rief Rummins beharrlich. «Gegen Hunde oder Knüppel habe ich nichts, aber Flinten, verdammt noch mal, nein.»

Die beiden auf dem Heustock schauten zu, während Claud tat, wie ihm geheißen worden war; dann machten sie sich wieder an die Arbeit. Bald darauf stieg Bert wieder aufs Fuhrwerk herunter, streckte beide Arme aus und holte einen Ballen festgepreßtes Heu vom Stock herunter, so daß es säuberlich neben ihn auf den Wagen fiel.

Eine grauschwarze Ratte mit langem Schwanz kam unten zum Stock heraus und verschwand in der Hecke.

«Eine Ratte», bemerkte ich.

«Schlagen Sie sie tot», sagte Rummins. «Holen Sie doch einen Knüppel und schlagen Sie sie tot.»

Die Ratten waren mittlerweile aufgescheucht und kamen rascher heraus, eine oder zwei jede Minute, fette, lange Tiere, die dicht am Boden durchs Gras davonwuselten. Wenn der Gaul eine davon sah, zuckte er mit den Ohren und verfolgte sie mit ängstlichem Blick.

Bert war wieder auf den Heustock gestiegen und schnitt einen weiteren Ballen heraus, während ich ihm dabei zuschaute. Plötzlich sah ich ihn innehalten; er zauderte einen Augenblick und fing dann wieder an zu schneiden, doch diesmal sehr vorsichtig; auch tönte es jetzt ganz anders; es gab ein knirschendes Geräusch, als sei die Klinge auf etwas Festes gestoßen.

Bert zog das Messer heraus und prüfte die Schneide mit dem Daumen. Dann senkte er sie behutsam wieder in den Schnitt hinab, wobei er sich sachte vortastete, bis das Messer wieder auf den harten Gegenstand stieß. Und abermals, als er weitersägte, war dieses knirschende Geräusch zu hören.

Rummins wandte den Kopf und schaute über die Schulter nach dem Jungen. Er war gerade dabei, einen Armvoll Deckstroh aufzuheben, wobei er sich bückte und mit beiden Händen zufaßte, doch hielt er mittendrin inne und schaute nach Bert. Dieser stand reglos da, die Hände am Messergriff, völlig verdutzt. Scharf und schwarz, wie gestochen, hoben sich die beiden Gestalten vom hellgrauen Hintergrund ab.

Dann hörte man Rummins, der lauter als gewöhnlich und mit unverkennbarer Besorgnis, die durch die Lautstärke nicht übertönt wurde, die Bemerkung machte: «Diese Heuer, was die heute alles auf einen Heustock laden!»

Wiederum entstand eine Stille; die beiden regten sich nicht, und auf der andern Seite der Straße lehnte sich Claud reglos an die rote Säule. Es war plötzlich so still, daß man weit unten im Tal, auf dem nächsten Bauernhof, eine Frau die Leute zum Essen rufen hörte.

Und dann wieder Rummins, der seinen Jungen anschrie, obwohl gar kein Anlaß zum Schreien bestand: «Los, mach weiter! Schneide doch mitten durch, ein Stückchen Holz wird dem Messer nichts schaden.»

Aus irgendeinem Grunde, als wittere er vielleicht Gefahr, kam Claud herübergeschlendert und lehnte sich neben mir ans Gatter. Er sagte nichts, doch kam uns beiden an diesen zwei Gestalten etwas verdächtig vor, namentlich an Rummins selber. Rummins war verängstigt. Bert ebenfalls. Und wie ich ihnen so zuschaute, meldete sich in mir undeutlich eine Erinnerung, derer ich nicht ganz habhaft werden konnte. Verzweifelt suchte ich sie ins Bewußtsein heraufzuholen. Einmal hatte ich sie beinahe gefaßt, aber sie entglitt mir wieder, und als ich ihr nachging, schweiften meine Gedanken weit zurück, zurück in die goldenen Tage des Sommers, als ein warmer Südwind das Tal herunterwehte, die alten Buchen sich schwer mit ihrem Laubwerk trugen, die Felder anfingen, gelb zu werden – die Ernte, das Heuen, der Heustock – das Aufbauen des Heustocks.

Sogleich gab es mir einen Stich in die Magengrube.

Ja – das Aufbauen des Heustocks. Wann hatten wir ihn denn aufgebaut? Im Juni? Klar, an einem heißen, schwülen Tag im Juni, als eine Wolkendecke niedrig am Himmel hing und ein Gewitter in der Luft lag.

Und Rummins hatte gesagt: «Macht, daß wir es unter Dach kriegen, bevor der Regen kommt.»

Und der alte Jimmy hatte gesagt: «Es wird nicht regnen. Wozu die Eile? Wenn es im Süden gewittert, kommt es nie zu uns ins Tal herüber.»

Rummins, der auf dem Wagen stand und die Heugabeln verteilte, hatte keine Antwort gegeben. Er war höchst mißlaunig, da er das Heu unbedingt noch einbringen wollte, bevor es zu regnen anfing.

«Bis zum Abend kriegen wir keinen Regen», hatte der alte Jimmy nochmals behauptet, mit einem Blick auf Rummins, der den Blick wütend erwiderte.

Den ganzen Vormittag hatten wir ohne Unterbrechung gearbeitet, indem wir das Heu auf den Karren luden, diesen über die Wiese schoben und das Heu gabelweise auf den allmählich wachsenden Stock schichteten. Wir hörten es im Süden donnern; das Gewitter kam näher und verzog sich dann wieder. Dann rückte es wieder heran und blieb eine Zeitlang auf der andern Seite der Hügel. Wenn wir zu den Wolken aufschauten, konnten wir sie dahinziehen und durcheinanderwogen sehen; doch auf dem Boden war es heiß und schwül, und es wehte kein Lüftchen. Bei der drückenden Hitze arbeiteten wir langsam und unfroh, mit Gesichtern, die vor Schweiß glänzten, und Hemden, die am Leibe klebten.

Claud und ich hatten neben Rummins auf dem Heustock selber geholfen, und ich wußte noch, wie heiß es gewesen war, und erinnerte mich an die Fliegen, die mich umschwirrten, und wie der Schweiß an mir herablief; namentlich aber war mir die finstere Miene von Rummins gegenwärtig, der verbissen drauflosschuftete und seine Leute zur Eile antrieb.

Am Mittag hatten wir Rummins zum Trotz eine Verpflegungspause eingelegt.

Claud und ich hatten uns unter die Hecke gesetzt, mit dem alten Jimmy und einem Soldaten namens Wilson, der auf Urlaub hier war. Gesprochen wurde nicht viel, dazu war es zu heiß. Wilson aß etwas Brot und Käse und trank kalten Tee aus der Feldflasche. Der alte Jimmy hatte einen ausgedienten Gasmaskenbehälter bei sich, aus dem sechs kleine Flaschen Bier herausragten.

«Hier», sagte er und bot jedem von uns eine an.

«Ich kaufe Ihnen eine ab», erklärte Claud, da der Alte über wenig Geld verfügte.

«Nimm's doch.»

«Ich möchte es aber bezahlen.»

«Sei nicht albern. Trink lieber.»

Er war eine Seele von Mensch, mit rötlichen Backen, die er täglich rasierte. Früher hatte er als Zimmermann gearbeitet, mußte aber mit siebzig Jahren seine Stellung aufgeben, und das war schon einige Jahre her. Da er noch rüstig war, hatte ihm der Gemeinderat die Aufsicht über den neu erbauten Kinderspielplatz anvertraut, wo er die Schaukeln und Wippen instand zu halten und auch dafür zu sorgen hatte, daß den Kindern nichts geschah.

Das war eine schöne Aufgabe für einen alten Mann, und man war mit dem Lauf der Dinge zufrieden – bis zu einem gewissen Samstagabend. An diesem Abend hatte sich der alte Jimmy einen angetrunken und war laut singend die Dorfstraße entlanggetorkelt, wobei er einen solchen Krakeel vollführte, daß die Leute aus dem Bett stiegen, um zu sehen, was da unten los sei.

Am nächsten Morgen hatte man ihn entlassen, mit der Begründung, er sei ein liederlicher Trunkenbold und eigne sich nicht für den Umgang mit Kindern auf dem Spielplatz.

Doch dann trug sich etwas Merkwürdiges zu. Am ersten Tag, an dem er wegblieb, an einem Montag, kam nicht ein einziges der Kinder auch nur in die Nähe des Spielplatzes.

Auch am nächsten Tag nicht und am übernächsten.

Die ganze Woche waren die Schaukeln und Wippen und die Rutschbahn verwaist. Kein Kind ließ sich dort blicken. Statt dessen folgten sie dem alten Jimmy auf eine Wiese hinter dem Pfarrhaus und spielten dort, während er zuschaute; und das Ergebnis war, daß dem Gemeinderat nichts anderes übrigblieb, als ihn wieder in seine Stellung einzusetzen.

Er hatte sie jetzt noch inne und betrank sich auch jetzt noch, ohne daß jemand etwas dagegen verlauten ließ. Nur ein paar Tage jedes Jahr setzte er aus, zur Zeit der Heuernte. Sein Lebtag hatte sich der alte Jimmy gerne daran beteiligt, und er gedachte vorläufig noch nicht damit aufzuhören.

«Willst du eins?» fragte er jetzt und hielt Wilson, dem Soldaten, eine Flasche hin.

«Nein danke. Ich habe Tee.»

«Tee soll gut sein, wenn es heiß ist.»

«Ist er auch. Bier macht schläfrig.»

«Wir könnten zur Tankstelle hinübergehen», sagte ich zu Jimmy, «ich streiche Ihnen da ein paar Stullen. Möchten Sie?»

«Bier genügt mir. In einer einzigen Flasche Bier ist mehr Nährwert drin als in zwanzig Stullen.»

Er lächelte mir zu, wobei sich zeigte, daß er keine Zähne mehr hatte; aber es war ein angenehmes Lächeln, und auch das bloße hellrote Zahnfleisch hatte nichts Abstoßendes.

Eine Weile saßen wir schweigend da. Der Soldat hatte sein Käsebrot aufgegessen, legte sich auf den Rücken und schob den Hut ins Gesicht. Der alte Jimmy hatte drei Flaschen Bier getrunken und bot nun die letzte Claud und mir an.

«Nein, danke.»

«Nein, danke. Ich habe an einer genug.»

Der alte Mann zuckte mit den Achseln, machte die Flasche auf, bog den Kopf zurück und trank, indem er sich das Bier in den offenen Mund laufen ließ, so daß es ohne Geglucker die Kehle hinunterrann. Er trug einen Hut von unbestimmbarer Farbe und Form, der ihm nicht herunterfiel, als er den Kopf in den Nacken warf.

«Gibt denn Rummins dem alten Gaul nichts zu trinken?» fragte er, als er die Flasche absetzte, mit einem Blick auf den Karrengaul, der dampfend zwischen den Deichseln stand.

«Rummins? Der nicht.»

«Pferde haben doch auch Durst, genau wie wir.» Nachdenklich schaute der alte Jimmy zu dem Gaul hin. «Haben Sie einen Eimer Wasser da drüben in Ihrem Laden?»

«Klar.»

«Also, was hindert uns, dem alten Pferd zu trinken zu geben?»

«Eine gute Idee. Geben wir ihm zu trinken.»

Wir standen beide auf, Claud und ich, und gingen auf das Gatter zu, und ich weiß noch, daß ich mich umwandte und dem Alten zurief: «Soll ich Ihnen wirklich keine Stulle bringen? Es dauert nicht lange.»

Er schüttelte den Kopf, winkte uns mit der Flasche zu und sagte, er werde ein Nickerchen machen. Wir traten auf die Straße hinaus und begaben uns zur Tankstelle hinüber.

Wir blieben wohl etwa eine Stunde lang weg, da wir Kunden zu bedienen hatten und rasch etwas zu uns nahmen, und als wir schließlich zurückkehrten, mit dem Eimer Wasser, den Claud trug, da fiel mir auf, daß der Heustock mindestens zwei Meter hoch war.

«Etwas Wasser für den alten Gaul», sagte Claud und schaute Rummins scharf an. Dieser stand auf dem Wagen und gabelte Heu auf den Stock hinüber.

Das Pferd steckte den Kopf in den Eimer hinein, schlürfte dankbar von dem Wasser und prustete.

«Wo ist der alte Jimmy?» fragte ich. Wir wollten, daß er das Wasser sehe, da es seine Idee gewesen war.

Als ich die Frage stellte, zögerte Rummins einen Augenblick, nur einen kurzen Augenblick, mit erhobener Gabel, und schaute umher.

«Ich habe ihm eine Stulle mitgebracht», bemerkte ich.

«Der alte Schafskopf hat zuviel Bier getrunken und ist nach Hause gegangen, um zu schlafen», sagte Rummins.

Ich schlenderte die Hecke entlang bis dorthin, wo wir mit dem alten Jimmy gesessen hatten. Die fünf leeren Flaschen lagen noch im Gras herum, und ebenso der Behälter. Ich hob ihn auf und ging damit zu Rummins zurück.

«Ich glaube nicht, daß der alte Jimmy nach Hause gegangen ist, Herr Rummins», sagte ich und hielt den Behälter an dem langen Tragriemen in die Höhe. Rummins warf einen Blick darauf, gab jedoch keine Antwort. Er hatte es sehr eilig, da das Gewitter näher war, das Gewölk schwärzer, die Hitze drückender denn je.

Mit dem Gasmaskenbehälter begab ich mich zur Tankstelle zurück, wo ich den Nachmittag hindurch blieb, um Kunden zu bedienen. Gegen Abend, als der Regen kam, warf ich einen Blick über die Straße und bemerkte, daß das Heu eingebracht war; es wurde gerade mit einer Plane zugedeckt.

Nach ein paar Tagen kam der Dachdecker, nahm die Plane herunter und machte statt dessen ein Strohdach. Es war ein tüchtiger Dachdecker, der sich darauf verstand. Sein Strohdach war dicht und regelmäßig, überall gleich schräg, an den Kanten sauber gestutzt, und es war eine Freude, es von der Straße her zu betrachten.

Alles das kam mir jetzt wieder in den Sinn, als ob es gestern gewesen wäre – das Aufschichten des Heustocks an jenem schwülen Junitag, die gelbe Wiese, der süße Wohlgeruch des Heus, und Wilson, der Soldat, der Tennisschuhe trug, Bert mit seinem Fischauge, der alte Jimmy mit seinem guten Gesicht und dem zahnlosen Mund, und Rummins, der stämmige Wicht, der auf dem Wagen stand und finstere Blicke zum Himmel emporwarf, da er sich wegen des Regens sorgte.

Und da stand er nun wieder, dieser Rummins, oben auf dem Heustock, mit einem Bündel Deckstroh im Arm, und schaute sich nach seinem Sohn um, dem langen Schlaks, beide reglos, beide wie ein Schattenbild gegen den Himmel, und abermals gab es mir einen Stich in die Magengrube.

«Los, schneide doch mittendurch», sagte Rummins überlaut.

Bert stemmte sich auf das lange Messer, daß es knirschte, als er damit etwas Hartes durchsägte. Es war ihm anzumerken, daß ihm das keineswegs behagte.

Es dauerte mehrere Minuten, bis das Messer hindurch war. Dann hörte man wieder das leisere Geräusch, als die Klinge dürres, dichtes Heu zertrennte, und Bert sah seitwärts zu seinem Vater auf, mit einem erleichterten Grinsen.

«Los, schneide einen Ballen heraus», sagte Rummins, der immer noch unbeweglich dastand.

Bert machte einen zweiten senkrechten Einschnitt, ebenso tief wie der erste; dann stieg er herunter und zerrte an dem Ballen Heu, so daß er wie ein Stück Kuchen aus dem übrigen Stock herauskam und zu seinen Füßen in den Wagen fiel.

Da schien der Junge plötzlich wie erstarrt; mit aufgerissenen Augen schaute er auf die soeben freigewordene Stelle im Heustock, als wolle er es nicht wahrhaben, was er entzweigeschnitten hatte.

Rummins, der genau wußte, was es war, hatte sich abgewandt und kletterte auf der andern Seite eiligst herunter. Er entfernte sich so schnell, daß er schon durchs Gatter und mitten auf der Straße war, als Bert anfing zu schreien.

Hoddy

Sie stiegen aus dem Auto und traten in den Eingang von Hoddys Haus.

«Mir schwant, Vater wird dich heute abend gründlich ausfragen», sagte Clarice leise.

«Worüber denn, Clarice?»

«Das Übliche. Berufsaussichten und dergleichen. Und ob du mich erhalten kannst, wie es sich gehört.»

«Dafür sorgt Jackie», sagte Claud. «Wenn Jackie siegt, brauche ich überhaupt nicht mehr zu arbeiten.»

«Daß du mir meinem Vater gegenüber ja nichts von Jackie erwähnst, Claud Cubbage, sonst ist alles aus. Wenn es etwas gibt, das er nicht ausstehen kann, dann sind es Windhunde. Vergiß das ja nicht.»

«O je.»

«Erzähl ihm etwas anderes, irgend etwas, ganz gleich was, solange es ihm Freude macht, nicht?» Und damit führte sie Claud ins Wohnzimmer.

Hoddy war Witwer und trug stets eine säuerliche Miene zur Schau; ewige Mißbilligung stand ihm an die Stirn geschrieben. Er hatte die kleinen, eng aneinandergereihten Zähne seiner Tochter Clarice, denselben mißtrauischen, in sich gekehrten Blick, aber nichts von ihrem frischen und lebenslustigen Wesen, nichts von ihrer Wärme. Er war ein kleiner, verschrumpelter, saurer Apfel von einem Menschen, und was ihm an Haaren verblieben war, etwa ein Dutzend schwarze Strähnen, hatte er sich quer über den kahlen Schädel gepappt. Dabei war dieser Hoddy etwas Besseres, er war Verkäufer in einem Lebensmittelgeschäft und trug bei der Arbeit einen makellosen weißen Berufsmantel. So kostbare Waren wie Butter und Zucker gingen massenhaft durch seine Hände; bei allen Hausfrauen im Dorf stand er in hohem Ansehen, ja sie lächelten ihm sogar zu.

Claud Cubbage war es nie ganz wohl in diesem Haus, und das war genau, wie Hoddy es haben wollte. Jetzt saßen sie im Wohnzimmer um das Kaminfeuer herum, mit Teetassen in der Hand, Hoddy im besten Sessel rechts vom Feuer, Claud und Clarice auf dem Sofa, in geziemendem Abstand. Die jüngere Tochter, Ada, saß auf einem gewöhnlichen Stuhl zur Linken; sie bildeten also einen kleinen Halbkreis ums Kaminfeuer, während sie da steif und zimperlich ihren Tee schlürften.

«Gewiß, Herr Hoddy», ließ Claud sich eben vernehmen, «Sie können es mir glauben, Gordon und ich haben schon jetzt eine ganze Anzahl hübscher kleiner Einfälle auf Lager. Es handelt sich nur darum, abzuwarten und zu sehen, was sich am ehesten lohnt.»

«Was für Einfälle?» fragte Hoddy, wobei er seinen mißbilligenden Blick auf Claud heftete.

«Ah, das ist es eben, nicht wahr.» Unbehaglich rutschte Claud auf dem Sofa herum. Sein blauer Anzug war eng um die Brust und spannte zwischen den Beinen, doch getraute er sich nicht, die Hosenbeine herunterzuzupfen.

«Dieser Mann, Gordon, sagten Sie, ich dachte, der habe hier ohnehin ein gutes Auskommen», bemerkte Hoddy. «Warum will er etwas anderes?»

«Ganz richtig, Herr Hoddy. Es ist eine erstklassige Existenz. Anderseits ist es immer gut, an Erweiterung zu denken. Man muß sich etwas einfallen lassen. Etwas, woran ich mich beteiligen kann, damit für mich auch etwas abfällt.»

«Zum Beispiel?» fragte er nochmals.

Hoddy verzehrte ein Stück Napfkuchen, das er ringsum anknabberte; sein kleiner Mund war wie der einer Raupe, die vom Rand eines Blattes ein winziges, halbrundes Scheibchen herausbeißt.

«Zum Beispiel?» fragt er nochmals.

«Täglich, Herr Hoddy, halten Gordon und ich lange Besprechungen über diese verschiedenen Angelegenheiten ab.»

«Zum Beispiel?» wiederholte Hoddy unerbittlich.

Clarice warf Claud von der Seite her einen ermunternden Blick zu. Claud sah Hoddy groß an und schwieg. Er schätzte es gar nicht, so herumgeschubst und ausgefragt zu werden, als wäre er ein kleines Würstchen.

«Zum Beispiel?» fragte Hoddy schon wieder, und diesmal merkte Claud, daß er sich nicht mehr drücken konnte. Auch warnte ihn sein Spürsinn, daß der andere eine Entscheidung herbeiführen wollte.

«Na ja», sagte er und holte Atem. «Auf Einzelheiten möchte ich eigentlich nicht eingehen, bevor wir uns im klaren sind. Vorläufig lassen wir uns einfach dies und das durch den Kopf gehen.»

«Ich möchte ja nur wissen», sagte Hoddy gereizt, «um welche Art von Geschäften es sich handelt. Hoffentlich keine Schiebung.»

«Aber ich bitte Sie, Herr Hoddy! Sie glauben doch nicht, daß wir etwas Unrechtmäßiges auch nur in Betracht ziehen?»

Hoddy schnaubte, wobei er bedächtig in seinem Tee rührte und Claud nicht aus den Augen ließ. Clarice saß stumm und verängstigt da und schaute ins Feuer.

«Ich war nie dafür, einen eigenen Laden aufzumachen», erklärte Hoddy, um seinen eigenen Mangel an Unternehmungsgeist zu rechtfertigen. «Eine gute, geachtete Stellung ist alles, was einer braucht. Eine anständige Stellung in anständigen Verhältnissen. Zuviel Hokuspokus im Geschäftsleben, nach meinem Geschmack.»

«Die Sache ist die», sagte Claud aufs Geratewohl, «ich will ja nur, daß ich meiner Frau einmal alles verschaffen kann, was sie sich wünscht. Ein eigenes Heim und Möbel und einen Blumengarten und eine Waschmaschine und überhaupt alles, was gut und teuer ist. Das ist es, was ich anstrebe, und mit einem gewöhnlichen Salär läßt sich das nicht machen, nicht? Man kann unmöglich genug Geld verdienen, wenn man nicht einen eigenen Handel aufzieht, Herr Hoddy. Das werden Sie doch zugeben?»

Hoddy, der sein Lebtag für ein gewöhnliches Salär gearbeitet hatte, vermochte diesem Gesichtspunkt nicht viel abzugewinnen.

«Wollen Sie damit sagen, daß ich meiner Familie nicht alles verschaffe, was sie braucht?»

«O doch, und noch einiges dazu», bestätigte Claud eiligst. «Aber Sie haben ja auch eine sehr gehobene Stellung, Herr Hoddy, und das ist natürlich etwas anderes.»

«Was für eine Art von Handel haben Sie denn im Auge?»

Claud schlürfte seinen Tee, um noch etwas Zeit zu gewinnen, und fragte sich unwillkürlich, was für ein Gesicht der alte Korinthenkacker machen würde, wenn er einfach mit der Wahrheit herausrückte und ihm sagte, ‹was wir haben, Herr Hoddy, wenn Sie es unbedingt wissen wollen, das ist ein Paar Windhunde, die sich zum Verwechseln ähnlich sehen, und mit denen werden wir das größte Ding drehen, das es in der Geschichte der Hunderennen je gegeben hat. Doch›, dachte Claud bei sich, ‹das Gesicht möchte ich gerne sehen, das der alte Korinthenkacker macht, falls ich ihm das rundheraus sage.›

Alle saßen mit einer Tasse Tee in der Hand da und schauten ihn erwartungsvoll an. Er mußte etwas sagen, und zwar etwas Gutes. «Nun», fing er in gedehntem Ton an, weil er immer noch angestrengt nachdachte, «ich trage mich schon lange mit dem Gedanken an etwas, womit sich noch mehr verdienen läßt als mit Gordons Okkasionswagen oder mit sonstwas, und Kapital braucht es so gut wie gar keins dazu.» Das war schon besser, sagte sich Claud, nur weiter so.

«Und was wäre das?»

«Etwas so Ausgefallenes, Herr Hoddy, daß unter Tausenden es kaum einer auch nur glauben würde.»

«Also, was denn?» Behutsam stellte Hoddy seine Tasse auf das Tischchen neben ihm und beugte sich zu Claud hinüber. Und Claud wußte deutlicher als je, daß dieser Mensch und alle seinesgleichen ihm feind waren. Es lag an den Hoddys dieser Welt. Sie waren alle gleich. Er kannte sie, mit ihren sauberen, aber häßlichen Händen, ihrer fahlen Gesichtsfarbe, ihrem mickrigen Mund, ihrem Hang zum Schmerbauch; und dabei immer diese gerümpfte Nase, das schwächliche Kinn, der mißtrauische Blick. Die Hoddys. Du lieber Himmel.

«Also, was denn?»

«Es ist eine absolute Goldgrube, Herr Hoddy, glauben Sie mir.»

«Glauben werde ich es, wenn ich es gehört habe.»

«Es ist etwas so Einfaches und Erstaunliches, daß die meisten es für nicht der Mühe wert halten würden.» Jetzt hatte er's – etwas, woran er tatsächlich schon lange allen Ernstes dachte. Er stellte seine Teetasse sorgfältig neben die seines Gegenübers, und da er nun nicht mehr wußte, was mit seinen Händen anfangen, legte er sie flach auf die Knie.

«Also, heraus damit, was ist es denn?»

«Es handelt sich um Maden», erwiderte Claud leise.

Hoddy fuhr zurück, als hätte ihm jemand Wasser ins Gesicht gespritzt. «Maden!» sagte er entgeistert. «*Maden*! Was in aller Welt soll denn das heißen, Maden?» Claud hatte vergessen, daß schon das Wort ‹Maden› in einem anständigen Lebensmittelgeschäft verpönt ist. Ada kam ein Kichern an, aber Clarice warf ihr einen so bösen Blick zu, daß es nicht weit gedieh.

«Damit läßt sich Geld scheffeln, mit einer Madenfabrik.»

«Soll das ein Witz sein?»

«Es klingt vielleicht etwas seltsam, Herr Hoddy, aber nur, weil Sie noch nie davon gehört haben; in Wirklichkeit ist es eine kleine Goldgrube.»

«Eine *Madenfabrik*! Also hören Sie, Cubbage! Das gibt's doch nicht.»

Clarice hatte es nicht gern, wenn ihr Vater ihn Cubbage nannte.

«Haben Sie denn noch nie von einer Madenfabrik gehört, Herr Hoddy?»

«Sicher nicht.»

«Es gibt sie aber, richtige große Betriebe mit Direktoren und Vizedirektoren und allem, was dazugehört. Ich kann Ihnen sagen, Herr Hoddy, da werden Millionen verdient.»

«Ach was.»

«Und wissen Sie, wieso?» Claud hielt inne, aber es fiel ihm nicht auf, daß sich das Gesicht seines Zuhörers allmählich verfärbte. «Wegen der gewaltigen Nachfrage nach Maden, Herr Hoddy.»

Hoddy hörte unterdessen noch andere Stimmen, die Stimmen seiner Kundinnen am Ladentisch – die von Frau Rabbits zum Beispiel, wenn er ihr die Butterration zuteilte, Frau Rabbits mit der behaarten Oberlippe, die immer so laut redete und sagte, ‹na, so was›; er hörte sie förmlich, wie sie jetzt sagte, ‹na, so was, Herr Hoddy, Ihre Clarice hat scheint's letzte Woche geheiratet, wie? Das hört man gern, und was, sagten Sie, ist ihr Mann von Beruf?›

‹Er betreibt eine Madenfabrik, Frau Rabbits.›

‹Nein danke›, sagte er sich und bedachte Claud mit einem feindseligen Blick. ‹Nein, danke recht sehr. Das brauchen wir nicht.›

«Ich kann nicht behaupten», sagte er schnippisch, «daß ich je Veranlassung gehabt hätte, eine Made zu kaufen.»

«Was das anbetrifft, Herr Hoddy, ich auch nicht. Und noch viele andere auch nicht. Aber ich möchte Sie da etwas fragen, wenn ich darf. Wie oft hatten Sie schon Veranlassung, zum Beispiel... ein Zahnrad zu kaufen?»

Das war eine geschickte Frage, und Claud gestattete sich ein leises Lächeln.

«Was hat denn das mit Maden zu tun?»

«Nur soviel, daß der eine das, der andere etwas anderes kauft. Sie haben noch nie ein Zahnrad gekauft, aber das heißt nicht, daß es nicht Leute gibt, die reich werden, indem sie Zahnräder herstellen. Es gibt sie nämlich. Und mit den Maden verhält es sich ebenso.»

«Würden Sie mir bitte sagen, wer diese unsympathischen Leute sind, die Maden kaufen?»

«Maden werden von Anglern gekauft, Herr Hoddy. Von den Sonntagsanglern. Es gibt im ganzen Land Tausende und Abertausende von Leuten, die jedes Wochenende angeln gehen, und alle brauchen sie Maden. Und sie lassen es sich etwas kosten. Gehen Sie an einem Sonntag irgendwo den Fluß entlang, oberhalb Marlow, und Sie werden sie reihenweise am Ufer sitzen sehen. Einer neben dem andern sitzen sie da, an beiden Ufern.»

«Diese Leute kaufen keine Maden. Sie gehen in den Garten und graben Würmer aus.»

«Da irren Sie sich, Herr Hoddy. Nehmen Sie's mir nicht übel, aber da irren Sie sich gründlich. Maden brauchen sie, nicht Würmer.»

«Auch ihre Maden können sie sich selber beschaffen.»

«Wollen sie aber nicht. Stellen Sie sich doch vor, Herr Hoddy, es ist Samstag nachmittag, und Sie wollen angeln gehen, und die Post bringt Ihnen eine feine, saubere Dose Maden, die Sie bloß in die Tasche zu stecken brauchen, und es kann losgehen. Sie glauben doch nicht, daß einer nach Würmern gräbt und Maden zusammensucht, wenn er sie für einen Shilling oder zwei ins Haus geliefert bekommt, wie?»

«Darf ich mich erkundigen, wie Sie diese Madenfabrikation aufzuziehen gedenken?» Wenn er das Wort ‹Maden› aussprach, war es, als spuckte er etwas Saures aus.

«Nichts leichter, als eine Madenfabrikation aufzuziehen.» Claud wurde allmählich wieder selbstsicher und kam ins Reden. «Man braucht lediglich ein paar alte Ölfässer und einige Klumpen verdorbenes Fleisch oder einen Schafskopf; die tut man in das Ölfaß, und das ist alles, was man zu tun hat. Das übrige besorgen die Fliegen.»

Hätte er auf Hoddys Miene geachtet, wäre ihm wahrscheinlich das Reden vergangen.

«So leicht, wie es sich anhört, ist es natürlich auch wieder nicht. Man muß die Maden mit einer besonderen Kost mästen. Kleie und Milch. Und wenn sie dann groß und dick werden, verpackt man sie in Dosen und verschickt sie an die Kunden. Fünf Shilling die Dose bringen sie ein. *Fünf Shilling die Dose!*» rief er und schlug sich aufs Knie. «Stellen Sie sich das vor, Herr Hoddy. Dabei heißt es, eine einzige Schmeißfliege lege ohne weiteres genug für zwanzig Dosen!»

Wieder hielt er inne, aber nur um seine Gedanken zu sammeln, denn jetzt gab es kein Halten mehr.

«Und dann noch etwas, Herr Hoddy. Eine gute Madenfabrik züchtet nicht nur gewöhnliche Maden. Jeder Angler hat da seinen eigenen Geschmack. Maden werden am meisten verlangt, aber es gibt auch noch den Sandwurm. Manche Fischer wollen überhaupt nur Sandwürmer. Und dann gibt es natürlich gefärbte Maden. Gewöhnlich sind Maden weiß, aber sie lassen sich in allen möglichen Farben züchten, je nachdem, was man ihnen verfüttert. Rote und grüne und schwarze, ja, man kann sie sogar blau haben, wenn man weiß, wie man sie behandeln muß. Das ist allerdings das Schwierigste, Herr Hoddy, eine blaue Made.»

Claud hatte sich außer Atem geredet. Er sah jetzt ein Traumbild vor sich, wie immer in solchen Fällen, das Bild eines riesigen Fabrikgebäudes mit hohen Schornsteinen und Hunderten von Arbeitern, die vergnügt durch die breiten, schmiedeeisernen Tore hineinströmten, während er selber in seinem üppig ausgestatteten Büro saß und den Betrieb mit Gelassenheit leitete.

«Es gibt kluge Köpfe, die sich gegenwärtig mit diesen Dingen beschäftigen», fuhr er fort. «Es gilt also rasch handeln, wenn man nicht das Nachsehen haben will. Das ist das Geheimnis des Erfolgs, Herr Hoddy, rasch handeln, ehe einem jemand zuvorkommt.»

Clarice, Ada und ihr Vater saßen völlig reglos da und schauten vor sich hin. Niemand rührte sich oder sprach auch nur ein Wort. Claud dagegen war noch nicht zu Ende.

«Wichtig ist, daß die Maden noch leben, wenn man sie verschickt. Sie müssen sich winden. Maden nützen nichts, wenn sie sich nicht winden. Und wenn wir dann groß herauskommen, wenn wir etwas Kapital beisammen haben, dann erstellen wir Treibhäuser.»

Er legte eine Pause ein und fuhr sich übers Kinn. «Sie wundern sich wohl alle, wozu man in einer Madenfabrik Treibhäuser braucht. Nun, ich will es Ihnen sagen. Die sind für die Fliegen im Winter. Für die Fliegen muß im Winter gesorgt werden, das ist wesentlich.»

«Danke, ich glaube, das genügt, Cubbage», sagte Hoddy plötzlich.

Claud schaute auf, und zum erstenmal bemerkte er, was für ein Gesicht Hoddy machte. Es verschlug ihm die Sprache.

«Ich will nichts weiter davon hören», sagte Hoddy.

«Ich möchte ja bloß Ihrer Tochter alles verschaffen können, was sie sich wünschen kann», rief Claud. «Das ist es, was mich Tag und Nacht beschäftigt, Herr Hoddy.»

«Dann kann ich nur hoffen, daß Sie es ohne Mithilfe von Maden fertigbringen.»

«Vater!» rief Clarice. «So darfst du mit Claud nicht reden.»

«Ich rede mit ihm, wie es mir paßt, merk dir das.»

«Es ist wohl Zeit, daß ich aufbreche», erklärte Claud. «Gute Nacht.»

Das Hunderennen

Beide waren wir früh auf, als der große Tag kam.

Ich begab mich gemächlich in die Küche, um mich zu rasieren, doch Claud zog sich sogleich an und ging hinaus, um das mit dem Stroh zu erledigen. Die Küche befand sich vorne im Haus, und so konnte ich durchs Fenster die Sonne über die Baumwipfel auf der andern Seite des Tals heraufkommen sehen.

Jedesmal wenn Claud mit einem Armvoll Stroh am Fenster vorbeikam, gewahrte ich über den Rand des Spiegels hinweg, wie atemlos gespannt sein Gesichtsausdruck war und wie er den großen runden Kopf mit der bis hinauf zum Haaransatz gerunzelten Stirn nach vorne reckte. Erst einmal hatte ich ihn so gesehen, und das war an dem Abend, als er Clarice seinen Heiratsantrag machte. Heute war er so aufgeregt, daß er sogar einen komischen Gang hatte; er ging auf luftigen Sohlen, als sei der Betonboden um die Tankstelle etwas zu heiß für ihn. Immer mehr Stroh schaffte er hinten in den Lieferwagen hinein, um es für Jackie bequem zu machen.

Dann kam er in die Küche, um das Frühstück zu bereiten, und ich schaute ihm zu, wie er den Topf Suppe auf den Herd stellte und anfing umzurühren. Er hatte einen langen Kochlöffel und rührte immer weiter, während es im Topf zu brodeln begann, und jede halbe Minute beugte er sich einmal darüber und steckte die Nase in den süßlichen Dampf des kochenden Pferdefleisches. Dann machte er sich daran, die Zugaben hineinzutun – drei geschälte Zwiebeln, ein paar junge Steckrüben, eine Tasse voll Brennesselköpfe, einen Kaffeelöffel Valentins Fleischextrakt, zwölf Tropfen Lebertran – und alles, was durch seine klobigen Hände ging, faßte er höchst behutsam an, als sei es etwas Zerbrechliches. Dann holte er ein wenig gehacktes Pferdefleisch aus dem Kühlschrank, tat eine Handvoll davon in Jackies Schüssel, drei in die andere, und als die Suppe fertig war, verteilte er sie auf die beiden Schüsseln, indem er sie über das Fleisch goß.

Seit fünf Monaten fand diese Zeremonie jeden Morgen statt, aber noch nie hatte ich ihn dabei so innig vertieft gesehen. Er sagte kein Wort, sah sich nicht einmal nach mir um, und als er sich abwandte und wieder hinausging, um die Hunde hereinzuholen, schienen sogar Genick und Schulter zu raunen: ‹O Gott, laß heute nichts schiefgehen, und vor allem – laß mich heute nichts falsch machen.›

Ich hörte ihn draußen im Gehege leise mit den Hunden sprechen, während er sie an die Leine nahm, und als er sie in die Küche brachte, kamen sie leichtbeschwingt herein und zerrten an der Leine, um zu ihrer Schüssel zu gelangen, wobei sie abwechselnd eine Vorderpfote hoben und mit dem mächtigen Schwanz hin und her schlugen.

Endlich tat Claud den Mund auf. «Also», sagte er, «welcher ist's?»

Meistens war er am Morgen bereit, ein Päckchen Zigaretten zu wetten, doch heute ging es um mehr; ich wußte, jetzt war es ihm lediglich um eine nochmalige Bestätigung zu tun.

Er sah mir zu, während ich einmal um die beiden schönen, großen, genau gleich schwarzen Windhunde herumging; damit ich sie besser sehen konnte, trat er zur Seite und hielt die Leine auf Armeslänge von sich weg.

Ich versuchte es mit dem alten Trick, der noch nie verfangen hatte. «Jackie!» rief ich. «Hei, Jackie!» Zwei genau gleiche Köpfe mit genau dem gleichen Ausdruck wandten sich nach mir um, vier glänzende, genau gleich braune Augen schauten mich an. Es hatte eine Zeit gegeben, wo ich mir eingebildet hatte, die Augen des einen seien etwas dunkler als die des andern. Auch hatte es eine Zeit gegeben, wo ich glaubte, Jackie sei an einem größeren Brustkasten zu erkennen und an einer Spur mehr Muskeln am Hinterteil. Aber dem war nicht so.

«Sag schon», drängte Claud. Er hoffte, ich würde gerade heute danebenraten.

«Dieser», sagte ich. «Dies hier ist Jackie.»

«Welcher?»

«Dieser hier links.»

«Na also», rief er und strahlte über das ganze Gesicht. «Wieder falsch geraten!»

«Ich glaube nicht.»

«Grundfalsch. Und jetzt paß auf, Gordon, ich will dir was sagen.

Die ganzen Wochen hindurch, jeden Morgen, wo du versucht hast, ihn zu erkennen – weißt du was?»

«Was denn?»

«Ich habe Buch geführt. Und das Ergebnis ist, nicht mal in der Hälfte aller Fälle hast du richtig geraten. Geradesogut hättest du Hälmchen ziehen können.»

Das hieß, wenn ich, der ich sie täglich und nebeneinander sah, die beiden nicht unterscheiden konnte, was in aller Welt hatten wir von Feasey zu befürchten? Feasey war zwar berühmt für seine Fähigkeit, Doppelgänger auseinanderzuhalten, aber wie sollte er einen Unterschied feststellen, wenn es keinen gab?

Claud stellte die beiden Schüsseln auf den Boden. Jackie erhielt die, in der weniger Fleisch war, da er heute am Rennen teilnahm.

Als Claud zurücktrat, um die Hunde beim Fressen zu beobachten, machte er wieder eine bekümmerte Miene, und die großen hellen Augen waren mit demselben hingerissenen und liebevollen Blick auf Jackie gerichtet, der bis vor kurzem Clarice allein vorbehalten gewesen war. «Siehst du, Gordon», meinte er, «ich hab's ja immer gesagt. In den letzten hundert Jahren hat es alle möglichen Doppelgänger gegeben, vollkommene und mangelhafte, aber seit es Windhundrennen gibt, haben sich noch nie zwei Tiere so zum Verwechseln ähnlich gesehen.»

«Hoffentlich hast du recht», bemerkte ich und dachte unwillkürlich an jenen bitterkalten Nachmittag vor vier Monaten, kurz vor Weihnachten war es, als Claud sich den Lieferwagen ausborgte und in Richtung nach Aylesbury wegfuhr, ohne zu sagen, wohin er ging. Ich hatte angenommen, er habe eine Verabredung mit Clarice, aber gegen Abend war er zurückgekehrt und hatte diesen Hund mitgebracht, von dem er sagte, er habe ihn jemand für fünfunddreißig Shilling abgekauft.

«Ist er schnell?» hatte ich gefragt. Wir standen draußen bei den Tanksäulen. Claud hielt den Hund an der Leine und betrachtete ihn, und ein paar Schneeflocken schwebten hernieder auf den Rücken des Hundes. Der Motor des Wagens lief noch.

«Schnell!» hatte Claud gesagt. «Das ist ungefähr der langsamste Hund, den es je gegeben hat.»

«Wozu hast du ihn dann gekauft?»

«Weißt du», hatte er mit verschmitzter Miene gesagt, «ich dachte, er sieht Jackie vielleicht ein bißchen ähnlich. Findest du nicht?»

«Doch, ja, nicht unähnlich, wenn man's bedenkt.»

Er hatte mir die Leine übergeben, und ich hatte den Hund ins Haus gebracht, um ihn abzutrocknen, während Claud zum Gehege gegangen war, um seinen Liebling zu holen. Und als er zurückkam und wir die beiden zum erstenmal nebeneinander sahen, da weiß ich noch, wie er zurücktrat und sagte: «Mensch», und stockstill stand, als stehe er vor etwas Unwirklichem. Dann wurde er auf einmal sehr betriebsam und still. Er ließ sich auf die Knie nieder und begann die beiden Punkt für Punkt sorgfältig zu vergleichen, und es war, als werde es immer wärmer im Zimmer, je mehr sich seine Aufregung steigerte, während er die beiden Hunde untersuchte; selbst die Klauen und Afterklauen, achtzehn an jedem Hund, wurden auf die Farbe hin genau nebeneinandergehalten.

Schließlich war er aufgestanden. «Geh mit ihnen bitte ein paarmal auf und ab», sagte er. Dann hatte er volle fünf oder sechs Minuten am Herd gestanden, hatte sie betrachtet, hatte die Stirn gerunzelt und an der Unterlippe gekaut. Und dann, als glaube er immer noch nicht, was er das erste Mal festgestellt hatte, war er wieder hingekniet, um alles nochmals zu überprüfen; doch mittendrin war er plötzlich aufgesprungen und hatte mich unverwandt angeschaut, merkwürdig bleich um Nase und Augen.

«Weißt du, was das bedeutet?» hatte er mit belegter Stimme gesagt. «Wir haben's geschafft. Wir sind reich.»

Und dann begannen die geheimen Besprechungen zwischen uns in der Küche, das Festlegen der Einzelheiten, die Auswahl des günstigsten Rennplatzes. Schließlich machten wir jeden zweiten Samstag, insgesamt achtmal, die Tankstelle zu, wobei ich die Einnahmen eines ganzen Nachmittags drangab, und fuhren mit dem Doppelgänger bis nach Oxford hinaus zu einem mickrigen kleinen Rennplatz im Gelände bei Headingley, wo massenhaft Geld umgesetzt wurde, obwohl das Ganze aus nichts als einer Reihe alter Pfosten und einer Leine bestand, um das Geläuf abzustecken, einem auf den Kopf gestellten Fahrrad, mit dem der ‹Hase› in Bewegung gesetzt wurde, und am andern Ende, in der Ferne, sechs Startklappen. Achtmal in sechzehn Wochen hatten wir den Doppelgänger dorthin gefahren und ihn bei Feasey angemeldet und hatten dann in der Kälte und im Regen am Rande der Menge gewartet, bis sein Name mit Kreide an die Startertafel geschrieben wurde. ‹Schwarzer Panther› nannten wir ihn. Und wenn er an die Reihe kam, führte ihn Claud jeweils zum Start, und ich stand am Ziel, um ihn in Empfang zu nehmen und vor den Raufbolden zu schützen, den Hunden, die die Zigeuner oft eigens dazu einschmuggelten, damit sie am Schluß eines Rennens einen andern in Stücke rissen.

In gewissem Sinne war es allerdings betrüblich, diesen Hund so oft dorthin zu bringen und ihn rennen zu lassen, in der Hoffnung, er werde unter allen Umständen als letzter kommen. In Wirklichkeit hatten wir natürlich gar nichts zu befürchten; das gute Tier konnte einfach nicht schnell laufen, daran gab es nichts zu rütteln. Das einzige Mal, wo er nicht als letzter kam, war damals, als ein großer, rehbrauner Hund namens Amber Flash mit dem Fuß in ein Loch geriet und sich ein Gelenk brach, so daß er auf drei Beinen durchs Ziel ging. Doch selbst so schlug ihn der unsere nur knapp. Auf diese Art brachten wir es fertig, daß er mit der Zeit ganz unten durch war, und das letzte Mal, als wir hingingen, bewerteten ihn alle Buchmacher mit zwanzig oder dreißig zu eins und riefen seinen Namen aus und redeten den Leuten zu, auf ihn zu setzen.

Jetzt endlich, an diesem sonnigen Apriltag, war Jackie an der Reihe. Claud meinte, wir dürften den andern nicht mehr einsetzen; Feasey könnte am Ende seiner überdrüssig werden und ihn gar nicht mehr annehmen, weil er so langsam war. Er hielt jetzt den Augenblick für gekommen, das Ding zu drehen; Jackie werde mit mindestens dreißig bis fünfzig Längen Vorsprung siegen.

Er hatte Jackie von jungem Alter an aufgezogen; auch jetzt war er erst fünfzehn Monate alt, aber er lief gut und schnell. An einem Rennen hatte er zwar noch nie teilgenommen, aber wir wußten, daß er schnell war, weil Claud seine Leistung auf der Rennbahn einer kleinen privaten Dressuranstalt in Uxbridge mit der Stoppuhr gemessen hatte, wohin er ihn jeden Sonntag brachte, seit er sieben Monate alt war, außer einmal, als er gerade geimpft worden war. Claud meinte, er sei wahrscheinlich nicht schnell genug, um sich bei Feasey mit den besten Hunden zu messen, aber so, wie er jetzt eingestuft sei, in der untersten Klasse bei den Außenseitern, werde er das Rennen ohne weiteres mit zwanzig oder jedenfalls mit zehn oder fünfzehn Längen Vorsprung machen.

An diesem Vormittag brauchte ich also nur noch auf die Bank im Ort zu gehen und fünfzig Pfund für mich abzuheben und fünfzig für Claud, als Vorschuß auf seinen Lohn, und dann um zwölf den Laden zuzumachen und das Täfelchen HEUTE GESCHLOSSEN an eine der Tanksäulen zu hängen. War dann der Doppelgänger im Gehege eingesperrt und Jackie im Lieferwagen untergebracht, dann konnte es losgehen. Ich will nicht behaupten, daß ich so aufgeregt gewesen wäre wie Claud, aber schließlich hing für mich auch nicht so viel davon ab wie für ihn, der ein Haus kaufen und heiraten wollte. Auch war ich nicht gewissermaßen in einem Hundezwinger mit Windhunden aufgewachsen wie er, der tagaus, tagein an nichts anderes dachte, höchstens vielleicht abends an Clarice. Ich hatte als Besitzer einer Tankstelle gerade genug zu tun, vom Handel mit Okkasionswagen ganz zu schweigen, aber wenn Claud sich mit Hunden abgeben wollte, war mir das lange recht, namentlich ein Ding wie das heute – falls es klappte. Ich muß allerdings gestehen, wenn ich an das Geld dachte, das wir aufs Spiel setzten, und an den Betrag, der möglicherweise dabei herausschaute, dann hatte ich jedesmal so ein gewisses Gefühl in der Magengrube.

Die Hunde waren jetzt mit ihrem Fressen fertig, und Claud ging mit ihnen hinaus zu einem kurzen Lauf über die benachbarte Wiese, während ich mich anzog und die Spiegeleier zubereitete.

Nachher begab ich mich auf die Bank und hob das Geld ab, alles in Pfundnoten, und der Rest des Vormittags schien mit der Bedienung von Kunden sehr rasch zu vergehen.

Punkt zwölf sperrte ich zu und hängte das Täfelchen an die Tanksäule. Claud kam mit Jackie ums Haus herum, ein rotbraunes Pappköfferchen in der Hand.

«Ein Koffer?»

«Für das Geld», erklärte Claud. «Du hast selber gesagt, zweitausend Pfund kann man nicht in den Taschen verstauen.»

Es war ein schöner Frühlingstag, überall die Hecken entlang platzten die Knospen, und die Sonne schien durch das neue hellgrüne Laub der großen Buche auf der anderen Seite der Straße. Jackie sah wunderbar aus, mit den mächtigen, harten Muskeln, groß wie Melonen, die sich an seinem Hinterteil abzeichneten, und dem sammetschwarz glänzenden Fell. Während Claud das Köfferchen in den Wagen stellte, vollführte der Hund ein Tänzchen auf luftigen Pfoten, um zu zeigen, wie prächtig er in Form war; dann schaute er zu mir auf und grinste, als wisse er, daß es zu einem Rennen ging, wo es zweitausend Pfund und massenhaft Ruhm einzuheimsen galt. Jackie hatte das menschenähnlichste Grinsen, das mir je vorgekommen war. Er zog nicht nur die Oberlippe an, sondern verzog tatsächlich auch die Maulwinkel, so daß man sein ganzes Gebiß sah, außer vielleicht die hintersten Backenzähne. Ich gewärtigte jedesmal, ihn auch noch laut herauslachen zu hören.

Wir stiegen in den Lieferwagen und fuhren weg. Ich saß am Steuer, Claud neben mir, und Jackie stand hinten auf dem Stroh und schaute über unsere Schultern hinweg durch die Windschutzscheibe, obwohl Claud ihm immer wieder zuredete, er solle sich hinlegen, damit ihm nichts geschah, wenn es scharf um die Kurve ging. Doch der Hund war viel zu erregt; er grinste bloß und wedelte mit dem gewaltigen Schwanz.

«Hast du das Geld, Gordon?» Claud steckte sich eine Zigarette nach der andern an und konnte nicht stillsitzen.

«Gewiß.»

«Meines auch?»

«Insgesamt hundertfünf Pfund. Fünf für den Aufwickler, wie du gesagt hast, damit er den Hasen nicht anhält und das Rennen ungültig macht.»

«Gut», sagte Claud und rieb sich die Hände, als friere er. «Gut, gut, gut.»

Wir kamen durch die schmale Hauptstraße von Great Missenden, wo wir den alten Rummins in eine Wirtschaft hineingehen sahen, zu seinem Morgenbier; dann, hinter dem Dorf, bogen wir nach links ab und gelangten über den Hügelzug der Chilterns nach Princes Risborough, von wo es nur noch etwas mehr als zwanzig Meilen waren nach Oxford.

Und nun kam eine stille und gespannte Stimmung auf. Ohne ein Wort zu sprechen, saßen wir da; jeder hing seinen eigenen Befürchtungen und Erwartungen nach und behielt seine Besorgnis für sich. Claud steckte sich seine Zigaretten an und warf sie halbgeraucht wieder zum Fenster hinaus. Meistens redete er sich auf diesen Fahrten die Seele aus dem Leib, den ganzen Hinweg und den ganzen Rückweg, was er mit Hunden schon alles erlebt hatte, was er geleistet hatte und wo er schon überall gewesen war und was er dabei verdient hatte und was andere mit den Hunden anstellten, die Gaunereien, Grausamkeiten und die unglaublichen Kniffe und Finten der Hundebesitzer auf den minderen Rennplätzen. Doch heute getraute er sich wohl nicht, viel zu reden. Ich übrigens auch nicht. Ich saß da, achtete auf die Straße und suchte die Gedanken an das, was uns bevorstand, zu verscheuchen, indem ich mir durch den Kopf gehen ließ, was mir Claud schon alles von dem Rummel der Windhundrennen erzählt hatte.

Es gab bestimmt niemand, der mehr davon verstand als Claud, und seit wir den Doppelgänger hatten und übereingekommen waren, dieses Ding zu drehen, hatte er es sich angelegen sein lassen, mich in dieser Sache auszubilden. Ich verstand nachgerade, wenigstens theoretisch, fast ebensoviel davon wie er.

Das hatte schon bei der ersten Besprechung angefangen, die wir in der Küche abhielten, einen Tag nachdem der Doppelgänger eingetroffen war. Wir saßen da und schauten durchs Fenster nach Kunden aus, und Claud setzte mir auseinander, was für Vorkehrungen wir treffen müßten, und ich suchte ihm zu folgen, so gut ich konnte, bis ich ihn schließlich doch etwas fragen mußte.

«Was ich nicht einsehe, ist, warum du überhaupt den Doppelgänger verwendest», hatte ich gesagt. «Wäre es nicht ratsamer, wenn wir immer nur Jackie einsetzten und ihn einfach bei den ersten fünf oder sechs Rennen bremsen? Wenn es dann soweit ist, lassen wir ihm freien Lauf. Das käme doch auf dasselbe heraus, nicht, wenn wir es richtig anpacken? Und wir laufen nicht Gefahr, ertappt zu werden.»

Da war ich aber schön ins Fettnäpfchen getreten. Claud schaute mich betroffen an und sagte: «Das gibt's nicht! Laß es dir gesagt sein, ‹bremsen› ist etwas, das bei mir nicht vorkommt. Was ist nur in dich gefahren, Gordon?» Es war ihm offenbar peinlich, was ich gesagt hatte.

«Ich finde nichts dabei.»

«Also hör mal, Gordon. Einen tüchtigen Hund bremsen, das bricht ihm das Herz. Ein tüchtiger Hund weiß, daß er schnell ist, und wenn er dann all die andern sieht, die ihm davonlaufen, und er kann sie nicht einholen – es bricht ihm das Herz, sag ich dir. Und außerdem würdest du nicht mit dergleichen kommen, wenn du wüßtest, was bei den Rennen alles gemacht wird, um Hunde zu bremsen.»

«Was denn zum Beispiel?»

«Ach, alles mögliche. Und es braucht viel, um einen tüchtigen Windhund zu bremsen. Die sind so darauf versessen; man kann sie nicht einmal bei einem Rennen zuschauen lassen, ohne daß sie einem die Leine aus der Hand reißen. Schon oft habe ich Hunde gesehen, die trotz einem gebrochenen Bein das Rennen unbedingt beenden wollten.»

Versonnen hatte er mich mit diesen großen hellen Augen angeschaut, todernst und offenbar in Gedanken. «Wenn wir die Sache richtig anpacken wollen», hatte er dann gesagt, «dann ist es vielleicht besser, ich kläre dich über ein paar Punkte auf, damit du weißt, was uns bevorsteht.»

«Schieß los», hatte ich gesagt, «kläre mich auf.»

Eine Weile schaute er schweigend zum Fenster hinaus. «Die Hauptsache, die man sich merken muß», sagte er dann, «die Kerle, die mit Hunden an diese offiziell nicht anerkannten Rennen gehen, sind gerissen. Gerissener, als du ahnst.» Abermals hielt er inne, um seine Gedanken zu sammeln.

«Da gibt es zum Beispiel die verschiedenen Arten, einen Hund zu bremsen. Das Häufigste, was gemacht wird, ist das Abschnüren.»

«Abschnüren?»

«Gewiß. Den Atem abschnüren. Das wird am häufigsten gemacht. Man schnallt ihnen dabei den Maulriemen so eng, daß sie kaum noch schnaufen können. Ein Fachmann weiß genau, welches Loch am Riemen er benützen muß und wieviel Längen es seinen Hund zurücksetzt. Zwei Löcher mehr machen meistens fünf oder sechs Längen aus. Schnallt man den Riemen noch enger, wird der Hund letzter. Ich habe es oft erlebt, daß Hunde zusammenbrachen und krepierten, weil sie bei heißem Wetter eng geschnürt waren. Erdrosselt wurden sie, regelrecht erdrosselt, und das war kein hübscher Anblick. Dann gibt es welche, die binden ihnen einfach mit schwarzem Faden zwei Zehen zusammen. Das behindert einen Hund. Stört sein Gleichgewicht.»

«Scheint mir nicht allzu schlimm.»

«Andere wiederum schieben dem Hund einen frischgekauten Gummi unter den Schwanz ganz hinauf unter den Schwanzansatz. Und das ist nicht zum Lachen», sagte er entrüstet. «Wenn der Hund läuft, geht der Schwanz immer ein klein wenig auf und nieder, und der Gummi unter dem Schwanz klebt dann an den Körperhaaren, genau an der empfindlichsten Stelle. Daß das dem Hund nicht behagt, ist klar. Dann gibt es die Schlafpillen. Ein häufig verwendetes Mittel heute. Man bemißt es nach dem Gewicht, wie ein Arzt, je nachdem, um wieviel Längen man den Hund bremsen will, fünf oder zehn oder fünfzehn. Das sind ein paar der häufigsten Methoden», sagte Claud. «In Wirklichkeit ist das gar nichts. Rein gar nichts, verglichen mit andern Kniffen, die angewendet werden, um einen Hund langsamer laufen zu lassen. Wenn ich da an die Zigeuner denke. Was die mit den Hunden machen, ist zum Teil fast zu widerlich, um davon zu reden, zum Beispiel die Dinge, kurz bevor sie den Hund in den Klappenzwinger tun – Dinge, die man kaum seinem ärgsten Feind antun würde.»

Und als er mir davon erzählt hatte – wirklich grauenhafte Dinge, die mit rasch beigebrachten schmerzhaften Verletzungen zu tun hatten –, ging er dazu über, mir auseinanderzusetzen, was alles gemacht wurde, wenn man wollte, daß der Hund siegte.

«Was alles gemacht wird, damit der Hund schneller läuft, ist genauso furchtbar wie das, was gemacht wird, damit er langsam ist. Am häufigsten wird Wintergrün verwendet. Wenn du einen Hund siehst, der keine Haare mehr auf dem Rücken hat oder kahle Stellen am ganzen Körper – das kommt vom Wintergrün. Unmittelbar vor dem Rennen reibt man es ihm tüchtig in die Haut ein. Manchmal ist es Sloanes Liniment, meistens aber Wintergrün. Sticht furchtbar. Sticht so entsetzlich, daß der Hund nur an eines denkt – laufen, laufen, laufen, so schnell er nur kann, um dem Schmerz zu entkommen. Dann gibt es besondere Einspritzungen, aber das sind moderne Methoden, und die meisten Schieber auf dem Rennplatz sind zu ungebildet, um sie anzuwenden. Die Kerle dagegen in den großen Straßenkreuzern, die aus London kommen mit Rennhunden, die sie sich für den betreffenden Tag ausgeborgt haben, indem sie die Trainer bestechen – die verwenden die Nadel.»

Ich erinnere mich noch gut, wie er dort am Küchentisch saß, eine Zigarette zwischen den Lippen und die Augen zusammengekniffen, um den Rauch abzuhalten, und wie er mich durch die gesenkten Lider anschaute und sagte: «Was man sich merken muß, Gordon, ist folgendes. Es gibt nichts, wovor diese Schieber zurückschrecken, wenn sie wollen, daß ein Hund gewinnt. Anderseits kann kein Hund mehr hergeben, als in seinem Körper drinsteckt, ganz gleich, was man mit ihm macht. Wenn wir es also erreichen, daß Jackie in die unterste Stufe eingestuft wird, dann haben wir ausgesorgt. Kein Hund in der untersten Klasse kommt an ihn heran, auch nicht mit Einreibungen oder Einspritzungen. Nicht einmal mit Ingwer.»

«Ingwer?»

«Gewiß. Ingwer wird oft verwendet. Das geht so: ein Stück, ungefähr so groß wie eine Baumnuß, wird etwa fünf Minuten vor dem Start in den Hund hineingesteckt.»

«Ins Maul, meinst du? Er frißt es?»

«Nein, nicht ins Maul.»

Und so war das weitergegangen. Im Laufe der acht langen Fahrten, die wir in der Folge mit dem Doppelgänger unternahmen, hatte ich noch viel mehr von diesem reizenden Sport gehört, namentlich über die Methoden des Bremsens und Beschleunigens, einschließlich der Drogen und ihrer genauen Dosierung. Auch vernahm ich von der sogenannten ‹Ratten-Behandlung›, die man Hunden angedeihen läßt, die nicht gerne jagen. Dabei wird eine Ratte in eine Blechbüchse gesteckt, die man am Hals des Hundes befestigt. Im Büchsendeckel ist ein kleines Loch, gerade groß genug, daß die Ratte ihre Schnauze hindurchstecken und den Hund beißen kann. Dieser kann aber nicht an die Ratte heran und gerät natürlich ganz außer sich, und je mehr er herumläuft und sich schüttelt, um so mehr wird er gebissen. Schließlich läßt man die Ratte los, und der Hund, der bis dahin ein braves, schwanzwedelndes Tier war, stürzt sich voller Wut auf sie und reißt sie in Stücke. Macht man das ein paarmal, hatte Claud gesagt – «selber habe ich nichts dafür übrig, wohlverstanden» –, dann wird der Hund zu einer mörderischen Bestie, die hinter allem und jedem herjagt, selbst hinter dem künstlichen Hasen.

Die Buchenwälder hatten wir jetzt hinter uns; es ging bereits durch die flache Gegend südlich von Oxford mit ihren Ulmen und Eichen. Schweigsam saß Claud neben mir, innerlich erregt, rauchte Zigaretten und wandte sich alle zwei, drei Minuten nach Jackie um. Dieser hatte sich endlich hingelegt, und jedesmal wenn Claud sich umwandte und leise mit ihm sprach, antwortete der Hund mit einer leichten Bewegung des Schwanzes, was als Rascheln im Stroh vernehmbar war.

Bald mußten wir durch Thame kommen, durch die breite Hauptstraße, wo der Viehmarkt abgehalten wurde und einmal jährlich die Kirchweih mit Schiffsschaukel, Karussell und Skooterbahn und den Wohnwagen der Zigeuner mitten in der Ortschaft. Claud war aus Thame gebürtig, und wir waren noch nie durch den Ort gekommen, ohne daß er diesen Umstand erwähnt hätte.

«Hier kommt Thame», bemerkte er, als die ersten Häuser auftauchten. «Mein Heimatort, Gordon.»

«Du hast es mir gesagt.»

«Viele lustige Streiche haben wir uns damals geleistet, als wir noch kleiner waren», bemerkte er etwas wehmütig.

«Kann ich mir denken.»

Er schwieg eine Weile, und dann, wohl um sich selber abzulenken, begann er mir von seinen Jugendjahren zu erzählen.

«Da war ein Junge nebenan», sagte er. «Gilbert Gomm hat er geheißen. Kleines Spitzmausgesicht und ein Bein etwas kürzer als das andere. Gräßliche Dinge haben wir miteinander angestellt. Weißt du, was wir einmal getan haben?»

«Was denn?»

«Am Samstag abend, wenn die Eltern in der Wirtschaft saßen, gingen wir jeweils in die Küche, machten den Gasschlauch los vom Herd und ließen das Gas in eine Milchflasche voll Wasser blubbern. Dann setzten wir uns hin und tranken es aus Teetassen.»

«Schmeckte das so gut?»

«Gut! Abscheulich schmeckte es. Mit etwas Zucker ließ es sich zur Not trinken.»

«Warum habt ihr es dann getrunken?»

Claud wandte sich um und sah mich ungläubig an. «Du willst doch nicht behaupten, du hättest nie ‹Schlangenwasser› getrunken?»

«Niemals.»

«Ich dachte, das sei allgemein üblich gewesen. Es hat eine berauschende Wirkung, wie Wein, nur viel ärger, je nachdem, wie lange man das Gas hindurchblubbern läßt. Wunderbar haben wir uns da oft am Samstag abend in der Küche betrunken, bis wir nur noch herumtorkelten. Einmal ist dann Vater verfrüht nach Hause gekommen und hat uns ertappt. Den Abend vergesse ich mein Lebtag nicht. Ich stand da mit der Milchflasche, und das Gas sprudelte fein hindurch, und Gilbert kniete am Boden, um das Gas abzustellen, sobald ich es ihm sagte, und da kommt Vater herein.»

«Was hat er gesagt?»

«Ach herrje, das war schrecklich. Kein Wort hat er gesagt, er stand bloß da unter der Tür und langte nach seinem Gürtel, machte langsam die Schnalle auf und zog den Gürtel langsam heraus, wobei er mich die ganze Zeit anschaute. Ein großmächtiger Mensch war er – Hände wie Hämmer, schwarzer Schnurrbart, rote Äderchen übers ganze Gesicht. Dann kam er rasch heran, packte mich beim Wickel und besorgte es mir, mit aller Kraft, und zwar mit dem Ende, wo die Schnalle dran war. Wirklich, Gordon, ich dachte, er bringt mich um. Aber zuletzt ließ er von mir ab und schnallte den Gürtel wieder um, schob das Ende in die Schlaufe und rülpste von dem Bier, das er getrunken hatte. Und dann ging er wieder in die Wirtschaft zurück, immer noch ohne ein Wort. Die schlimmste Tracht Prügel, die ich je bekommen habe.»

«Wie alt warst du damals?»

«Ungefähr acht Jahre, glaube ich.»

Als wir uns Oxford näherten, wurde Claud wieder schweigsam. Dauernd verrenkte er den Hals, um nach Jackie zu sehen und ihn am Kopf zu kraulen; einmal drehte er sich ganz um und kniete sich auf den Sitz, um noch mehr Stroh um den Hund zusammenzuraffen, wobei er etwas von Zugluft murmelte. Wir umfuhren Oxford und gerieten in ein Gewirr von schmalen Landstraßen, und nach einer Weile bogen wir in einen holperigen Feldweg ein, auf dem wir da und dort Männer und Frauen überholten, die zu Fuß oder mit dem Fahrrad in derselben Richtung unterwegs waren. Einige der Männer führten Windhunde an der Leine. Vor uns war eine große Limousine, in welcher wir auf dem Rücksitz einen Hund zwischen zwei Männern sitzen sahen.

«Die kommen von überall her», bemerkte Claud anzüglich. «Der da vorn ist wahrscheinlich eigens von London hergekommen. Stammt wahrscheinlich aus einem der großen Rennzwinger. Einer vom Windhund-Derby, wer weiß.»

«Hoffentlich läuft er nicht gegen Jackie.»

«Nur keine Angst», sagte Claud. «Alle neuen Hunde kommen zuerst mal in die oberste Klasse. Feasey nimmt es da sehr genau.»

Wir gelangten an ein offenes Gatter, das in eine Wiese führte, und Feaseys Frau trat heran, der wir das Eintrittsgeld entrichteten, bevor wir hineinfuhren.

«Sie müßte auch noch als Aufwickler dienen, wenn sie kräftig genug wäre», meinte Claud. «Der alte Feasey stellt nicht mehr Leute an als unbedingt nötig.»

Ich fuhr über die Wiese und stellte den Wagen neben einer Reihe anderer Wagen ab, die oben eine Hecke entlang standen. Wir stiegen beide aus, und Claud begab sich rasch nach hinten, um Jackie zu holen, während ich neben dem Auto stehenblieb und wartete. Es war eine große Wiese, die am einen Ende ziemlich steil anstieg, und wir befanden uns oben am Hang, von wo man auf das Ganze hinuntersah. In der Ferne erkannte ich die sechs Startklappen und die hölzernen Pfosten, mit denen das Geläuf abgesteckt war; es verlief den Wiesengrund entlang, bog jeweils im rechten Winkel ab und kam den Hügel herauf auf die Menschenmenge zu, wo das Ziel war. Dreißig Meter hinter dem Ziel stand das auf den Kopf gestellte Fahrrad, mit dem der ‹Hase› angetrieben wird. Da es tragbar ist, wird es auf den offiziell nicht anerkannten Rennplätzen allgemein verwendet. Es steht auf einer etwa zweieinhalb Meter hohen, flüchtig errichteten Plattform, die auf vier Pfählen ruht, und zwar steht es mit dem Hinterrad, von dem der Reifen entfernt worden ist, gegen die Rennbahn. Das eine Ende der Schnur, die den ‹Hasen› nachzieht, ist an der vertieften Felge des Rades befestigt, und der Aufwickler (oder Hasentreiber), der rittlings über dem andern Rad steht und die Pedale von Hand dreht, wickelt die Schnur auf das Rad. Auf diese Art zieht er den ‹Hasen› mit beliebiger Geschwindigkeit heran, bis zu sechzig Stundenkilometern. Nach jedem Rennen bringt jemand den ‹Hasen› samt Schnur wieder über die ganze Strecke zu den Startklappen zurück, wobei er die Schnur vom Rad abwickelt. Von seiner hohen Plattform aus kann der Aufwickler das Rennen verfolgen und die Geschwindigkeit des ‹Hasen› bemessen, daß er stets knapp vor dem an der Spitze liegenden Hund bleibt. Natürlich kann er den ‹Hasen› auch jederzeit anhalten und so das Rennen ungültig machen (falls der unrichtige Hund zu siegen scheint), indem er die Pedale plötzlich rückwärts dreht, wodurch sich die Schnur in der Radnabe verhaspelt. Er kann es auch so machen, daß er den ‹Hasen› vorübergehend langsamer laufen läßt, was den an der Spitze liegenden Hund veranlaßt, unwillkürlich etwas zurückzuhalten, so daß die andern ihn einholen. Er spielt eine wichtige Rolle, der Aufwickler.

Ich konnte ihn auf der Plattform stehen sehen, einen stämmigen Mann in einem blauen Sweater, der sich an das Fahrrad lehnte und durch den Rauch seiner Zigarette auf die Menge herunterschaute.

Es besteht in England ein merkwürdiges Gesetz, wonach Rennveranstaltungen dieser Art nur siebenmal jährlich auf demselben Grundstück gestattet sind. Deshalb war Feaseys Ausrüstung transportabel, und nach der siebenten Veranstaltung verlegte er seine Tätigkeit einfach auf die nächste Wiese. Das Gesetz störte ihn gar nicht.

Es hatte sich bereits eine beträchtliche Menge angesammelt, und drüben auf der rechten Seite waren die Buchmacher dabei, ihre Stände zu errichten. Claud hatte unterdessen Jackie herausgeholt und führte ihn zu einer Gruppe von Leuten hinüber, die sich um einen kleinen, untersetzten Mann scharten, der Reithosen trug – Feasey selber. Von den Leuten um ihn herum hatte jeder einen Hund an der Leine, und Feasey schrieb Namen in ein Notizbuch, das er aufgeklappt in der linken Hand hielt. Ich schlenderte hinüber, um zuzuschauen.

«Welchen haben Sie da?» fragte Feasey mit gezücktem Bleistift.

«Mitternacht», sagte ein Mann, der einen schwarzen Hund vorführte.

Feasey trat einen Schritt zurück und musterte den Hund genau. «Mitternacht. Gut. Ist eingetragen.»

«Jane», sagte der nächste.

«Augenblick mal. Jane ... Jane ... jawohl, ist in Ordnung.»

«Haudegen.» Dieser Hund wurde von einem schlaksigen Mann mit länglichen Zähnen vorgeführt, der einen doppelreihigen, etwas speckigen blauen Anzug trug, und als er ‹Haudegen› sagte, begann er sich mit der freien Hand bedächtig am Hosenboden zu kratzen.

Feasey bückte sich, um den Hund zu untersuchen. Der andere schaute in die Luft.

«Weg damit», sagte Feasey.

Rasch schaute der Mann her und hörte auf, sich zu kratzen.

«Los, bringen Sie ihn weg.»

«Hören Sie mal, Feasey», sagte der Mann, der beim Sprechen etwas mit der Zunge anstieß. «Reden Sie doch bitte keinen Stuß.»

«Los, Larry, verschwinden Sie. Halten Sie mich nicht auf. Sie wissen genausogut wie ich, daß der Haudegen zwei weiße Zehen am linken Vorderlauf hat.»

«Aber ich bitte Sie, Feasey», sagte der Mann, «Sie haben Haudegen ja mindestens seit einem halben Jahr nicht mehr gesehen.»

«Schon recht, Larry, verschwinden Sie jetzt. Ich habe keine Zeit, mich mit Ihnen herumzustreiten.» Feasey schien nicht im mindesten ungehalten. «Der nächste», sagte er.

Ich sah Claud mit Jackie hinzutreten. Mit eiserner Miene schaute er Feasey über den Kopf hinweg, und die Leine hielt er so fest, daß seine Knöchel wie eine Reihe weißer Zwiebelchen wirkten. Ich wußte genau, wie ihm zumute war. Mir war in diesem Augenblick auch nicht anders zumute, und es kam noch schlimmer, als Feasey plötzlich auflachte.

«Nanu», rief er. «Da ist ja der Schwarze Panther. Da ist ja unser Weltmeister.»

«Jawohl», sagte Claud.

«Also, wissen Sie», sagte Feasey mit einem Schmunzeln, «den können Sie gleich wieder mit nach Hause nehmen. Ich kann ihn nicht brauchen.»

«Was denn...»

«Schon sechs- oder achtmal hat er jetzt seine Chance gehabt, das dürfte genügen. Warum geben Sie's nicht auf? Tun Sie ihn doch lieber ab.»

«Ach bitte, Herr Feasey, nur noch dieses eine Mal, dann will ich Sie nicht mehr belästigen.»

«Kein einziges Mal mehr. Ich habe heute mehr Hunde hier, als ich unterbringen kann. Für solche Nölpeter ist kein Platz.»

Claud schien den Tränen nahe.

«Glauben Sie mir», sagte er, «jeden Morgen bin ich um sechs aufgestanden die letzten vierzehn Tage und bin mit ihm gelaufen, habe ihn massiert und ihm Beefsteaks gekauft. Glauben Sie mir, das ist jetzt ein ganz anderer Hund als das letzte Mal, wie er hier lief.»

Die Worte ‹ein ganz anderer Hund› ließen Feasey auffahren, wie von einer Tarantel gestochen. «Was!» rief er. «Ein ganz anderer Hund!»

Claud, das mußte man ihm lassen, verlor den Kopf nicht. «Aber ich bitte Sie», sagte er. «Bitte mir dergleichen nicht zu unterschieben. Sie wissen genau, das habe ich nicht gemeint.»

«Schon gut, schon gut. Aber gleichviel, Sie können ihn wieder mitnehmen. Mit einem so langsamen Hund hat das keinen Zweck. Nehmen Sie ihn jetzt bitte mit und halten Sie mich nicht länger auf.»

Ich schaute Claud an. Claud schaute Feasey an. Feasey schaute sich nach dem nächsten Hund um. Unter seiner braunen Tweedjacke trug er einen gelben Pullover, und dieser gelbe Streifen auf seiner Brust, die dünnen Beine, die in Gamaschen steckten, und die Art, wie er den Kopf ruckweise hin und her bewegte, alles das gab ihm etwas Vogelähnliches, etwas von einem Distelfink.

Claud trat einen Schritt heran. Er lief vor Empörung allmählich rot an, und ich sah es an seinem Adamsapfel, wie er schluckte.

«Ich mache Ihnen einen Vorschlag, Herr Feasey. Der Hund ist jetzt besser, das steht für mich fest. Ich wette ein Pfund mit Ihnen, daß er nicht als letzter figuriert. Genügt das?»

Feasey wandte sich langsam um und betrachtete Claud. «Sind Sie übergeschnappt?» fragte er.

«Ich weiß, was ich sage. Ich wette ein Pfund mit Ihnen.»

Es war ein gefährlicher Zug und mußte Verdacht erregen, aber Claud wußte, es war das einzige, was ihm übrigblieb. Eine Stille entstand, als Feasey sich bückte und den Hund untersuchte. Gewissenhaft musterte er ihn Stück für Stück. Gründlichkeit und Gedächtnis des Mannes waren bewundernswert, ja beängstigend, behielt er doch Gestalt und Farbe und Kennzeichen von mehreren hundert sehr ähnlichen Hunden im Kopf. Nie bedurfte er mehr als eines einzigen geringfügigen Merkmals – eine kleine Narbe, eine schräge Zehe, weniger stark angezogene Weichen, ein etwas dunkler geflecktes Fell –, Feaseys Gedächtnis ließ ihn nie im Stich.

Ich beobachtete ihn, wie er sich jetzt über Jackie bückte. Sein Gesicht war rötlich und fleischig, der Mund klein und straff, als ließen sich die Lippen überhaupt nicht zu einem Lächeln verziehen, und die Augen waren, wie zwei Objektive, scharf auf den Hund eingestellt. «Nun», sagte er, als er sich aufrichtete, «es ist jedenfalls noch derselbe Hund.»

«Hoffentlich!» rief Claud. «Wofür halten Sie mich eigentlich?»

«Ich halte Sie für übergeschnappt, dafür halte ich Sie. Aber es ist eine bequeme Art, zu einem Pfund zu kommen. Sie haben wohl vergessen, wie ihn Amber Flash letztes Mal auf drei Beinen beinahe geschlagen hat?»

«Damals war er nicht in Form», erklärte Claud. «Er hat nicht Beefsteaks und Massage und Training gehabt wie jetzt. Aber hören Sie, Sie dürfen ihn nicht in die oberste Klasse tun, bloß um die Wette zu gewinnen. Dieser Hund gehört in die unterste Klasse, das wissen Sie.»

Feasey lachte. Der kleine Knopf von einem Mund ging zu einem winzigen Kreis auseinander. Er lachte und schaute dabei in die Menge, die in sein Lachen mit einstimmte. «Hören Sie mal», sagte er und legte Claud eine behaarte Hand auf die Schulter, «ich kenne mich in den Hunden aus. *Dieses* Pfund gewinne ich auch ohne Machenschaften. Er läuft mit der untersten Klasse.»

«Gut», sagte Claud. «Die Wette gilt.» Er entfernte sich mit Jackie, und ich stieß zu ihm.

«Mensch, Gordon, das hätte ins Auge gehen können!»

«Mir war angst und bang.»

«Aber jetzt sind wir drin.» Claud hatte wieder diesen atemlos gespannten Ausdruck und den komisch luftigen Gang, als sei ihm der Boden zu heiß.

Immer noch kamen Leute durch das Gatter herein; es waren ihrer jetzt mindestens dreihundert. Keine liebliche Gesellschaft. Scharfnasige Männer und Frauen mit ungewaschenen Gesichtern und schlechten Zähnen und scheelem Blick. Der Abschaum der Großstadt. Wie Abwasser aus einer zersprungenen Röhre, ein Rinnsal die Straße entlang und durch das Gatter, und am oberen Ende der Wiese ein übelriechender Jauchetümpel. Alle waren sie da, die Schieber und Zigeuner und Gauner, das ganze Gesindel. Die einen mit Hunden, die andern ohne. Hunde, die an einem Stück Schnur herumgeführt wurden, jämmerliche Hunde, die den Kopf hängen ließen, magere, räudige Hunde mit wunden Stellen am Hinterleib (vom Schlafen auf harter Unterlage), traurige alte Hunde mit grauen Schnauzen, gedopte Hunde, solche, die mit Haferbrei gemästet worden waren, damit sie nicht siegten, solche, die steifbeinig einherkamen – einer insbesondere, ein weißer. «Claud, was ist denn mit dem weißen dort, der so steif geht?»

«Welcher?»

«Der dort drüben.»

«Ach ja. Wahrscheinlich ist er aufgehängt worden.»

«Aufgehängt?»

«Gewiß doch. Vierundzwanzig Stunden im Geschirr aufgehängt, mit baumelnden Läufen.»

«Herrgott, wozu denn?»

«Damit er langsamer läuft natürlich. Es gibt Leute, die sind gegen Einspritzungen oder Mästen oder Abschnüren. So hängen sie sie eben auf.»

«Aha.»

«Entweder das», sagte Claud, «oder sie schmirgeln sie ab. Reiben ihnen mit grobem Schmirgelpapier die Haut von den Pfoten, damit es ihnen weh tut, wenn sie laufen.»

«Ach so.»

Und dann die tüchtigeren, besser aussehenden Hunde, die wohlgenährten, die jeden Tag Pferdefleisch kriegen, nicht nur Schweinefutter oder Hundekuchen und Kohlbrühe, die mit dem glänzenderen Fell, die mit dem Schwanz wedeln und an der Leine zerren, ungedopt, ungemästet, denen vielleicht noch Unangenehmeres bevorsteht, der Maulriemen, der um vier Löcher enger geschnallt wird. *Aber so, daß er noch atmen kann, Jock. Schnür ihm die Luft nicht völlig ab, sonst bricht er uns mitten im Rennen zusammen. Nur so, daß er ein bißchen keucht. Immer nur ein Loch aufs Mal, bis du ihn keuchen hörst. Er macht dann das Maul auf und fängt an, schwer zu schnaufen. Dann ist es gerade richtig, aber nicht, wenn ihm die Augen aus dem Kopf treten. Darauf mußt du aufpassen. In Ordnung?*

In Ordnung.

«Sehen wir zu, daß wir aus dem Gedränge herauskommen. Das tut Jackie nicht gut; all diese andern Hunde, das regt ihn bloß auf.»

Wir gingen den Hang hinauf, wo oben die Autos geparkt waren, und dann vor der langen Reihe von Autos auf und ab, um dem Hund

Bewegung zu verschaffen. In einigen der Autos waren Männer zu sehen mit Hunden, und die Männer warfen uns durchs Fenster scheele Blicke zu, während wir vorbeigingen.

«Vorsicht, Gordon, wir wollen keine Scherereien.»

«Nein, gewiß nicht.»

Das waren die besten von all den Hunden, die im Auto behalten und nur rasch hinausgebracht wurden, um sie eintragen zu lassen, worauf sie wieder ins Auto kamen und dort bis zuletzt blieben, dann spornstreichs zum Start und nach dem Rennen wieder ins Auto zurück, damit kein Schnüffler ihn allzu genau zu sehen bekommt. Der Trainer vom Stadion wollte es so. *Meinetwegen, sagte er, du kannst ihn haben, aber sieh um Himmels willen zu, daß ihn keiner erkennt. Tausenden ist dieser Hund bekannt, da heißt es aufgepaßt. Und es kostet dich fünfzig Pfund.*

Sehr schnelle Hunde sind das, aber es kommt gar nicht so sehr darauf an, wie schnell, meistens kriegen sie ohnehin Einspritzungen, sicherheitshalber. Anderthalb Kubikzentimeter Äther, subkutan, im Auto ganz langsam verabreicht. Das setzt bei jedem Hund zehn Längen zu. Manchmal ist es auch Koffein, Koffein in Öl, oder Kampfer. Das steigert die Leistung auch. Die Männer in den großen Autos kennen sich da aus. Manche davon verstehen sich auch auf Whisky. Aber das geschieht intravenös. Nichts für Anfänger. Wie leicht verfehlt man die Ader. Man braucht nur die Ader zu verfehlen, dann wirkt es nicht, und wie steht man dann da? Meistens ist es deshalb Äther oder Koffein oder Kampfer. *Gib ihr aber nicht zuviel von dem Zeug, Jock. Wie steht es mit ihrem Gewicht? Achtundfünfzig Pfund. Also gut, du weißt, was der Mann uns gesagt hat. Wart mal, ich hab's aufgeschrieben. Hier: Ein Kubikzentimeter auf zehn Pfund Körpergewicht ist gleich fünf Längen über dreihundert Meter. Wart mal, während ich das ausrechne. Ach Gott, mach's lieber nach dem Gefühl. Einfach nach dem Gefühl. Es wird schon richtig herauskommen. Kann ja sowieso nicht schiefgehen, ich hab die andern, die mit ihm rennen, selber ausgesucht. Hat mich zehn Pfund gekostet. Zehn Lappen hab ich Feasey gegeben. Mein lieber Feasey, hab ich gesagt, das ist zu Ihrem Geburtstag und weil ich Sie liebe.*

Vielen Dank, sagte Feasey. Vielen Dank, mein guter und getreuer Freund.

Und um sie zu bremsen, verwenden die in den großen Autos Chlorbutal. Das ist besonders fein, Chlorbutal, weil man es am Abend zuvor eingeben kann, besonders einem Hund, der jemand anders gehört. Oder auch Pethidin. Pethidin und Hyoscin gemischt, was immer das sein mag.

«Vornehme Sportsfreunde sind das hier. Richtiger alter englischer Landadel, nicht?» bemerkte Claud.

«Hat ganz den Anschein.»

«Paß auf deine Taschen auf, Gordon. Hast du das Geld gut versteckt?»

Wir gingen hinten herum die Reihe der Autos entlang – zwischen den Autos und der Hecke –, und ich sah, wie Jackie sich straffte und mit schleichenden Tritten vorwärtsdrängte. Etwa dreißig Meter von uns entfernt standen zwei Männer. Einer hielt einen hellbraunen Windhund an der Leine, der ebenso angespannt war wie Jackie. Der andere hielt einen Sack in der Hand.

«Guck», sagte Claud leise, «sie werfen ihm etwas zum Totbeißen vor.»

Aus dem Sack purzelte ein kleines weißes Kaninchen, noch ganz flaumig, jung und zutraulich. Es kam auf die Beine und kauerte reglos da, mit dem krummen Buckel, wie Kaninchen ihn beim Kauern machen, die Nase dicht am Boden. Ein erschrecktes Kaninchen. Aus dem Sack so plötzlich auf die Wiese, mit einem solchen Aufprall. In das helle Licht. Der Hund war jetzt außer sich vor Erregung, warf sich gegen die Leine, scharrte und winselte. Das Kaninchen sah den Hund und verharrte wie gelähmt. Der Mann verlegte seinen Griff auf das Halsband, und der Hund wand sich und sprang und suchte freizukommen. Der andere schob das Kaninchen mit dem Fuß an, aber es war zu verängstigt, um sich zu bewegen. Er stieß es nochmals, wobei er es mit der Schuhspitze wie einen Fußball wegschnellte, und das Kaninchen überschlug sich mehrmals, kam auf die Beine und begann davonzuhopsen. Jetzt ließ der andere den Hund frei, der sich mit einem einzigen Satz auf das Kaninchen stürzte, und dann kam das Gequietsche, nicht sehr laut, aber schrill und voller Todesnot, und es war, als wollte es kein Ende nehmen.

«So», sagte Claud, «jetzt hast du's gesehen.»

«Ich weiß nicht, ob ich mich damit befreunden kann.»

«Ich habe dir ja davon erzählt, Gordon. Es wird häufig gemacht, um den Hund vor dem Rennen scharfzumachen.»

«Ich kann mich trotzdem nicht damit befreunden.»

«Ich auch nicht. Aber es wird allgemein gemacht. Sogar die Trainer auf den großen Rennplätzen machen es. Ich finde es barbarisch.»

Wir schlenderten hinweg. Unter uns am Hang war das Gedränge inzwischen noch dichter geworden, und dahinter, in einer langen Reihe, waren die Stände der Buchmacher nun errichtet, mit den Namen daran in Rot und Gold und Blau. Schon hatten sich die Buchmacher auf die umgestülpten Kisten gestellt, ein Bündel numerierter Karten in der einen Hand, ein Stück Kreide in der andern.

Dann sahen wir Feasey zu der schwarzen Tafel hinübergehen, die an einen in den Boden gesteckten Pfahl genagelt war.

«Er schreibt das erste Rennen an», sagte Claud. «Komm schnell.»

Wir begaben uns rasch den Hang hinunter und mischten uns unter die Menge. Feasey schrieb die Namen der Hunde aus seinem Notizbuch ab, und unter den Zuschauern entstand so etwas wie eine erwartungsvolle Stille.

1. SALLY
2. THREE QUID
3. SCHNIRKELSCHNECKE
4. SCHWARZER PANTHER
5. WHISKEY
6. ROCKIT

«Er ist dabei!» sagte Claud leise. «Beim ersten Rennen schon. Startklappe vier! Rasch, Gordon, gib mir fünf Pfund, damit ich sie dem Aufwickler zeigen kann.»

Claud konnte vor Erregung kaum sprechen. Um Nase und Augen war er wieder ganz weiß, und als ich ihm eine Fünfpfundnote übergab, zitterte ihm der ganze Arm. Der Mann, der die Fahrradpedale zu drehen hatte, stand immer noch in seinem blauen Sweater auf der Plattform und rauchte. Claud ging hinüber und schaute zu ihm auf.

«Sehen Sie diesen Fünfer», sagte er leise, mit der zusammengefalteten Note in der Handfläche.

Der Mann warf einen Blick darauf, ohne den Kopf zu bewegen.

«Für Sie, wenn Sie bei diesem Rennen keine Fisimatenten machen. Kein Anhalten und kein Abbremsen und immer hübsch schnell. In Ordnung?»

Der Mann regte sich nicht, abgesehen von einem leichten, fast unmerklichen Zucken der Augenbrauen. Claud wandte sich ab.

«Also, Gordon, setz das Geld allmählich, alles in kleinen Beträgen, wie ich dir gesagt habe. Geh von einem Stand zum andern und setze kleine Beträge, damit wir die Quote nicht gefährden. Ich gehe unterdessen mit Jackie langsam zum Start, so langsam wie möglich, damit du reichlich Zeit hast. In Ordnung?»

«In Ordnung.»

«Und vergiß nicht, am Schluß des Rennens mußt du dort sein und ihn abfangen. Sieh zu, daß du ihn aus dem Getümmel herauskriegst, wenn die andern sich über den Hasen hermachen. Halt ihn fest und laß nicht los, bis ich mit Halsband und Leine komme. Dieser Whiskey ist ein Zigeunerhund und zerfleischt alles, was sich ihm in den Weg stellt.»

«In Ordnung», sagte ich. «Es kann losgehen.»

Ich sah noch, wie Claud mit Jackie zum Zielpfosten hinüberging, wo er einen gelben Umhang mit einer großen Vier darauf bezog, wie auch einen Maulkorb. Die andern fünf Läufer waren auch dort mit ihren Besitzern, die sich an ihnen zu schaffen machten, ihnen den numerierten Umhang anzogen und den Maulkorb befestigten. Feasey waltete seines Amtes, wobei er mit seinen engen Reithosen wie ein munterer Zeisig herumhopste, und einmal sah ich, wie er zu Claud etwas sagte und lachte. Claud ließ ihn unbeachtet. ‹Gleich werden Sie nun die Hunde die Rennbahn hinunterführen›, sagte ich mir, ‹die lange Strecke den Hang hinunter bis ans andere Ende der Wiese, zu den Startklappen. Zehn Minuten werden sie dazu brauchen. Ich habe also mindestens zehn Minuten.› Und dann begann ich mich durch die Menge zu drängeln, die dicht an dicht vor den Reihen der Buchmacher stand.

«Gleicher Einsatz Whiskey! Gleicher Einsatz Whiskey! Fünf zu zwei Sally! Gleicher Einsatz Whiskey! Vier zu eins Schnirkelschnekke! Nur heran. Beeilung, Beeilung! Was soll's denn sein?»

Auf allen Tafeln die ganze Reihe entlang war der Schwarze Panther mit fünfundzwanzig zu eins angeschrieben. Ich schob mich zum nächsten Stand hin.

«Drei Pfund auf Schwarzer Panther», sagte ich und hielt das Geld hin.

Der Mann auf der Kiste hatte ein entzündetes, magentarotes Gesicht und um den Mundwinkel Spuren irgendeines weißen Zeugs. Er nahm das Geld an sich und ließ es in die Geldtasche fallen: «Fünfundsiebzig Pfund zu drei Schwarzer Panther», sagte er. «Nummer zweiundvierzig.» Dann händigte er mir ein Kärtchen aus, und sein Schreiber trug die Wette ein.

Ich trat zurück und schrieb rasch auf die Rückseite des Kärtchens «75 zu 3», und schob es in die Brusttasche, wo ich das Geld hatte.

‹Solange ich die Pfundnoten solchermaßen verteile›, sagte ich mir, ‹dürfte es klappen.› Auf Clauds Anweisung hatte ich es mir ohnehin angelegen sein lassen, bei jedem Rennen ein paar Pfund auf den Doppelgänger zu setzen, um keinen Verdacht zu erregen, wenn es dann Ernst galt. So ging ich denn zuversichtlich die ganze Reihe entlang und setzte an jedem Stand drei Pfund. Ich beeilte mich nicht, vertrödelte aber auch keine Zeit, und nach jeder Wette schrieb ich den Betrag auf die Rückseite des Wettscheins, bevor ich ihn in die Tasche schob. Insgesamt waren es siebzehn Buchmacher. Ich hatte bereits siebzehn Scheine und hatte einundfünfzig Pfund ausgelegt, ohne daß die Quote dadurch beeinträchtigt worden wäre. Neunundvierzig Pfund galt es noch unterzubringen. Rasch warf ich einen Blick den Hang hinunter. Einer der Besitzer war mit seinem Hund bereits am Start angelangt; die andern waren nur noch zwanzig oder dreißig Meter davon entfernt. Außer Claud. Claud und Jackie hatten erst die halbe Strecke hinter sich. Ich sah Claud in seinem alten khakifarbenen Mantel gemächlich dahinziehen, während Jackie ungeduldig an der Leine zerrte; und einmal sah ich, wie er stillstand und sich bückte, als hebe er etwas auf. Als er wieder weiterging, hinkte er ein wenig, so daß er noch langsamer vorwärtskam. Ich eilte wieder ans andere Ende der Reihe, um von neuem anzufangen.

«Drei Pfund auf Schwarzer Panther.»

Der Buchmacher, der mit dem magentaroten Gesicht und dem weißen Zeug um den Mund, horchte auf. Offenbar kam ich ihm bekannt vor. Mit einer raschen, schwungvollen Armbewegung leckte er sich die Finger und wischte die Zahl fünfundzwanzig auf der Tafel aus. Seine nassen Finger hinterließen einen kleinen dunklen Fleck neben dem Namen des Schwarzen Panthers.

«Schön, Sie kriegen's noch einmal fünfundsiebzig zu drei», sagte er, «aber mehr nicht.» Dann rief er laut: «Fünfzehn zu eins Schwarzer Panther! Fünfzehn der Panther!»

Die ganze Reihe entlang wurde die Fünfundzwanzig ausgewischt, und der Panther galt jetzt fünfzehn zu eins. Rasch schloß ich die Wetten ab, doch bis ich damit fertig war, hatten die Buchmacher genug und führten ihn überhaupt nicht mehr. Zwar hatte jeder nur sechs Pfund angenommen, doch riskierte er dabei einen Verlust von hundertfünfzig, und für kleine Buchmacher auf einem kleinen Provinzrennplatz war das gerade genug. Ich war zufrieden mit mir, wie ich die Sache gedeichselt hatte. Kärtchen die Menge. Ich nahm sie aus der Tasche und zählte sie durch, wie ein Spiel Karten. Dreiunddreißig waren es. Und der Gewinn? Mit wieviel konnten wir rechnen? Augenblick mal ... etwas über zweitausend Pfund. Mit dreißig Längen Vorsprung, hatte Claud gesagt, werde Jackie das Rennen machen. Wo war er jetzt eigentlich?

Weit drunten im Gelände sah ich den khakifarbenen Mantel am Start stehen und den großen schwarzen Hund daneben. Alle die andern Hunde waren bereits im Zwinger, und ihre Besitzer entfernten sich allmählich. Jetzt bückte sich Claud und lockte Jackie in Nummer vier hinein; dann schloß er das Gatter, wandte sich weg und begann mit flatterndem Mantel den Hang hinaufzueilen, auf die Zuschauer zu. Immer wieder schaute er während des Laufs über die Schulter zurück.

Neben den Zwingern stand der Starter, der jetzt mit einem Taschentuch winkte. Am andern Ende der Rennbahn, hinter dem Ziel, ganz in meiner Nähe, hatte sich der Mann im blauen Sweater rittlings über das auf dem Kopf stehende Fahrrad gestellt, oben auf seiner hohen Plattform, und als er das Zeichen sah, winkte er zurück und begann, die Pedale mit der Hand zu drehen. Ein winziger weißer Punkt – der künstliche Hase, in Wirklichkeit ein Fußball, an den ein Stück weißes Kaninchenfell geheftet war – begann sich vom Start zu entfernen, und zwar immer schneller. Die Klappen gingen auf, und die Hunde schossen heraus. Wie ein einziger dunkler Klumpen schossen sie alle zusammen heraus, als sei es statt sechs nur ein einziger, breit geratener Hund. Gleich darauf sah ich, wie Jackie sich von den andern löste. Daß es Jackie war, erkannte ich an der Farbe. Schwarze Hunde waren bei diesem Rennen sonst keine dabei. Es war schon Jackie. Jetzt nur keinen Mucks, sagte ich mir. Nur keinen Mucks, weder mit Muskel, Augenlid, Fuß oder Finger. Hübsch stillstehen und keinen Mucks machen. Wie er läuft! Hopp, Jackson, mein Junge! Nein, nicht rufen. Rufen bringt Unglück. Und bloß keinen Mucks. In zwanzig Sekunden ist alles vorbei. Jetzt um die scharfe Kurve und den Hang hinauf, mit fünfzehn oder zwanzig Längen Abstand. Eher zwanzig. Nein, nicht die Längen zählen, das bringt Unglück. Und keinen Mucks, keine Kopfbewegung. Aus den Augenwinkeln verfolgen, wie er läuft. Wie er sich jetzt den Hang hinauf ins Zeug legt! Er hat so gut wie gesiegt. Verlieren kann er jetzt nicht mehr ...

Als ich zu ihm hinkam, balgte er sich mit dem Kaninchenfell herum und suchte es in die Schnauze zu kriegen, was der Maulkorb verhinderte, und die andern Hunde sausten von hinten heran, und plötzlich waren alle über ihm her und wollten das Kaninchen auch haben, und ich faßte ihn um den Hals und schleppte ihn aus dem Getümmel, wie Claud es mich geheißen hatte, und kniete ins Gras und hielt ihn mit beiden Armen fest. Die andern hatten ihre liebe Not, sich ihrer Hunde zu bemächtigen.

Dann stand Claud neben mir, aufgeregt und außer Atem. Wortlos nahm er Jackie den Maulkorb ab und legte ihn an die Leine, und Feasey stand auch da, die Hände in die Seite gestemmt, die Lippen geschürzt wie zu einem Pilz, den prüfenden Blick auf Jackie geheftet.

«Das war also der Dreh, wie?» sagte er.

Claud bückte sich über den Hund und tat, als habe er nichts gehört.

«Daß Sie hier in Zukunft nichts mehr zu suchen haben, ist Ihnen doch klar?»

Claud machte sich noch immer an Jackies Halsband zu schaffen.

Hinter mir hörte ich jemand sagen: «Dieser Kerl da mit dem Mondgesicht hat den alten Feasey diesmal schön angeschmiert.» Ein anderer lachte. Feasey entfernte sich. Claud richtete sich auf und ging mit Jackie zu dem Aufwickler hinüber, der von seiner Plattform herabgestiegen war.

«Zigarette», sagte Claud und hielt ihm das Päckchen hin.

Der Mann nahm eine, und auch die Fünfpfundnote, die eng zusammengefaltet zwischen Clauds Fingern steckte.

«Danke», sagte Claud. «Recht schönen Dank.»

«Bitte.»

Dann wandte Claud sich zu mir. «Hast du alles setzen können, Gordon?» Er wippte auf und nieder, rieb sich die Hände und tätschelte Jackie, und seine Lippen zitterten, während er sprach.

«Ja. Halb bei fünfundzwanzig, halb bei fünfzehn.»

«Mensch, Gordon, das ist großartig. Bleib hier stehen, ich hole das Köfferchen.»

«Nimm lieber Jackie», sagte ich, «und warte auf mich im Wagen. Bis nachher.»

Bei den Buchmachern war jetzt niemand. Ich war der einzige, der überhaupt etwas einzustreichen hatte. Das Herz wollte mir fast zerspringen, als ich beschwingten Schrittes auf den ersten Stand zuging, zu dem Mann mit dem magentaroten Gesicht und dem weißen Zeug am Mund. Ich stellte mich vor ihn hin und ließ mir Zeit, während ich aus dem Bündel von Kärtchen die seinen heraussuchte. Syd Pratchett hieß er. In goldenen Buchstaben auf rotem Feld stand der Name auf seiner Tafel:

SYD PRATCHETT
DIE VORTEILHAFTESTEN WETTEN WEIT UND BREIT
PROMPTE ERLEDIGUNG

Ich reichte ihm das erste Kärtchen hin und sagte: «Achtundsiebzig Pfund stehen mir zu.» Es klang mir so süß in den Ohren, daß ich es nochmals sagte. «Achtundsiebzig Pfund stehen mir zu.» Jegliche Schadenfreude lag mir fern. Im Gegenteil, Syd Pratchett war mir nachgerade höchst sympathisch. Er tat mir sogar leid, weil er soviel Geld herausrücken mußte. Hoffentlich ging es nicht seiner Frau und seinen Kindern ab.

«Nummer zweiundvierzig», sagte Pratchett zu seinem Schreiber, der das große Buch in den Händen hatte. «Zweiundvierzig verlangt achtundsiebzig Pfund.»

Während der Schreiber mit dem Finger die Kolonne der eingetragenen Wetten herunterfuhr, herrschte Stille. Er tat es zweimal, dann schaute er zu seinem Chef auf und schüttelte den Kopf.

«Nein», sagte er. «Nicht auszahlen. Die Nummer hat auf Schnirkelschnecke gesetzt.»

Pratchett, der auf seiner Kiste stand, beugte sich hinunter und schaute selber nach. Es schien ihm gar nicht recht zu sein, was der Schreiber gesagt hatte; auf seinem roten Gesicht malte sich ehrliche Betroffenheit.

‹Der Schreiber ist ein Esel›, dachte ich. ‹Gleich wird Pratchett es ihm sagen.›

Doch als Pratchett sich wieder zu mir wandte, hatte er einen verkniffenen, feindseligen Blick. «Mach doch keine Zicken, Mensch», sagte er. «Du weißt genau, daß du auf Schnirkelschnecke gesetzt hast. Was soll denn das?»

«Auf Panther habe ich gesetzt», beteuerte ich. «Zweimal je drei Pfund, bei fünfundzwanzig zu eins. Hier ist die andere Karte.»

Diesmal nahm er sich nicht einmal die Mühe, die Eintragung nachzuprüfen. «Du hast auf Schnirkelschnecke gewettet», behauptete er. «Ich weiß noch, wie du hier warst.» Damit wandte er sich ab und begann die Namen auf der Tafel mit einem feuchten Lappen auszuwischen. Der Schreiber im Hintergrund hatte das Buch zugeklappt und steckte sich eine Zigarette an. Ich stand da und guckte, während mir am ganzen Körper der Schweiß ausbrach.

«Kann ich mal das Buch sehen?»

Pratchett schneuzte sich in den feuchten Lappen und ließ ihn auf den Boden fallen.

«Scher dich weg, Mensch», sagte er. «Mach dich hier nicht unbeliebt.»

Der springende Punkt war, daß auf dem Kärtchen eines Buchmachers nie verzeichnet steht, worauf die Wette sich bezieht. Das ist allgemein üblich, auf jedem Rennplatz im ganzen Land, ob es sich nun um die berühmten Pferderennen von Newmarket oder Ascot handelt oder um einen kleinen, offiziell nicht anerkannten Rennplatz irgendwo in der Provinz. Die Karten, die ausgegeben werden, tragen lediglich den Namen des Buchmachers und sind fortlaufend numeriert. Die Wette wird, wenn es mit rechten Dingen zugeht, vom Schreiber in sein Buch eingetragen, neben der betreffenden Nummer, aber sonst gibt es keinen Beweis, wie man gewettet hat.

«Mach schon», sagte Pratchett. «Hau ab.»

Ich trat einen Schritt zurück und blickte die lange Reihe der Buchmacher entlang. Keiner schaute her. Alle standen sie reglos auf ihrer

Kiste, den Blick geradeaus auf die Menge gerichtet. Ich trat zum nächsten Stand hin und zeigte ein Kärtchen vor.

«Ich hatte drei Pfund auf Schwarzer Panther, fünfundzwanzig zu eins», sagte ich energisch. «Achtundsiebzig Pfund stehen mir zu.»

Der Mann wickelte genau dieselbe Vorstellung ab wie Pratchett; er befragte den Schreiber, schaute im Buch nach und erteilte mir dieselbe Antwort.

«Was soll denn das?» sagte er ruhig, als spreche er zu einem achtjährigen Schuljungen. «Das sind doch Kindereien.»

Diesmal trat ich mehrere Schritte zurück. «Ihr elendes Gaunerpack!» rief ich. «Gauner, alle miteinander!»

Wie Marionetten drehten alle gleichzeitig den Kopf nach mir um und schauten mich an. An ihrem Gesichtsausdruck änderte sich nichts. Es waren nur die Köpfe, die sich bewegten, alle siebzehn, und siebzehn glasige Augenpaare schauten auf mich herab. Sie schienen völlig unbeteiligt.

«Jemand hat gesprochen», schienen sie zu sagen. «Wir haben es nicht gehört. Recht schönes Wetter heute.»

Die Zuschauer, die merkten, daß etwas im Gange war, begannen herbeizuströmen. Ich lief zu Pratchett zurück, dicht an ihn heran, und stieß ihn mit dem Finger in den Bauch. «Sie Gauner!» rief ich. «Sie himmeltrauriger kleiner Gauner, Sie!»

Das Auffallendste war, daß Pratchett es mir gar nicht krummzunehmen schien.

«Schau, schau», sagte er, «wer reklamiert denn da?»

Dann verzog er plötzlich den Mund zu einem breiten, froschähnlichen Grinsen; er blickte über die Menge hin und rief mit lauter Stimme: «Schau, schau, wer reklamiert denn da?»

Sogleich entstand allgemeines Gelächter. Auch die Buchmacher erwachten zum Leben, sie tauschten Blicke und lachten und zeigten auf mich und riefen: «Schau, schau, wer reklamiert denn da?» Bald erschallte der Ruf auch aus der Menge, und ich stand auf der Wiese neben Pratchett mit diesem dicken Bündel Karten in der Hand. Es war, um aus der Haut zu fahren. Über die Köpfe der Menge hinweg sah ich Feasey, wie er bereits die Namen für das nächste Rennen an die Tafel schrieb; und dann in der Ferne, ganz oben am Hang, erblickte ich Claud, der neben dem Lieferwagen stand und mit dem Köfferchen in der Hand auf mich wartete.

Es war Zeit, nach Hause zu gehen.

Mrs. Bixby und der Mantel des Obersten

Amerika ist das Land der reichen Frauen. Schon jetzt besitzen sie fünfundachtzig Prozent des Nationalvermögens. Bald wird es ihnen ganz gehören. Die Scheidung ist ein lukratives Unternehmen geworden, einfach zu arrangieren, leicht zu vergessen; ehrgeizige Frauen können diesen Weg so oft beschreiten, wie sie Lust haben, und dabei ihren Gewinn ins Ungemessene steigern. Auch der Tod des Ehemannes ist durchaus rentabel, und manche Damen ziehen es vor, sich an diese Methode zu halten. Sie wissen, daß die Wartezeit nicht allzu lang sein wird, denn Überarbeitung und nervöse Belastung werden den armen Teufel bald fertigmachen, so daß er an seinem Schreibtisch stirbt, in der einen Hand eine Flasche mit anregenden Tropfen, in der anderen eine Schachtel mit Beruhigungspillen.

Eine Generation junger Amerikaner nach der anderen nimmt dieses erschreckende Geschehen – mag es nun Scheidung oder Tod heißen – zur Kenntnis, ohne sich im geringsten abschrecken zu lassen. Je höher die Scheidungskurve steigt, desto eifriger werden sie. Junge Männer heiraten wie die Mäuse, bevor sie trocken hinter den Ohren sind, und viele von ihnen haben mit sechsunddreißig Jahren schon mindestens zwei geschiedene Frauen zu versorgen. Um diesen Damen ein Leben zu bieten, wie sie es gewohnt sind, müssen die Männer arbeiten, als wären sie Sklaven – was sie natürlich auch sind. Und dann, wenn sie das vorzeitige Nahen des Alters spüren, regt sich in ihnen ein Gefühl der Angst, der Enttäuschung. So sitzen sie denn abends gern gruppenweise in Klubs oder Bars zusammen, trinken Whisky, schlukken Pillen und suchen einander mit Geschichtenerzählen zu trösten.

Das Grundthema dieser Geschichten ändert sich nie. Im Mittelpunkt der Handlung stehen immer drei Personen – der Mann, seine Frau und der gewissenlose Kerl. Der Gatte ist ein sauberer, anständiger Mensch, der in seinem Beruf schwer arbeitet. Die Frau ist durchtrieben, hinterlistig, sinnlich und hat unweigerlich ein Techtelmechtel mit dem gewissenlosen Kerl. Der Mann ist viel zu gut, als daß er ihr mißtraute. Für ihn sieht es trübe aus. Was wird mit ihm werden? Muß er bis an sein Lebensende als Hahnrei herumlaufen? Alles deutet darauf hin. Aber halt! Durch einen genialen Streich bringt es der

Ehemann plötzlich fertig, die Ungetreue mit ihren eigenen Waffen zu schlagen. Sie ist verblüfft, bestürzt, gedemütigt, besiegt. Die Zuhörerrunde in der Bar lächelt still in sich hinein und schöpft aus diesem Phantasiegebilde ein wenig neuen Mut.

Solcher Geschichten sind viele im Umlauf, tröstliche Erfindungen aus der Welt der Wunschträume, aber die meisten von ihnen sind entweder so albern, daß es nicht lohnt, sie weiterzuerzählen, oder so gewagt, daß man sie nicht zu Papier bringen kann. Eine jedoch ist dabei, die mir besser erscheint als die anderen, zumal sie den Vorzug hat, wahr zu sein. Sie ist äußerst beliebt bei zwei- oder dreimal gehörnten, trostsuchenden Männern, und falls Sie zu diesen gehören und die Geschichte noch nicht kennen, so werden Sie vielleicht Spaß an ihr haben. Die Geschichte heißt «Mrs. Bixby und der Mantel des Obersten», und hier ist sie:

Mr. und Mrs. Bixby bewohnten irgendwo in New York City eine kleine Wohnung. Mr. Bixby war Zahnarzt und hatte ein durchschnittliches Einkommen. Mrs. Bixby war eine große, kräftige Frau mit feuchten Lippen. Einmal im Monat, immer an einem Freitagnachmittag, setzte sich Mrs. Bixby auf dem Pennsylvania-Bahnhof in einen Zug und fuhr nach Baltimore, um ihre alte Tante zu besuchen. Die Nacht verbrachte sie bei der Tante, und tags darauf kehrte sie nach New York zurück, zeitig genug, um für ihren Mann das Abendessen zu bereiten. Gutartig, wie er war, fand sich Mr. Bixby mit dieser Dauereinrichtung ab. Er wußte, daß Tante Maude in Baltimore lebte und daß seine Frau sehr an der alten Dame hing; es wäre daher höchst unvernünftig gewesen, hätte er den beiden die Freude des monatlichen Zusammenseins verweigert.

«Aber erwarte nur nicht, daß ich dich begleite», hatte er gleich zu Anfang erklärt.

«Natürlich nicht, Liebling», hatte Mrs. Bixby geantwortet. «Schließlich ist sie ja nicht *deine* Tante, sondern meine.»

Soweit war alles gut.

Allerdings muß gesagt werden, daß die Tante nicht viel mehr als ein bequemes Alibi für Mrs. Bixby war. Im Hintergrund lauerte der gewissenlose Kerl in Gestalt eines als «der Oberst» bekannten Herrn, und unsere Heldin verbrachte den größten Teil ihres Aufenthaltes in Baltimore mit diesem Schurken. Der Oberst war außerordentlich reich. Er lebte in einem entzückenden Haus am Stadtrand, unbehindert von Frau oder Familie, nur mit ein paar treuen und diskreten Dienstboten. In Mrs. Bixbys Abwesenheit vergnügte er sich damit, seine Pferde zu reiten oder an Fuchsjagden teilzunehmen.

So ging es Jahr um Jahr, und nichts störte die Liaison zwischen Mrs. Bixby und dem Oberst.

Sie waren selten zusammen – zwölfmal im Jahr ist nicht viel, wenn man es recht bedenkt –, und so war praktisch nicht damit zu rechnen, daß einer des anderen überdrüssig würde. Im Gegenteil, die langen Pausen zwischen den einzelnen Begegnungen förderten die Zärtlichkeit, und jedes Wiedersehen war ein aufregendes Erlebnis.

«Hallo!» rief der Oberst jedesmal, wenn er sie in seinem großen Wagen vom Bahnhof abholte. «Ich hatte schon beinahe vergessen, wie entzückend du bist, Liebste.»

Acht Jahre verstrichen.

Kurz vor Weihnachten stand Mrs. Bixby wieder einmal auf dem Bahnhof von Baltimore und wartete auf den Zug, der sie nach New York zurückbringen sollte. Der Besuch, der hinter ihr lag, war besonders erfreulich gewesen, und sie war sehr vergnügt. Das Zusammensein mit dem Oberst wirkte sich übrigens immer vorteilhaft auf ihre Stimmung aus. Er hatte die Gabe, sie so zu behandeln, daß sie sich wie ein Ausnahmegeschöpf vorkam, wie ein zartes exotisches Wesen von ungeheurer Anziehungskraft. Ganz anders dagegen ihr Mann, der Zahnarzt: In seiner Nähe kam sie sich immer nur wie eine Art ewiger Patient vor, wie jemand, der im Wartezimmer inmitten von Illustrierten sitzt und selten, wenn überhaupt jemals, hereingerufen wird, um die rasche, geschickte Berührung der sauberen, rosigen Hände zu erdulden.

«Der Herr Oberst hat mir aufgetragen, Ihnen dies zu übergeben», sagte eine Stimme neben ihr. Sie drehte sich um und sah Wilkins, den Groom des Obersten, einen dürren Zwerg mit grauer Haut. Er legte ihr einen großen flachen Karton in die Arme.

«Du meine Güte!» rief sie. «Das ist ja ein riesiges Ding! Was ist es denn, Wilkins? Haben Sie einen Brief für mich? Sollen Sie mir etwas ausrichten?»

«Nichts», antwortete der Groom und entfernte sich.

Im Zug brachte Mrs. Bixby den Karton in die Einsamkeit eines Waschraums und verriegelte die Tür. Wie aufregend das war! Ein Weihnachtsgeschenk des Obersten. Sie fing an, die Schnur aufzuknoten. «Bestimmt ein Kleid», sagte sie laut. «Vielleicht sogar zwei Kleider. Oder eine Menge wundervoller Unterwäsche. Nachsehen will ich nicht. Nur nachfühlen und raten, was es ist, welche Farbe es hat und wie es aussieht. Und was es gekostet hat.»

Sie machte die Augen fest zu, hob den Deckel und griff mit einer Hand in den Karton. Obenauf lag Seidenpapier – es war weich und raschelte. Auch ein Briefumschlag oder eine Karte war dabei. Sie kümmerte sich nicht darum und schob die Finger tastend unter das Seidenpapier.

«Mein Gott», rief sie plötzlich. «Das ist doch nicht möglich!»

Sie riß die Augen weit auf und starrte den Mantel an. Dann griff sie hastig zu und hob ihn aus dem Karton. Die dicken Pelzschichten machten ein angenehmes Geräusch, als sie beim Ausbreiten das Seidenpapier streiften. Nun hing der Mantel in seiner ganzen Länge zwischen Mrs. Bixbys erhobenen Armen, und ihr stockte der Atem.

So einen Nerz hatte sie noch nie gesehen. Es war doch Nerz – oder? Ja, natürlich war es Nerz. Aber was für eine herrliche Farbe! Dieses reine Schwarz! Das heißt, sie hielt es für Schwarz, aber als sie mit dem Pelz näher ans Fenster ging, stellte sie fest, daß ein Hauch von Blau darin war, ein tiefes, kräftiges Blau, wie Kobalt. Sie warf einen Blick auf das eingenähte Etikett. Aber da stand nur *Wilder Labradornerz.* Weiter nichts, weder wo er gekauft war noch sonst etwas. Dafür, sagte sie sich, hat gewiß der Oberst gesorgt. Der alte Schlaufuchs war vorsichtig und hinterließ nie Spuren. Um so besser für ihn. Aber was mochte der Mantel gekostet haben? Sie wagte kaum zu raten. Viertausend Dollar? Fünf? Sechs? Womöglich noch mehr.

Sie mußte ihn immerzu anschauen. Die Versuchung, ihn auf der Stelle anzuprobieren, war übermächtig. Rasch zog sie ihren einfachen roten Mantel aus. Ihr Herz klopfte wild, und ihre Augen waren fast unnatürlich geweitet. Gott, wie sich der Pelz anfühlte! Und diese weiten Ärmel mit den dicken, breiten Aufschlägen! Wer hatte denn einmal erzählt, daß man für die Ärmel immer weibliche Felle verarbeite und für alles übrige männliche? Irgend jemand hatte das behauptet. Vermutlich Joan Rutfield, obgleich nicht einzusehen war, wieso gerade Joan etwas von Nerz verstehen sollte.

Der große schwarze Mantel schien ganz von selbst über sie zu gleiten, wie eine zweite Haut. Du lieber Himmel! Was für ein herrliches Gefühl! Sie betrachtete sich im Spiegel. Phantastisch! Plötzlich war sie ein anderer Mensch. Sie sah blendend aus, strahlend, reich, glänzend, aufregend, begehrenswert, alles auf einmal. Wie eine Königin kam sie sich vor. In diesem Nerz konnte sie überall hingehen, und die Leute würden um sie herumspringen wie Kaninchen. Gar nicht zu sagen, wie schön der Mantel war!

Mrs. Bixby nahm das Kuvert, das noch immer in dem Karton lag, riß es auf und zog den Brief des Obersten heraus:

Du hast einmal gesagt, daß Du eine Vorliebe für Nerz hast, und deshalb habe ich Dir diesen Mantel besorgt. Man hat mir versichert, es sei sehr guter Nerz. Bitte nimm ihn mit meinen aufrichtigen guten

Wünschen als Abschiedsgeschenk, denn aus persönlichen Gründen werde ich nicht mehr in der Lage sein, Dich wiederzusehen. Leb wohl und alles Gute.

Wie denn?

Man stelle sich das vor!

Einfach so, aus heiterm Himmel, gerade jetzt, wo sie so glücklich war.

Kein Oberst mehr.

Was für ein furchtbarer Schock.

Sie würde ihn entsetzlich vermissen.

Langsam strich Mrs. Bixby über den wunderschönen schwarzen Pelz des Mantels.

Was dir der Morgen nimmt, schenkt dir der Abend.

Lächelnd faltete sie den Brief zusammen, in der Absicht, ihn zu zerreißen und aus dem Fenster zu werfen, bemerkte dabei aber, daß auf der Rückseite auch etwas stand:

PS. Am besten sagst Du, es sei ein Weihnachtsgeschenk Deiner netten alten Tante.

Mrs. Bixbys Mund, der sich in einem weichen Lächeln gedehnt hatte, schnappte zurück wie ein Gummiband.

«Der Mann ist verrückt geworden», rief sie. «So viel Geld hat Tante Maude gar nicht. Nie könnte sie mir so etwas kaufen.»

Aber wenn Tante Maude ihn nicht gekauft hatte, wer dann? In ihrer Ungeduld, den Mantel auszupacken und anzuprobieren, hatte sie diesen wesentlichen Umstand ganz übersehen.

In ein paar Stunden würde sie in New York sein, zehn Minuten später zu Hause bei ihrem Mann. Und selbst ein Mann wie Cyril, der in einer dunklen, gleichgültigen Welt von Wurzelkanälen, Backenzähnen und Karies lebte, würde zweifellos einige Fragen stellen, wenn seine Frau plötzlich in einem Sechstausend-Dollar-Nerz von einer Wochenendfahrt zurückkehrte.

Alle Wetter, sagte sie zu sich selbst, ich glaube, das hat der verwünschte Oberst absichtlich getan, um mich zu quälen. Er weiß genau, daß Tante Maude nicht das Geld hat, so etwas zu kaufen. Also ist ihm auch klar gewesen, daß ich den Mantel nicht behalten kann.

Doch der Gedanke, sich von dem Nerz zu trennen, war für Mrs. Bixby einfach unvorstellbar.

«Ich muß den Mantel haben», sagte sie laut. «Ich muß, ich muß ihn haben.»

Schön, meine Liebe. Du sollst ihn ja haben. Reg dich nicht auf. Bleibe ganz ruhig und denke nach. Du bist doch ein kluges Mädchen, nicht wahr? Du hast ihm oft genug ein X für ein U vorgemacht. Dein Mann kann nicht weiter sehen als bis zum Ende seiner Sonde, das weißt du. Setz dich also still hin und überlege. Zeit hast du genug.

Zweieinhalb Stunden später verließ Mrs. Bixby auf dem Pennsylvania-Bahnhof den Zug und eilte zum Ausgang. Sie trug ihren alten roten Mantel und hielt den Pappkarton im Arm. Draußen winkte sie einem Taxi.

«Wissen Sie vielleicht, ob es hier in der Nähe eine Pfandleihe gibt, die noch offen hat?» fragte sie den Chauffeur.

Der Mann hinter dem Lenkrad hob die Brauen und sah Mrs. Bixby belustigt an.

«In der Sixth Avenue sind eine Menge», antwortete er.

«Halten Sie bitte bei der ersten, die Sie sehen.» Damit stieg sie ein, und sie fuhren los.

Bald hielt das Taxi vor einem Laden, über dessen Tür drei Messingkugeln hingen.

«Warten Sie bitte», sagte Mrs. Bixby zu dem Chauffeur und ging in die Pfandleihe.

Auf dem Ladentisch kauerte eine riesige Katze, die aus einem weißen Napf Fischköpfe fraß. Das Tier richtete seine hellgelben Augen auf Mrs. Bixby und wandte sich dann wieder seinem Futter zu. So weit wie möglich von der Katze entfernt, stand Mrs. Bixby da, wartete, daß jemand käme, und betrachtete die Uhren, die Schuhschnallen, die Emaillebroschen, die alten Operngläser, die zerbrochenen Brillen und die falschen Zähne. Warum versetzen eigentlich so viele Leute ihr Gebiß? fragte sie sich.

«Ja, bitte?» Der Besitzer war unversehens aus dem dunklen Hintergrund des Ladens aufgetaucht.

«Ach, guten Abend», sagte Mrs. Bixby. Während sie die Schnur aufknotete, die um den Karton gebunden war, ging der Mann zu der Katze und streichelte ihren Rücken. Das Tier ließ sich in seiner Beschäftigung nicht stören.

«Mir ist da was Dummes passiert», begann Mrs. Bixby. «Ich habe mein Portemonnaie verloren. Heute ist Sonnabend, bis Montag sind alle Banken zu, und ich brauche dringend Geld fürs Wochenende. Dies ist ein sehr wertvoller Mantel, aber viel Geld will ich darauf gar nicht haben. Nur eine kleine Summe, damit ich mir bis Montag durchhelfen kann. Dann komme ich wieder und löse ihn aus.»

Der Mann wartete schweigend. Als sie jedoch den Nerz hervorholte und den herrlichen dicken Pelz über den Ladentisch breitete, zog er die Brauen hoch, ließ die Katze los und kam näher, um ihn zu begutachten. Er hob ihn auf und hielt ihn ein Stück von sich ab.

«Wenn ich eine Uhr oder einen Ring bei mir hätte», fuhr Mrs. Bixby fort, «dann würde ich Ihnen ja lieber das geben. Aber ich habe tatsächlich nichts als diesen Mantel.» Sie zeigte ihm ihre gespreizten Finger.

«Er sieht neu aus», sagte der Mann und betastete zärtlich das weiche Fell.

«O ja, das ist er auch. Trotzdem möchte ich, wie gesagt, nur so viel haben, daß es bis Montag langt. Vielleicht fünfzig Dollar?»

«Fünfzig Dollar will ich Ihnen leihen.»

«Er ist hundertmal mehr wert, aber ich weiß, Sie werden ihn gut aufheben, bis ich wiederkomme.»

Der Mann öffnete eine Schublade, nahm einen Pfandschein heraus und legte ihn auf den Ladentisch. Der Schein sah aus wie einer jener Gepäckanhänger, die man an Koffern befestigt, er hatte die gleiche Form und Größe und war aus dem gleichen festen bräunlichen Papier. Nur war er in der Mitte perforiert, so daß man ihn auseinanderreißen konnte. Der Aufdruck auf der oberen Hälfte entsprach genau dem auf der unteren.

«Name?» fragte der Mann.

«Lassen Sie ihn weg. Und die Adresse auch.»

Sie sah, daß er stutzte und die Federspitze unschlüssig über der punktierten Linie schweben ließ.

«Sie brauchen doch Namen und Adresse nicht zu notieren, nicht wahr?»

Der Mann zuckte die Achseln, schüttelte den Kopf, und die Federspitze glitt zur nächsten Linie hinunter.

«Mir wäre das nämlich lieber», sagte Mrs. Bixby. «Es ist eine rein persönliche Angelegenheit, wissen Sie?»

«Dann passen Sie aber auf, daß Sie den Pfandschein nicht verlieren.»

«Oh, ich verliere ihn bestimmt nicht.»

«Ist Ihnen klar, daß jeder, der ihn in die Hände bekommt, den Gegenstand abholen kann?»

«Ja, das weiß ich.»

«Nur auf die Nummer hin.»

«Ja, ja, ich weiß.»

«Was soll ich als Beschreibung angeben?»

«Nichts, danke sehr. Eine Beschreibung ist auch nicht nötig. Setzen Sie nur die Pfandsumme ein, das genügt.»

Wieder zögerte die Federspitze, diesmal über der punktierten Linie neben dem Wort «Gegenstand».

«Sie sollten doch lieber eine Beschreibung angeben. Das erleichtert die Sache, wenn Sie den Schein etwa verkaufen möchten. Man kann ja nie wissen.»

«Ich habe nicht die Absicht, ihn zu verkaufen.»

«Vielleicht müssen Sie es mal tun. So was kommt vor.»

«Hören Sie», sagte Mrs. Bixby, «ich sitze nicht auf dem trocknen, wie Sie zu glauben scheinen. Ich habe nur mein Portemonnaie verloren. Verstehen Sie das nicht?»

«Machen Sie, was Sie wollen», brummte der Mann. «Es ist Ihr Mantel.»

Plötzlich kam ihr ein unangenehmer Gedanke. «Sagen Sie, wenn keine Beschreibung auf meinem Schein steht, welche Sicherheit habe ich dann, daß Sie mir beim Auslösen meinen Mantel wiedergeben und nicht irgend etwas anderes?»

«Es geht durch die Bücher.»

«Aber ich habe ja nichts als die Nummer. Also könnten Sie mir doch jeden x-beliebigen Plunder andrehen, nicht wahr?»

«Wünschen Sie eine Beschreibung oder nicht?» fragte der Mann.

«Nein», antwortete sie. «Ich vertraue Ihnen.»

Der Mann schrieb «fünfzig Dollar» auf beide Abschnitte des Scheins, riß ihn dann längs der Perforierung durch und schob Mrs. Bixby die untere Hälfte hin. Dann nahm er eine Brieftasche aus seiner Jacke und zog fünf Zehndollarscheine heraus. «Die Zinsen betragen drei Prozent monatlich», sagte er.

«In Ordnung. Und vielen Dank. Sie geben doch gut acht auf den Mantel, ja?»

Der Mann nickte nur.

«Soll ich ihn wieder in den Karton packen?»

«Nein», knurrte er.

Mrs. Bixby drehte sich um, ging hinaus und stieg in das wartende Taxi. Zehn Minuten darauf war sie zu Hause.

«Liebling», sagte sie, während sie sich über ihren Mann beugte und ihm einen Kuß gab, «hast du mich vermißt?»

Cyril Bixby ließ die Abendzeitung sinken und blickte auf seine Armbanduhr. «Es ist zwölf und eine halbe Minute nach sechs», stellte er fest. «Du hast dich etwas verspätet, nicht wahr?»

«Ich weiß. Das liegt an diesen entsetzlichen Zügen. Von Tante Maude soll ich dich wie immer herzlich grüßen. Und jetzt muß ich unbedingt einen Schluck trinken. Du auch?»

Mr. Bixby faltete seine Zeitung zu einem sauberen Rechteck zusammen und legte sie auf die Armlehne des Sessels. Dann erhob er sich und ging zur Anrichte hinüber. Seine Frau blieb mitten im Zimmer stehen, zog ihre Handschuhe aus und beobachtete ihn genau, während sie überlegte, wie lange sie wohl warten müsse. Er kehrte ihr jetzt den Rücken zu, stand ein wenig gebückt, hielt das Meßglas für den Gin dicht vor die Augen und starrte hinein wie in den Mund eines Patienten.

Merkwürdig, wie klein er immer nach dem Oberst wirkte. Der Oberst war ein großer, derber Mann und roch, wenn man ihm näher kam, ein wenig nach Meerrettich. Mr. Bixby dagegen war klein, sauber und knochig und roch eigentlich nur nach den Pfefferminzbonbons, die er lutschte, um für seine Patienten reinen Atem zu haben.

«Sieh mal, was ich gekauft habe, um den Vermouth abzumessen», sagte er und hielt einen Glasbecher mit eingravierter Skala hoch. «Damit kann ich das Quantum auf ein Milligramm genau bestimmen.»

«Wie hübsch, Liebling.»

Ich muß ihn wirklich dazu bringen, sich anders zu kleiden, sagte sie sich. Noch nie habe ich etwas so Lächerliches gesehen wie seine Anzüge. Früher einmal hatte sie diese Jacketts mit den sechs Knöpfen und den breiten Aufschlägen wunderschön gefunden, aber jetzt kamen sie ihr einfach albern vor. Um so etwas zu tragen, mußte man eine besondere Art von Gesicht haben, und eben das hatte Cyril nicht. Sein Schädel war lang, die Nase sehr schmal, das spitze Kinn sprang ein wenig vor, und über dem enganliegenden, altmodischen Jackett wirkte dieser Kopf wie eine Karikatur von Sam Weller. Cyril selbst schien sich allerdings für einen zweiten Beau Brummel zu halten. Wenn er in seinem Sprechzimmer Patientinnen empfing, trug er den weißen Kittel unweigerlich offen, damit die Aufmachung darunter zur Geltung kam; allem Anschein nach hoffte er auf diese Weise den Eindruck zu erwecken, er sei kein ganz ungefährlicher Mann. Mrs. Bixby aber wußte das besser. Das Gefieder war ein Bluff, es hatte nichts zu bedeuten. Sie mußte immer an einen alternden Pfau denken, der über den Rasen stolziert und nur noch die Hälfte seiner Federn hat. Oder an eine dieser dummen sich selbst befruchtenden Blumen – an Löwenzahn zum Beispiel. Löwenzahn braucht nicht befruchtet zu werden, damit er seinen Samen aussät, und all die schönen gelben Blumenblätter sind nur Zeitverschwendung, Prahlerei, Maskerade. Wie nennen es doch gleich die Biologen? Subsexuell. Löwenzahn ist subsexuell. Die Sommerbrut der Wasserflöhe übrigens auch. Wasserflöhe, Löwenzahn, Zahnärzte – das klingt ein bißchen nach Lewis Carroll, dachte Mrs. Bixby.

«Danke, Liebling», sagte sie, nahm den Martini und setzte sich auf das Sofa, ohne ihre Handtasche loszulassen. «Und was hast *du* gestern abend gemacht?»

«Ich bin in der Praxis geblieben, habe ein paar Prothesen gegossen und dann meine Bücher in Ordnung gebracht.»

«Wirklich, Cyril, es ist höchste Zeit, daß du solche Arbeiten anderen Leuten überläßt. Für so etwas bist du viel zu schade. Warum gibst du die Prothesen nicht zum Techniker?»

«Ich mache sie lieber selbst. Du weißt, daß ich sehr stolz auf sie bin.»

«Natürlich, Liebling, sie sind ja auch Meisterwerke. Die besten Prothesen der Welt. Aber ich möchte nicht, daß du dich überanstrengst. Warum läßt du nicht deine Miss Pulteney die Rechnungen schreiben? Das gehört doch zu ihrer Arbeit, nicht wahr?»

«Sie schreibt sie ja auch. Aber zuerst muß ich die Preise festsetzen, denn sie weiß nicht, wer reich ist und wer nicht.»

«Der Martini ist ausgezeichnet», sagte Mrs. Bixby und stellte das Glas auf den Tisch. «Ganz ausgezeichnet.» Sie öffnete ihre Handtasche und zog ein Taschentuch heraus, als wollte sie sich die Nase putzen. «Ach, sieh mal!» rief sie beim Anblick des Pfandscheins. «Das hätte ich ja beinahe vergessen. Diesen Schein habe ich vorhin im Taxi auf dem Sitz gefunden. Es steht eine Nummer darauf, und ich habe ihn mitgenommen, weil ich dachte, es wäre vielleicht ein Lotterielos oder so etwas.»

Mr. Bixby nahm das braune Stück Papier, das sie ihm reichte, und betrachtete es eingehend von allen Seiten, so genau, als handle es sich um einen kranken Zahn.

«Weißt du, was das ist?» fragte er langsam.

«Nein, Liebling.»

«Ein Pfandschein.»

«Ein was?»

«Ein Schein von einem Pfandleiher. Hier steht Name und Adresse der Firma – irgendwo in der Sixth Avenue.»

«Ach herrje, da bin ich aber enttäuscht. Ich habe doch so sehr gehofft, es wäre etwas, worauf man Geld gewinnen könnte.»

«Kein Grund, enttäuscht zu sein», meinte Cyril Bixby. «Vielleicht wird die Sache sogar ganz amüsant.»

«Wieso amüsant, Liebling?»

Er erklärte ihr, was es mit Pfandscheinen auf sich habe, und hob hervor, daß der Überbringer des Scheins den Gegenstand ohne weiteres auslösen könne. Mrs. Bixby hörte geduldig zu, bis er seinen Vortrag beendet hatte.

«Glaubst du, daß sich die Auslösung lohnt?» fragte sie dann.

«Auf jeden Fall lohnt es sich, festzustellen, was es ist. Siehst du – da steht fünfzig Dollar. Weißt du, was das bedeutet?»

«Nein, was denn?»

«Es bedeutet, daß der betreffende Gegenstand zweifellos einigen Wert hat.»

«Du meinst, daß er fünfzig Dollar wert ist, nicht wahr, Cyril?»

«Eher fünfhundert.»

«Fünfhundert?»

«Verstehst du denn nicht?» sagte er. «Ein Pfandleiher gibt niemals mehr als ungefähr ein Zehntel des wirklichen Wertes.»

«Du lieber Himmel! Das habe ich nicht gewußt.»

«Du weißt vieles nicht, Kindchen. Jetzt höre zu. Da weder Name noch Adresse des Eigentümers angegeben ist...»

«Aber aus irgend etwas muß doch ersichtlich sein, wem er gehört?»

«Nein, aus gar nichts. Die Leute machen das oft so. Damit niemand erfährt, daß sie beim Pfandleiher gewesen sind, weißt du? Sie schämen sich deswegen.»

«Meinst du, wir können den Schein behalten?»

«Natürlich. Es ist jetzt unser Schein.»

«*Mein* Schein», sagte Mrs. Bixby energisch. «Ich habe ihn gefunden.»

«Darauf kommt es doch nicht an, liebes Kind. Die Hauptsache ist, daß wir jederzeit hingehen und den Gegenstand nur für fünfzig Dollar auslösen können. Na, was hältst du davon?»

«Ach, das ist wunderbar!» rief sie. «Ich finde es schrecklich aufregend, besonders weil wir gar nicht wissen, was es ist. *Alles* kann es sein, nicht wahr, Cyril? Einfach alles!»

«Da hast du recht, obwohl es sich höchstwahrscheinlich um einen Ring oder eine Uhr handelt.»

«Aber wäre es nicht fabelhaft, wenn wir eine richtige Kostbarkeit bekämen? Ich meine etwas *wirklich* Altes, zum Beispiel eine wunderschöne antike Vase oder eine römische Statue.»

«Was es ist, können wir nicht wissen, meine Liebe. Wir müssen abwarten.»

«Geradezu faszinierend ist das! Gib mir den Schein, ich sause am Montag sofort hin.»

«Das kann ich ebensogut besorgen.»

«Ach nein!» rief sie. «Laß *mich* gehen!»

«Warum denn? Ich kann sehr gut auf meinem Weg zur Praxis vorbeifahren.»

«Es ist aber *mein* Schein! Bitte, Cyril, ich möchte so gern selbst gehen. Weshalb sollst *du* allen Spaß haben?»

«Du kennst die Pfandleiher nicht, meine Liebe. So ein Kerl ist imstande, dich zu betrügen.»

«Nein, betrügen lasse ich mich bestimmt nicht. Gib mir den Schein, bitte.»

«Du brauchst auch fünfzig Dollar dazu», sagte er lächelnd. «Bevor du den Gegenstand bekommst, mußt du bare fünfzig Dollar auf den Tisch legen.»

«Die habe ich», antwortete sie.

«Trotzdem möchte ich nicht, daß du dich mit der Sache befaßt.»

«Aber Cyril, *ich* habe den Schein doch gefunden. Er gehört mir. Also gehört mir auch das Pfand.»

«Natürlich gehört es dir, Kindchen. Deswegen brauchst du mich nicht so anzuschreien.»

«Tue ich ja gar nicht. Ich bin aufgeregt, weiter nichts.»

«Ich glaube, du hast noch gar nicht daran gedacht, daß es auch ein ganz männlicher Gegenstand sein kann – Frackhemdenknöpfe zum Beispiel. Bekanntlich gehen nicht nur Frauen zum Pfandleiher.»

«Falls es so etwas ist, schenke ich's dir zu Weihnachten», erklärte Mrs. Bixby großzügig. «Das würde mich sogar sehr freuen. Sollte es aber etwas für Frauen sein, dann darf ich es behalten, ja?»

«Das ist nur recht und billig. Sag mal, möchtest du nicht mitkommen, wenn ich es hole?»

Mrs. Bixby wollte schon zustimmen, besann sich aber gerade noch rechtzeitig eines besseren. Sie hatte keine Lust, von dem Pfandleiher in Gegenwart ihres Mannes als alte Kundin begrüßt zu werden.

«Nein», antwortete sie langsam, «lieber nicht. Weißt du, wenn ich zu Hause bleibe und warte, kann ich die Spannung so richtig auskosten. Hoffentlich ist es nichts, was keiner von uns haben mag.»

«Das wäre allerdings auch möglich», meinte er. «Nun, wenn ich sehe, daß es keine fünfzig Dollar wert ist, nehme ich's gar nicht erst.»

«Aber du sagtest doch, es wäre mindestens fünfhundert wert.»

«Das ist auch sehr wahrscheinlich. Mach dir keine Gedanken.»

«Ach, Cyril, ich kann's kaum erwarten. Ist es nicht spannend?»

«Es ist amüsant», erwiderte er und steckte den Pfandschein in die Westentasche. «Sehr amüsant sogar.»

Endlich kam der Montagmorgen. Mrs. Bixby begleitete ihren Mann nach dem Frühstück hinaus und half ihm in den Mantel.

«Arbeite nicht zuviel, Liebling», sagte sie.

«Nein, bestimmt nicht.»

«Kommst du um sechs?»

«Ich denke, ja.»

«Wirst du Zeit haben, zu dem Pfandleiher zu gehen?» fragte sie.

«Herrgott, das hatte ich ganz vergessen. Ich werde ein Taxi nehmen und gleich hinfahren. Ist ja kein großer Umweg.»

«Hast du auch den Schein nicht verloren?»

«Hoffentlich nicht.» Er griff in die Westentasche. «Nein, hier ist er.»

«Hast du genügend Geld bei dir?»

«Wird schon reichen.»

«Liebster», sagte sie, dicht vor ihm stehend, und zog seinen Schlips gerade, obgleich das gar nicht nötig war, «wenn es nun etwas Hübsches ist, etwas, wovon du denkst, daß es mir Freude macht, willst du mich dann anrufen, sobald du in der Praxis bist?»

«Ja, wenn dir soviel daran liegt.»

«Weißt du, eigentlich hoffe ich ja, daß es etwas für dich ist, Cyril. Ich möchte viel lieber, es wäre etwas für dich als für mich.»

«Das ist rührend von dir, mein Herz. So, jetzt muß ich aber laufen.»

Etwa eine Stunde später schrillte das Telefon. Bevor das erste Läuten verstummt war, hatte Mrs. Bixby schon das Zimmer durchquert und den Hörer abgenommen.

«Ich habe es», sagte er.

«Wirklich? Was ist es denn, Cyril? Etwas Schönes?»

«Schöner als schön!» rief er. «Phantastisch! Warte nur, bis du's zu sehen bekommst! Du wirst in Ohnmacht fallen!»

«Schnell, Liebster, was ist es?»

«Ein Glückskind bist du, das muß ich schon sagen!»

«Es ist also für mich?»

«Natürlich ist es für dich. Verdammt will ich sein, wenn ich begreife, wie das nur für fünfzig Dollar versetzt werden konnte! War bestimmt ein Verrückter.»

«Spann mich doch nicht so auf die Folter, Cyril! Ich halte das nicht aus.»

«Du schnappst über, wenn du es siehst.»

«Was ist es denn bloß?»

«Rate mal.»

Mrs. Bixby schwieg. Sei vorsichtig, ermahnte sie sich. Sei jetzt sehr vorsichtig.

«Eine Halskette», sagte sie.

«Falsch.»

«Ein Brillantring.»

«Nichts dergleichen. Ich will dir einen Tip geben. Man trägt es auf der Straße.»

«Auf der Straße? Meinst du so etwas wie einen Hut?»

Er lachte. «Nein, ein Hut ist es nicht.»

«Um Himmels willen, Cyril, warum sagst du's nicht endlich?»

«Weil ich dich überraschen möchte. Heute abend bringe ich es mit.»

«Nein, das tust du nicht!» rief sie. «Ich komme sofort hin und hole es mir.»

«Mir wäre lieber, du tätest das nicht.»

«Sei nicht albern, Liebling. Warum soll ich nicht kommen?»

«Weil ich zuviel zu tun habe. Du bringst mir meine ganze Tageseinteilung durcheinander. Ich habe ohnehin eine gute halbe Stunde verloren.»

«Dann komme ich eben in der Mittagspause. Ist das recht?»

«Ich mache keine Mittagspause. Na meinetwegen, komm um halb zwei, während ich ein Sandwich esse. Bis dann also.»

Genau um halb zwei läutete Mrs. Bixby an der Tür von Mr. Bixbys Praxis. Ihr Mann öffnete ihr selbst in seinem weißen Kittel.

«Ach, Cyril, ich bin schrecklich aufgeregt!»

«Das gehört sich auch so. Du bist ein Glückskind, weißt du das?» Er führte sie über den Korridor ins Sprechzimmer.

«Sie können jetzt essen gehen, Miss Pulteney», wandte er sich an die Assistentin, die damit beschäftigt war, Instrumente zu sterilisieren. «Machen Sie das fertig, wenn Sie zurückkommen.» Er wartete, bis das Mädchen fort war, ging dann zu dem Wandschrank, in den er seine Sachen zu hängen pflegte, und wies mit dem Finger darauf. «Da drinnen ist es», sagte er. «Mach die Augen zu.»

Mrs. Bixby gehorchte. Sie holte tief Atem, hielt ihn an und konnte in der nun folgenden Stille hören, wie ihr Mann die Schranktür öffnete. Ein leises Rascheln verriet ihr, daß er ein Kleidungsstück zwischen den anderen Sachen herauszog.

«So! Augen auf!»

«Ich traue mich nicht», antwortete sie lachend.

«Na, los doch! Sei tapfer.»

Sie kicherte und hob zaghaft das eine Lid. Ganz wenig nur, gerade genug, daß sie dunkel und verschwommen sehen konnte, wie ihr Mann in seinem weißen Kittel dastand und etwas hochhielt.

«Nerz!» rief er. «Echter Nerz!»

Auf dieses Zauberwort hin öffnete sie rasch die Augen und setzte zum Sprung an, um den Mantel in ihre Arme zu schließen.

Aber da war kein Mantel. Nur ein lächerlicher kleiner Pelzkragen baumelte in der Hand ihres Mannes.

«Na, wie wird dir?» fragte er und schwenkte das Ding vor ihrem Gesicht.

Mrs. Bixby wich einen Schritt zurück und preßte die Hand auf den Mund. Gleich schreie ich, dachte sie. Gleich schreie ich.

«Was ist denn, Kindchen? Gefällt er dir nicht?» Er hörte auf, den Pelzkragen zu schwenken, und sah sie erwartungsvoll an.

«O doch», stieß sie hervor. «Ich ... ich ... finde ihn reizend ... wirklich reizend.»

«Im ersten Augenblick hat's dir den Atem verschlagen, nicht wahr?»

«Allerdings.»

«Großartige Qualität», erklärte er. «Auch schöne Farbe. Weißt du was, Liebes? Ich schätze, daß so ein Stück im Laden mindestens zwei- bis dreihundert Dollar kostet.»

«Ja, ganz gewiß.»

Es waren zwei Felle, zwei schmale, schäbig aussehende Felle, jedes mit einem Kopf, mit Glaskügelchen in den Augenhöhlen und mit kleinen Pfoten. Das eine hatte das hintere Ende des anderen im Maul und biß darauf.

«Komm», sagte er. «Probiere den Kragen mal an.» Er beugte sich vor, legte ihr das Ding um und trat bewundernd zurück. «Ausgezeichnet. Steht dir glänzend. Nerz hat nicht jeder, meine Liebe.»

«Das stimmt.»

«Beim Einkaufen laß ihn lieber zu Hause, sonst halten uns die Leute für Millionäre, und wir müssen überall das Doppelte zahlen.»

«Ich werde daran denken, Cyril.»

«Ich fürchte nur, daß du jetzt auf andere Weihnachtsgeschenke verzichten mußt. Die fünfzig Dollar waren viel mehr, als ich sonst ausgegeben hätte.»

Er drehte sich um, trat an den Waschtisch und fing an, sich die Hände zu waschen. «Geh nun, mein Kind, und leiste dir einen guten Lunch. Ich wäre gern mitgegangen, aber im Wartezimmer sitzt der alte Gorman mit einer abgebrochenen Klammer an seinem Gebiß.»

Mrs. Bixby schleppte sich zur Tür.

Diesen Pfandleiher ermorde ich, dachte sie. Ich gehe jetzt geradewegs in seinen Laden, werfe ihm den schäbigen Pelzkragen ins Gesicht, und wenn er mir meinen Mantel nicht gibt, ermorde ich ihn.

«Habe ich dir schon gesagt, daß ich heute später komme?» fragte Cyril Bixby, der sich noch immer die Hände wusch.

«Nein.»

«Soweit ich's übersehen kann, wird es mindestens halb neun werden. Vielleicht sogar neun.»

«Ja, gut. Auf Wiedersehen.» Mrs. Bixby ging hinaus und warf die Tür hinter sich zu.

Genau in demselben Augenblick kam Miss Pulteney, die Sekretärin und Assistentin, auf ihrem Weg zum Lunch den Korridor entlanggesegelt.

«Ist heute nicht ein herrlicher Tag?» sagte Miss Pulteney im Vorbeigehen, während in ihren Augen ein Lächeln aufblitzte. Ihr Gang war beschwingt, ein Hauch von Parfum umwehte sie, und sie sah aus wie eine Königin, genau wie eine Königin in dem wundervollen schwarzen Nerzmantel, den der Oberst Mrs. Bixby geschenkt hatte.

Nunc Dimittis

Es ist fast Mitternacht, und wenn ich jetzt nicht darangehe, diese Geschichte niederzuschreiben, werde ich es nie tun. Stunden und Stunden habe ich hier gesessen und versucht, einen Anfang zu finden; aber je länger ich über die ganze Sache nachdachte, desto größer wurden mein Entsetzen, meine Scham, meine Verzweiflung.

Ich habe mir vorgenommen – und ich glaube, das war eine gute Idee –, in Form einer schriftlichen Beichte eine selbstkritische Betrachtung anzustellen, um auf diese Weise einen Grund oder zumindest eine Rechtfertigung für mein empörendes Verhalten gegenüber Janet de Pelagia zu finden. Ich möchte mich dabei an einen imaginären mitfühlenden Leser wenden, gewissermaßen an ein mythisches Du, an einen gütigen und verständnisvollen Menschen, dem ich rückhaltlos jede Einzelheit dieser unglückseligen Episode offenbaren kann. Ich hoffe nur, daß es mir trotz meiner Erregung gelingt, einen wahrheitsgetreuen Bericht zu geben.

Wenn ich ganz ehrlich sein soll, muß ich gestehen, daß es nicht so sehr das Gefühl meiner Schuld ist, das mich bedrückt, auch nicht die Kränkung, die ich der armen Janet zugefügt habe, sondern vielmehr das Bewußtsein, daß ich mich wie ein ausgemachter Idiot benommen habe und daß meine Freunde – sofern ich sie noch so nennen darf –, alle diese warmherzigen und liebenswerten Menschen, die so oft in mein Haus kamen, mich jetzt für einen boshaften, rachsüchtigen alten Mann halten müssen. Ja, das schmerzt mich tief. Wenn ich Ihnen sage, daß meine Freunde der Inhalt meines Lebens waren, daß sie mir alles, einfach alles bedeuteten, so werden Sie vielleicht anfangen, mich zu verstehen.

Tatsächlich? Ich bezweifle es, denn Sie wissen ja nichts von mir. Gestatten Sie also, daß ich einen Augenblick abschweife und Ihnen in groben Zügen schildere, was für ein Mensch ich bin.

Nun... lassen Sie mich nachdenken. Bei näherer Überlegung scheint mir, daß ich einen Typ verkörpere, einen ganz bestimmten, wenn auch recht seltenen Typ – den des reichen, müßiggängerischen, kultivierten Mannes in mittleren Jahren, der viele Freunde hat und von ihnen wegen seines Charmes, seines Geldes, seiner Bildung, seiner Freigebigkeit und – wie ich aufrichtig hoffe – auch um seiner selbst willen *bewundert* wird (ich wähle das Wort mit Bedacht). Man findet diesen Typ nur in den großen Weltstädten – London, Paris, New York –, daran ist nicht zu zweifeln. Das Geld, das er besitzt, hat er von seinem Vater geerbt, den er insgeheim ein wenig verachtet. Daraus kann man ihm keinen Vorwurf machen, denn es liegt in seiner Natur, auf Menschen herabzusehen, die so ungebildet sind, daß sie nicht wissen, wodurch sich Rockingham- und Spode-Porzellan, Waterford- und Venezianisches Glas, Sheraton und Chippendale, Monet und Manet oder gar Pommard und Montrachet voneinander unterscheiden.

Er ist also ein Kenner und zeichnet sich vor allem durch einen exquisiten Geschmack aus. Seine Constables, Boningtons, Lautrecs, Redons, Veuillards und Matthew Smiths brauchen einen Vergleich mit den Gemälden der Tate Gallery nicht zu scheuen. Und weil sie so sagenhaft schön sind, schaffen sie um ihn herum eine besondere Atmosphäre, die aufreizend, atemberaubend und ein wenig beängstigend ist – beängstigend, wenn man daran denkt, daß er ohne weiteres die Macht und das Recht hat, ein prachtvolles Tal von Dedham, einen Mont Saint-Victoire, ein Kornfeld bei Arles, ein Mädchen aus Tahiti, ein Porträt von Madame Cézanne zu zerschlitzen, zu zerreißen oder mit der Faust zu durchlöchern. Und die Wände, an denen diese Wunderwerke hängen, strahlen wie einen zarten goldenen Glanz jene Erhabenheit aus, in der er lebt, sich bewegt und mit einer Nonchalance, die nicht ohne Übung erworben wurde, seine Gäste empfängt.

Natürlich ist er Junggeselle, und er scheint nie in die Netze der Frauen zu geraten, die sich um ihn bemühen und ihn innig lieben. Es ist allerdings möglich – vielleicht werden Sie es in meinem Fall bemerken –, daß irgendwo in ihm eine Leere ist, eine Unzufriedenheit, ein Bedauern. Unter Umständen sogar eine leichte Perversion.

Ich glaube, mehr brauche ich nicht zu sagen. Ich bin sehr offen gewesen. Sie müßten mich jetzt gut genug kennen, um mir, wenn Sie meine Geschichte hören, Gerechtigkeit und – darf ich es hoffen? – Mitgefühl zuteil werden zu lassen. Und wer weiß, ob Sie nicht sogar zu dem Schluß kommen, daß die Schuld an dem, was geschehen ist, nicht nur mich trifft, sondern in erheblichem Maße auch eine Dame namens Gladys Ponsonby. Schließlich war sie es, die den Stein ins Rollen brachte. Hätte ich Gladys Ponsonby an jenem Abend vor etwa sechs Monaten nicht nach Hause begleitet und hätte sie nicht so offen über gewisse Leute und gewisse Dinge gesprochen, dann wäre diese tragische Geschichte nie passiert.

Es war im letzten Dezember, wenn ich mich recht erinnere. Ich hatte bei den Ashendens in ihrem bezaubernden Haus am Südrand des Regent's Park diniert. Bis auf Gladys Ponsonby und mich waren alle Gäste – eine stattliche Anzahl – paarweise erschienen. Als wir aufbrachen, fühlte ich mich natürlich verpflichtet, Gladys meine Begleitung anzubieten. Sie nahm an, und wir fuhren zusammen in meinem Wagen fort. Vor ihrem Haus machte ich Miene, mich zu verabschieden, doch sie bestand unglücklicherweise darauf, daß ich hereinkäme und ‹noch einen auf den Weg› nähme, wie sie sich ausdrückte. Ich wollte kein Spielverderber sein, befahl also dem Chauffeur zu warten und folgte ihr.

Gladys Ponsonby ist ungewöhnlich klein – sie mißt allenfalls ein Meter vierundvierzig, vielleicht sogar noch weniger. Neben solchen winzigen Leuten habe ich immer das komische, fast schwindelerregende Gefühl, auf einem Stuhl zu stehen. Gladys ist Witwe und ein bißchen jünger als ich – schätzungsweise drei- oder vierundfünfzig. Vor dreißig Jahren dürfte sie ein recht nettes Persönchen gewesen sein. Jetzt aber ist ihr Gesicht schlaff, runzlig und ohne jeglichen Reiz. Die individuellen Züge dieses Gesichts, die Augen, die Nase, der Mund, das Kinn, sind unter Fettfalten begraben, so daß man sie überhaupt nicht wahrnimmt. Bis auf den Mund vielleicht, der mich – ich kann mir nicht helfen – an ein Karpfenmaul erinnert.

Als sie mir im Wohnzimmer einen Cognac einschenkte, fiel mir auf, daß ihre Hand etwas unsicher war. Die Dame ist müde, sagte ich mir, du darfst also nicht lange bleiben. Wir setzten uns auf das Sofa und sprachen eine Weile über die Party bei den Ashendens und die Leute, die dagewesen waren. Schließlich stand ich auf.

«Setz dich wieder hin, Lionel!» sagte sie. «Trink noch einen Cognac.»

«Nein, ich muß gehen. Wirklich.»

«Setz dich hin und rede kein dummes Zeug. Ich jedenfalls trinke noch einen, und du kannst mir wenigstens Gesellschaft dabei leisten.»

Ich beobachtete Gladys, diese winzige Frau, die leicht schwankend auf die Anrichte zusteuerte. Sie trug das Glas in beiden Händen vor sich her, als wollte sie ein Opfer darbringen, und ihr Anblick, wie sie da ging, so unglaublich klein und gedrungen und steif, rief in mir plötzlich die alberne Vorstellung wach, ihre Beine seien oberhalb der Knie zusammengewachsen.

«Lionel, worüber amüsierst du dich so?» Sie drehte sich halb nach mir um, während sie ihr Glas füllte, und dabei verschüttete sie ein wenig Cognac.

«Über nichts, meine Liebe. Über gar nichts.»

«Dann hör auf zu grinsen und sag mir, wie dir mein neues Porträt gefällt.» Sie wies auf ein riesiges Gemälde, das über dem Kamin hing. Ich hatte mich schon die ganze Zeit bemüht, es nicht anzusehen. Diesen fürchterlichen Schinken hatte, wie ich wußte, ein Mann gemalt, der zur Zeit in London sehr in Mode war, ein recht mittelmäßiger Künstler namens John Royden. Es war ein lebensgroßes Porträt von Gladys, Lady Ponsonby, und der Maler hatte mit einer gewissen technischen Raffinesse den Eindruck erweckt, sie sei ein schlankes, hochgewachsenes und überaus reizvolles Geschöpf.

«Bezaubernd», sagte ich.

«Nicht wahr? Ich bin so froh, daß du es magst.»

«Wirklich entzückend.»

«Ich halte John Royden für ein Genie. Findest du nicht auch, daß er ein Genie ist, Lionel?»

«Hm – das geht vielleicht ein bißchen zu weit.»

«Du meinst, man könnte das noch nicht so genau wissen?»

«Ganz recht.»

«Nun, mein Lieber, dann höre und staune: Royden ist jetzt so gefragt, daß er nicht im Traum daran denkt, jemanden für weniger als tausend Guineas zu malen!»

«Tatsächlich?»

«O ja! Und die Leute laufen ihm das Haus ein, laufen ihm buchstäblich das Haus ein, damit er sie malt.»

«Höchst interessant.»

«Sieh dir dagegen deinen Mr. Cézanne an, oder wie er heißt. Ich wette, *der* hat zeit seines Lebens nicht soviel Geld verdient.»

«Nie.»

«Und *der* war ein Genie?»

«Könnte man sagen – ja.»

«Dann ist Royden auch eines», entschied sie und setzte sich wieder neben mich. «Das Geld beweist es.»

Wir schwiegen eine Weile. Gladys nippte an dem Cognac, und ihre Hand zitterte dabei so stark, daß der Rand des Glases mehrmals an die Unterlippe stieß. Ich beobachtete sie, und das spürte sie wohl, denn sie blickte mich, ohne den Kopf zu wenden, mißtrauisch von der Seite an. «Einen Penny für deine Gedanken.»

Wenn es eine Redewendung gibt, die ich auf den Tod nicht ausstehen kann, dann ist es diese. Sie erzeugt einen physischen Schmerz in meiner Brust, und ich fange an zu husten.

«Na los, Lionel. Einen Penny ...»

Ich schüttelte den Kopf, außerstande zu antworten. Sie wandte sich mit einer jähen Bewegung ab und stellte das Cognacglas auf den kleinen Tisch zu ihrer Linken. Irgend etwas in ihrem Verhalten deutete an, daß sie sich – ich weiß nicht, warum – zurückgestoßen fühlte und nun zum Angriff rüstete. Ich wartete voller Unbehagen, aber sie schwieg, und da ich nicht wußte, was ich sagen sollte, machte ich viele Umstände mit meiner Zigarre, betrachtete aufmerksam die Asche und blies den Rauch langsam gegen die Decke. Gladys rührte sich nicht. Diese Dame hatte jetzt irgend etwas an sich, was mir nicht sehr gefiel, etwas Boshaftes, Lauerndes. Am liebsten wäre ich aufgestanden und hätte mich schleunigst empfohlen. Als sie mich endlich wieder ansah, funkelte ein listiges Lächeln in ihren kleinen, in Fett gebetteten Augen, aber der Mund – ach, genau wie das Maul eines Karpfens – blieb völlig unbewegt.

«Lionel, ich möchte dir ein Geheimnis anvertrauen.»

«Wirklich, Gladys, ich *muß* nach Hause.»

«Hab keine Angst, Lionel, ich werde dich nicht in Verlegenheit bringen. Du siehst auf einmal so ängstlich aus.»

«Für mich haben Geheimnisse etwas Bedrückendes.»

«Ich nahm an», sagte sie, «daß es dich interessieren würde, weil du doch so ein großer Kunstkenner bist.»

Gladys saß ganz still, nur ihre Finger bewegten sich unaufhörlich. Sie drehte sie immer wieder umeinander, so daß es aussah, als ringelten sich kleine weiße Schlangen in ihrem Schoß.

«Bist du nicht neugierig auf mein Geheimnis, Lionel?»

«Doch, doch. Aber weißt du, es ist schon so schrecklich spät ...»

«Dies ist wahrscheinlich das bestgehütete Geheimnis in London. Ein weibliches Geheimnis. Alles in allem ist es nur – na, sagen wir, dreißig oder vierzig Frauen bekannt. Und keinem einzigen Mann. Außer ihm natürlich – John Royden.»

Ich wollte sie nicht noch ermutigen, deshalb hielt ich den Mund.

«Aber zuerst mußt du versprechen – *versprechen,* daß du es keiner Menschenseele weitererzählst.»

«Du meine Güte!»

«*Versprichst* du mir das, Lionel?»

«Na schön, Gladys, ich verspreche es.»

«Gut! Also hör zu.» Sie griff nach dem Cognacglas und lehnte sich in ihrer Sofaecke bequem zurück. «Du weißt doch, daß John Royden nur Frauen malt?»

«Das ist mir neu.»

«Und immer sind es Ganzporträts, entweder stehend oder sitzend – wie meines da. Sieh es dir einmal genau an, Lionel. Fällt dir nicht auf, wie schön das Kleid gemalt ist?»

«Hm ...»

«Bitte, sieh es dir aus der Nähe an.»

Ich erhob mich widerwillig, ging hinüber und betrachtete das Bild. Die Farbschicht auf dem Kleid war, wie ich erstaunt feststellte, so dick, daß die Figur wie ein Basrelief wirkte. Ein Trick, recht eindrucksvoll auf seine Art, aber weder technisch schwierig noch besonders originell.

«Siehst du?» fragte sie. «Da, wo das Kleid ist, tritt die Farbe hervor, nicht wahr?»

«Ja.»

«Nun, das ist noch lange nicht alles, Lionel. Ich glaube, am besten beschreibe ich dir einfach, wie es war, als ich ihm zum erstenmal Modell saß.»

Mein Gott, was für eine langweilige Person, dachte ich. Wie komme ich hier bloß weg?

«Vor etwa einem Jahr – oh, ich weiß noch, wie aufgeregt ich war – verabredete ich mit dem großen Maler eine Sitzung in seinem Atelier. Ich zog mir ein wunderbares neues Kleid an, das ich gerade von Norman Hartnell bekommen hatte, setzte ein süßes rotes Hütchen auf und machte mich auf den Weg. Mr. Royden empfing mich in einer schwarzen Samtjacke, und natürlich war ich sofort von ihm fasziniert. Er hatte einen kleinen Spitzbart und aufregend blaue Augen. Das Atelier war riesengroß, mit roten Samtsofas, Samtsesseln, Samtvorhängen – er liebt Samt – und sogar einem Samtteppich auf dem Fußboden. Mr. Royden bat mich, Platz zu nehmen, gab mir etwas zu trinken und kam sogleich zur Sache. Er erklärte mir, daß er ganz anders male als andere Künstler. Seiner Meinung nach, sagte er, gebe es nur eine Art, den Körper einer Frau wirklich vollendet zu malen, aber ich dürfe nicht schockiert sein, wenn ich hörte, was es sei.

‹Ich glaube nicht, daß ich schockiert sein werde, Mr. Royden›, erwiderte ich.

‹Sie werden mich gewiß richtig verstehen›, meinte er. Seine Zähne waren phantastisch weiß, und wenn er lächelte, schimmerten sie sozusagen durch den Bart. ‹Sehen Sie, es ist so›, fuhr er fort. ‹Bei jedem beliebigen Frauenbildnis, ganz gleich, von wem es stammt, werden Sie feststellen, daß die Figur des Modells, so gut das Kleid auch gemalt sein mag, immer etwas Künstliches, Flaches hat, als wäre das Kleid über einem Holzklotz drapiert. Und wissen Sie, warum?›

‹Nein, Mr. Royden.›

‹Weil der Maler nicht wußte, was darunter war.›»

Gladys Ponsonby hielt inne, um einen Schluck Cognac zu trinken. «Mach nicht so ein entsetztes Gesicht, Lionel», wies sie mich zurecht. «Das ist doch alles ganz harmlos. Sei still und laß mich zu Ende erzählen. Ja, und dann sagte Mr. Royden: ‹Deshalb bestehe ich darauf, meine Modelle zuerst als Akt zu malen.›

‹Du lieber Himmel, Mr. Royden!› rief ich.

‹Sollten Sie etwas dagegen haben, Lady Ponsonby, so bin ich zu einer kleinen Konzession bereit›, versicherte er. ‹Aber lieber ist es mir auf die andere Art.›

‹Wirklich, Mr. Royden, ich weiß nicht ...›

‹Wenn ich Sie so gemalt habe›, sprach er weiter, ‹müssen wir ein paar Wochen warten, bis die Farbe getrocknet ist. Dann sitzen Sie mir wieder Modell, diesmal in Unterwäsche. Und wenn das trocken ist, kommt das Kleid an die Reihe. Eine ganz einfache Sache, nicht wahr?›»

«Der Kerl ist ein Gauner!» rief ich empört.

«Nein, Lionel, nein, du verkennst ihn! Du hättest ihn nur hören sollen. So bezaubernd, so aufrichtig und ehrlich. Ich bin sicher, daß ihm alles, was er sagte, wirklich von Herzen kam.»

«Ein Gauner ist er, Gladys, weiter nichts!»

«Sei nicht albern, Lionel. Laß mich doch erst einmal zu Ende erzählen. Ich wandte natürlich sofort ein, daß mein Mann (der damals noch lebte) so etwas nie gestatten würde.

‹Ihr Gatte braucht das überhaupt nicht zu erfahren›, antwortete er. ‹Weshalb wollen Sie ihn damit behelligen? Niemand kennt mein Geheimnis, niemand außer den Frauen, die ich gemalt habe.›

Ich protestierte noch ein bißchen, und da sagte er: ‹Meine liebe Lady Ponsonby, daran ist wirklich nichts Unmoralisches. Kunst ist nur dann unmoralisch, wenn Stümper sie ausüben. Es ist genauso wie in der Medizin. Sie würden sich doch wohl nicht weigern, sich vor einem Arzt zu entkleiden, nicht wahr?›

Ich erwiderte, daß ich mich bestimmt weigern würde, wenn es sich um einen Ohrenarzt handelte. Darüber mußte er lachen. Aber er redete mir unentwegt zu, und zwar sehr überzeugend. So gab ich denn schließlich nach, und damit hatte es sich. Jetzt kennst du also das Geheimnis, Lionel, mein Liebling.» Sie stand auf, um sich noch einen Cognac zu holen.

«Gladys, das kann doch nicht wahr sein!»

«Warum denn nicht?»

«Soll das heißen, daß er alle seine Modelle so malt?»

«Ja. Und der Witz ist, daß die Ehemänner keine Ahnung davon haben. Alles, was sie sehen, ist ein nettes, vollständig bekleidetes Porträt ihrer Frau. Natürlich sind Aktbilder nicht im geringsten anstößig. Jeder Künstler malt so etwas. Aber unsere kindischen Ehemänner können das eben nicht verstehen.»

«Mein Gott, der Mann hat Nerven!»

«Er ist ein Genie.»

«Ich wette, er hat die Idee von Goya.»

«Unsinn, Lionel.»

«Doch, ganz bestimmt. Hör mal, Gladys, etwas würde mich noch interessieren. Hast du von dieser ... dieser sonderbaren Technik gewußt, bevor du zu Royden gingst?»

Als ich die Frage stellte, wollte Gladys gerade den Cognac eingießen. Sie hielt inne, wandte den Kopf und sah mich an. Um ihre Mundwinkel spielte ein geschmeidiges kleines Lächeln. «Zum Teufel mit dir, Lionel», sagte sie. «Du bist viel zu schlau. Du läßt einem auch gar nichts durchgehen.»

«Also hast du's gewußt?»

«Natürlich, Hermione Girdlestone hat es mir erzählt.»

«Das habe ich mir ja gleich gedacht.»

«Na und? Was ist denn dabei?»

«Nichts», versicherte ich. «Überhaupt nichts.» Jetzt war mir alles klar. Dieser Royden war wirklich ein Gauner und bediente sich des geschicktesten psychologischen Tricks, von dem ich je gehört hatte. Der Kerl wußte nur zu gut, daß es in London eine Menge reicher Nichtstuerinnen gab, die mittags erst aufstanden und sich die Zeit bis zur Cocktailstunde mit Bridge, Canasta und Einkäufen vertrieben. Alles, wonach sie verlangten, war ein bißchen Aufregung, eine kleine Sensation – je teurer, desto besser. O ja, wenn es im Atelier des Malers so unterhaltsam zuging, dann hatte sich diese Nachricht zweifellos schneller als die Pocken unter den Frauen verbreitet. Ich konnte mir gut vorstellen, wie sich die große, dicke Hermione Girdlestone über den Canasta-Tisch beugte und begeistert erzählte: «Aber, meine Liebe, es ist einfach faszinierend ... Du glaubst gar nicht, *wie* aufregend es ist ... *Viel* amüsanter, als wenn man zum Arzt geht ...»

«Du behältst es doch für dich, Lionel, nicht wahr? Du hast es versprochen.»

«Ja, natürlich. Aber jetzt muß ich gehen, Gladys. Wirklich.»

«Sei nicht albern. Ich fange gerade an, mich wohl zu fühlen. Warte doch wenigstens, bis ich ausgetrunken habe.»

Ich blieb geduldig auf dem Sofa sitzen, während sie sich mit ihrem Cognac beschäftigte. Die kleinen, in Fett eingebetteten Augen beobachteten mich wieder in dieser boshaft lauernden Art von der Seite. Ich hatte das deutliche Gefühl, daß Gladys noch mehr unangenehme oder skandalöse Dinge in petto hatte. Ihr Blick erinnerte mich an den einer Schlange, und ihre Lippen kräuselten sich ganz eigenartig. Vielleicht war es nur Einbildung, aber ich glaubte Gefahr zu wittern.

Und plötzlich, so unerwartet, daß ich zusammenfuhr, sagte sie: «Lionel, stimmt es, was ich über dich und Janet de Pelagia gehört habe?»

«Gladys, bitte ...»

«Oh, du wirst ja ganz rot!»

«Unsinn.»

«Sieh einer an, den alten Junggesellen hat's also doch noch erwischt.»

«Gladys, das ist zu abgeschmackt.» Ich wollte aufstehen, aber sie legte die Hand auf mein Knie und zwang mich, sitzen zu bleiben.

«Hast du noch immer nicht gelernt, daß es keine Geheimnisse gibt?»

«Janet ist einfach ein nettes Mädchen.»

«Nun, als *Mädchen* kann man sie wohl kaum noch bezeichnen.» Gladys Ponsonby blickte in das große Cognacglas, das sie mit beiden Händen umschlossen hielt. «Aber sie ist natürlich in jeder Beziehung ein wunderbarer Mensch, da hast du recht, Lionel. Nur», sie sprach jetzt sehr langsam, «nur, daß sie manchmal *sehr* merkwürdige Sachen sagt.»

«Was für Sachen?»

«Ach ... eben Sachen. Über Leute, weißt du. Über dich.»

«Was hat sie über mich gesagt?»

«Nichts, Lionel, nichts. Es würde dich nicht interessieren.»

«Was hat sie über mich gesagt?»

«Wozu soll ich das wiederholen? Wirklich, es lohnt nicht. Ich war nur im ersten Augenblick etwas verblüfft, als sie es sagte.»

«Gladys, was hat sie gesagt?» Während ich auf ihre Antwort wartete, fühlte ich, wie mir am ganzen Körper der Schweiß ausbrach.

«Hm, ja, laß mich mal überlegen. Natürlich war es nur ein Scherz von ihr, sonst würde ich ja nie mit dir darüber reden, aber ich glaube, sie hat gesagt, daß sie es ein bißchen langweilig findet ...»

«Was?»

«Fast jeden Abend mit dir zum Dinner auszugehen – oder so ähnlich.»

«Sie findet das langweilig?»

«Ja.» Gladys Ponsonby leerte das Cognacglas mit einem letzten großen Schluck und richtete sich auf. «Wenn du es genau wissen willst, sie sagte, es sei stinklangweilig. Und dann ...»

«Und dann?»

«Hör mal, Lionel, du brauchst dich wirklich nicht so aufzuregen. Ich erzähle es dir nur, damit du weißt, woran du bist.»

«Los, los, sprich doch schon.»

«Ja, das war so. Wir haben heute nachmittag Canasta gespielt, und als ich Janet fragte, ob sie morgen Zeit hätte, bei mir zu essen, sagte sie nein.»

«Weiter.»

«Nun – eigentlich hat sie gesagt: ‹Ich bin schon mit diesem stinklangweiligen alten Lionel Lampson verabredet.›»

«Das hat Janet gesagt?»

«Ja, Liebling.»

«Was sonst noch?»

«Ach, das genügt wohl. Mit dem Rest möchte ich dich lieber verschonen.»

«Ich will alles hören!»

«Bitte, Lionel, schrei mich nicht an. Natürlich erzähle ich es dir, wenn du darauf bestehst. Ja, vielleicht bin ich es sogar unserer Freundschaft schuldig, dir nichts zu verschweigen. Meinst du nicht auch, daß es ein Zeichen echter Freundschaft ist, wenn zwei Menschen wie wir ...»

«Gladys! Komm *bitte* zur Sache.»

«Mein Gott, laß mir doch Zeit zum Nachdenken. Wie war denn das gleich ...? Ja, soweit ich mich erinnere, sagte sie *wörtlich* folgendes ...» Und Gladys Ponsonby, aufrecht auf dem Sofa sitzend, ohne daß ihre Füße den Boden berührten, den Blick jetzt nicht mehr auf mich, sondern auf die Wand geheftet, ahmte geschickt die klangvolle Altstimme nach, die ich so gut kannte. «So ein Langweiler, meine Liebe! Man weiß ja bei Lionel *immer* genau, wie sich der Abend abspielen wird. Zum Dinner gehen wir in den Savoy Grill – es ist *immer* der Savoy Grill –, und dann muß ich zwei Stunden lang zuhören, wie dieser aufgeblasene alte ... ich meine, wie er mir Vorträge über Bilder und Porzellan hält – *immer* Bilder und Porzellan. Später, im Taxi, greift er nach meiner Hand und rückt so dicht an mich heran, daß mir eine Wolke von kaltem Zigarrenrauch und Cognacdunst ins Gesicht schlägt. Dann fängt er an herumzulamentieren, wie sehr, ach, wie sehr er wünschte, zwanzig Jahre jünger zu sein. Und ich sage: ‹Könntest du wohl das Fenster ein bißchen herunterlassen?› Wenn wir dann vor meinem Haus halten, bitte ich ihn, im Taxi zu bleiben, aber er tut so, als hätte er nicht gehört, und drückt dem Fahrer rasch das Geld in die Hand. An der Haustür steht er mit so einem blöden Spanielblick neben mir, während ich in der Handtasche nach meinem Schlüssel suche, und wenn ich den Schlüssel gefunden habe, stecke ich ihn langsam ins Schloß, drehe ihn langsam um, und dann – sehr schnell, bevor Lionel Zeit hat, eine Bewegung zu machen – sage ich gute Nacht, schlüpfe hinein und schlage die Tür hinter mir zu ...›

Oh, Lionel, was hast du denn, mein Lieber? Du siehst so schlecht aus...»

Hier muß ich wohl ohnmächtig geworden sein, denn alles, was sonst noch in dieser schrecklichen Nacht geschah, ist wie ausgelöscht. Ich habe nur den vagen und beunruhigenden Verdacht, daß ich, als ich wieder zu mir kam, völlig zusammenbrach und Gladys Ponsonby gestattete, mich auf jede erdenkliche Weise zu trösten. Später ging ich wohl fort, aber ich kann mich an nichts erinnern; ich weiß nur, daß ich am nächsten Morgen in meinem Bett erwachte.

Ich fühlte mich sehr schwach, sehr angegriffen. Unfähig, mich zu rühren, blieb ich mit geschlossenen Augen liegen und versuchte, die Ereignisse des Vorabends zu rekonstruieren – Gladys Ponsonbys Wohnzimmer, Gladys, die auf dem Sofa saß und unentwegt Cognac trank, ihr kleines, runzliges Gesicht, der Mund, der einem Karpfenmaul glich, die Dinge, die sie gesagt hatte... Worüber hatte sie doch gesprochen? Ach ja. Über mich. Mein Gott, ja! Über Janet und mich! Diese unvorstellbar empörenden Bemerkungen! Hatte Janet sie wirklich gemacht? Konnte sie mir das angetan haben?

Ich erinnere mich, mit welcher erschreckenden Schnelligkeit der Haß auf Janet de Pelagia von mir Besitz ergriff. Jäh und heftig wallte er auf, und schon war ich derart von ihm erfüllt, daß ich dachte, ich würde platzen. Er ließ sich nicht verdrängen, dieser Haß, er brannte in mir wie ein Fieber, und ich, nicht anders als ein gemeiner Gangster, sann in rasender Wut auf Rache.

Ein seltsames Benehmen für einen Mann wie mich, werden Sie sagen. Darauf kann ich nur erwidern: Nein, eigentlich nicht, wenn man die Umstände bedenkt. Das, was mir geschehen war, gehört meiner Meinung nach zu den Dingen, die einen Menschen zum Mord treiben können. Und hätte mich nicht mein leichter, ganz leichter Hang zum Sadismus bewogen, nach einer subtileren und empfindlicheren Strafe für mein Opfer zu suchen, so wäre ich vielleicht wirklich zum Mörder geworden. Aber ich fand, ein bloßer Mord sei zu gut für diese Frau, ganz abgesehen davon, daß er für meinen Geschmack viel zu roh war. Ich beschloß also, eine originellere Methode zu ersinnen.

Von Natur aus neige ich nicht zum Intrigieren. Ich halte das für eine abscheuliche Unsitte und habe darin nicht die geringste Übung. Aber Wut und Haß können den Geist eines Menschen in erstaunlichem Maße umstimmen. Schon bald hatte ich einen Plan gefaßt und entwickelt – einen Plan, der so raffiniert und erregend war, daß ich die Einzelheiten mit wachsender Begeisterung ausarbeitete. Schließlich, nachdem ich mich noch über ein, zwei unbedeutende Einwände hinweggesetzt hatte, war meine verbohrte, rachsüchtige Stimmung völlig einem Gefühl triumphierender Freude gewichen. Ich erinnere mich, daß ich wie ein Idiot im Bett auf und ab hüpfte und in die Hände klatschte. Gleich darauf hatte ich das Telefonbuch auf dem Schoß und suchte fieberhaft einen bestimmten Namen. Ich fand ihn, nahm den Hörer ab und wählte die Nummer.

«Hallo», sagte ich. «Mr. Royden? Mr. John Royden?»

«Am Apparat.»

Nun, es war nicht schwer, den Mann zu überreden, daß er mir einen kurzen Besuch abstattete. Wir waren einander noch nie begegnet, aber natürlich kannte er mich dem Namen nach als Besitzer einer großen Gemäldesammlung und als geachtetes Mitglied der Gesellschaft, und er glaubte zweifellos, einen dicken Hecht an der Angel zu haben.

«Lassen Sie mich sehen, Mr. Lampson», sagte er. «Ja, in etwa zwei Stunden könnte ich kommen. Paßt es Ihnen dann?»

Das sei mir sehr recht, erwiderte ich, gab ihm meine Adresse und legte auf.

Ich sprang aus dem Bett. Es war erstaunlich, wie frisch und munter ich mich plötzlich fühlte. Eben noch hatte ich mich tief verzweifelt mit Mord- und Selbstmordgedanken herumgeschlagen, und jetzt pfiff ich in der Badewanne eine Arie von Puccini. Immer wieder ertappte ich mich dabei, daß ich mir mit teuflischem Grinsen die Hände rieb, und als ich während der Morgengymnastik bei einer Kniebeuge das Gleichgewicht verlor, blieb ich auf dem Fußboden sitzen und kicherte wie ein Schuljunge.

Zur verabredeten Zeit wurde Mr. Royden in meine Bibliothek geführt. Ich erhob mich, um ihn zu begrüßen. Der Maler war ein zierlicher kleiner Mann mit einem rötlichen Spitzbart. Er trug eine schwarze Samtjacke, eine rostbraune Krawatte, einen roten Pullover und schwarze Wildlederschuhe. Ich schüttelte seine zierliche kleine Hand.

«Nett von Ihnen, daß Sie so schnell gekommen sind, Mr. Royden.»

«Aber ich bitte Sie, Sir.» Seine Lippen – wie die Lippen fast aller bärtigen Männer – schimmerten so rot zwischen all dem Haar, daß sie feucht, nackt und ein bißchen obszön wirkten. Nachdem ich ihm noch einmal versichert hatte, wie sehr ich seine Bilder bewunderte, kam ich zur Sache.

«Mr. Royden», sagte ich, «mein Anliegen an Sie ist etwas ungewöhnlich und durchaus privater Natur.»

«Ja, Mr. Lampson?» Er saß mir gegenüber im Sessel und neigte den Kopf mit einem Ruck zur Seite, flink und keck wie ein Vogel.

«Ich verlasse mich natürlich darauf, daß Sie alles, was ich sage, mit äußerster Diskretion behandeln.»

«Selbstverständlich, Mr. Lampson.»
«Gut. Die Sache ist die: Es gibt hier in London eine Dame, deren Porträt ich gern von Ihnen malen lassen möchte. Ich wünschte nichts sehnlicher, als ein schönes Bild von ihr zu besitzen. Aber das ist etwas schwierig. Aus bestimmten Gründen lege ich nämlich keinen Wert darauf, daß sie erfährt, wer das Bild in Auftrag gegeben hat.»
«Sie meinen ...»
«Genau, Mr. Royden. Genau das meine ich. Sie, ein Mann von Welt, werden mich gewiß verstehen.»
Sein falsches kleines Lächeln drang eben noch durch den Bart, als er zustimmend nickte.
«Ist es nicht denkbar», fuhr ich fort, «daß ein Mann – wie soll ich mich ausdrücken? – für eine Dame entflammt ist, jedoch gute Gründe hat, sie das nicht wissen zu lassen?»
«Aber ja, Mr. Lampson.»
«Wer auf Beute ausgeht, muß sich oft langsam heranpirschen und geduldig warten, bis der rechte Augenblick kommt.»
«Sehr richtig, Mr. Lampson.»
«Es gibt bessere Möglichkeiten, einen Vogel zu fangen, als ihn durch die Wälder zu jagen.»
«Allerdings, Mr. Lampson.»
«Beispielsweise indem man ihm Salz auf den Schwanz streut.»
«Haha!»
«Gut, Mr. Royden. Ich denke, wir verstehen uns. Nun – kennen Sie zufällig eine Dame namens Janet de Pelagia?»
«Janet de Pelagia? Warten Sie – ja. Das heißt, ich habe von ihr gehört. Eigentlich kenne ich sie also nicht.»
«Schade. Das erschwert die Sache ein wenig. Glauben Sie, daß Sie ihre Bekanntschaft machen können – vielleicht bei einer Cocktailparty oder so?»
«Das läßt sich bestimmt arrangieren, Mr. Lampson.»
«Gut. Dann schlage ich Ihnen folgendes vor. Sie erzählen ihr, sie sei genau das Modell, nach dem Sie seit Jahren suchen – das richtige Gesicht, die richtige Figur, die richtige Augenfarbe und so weiter. Daran knüpfen Sie die Frage, ob sie Ihnen unentgeltlich Modell stehen würde. Sagen Sie ihr, Sie wollten ihr Porträt für die nächste Ausstellung der Akademie haben. Ich bin sicher, sie wird Ihnen gern helfen und sich sogar sehr geehrt fühlen. Sie malen also das Bild, stellen es aus, und wenn es von der Akademie zurückkommt, geht es in meinen Besitz über. Außer Ihnen braucht niemand zu erfahren, daß ich es gekauft habe.»
Mr. John Royden hatte den Kopf wieder zur Seite geneigt, und

seine kleinen runden Augen beobachteten mich scharf. Er hockte auf dem Rand des Sessels, und in dieser Haltung erinnerte er mich mit seinem roten Pullover an ein Rotkehlchen, das auf einem Zweig sitzt und auf ein verdächtiges Geräusch lauscht.

«Die Sache ist völlig in Ordnung», versicherte ich ihm. «Betrachten Sie das Ganze, wenn Sie wollen, als eine harmlose kleine Verschwörung, angezettelt von einem... nun... von einem recht romantischen alten Mann.»

«Ich weiß, Mr. Lampson, ich weiß...» Er schien noch immer zu zögern, deshalb sagte ich rasch: «Ich zahle Ihnen natürlich das Doppelte von dem, was Sie üblicherweise berechnen.»

Das gab den Ausschlag. Der Mann leckte sich buchstäblich die Lippen. «Wissen Sie, Mr. Lampson, eigentlich lasse ich mich nicht gern auf so etwas ein. Aber es wäre doch wirklich sehr herzlos, wenn ich einen – ja, wie soll ich sagen? – einen so romantischen Auftrag ablehnen wollte.»

«Ich habe an ein Ganzporträt gedacht, Mr. Royden. Und das Format – nun, vielleicht doppelt so groß wie der Manet dort an der Wand.»

«Etwa hundertfünfzig mal neunzig?»

«Ja. Und ich hätte sie gern stehend. Meiner Meinung nach ist das ihre anmutigste Haltung.»

«Ganz wie Sie wünschen, Mr. Lampson. Es wird mir ein Vergnügen sein, eine so reizende Dame zu malen.»

Davon bin ich überzeugt, dachte ich. Bei deiner Methode, mein Junge, wundert mich das kein bißchen. Laut aber sagte ich: «Sehr schön, Mr. Royden. Alles weitere überlasse ich Ihnen. Und bitte vergessen Sie nicht – dies ist ein kleines Geheimnis zwischen uns beiden.»

Als er gegangen war, zwang ich mich, still sitzen zu bleiben und fünfundzwanzig tiefe Atemzüge zu machen, obgleich ich am liebsten einen Freudentanz aufgeführt und wilde Jubelschreie ausgestoßen hätte. Noch nie in meinem Leben war ich in einer solchen Hochstimmung gewesen. Ich hatte erreicht, was ich wollte! Der schwierigste Teil meines Plans war bereits verwirklicht. Jetzt mußte ich erst einmal warten, lange warten. Bei der Malweise dieses Mannes würde es einige Monate dauern, bis er das Bild fertig hatte. Nun, ich brauchte nur Geduld zu haben, das war alles.

Einer plötzlichen Eingebung folgend, beschloß ich, in der Zwischenzeit zu verreisen. Ich schrieb an Janet (mit der ich, wie Sie sich erinnern werden, an jenem Abend zum Dinner verabredet war), teilte ihr mit, daß ich leider absagen müsse, packte meine Koffer und fuhr schon am nächsten Morgen nach Italien.

Ich verbrachte dort, wie immer, eine herrliche Zeit, und nur meine ständige nervöse Erregung, hervorgerufen durch den Gedanken an das, was mich in London erwartete, beeinträchtigte diesen Genuß.

Vier Monate später, im Juli – tags zuvor war die Ausstellung in der Akademie eröffnet worden –, kehrte ich nach London zurück und hörte zu meiner Erleichterung, daß während meiner Abwesenheit alles planmäßig verlaufen war. Das Porträt von Janet de Pelagia war fertig, hing in der Ausstellung und fand bereits bei der Kritik wie auch beim Publikum großen Anklang. Ich selbst verzichtete darauf, es zu besichtigen. Royden sagte mir am Telefon, er habe mehrere Anfragen von Leuten, die es kaufen wollten, mit dem Hinweis beantwortet, daß es unverkäuflich sei. Als die Ausstellung vorüber war, lieferte Royden das Bild bei mir ab und bekam sein Geld.

Ich ließ das Porträt sofort in mein Arbeitszimmer tragen und machte mich nicht ohne Herzklopfen daran, es genau zu betrachten. Janet stand in einem schwarzen Abendkleid vor einem roten Plüschsofa. Ihre linke Hand ruhte auf der Rückenlehne eines schweren, ebenfalls mit rotem Plüsch bezogenen Sessels, und von der Decke hing ein riesiger Kronleuchter.

Mein Gott, dachte ich, geschmackloser ging es wohl nicht! Das Porträt selbst war gar nicht so übel. Royden hatte den Gesichtsausdruck der Frau recht gut getroffen – den leicht gesenkten Kopf, die großen blauen Augen, den breiten, häßlich-schönen Mund mit der Andeutung eines Lächelns. Natürlich hatte er ihr geschmeichelt. Kein Fältchen auf der Stirn, keine Spur von Fett unter dem Kinn. Ich beugte mich vor, um das Kleid in Augenschein zu nehmen. Ja – hier war die Farbschicht dicker, viel dicker. Außerstande, auch nur eine Sekunde länger zu warten, warf ich mein Jackett ab und ging ans Werk.

Hier muß ich erwähnen, daß ich Fachmann im Reinigen und Restaurieren von Gemälden bin. Was das Reinigen betrifft, so ist das nicht weiter schwer, wenn man Geduld und eine leichte Hand hat. Mit diesen Berufsrestauratoren, die so ein Geheimnis aus ihrem Metier machen und solche gepfefferten Preise verlangen, habe ich nichts im Sinn. An meine Bilder lasse ich keinen Fremden heran.

Ich goß Terpentin in eine Schale und fügte ein paar Tropfen Alkohol hinzu. Dann tauchte ich einen Wattebausch in die Mischung, drückte ihn aus und begann behutsam, ganz behutsam mit kreisenden Bewegungen über die schwarze Farbe des Kleides zu wischen. Ich konnte nur hoffen, daß Royden jede neue Farbschicht erst dann aufgetragen hatte, wenn die untere völlig trocken war; sonst würden beide zusammenfließen, und damit wäre mein Vorhaben mißlungen.

Bald würde ich es wissen. Ich arbeitete auf etwa zwei Quadratzentimetern des schwarzen Kleides am Bauch der Dame und ließ mir viel Zeit. Immer wieder prüfte ich vorsichtig die Farbe, rauhte sie leicht auf, goß ein, zwei Tropfen Alkohol in die Schale, prüfte von neuem, fügte noch einen Tropfen hinzu, bis die Mischung gerade stark genug war, die Farbe zu lösen.

Ich arbeitete etwa eine Stunde an diesem kleinen schwarzen Viereck. Je näher ich der darunterliegenden Schicht kam, desto behutsamer ging ich vor. Schließlich erschien ein winziger rosa Punkt, der sich allmählich vergrößerte, bis die ganze Stelle in leuchtendem Rosa schimmerte. Schnell neutralisierte ich mit reinem Terpentinöl.

Gut und schön. Ich wußte nun, daß ich die schwarze Farbe abtragen konnte, ohne die untere Schicht zu beschädigen. Mit Fleiß und Geduld mußte es mir gelingen, alles zu entfernen. Terpentin und Alkohol waren im richtigen Verhältnis gemischt, ich hatte herausgefunden, wie hart ich reiben durfte, und ich nahm an, daß ich jetzt viel schneller vorankommen würde.

Im Grunde war es eine amüsante Beschäftigung. Ich arbeitete mich zunächst von Janets Körpermitte nach unten vor, und in dem Maße, wie ihr Rock an meinen Wattebäuschen haftenblieb, wurde ein merkwürdiges rosa Wäschestück sichtbar. Ich hatte nicht die leiseste Ahnung, wie das Ding hieß, aber jedenfalls war es ein fürchterlicher Apparat, anscheinend aus einem festen elastischen Material gefertigt und offensichtlich zu dem Zweck konstruiert, die gerundeten Hüften der Frau in eine nette Stromlinienform zu pressen, so daß der völlig falsche Eindruck mädchenhafter Schlankheit entstand. Als ich noch weiter nach unten ging, stieß ich auf eine imposante Garnitur ebenfalls rosafarbener Strumpfhalter, die an der elastischen Rüstung befestigt waren und sich acht bis zehn Zentimeter tiefer in die Strumpfränder krallten.

Eine tolle Konstruktion, stellte ich fest, als ich einen Schritt zurücktrat, um sie im ganzen zu betrachten. Ich fühlte mich irgendwie als Opfer eines Betrugs, denn hatte ich nicht monatelang die anmutig schlanke Figur der Dame bewundert? Sie war eine Schwindlerin, wie ich nun klar erkannte. Ich fragte mich nur, ob auch andere Frauen solche Tricks anwandten. Natürlich wußte ich, daß es in der Zeit der Korsetts und der Fischbeinpanzer allgemein üblich war, sich einzuschnüren; aber aus irgendwelchen Gründen hatte ich mir eingebildet, daß die modernen Frauen nur noch Diät zu halten brauchten.

Als ich die untere Hälfte des Kleides abgetragen hatte, wandte ich mich sofort dem oberen Teil zu. Von der Taille der Dame ausgehend, drang ich langsam zur Brust vor. In der Gegend des Zwerchfells legte ich einen Streifen nackten Fleisches frei; weiter oben stieß ich auf eine Vorrichtung, die den Busen enthielt. Sie war aus irgendeinem schweren schwarzen Stoff gefertigt und mit gekräuselten Spitzen besetzt. Dies war, wie ich sehr wohl wußte, der Büstenhalter – auch so ein fürchterlicher Apparat, dessen schwarze Träger geschickt und exakt wie die Haltekabel einer Hängebrücke montiert waren.

Du meine Güte, dachte ich. Man lernt doch nie aus.

Endlich war die Arbeit beendet, und ich trat wieder zurück, um das Bild auf mich wirken zu lassen. Es war ein verblüffender Anblick! Diese Frau, Janet de Pelagia, beinahe lebensgroß, stand in ihrer Unterwäsche mitten in einem Salon (oder was es nun war), einen großen Kronleuchter über sich, einen roten Plüschsessel neben sich. Und sie selbst – das war das Beunruhigendste – sah völlig unbeteiligt aus mit ihren großen, sanften blauen Augen und dem leicht lächelnden, häßlich-schönen Mund. Obendrein bemerkte ich mit einigem Entsetzen, daß sie O-Beine wie ein Jockey hatte. Offen gesagt, die ganze Sache war mir peinlich. Ich hatte das Gefühl, ich sei nicht berechtigt, sie anzustarren. So ging ich denn nach einer Weile hinaus und schloß die Tür hinter mir. Es schien das einzige zu sein, was ich als wohlerzogener Mensch tun konnte.

Nun zum letzten und entscheidenden Schritt! Glauben Sie ja nicht, daß mein Rachedurst, nur weil ich nicht mehr davon gesprochen habe, im Laufe der Zeit abgenommen hätte. Im Gegenteil, er war eher noch gewachsen. Und nun, da der letzte Akt über die Bühne gehen sollte, hatte ich die größte Mühe, meine Ungeduld zu zügeln. Um schneller ans Ziel zu kommen, opferte ich sogar meinen Schlaf.

Wissen Sie, ich brannte darauf, die Einladungen zu verschicken. Ich saß die ganze Nacht am Schreibtisch, verfaßte die Briefe und adressierte die Umschläge. Es waren insgesamt zweiundzwanzig, und jede Einladung sollte eine persönliche Note haben. ‹Am Freitag, dem zweiundzwanzigsten, gebe ich ein kleines Dinner. Ich hoffe sehr, daß Sie kommen können. Es wäre mir eine so große Freude, Sie wiederzusehen ...›

Die erste, die am sorgfältigsten formulierte Einladung ging an Janet de Pelagia. Ich bedauerte darin, sie so lange nicht gesehen zu haben ... Ich sei im Ausland gewesen ... Nun aber müßten wir doch endlich ... und so weiter und so fort. Im gleichen Sinne schrieb ich an Gladys Ponsonby, Lady Hermione Girdlestone, Prinzessin Bicheno, Mrs. Cudbird, Sir Hubert Kaul, Mrs. Galbally, Peter Euan-Thomas, James Pisker, Sir Eustace Piegrome, Peter van Santen, Elizabeth Moynihan, Lord Mulherrin, Bertram Sturt, Philip Cornelius, Jack

Hill, Lady Akeman, Mrs. Icely, Humphrey King-Howard, Johnny O'Coffey, Mrs. Uvary und die Herzoginwitwe von Waxworth.

Es war eine geschickt zusammengestellte Liste, in der die distinguiertesten Männer und die einflußreichsten Frauen der Creme unserer Gesellschaft vertreten waren.

Ich wußte sehr gut, daß ein Abendessen in meinem Haus als ein festliches Ereignis galt, an dem jeder gern teilnehmen würde. Während meine Feder über das Papier glitt, malte ich mir aus, wie die Damen, wenn sie die Einladung auf ihrem Frühstückstablett fanden, freudig erregt den Hörer vom Telefon neben dem Bett abnahmen und wie eine schrille Stimme mit einer noch schrilleren sprach: «Lionel gibt eine Party... Hat er dich auch eingeladen?... Meine Liebe, wie schön... Sein Essen ist immer *so* gut... Und *so* ein reizender Mann, nicht wahr?»

Aber würden sie das wirklich sagen? Plötzlich kam mir der Gedanke, daß ihre Bemerkungen auch ganz anders klingen könnten. Etwa so: «Gewiß, gewiß, meine Liebe, er ist gar nicht so übel, der alte Lionel... Nur eben ein bißchen langweilig, findest du nicht?... Wie bitte?... Fade? O ja, entsetzlich fade, meine Liebe. Du hast den Nagel auf den Kopf getroffen... Weißt du, was Janet de Pelagia einmal von ihm gesagt hat?... Aha, ich dachte mir schon, daß du es gehört hast... Zum Schreien komisch, nicht wahr?... Die arme Janet... Wie sie es so lange ausgehalten hat, ist mir wirklich ein Rätsel...»

Jedenfalls verschickte ich die Einladungen, und nach einigen Tagen hatten alle – ausgenommen Mrs. Cudbird und Sir Hubert Kaul, die beide verreist waren – mit Vergnügen zugesagt.

Am Abend des zweiundzwanzigsten um halb neun war mein großer Salon voller Menschen. Sie standen herum, bewunderten die Bilder, tranken Martini und unterhielten sich mit lauter Stimme. Die Frauen rochen stark nach Parfum, die Männer hatten rosige Gesichter und steckten in stramm sitzenden Smokings. Janet de Pelagia trug dasselbe schwarze Kleid wie auf dem Bild, und sooft mein Blick auf sie fiel, sah ich (wie auf diesen albernen Witzzeichnungen) eine Blase über meinem Kopf schweben und darin Janet in ihrem schwarzen Büstenhalter, der Konstruktion aus rosa Gummigewebe, den Strumpfhaltern und mit den Jockeybeinen.

Ich ging von Gruppe zu Gruppe, plauderte freundlich mit meinen Gästen und fing dabei so manchen Gesprächsfetzen auf. Mrs. Galbally zum Beispiel erzählte Sir Eustace Piegrome und James Pisker von einem Mann, der gestern abend im Claridge am Nebentisch gesessen hatte und dessen weißer Schnurrbart voll roter Lippenstiftflecke gewesen war. «Über und über beschmiert», wiederholte sie mehrmals. «Und der alte Knabe war mindestens neunzig ...» In einer anderen Ecke verbreitete sich Lady Girdlestone über Trüffeln, in Cognac gekocht, und Mrs. Icely flüsterte, wie ich bemerkte, Lord Mulherrin etwas zu, während Seine Lordschaft, einem alten, kraftlosen Metronom nicht unähnlich, den Kopf langsam hin- und herpendeln ließ.

Dann wurde zum Essen gebeten, und wir gingen ins Speisezimmer hinüber.

«Du meine Güte!» riefen sie, als sie eintraten.

«Wie dunkel und unheimlich!»

«Ich kann kaum etwas sehen!»

«Was für entzückende kleine Kerzen!»

«O Lionel, wie romantisch!»

In der Mitte der langen Tafel brannten Kerzen, sechs dünne Kerzen, jeweils sechzig Zentimeter voneinander entfernt. Die kleinen Flammen verbreiteten auf dem Tisch ein schwaches Licht, ließen jedoch den übrigen Raum im Dunkeln. Es war ein reizendes Arrangement, und abgesehen von der Tatsache, daß es meinem Vorhaben zustatten kam, stellte es eine nette Abwechslung dar. Die Gäste hatten bald ihre Plätze gefunden, und das Mahl begann.

Alle schienen sich über das Kerzenlicht zu freuen, und die Stimmung war ausgezeichnet. Merkwürdigerweise sprach jeder wegen der Dunkelheit lauter als gewöhnlich. Janet de Pelagias Stimme fiel mir besonders unangenehm auf. Sie saß neben Lord Mulherrin, und ich hörte, wie sie ihm von dem langweiligen Wochenende erzählte, das sie auf Cap Ferrat verbracht hatte. «Nichts als Franzosen», sagte sie immer wieder. «Weit und breit nichts als Franzosen ...»

Ich beobachtete die Kerzen. Sie waren sehr dünn, und ich wußte, daß sie schnell herunterbrennen würden. Ich war, wie ich zugeben muß, recht nervös, zugleich aber fast trunken vor Heiterkeit und freudiger Erwartung. Jedesmal wenn ich Janets Stimme hörte oder im Kerzenlicht ihr von Schatten überspieltes Gesicht erblickte, zerbarst vor Aufregung ein kleiner Feuerball in meinem Innern, und ich fühlte, wie sich die Glut unter meiner Haut ausbreitete.

Endlich – die Erdbeeren waren gerade serviert worden – hielt ich die Zeit für gekommen. Ich holte tief Luft und sagte mit lauter Stimme: «Leider werden wir jetzt wohl Licht machen müssen. Die Kerzen sind fast abgebrannt. Mary», rief ich dem Dienstmädchen zu. «Ach, Mary, drehen Sie bitte das Licht an, ja?»

In dem Schweigen, das meiner Ankündigung folgte, hörte ich das Mädchen zur Tür gehen. Ein leises Klicken des Schalters, und der

Raum war in strahlendes Licht getaucht. Alle schlossen die Augen, öffneten sie wieder und schauten um sich.

Ich beeilte mich, von meinem Stuhl aufzustehen und das Zimmer unauffällig zu verlassen; aber als ich hinausging, wurde mir ein Anblick zuteil, den ich mein Leben lang nicht vergessen werde: Janet, die mit erhobenen Händen wie gelähmt dasaß, mitten in der Bewegung erstarrt, in einer Geste, die vermutlich jemandem auf der anderen Tischseite gegolten hatte. Ihr Mund war weit geöffnet, und sie hatte den überraschten, verständnislosen Blick eines Menschen, der vor genau einer Sekunde von einer Kugel ins Herz getroffen wurde.

In der Diele blieb ich stehen und lauschte. Drinnen brach jetzt der Tumult los: schrille Schreie der Damen, empörte, ungläubige Ausrufe der Männer. Alle redeten durcheinander, so daß die Stimmen zu einem lauten Summen verschmolzen. Dann – und das war für mich der schönste Augenblick – hörte ich Lord Mulherrin über den Lärm hinweg brüllen: «Hierher! Schnell, schnell! Geben Sie ihr rasch etwas Wasser!»

Draußen auf der Straße half mir der Chauffeur in den Wagen. Bald waren wir aus London heraus und rollten fröhlich über die Great North Road zu diesem, meinem anderen Haus, das nur hundertfünfzig Kilometer von der Stadt entfernt liegt.

Die nächsten beiden Tage standen im Zeichen der Schadenfreude. Ich ging wie im Traum umher, verzückt, in Selbstgefälligkeit schwelgend und von einem so starken Glücksempfinden erfüllt, daß ich es bis in die Zehen hinein spürte. Erst heute morgen, als Gladys Ponsonby anrief, kam ich plötzlich zu mir und erkannte, daß ich kein Held, sondern ein Ausgestoßener bin. Sie teilte mir mit – nicht ohne Behagen, wie mir schien –, daß jeder über mich aufgebracht sei, daß alle meine lieben alten Freunde die schrecklichsten Dinge über mich sagten und geschworen hätten, nie mehr ein Wort mit mir zu sprechen. Ausgenommen natürlich sie selbst, wie sie immer wieder betonte. Alle, nur sie, Gladys Ponsonby, nicht. Und sie fragte, ob ich nicht glaubte, daß es sehr nett werden könnte, wenn sie ein paar Tage zu mir käme, um mich aufzumuntern.

Leider hatte sie mich inzwischen so aus der Fassung gebracht, daß ich nicht einmal imstande war, ihr höflich zu antworten. Ich legte auf und ging fort, um zu weinen.

Und heute mittag kam der letzte, vernichtende Schlag. Die Post brachte mir einen Brief – ich schäme mich so, daß ich mich kaum überwinden kann, es niederzuschreiben –, einen unvorstellbar reizenden, zärtlichen kleinen Brief, und von wem? Von niemand anderem als Janet de Pelagia. Sie verzeihe mir alles, was ich ihr angetan hätte, schrieb sie. Es sei ja nur ein Scherz gewesen, das wisse sie, und ich solle mir nichts daraus machen, daß die anderen Leute so schlecht über mich redeten. Sie liebe mich wie eh und je, und sie werde mich bis an ihr Lebensende lieben.

Ach, wie gemein, wie viehisch kam ich mir vor, als ich das las! Um so mehr, als ich entdeckte, daß sie mir mit gleicher Post als zusätzliches Zeichen ihrer Liebe ein kleines Geschenk übersandt hatte – ein Halbpfundglas mit frischem Kaviar, meinem Lieblingsgericht.

Ich habe eine Schwäche für guten Kaviar, eine so große Schwäche, daß ich ihm einfach nicht widerstehen kann. Natürlich hatte ich heute abend überhaupt keinen Appetit, aber selbst das hinderte mich nicht, ein paar Löffel davon zu essen – ein kleiner Trost in meinem Elend. Es ist sogar möglich, daß ich ein bißchen zuviel gegessen habe, denn seit ungefähr einer Stunde fühle ich mich nicht allzu gut. Vielleicht sollte ich aufstehen und mir etwas Natron holen. Ich kann ja später weiterschreiben, wenn ich in einer besseren Verfassung bin.

Wissen Sie – ich merke gerade, daß ich mich wirklich sehr schlecht fühle.

Gift

Es muß gegen Mitternacht gewesen sein, als ich nach Hause fuhr. Kurz vor dem Gartentor des Bungalows blendete ich die Scheinwerfer ab, um zu vermeiden, daß der Lichtstrahl beim Einbiegen das Fenster von Harry Popes Schlafzimmer traf und ihn aufweckte. Aber ich hätte mir deswegen keine Gedanken zu machen brauchen. Als ich mich dem Hause näherte, sah ich, daß Harrys Lampe noch brannte. Er war also wach – wenn er nicht über seinem Buch eingenickt war.

Ich parkte den Wagen und stieg die fünf Stufen zur Veranda hinauf. In der Dunkelheit zählte ich jede Stufe, damit ich oben nicht etwa ins Leere trat. Ich überquerte die Veranda, stieß die Fliegentür auf und knipste das Licht in der Diele an. Dann ging ich zu Harrys Tür, öffnete sie einen Spalt breit und schaute ins Zimmer.

Er lag auf dem Bett, und ich sah, daß er wach war. Er bewegte sich jedoch nicht. Er wandte mir nicht einmal den Kopf zu, aber ich hörte ihn flüstern: «Timber, Timber, komm her.»

Er sprach überaus langsam und vorsichtig. Ich öffnete die Tür vollends und wollte gerade mit schnellen Schritten auf ihn zugehen, als er sagte: «Halt. Warte einen Augenblick, Timber.»

Ich konnte ihn kaum verstehen. Anscheinend kostete es ihn gewaltige Mühe, die Worte herauszubringen.

«Was ist los, Harry?»

«Pssst!» zischte er. «Pssst! Um Gottes willen, sei leise. Zieh die Schuhe aus, bevor du herkommst. *Bitte*, Timber, tu, was ich dir sage.»

Seine Art zu sprechen beschwor eine Erinnerung herauf: George Barling, der einen Bauchschuß bekommen hatte, stand an die Kiste mit dem Reserve-Flugzeugmotor gelehnt, preßte die Hände auf den Leib und verwünschte den deutschen Piloten in genau dem gleichen heiseren, angestrengten Flüsterton, der jetzt aus Harrys Kehle drang.

«Schnell, Timber. Aber zieh dir zuerst die Schuhe aus.»

Ich hatte keine Ahnung, warum ich mir die Schuhe ausziehen sollte, hielt es jedoch für besser, ihm nicht zu widersprechen, denn er machte den Eindruck eines todkranken Menschen. Ich bückte mich also, streifte die Schuhe ab und ließ sie auf dem Boden liegen. Dann ging ich zu Harry hinüber.

«Faß das Bett nicht an! Um Gottes willen, faß das Bett nicht an!» Er sprach noch immer, als hätte er einen Bauchschuß bekommen. Ich sah, daß er auf dem Rücken lag, bis zur Brust mit einem Laken zugedeckt. Er trug einen blau, braun und weiß gestreiften Pyjama und schwitzte fürchterlich. Die Nacht war schwül, und auch ich schwitzte, aber nicht so wie Harry. Sein Gesicht triefte vor Schweiß, und rings um den Kopf war das Kissen völlig durchnäßt. Vielleicht ein schwerer Malariaanfall, dachte ich.

«Was ist denn nur los, Harry?»

«Eine Bungar», sagte er.

«Eine *Bungar*! O Gott. Wo hat sie dich gebissen? Und wann?»

«Nicht so laut», wisperte er.

Ich beugte mich vor und packte ihn an der Schulter. «Harry, wir müssen sofort etwas unternehmen. Los, los, sag doch schon, wo sie dich gebissen hat.»

Er rührte sich nicht, und er wirkte seltsam verkrampft, als müsse er alle Kraft zusammennehmen, um einen starken Schmerz zu ertragen.

«Ich bin nicht gebissen worden», flüsterte er. «Noch nicht. Sie liegt auf meinem Bauch. Sie liegt da und schläft.»

Ich fuhr unwillkürlich zurück und starrte auf seinen Bauch oder vielmehr auf das Laken, das ihn bedeckte. Das Laken warf an mehreren Stellen Falten, so daß nicht zu erkennen war, ob sich etwas darunter verbarg.

«Eine Bungar auf deinem Bauch? Das ist doch wohl nicht dein Ernst.»

«Ich schwöre es dir.»

«Wie ist sie denn dorthin gekommen?» Es war leichtsinnig von mir, diese Frage zu stellen. Harry scherzte offensichtlich nicht, und ich hätte ihn lieber ermahnen sollen, sich still zu verhalten.

«Ich las», sagte Harry. Er sprach sehr langsam, Wort für Wort, und war ängstlich darauf bedacht, die Bauchmuskeln nicht anzuspannen. «Lag auf dem Rücken und las und fühlte etwas auf der Brust. Hinter dem Buch. Eine Art Kitzeln. Dann sah ich aus den Augenwinkeln diese Bungar über meine Brust kriechen. Klein, etwa fünfundzwanzig Zentimeter. Wußte, daß ich mich nicht rühren durfte. Hätte es auch gar nicht gekonnt. Lag da und beobachtete sie. Dachte, sie würde von meiner Brust aufs Laken kriechen.» Harry schwieg einige Sekunden. Seine Augen richteten sich auf die Stelle, wo das Laken seinen Bauch bedeckte, und ich begriff, daß er fürchtete, sein Flüstern könnte die Bungar gestört haben.

«Da war eine Falte im Laken», berichtete er schließlich weiter. Er sprach jetzt noch langsamer und so leise, daß ich mich weit vorbeugen mußte, um ihn zu verstehen. «Hier oben, siehst du? Sie kroch darunter. Ich konnte durch den Pyjama fühlen, wie sie auf meinen Bauch kroch. Und dann machte sie halt. Jetzt liegt sie dort in der Wärme. Schläft wahrscheinlich. Ich habe auf dich gewartet.» Er hob den Blick und sah mich an.

«Wie lange schon?»

«Seit Stunden», flüsterte er. «Seit Stunden und Stunden und Stunden. Ich kann einfach nicht mehr still liegen. Und dann dieser Hustenreiz, den ich schon die ganze Zeit habe ...»

Die Wahrheit dieser Geschichte ließ sich kaum bezweifeln. Für eine Bungar war das durchaus keine ungewöhnliche Verhaltensweise. Diese Schlangen sind oft in der Nähe von Häusern zu finden und haben eine Vorliebe für warme Plätze. Ungewöhnlich erschien mir nur, daß Harry nicht gebissen worden war. Der Biß ist absolut tödlich, es sei denn, daß man das Tier sofort fängt. Jedes Jahr sterben auf diese Weise eine größere Anzahl von Menschen in Bengalen, vor allem in den Dörfern.

«Paß auf, Harry», sagte ich, ebenfalls im Flüsterton, «du darfst dich um keinen Preis bewegen. Und sprich nur, wenn es unbedingt nötig ist. Tu nichts, was sie erschrecken könnte, dann beißt sie bestimmt nicht. Wir kriegen das schon hin.»

Ich schlich auf Socken in die Küche, holte ein kleines, scharfes Messer und steckte es in die Hosentasche – für den Fall, daß etwas schiefging, bevor wir einen Plan gefaßt und ihn ausgeführt hatten. Wenn Harry hustete oder sich bewegte oder sonst etwas tat, was die Bungar zum Beißen reizte, würde ich sofort die Wunde durch einen Schnitt erweitern und versuchen, das Gift auszusaugen. Ich kehrte ins Schlafzimmer zurück. Harry lag regungslos da, und der Schweiß lief ihm in Strömen über das Gesicht. Er wandte keinen Blick von mir, als ich durch das Zimmer auf sein Bett zuging, und ich sah ihm an, daß er sich fragte, was ich draußen gemacht hatte. Ich stand neben ihm und zerbrach mir den Kopf, wie ich ihm am besten helfen konnte.

«Harry», sagte ich dicht an seinem Ohr, damit ich die Stimme nicht über das allerleiseste Flüstern zu erheben brauchte, «ich möchte jetzt das Laken ganz, ganz vorsichtig zurückziehen und sie mir erst einmal ansehen. Ich glaube, ich schaffe es, ohne sie zu wecken.»

«Laß das bleiben, du verdammter Idiot.» Er sprach so langsam, so vorsichtig, so leise, daß seine Stimme völlig ausdruckslos war. Der Ausdruck lag in den Augen und in den Mundwinkeln.

«Warum denn?»

«Das Licht würde sie erschrecken. Unter dem Laken ist es doch dunkel.»

«Und wenn ich nun das Laken mit einem Ruck fortreiße und sie hinunterfege, bevor sie zubeißen kann?»

«Warum holst du keinen Arzt?» fragte Harry. Der Blick, mit dem er mich ansah, machte mir klar, daß ich schon längst daran hätte denken müssen.

«Einen Arzt. Natürlich. Ich rufe Ganderbai an.»

Ich ging auf Zehenspitzen in die Diele, schlug Ganderbais Nummer im Telefonbuch nach, hob den Hörer ab und bat die Vermittlung, sich zu beeilen.

«Dr. Ganderbai», sagte ich. «Hier spricht Timber Woods.»

«Hallo, Mr. Woods. Sind Sie noch nicht im Bett?»

«Hören Sie, können Sie wohl sofort herkommen? Und bringen Sie ein Serum mit – gegen einen Bungarbiß.»

«Wer ist gebissen worden?» Er stieß die Frage so scharf hervor, daß es in meinem Ohr eine Art kleiner Explosion gab.

«Niemand. Bis jetzt noch niemand. Aber Harry Pope liegt im Bett und hat eine Bungar auf dem Bauch – sie schläft unter dem Laken auf seinem Bauch.»

Etwa drei Sekunden lang herrschte tiefe Stille, dann hörte ich wieder Ganderbais Stimme, und diesmal sprach er nicht explosiv, sondern langsam und eindringlich. «Sagen Sie ihm, er soll ganz still liegen. Er darf sich nicht bewegen und nicht sprechen. Verstehen Sie?»

«Gewiß.»

«Ich komme sofort.» Er legte auf, und ich ging ins Schlafzimmer zurück. Harry ließ mich nicht aus den Augen, als ich den Raum durchquerte.

«Ganderbai ist schon unterwegs. Er sagt, du sollst ganz still liegen.»

«Zum Teufel, denkt er etwa, ich tanze hier herum?»

«Und nicht sprechen, hat er gesagt. Auf keinen Fall, Harry. Du nicht und ich auch nicht.»

«Warum bist du dann nicht endlich still?» Bei diesen Worten begann es in Harrys einem Mundwinkel zu zucken – schnelle, kurze, zum Kinn hinlaufende Bewegungen, die auch dann noch andauerten, als er nicht mehr sprach. Ich zog mein Taschentuch heraus und wischte ihm sehr sanft den Schweiß vom Gesicht. Ich fühlte das leichte Zukken des Muskels – es war der, mit dem er sonst lächelte –, als ich darüberstrich.

Ich schlich in die Küche, holte etwas Eis aus dem Kühlschrank, wikkelte es in eine Serviette und zerkleinerte es so geräuschlos wie möglich. Die Sache mit dem Mund gefiel mir nicht. Und ebensowenig die Art, wie er sprach. Ich ging mit dem Eispaket ins Schlafzimmer und legte es auf Harrys Stirn.

«Zum Abkühlen.»

Er verdrehte die Augen und zog scharf die Luft durch die Zähne. «Nimm es weg», flüsterte er. «Ich muß sonst husten.» Der kleine Lachmuskel begann von neuem zu zucken.

Der Lichtstrahl eines Scheinwerfers huschte über das Bett, als Ganderbais Wagen in die Auffahrt einbog. Ich lief hinaus, das Eispaket noch immer in beiden Händen.

«Wie sieht's aus?» fragte Ganderbai. Er blieb nicht stehen, um mich zu begrüßen, sondern eilte an mir vorbei durch die Fliegentür. «Wo ist er? In welchem Zimmer?»

Er stellte seine Tasche auf einen Stuhl in der Diele und folgte mir in Harrys Zimmer. Seine Füße steckten in weichsohligen Pantoffeln, so daß er lautlos und leicht wie eine Katze über den Fußboden glitt. Harry beobachtete ihn, ohne den Kopf zu bewegen. Als Ganderbai das Bett erreicht hatte, blickte er auf Harry hinab, lächelte ihm beruhigend zu und nickte mit dem Kopf, um anzudeuten, daß Harry sich keine Sorgen zu machen brauche, denn er, Dr. Ganderbai, werde diese Kleinigkeit bestens erledigen. Dann wandte er sich ab und ging hinaus. Ich folgte ihm in die Diele.

«Zuerst möchte ich ihm das Serum einspritzen», sagte er und öffnete die Tasche, um seine Vorbereitungen zu treffen. «Intravenös. Aber ich muß dabei sehr vorsichtig sein, damit er nicht etwa zusammenzuckt.»

Nachdem er in der Küche die Injektionsspritze sterilisiert hatte, nahm er ein Fläschchen in die linke Hand, stieß die Nadel durch den Gummiverschluß und zog mit dem Kolben eine hellgelbe Flüssigkeit in die Spritze. Dann gab er sie mir.

«Halten Sie das, bis ich soweit bin.»

Er ergriff die Tasche, und wir gingen ins Schlafzimmer. Harrys Augen glänzten jetzt und waren weit geöffnet. Ganderbai beugte sich über ihn. Sehr behutsam – wie jemand, der mit Spitzen aus dem sechzehnten Jahrhundert hantiert – streifte er den Pyjamaärmel bis zum Ellbogen hoch, ohne Harrys Arm anzuheben. Ich stellte fest, daß er darauf bedacht war, nicht zu nah an das Bett heranzutreten.

Er flüsterte: «Ich gebe Ihnen jetzt eine Injektion. Serum. Nur ein Stich, aber versuchen Sie, sich nicht zu bewegen. Und nicht die Bauchmuskeln anspannen. Ganz locker lassen.»

Harry starrte auf die Spritze.

Ganderbai holte einen roten Gummischlauch aus der Tasche, schob ihn vorsichtig unter Harrys Arm und knotete ihn über dem Bizeps fest zusammen. Dann betupfte er die Armbeuge mit Alkohol, gab mir den Wattebausch und ließ sich dafür die Spritze reichen. Er hielt sie gegen das Licht und drückte nach einem Blick auf die Meßskala etwas Flüssigkeit heraus. Ich stand daneben und schaute ihm zu. Harry schaute ebenfalls zu. Er schwitzte stark. Sein Gesicht glänzte, als wäre es dick mit Fettcreme eingerieben, die auf der Haut zerschmolz und auf das Kissen rann.

Ich sah die blaue Vene in Harrys Armbeuge, angeschwollen jetzt durch die Aderpresse. Dann sah ich die Nadel über der Vene. Ganderbai hielt die Spritze fast flach gegen den Arm, schob die Nadel seitwärts durch die Haut in die blaue Vene, schob sie langsam hinein, aber so fest, daß sie in die Haut glitt wie in ein Stück Käse. Harry, dessen Blick auf die Zimmerdecke gerichtet war, schloß die Augen und öffnete sie wieder, rührte sich jedoch nicht.

Als Ganderbai fertig war, beugte er sich vor und flüsterte dicht an Harrys Ohr: «Es ist jetzt in Ordnung, selbst *wenn* Sie gebissen werden. Aber bewegen Sie sich nicht. Bitte, bewegen Sie sich nicht. Ich bin sofort zurück.»

Er nahm seine Tasche und verließ das Zimmer. Ich folgte ihm.

«Ist er jetzt immun?» fragte ich.

«Nein.»

«Ja, aber ...»

Der kleine indische Arzt stand in der Diele und rieb sich die Unterlippe.

«Gibt ihm das Serum nicht wenigstens einen gewissen Schutz?» erkundigte ich mich.

Ganderbai ging zu der Fliegentür, die auf die Veranda führte. Ich dachte, er würde sie aufstoßen, aber er blieb an der Innenseite der Tür stehen und blickte durch das Drahtgeflecht hinaus in die Nacht.

«Ist das Serum nicht gut?» fragte ich.

«Leider nicht», antwortete er, ohne sich umzudrehen. «Vielleicht kann es ihn retten. Vielleicht auch nicht. Ich überlege gerade, was sich sonst noch tun ließe.»

«Sollen wir das Laken schnell zurückziehen und die Bungar herunterfegen, bevor sie zubeißen kann?»

«Auf keinen Fall! Wir dürfen sein Leben nicht aufs Spiel setzen.» Er sprach in scharfem Ton, und seine Stimme klang ein wenig schrill.

«Wir können ihn aber nicht einfach so liegen lassen», sagte ich. «Seine Nerven halten das nicht aus.»

«Bitte! Bitte!» Er fuhr herum und hob abwehrend die Hände. «Nicht so hastig, bitte. So etwas läßt sich nicht übers Knie brechen.»

Er trocknete sich die Stirn mit dem Taschentuch und starrte, an den Lippen nagend, nachdenklich vor sich hin.

«Ja», sagte er schließlich, «es gibt eine Möglichkeit. Wissen Sie, was wir tun werden? Wir werden das Tier narkotisieren.»

Das war eine geniale Idee.

«Ich weiß allerdings nicht, ob es gelingen wird», fügte er hinzu. «Schlangen sind Kaltblüter, und Betäubungsmittel wirken bei ihnen nicht so gut oder jedenfalls nicht so schnell wie bei warmblütigen Lebewesen. Aber es ist unsere einzige Chance. Wir können Äther verwenden ... oder Chloroform ...» Er sprach langsam und versuchte auf diese Weise, sich über die erforderlichen Maßnahmen klarzuwerden.

«Was schlagen Sie also vor?»

«Chloroform», entschied er. «Gewöhnliches Chloroform. Das ist das beste. Kommen Sie!» Er zog mich auf die Veranda. «Fahren Sie zu mir nach Hause. Ich rufe inzwischen meinen Boy an. Er wird Ihnen den Giftschrank zeigen. Hier ist der Schlüssel zum Schrank. Nehmen Sie das Chloroform heraus. Die Flasche hat ein hellrotes Etikett, auf dem die Bezeichnung steht. Ich bleibe hier, falls etwas passiert. Los, beeilen Sie sich! Nein, nein, Sie brauchen keine Schuhe.»

Ich fuhr schnell, und nach etwa fünfzehn Minuten war ich mit dem Chloroform zurück. Ganderbai kam aus Harrys Zimmer, als ich ins Haus trat. «Haben Sie's?» fragte er. «Gut, gut. Ich habe ihm gerade erklärt, was wir vorhaben. Wir müssen jetzt schnell machen. Es ist auf die Dauer nicht leicht für ihn. Ich habe Angst, daß er sich bewegt.»

Er ging ins Schlafzimmer, und ich folgte ihm mit der Flasche, die ich wie eine Kostbarkeit vor mir her trug. Harry lag noch in genau derselben Stellung auf dem Bett. Der Schweiß strömte ihm über die Wangen. Sein Gesicht war weiß und naß. Als er die Augen auf mich richtete, lächelte ich und nickte ihm ermutigend zu. Ich hob den Daumen und machte das Okay-Zeichen. Ganderbai hockte sich neben das Bett. Auf dem Fußboden sah ich den Gummischlauch, den er vorhin als Aderpresse benutzt hatte. Jetzt steckte in dem einen Ende des Schlauches ein kleiner Papiertrichter.

Nun machte sich Ganderbai daran, ein Stückchen Laken unter der Matratze hervorzuziehen, und zwar an einer Stelle, die sich in gleicher Höhe mit Harrys Bauch befand, etwa vierzig Zentimeter davon entfernt. Ich beobachtete, wie seine Finger vorsichtig am Laken zupften. Er arbeitete so langsam, daß ich Mühe hatte, an den Fingern oder dem Laken eine Bewegung wahrzunehmen.

Schließlich hatte er es geschafft: Unter dem Laken wölbte sich eine kleine Öffnung. Er nahm den Gummischlauch und schob ihn behutsam zwischen Matratze und Laken. Ich weiß nicht, wieviel Zeit er brauchte, um den Schlauch bis zu Harrys Körper gleiten zu lassen. Es können zwanzig, es können vierzig Minuten gewesen sein. Kein einziges Mal sah ich, daß der Schlauch sich bewegte. Ich wußte, daß er vordrang, da der sichtbare Teil allmählich kürzer wurde, doch ich war sicher, daß die Bungar nicht die leiseste Erschütterung spürte. Ganderbai schwitzte jetzt auch; große Schweißtropfen standen ihm auf der Stirn und der Oberlippe. Aber seine Hände waren ruhig. Ich bemerkte, daß er nicht auf den Schlauch blickte, sondern auf die Falten, die das Laken über Harrys Bauch warf.

Ohne mich anzusehen, streckte er die Hand nach dem Chloroform aus. Ich entfernte den Glasstöpsel und gab ihm die Flasche in die Hand, ängstlich darauf bedacht, sie nicht eher loszulassen, als bis er sie fest im Griff hatte. Dann bedeutete er mir mit einer Kopfbewegung, näher zu kommen, und flüsterte: «Sagen Sie ihm, daß ich jetzt das Chloroform durch den Schlauch auf die Matratze gieße und es sehr kalt unter seinem Körper werden wird. Damit muß er rechnen. Er darf auf keinen Fall zusammenzucken. Schärfen Sie ihm das ein.»

Ich beugte mich über Harry und teilte ihm mit, was Ganderbai tun wollte.

«Warum macht er nicht weiter?» fragte Harry.

«Er macht ja weiter, Harry. Aber es wird sich sehr kalt anfühlen, bereite dich also darauf vor.»

«Mein Gott, macht weiter, macht doch schon weiter!»

Zum erstenmal hatte er die Stimme erhoben. Ganderbai blickte auf, sah ihn scharf an und wandte sich dann wieder seiner Arbeit zu.

Er goß ein paar Tropfen Chloroform in den Papiertrichter und wartete, bis sie durch den Schlauch gelaufen waren. Dann goß er einige Tropfen nach und wartete abermals. Der schwere süßliche Geruch des Chloroforms breitete sich im Zimmer aus und weckte unangenehme Erinnerungen an weißgekleidete Schwestern und Ärzte, die in einem weißen Raum um einen langen weißen Tisch standen. Ganderbai goß jetzt schneller nach, und ich sah den schweren Dunst des Chloroforms wie Rauch über dem Papiertrichter wallen. Nach einiger Zeit hielt Ganderbai die Flasche gegen das Licht und entschloß sich, den Trichter noch einmal zu füllen, bevor er sie mir zurückgab. Dann zog er den Gummischlauch langsam unter dem Laken hervor und stand auf.

Offenbar war es eine große Anstrengung für ihn gewesen, den Schlauch vorzuschieben und das Chloroform einzugießen, denn seine Stimme klang matt und erschöpft, als er sich umdrehte und mir zuraunte: «Wir werden eine Viertelstunde warten. Um ganz sicherzugehen.»

Ich beugte mich über Harry. «Wir werden eine Viertelstunde warten, um ganz sicherzugehen. Aber wahrscheinlich ist es schon geschafft.»

«Zum Donnerwetter, warum seht ihr dann nicht nach?» Wieder sprach er laut. Ganderbai fuhr herum. Seine Miene war plötzlich sehr zornig. Er hatte fast schwarze Augen, mit denen er Harry anstarrte. Harrys kleiner Muskel begann wieder zu zucken. Ich nahm mein Taschentuch, trocknete sein nasses Gesicht und strich ihm beruhigend über die Stirn.

Schweigend warteten wir neben dem Bett. Ganderbai blickte Harry unverwandt und seltsam eindringlich an. Der kleine Inder konzentrierte seine Willenskraft darauf, Harry ruhig zu halten. Er ließ ihn nicht eine Sekunde aus den Augen, und obgleich er keinen Laut von sich gab, schien er dauernd zu rufen: Hören Sie mir zu, Sie müssen mir zuhören, Sie dürfen jetzt nicht alles zunichte machen, hören Sie? Und Harry lag mit zuckendem Mund da und schwitzte. Seine Lider waren meistens geschlossen, und wenn er sie öffnete, sah er entweder mich an oder das Laken oder die Zimmerdecke, aber niemals Ganderbai. Und doch wurde er irgendwie von Ganderbai beherrscht. Der durchdringende Chloroformgeruch ließ ein Gefühl der Übelkeit in mir aufsteigen, aber ich konnte jetzt unmöglich aus dem Zimmer gehen. Mir war, als würde vor meinen Augen ein Ballon aufgeblasen, der immer mehr anschwoll, während ich ihn wie gebannt anstarrte und wartete, daß er zerplatzte.

Endlich drehte sich Ganderbai um und nickte. Es war soweit. «Gehen Sie an die andere Bettseite», sagte er. «Wir nehmen jeder einen Zipfel des Lakens und ziehen es zurück. Aber bitte sehr langsam, sehr vorsichtig.»

«Lieg jetzt ganz still, Harry», ermahnte ich ihn und ging um das Bett herum. Ganderbai stand mir gegenüber. Wir ergriffen das Laken an den beiden oberen Zipfeln, hoben es leicht von Harrys Körper ab und zogen es Zentimeter für Zentimeter zurück. Dabei gaben wir acht, daß wir nicht zu nah an das Bett herankamen, beugten uns jedoch vor und versuchten, unter das Laken zu schauen. Der Chloroformgeruch war ekelhaft. Ich erinnere mich, daß ich die Luft so lange wie möglich anhielt, und als das nicht mehr ging, bemühte ich mich, flach zu atmen, damit mir das Zeug nicht in die Lungen drang.

Harrys Brust – besser gesagt, seine gestreifte Pyjamajacke – war jetzt freigelegt. Dann sah ich das weiße Band der Pyjamahose, sauber zu einer Schleife gebunden. Etwas weiter unten tauchte ein Knopf auf, ein Perlmuttknopf. Ich habe noch nie einen Pyjama gehabt, dessen Schlitz mit einem Knopf zu schließen war, geschweige denn mit einem Perlmuttknopf. Dieser Harry, dachte ich, ist doch ein richtiger Stutzer. Es ist merkwürdig, daß einem manchmal in den aufregendsten Situationen solche albernen Gedanken kommen. Ich weiß noch genau, daß ich Harry für einen Stutzer hielt, als ich diesen Knopf sah.

Außer dem Knopf war nichts auf seinem Bauch.

Nun zogen wir das Laken schneller zurück, und als wir die Beine und die Füße aufgedeckt hatten, ließen wir es auf den Boden fallen.

«Bewegen Sie sich nicht», sagte Ganderbai. «Bewegen Sie sich nicht, Mr. Pope.» Er versuchte, unter Harrys Körper zu spähen.

«Wir müssen vorsichtig sein», erklärte er. «Sie kann überall stekken. Vielleicht ist sie ins Hosenbein des Pyjamas gekrochen.»

Diese Worte bewirkten, daß Harry hastig den Kopf vom Kissen hob und an sich hinuntersah. Es war das erste Mal, daß er sich bewegte. Dann sprang er mit einem Satz auf, so daß er nun mitten im Bett stand, und schüttelte zuerst das eine, dann das andere Bein heftig in der Luft. In diesem Augenblick dachten wir beide, er sei gebissen worden, und Ganderbai suchte bereits in seiner Tasche nach einem Skalpell und einer Aderpresse. Plötzlich aber hörte Harry mit seinen Luftsprüngen auf. Er betrachtete die Matratze, auf der er stand, und rief: «Sie ist nicht da!»

Ganderbai richtete sich auf und betrachtete ebenfalls die Matratze. Dann sah er Harry an. Harry war unversehrt. Er war nicht gebissen worden, er würde nicht gebissen werden, er brauchte nicht zu sterben, und alles war gut. Aber das schien keinen von uns zu beruhigen.

«Mr. Pope, Sie sind natürlich *ganz* sicher, daß Sie die Bungar gesehen haben?» In Ganderbais Stimme lag eine Spur von Sarkasmus – was unter normalen Umständen bei ihm undenkbar gewesen wäre. «Sie glauben nicht, Mr. Pope, daß Sie geträumt haben könnten, nicht wahr?» Die Art, wie er Harry ansah, verriet mir, daß der Sarkasmus nicht als Beleidigung gemeint war. Ganderbai machte sich nach der Nervenprobe nur etwas Luft. Harry stand in seinem gestreiften Pyjama auf dem Bett und starrte den Arzt an, während ihm das Blut in die Wangen stieg.

«Wollen Sie etwa behaupten, daß ich ein Lügner bin?» brüllte er.

Ganderbai blickte schweigend zu ihm auf. Harry trat einen Schritt auf dem Bett vor. In seinen Augen war ein seltsames Funkeln.

«Sie dreckiges indisches Mistvieh!»

«Halt den Mund, Harry!» rief ich.

«Sie dreckiges schwarzes ...»

«Harry!» schrie ich. «Halt den Mund, Harry!» Es war schrecklich, was er alles sagte.

Ganderbai ging aus dem Zimmer, als wären Harry und ich nicht vorhanden. Ich eilte ihm nach und legte ihm den Arm um die Schultern, als wir die Diele überquerten und auf die Veranda hinaustraten.

«Hören Sie nicht auf Harry», bat ich. «Die Sache hat ihn fertiggemacht. Er weiß nicht mehr, was er sagt.»

Wir gingen die Verandatreppe hinunter zur Auffahrt, wo in der Dunkelheit Ganderbais alter Morris stand. Er öffnete die Tür und stieg ein.

«Sie haben großartige Arbeit geleistet», beteuerte ich. «Vielen herzlichen Dank, daß Sie gekommen sind.»

«Alles, was er braucht, ist ein langer Urlaub», sagte er ruhig, ohne mich anzusehen. Dann ließ er den Motor an und fuhr los.

William und Mary

Viel Geld hinterließ William Pearl nicht, als er starb, und sein Testament war sehr unkompliziert. Mit Ausnahme einiger kleiner Legate an Verwandte hatte er alles, was er besaß, seiner Frau zugedacht.

Der Anwalt und Mrs. Pearl gingen zusammen im Anwaltsbüro das Testament durch, und als das Geschäftliche erledigt war, wollte sich die Witwe verabschieden. In diesem Moment nahm der Anwalt aus einem Aktendeckel einen versiegelten Umschlag und reichte ihn seiner Klientin.

«Ich habe den Auftrag, Ihnen dies zu übergeben», sagte er. «Ihr Mann hat es uns kurz vor seinem Hinscheiden geschickt.» Der Anwalt war blaß und steif, und da man einer Witwe Respekt schuldet, legte er beim Sprechen den Kopf schräg und blickte zu Boden. «Offenbar handelt es sich um etwas Persönliches, Mrs. Pearl. Sie werden das Schreiben wohl lieber zu Hause lesen wollen, wo Sie ungestört sind.»

Mrs. Pearl nahm den Brief und ging. Auf der Straße blieb sie stehen und betastete den Umschlag mit den Fingern.

Ein Abschiedsbrief von William? Wahrscheinlich. Ein formeller Brief? Ja, bestimmt war er formell – kühl und formell. Anders hätte William gar nicht schreiben können, denn er hatte zeit seines Lebens nichts Unformelles getan.

Meine liebe Mary, ich hoffe und wünsche, daß Dich mein Abschied von dieser Welt nicht zu sehr aufregen wird, und ich bitte Dich, auch weiterhin die Grundsätze zu beachten, von denen Du Dich während unserer Ehe so treulich hast leiten lassen. Sei und bleibe fleißig und wahre in jeder Beziehung Deine Würde. Geh sparsam mit dem Geld um. Sorge vor allem dafür, daß Du nicht ... und so weiter und so weiter.

Ein typischer Brief von William.

Oder sollte er etwa in letzter Minute weich geworden sein und ihr etwas Schönes geschrieben haben? Vielleicht war dies eine zärtliche Botschaft, eine Art Liebeserklärung, ein inniger, warmer Dank für die dreißig Jahre ihres Lebens, die sie ihm geschenkt hatte, und für die ungezählten gebügelten Hemden, sorgsam zubereiteten Mahlzeiten und gemachten Betten – ein Brief, den sie wieder und wieder lesen könnte, täglich wenigstens einmal, und den sie für immer in dem Schmuckkasten auf ihrem Toilettentisch aufbewahren würde.

Wenn es ans Sterben geht, ist der Mensch zu allem fähig, sagte sich Mrs. Pearl, klemmte den Umschlag unter den Arm und eilte nach Hause.

Sie schloß die Tür auf, ging geradewegs ins Wohnzimmer und setzte sich auf das Sofa, ohne Hut und Mantel abzulegen. Dann öffnete sie den Umschlag und zog den Inhalt heraus. Sie stellte fest, daß es sich um fünfzehn bis zwanzig liniierte weiße Bogen handelte, die in der Mitte gefaltet waren und an der linken oberen Ecke von einer Heftklammer zusammengehalten wurden. Jedes Blatt war mit der kleinen, vorwärts geneigten Schrift bedeckt, die sie so gut kannte. Als sie jedoch sah, wieviel es war, wie geschäftsmäßig sauber sich Zeile an Zeile reihte und wie sachlich das Schreiben begann – ganz anders, als man es von einem solchen Brief erhofft –, da wurde sie mißtrauisch.

Sie hob den Kopf, zündete sich eine Zigarette an, tat einen Zug und legte die Zigarette in den Aschbecher.

Wenn es in diesem Brief um das geht, was ich befürchte, sagte sie sich, dann möchte ich ihn lieber nicht lesen.

Kann man sich weigern, den Brief eines Verstorbenen zu lesen?

Ja.

Also...

Sie warf einen Blick auf Williams leeren Sessel vor dem Kamin. Es war ein großer brauner Ledersessel mit einer Einbuchtung, die von Williams Gesäß herrührte und die mit den Jahren immer tiefer geworden war. Oben an der Rückenlehne hatte Williams Kopf einen dunklen Fleck auf dem Leder hinterlassen. In diesem Stuhl hatte er es sich abends gern mit einem Buch bequem gemacht, während sie ihm gegenüber auf dem Sofa saß, Knöpfe annähte, Socken stopfte oder seine Jacken an den Ellbogen flickte. Hin und wieder hatten dann ein Paar Augen von dem Buch aufgeschaut und zu ihr hinübergeblickt, aufmerksam, aber merkwürdig unpersönlich, als berechneten sie irgend etwas. Diese Augen hatte sie nie gemocht. Sie waren eisblau, kalt, klein und standen ziemlich eng zusammen, durch zwei tiefe senkrechte Linien der Mißbilligung getrennt. Dreißig Jahre lang hatten diese Augen sie beobachtet. Und selbst jetzt, nach einer Woche des Alleinseins, hatte sie manchmal das unbehagliche Gefühl, sie seien noch da, folgten ihr, starrten sie aus den Türen an, von leeren Stühlen oder nachts durch ein Fenster.

Langsam griff sie in die Handtasche, nahm ihre Brille heraus und setzte sie auf. Sie hielt die Blätter ziemlich hoch, damit das Licht des späten Nachmittags über ihre Schultern hinweg darauf fiel, und begann zu lesen:

Diese Aufzeichnungen, meine liebe Mary, sind nur für Dich bestimmt, und Du wirst sie bald nach meinem Ableben erhalten.

Erschrick nicht, wenn Du all dies Geschriebene siehst. Es ist nur ein Versuch, Dir genau zu erklären, was Landy mit mir vorhat, warum ich ihm die Erlaubnis dazu gegeben habe und worin seine Theorien und seine Hoffnungen bestehen. Du bist meine Frau und hast ein Recht, das alles zu erfahren. In den letzten Tagen habe ich mich immer wieder bemüht, mit Dir über Landy zu sprechen, aber Du hast Dich beharrlich geweigert, mich anzuhören. Wie ich Dir bereits sagte, ist das eine sehr törichte Einstellung, die mir obendrein nicht ganz frei von Selbstsucht zu sein scheint. Du wehrst Dich hauptsächlich aus Unwissenheit, und ich bin fest überzeugt, daß Du Deine Ansicht sofort ändern würdest, wenn Dir alle Tatsachen bekannt wären. Deswegen hoffe ich, daß Du bereit sein wirst, diesen Brief mit verständnisvoller Aufmerksamkeit zu lesen, wenn ich nicht mehr bei Dir bin und Du Dich innerlich ein wenig beruhigt hast. Dann, das schwöre ich Dir, wird sich Deine Antipathie verflüchtigen und heller Begeisterung Platz machen. Ich wage sogar zu hoffen, daß Du ein wenig stolz auf das sein wirst, was ich getan habe.

Bevor Du weiterliest, bitte ich Dich, die Kühle meines Stils zu verzeihen. Nur so, in dieser Form, wird es mir gelingen, Dir meine Botschaft klar und unmißverständlich zu übermitteln. Da meine Stunde naht, ist es nur natürlich, daß ich anfange, mich allen möglichen Sentimentalitäten hinzugeben. Ich werde von Tag zu Tag empfindsamer, vor allem in den Abendstunden, und ich muß mich streng kontrollieren, damit meine Gefühle diese Seiten nicht überfluten.

So möchte ich zum Beispiel etwas über Dich, liebe Mary, schreiben, Dir sagen, was für eine gute Frau Du mir all die Jahre hindurch gewesen bist, und ich nehme mir vor, das als nächstes zu tun, wenn ich noch Zeit und Kraft dazu habe.

Es verlangt mich auch, von meinem Oxford zu sprechen, wo ich siebzehn Jahre lang gelebt und gelehrt habe. Wie gern würde ich etwas zum Ruhm dieses Ortes sagen und zu erklären suchen, was es für mich bedeutet hat, daß ich dort wirken durfte. Alles, was ich so sehr an Oxford geliebt habe, dringt unablässig in meinem düsteren Krankenzimmer auf mich ein. Schön sind diese Bilder, strahlend wie immer, und aus irgendeinem Grunde sehe ich sie heute klarer denn je.

Der Weg um den See in den Gärten des Worcester College, den Lovelace zu gehen pflegte. Der Torweg in Pembroke. Der Blick westwärts über die Stadt vom Turm des Magdalen College. Die große Halle von Christchurch. Der kleine Steingarten in St. John's, wo ich mehr als ein Dutzend Varietäten der Campanula gezählt habe, einschließlich der zierlichen und so seltenen C. Waldsteiniana.

Aber Du siehst, kaum habe ich begonnen, da lasse ich mich schon hinreißen. Genug davon, ich fange nun mit meinem Bericht an. Lies ihn langsam, meine Liebe, ohne jede Trauer oder Ablehnung, die Dir das Verständnis erschweren würden. Versprich mir, daß Du langsam lesen und Dich zuvor in eine kühle, geduldige Stimmung versetzen wirst.

Die Einzelheiten der Krankheit, die mich mitten in meinem Leben so unerwartet niedergeworfen hat, sind Dir bekannt. Daran brauche ich also keine Zeit zu verschwenden – es sei denn, daß ich zugeben muß, wie töricht es von mir war, nicht früher zum Arzt zu gehen. Krebs ist eines der wenigen Leiden, gegen die selbst unsere neuesten Medikamente nichts auszurichten vermögen. Ein rechtzeitig vorgenommener Eingriff kann erfolgreich sein; doch ich habe nicht nur zu lange gewartet, sondern das Ding hatte obendrein die Unverschämtheit, meine Bauchspeicheldrüse zu befallen, was Operation und Überleben in gleicher Weise unmöglich macht.

So lag ich denn da, mit der Aussicht, noch einen bis sechs Monate zu leben, und wurde stündlich melancholischer – als plötzlich Landy erschien.

Er kam vor sechs Wochen, an einem Dienstagmorgen, sehr früh, lange vor Deiner Besuchszeit, und schon als er eintrat, witterte ich irgend etwas ganz Ungewöhnliches. Er ging nicht auf den Zehenspitzen wie alle anderen Besucher, die immer blöde und verlegen dreinschauen und nicht wissen, was sie sagen sollen. Frisch und lächelnd kam er an mein Bett, blickte mich mit lebhaft glänzenden Augen an und sagte: «William, mein Junge, das ist ausgezeichnet. Sie sind genau der Mann, den ich brauche.»

Vielleicht ist es besser, Dir zu erklären, daß ich seit mehr als neun Jahren mit John Landy auf recht freundschaftlichem Fuße stehe, obgleich er nicht bei uns verkehrt hat, Du ihm also selten oder nie begegnet bist. Ich selbst beschäftige mich natürlich vorwiegend mit Philosophie, habe aber, wie Du weißt, in letzter Zeit auch ziemlich viel in die Psychologie hineingepfuscht, so daß Landys und meine Interessen sich gelegentlich überschnitten. Er ist ein hervorragender Neurochirurg, einer der besten, und war vor kurzem so liebenswürdig, mir einige seiner Forschungsergebnisse zugänglich zu machen, besonders über die Wirkungen der Präfrontal-Lobotomie auf verschiedene Typen von Psychopathen. Du siehst also, daß wir uns keineswegs fremd waren, als er an jenem Dienstagmorgen unerwartet bei mir auftauchte.

«Na, mein Lieber», sagte er, während er sich einen Stuhl ans Bett zog, «in ein paar Wochen werden Sie also tot sein. Stimmt's?»

Aus Landys Mund klang die Bemerkung keineswegs unfreundlich. Im Grunde war es erfrischend, daß endlich einmal ein Besucher den Mut hatte, das verbotene Thema anzuschneiden.

«In diesem Zimmer», fuhr er fort, «werden Sie den letzten Atemzug tun, und dann wird man Sie hinausbringen und verbrennen.»

«Begraben», sagte ich.

«Noch schlimmer. Und dann? Glauben Sie, daß Sie in den Himmel kommen?»

«Das bezweifle ich», war meine Antwort, «so tröstlich dieser Gedanke auch wäre.»

«Oder vielleicht in die Hölle?»

«Womit sollte ich das wohl verdient haben?»

«Kann man nie wissen, mein lieber William.»

«Was soll das alles?» fragte ich.

«Nun», sagte er, und ich sah, daß er mich aufmerksam betrachtete, «ich persönlich glaube nicht, daß Sie nach Ihrem Tode jemals wieder von sich hören werden – es sei denn ...» Er machte eine Pause, lächelte und beugte sich ein wenig vor, «... es sei denn, Sie wären so vernünftig, sich meinen Händen anzuvertrauen. Sind Sie bereit, einen Vorschlag zu erwägen?»

Er blickte mich unverwandt an, forschend, abschätzend, mit einem merkwürdigen Ausdruck der Begierde, als wäre ich ein besonders gutes Stück Fleisch auf dem Ladentisch, das er gekauft hatte und nun einpacken lassen wollte.

«Ganz im Ernst, William, sind Sie bereit, einen Vorschlag zu erwägen?»

«Ich weiß nicht, wovon Sie sprechen.»

«Sie werden es gleich erfahren. Wollen Sie mich anhören?»

«Meinetwegen, wenn Ihnen soviel daran liegt. Schaden wird's mir ja wohl nicht.»

«Im Gegenteil, es kann Ihnen viel nützen – vor allem *nach Ihrem Tode.*»

Sicherlich hatte er erwartet, ich würde erschrecken, aber irgendwie war ich vorbereitet. Ich sah ihm ruhig ins Gesicht und beobachtete, wie sein bedächtiges, freundliches Lächeln auf der linken Mundseite die goldene Klammer entblößte, die im Oberkiefer um den Eckzahn griff.

«Ja, William, es handelt sich um eine Sache, an der ich seit Jahren im stillen arbeite. Ein oder zwei Kollegen haben mir hier im Hospital geholfen, vor allem Morrison, und wir können eine Anzahl recht erfolgreicher Versuche an Tieren verzeichnen. Nun bin ich so weit, daß ich mich an einen Menschen wagen kann. Es ist eine grandiose Idee, die Ihnen zuerst etwas ausgefallen erscheinen mag, doch vom Standpunkt des Chirurgen gibt es keinen Grund, warum sie nicht mehr oder weniger ausführbar sein sollte.»

Landy beugte sich noch weiter vor und stützte beide Hände auf meine Bettkante. Er ist ein gutaussehender Mann, einer von der knochigen Sorte, und er hat nicht den üblichen Arztblick. Du kennst diesen Blick, die meisten haben ihn. Aus ihren Augäpfeln schimmert einem so etwas wie ein melancholisches elektrisches Signal entgegen. *Nur ich kann dich retten,* bedeutet das. John Landys Augen aber waren groß und strahlend, und es tanzten kleine Begeisterungsfunken darin.

«Vor ziemlich langer Zeit», erzählte er, «habe ich einen kurzen medizinischen Film gesehen, der aus Rußland stammte. Eine recht grausige, aber hochinteressante Angelegenheit. Man hat einen Hundekopf gänzlich vom Körper abgetrennt, jedoch den Blutkreislauf durch Arterien und Venen vermittels eines künstlichen Herzens aufrechterhalten. Worauf ich hinauswill, ist folgendes: Der Hundekopf, der ganz für sich auf einer Art Brett ruhte, *lebte.* Das Gehirn funktionierte, wie durch mehrere Versuche bewiesen wurde. Schmierte man zum Beispiel dem Hund Fressen ums Maul, so kam die Zunge heraus und leckte es ab. Ging jemand durchs Zimmer, so folgten ihm die Hundeaugen.

Dieses Experiment läßt ohne weiteres den Schluß zu, daß Kopf und Gehirn nicht unbedingt mit dem übrigen Körper verbunden sein müssen, um weiterzuleben – vorausgesetzt natürlich, daß für eine Zufuhr von genügend sauerstoffhaltigem Blut gesorgt wird.

Nun, als ich den Film sah, kam mir der Gedanke, nach dem Tode eines Menschen sein Gehirn aus dem Schädel herauszulösen, und es als unabhängige Einheit für unbegrenzte Zeit am Leben und in Funktion zu erhalten. Zum Beispiel *Ihr* Gehirn nach *Ihrem* Tode.»

«Davon will ich nichts hören», sagte ich.

«Unterbrechen Sie mich nicht, William. Lassen Sie mich ausreden. Wie meine anschließenden Experimente ergeben haben, ist das Gehirn ein besonders selbstgenügsames Objekt. Es stellt seine eigene Hirnrückenmarkflüssigkeit her. Die magischen Prozesse des Denkens und Erinnerns, die in ihm vorgehen, werden offenbar nicht durch das Fehlen der Gliedmaßen, des Rumpfes oder sogar des Schädels beeinträchtigt, vorausgesetzt, wie ich bereits sagte, daß man die richtige Art sauerstoffhaltigen Blutes unter den entsprechenden Bedingungen hineinpumpt.

Und jetzt, mein lieber William, denken Sie einen Augenblick an Ihr eigenes Gehirn. Es ist in tadellosem Zustand. Und vollgestopft mit allem, was Sie in Ihrem Leben gelernt haben. Jahrelange Arbeit war erforderlich, es zu dem zu machen, was es ist. Es hat gerade angefangen, erstklassige eigene Ideen zu produzieren. Und nun soll es bald mit ihrem übrigen Körper sterben, nur weil Ihre alberne kleine Bauchspeicheldrüse von Krebs zerfressen wird.»

«Nein», sagte ich, «danke. Sprechen Sie nicht weiter. Ich finde den Gedanken einfach widerlich, und selbst wenn Ihnen das Experiment gelänge, was ich bezweifle, hätte es gar keinen Sinn. Wozu sollte man denn mein Gehirn am Leben erhalten, wenn ich nicht mehr imstande wäre, zu sprechen, zu sehen, zu hören oder zu fühlen? Wirklich, ich könnte mir nichts Unangenehmeres vorstellen.»

«Ich glaube aber, es wäre möglich für Sie, mit Ihrer Umwelt in Verbindung zu bleiben», antwortete Landy. «Und wahrscheinlich bringen wir es sogar fertig, Ihnen eine gewisse Sehkraft zu bewahren. Aber gehen wir langsam vorwärts. Auf das alles komme ich später zurück. Fest steht jedenfalls, daß Sie bald sterben werden, und mein Plan geht nicht darauf aus, Sie vor Ihrem Tode auch nur anzurühren. Nehmen Sie doch Vernunft an, William. Kein wirklicher Philosoph kann etwas dagegen haben, seinen toten Körper der Wissenschaft zur Verfügung zu stellen.»

«Das ist nicht ganz korrekt ausgedrückt», erwiderte ich. «Zuerst müßte nämlich geklärt werden, ob ich nach Ihrem Eingriff tot oder lebendig wäre.»

«Schön», sagte er mit einem leichten Lächeln. «Da haben Sie wohl recht. Aber ich meine trotzdem, Sie sollten mich nicht so schnell abweisen. Lassen Sie mich doch erst mal einige Einzelheiten berichten.»

«Ich habe gesagt, daß ich nichts mehr hören will.»

«Möchten Sie rauchen?» Er hielt mir sein Etui hin.

«Wie Sie wissen, bin ich Nichtraucher.»

Er nahm eine Zigarette und zündete sie mit einem kleinen silbernen Feuerzeug an, das nicht größer als ein Shillingstück war. «Ein Geschenk von den Leuten, die meine Instrumente anfertigen», erklärte er. «Geschickt gemacht, wie?»

Ich besah das Feuerzeug und gab es zurück.

«Darf ich weitersprechen?» fragte er.

«Lieber nicht.»

«Liegen Sie still und hören Sie zu. Sie werden es bestimmt sehr interessant finden.»

Ich nahm einen Teller mit blauen Weintrauben vom Nachttisch, stellte ihn auf meine Brust und begann, von den Beeren zu essen.

«Ich müßte», fuhr Landy fort, «im Augenblick Ihres Todes bereitstehen, damit ich sofort eingreifen und versuchen könnte, Ihr Gehirn am Leben zu erhalten.»

«Sie haben die Absicht, es im Kopf zu lassen?»

«Anfangs muß ich das.»

«Und wohin wollen Sie es nachher tun?»

«Wenn Sie es wissen wollen, in eine Art Becken.»

«Ist das wirklich Ihr Ernst?»

«Aber gewiß.»

«Gut. Weiter.»

«Wenn das Herz stillsteht, bekommt das Gehirn kein frisches Blut und keinen Sauerstoff mehr, und dann sterben seine Gewebe bekanntlich sehr rasch ab. Ungefähr vier bis sechs Minuten, und das ganze Ding ist tot. Schon nach drei Minuten können gewisse Störungen auftreten. Deswegen muß ich sehr schnell arbeiten. Dank unserer Maschine wird es jedoch keine Schwierigkeiten geben.»

«Was ist das für eine Maschine?»

«Das künstliche Herz. Wir haben hier ein sehr gutes, genau nach dem von Alexis Carrel und Lindbergh erfundenen gearbeitet. Es versieht das Blut mit Sauerstoff, hält es in der richtigen Temperatur, pumpt es mit dem erforderlichen Druck weiter und leistet noch andere wertvolle Dienste. Es ist wirklich kein bißchen kompliziert.»

«Erzählen Sie mir, was Sie im Moment des Todes vorhaben», sagte ich. «Was würden Sie zuerst tun?»

«Wissen Sie ungefähr, wie die Gefäße und Adern im Gehirn angeordnet sind?»

«Nein.»

«Dann hören Sie zu. Die Sache ist gar nicht schwierig. Die Blutzufuhr zum Gehirn erfolgt aus zwei Quellen, aus den inneren Halsschlagadern und den vertebralen Arterien. Von beiden gibt es zwei, so daß wir insgesamt vier Arterien haben, die das Gehirn versorgen. Ist das klar?»

«Ja.»

«Die Rückleitung des Blutes ist noch einfacher. Dafür gibt es nur zwei große Venen, die inneren Jugularvenen. Wir haben also vier aufwärts führende Arterien, im Hals natürlich, und zwei abwärts führende Venen. Um das Gehirn herum verzweigen sie sich zwar in andere Kanäle, aber die gehen uns nichts an. Sie spielen bei dem Eingriff keine Rolle.»

«Gut», sagte ich. «Nehmen wir an, ich sei soeben gestorben. Was würden Sie tun?»

«Ich würde sofort Ihren Hals öffnen und die vier Arterien lokalisieren, die Halsschlagadern und die vertebralen Arterien. Ich würde Blut hineinleiten, indem ich in jede eine große Hohlnadel steche, die durch einen Schlauch mit dem künstlichen Herzen verbunden ist.

Dann würde ich rasch die linke und die rechte Jugularvene freilegen und auch diese an die Herzmaschine anschließen, um den Blutkreislauf zu ermöglichen. Nun braucht man nur noch die Maschine einzuschalten, die bereits mit dem geeigneten Blut versehen ist, und dann haben wir's. Der Blutkreislauf durch Ihr Gehirn wird wieder funktionieren.»

«Dann wäre ich also wie dieser russische Hund.»

«Nein, mein Lieber. Vor allem würden Sie beim Sterben zweifellos das Bewußtsein verlieren und es wahrscheinlich erst nach geraumer Zeit wiedererlangen – wenn überhaupt jemals. Aber ob bei Bewußtsein oder nicht, Ihre Lage wäre sehr interessant, nicht wahr? Sie hätten einen kalten, toten Körper und ein lebendes Gehirn.»

Landy machte eine Pause, um diesen herrlichen Gedanken auszukosten. Der Mann war von seinem Plan derart entzückt, daß er offenbar gar nicht auf die Idee kam, ich könnte anderer Meinung sein.

«Und nun brauchen wir uns nicht mehr so sehr zu beeilen», fuhr er fort. «Das ist auch ganz gut. Wir würden Sie gleich in den Operationssaal fahren, natürlich mitsamt der Maschine, die ja nicht aufhören darf zu pumpen. Das nächste Problem . . .»

«Schon gut», unterbrach ich ihn. «Das genügt. Weitere Einzelheiten brauche ich nicht zu hören.»

«O doch», erwiderte er. «Ich muß Sie unbedingt bis ins kleinste über die ganze Prozedur informieren. Denn, sehen Sie, wenn Sie nachher das Bewußtsein wiedererlangen, wird es für Sie doch viel angenehmer sein, genau zu wissen, *wo* Sie sich befinden und *wie* Sie dorthin gekommen sind. Sie müssen mich anhören, und sei es auch nur zu Ihrer eigenen Beruhigung. Einverstanden?»

Ich schaute ihn an, ohne mich zu rühren.

«Das nächste Problem wäre also, Ihr Gehirn intakt und unbeschädigt von Ihrem toten Körper zu trennen. Den Körper brauchen wir nicht. Bei dem hat der Verfall nämlich schon eingesetzt. Schädel und Gesicht sind also nutzlose, ja hinderliche Dinge, die beseitigt werden müssen. Ich will nur das Gehirn haben, das schöne saubere Gehirn, lebend und unversehrt. Wenn Sie auf dem Operationstisch liegen, werde ich darangehen, mit Hilfe einer Säge, einer kleinen, biegsamen Säge, Ihre Schädelkapsel zu entfernen. Da Sie noch immer bewußtlos sind, brauche ich kein Betäubungsmittel anzuwenden.»

«Das kommt überhaupt nicht in Frage», widersprach ich.

«Sie werden nichts spüren, William, ich schwöre es Ihnen. Vergessen Sie nicht, daß Sie kurz zuvor *gestorben* sind.»

«Ohne Betäubungsmittel darf niemand meinen Schädel aufsägen», erklärte ich.

Landy zuckte die Achseln. «Mir ist das egal. Wenn Sie es wünschen, gebe ich Ihnen mit Vergnügen etwas Procain. Ich kann sogar Ihren ganzen Kopf, vom Hals aufwärts, in Procain tränken, falls Sie das glücklicher macht.»

«Herzlichen Dank», sagte ich.

«Wissen Sie», fuhr er fort, «manchmal passieren merkwürdige Sachen. Erst vorige Woche brachte man mir einen bewußtlosen Mann; ich öffnete seinen Kopf ohne jedes Betäubungsmittel und operierte ein Blutklümpchen heraus. Ich war noch bei der Arbeit, als er aufwachte und anfing zu reden.

‹Wo bin ich?› fragte er.

‹Im Krankenhaus.›

‹Nanu›, rief er, ‹ist denn das die Möglichkeit?›

‹Sagen Sie›, fragte ich ihn, ‹belästigt Sie das, was ich da mache?›

‹Nein›, antwortete er. ‹Nicht im geringsten. Was machen Sie denn überhaupt?›

‹Ich bin gerade dabei, ein Blutklümpchen aus Ihrem Gehirn zu nehmen.›

‹Ist das wahr?›

‹Liegen Sie still. Bewegen Sie sich nicht. Ich bin gleich fertig.›

‹Dann war's wohl dieses Biest, das mir all die Kopfschmerzen gemacht hat›, sagte er.» Landy schwieg einen Augenblick und dachte lächelnd an sein Erlebnis zurück.

«Ja, das hat der Mann wörtlich gesagt», begann er von neuem. «Am nächsten Tag aber konnte er sich nicht mehr an den Vorfall erinnern. Seltsames Ding, das Gehirn.»

«Ich will Procain haben», beharrte ich.

«Wie Sie wünschen, William. Kurz und gut, ich werde also eine kleine, biegsame Säge nehmen und sorgfältig Ihr Calvarium entfernen – das gesamte Schädeldach. Dadurch wird die obere Hälfte des Gehirns freigelegt, richtiger gesagt, seine Umhüllung. Sie wissen – oder auch nicht –, daß das Gehirn von drei einzelnen Häuten umgeben ist. Die äußere heißt Dura mater oder Dura, die mittlere Arachnoidea und die innere Pia mater oder Pia. Die meisten Laien bilden sich ein, das Gehirn sei ein nacktes Ding, das in einer Flüssigkeit im Kopf schwimmt. Dem ist nicht so. Es ist hübsch sauber in diese drei starken Hüllen verpackt, und die Hirnrückenmarkflüssigkeit befindet sich in dem kleinen Zwischenraum zwischen den beiden inneren Hüllen, dem sogenannten Subarachnoidalraum. Wie ich schon sagte, wird diese Flüssigkeit vom Gehirn hergestellt und durch Osmose in das venöse System geleitet.

Alle drei Hüllen – haben sie nicht hübsche Namen, die Dura, die Arachnoidea, die Pia? – lasse ich unberührt. Aus vielen Gründen, nicht zuletzt deshalb, weil sich in der Dura die venösen Kanäle befinden, die das Blut vom Gehirn in die Jugularvenen ableiten.

Nun haben wir also die Schädelkalotte entfernt, so daß der obere Teil des Gehirns mit den Hirnhäuten sichtbar wird. Der nächste, ziemlich schwierige Schritt ist, das ganze Paket loszulösen, damit man es unversehrt herausnehmen und die Stümpfe der vier Arterien und der beiden Venen sogleich wieder mit der Maschine verbinden kann. Dieses Ausschälen ist eine ungemein umständliche und komplizierte Prozedur, weil man mit aller Vorsicht eine Menge Knochen wegmeißeln, viele Nerven abtrennen sowie zahlreiche Blutgefäße durchschneiden und abbinden muß. Es gibt nur eine Möglichkeit, dies mit einiger Hoffnung auf Erfolg zu tun: langsam den Rest des Schädels entfernen, indem man ihn wie die Schale einer Orange abpellt, bis auch unten und an den Seiten die Gehirnhülle freigelegt ist. Die Schwierigkeiten sind weitgehend technischer Natur, und darüber brauche ich mich hier nicht auszulassen. Auf jeden Fall traue ich mir zu, eine solche Operation durchzuführen. Es ist einfach eine Frage chirurgischer Geschicklichkeit und Geduld. Vergessen Sie außerdem nicht, daß ich reichlich Zeit hätte, soviel Zeit, wie ich wollte, weil ja das künstliche Herz fortwährend pumpen und das Gehirn am Leben erhalten würde.

Nehmen wir an, es sei mir geglückt, Ihren Schädel abzuheben und auch alles zu entfernen, was die Gehirnseiten umgibt. Ihr Gehirn ist also nur noch an der Basis mit dem Körper verbunden, hauptsächlich durch das Rückenmark und durch die beiden großen Venen und die vier Arterien, die es mit Blut versorgen.

Was kommt nun?

Ich trenne die Wirbelsäule dicht über dem ersten Nackenwirbel ab, wobei ich sehr darauf achte, nicht die beiden vertebralen Arterien zu verletzen, die dort verlaufen. Bedenken Sie aber, die Dura, also die äußere Hirnhaut, ist jetzt an der Stelle, wo das Rückenmark in das Gehirn übergeht, offen, so daß ich diese Öffnung mit einer Naht schließen muß. Kein Problem.

Und damit ist alles bereit für den letzten Schritt. Neben mir steht auf dem Tisch eine besonders geformte Schale, gefüllt mit der sogenannten Ringer-Lösung, einer Flüssigkeit, die wir in der Neurochirurgie zur Spülung benutzen. Nun löse ich das Gehirn vollends heraus, indem ich die Arterien und Venen durchtrenne. Ich hebe es dann einfach mit den Händen hoch und lege es in die Schale, und das ist bei dem ganzen Vorgang der einzige Augenblick, in dem die Blutzufuhr unterbrochen ist. Liegt Ihr Gehirn aber erst in der Schale, so brauche ich nur ein paar Sekunden, um die Stümpfe der Arterien und Venen wieder mit dem künstlichen Herzen zu verbinden.

Soweit bin ich nun also mit Ihnen», fuhr Landy fort. «Ihr Gehirn liegt in der Schale, es lebt, und alles spricht dafür, daß es noch sehr lange am Leben bleiben wird, viele Jahre vielleicht, sofern wir die Maschine in Gang halten und für die Blutzufuhr sorgen.»

«Aber würde es *funktionieren*?»

«Mein lieber William, wie soll ich das wissen? Ich kann Ihnen ja nicht einmal versprechen, daß es je wieder zum Bewußtsein kommen wird.»

«Und wenn das der Fall wäre?»

«Ja, dann! Das wäre phantastisch!»

«Wirklich?» Ich muß zugeben, daß ich meine Zweifel hatte.

«Aber natürlich! Stellen Sie sich doch vor, wenn es da liegt, mit all Ihren tadellos funktionierenden Denkprozessen und mit Ihrem Gedächtnis ...»

«Und ohne die Fähigkeit, zu sehen, zu fühlen, zu schmecken, zu hören oder zu reden», sagte ich.

«Oh!» rief er. «Mir war doch gleich so, als hätte ich etwas vergessen. Das Auge – davon habe ich noch nicht gesprochen. Hören Sie zu. Ich will versuchen, einen Ihrer Sehnerven sowie das Auge selbst intakt zu lassen. Der Sehnerv, ein kleines Ding, nicht dicker als ein Bleistift, erstreckt sich vom Gehirn zum Auge, ist also ungefähr zwei Zoll lang. Das Schöne daran ist, daß er eigentlich gar kein Nerv ist, sondern eine Ausstülpung des Gehirns. Die Dura begleitet ihn und ist mit dem Augapfel verbunden. Die Rückseite des Auges steht daher in sehr engem Kontakt mit dem Gehirn und wird von der Hirnrückenmarkflüssigkeit erreicht.

Das alles kommt mir sehr zustatten, und ich halte es für durchaus möglich, daß ich eines Ihrer Augen retten kann. Ich habe sogar schon eine kleine Plastikschachtel für den Augapfel konstruiert. Sie soll die Augenhöhle ersetzen, und wenn Ihr Gehirn in der mit Ringer-Lösung gefüllten Schale liegt, wird Ihr Auge in seiner Schachtel auf der Flüssigkeit schwimmen.»

«Und die Decke anstarren», fügte ich hinzu.

«Ja, das ist anzunehmen. Ich fürchte, es werden keine Muskeln mehr dasein, die es bewegen können. Vielleicht ist es aber ganz amüsant, so ruhig und bequem in einer Schale zu liegen und in die Welt zu gucken.»

«Sehr lustig», sagte ich. «Wie wäre es, wenn Sie mir auch ein Ohr ließen?»

«Mit einem Ohr möchte ich es diesmal lieber noch nicht versuchen.»

«Ich wünsche ein Ohr», erwiderte ich. «Ich bestehe auf einem Ohr.»

«Nein.»

«Ich will Bach hören.»

«Sie ahnen nicht, wie schwierig das wäre», sagte Landy freundlich. «Das innere Gehörorgan – die sogenannte Schnecke – ist ein viel empfindlicherer Mechanismus als das Auge. Überdies ist es in Knochen eingeschlossen, und das gleiche gilt für einen Teil des Gehörnervs, der das Ohr mit dem Gehirn verbindet. Ich kann unmöglich das ganze Ding heil herausmeißeln.»

«Und wenn Sie es nun mitsamt dem Knochengehäuse in die Schale legen?»

«Nein», antwortete er energisch. «Die Geschichte ist ohnehin kompliziert genug. Die Hauptsache, Ihr Auge funktioniert, auf das Gehör kommt es nicht so sehr an. Wir können Ihnen ja schriftliche Mitteilungen zum Lesen hinhalten. Die Entscheidung darüber, was möglich ist und was nicht, müssen Sie schon mir überlassen.»

«Bis jetzt habe ich mich noch gar nicht einverstanden erklärt.»

«Weiß ich, William, weiß ich.»

«Ich glaube nicht, daß mir die Idee sehr zusagt.»

«Möchten Sie lieber ein für allemal tot sein?»

«Vielleicht ja. Ich bin nicht ganz sicher... Würde ich sprechen können?»

«Natürlich nicht.»

«Wie sollten wir uns dann verständigen? Woher wollt ihr wissen, daß ich bei Bewußtsein bin?»

«Oh, das läßt sich mit Leichtigkeit feststellen», sagte Landy. «Der gewöhnliche Elektro-Encephalograph würde es uns sofort anzeigen. Wir brauchen nur die Elektroden an die vorderen Lippen Ihres Gehirns in der Schale anzuschließen.»

«Sie könnten das wirklich feststellen?»

«Einwandfrei. Das kann man in jedem Krankenhaus.»

«Aber *ich* wäre nicht fähig, mich mit *Ihnen* zu verständigen.»

«Wahrscheinlich doch», meinte Landy. «In London gibt es einen

Mann namens Wertheimer, der interessante Versuche auf dem Gebiet der Gedankenübertragung durchführt. Ich habe mich mit ihm in Verbindung gesetzt. Sie wissen vermutlich, daß das denkende Gehirn auf Grund chemischer Vorgänge elektrische Entladungen produziert, nicht wahr? Und daß es sich dabei um wellenförmige Entladungen handelt, etwa wie beim Radio?»

«Ein wenig weiß ich davon», erwiderte ich.

«Gut. Wertheimer hat einen Apparat konstruiert, der ähnlich arbeitet wie der Encephalograph, jedoch sehr viel empfindlicher ist. Er behauptet, dieser Apparat könne ihm innerhalb gewisser enger Grenzen helfen, die Gedanken eines Gehirns zu verdolmetschen. Und zwar vermittels graphischer Aufzeichnungen, die sich anscheinend in Worte oder Gedanken übertragen lassen. Wäre es Ihnen recht, wenn ich Wertheimer bäte, Sie zu besuchen?»

«Nein», sagte ich. Landy hielt es bereits für sicher, daß ich mitmachen wollte, und das verübelte ich ihm. «Gehen Sie jetzt und lassen Sie mich in Ruhe», fuhr ich fort. «Sie erreichen nicht das geringste, wenn Sie so über mich herfallen.»

Er stand auf und ging zur Tür.

«Eine Frage noch», sagte ich.

Er blieb stehen, die Hand auf dem Türknopf. «Ja, William?»

«Nur dies. Glauben Sie ehrlich, daß mein Gehirn, wenn es in der Schale liegt, genauso funktionieren wird wie in diesem Augenblick? Glauben Sie, ich werde denken und überlegen können wie jetzt? Und wird mir das Gedächtnis erhalten bleiben?»

«Davon bin ich überzeugt», antwortete er. «Das Gehirn bleibt ja unverändert. Es lebt. Es ist unbeschädigt, unangetastet. Wir haben nicht einmal die Dura geöffnet. Einen großen Unterschied würde es allerdings geben: Da wir jeden zum Gehirn führenden Nerv abgetrennt haben – mit Ausnahme des einen Sehnervs –, wäre Ihr Denken nicht mehr durch Ihre Sinne beeinflußt. Sie würden in einer außerordentlich reinen, von allem Irdischen losgelösten Welt leben. Nichts könnte Sie plagen, nicht einmal Schmerzen, denn Sie hätten keine Nerven, also auch keine Möglichkeit, etwas zu empfinden. In gewisser Weise wäre Ihre Lage geradezu beneidenswert. Kein Kummer, keine Sorgen, keine Schmerzen, weder Hunger noch Durst. Nicht einmal Wünsche. Nur Ihre Erinnerungen und Ihre Gedanken. Und falls die Sache mit dem Auge klappt, könnten Sie sogar Bücher lesen. Mir erscheint das alles sehr schön.»

«Im Ernst?»

«Ja, William, im Ernst. Besonders für einen Doktor der Philosophie müßte es ein ungeheures Erlebnis sein. Sie wären in der Lage, mit bisher nie erreichter Objektivität und Gelassenheit über das Weltgeschehen nachzudenken. Und wer weiß, was noch alles geschehen könnte! Vielleicht würden Sie auf große Gedanken und Lösungen von Problemen kommen, auf Ideen, die imstande wären, unser ganzes Leben zu revolutionieren. Versuchen Sie, wenn Sie können, sich den Grad von Konzentration vorzustellen, den zu erreichen Ihnen möglich wäre!»

«Und die Entsagungen?» warf ich ein.

«Unsinn. Entsagungen gäbe es nicht. Ohne Wünsche keine Entsagung, und was für Wünsche sollten Sie denn haben? Körperliche jedenfalls nicht.»

«Ich wäre doch gewiß fähig, mich meines bisherigen Lebens zu erinnern, und vielleicht würde ich wünschen, in die Welt zurückzukehren.»

«Wie, in dieses Durcheinander? Aus Ihrer behaglichen Schale in dieses Tollhaus?»

«Beantworten Sie mir noch eine Frage», sagte ich. «Wie lange werden Sie es wohl am Leben erhalten können?»

«Das Gehirn? Ja, wer weiß das? Unter so idealen Bedingungen möglicherweise Jahre und Jahre. Die meisten gefährlichen Faktoren wären dank dem künstlichen Herzen ausgeschaltet. Der Blutdruck würde, was im wirklichen Leben unmöglich ist, immer gleichbleiben. Ebenso die Temperatur. Die chemische Zusammensetzung des Blutes wäre nahezu vollkommen. Keine Unreinheiten, keine Viren, keine Bakterien, nichts. Natürlich ist es verrückt, überhaupt eine Zahl zu nennen, aber ich nehme an, daß ein Gehirn unter solchen Umständen zwei- bis dreihundert Jahre leben kann. Und nun muß ich gehen. Morgen sehen wir uns wieder.» Damit verschwand er und ließ mich, wie Du Dir denken kannst, in ziemlicher Verwirrung zurück.

Meine unmittelbare Reaktion war, daß ich Landys Vorschlag rundweg ablehnte. Diese ganze Angelegenheit behagte mir nicht. Es lag etwas überaus Abstoßendes in dem Gedanken, daß ich mit all meinen unverminderten geistigen Fähigkeiten auf ein schleimiges Klümpchen in einer Schüssel mit Wasser reduziert werden sollte. Das war monströs, schmutzig, gottlos. Und noch etwas anderes quälte mich: der Gedanke an das Gefühl der Hilflosigkeit, das ich zweifellos empfinden würde, wenn Landy mich erst einmal in der Schale hatte. Dann gab es kein Zurück mehr, keine Möglichkeit, zu protestieren oder zu diskutieren. Dann war ich ihnen ausgeliefert, solange sie mich am Leben erhalten konnten.

Und was, wenn ich es nicht zu ertragen vermochte? Wenn ich furchtbare Seelenqualen erdulden müßte? Wenn ich hysterisch würde?

Keine Beine zum Davonlaufen. Keine Stimme zum Schreien. Nichts. Für die nächsten beiden Jahrhunderte müßte ich die Zähne zusammenbeißen und gute Miene zum bösen Spiel machen.

Die Zähne zusammenbeißen? Ja, wie denn?

Hier kam mir ein merkwürdiger Gedanke, und zwar dieser: Leidet nicht ein Mann, dem ein Bein amputiert worden ist, oft unter der Täuschung, das Bein noch zu haben? Sagt er nicht zu der Krankenschwester, daß ihm die Zehen – die er nicht mehr hat – wahnsinnig jucken und so weiter? Mir war, als hätte ich erst vor kurzem so etwas gehört.

Sehr gut. War es dann nicht denkbar, daß mein Gehirn, wenn es allein in der Schale läge, unter einer ähnlichen Täuschung hinsichtlich meines Körpers leiden würde? In diesem Fall konnten mich all die vertrauten Schmerzen und Qualen überschwemmen, ohne daß ich auch nur die Möglichkeit hätte, sie durch Aspirin zu vertreiben. Vielleicht würde ich mir einbilden, einen entsetzlichen Krampf im Bein zu haben oder eine heftige Verdauungsstörung, und ein paar Minuten später hätte ich das Gefühl, meine arme Blase – Du kennst mich ja – sei so voll, daß sie platzen werde, wenn ich sie nicht bald entleeren dürfte.

Gott behüte.

Lange schlug ich mich mit diesen schrecklichen Gedanken herum. Dann, gegen Mittag, änderte sich auf einmal meine Stimmung. Die unangenehme Seite der Angelegenheit machte mir jetzt weniger zu schaffen, und ich war imstande, Landys Vorhaben in einem günstigeren Licht zu sehen. War nicht doch etwas Tröstliches an dem Gedanken, daß mein Gehirn nicht unbedingt in wenigen Wochen sterben und verschwinden mußte? Ja, so war es. Ich bin stolz auf mein Gehirn. Es ist ein empfindungsreiches, lichtvolles, fruchtbares Organ. Es enthält einen gewaltigen Vorrat an Wissen und ist noch immer fähig, schöpferisch zu sein und selbständige Theorien zu produzieren. Wie Gehirne so sind, ist es ein verdammt gutes, das muß ich bei aller Bescheidenheit sagen. Mein Körper dagegen, mein armer alter Körper, den Landy wegwerfen will – nun, sogar Du, meine liebe Mary, wirst zugeben, daß wirklich nichts an ihm ist, was wert wäre, erhalten zu bleiben.

Ich lag auf dem Rücken und aß eine Weinbeere. Sie schmeckte herrlich, und ich nahm drei kleine Kerne aus dem Mund und legte sie auf den Tellerrand.

«Ich will es tun», sagte ich ruhig. «Ja, bei Gott, ich will es tun. Wenn Landy mich morgen besucht, werde ich ihm sofort mitteilen, daß ich es tun will.»

Mein Entschluß war gefaßt. Und von diesem Augenblick an fühlte ich mich viel besser. Ich überraschte alle dadurch, daß ich einen üppigen Lunch verzehrte, und bald darauf kamst Du zu Deinem üblichen Besuch.

Wie gut ich aussähe, sagtest Du. Wie frisch und munter und vergnügt. Ob sich etwas ereignet hätte? Ob es eine gute Nachricht gäbe?

Ja, antwortete ich, so sei es. Und dann, wenn Du Dich entsinnst, sagte ich, Du solltest Dich setzen und es Dir bequem machen, worauf ich sofort anfing, Dir möglichst behutsam zu erklären, worum es ging.

Leider wolltest Du nichts davon wissen. Kaum hatte ich die ersten Andeutungen gemacht, da wurdest Du wütend und nanntest Landys Plan empörend, widerlich, entsetzlich, undenkbar. Als ich trotzdem weitersprach, standest Du auf und verließest das Zimmer.

Wie Du weißt, Mary, habe ich seither oft versucht, mit Dir darüber zu sprechen, doch Du hast Dich standhaft geweigert, mich anzuhören. Daher dieser Brief. Ich kann nur hoffen, du wirst vernünftig sein und Dir gestatten, ihn zu lesen. Ich habe viel Zeit zum Schreiben gebraucht. Zwei Wochen ist es her, daß ich die ersten Sätze kritzelte, und heute bin ich viel schwächer als damals. Ich werde wohl kaum die Kraft haben, noch viel mehr hinzuzufügen. Lebewohl möchte ich Dir nicht sagen, denn es besteht die Möglichkeit, die schwache Möglichkeit, daß Landys Vorhaben glückt und daß ich Dich tatsächlich später wiedersehe, wenigstens *sehe,* falls Du es über Dich bringst, mich zu besuchen.

Ich werde anordnen, daß man Dir diese Blätter erst eine Woche nach meinem Tode übergibt. Also sind jetzt, wenn Du sie liest, bereits sieben Tage vergangen, seit Landy es getan hat. Vielleicht weißt Du sogar schon, was dabei herausgekommen ist. Wenn das nicht der Fall ist, wenn Du Dich absichtlich ferngehalten und jeden Kontakt mit Landy abgelehnt hast – was ich für möglich halte –, so nimm, bitte, Vernunft an und erkundige Dich bei ihm, wie es mit mir geworden ist. Das ist das mindeste, was Du tun kannst. Ich habe ihm mitgeteilt, daß er am siebenten Tag mit Deinem Anruf rechnen kann.

Dein treuer Mann
William

PS. Wenn ich nicht mehr bin, achte auf Dich, und vergiß nie, daß es schwerer ist, eine Witwe zu sein als eine Ehefrau. Trinke keine Cocktails. Verschwende kein Geld. Rauche keine Zigaretten. Iß keinen Kuchen. Benutze keinen Lippenstift. Kaufe keinen Fernsehapparat. Jäte im Sommer meine Rosenbeete und meinen Steingarten. Und vielleicht solltest Du das Telefon abbestellen, da ich es nicht mehr benötige.

Langsam legte Mrs. Pearl die letzte Seite des Schreibens neben sich auf das Sofa. Ihr kleiner Mund war fest zusammengepreßt, und sie war ziemlich weiß um die Nase.

Also wirklich! Nach all den Jahren hätte eine Witwe doch wohl etwas Ruhe verdient.

Die ganze Sache war zu scheußlich, auch nur daran zu denken. Brutal und scheußlich. Ihr schauderte.

Sie öffnete ihre Handtasche, nahm noch eine Zigarette heraus, zündete sie an, atmete den Rauch tief ein und blies ihn in Wolken von sich. Durch den Rauch hindurch blinkte ihr schöner neuer Fernsehapparat, der prächtig, riesig, herausfordernd und doch ein wenig schuldbewußt auf Williams früherem Arbeitstisch thronte.

Was würde er sagen, wenn er das sähe?

Sie dachte daran, wie er sie zum letztenmal beim Zigarettenrauchen erwischt hatte. Ungefähr ein Jahr war das her. Sie hatte in der Küche am offenen Fenster gesessen und schnell noch ein paar Züge getan, bevor er von der Arbeit nach Hause kam. Das Radio spielte laute Tanzmusik, und als sie sich umdrehte und nach der Kaffeekanne greifen wollte, da stand er in der Tür, riesengroß und finster, und starrte sie an mit diesen schrecklichen Augen, aus deren schwarzen Pupillen der Zorn sprühte.

Danach hatte er vier Wochen lang die Haushaltsrechnungen selbst bezahlt und ihr gar kein Geld gegeben. Aber natürlich wußte er nichts von den sechs Pfund, die sie in einem Seifenflockenkarton im Schränkchen unter dem Ausguß versteckt hatte.

«Warum das alles?» fragte sie ihn einmal bei Tisch. «Fürchtest du, ich könnte Lungenkrebs bekommen?»

«Nein», antwortete er.

«Warum soll ich dann nicht rauchen?»

«Weil ich es mißbillige. Deswegen.»

Er hatte auch Kinder mißbilligt, und folglich hatten sie nie eines gehabt.

Wo war er jetzt, ihr William, der große Mißbilliger?

Landy erwartete ihren Anruf. *Mußte* sie ihn anrufen?

Nun, eigentlich nicht.

Als sie mit der Zigarette fertig war, zündete sie sich an dem Stummel eine neue an. Sie schaute zum Telefon hinüber, das neben dem Fernsehapparat auf dem Arbeitstisch stand. William wünschte, daß sie Landy anrief. Er hatte sie ausdrücklich gebeten, mit dem Arzt zu telefonieren, sobald ihr der Inhalt des Briefes bekannt war. Sie zögerte, wehrte sich heftig gegen das tief eingewurzelte Pflichtgefühl, das sie noch nicht abzuschütteln wagte. Dann aber erhob sie sich langsam, ging zum Telefon, schlug die Nummer nach, wählte und wartete.

«Bitte, ich möchte Herrn Dr. Landy sprechen.»

«Wer ist am Apparat?»

«Mrs. Pearl. Mrs. William Pearl.»

«Einen Moment bitte.»

Landy meldete sich fast augenblicklich.

«Mrs. Pearl?»

«Hier ist Mrs. Pearl.»

Kleine Pause.

«Ich freue mich sehr, daß Sie anrufen, Mrs. Pearl. Hoffentlich sind Sie wohlauf.» Die Stimme war ruhig und höflich. «Hätten Sie nicht Lust, mich im Krankenhaus zu besuchen? Wir könnten ein wenig plaudern. Ich denke mir, Sie möchten gern wissen, wie alles geworden ist.»

Sie schwieg.

«Ich kann Ihnen sagen, daß die Sache in jeder Beziehung glattgegangen ist. Viel besser sogar, als ich zu hoffen wagte. *Es* lebt nicht nur, Mrs. Pearl, es ist bei Bewußtsein. Schon am zweiten Tag hat es das Bewußtsein wiedererlangt. Ist das nicht interessant?»

Sie wartete, daß er weiterspräche.

«Und das Auge sieht. Wir wissen das mit Sicherheit, weil der Encephalograph sofort reagiert, wenn wir dem Auge irgend etwas vorhalten. Wir geben ihm jetzt jeden Tag die Zeitung zu lesen.»

«Welche Zeitung?» fragte Mrs. Pearl scharf.

«Den DAILY MIRROR. Der hat die größten Schlagzeilen.»

«Er haßt den MIRROR. Geben Sie ihm die TIMES.»

Nach kurzem Schweigen sagte der Doktor: «Also gut, Mrs. Pearl, wir werden ihm die TIMES geben. Wir wollen natürlich alles tun, um es bei guter Laune zu halten.»

«*Ihn*», verbesserte sie. «Nicht es, *Ihn!*»

«Ihn», wiederholte der Doktor. «Ja, verzeihen Sie, bitte. Um ihn bei guter Laune zu halten. Deswegen habe ich Sie auch gebeten, recht bald herzukommen. Ich glaube, es würde ihm Freude machen, Sie zu sehen. Sie könnten ihm zeigen, wie froh Sie sind, wieder bei ihm zu sein – ihm zulächeln, ihm eine Kußhand zuwerfen und Ähnliches mehr. Es muß angenehm für ihn sein, Sie in seiner Nähe zu wissen.»

Eine lange Pause trat ein.

«Gut», sagte Mrs. Pearl schließlich, und ihre Stimme klang auf einmal sehr sanft, sehr milde. «Dann werde ich also kommen und nach ihm sehen.»

«Schön, ich wußte ja, daß Sie es tun würden. Sie finden mich in meinem Dienstzimmer im zweiten Stock. Ich warte auf Sie. Auf Wiedersehen.»

Eine halbe Stunde später war Mrs. Pearl im Krankenhaus.

«Erschrecken Sie nicht über sein Aussehen», sagte Landy, als er neben ihr einen Korridor entlangging.

«Nein, gewiß nicht.»

«Zweifellos wird es zuerst ein Schock für Sie sein. Ich fürchte, er ist in seinem gegenwärtigen Zustand nicht sehr attraktiv.»

«Ich habe ihn nicht wegen seiner Schönheit geheiratet, Doktor.»

Landy wandte den Kopf und blickte sie an. Ein sonderbares Geschöpf war diese kleine Frau mit den großen Augen und der grämlichen, fast beleidigten Miene. Ihre Gesichtszüge, die einmal recht hübsch gewesen sein mußten, waren gänzlich verfallen. Der Mund war schlaff, das Fleisch der Wangen lose und welk; Jahre und Jahre eines freudlosen Ehelebens schienen Mrs. Pearl langsam, aber sicher zermürbt zu haben. Eine Weile gingen die beiden schweigend nebeneinanderher.

«Lassen Sie sich Zeit, wenn Sie hineinkommen», sagte Landy. «Er wird erst wissen, daß Sie da sind, wenn Sie Ihr Gesicht direkt über sein Auge halten. Das Auge ist immer offen, aber bewegen kann er es nicht, so daß sein Blickfeld sehr begrenzt ist. Momentan lassen wir ihn zur Decke hinaufschauen. Hören kann er natürlich nichts. Wir brauchen also bei unseren Gesprächen keinerlei Rücksicht zu nehmen. Bitte, hier hinein.» Landy öffnete eine Tür, und sie traten in ein kleines, quadratisches Zimmer.

«Nicht gleich zu dicht heran», mahnte er und legte ihr die Hand auf den Arm. «Warten Sie einen Moment, bis Sie sich an das alles gewöhnt haben.»

Auf einem hohen weißen Tisch in der Mitte des Raumes stand eine weiße Emailleschale, etwa von der Größe einer Waschschüssel. Die sechs dünnen Plastikschläuche, die aus ihr herausragten, waren mit einer gläsernen Apparatur verbunden, in der man das Blut zum künstlichen Herzen und von ihm fort fließen sah. Die Maschine gab ein sanftes, rhythmisch pulsierendes Geräusch von sich.

«Da ist er drin», sagte Landy, auf die Schale weisend, die so hoch stand, daß Mrs. Pearl nicht hineinblicken konnte. «Kommen Sie etwas näher. Nicht zu nah.»

Er führte sie zwei Schritte vorwärts.

Als sie den Hals reckte, sah sie die Flüssigkeit in der Schale. Auf der klaren, unbewegten Oberfläche schwamm eine ovale Kapsel, ungefähr so groß wie ein Taubenei.

«Das ist das Auge», erklärte Landy. «Können Sie es sehen?»

«Ja.»

«Soweit wir wissen, ist es in ausgezeichnetem Zustand. Es ist sein rechtes Auge, und der Plastikbehälter trägt eine Linse, die genauso geschliffen ist wie seine Brillengläser. Vermutlich sieht er ebenso gut wie früher.»

«An der Zimmerdecke ist nicht viel zu sehen», meinte Mrs. Pearl.

«Darüber machen Sie sich keine Sorgen. Wir sind im Begriff, eine Art Unterhaltungsprogramm für ihn auszuarbeiten, aber wir möchten nichts übereilen.»

«Geben Sie ihm ein gutes Buch.»

«Gewiß, gewiß. Wie fühlen Sie sich, Mrs. Pearl?»

«Gut.»

«Dann wollen wir ein wenig dichter herangehen, damit Sie alles sehen können.»

Er führte sie vorwärts, bis sie nur noch ein paar Schritte vom Tisch entfernt waren, und nun konnte sie auf den Grund der Schale blicken.

«So», sagte Landy, «das ist William.»

Er war viel größer, als sie erwartet hatte, und dunkler in der Farbe. Mit all den Furchen und Falten, die über seine Oberfläche liefen, erinnerte er an eine riesige eingemachte Walnuß. Sie sah die Stümpfe der vier großen Arterien und der beiden Venen, die sich an seiner Unterseite befanden und säuberlich mit den Plastikschläuchen verbunden waren; bei jedem Schlag des künstlichen Herzens gab es im Takt des hindurchgepumpten Blutes einen kleinen Ruck in sämtlichen Schläuchen.

«Lehnen Sie sich über die Schale», riet Landy, «und halten Sie Ihr hübsches Gesicht unmittelbar über das Auge. Er wird Sie sehen, und Sie können ihm zulächeln oder ihm eine Kußhand zuwerfen. An Ihrer Stelle würde ich ihm auch ein paar nette Worte sagen. Hören kann er sie zwar nicht, aber ich bin sicher, daß er den Sinn begreifen wird.»

«Er haßt Leute, die ihm Kußhände zuwerfen», erwiderte Mrs. Pearl. «Ich will es auf meine Weise versuchen, wenn Sie nichts dagegen haben.»

Sie trat dicht an den Tisch heran, beugte sich vor, bis ihr Gesicht direkt über der Schale war, und blickte in Williams Auge.

«Hallo, Lieber», flüsterte sie. «Ich bin's – Mary.»

Klar wie immer, starrte das Auge sie unverwandt mit absonderlicher Intensität an.

«Wie geht es dir, Lieber?» fragte sie.

Die Plastikkapsel war rundherum durchsichtig, so daß man den ganzen Augapfel sah. Der mit dem Gehirn verbundene Sehnerv glich einem Stückchen grauen Spaghettis.

«Fühlst du dich wohl, William?»

Es war ein sonderbares Gefühl, ihrem Mann ins Auge und doch nicht ins Gesicht zu schauen. Alles, was sie vor sich hatte, war das Auge, und sie fuhr fort, es anzustarren. Nach und nach wurde es immer größer, bis sie schließlich nichts anderes mehr sah – es war zu einer Art Gesicht geworden. Ein Netzwerk dünner roter Äderchen zog sich über das Weiße des Augapfels, und in der eisblauen Iris waren drei oder vier hübsche dunkle Streifen, die von der Pupille ausstrahlten. Die eine Seite der großen schwarzen Pupille reflektierte einen kleinen Lichtfunken.

«Lieber, ich habe deinen Brief erhalten und bin gleich hergekommen, um zu sehen, wie es dir geht. Dr. Landy sagt, daß alles in bester Ordnung ist. Wenn ich langsam spreche, kannst du vielleicht etwas verstehen, indem du mir die Worte von den Lippen abliest.»

Zweifellos, das Auge beobachtete sie.

«Man tut hier alles für dich, was nur möglich ist, Lieber. Die wunderbare Maschine pumpt ununterbrochen, und sie arbeitet bestimmt viel besser als die dummen alten Herzen, die wir anderen haben. Unsere können jeden Moment versagen, aber deines wird niemals stillstehen.»

Sie betrachtete das Auge genau und versuchte herauszufinden, weshalb es ihr so verändert vorkam.

«Du siehst gut aus, Lieber, wirklich sehr gut. Ja, tatsächlich.»

Zu Williams Lebzeiten waren ihr seine Augen längst nicht so hübsch erschienen wie dieses hier. Es war etwas Weiches darin, etwas Ruhiges, Freundliches, das sie noch nie an ihm wahrgenommen hatte. Vielleicht lag das an dem Punkt in der Mitte, an der Pupille. Williams Pupillen waren immer wie kleine schwarze Nadelköpfe gewesen. Wenn sie einen anblickten, bohrten sie sich einem förmlich ins Gehirn, sie durchschauten einen, wußten immer sofort, was man vorhatte, und sogar, was man dachte. Dieses Auge dagegen war groß, sanft und mild, fast wie ein Kuhauge.

«Sind Sie sicher, daß er bei Bewußtsein ist?» fragte sie, ohne aufzublicken.

«Ja, durchaus», antwortete Landy.

«Und er kann mich sehen?»

«Ausgezeichnet.»

«Ich das nicht fabelhaft? Ich nehme an, er überlegt, was mit ihm geschehen ist.»

«Keineswegs, Mrs. Pearl. Er weiß ganz genau, wo er ist und was sich zugetragen hat. Das kann er unmöglich vergessen haben.»

«Sie glauben, er *weiß*, daß er in der Schale ist?»

«Natürlich. Und wenn er sprechen könnte, wäre er vermutlich imstande, ein ganz normales Gespräch mit Ihnen zu führen. Geistig besteht meines Erachtens überhaupt kein Unterschied zwischen diesem William und dem, den Sie zu Hause gekannt haben.»

«Du lieber Himmel», murmelte Mrs. Pearl und versank in Schweigen, um diese aufregende Mitteilung zu verarbeiten.

Wenn ich's recht bedenke, sagte sie sich und blickte an dem Auge vorbei auf die große, graue, weiche Walnuß, die so friedlich unter Wasser lag, dann glaube ich fast, daß ich ihn so, wie er jetzt ist, viel lieber mag. Mit dieser Art William könnte ich wahrscheinlich recht gut zusammen leben. Mit ihm würde ich fertig werden.

«Er ist doch ganz ruhig?» fragte sie.

«O ja, selbstverständlich.»

Keine Auseinandersetzungen und Verweise, dachte sie, keine fortwährenden Ermahnungen, keine Vorschriften, kein Rauchverbot, kein kaltes, mißbilligendes Augenpaar, das mich abends über das Buch hinweg beobachtet, keine Hemden zu waschen und zu bügeln, kein Essen zu kochen – nichts als das Pochen des künstlichen Herzens, das eher ein beruhigendes Geräusch ist und gewiß nicht laut genug, um beim Fernsehen zu stören.

«Doktor», sagte sie, «mir scheint, ich empfinde plötzlich eine unendliche Zuneigung zu ihm. Klingt das merkwürdig?»

«Ich finde es sehr verständlich.»

«Er sieht so hilflos und schweigsam aus, wie er da in seiner Schale unter Wasser liegt.»

«Ja, ich weiß.»

«Er ist wie ein Baby, finden Sie nicht? Genau wie ein winziges Baby.»

Landy stand noch immer hinter ihr.

«So», sagte sie sanft, über die Schale gebeugt, «von nun an wird Mary ganz allein für dich sorgen, und du brauchst dich um nichts mehr zu kümmern. Wann kann ich ihn mitnehmen, Doktor?»

«Wie bitte?»

«Ich möchte wissen, wann ich ihn mitnehmen kann – zu mir nach Hause.»

«Sie scherzen», sagte Landy.

Mrs. Pearl drehte sich langsam um und blickte ihm fest ins Gesicht. «Warum sollte ich scherzen?» fragte sie mit strahlender Miene, und ihre großen, runden Augen blitzten wie zwei Diamanten.

«Er ist keinesfalls transportfähig.»

«Weshalb eigentlich nicht?»

«Dies ist ein Experiment, Mrs. Pearl.»

«Er ist mein Mann, Dr. Landy.»

Ein nervöses kleines Lächeln spielte um Landys Mundwinkel. «Nun...» sagte er.

«Sie können nicht leugnen, daß er mein Mann ist.» Ihre Stimme klang nicht erregt. Sie sprach so ruhig, als wollte sie ihm nur eine Tatsache ins Gedächtnis zurückrufen.

«Das ist ein ziemlich heikler Punkt», erwiderte Landy und feuchtete seine Lippen an. «Sie sind jetzt Witwe, Mrs. Pearl. Ich glaube, damit müssen Sie sich abfinden.»

Sie machte plötzlich kehrt und ging zum Fenster. «Ich meine es ernst», sagte sie, während sie in ihrer Handtasche nach einer Zigarette suchte. «Ich will ihn wiederhaben.»

Landy sah zu, wie sie die Zigarette zwischen die Lippen steckte und sie anzündete. Wenn mich nicht alles täuscht, dachte er, dann ist diese Frau ein bißchen verrückt. Sie scheint recht froh zu sein, daß ihr Mann in der Schale liegt.

Er versuchte sich vorzustellen, was er empfinden würde, wenn das Gehirn *seiner* Frau dort läge und *ihr* Auge aus der Kapsel zu ihm aufstarrte.

Ihm hätte das nicht gefallen.

«Wollen wir in mein Zimmer gehen?» schlug er vor.

Sie stand am Fenster, rauchte ihre Zigarette und war anscheinend ganz ruhig und heiter.

«Ja, gern.»

Auf ihrem Weg zur Tür machte sie am Tisch halt und beugte sich noch einmal über die Schale. «Mary geht jetzt, mein Herzchen», sagte sie. «Und rege dich über nichts auf, verstehst du? Wir werden dich so bald wie möglich nach Hause bringen, wo wir gut für dich sorgen können. Und höre, Lieber...» Sie unterbrach sich, um an der Zigarette zu ziehen.

Sofort blitzte das Auge auf.

Sie blickte es scharf an. Genau im Zentrum des Auges glomm ein kleines, aber helles Fünkchen, und die Pupille verengte sich in jäher Wut zu einem winzigen schwarzen Punkt.

Regungslos über die Schale gebeugt, die Zigarette an den Lippen, beobachtete sie das Auge.

Nach einer Weile nahm sie sehr langsam und bedächtig die Zigarette in den Mund, tat einen langen Zug und inhalierte tief. Der Rauch blieb drei oder vier Sekunden in den Lungen, und dann, plötzlich, kam er in zwei dünnen Streifen aus den Nasenlöchern, strich über die Flüssigkeit in der Schale, ballte sich zu einer dicken, blauen Wolke und hüllte das Auge ein.

Landy, mit dem Rücken zu ihr, stand an der Tür und wartete. «Kommen Sie, Mrs. Pearl», rief er.

«Sieh mich nicht so verdrießlich an, William», sagte sie leise. «Das hat gar keinen Zweck.»

Landy wandte den Kopf, um zu sehen, was sie machte.

«Überhaupt keinen Zweck», flüsterte sie. «Denn von jetzt an, mein Liebling, wirst du genau das tun, was Mary will. Hast du verstanden?»

«Mrs. Pearl», mahnte Landy, auf sie zugehend.

«Sei also nie wieder so ein unartiger Junge, mein Schatz», sagte sie und sog von neuem an ihrer Zigarette. «Unartige Jungen werden heutzutage sehr streng bestraft, mußt du wissen.»

Landy nahm sie beim Arm und drängte sie sanft, aber energisch zur Tür.

«Leb wohl, Liebling», rief sie. «Bald komme ich wieder.»

«Genug, Mrs. Pearl.»

«Ist er nicht süß?» Sie schaute mit großen, leuchtenden Augen zu Landy auf. «Ist er nicht entzückend? Ich kann es gar nicht erwarten, bis ich ihn mitnehmen darf.»

Der Soldat

Es war eine jener schwarzen Nächte, in denen er zu wissen glaubte, wie einem Blinden zumute ist. Nichts war zu erkennen, nicht einmal die Umrisse der Bäume hoben sich vom Himmel ab.

Aus der Dunkelheit drangen leise Geräusche an sein Ohr: ein Rascheln in der Hecke, das Schnauben eines Pferdes irgendwo auf dem Feld, ein dumpfer Hufschlag, als das Tier den Fuß bewegte, und einmal hörte er, wie ein Vogel dicht über ihn hinwegstrich.

«Jock», sagte er laut. «Wir gehen nach Hause.»

Er machte kehrt und ging zurück, den leicht ansteigenden Pfad hinauf. Der Hund zerrte an der Leine und zeigte ihm in der Dunkelheit den Weg.

Es muß fast Mitternacht sein, dachte er. Das hieß, daß es bald morgen sein würde. Morgen war schlechter als heute. Morgen war am allerschlechtesten, weil es heute werden würde – und heute war jetzt.

Der heutige Tag war nicht gut gewesen, besonders wegen der Sache mit dem Splitter.

Hör auf, sagte er sich. Es hat keinen Sinn, daran zu denken. Das nützt überhaupt nichts. Denk zur Abwechslung an etwas anderes. Weißt du, man kann sich von einem gefährlichen Gedanken befreien, wenn man ihn durch einen anderen ersetzt. Denk an schöne Tage zurück. Die Sommerferien am Meer. Weißer Sand und rote Eimer und Garnelennetze; schlüpfrige, von Seetang überzogene Felsen und kleine, klare Tümpel; Seeanemonen, Schnecken, Muscheln und manchmal, tief unten in dem schönen grünen Wasser schwebend, eine graue, durchsichtige Garnele.

Aber wie *konnte* ihm der Splitter in die Fußsohle gedrungen sein, ohne daß er es gefühlt hatte?

Es ist nicht wichtig. Weißt du noch, wie du am Strand bunte Muschelschalen gesucht hast? Jede von ihnen war so schön und so vollkommen, daß du sie auf dem Heimweg wie ein Kleinod behutsam in der Hand trugst. Und die kleinen orangefarbenen Kammuscheln, die perlmutternen Austernschalen, die smaragdgrünen Glasstückchen, ein lebender Einsiedlerkrebs, eine Herzmuschel, der Stachelschwanz eines Rochens und einmal – einmal nur, aber unvergeßlich – der vom Meer blankgewaschene Kiefer eines Menschen mit Zähnen darin, weiß und wunderbar zwischen den Muscheln und Steinen. O Mami, sieh mal, was ich gefunden habe! Sieh doch, Mami, sieh!

Aber um auf den Splitter zurückzukommen – es war wirklich nicht nett von ihr gewesen, deswegen so ein Theater zu machen.

«Was soll das heißen, du hast es nicht gemerkt?» hatte sie in verächtlichem Ton gefragt.

«Ich habe es einfach nicht bemerkt, das ist alles.»

«Erzähl mir bloß noch, daß du nicht merkst, wenn ich dir eine Nadel in den Fuß steche.»

«Das habe ich nicht gesagt.»

Und dann hatte sie ihm plötzlich die Nadel, mit der sie den Splitter entfernt hatte, in den Knöchel gestoßen. Er hatte nicht hingesehen und daher nichts gemerkt. Erst als sie entsetzt aufschrie, hatte er sich vorgebeugt, und da steckte die Nadel fast bis zur Hälfte im Fleisch.

«Zieh sie raus», hatte er gesagt. «Durch so was kann man eine Blutvergiftung bekommen.»

«Ja, aber ... *fühlst* du denn nichts?»

«Los, zieh sie raus.»

«Hör mal, es *muß* doch weh tun.»

«Es tut wahnsinnig weh. Zieh sie raus.»

«Was ist eigentlich los mit dir?»

«Ich habe ja gesagt, es tut wahnsinnig weh. Bist du vielleicht taub?»

Warum machte man solche Sachen mit ihm?

Als wir am Meer waren, bekam ich eine hölzerne Schaufel, damit ich im Sand graben konnte. Die Löcher waren leer wie eine Tasse, und dann stieg jedesmal das Wasser in ihnen hoch, bis es nicht mehr höher steigen konnte.

Vor einem Jahr hatte der Arzt gesagt: «Schließen Sie die Augen. So, und nun möchte ich von Ihnen hören, ob ich diesen Zeh nach oben oder nach unten drücke.»

«Nach oben», hatte er geantwortet.

«Und jetzt?»

«Nach unten. Nein, doch nicht. Ich glaube, nach oben.»

Merkwürdig, daß ein Nervenarzt Spaß daran hatte, mit den Zehen seiner Patienten zu spielen.

«War alles richtig, Herr Doktor?»

«Sie haben es sehr gut gemacht.»

Aber das war vor einem Jahr gewesen. Vor einem Jahr hatte er sich noch prächtig gefühlt. Solche Sachen wie jetzt waren ihm damals nie passiert. Um nur ein Beispiel zu nennen – der Wasserhahn im Badezimmer.

Warum war der Warmwasserhahn heute früh auf der anderen Seite gewesen? War das ein neuer Trick?

Es ist überhaupt nicht wichtig, verstehst du, aber es wäre doch interessant, den Grund zu erfahren.

Glaubst du, sie könnte die Hähne heimlich vertauscht haben, könnte nachts mit einem Schraubenschlüssel und einer Rohrzange ins Badezimmer geschlichen sein, um sie zu vertauschen?

Glaubst du das? Nun, wenn du es genau wissen willst – ja. So wie sie sich in letzter Zeit benommen hat, wäre ihr das durchaus zuzutrauen.

Eine seltsame und schwierige Frau, ja, das war sie. Wohlgemerkt, früher hatte sie überhaupt keine Launen gehabt, aber im Augenblick war sie so seltsam und schwierig, daß er nicht mehr klug aus ihr wurde. Vor allem nachts.

Ja, nachts. Das war die schlimmste Zeit – die Nacht.

Warum konnten seine Finger, wenn er nachts im Bett die rechte Hand ausstreckte, nicht fühlen, was sie berührten? Er hatte die Lampe umgestoßen, und sie war wach geworden, und während er in der Dunkelheit auf dem Fußboden herumtastete, hatte sie sich plötzlich aufgesetzt.

«Was machst du da?»

«Ich habe die Lampe umgeworfen. Entschuldige.»

«Mein Gott», hatte sie gesagt. «Gestern das Wasserglas, heute die Lampe. Was ist denn nur los mit dir?»

Einmal hatte der Arzt mit einer Feder über seinen Handrücken gestrichen, und er hatte auch das nicht fühlen können. Aber als der Mann ihn mit einer Nadel kratzte – ja, das hatte er gefühlt.

«Schließen Sie die Augen. Nein – Sie dürfen nicht blinzeln. Schließen Sie sie ganz fest. Und nun sagen Sie mir, ob dies heiß oder kalt ist.»

«Heiß.»

«Und dies?»

«Kalt.»

«Und dies?»

«Kalt. Ich meine heiß. Ja, es ist heiß, nicht wahr?»

«Stimmt», hatte der Arzt gesagt. «Sie haben es sehr gut gemacht.»

Aber das war vor einem Jahr gewesen.

Warum befanden sich die Lichtschalter an den Wänden neuerdings nicht mehr dort, wo sie zu sein hatten, sondern ein paar Zentimeter daneben, wenn er im Dunkeln nach ihnen suchte?

Nicht daran denken, befahl er sich. Einfach nicht mehr daran denken.

Und noch etwas – warum nahmen die Wände des Wohnzimmers jeden Tag eine etwas andere Schattierung an? Grün, blaugrün, blau und manchmal – manchmal leicht verschwimmend wie Farben, die man durch den Hitzedunst glühender Kohlen sieht.

Eine nach der anderen, sauber wie Lochkarten aus einer Maschine, kamen die kleinen Fragen.

Wessen Gesicht war für eine Sekunde am Fenster erschienen, als sie zu Abend aßen? Wessen Augen?

«Was starrst du da an?»

«Nichts», hatte er geantwortet. «Aber vielleicht sollten wir lieber die Vorhänge vorziehen, findest du nicht?»

«Robert, was hast du angestarrt?»

«Nichts.»

«Warum hast du das Fenster so angestarrt?»

«Vielleicht sollten wir lieber die Vorhänge zuziehen, findest du nicht?» hatte er noch einmal gesagt.

Er ging jetzt an der Stelle vorbei, wo er das Pferd auf dem Feld gehört hatte, und wieder vernahm er das Schnauben, die leisen Hufschläge und das knirschende Geräusch, mit dem das Tier die Grasbüschel abrupfte – es klang, als kaue jemand Sellerie.

«Hallo, altes Pferd», rief er laut in die Nacht hinein. «Hallo, altes Pferd dort drüben.»

Plötzlich ertönten Schritte hinter ihm, langsame, weit ausgreifende Schritte dicht hinter ihm, und er blieb stehen. Die Schritte verstummten. Er drehte sich um und spähte angestrengt in die Dunkelheit.

«Guten Abend», sagte er. «Sind Sie wieder da?»

In der Stille, die folgte, konnte er hören, wie der Wind durch die Blätter der Hecke strich.

«Haben wir denselben Weg?» fragte er.

Als keine Antwort kam, ging er weiter. Der Hund zerrte an der Leine, und hinter ihm ertönten von neuem die Schritte, aber leiser jetzt, als schleiche der andere auf den Zehen.

Er machte halt und wandte sich um.

«Ich kann Sie nicht sehen, weil es so dunkel ist. Kenne ich Sie?»

Wieder die Stille, der kühle Sommerwind an seinen Wangen und der Hund, der ungeduldig an der Leine zog.

«Na gut», rief er. «Sie brauchen nicht zu antworten, wenn Sie nicht wollen. Aber denken Sie daran, ich weiß, daß Sie da sind.»

Einer, der ihn zu übertölpeln suchte.

Von weit her, vom Westen drüben und aus großer Höhe klang das schwache Summen des Flugzeugs durch die Nacht. Er blieb stehen, hob den Kopf und lauschte.

«Hat nichts zu sagen», murmelte er. «Wird nicht näher kommen.»

Aber warum erstarrte alles in ihm, wenn einmal ein Flugzeug über das Haus flog, warum war es ihm dann unmöglich weiterzusprechen oder sich auch nur zu bewegen, warum saß oder stand er wie gelähmt da und wartete auf das kreischende Pfeifen der Bomben? Heute abend nach dem Essen, zum Beispiel.

«Weshalb hast du dich so zusammengeduckt?» hatte sie gefragt.

«Zusammengeduckt?»

«Ja, zusammengeduckt. Weshalb tust du das?»

«Zusammengeduckt?» hatte er wiederholt. «Ich weiß nicht, was du meinst.»

«Scheint mir auch so», hatte sie geantwortet und ihn mit ihren harten blau-weißen Augen angesehen, die Lider leicht gesenkt, wie immer, wenn sie ihn verachtete. Die gesenkten Lider, die halbgeschlossenen Augen hatten etwas Schönes für ihn – die Art, wie die Lider sich senkten und die Augen sich verschleierten, sooft ihre Verachtung besonders stark wurde.

Gestern früh, als das Granatfeuer einsetzte – weit entfernt, unten im Tal –, hatte er im Bett die linke Hand ausgestreckt und ihren Körper berührt, weil es ihn so sehr nach Schutz und Trost verlangte.

«He, was machst du da?»

«Nichts, Liebes.»

«Du hast mich aufgeweckt.»

«Entschuldige.»

Es wäre leichter, soviel leichter für ihn, wenn er morgens beim Einsetzen des Granatfeuers dicht an sie heranrücken dürfte.

Jetzt war er schon in der Nähe seines Hauses. Hinter der Wegbiegung konnte er einen rötlichen Lichtschein sehen, der durch die Gardinen des Wohnzimmers drang. Er schritt schneller aus, erreichte die Pforte, trat ein und lief, von dem Hund vorwärts gezogen, den Gartenweg entlang.

Auf der Veranda tastete er in der Dunkelheit nach dem Türgriff.

Vorhin, als er fortging, war der Griff auf der rechten Seite gewesen. Ja, rechts. Er erinnerte sich genau – schließlich hatte er das Haus erst vor einer halben Stunde verlassen.

War es denn möglich, daß sie auch das vertauscht hatte? Nur um ihn zu ärgern. Daß sie den Werkzeugkasten geholt und den Griff rasch auf die andere Seite geschraubt hatte, während er mit dem Hund spazierenging?

Er tastete nach links – und in dem Augenblick, da seine Finger gegen den Griff stießen, explodierte etwas in einem kleinen, aber heftigen Schlag in seinem Gehirn, und zugleich stieg eine Welle von Wut, Entrüstung und Furcht in ihm auf. Er öffnete die Tür, schloß sie hinter sich und rief: «Edna, bist du da?»

Keine Antwort. Er rief noch einmal, und diesmal hörte sie ihn.

«Was ist denn? Du hast mich aufgeweckt.»

«Komm einen Augenblick runter, ja? Ich möchte mit dir sprechen.»

«Das könnte dir so passen», antwortete sie. «Sei still und komm rauf.»

«Komm runter!» schrie er. «Komm sofort runter!»

Der Mann zögerte, legte den Kopf in den Nacken und spähte hinauf in die Finsternis des oberen Stockwerks. Er konnte die Stelle sehen, wo das Treppengeländer nach links abbog und im Schwarz des Treppenabsatzes verschwand, und wenn man dort weiterging, kam man ins Schlafzimmer, das ebenfalls dunkel sein würde.

«Edna!» rief er. «Edna!»

«Ach, geh zum Teufel.»

Langsam, mit leisen Schritten, stieg er die Treppe hinauf; er ließ sich dabei vom Geländer führen, und als seine Hand die Rundung nach links erreichte, nahm er noch eine Stufe, die gar nicht da war. Nun, damit hatte er gerechnet, es gab also keinen Lärm. Er blieb eine Weile stehen und lauschte. Genau konnte er es nicht sagen, aber ihm war, als hätte das ferne Artilleriefeuer unten im Tal wieder eingesetzt – vorwiegend schwere Kaliber, Fünfundsiebziger und vielleicht noch ein paar Mörser im Hintergrund.

Über den Flur jetzt, immer geradeaus und dann durch die offene Tür – der Weg war ihm vertraut und deshalb auch im Dunkeln leicht zu finden – bis zum Schlafzimmerteppich, der dick, weich und hellgrau war, obgleich er ihn weder fühlen noch sehen konnte.

Mitten im Raum blieb er stehen und lauschte. Sie war wieder eingeschlafen und atmete ziemlich laut. Jedesmal wenn sie ausatmete, rieb sich die Luft mit einem ganz leichten Pfeifton an ihren Zähnen. Der Vorhang schlug sanft gegen das offene Fenster, der Wecker tickte neben dem Bett.

Seine Augen hatten sich inzwischen so weit an die Dunkelheit gewöhnt, daß er undeutlich das Fußende des Bettes erkannte, die weißbezogene Decke und darunter die Umrisse ihrer Füße. Plötzlich, als hätte die Schlafende die Anwesenheit des Mannes gespürt, wurde sie unruhig. Er hörte, wie sie sich umdrehte und nochmals umdrehte. Das leichte Pfeifen verstummte. Ein Rascheln begleitete ihre Bewegungen, und einmal knarrten die Sprungfedern, laut wie ein Ruf in der Dunkelheit.

«Bist du es, Robert?»

Er rührte sich nicht, gab keinen Laut von sich.

«Robert, bist du da?»

Die Stimme klang fremd und recht unangenehm.

«Robert!» Sie war jetzt hellwach. «Wo bist du?»

Er mußte diese Stimme schon einmal gehört haben. Sie hatte etwas Kreischendes, Mißtönendes an sich, als würden zwei nicht harmonierende hohe Töne gleichzeitig mit aller Kraft angeschlagen. Außerdem konnte sie das R von Robert nicht aussprechen. Wer war es doch, der ihn immer Lobert genannt hatte?

«Lobert», sagte sie wieder. «Was machst du?»

War es die Schwester im Lazarett, die große mit dem blonden Haar? Nein, es lag weiter zurück. An eine so gräßliche Stimme müßte man sich ja eigentlich erinnern. Nur einen Augenblick Geduld, er würde gleich auf den Namen kommen.

Plötzlich knackte der Schalter der Nachttischlampe, das Licht flammte auf, und er sah die Frau in einem rosa Nachthemd halb aufgerichtet im Bett sitzen. Ihre Miene und die weit geöffneten Augen drückten Überraschung aus. Kinn und Wangen glänzten fettig von Cold Cream.

«Leg das Ding lieber hin», sagte sie, «sonst verletzt du dich noch.»

«Wo ist Edna?» Er blickte sie gespannt an.

Die Frau, auf einen Ellbogen gestützt, beobachtete ihn mißtrauisch. Er stand am Fußende des Bettes, ein riesiger, breitschultriger Mann in einem Anzug aus schwerem dunkelbraunem Wollstoff. Unbeweglich stand er da, gestrafft, in fast militärischer Haltung.

«Leg es sofort hin», befahl sie.

«Wo ist Edna?»

«Was ist los mit dir, Lobert?»

«Gar nichts ist los mit mir. Ich frage nur, wo meine Frau ist.»

Die Frau setzte sich langsam auf und schob die Beine zum Bettrand hin. «Nun», sagte sie schließlich, und in ihren harten, blauweißen Augen lag ein Ausdruck kalter List, «wenn du's wissen willst, Edna ist fort. Sie hat das Haus verlassen, während du unterwegs warst.»

«Wohin ist sie gegangen?»

«Das hat sie nicht gesagt.»

«Und wer bist du?»

«Ich bin eine Freundin von ihr.»

«Du brauchst mich nicht anzuschreien», bemerkte er. «Warum bist du so aufgeregt?»

«Ich möchte dir nur klarmachen, daß ich nicht Edna bin.»

Der Mann überlegte eine Weile, dann fragte er: «Woher weißt du meinen Namen?»

«Edna hat ihn mir gesagt.»

Wieder schwieg er nachdenklich. Er war noch immer leicht verwirrt, aber viel ruhiger jetzt. Auch der Blick, mit dem er sie musterte, war ruhig, vielleicht sogar ein wenig belustigt.

«Ich glaube, Edna gefällt mir besser als du.»

In der Stille, die nun folgte, bewegte sich keiner der beiden. Die Frau saß sehr gerade, sehr angespannt da, die Arme leicht angewinkelt, die Hände auf die Matratze gepreßt.

«Ich liebe Edna, weißt du. Hat sie dir je gesagt, daß ich sie liebe?»

Die Frau antwortete nicht.

«Ich glaube, sie ist ein Biest. Aber das Seltsamste ist, daß ich sie trotzdem liebe.»

Die Frau sah nicht auf das Gesicht des Mannes; sie beobachtete seine rechte Hand.

«Ein schrecklich grausames kleines Biest ist Edna.»

Und nun ein langes Schweigen. Der Mann, hoch aufgerichtet, stand regungslos vor dem Bett, in dem die Frau regungslos saß. Es war so still im Zimmer, daß sie durch das offene Fenster das Wasser des Mühlbachs über das Wehr rauschen hörten, weit unten im Tal bei der nächsten Farm. Dann sprach der Mann wieder – langsam, gelassen, ganz unpersönlich. «Ich glaube nicht, daß sie mich überhaupt noch mag.»

Die Frau schob sich näher an den Bettrand heran. «Leg das Messer hin, bevor du dich damit schneidest», sagte sie.

«Schrei bitte nicht so. Kannst du nicht freundlich mit mir reden?» Plötzlich beugte sich der Mann vor und blickte die Frau aufmerksam an. «Sonderbar», murmelte er und hob die Augenbrauen. «Wirklich sehr sonderbar.» Er trat einen Schritt vor, so daß seine Knie das Bett berührten. «Ich finde, du hast ein bißchen Ähnlichkeit mit Edna.»

«Edna ist fortgegangen, ich schwör's dir.»

Er betrachtete unverwandt ihr Gesicht. Die Frau saß sehr still, die Handflächen fest auf die Matratze gepreßt.

«Hm», meinte er zweifelnd, «ich bin nicht sicher, ob ...»

«Doch, doch, Edna ist fortgegangen. Ich bin eine Freundin von ihr. Ich heiße Mary.»

«Meine Frau hat so ein komisches kleines Muttermal hinter dem linken Ohr. Du hast das wohl nicht, wie?»

«Bestimmt nicht.»

«Dreh den Kopf und laß mich nachsehen.»

«Ich sage dir doch, daß ich kein Muttermal habe.»

«Trotzdem möchte ich mich davon überzeugen.»

Der Mann ging langsam um das Fußende des Bettes herum. «Bleib, wo du bist», befahl er. «Bewege dich nicht.» Er schritt langsam auf sie zu und ließ sie dabei nicht aus den Augen. Um seine Mundwinkel spielte ein kleines Lächeln.

Die Frau wartete, bis er in Reichweite war. Dann holte sie aus, so rasch, daß er die Hand nicht einmal kommen sah, und schlug ihm hart ins Gesicht. Und als er weinend auf den Bettrand sank, nahm sie ihm das Messer weg und lief schnell aus dem Zimmer, die Treppe hinunter in die Diele, wo das Telefon stand.

Der große automatische Grammatisator

«Ach, da sind Sie ja, Knipe, mein Junge. Jetzt, wo wir's geschafft haben, wollte ich Ihnen doch sagen, wie sehr ich mit Ihrer Arbeit zufrieden bin.»

Adolph Knipe stand vor Mr. Bohlens Schreibtisch. Nach seiner unbewegten Miene zu urteilen, war er keineswegs begeistert.

«Freuen Sie sich denn nicht?»

«O doch, Mr. Bohlen.»

«Wissen Sie schon, was die Morgenzeitungen darüber geschrieben haben?»

«Nein, Sir.»

Der Mann hinter dem Schreibtisch nahm eine zusammengefaltete Zeitung zur Hand und las vor: «‹Der Bau des großen Elektronengehirns, das die Regierung vor einiger Zeit in Auftrag gab, wurde soeben abgeschlossen. Diese elektronische Rechenmaschine ist vermutlich die schnellste der Welt. Sie erledigt in kürzester Zeit komplizierte mathematische Berechnungen, die von Naturwissenschaft, Industrie und Verwaltung in immer stärkerem Maße benötigt werden und deren Durchführung mit Hilfe der traditionellen Methoden physisch unmöglich wäre oder mehr Zeit in Anspruch nehmen würde, als die Probleme rechtfertigen. Eine Vorstellung von der Geschwindigkeit, mit der die neue Maschine arbeitet – so sagte uns Mr. John Bohlen, der Chef der *Electrical Engineering Inc.*, der die Konstruktion vor allem zu danken ist –, mag die Tatsache vermitteln, daß sie in fünf Sekunden die richtige Antwort auf eine Frage gibt, mit der sich ein Mathematiker einen Monat lang beschäftigen müßte. In drei Minuten liefert sie eine Berechnung, die schriftlich ausgeführt (wenn das möglich wäre) eine halbe Million Seiten in Folioformat füllen würde. Elektrische Stromstöße – eine Million je Sekunde – befähigen das Elektronengehirn, sämtliche Aufgaben zu lösen, bei denen Additionen, Subtraktionen, Multiplikationen und Divisionen erforderlich sind. Der praktischen Anwendung sind keine Grenzen gesetzt ...›»

Mr. Bohlen sah auf und blickte in das längliche, melancholische Gesicht des jüngeren Mannes. «Sind Sie nicht stolz, Knipe? Sind Sie nicht glücklich?»

«O doch, Mr. Bohlen.»

«Ich brauche Sie wohl nicht daran zu erinnern, daß Ihre Mitarbeit, besonders an den ursprünglichen Plänen, von entscheidender Bedeutung war. Ja, ich bin sogar der Meinung, daß ohne Sie und einige Ihrer Ideen dieses Projekt heute noch auf dem Reißbrett stünde.»

Adolph Knipe scharrte mit den Füßen auf dem Teppich und betrachtete die kleinen weißen Hände seines Chefs, die nervösen Finger, die mit einer Büroklammer spielten, sie aufbrachen und die Windungen geradebogen. Er mochte die Hände des Mannes nicht. Und ebensowenig mochte er seinen winzigen Mund mit den schmalen purpurroten Lippen. Wenn Mr. Bohlen sprach, bewegte sich nur die Unterlippe, und das sah scheußlich aus.

«Bedrückt Sie irgend etwas, Knipe? Haben Sie Sorgen?»

«O nein, Mr. Bohlen. Nein.»

«Wie wär's mit einer Woche Urlaub? Würde Ihnen guttun. Sie haben sich's redlich verdient.»

«Ach, ich weiß nicht, Sir...»

Der ältere Mann wartete, den Blick auf die lange, hagere Gestalt gerichtet, die so lasch vor ihm stand. Ein schwieriger Bursche, dieser Knipe. Warum konnte er sich nicht geradehalten? Immer ließ er die Schultern hängen. Und schlampig war er, mit Flecken auf der Jacke und ungekämmtem Haar.

«Ich möchte, daß Sie Urlaub nehmen, Knipe. Sie haben ihn nötig.»

«Schön, Sir. Wenn Sie es wünschen.»

«Nehmen Sie eine Woche. Zwei Wochen, wenn Sie Lust haben. Fahren Sie irgendwohin, wo es warm ist. Legen Sie sich in die Sonne. Schwimmen Sie. Spannen Sie mal so richtig aus. Schlafen Sie, soviel Sie nur können. Wenn Sie dann zurückkommen, unterhalten wir uns über Ihre Zukunft.»

Adolph Knipe fuhr mit dem Bus nach Hause. In seiner Zweizimmerwohnung warf er den Mantel auf das Sofa, goß sich einen Whisky ein und setzte sich vor die Schreibmaschine, die auf dem Tisch stand. Mr. Bohlen hatte recht. Natürlich hatte er recht. Nur daß er keine Ahnung hatte, was wirklich los war. Vermutlich dachte er, daß eine Frau im Spiel sei. Wenn ein junger Mann bedrückt ist, denkt jeder, es sei wegen einer Frau.

Er beugte sich vor, um das halb beschriebene Blatt durchzulesen, das in der Maschine steckte. Die Überschrift lautete: «Mit knapper Not entkommen», und der Text fing an: *«Die Nacht war dunkel und stürmisch, der Wind pfiff durch die Bäume, es regnete in Strömen...»*

Adolph Knipe trank einen Schluck Whisky, kostete den malzigbitteren Geschmack aus, fühlte, wie ihm die kalte Flüssigkeit die Kehle hinunterrann und sich im oberen Teil des Magens sammelte, bevor sie sich ausbreitete und eine kleine warme Zone in seinem Innern erzeugte. Ach, zum Teufel mit Mr. John Bohlen. Zum Teufel mit dem großartigen Elektronengehirn. Zum Teufel mit ...

Seine Augen und sein Mund öffneten sich langsam, wie in höchster Verwunderung. Langsam hob er den Kopf, und so blieb er vierzig, fünfzig, sechzig Sekunden regungslos sitzen, während er mit einem geradezu ungläubig erstaunten, dabei aber ganz festen, gleichsam gesammelten Blick auf die gegenüberliegende Wand starrte. Dann (ohne daß er den Kopf bewegt hätte) veränderte sich allmählich der Ausdruck seines Gesichts, kaum merklich zunächst, nur an den Mundwinkeln sichtbar, bald jedoch immer ausgeprägter, immer umfassender, bis schließlich das ganze Gesicht von äußerstem Entzücken überstrahlt war. Das Staunen hatte der Freude Platz gemacht. Es war das erste Mal seit vielen, vielen Monaten, daß Adolph Knipe lächelte.

«Natürlich ist es völlig idiotisch», sagte er laut. Wieder lächelte er und entblößte dabei auf eine seltsam sinnliche Weise die Zähne.

«Eine wunderbare Idee, aber so undurchführbar, daß es sich wirklich nicht lohnt, darüber nachzudenken.»

Von nun an dachte Adolph Knipe über nichts anderes mehr nach. Die Idee faszinierte ihn ungemein, anfangs nur deswegen, weil er sich ausmalte, wie schön es wäre, mit ihrer Hilfe an seinen schlimmsten Feinden teuflische Rache zu nehmen. Unter diesem Gesichtspunkt spielte er vielleicht zehn oder fünfzehn Minuten mit ihr; dann ertappte er sich plötzlich dabei, daß er sie allen Ernstes als praktische Möglichkeit in Betracht zog. Er machte sich ein paar vorbereitende Notizen auf einem Blatt Papier. Aber er kam nicht weit. Er fand sich fast sofort mit der altbekannten Tatsache konfrontiert, daß eine Maschine, so hochentwickelt sie auch sein mag, nicht selbständig denken kann. Sie kann nur Aufgaben lösen, die sich in mathematischen Begriffen ausdrücken lassen – Aufgaben, deren Lösung ein für allemal feststeht.

Das war eine harte Nuß. Er kam nicht darum herum: Eine Maschine hat keinen Verstand. Aber es gibt Maschinen, die ein Gedächtnis haben, nicht wahr? Das Elektronengehirn der *Electrical Engineering Inc.* zum Beispiel hatte ein phantastisches Gedächtnis. Es konnte, einfach indem es elektrische Impulse durch eine Quecksilbersäule in hochfrequente Wellen verwandelte, mindestens tausend Zahlen auf einmal speichern und jede von ihnen genau in dem Augenblick abrufen, in dem sie gebraucht wurde. Sollte es also nicht möglich sein, nach diesem Prinzip ein Wort-Speicherwerk von nahezu unbegrenztem Fassungsvermögen zu bauen?

Wie stand es damit?

Plötzlich schoß ihm ein Gedanke durch den Kopf, eine simple, aber überwältigende Wahrheit: *Die englische Grammatik ist Regeln unterworfen, die in ihrer Strenge fast mathematisch sind!* Wenn die Wörter feststehen, wenn der Sinn dessen, was gesagt werden soll, feststeht, gibt es nur *eine* mögliche Reihenfolge, in der diese Wörter angeordnet werden können.

Nein, dachte er, das stimmt nicht ganz. Sehr oft gibt es für die Stellung von Wörtern und Satzteilen mehrere Möglichkeiten, die alle grammatisch korrekt sind. Na wenn schon! An der Theorie selbst ist nicht zu rütteln. Folglich muß sich eine Maschine, die nach dem Prinzip des Elektronengehirns gebaut ist, so einrichten lassen, daß sie Wörter (statt Zahlen) den grammatischen Regeln entsprechend anordnet. Füttere sie mit Verben, Substantiven, Adjektiven, Pronomen, so daß sich im Speicherwerk ein Wortschatz bildet, und sorge dafür, daß diese Wörter je nach Bedarf abgerufen werden können. Gib ihr dann noch ein Handlungsgerüst und überlaß es ihr, die Sätze zu schreiben.

Knipe war jetzt nicht mehr zu halten. Er machte sich unverzüglich ans Werk, und die nächsten Tage waren mit intensiver Arbeit ausgefüllt. Überall im Wohnzimmer lagen Papiere verstreut: Formeln und Berechnungen; Listen mit Wörtern, Tausenden und aber Tausenden von Wörtern; Handlungsgerüste von Kurzgeschichten, auf eigenartige Weise in Fragmente zerlegt; lange Auszüge aus *Rogets Thesaurus*; Seiten und Seiten mit männlichen und weiblichen Vornamen; Abschriften von Familiennamen aus dem Telefonbuch; komplizierte Zeichnungen von Leitungsdrähten, Stromkreisen, Schaltern und Kathodenröhren, von Maschinen, die unterschiedlich geformte Löcher in kleine Karten stanzen konnten, von einer elektrischen Schreibmaschine, deren Leistung sich auf zehntausend Wörter in der Minute belief, und von einer Art Schaltbrett mit kleinen Tasten, unter denen die Namen bekannter amerikanischer Magazine standen.

Er arbeitete in Hochstimmung, ging inmitten dieses Wirrwarrs von Papieren auf und ab, rieb sich die Hände und führte laute Selbstgespräche. Manchmal rümpfte er angewidert die Nase und stieß wilde Verwünschungen aus, in denen unweigerlich das Wort ‹Redakteur› vorkam. Nach fünfzehn Tagen rastloser Arbeit packte er sämtliche Papiere in zwei große Mappen, mit denen er sich – beinahe im Laufschritt – in das Büro von John Bohlen, *Electrical Engineering Inc.*, begab.

Mr. Bohlen freute sich sehr, ihn wiederzusehen.

«Hallo, Knipe. Na, Sie sehen ja hundert Prozent besser aus. War's schön im Urlaub? Wo sind Sie denn gewesen?»

Unverändert häßlich und schlampig, dachte Mr. Bohlen. Warum steht er nicht gerade? Immer dieser krumme Rücken ... «Wirklich, Sie sehen hundert Prozent besser aus, mein Junge.» Möchte bloß wissen, warum er so grinst. Und seine Ohren scheinen von Mal zu Mal größer zu werden.

Adolph Knipe legte die Mappen auf den Schreibtisch.

«Hier, Mr. Bohlen!» rief er. «Sehen Sie sich das an!»

Und nun ging es los. Er öffnete die Mappen, breitete die Pläne vor dem erstaunten kleinen Mann aus, berichtete, erzählte, erklärte, bis er endlich, nach einer guten Stunde, fertig war. Atemlos, mit gerötetem Gesicht trat er einen Schritt zurück und wartete auf das Urteil.

«Wissen Sie was, Knipe? Ich glaube, Sie haben nicht alle Tassen im Schrank.» Sei vorsichtig jetzt, ermahnte sich Mr. Bohlen. Faß ihn behutsam an. Der Bursche ist wertvoll für uns. Wenn er nur nicht so gräßlich aussähe mit diesem Pferdegesicht und den großen Zähnen. Und Ohren hat er – wie Rhabarberblätter.

«Aber Mr. Bohlen! Es geht! Ich hab's Ihnen doch bewiesen! Das können Sie nicht abstreiten!»

«Immer mit der Ruhe, Knipe. Immer mit der Ruhe. Hören Sie mir erst mal zu.»

Adolph Knipe sah seinen Chef an und verabscheute ihn mit jeder Sekunde mehr.

«Diese Idee», sagte Mr. Bohlens Unterlippe, «ist sehr gescheit – ich möchte beinahe sagen genial –, und sie bestätigt nur meine hohe Meinung von Ihren Fähigkeiten, Knipe. Aber Sie dürfen das alles nicht zu ernst nehmen, mein Junge. Was kann uns Ihre Erfindung schon nützen? Wer in aller Welt braucht eine Maschine, die Kurzgeschichten schreibt? Und wo steckt da Geld drin? Können Sie mir das sagen?»

«Darf ich mich setzen, Sir?»

«Natürlich, nehmen Sie Platz.»

Adolph Knipe hockte sich auf die Kante eines Stuhls. Der Ältere beobachtete ihn mit wachsamen braunen Augen und harrte der Dinge, die da kommen sollten.

«Wenn Sie gestatten, Mr. Bohlen, möchte ich Ihnen erklären, wie ich auf die ganze Geschichte verfallen bin.»

«Schießen Sie los, Knipe.» Man muß ein bißchen auf ihn eingehen, dachte Mr. Bohlen. Der Junge ist ja für uns sein Gewicht in Gold wert. Ein unersetzlicher Mitarbeiter, geradezu ein Genie. Wenn ich mir nur diese Papiere hier ansehe ... Das verschlägt einem doch glatt die Sprache. Eine erstaunliche Arbeit. Natürlich völlig sinnlos. Ohne geschäftlichen Wert. Aber sie beweist wieder einmal, wie begabt der Bursche ist.

«Ich ... ich muß Ihnen etwas gestehen, Mr. Bohlen. Dann werden Sie vielleicht begreifen, warum ich immer so ... na, eben so deprimiert bin.»

«Sagen Sie mir alles, was Sie bedrückt, Knipe. Ich bin dazu da, Ihnen zu helfen – das wissen Sie doch.»

Der junge Mann krampfte die Hände ineinander und preßte die Ellbogen gegen die Rippen. Ihm schien plötzlich sehr kalt zu sein.

«Sehen Sie, Mr. Bohlen, die Sache ist so, daß mir eigentlich nicht viel an meiner Arbeit hier liegt. Ich weiß, daß ich sie gut mache, aber offen gestanden, mit dem Herzen bin ich nicht dabei. Es ist nicht das, wovon ich immer geträumt habe.»

Mr. Bohlens Augenbrauen schnellten hoch wie eine Sprungfeder. Sein Körper erstarrte.

«Sehen Sie, Sir, ich wäre so schrecklich gern Schriftsteller geworden.»

«Schriftsteller?»

«Ja, Mr. Bohlen. Ob Sie es glauben oder nicht, ich verwende jedes bißchen Freizeit darauf, Geschichten zu schreiben. In den letzten zehn Jahren habe ich Hunderte, buchstäblich Hunderte von Kurzgeschichten geschrieben. Fünfhundertsechsundsechzig, um genau zu sein. Etwa eine pro Woche.»

«Um Himmels willen, Mann! Wozu denn das?»

«Ich weiß nur, Sir, daß ich den Drang dazu habe.»

«Was für einen Drang?»

«Den schöpferischen Drang, Mr. Bohlen.» Jedesmal wenn er aufblickte, sah er Mr. Bohlens Lippen. Sie wurden immer dünner, immer röter.

«Und darf ich fragen, was Sie mit diesen Geschichten machen, Knipe?»

«Ach, Sir, das ist es ja gerade. Niemand will sie kaufen. Wenn ich eine fertig habe, schicke ich sie reihum, von einem Magazin zum anderen. Das ist alles, was geschieht, Mr. Bohlen. Wie ein Bumerang kommen sie zu mir zurück. Es ist sehr deprimierend.»

Mr. Bohlens Züge entspannten sich. «Ich weiß genau, wie Ihnen zumute ist, mein Junge.» Seine Stimme triefte vor Mitgefühl. «Irgendwann im Leben macht jeder von uns so etwas durch. Aber jetzt, wo Sie den Beweis haben ... den positiven Beweis ... von den Fachleuten selbst, von den Redakteuren, daß Ihre Geschichten – wie soll ich sagen – nicht viel taugen, jetzt sollten Sie das Schreiben endgültig aufgeben. Vergessen Sie es, mein Junge. Denken Sie einfach nicht mehr daran.»

«Nein, Mr. Bohlen! Nein! Das ist nicht wahr! Ich *weiß*, daß meine Geschichten gut sind. Mein Gott, wenn ich sie mit dem Zeug vergleiche, das in manchen Magazinen erscheint – also wirklich, Mr. Bohlen . . .! Dieser blödsinnige Kitsch, den man Woche für Woche in den Magazinen liest – ach, es ist zum Verrücktwerden!»

«Hören Sie mal, mein Junge . . .»

«Lesen Sie Magazine, Mr. Bohlen?»

«Entschuldigen Sie, Knipe, aber was hat das mit Ihrer Maschine zu tun?»

«Alles, Mr. Bohlen, einfach alles! Sehen Sie, die Sache ist so: Nach gründlichem Studium der Magazine habe ich den Eindruck gewonnen, daß jedes Blatt einen besonderen Typ von Kurzgeschichten pflegt. Die Schriftsteller – die erfolgreichen – wissen das und passen sich jeweils den Wünschen der Redaktion an.»

«Moment, mein Junge, Moment. Beruhigen Sie sich, ja? Ich glaube nicht, daß uns das alles weiterbringt.»

«*Bitte*, Mr. Bohlen, hören Sie mich doch an. Es ist wirklich ungeheuer wichtig.» Knipe hielt kurz inne, um Luft zu schöpfen. Er war jetzt so richtig in Fahrt und fuchtelte beim Sprechen mit den Händen herum. Das längliche Gesicht mit den großen Zähnen und den abstehenden Ohren glänzte vor Erregung, und bei jedem Wort sprühten Speicheltröpfchen aus seinem Mund. «Verstehen Sie doch, Mr. Bohlen, wenn ich auf meiner Maschine einen verstellbaren Koordinator zwischen das ‹Fabel-Speicherwerk› und das ‹Wort-Speicherwerk› schalte, kann ich *jede* Art von Geschichten produzieren. Ich brauche nur auf die betreffende Taste zu drücken.»

«Ja, ich weiß, Knipe, ich weiß. Das ist alles sehr interessant, aber worauf wollen Sie eigentlich hinaus?»

«Ganz einfach, Mr. Bohlen. Der Markt ist begrenzt. Wir müssen in der Lage sein, das richtige Material zur richtigen Zeit zu liefern. Immer genau das, was gerade gebraucht wird. Es ist eine kommerzielle Frage, weiter nichts. Ich betrachte es jetzt von *Ihrem* Standpunkt aus – vom Standpunkt der Rentabilität.»

«Mein lieber Junge, von Rentabilität kann hier doch gar nicht die Rede sein. Überhaupt nicht. Sie wissen ebenso gut wie ich, was es kostet, eine solche Maschine zu bauen.»

«Ja, Sir, das weiß ich. Aber mit allem Respekt gesagt, ich glaube nicht, daß Sie wissen, was die Magazine den Autoren für ihre Geschichten zahlen.»

«Was zahlen sie denn?»

«Jede Summe bis zu zweitausendfünfhundert Dollar. Der Durchschnitt liegt wahrscheinlich bei tausend.»

Mr. Bohlen fuhr hoch.

«Ja, Sir, es ist wahr.»

«Völlig unmöglich, Knipe! Lächerlich!»

«Nein, Sir, es ist wahr.»

«Sie sitzen hier und wollen mir erzählen, daß diese Magazine derartig viel Geld für ... für irgend so eine hingeschmierte Geschichte bezahlen! Du meine Güte, Knipe! Dann müßten ja alle Schriftsteller Millionäre sein!»

«Stimmt genau, Mr. Bohlen! Und damit kommen wir wieder auf die Maschine. Hören Sie nur noch eine Minute zu, Sir. Ich habe mir das mal ausgerechnet. Die großen Magazine bringen durchschnittlich drei Kurzgeschichten in jeder Ausgabe. Nun nehmen Sie die fünfzehn bedeutendsten Magazine – diejenigen, die am besten zahlen. Ein paar von ihnen erscheinen monatlich, aber die meisten kommen jede Woche heraus. Gut. Das macht, sagen wir, vierzig Geschichten, die jede Woche gekauft werden. Vierzigtausend Dollar also. Wenn wir unsere Maschine richtig arbeiten lassen, können wir praktisch den gesamten Bedarf decken!»

«Mein lieber Junge, Sie sind verrückt!»

«Nein, Sir, ehrlich, es ist so, wie ich sage. Verstehen Sie doch, wir werden die Schriftsteller allein vom Umfang her völlig an die Wand drücken! Die Maschine kann eine Geschichte von fünftausend Wörtern, fertig getippt und versandbereit, in dreißig Sekunden liefern. Wie können die Schriftsteller damit konkurrieren? Ich frage Sie, Mr. Bohlen, *wie*?»

Hier bemerkte Adolph Knipe eine leichte Veränderung im Gesichtsausdruck seines Chefs: Die Augen begannen zu glänzen, die Nasenflügel blähten sich, die Züge wurden unbewegt, fast starr. Hastig sprach er weiter: «Heutzutage, Mr. Bohlen, haben handgearbeitete Waren keine Chance mehr. Sie kommen einfach nicht gegen die Massenproduktion an, besonders in unserem Land nicht. Teppiche ... Stühle ... Schuhe ... Ziegelsteine ... Keramik ... was Sie wollen – alles wird jetzt maschinell hergestellt. Die Qualität mag schlechter sein, aber das spielt keine Rolle. Was zählt, sind die Produktionskosten. Und Kurzgeschichten – nun, sie sind eben auch ein Produkt, genau wie Teppiche oder Stühle, und niemand schert sich um die Herstellungsmethode, solange die Ware pünktlich und preiswert geliefert wird. Wir werden sie en gros verkaufen, Mr. Bohlen! Wir werden jeden Autor im Lande unterbieten! Wir werden den Markt an uns reißen!»

Mr. Bohlen richtete sich in seinem Sessel auf. Dann beugte er sich vor, stützte die Ellbogen auf den Schreibtisch und blickte den jungen Mann aufmerksam mit seinen kleinen braunen Augen an.

«Ich glaube trotzdem, daß Ihre Idee undurchführbar ist, Knipe.»

«Vierzigtausend die Woche!» rief Adolph Knipe. «Und wenn wir den Preis herabsetzen, sagen wir um die Hälfte – also zwanzigtausend die Woche –, dann macht das immer noch eine Million im Jahr!» Und er fügte mit sanfter Stimme hinzu: «Für den Bau der elektronischen Rechenmaschine haben Sie keine Million im Jahr bekommen, nicht wahr, Mr. Bohlen?»

«Also jetzt mal im Ernst, Knipe. Meinen Sie wirklich, daß man uns das Zeug abkauft?»

«Ich bitte Sie, Mr. Bohlen, wer in aller Welt verlangt denn handgearbeitete Kurzgeschichten, wenn er die anderen für den halben Preis kriegen kann? Das leuchtet doch ein, nicht wahr?»

«Und wie wollen Sie sie verkaufen? Wen wollen Sie als Verfasser nennen?»

«Wir gründen eine eigene literarische Agentur, die den Vertrieb übernimmt. Und die Namen der Verfasser – nun, die denken wir uns einfach aus.»

«Die Sache gefällt mir nicht recht, Knipe. Schmeckt irgendwie nach Betrug, finden Sie nicht?»

«Und noch etwas, Mr. Bohlen. Wenn wir erst einmal in Schwung sind, könnte noch so mancher Nebenverdienst abfallen. Nehmen Sie zum Beispiel die Werbung. Bierbrauer und solche Leute sind heutzutage gern bereit, gutes Geld zu zahlen, wenn sie berühmte Schriftsteller als Verbraucher ihrer Produkte bezeichnen dürfen. Mein Gott, Mr. Bohlen! Das ist kein Pappenstiel, das ist ein dickes Geschäft!»

«Werden Sie nur nicht größenwahnsinnig, mein Junge.»

«Und noch etwas. Nichts spricht dagegen, Mr. Bohlen, daß wir *Ihren* Namen unter einige der besseren Geschichten setzen, wenn Sie das wünschen.»

«Du meine Güte, Knipe, was hätte ich denn davon?»

«Ich weiß nicht, Sir, nur... einige Schriftsteller sind doch sehr berühmt geworden – Mr. Erle Gardner und Kathleen Norris zum Beispiel. Wir brauchen Namen, und ich habe sogar schon daran gedacht, meinen eigenen für ein paar Geschichten zur Verfügung zu stellen. Nur um auszuhelfen.»

«Ein Schriftsteller, hm?» sagte Mr. Bohlen nachdenklich. «Na ja, im Klub würden sie schön überrascht sein, wenn sie meinen Namen in den Magazinen sähen – in den guten Magazinen.»

«Allerdings, Sir.»

Ein verträumter, abwesender Blick kam in Mr. Bohlens Augen, und er lächelte. Gleich darauf aber riß er sich zusammen und fing an, in den Entwürfen zu blättern, die vor ihm lagen.

«Eines verstehe ich noch nicht ganz, Knipe. Woher kommen die Handlungen? Die Maschine kann doch keine Handlungen erfinden.»

«Die speichern wir, Sir. Das ist überhaupt kein Problem. Handlungen gibt's wie Sand am Meer. Drei- oder vierhundert finden Sie dort in der Mappe zu Ihrer Linken. Wir geben sie einfach in das ‹Fabel-Speicherwerk› der Maschine.»

«Sehr interessant.»

«Ich habe auch für allerlei kleine Raffinessen gesorgt, Mr. Bohlen. Sie werden das sehen, wenn Sie die Pläne sorgfältig studieren. So wenden zum Beispiel fast alle Schriftsteller den Trick an, daß sie in jeder ihrer Geschichten irgendein langes, unverständliches Fremdwort gebrauchen. Weil der Leser dann denkt, der Autor sei sehr klug und gebildet. Ich lasse also die Maschine das gleiche tun. Wir werden einen Vorrat solcher Wörter eigens zu diesem Zweck speichern.»

«Wo?»

«Im ‹Wort-Speicherwerk›», sagte Knipe epexegetisch.

Fast den ganzen Tag sprachen die beiden Männer über die Möglichkeiten der neuen Maschine. Schließlich erklärte Mr. Bohlen, er müsse noch einmal darüber nachdenken. Am nächsten Morgen zeigte er sich recht angetan von der Idee. Nach einer Woche war er völlig von ihr besessen.

«Natürlich halten wir die Sache geheim, Knipe. Wir werden sagen, daß wir eine zweite Rechenmaschine bauen, einen neuen Typ.»

«Jawohl, Mr. Bohlen.»

Sechs Monate später war die Maschine fertig. Sie wurde in einem Backsteingebäude am äußersten Ende des Fabrikgeländes aufgestellt, und als sie einsatzbereit war, durfte außer Mr. Bohlen und Adolph Knipe niemand in ihre Nähe.

Es war ein erregender Augenblick, als die beiden Männer – der eine klein, dick und kurzbeinig, der andere groß, dünn und langzahnig – vor dem Schaltbrett standen und sich anschickten, die erste Kurzgeschichte herunterzuschreiben. Sie waren von Wänden umgeben, zwischen denen schmale Gänge verliefen, und die Wände waren bedeckt mit Drähten, Steckdosen, Schaltern und riesigen Glasröhren. Knipe war ziemlich nervös, und Mr. Bohlen trat von einem Fuß auf den anderen, weil er einfach nicht stillstehen konnte.

«Welchen Knopf?» fragte Adolph Knipe, den Blick auf eine Reihe kleiner weißer Scheiben gerichtet, die an die Tasten einer Schreibmaschine erinnerten. «Suchen Sie sich eine Zeitschrift aus, Mr. Bohlen.

Es ist alles da, *Saturday Evening Post, Collier's Ladies' Home Journal* – was Sie wollen.»

«Mein Gott, Junge, woher soll ich das wissen?» Er hüpfte hin und her, als hätte er Hautjucken.

«Mr. Bohlen», sagte Adolph Knipe feierlich, «ist Ihnen klar, daß Sie es in diesem Augenblick in der Hand haben, der vielseitigste Schriftsteller des Kontinents zu werden? Sie brauchen nur ...»

«Bitte, Knipe, fangen Sie jetzt an und lassen Sie diese Vorreden, ja?»

«Okay, Mr. Bohlen. Dann nehmen wir – warten Sie mal – diesen hier. Einverstanden?» Er streckte den Finger aus und drückte auf einen Knopf, unter dem in winzigen schwarzen Buchstaben TODAY'S WOMAN stand. Es gab einen scharfen Klick, und als Knipe den Finger fortnahm, sprang der Knopf nicht wieder heraus.

«So, unsere Wahl ist getroffen», sagte er. «Und jetzt geht's los!» Er langte hoch und betätigte einen Schalter am Brett. Sofort war der Raum von einem lauten summenden Geräusch erfüllt, elektrische Funken knisterten, viele kleine, schnell arbeitende Hebel rasselten, und schon glitten aus einem Schlitz rechts vom Schaltbrett Papierblätter im Quartformat. In rascher Folge, jede Sekunde ein Blatt, fielen sie in einen bereitstehenden Korb, und nach einer halben Minute war alles vorbei. Es kamen keine Blätter mehr.

«Das wär's!» rief Adolph Knipe. «Hier ist Ihre Kurzgeschichte!»

Sie griffen nach dem ersten Blatt und lasen: «Aifkjmbsaoegwcztpplnvoqudskigt &, fuhpekanvbertyuiolkjhgfdsazxcvbnm, peruitrehdjkgmvnb, wmsuy ...» In dieser Art ging es bis zur letzten Seite weiter.

Mr. Bohlen stieß laute Flüche aus. Adolph Knipe aber sagte beruhigend: «Es ist in Ordnung, Sir. Wirklich. Sie muß nur etwas nachgestellt werden. Wir haben da irgendwo einen falschen Schaltweg, das ist alles. Bedenken Sie doch, Mr. Bohlen, wie viele Drähte sich in diesem Raum befinden. Insgesamt fast eine Million Meter. Sie können nicht erwarten, daß es gleich beim ersten Male klappt.»

«Das Ding wird nie funktionieren», knurrte Mr. Bohlen.

«Geduld, Sir. Nur Geduld.»

Adolph Knipe machte sich daran, die Fehlerquelle zu suchen, und nach vier Tagen kündigte er an, daß der Schaden behoben sei.

«Die Maschine wird nie funktionieren», sagte Mr. Bohlen. «Ich weiß, daß sie nie funktionieren wird.»

Knipe lächelte und drückte auf den Knopf, unter dem READER'S DIGEST stand. Dann betätigte er den Schalter, und wieder ertönte das seltsame Summen. Eine vollgetippte Seite flog aus dem Schlitz in den Korb.

«Wo ist der Rest?» rief Mr. Bohlen. «Sie hat aufgehört! Eine Panne!»

«Nein, Sir. Die Länge ist genau richtig. Es ist doch für den *Digest*, verstehen Sie?»

Diesmal lautete der Text: «nurwenigewissenbishervonderentdekkungeinesrevolutionärenneuenheilmittelsdasmenschendieaneinerder schrecklichsten krankheiten unserer zeit leiden für immer linderung verschaffenkann...» Und so weiter.

«Das ist Kauderwelsch!» empörte sich Mr. Bohlen.

«Nein, Sir, es ist gut. Sie trennt nur die Wörter nicht. Das ist leicht zu beheben. Aber inhaltlich stimmt alles haargenau. Sehen Sie, Mr. Bohlen, sehen Sie! Der Text ist tadellos, nur daß die Wörter zusammenhängen.»

Und so war es.

Beim nächsten Versuch, der einige Tage später stattfand, war alles in bester Ordnung, sogar die Interpunktion und die Großschreibung. Die erste Geschichte, die sie für ein bekanntes Frauenmagazin fabrizierten, zeichnete sich durch eine gediegene und recht spannende Handlung aus. Es ging dabei um einen jungen Mann, der sich bei seinem reichen Arbeitgeber beliebt machen wollte. Der junge Mann, so wurde erzählt, überredete einen Freund zu einem fingierten Überfall auf die Tochter des reichen Mannes. In einer dunklen Nacht, als das Mädchen nach Hause fuhr, wurde der Plan in die Tat umgesetzt. Der junge Mann kam wie zufällig vorbei, schlug seinem Freund den Revolver aus der Hand und rettete das Mädchen. Die Dankbarkeit des Mädchens kannte keine Grenzen. Der Vater jedoch war argwöhnisch. Er nahm den Jungen scharf ins Verhör. Der Junge brach zusammen und gestand alles. Statt ihn mit einem Fußtritt aus dem Haus zu befördern, sagte der Vater, daß er die Findigkeit des Jungen bewundere. Das Mädchen bewunderte seine Ehrlichkeit – und sein gutes Aussehen. Der Vater versprach, ihn zum Chef der Buchhaltung zu machen. Das Mädchen heiratete ihn.

«Das ist phantastisch, Mr. Bohlen! Genau das Richtige!»

«Mir kommt es ein bißchen kitschig vor, mein Junge.»

«Nein, Sir. Es ist ein Knüller, ein ausgesprochener Knüller!»

Aufgeregt verfertigte Adolph Knipe sechs weitere Geschichten in ebenso vielen Minuten. Alle – bis auf eine, die aus irgendeinem Grunde etwas unzüchtig ausfiel – stellten ihn durchaus zufrieden.

Mr. Bohlen war jetzt besänftigt. Er hatte nichts mehr dagegen, in der Innenstadt eine literarische Agentur aufzumachen und Knipe mit ihrer Leitung zu betrauen. Nach einigen Wochen war es soweit: Knipe versandte das erste Dutzend Geschichten. Als Verfasser nannte er viermal sich selbst, einmal Mr. Bohlen, und die übrigen Namen dachte er sich aus.

Fünf Geschichten wurden sofort angenommen. Die Story, die unter Mr. Bohlens Namen lief, kam zurück. In dem Begleitschreiben des Feuilletonredakteurs hieß es: «Die Arbeit zeugt von Begabung, ist aber unserer Meinung nach nicht ganz geglückt. Wir wären jedoch an weiteren Beiträgen dieses Schriftstellers interessiert...» Adolph Knipe nahm ein Taxi, fuhr in die Fabrik und fertigte eine neue Geschichte für dasselbe Magazin an. Er setzte Mr. Bohlens Namen darunter und schickte sie unverzüglich ab. Diese Story wurde gekauft.

Die Einkünfte stiegen. Langsam und vorsichtig erhöhte Knipe die Produktion, und nach sechs Monaten verschickte er wöchentlich dreißig Geschichten, von denen etwa fünfzehn gekauft wurden.

Bald stand er in literarischen Kreisen im Ruf eines fruchtbaren und erfolgreichen Autors. Auch Mr. Bohlen machte sich einen Namen. Allerdings schätzte man ihn weniger als Knipe – aber das wußte er nicht. Außerdem stellte Knipe ein Dutzend oder mehr fiktive Personen als vielversprechende junge Autoren heraus. Alles lief wie am Schnürchen.

Um diese Zeit beschlossen sie, die Maschine so einzurichten, daß sie nicht nur Kurzgeschichten, sondern auch Romane schreiben konnte. Mr. Bohlen, der nach größeren Ehren in der literarischen Welt dürstete, bestand darauf, daß Knipe sofort an diese gewaltige Aufgabe heranginge.

«Ich möchte einen Roman machen», sagte er immer wieder. «Ich möchte einen Roman machen.»

«Das werden Sie auch, Sir. Ganz bestimmt. Aber haben Sie bitte Geduld. Ich muß ziemlich komplizierte Veränderungen vornehmen.»

«Jeder beschwört mich, endlich einen Roman zu schreiben!» rief Mr. Bohlen. «Die Verleger rennen Tag und Nacht hinter mir her und flehen mich an, mit diesen albernen Kurzgeschichten aufzuhören und statt dessen etwas wirklich Bedeutendes zu schreiben. Ein Roman ist das einzige, was zählt – behaupten sie.»

«Wir werden Romane machen», beruhigte ihn Knipe. «In Mengen sogar. Aber Sie müssen Geduld haben.»

«Hören Sie zu, Knipe. Ich habe vor, einen *guten* Roman zu machen, etwas, was die Leute aufhorchen läßt. Diese Geschichten, die Sie in letzter Zeit unter meinem Namen verschickt haben, hängen mir schon zum Hals heraus. Manchmal habe ich tatsächlich den Eindruck, daß Sie mich übers Ohr hauen wollen.»

«Übers Ohr, Mr. Bohlen?»

«Die besten behalten Sie immer für sich. Jawohl, so ist es.»

«O nein, Mr. Bohlen! Nein!»

«Aber diesmal liegt mir verdammt viel daran, ein erstklassiges, intelligentes Buch zu schreiben. Nehmen Sie das zur Kenntnis.»

«Gewiß, Mr. Bohlen. Mit dem Schaltbrett, das ich Ihnen zusammenbaue, werden Sie jedes Buch schreiben können, das Sie wollen.»

Und Adolph Knipe hielt sein Versprechen. Nach einigen Monaten hatte dieses Genie die Maschine auf Romane umgestellt und überdies ein wunderbares neues System eingebaut, das es dem Autor ermöglichte, buchstäblich jede Art von Handlung und jeden gewünschten Sprachstil vorzuwählen. Es gab so viele Skalen, Schalter und Hebel an dem Ding, daß es wie das Armaturenbrett eines riesigen Flugzeugs aussah.

Zunächst traf der Schriftsteller. indem er auf einen der sogenannten Hauptknöpfe drückte, seine prinzipielle Entscheidung: historisch, satirisch, philosophisch, politisch, romantisch, erotisch, humorvoll oder derb. Eine zweite Reihe von Knöpfen (die Grundknöpfe) bot ihm die verschiedensten Themen: Soldatenleben, Pionierzeit, Bürgerkrieg, Weltkrieg, Rassenproblem, Wilder Westen, Landleben, Kindheitserinnerungen, Seefahrt, der Meeresgrund und viele, viele andere. Die dritte Knopfreihe gestattete die Wahl des literarischen Stils: klassisch, skurril, gepfeffert, Hemingway, Faulkner, Joyce, feminin und so fort. Die vierte Reihe bestimmte Anzahl und Geschlecht der Romangestalten, die fünfte den Umfang des Buches und so weiter und so weiter – zehn lange Reihen von Vorwählknöpfen.

Aber das war noch nicht alles. Während des Schreibprozesses selbst (der etwa fünfzehn Minuten pro Roman dauerte) war es jetzt möglich, eine Kontrolle auszuüben. Dazu mußte der Autor auf einer Art Führersitz vor zahlreichen beschrifteten Registern Platz nehmen. Durch Ziehen oder Drücken (wie bei einer Orgel) konnte er rund fünfzig verschiedene und variable Elemente regulieren oder sie miteinander mischen – zum Beispiel Spannung, Überraschung, Humor, Pathos und Geheimnis. Zahlreiche Skalen und Meßgeräte auf dem Armaturenbrett zeigten ihm jederzeit genau an, wie weit er mit seiner Arbeit war.

Und schließlich gab es noch die Sache mit der ‹Leidenschaft›. Nach gründlichem Studium der Bücher, die im vergangenen Jahr an der Spitze der Bestseller-Listen gestanden hatten, war Adolph Knipe zu der Erkenntnis gelangt, daß Leidenschaft das wichtigste Ingrediens von allen war, ein magischer Katalysator, der selbst den langweiligsten Roman in einen tollen Erfolg verwandeln konnte – jedenfalls finanziell. Aber Knipe wußte auch, daß Leidenschaft eine überaus starke, berauschende Wirkung hatte und vorsichtig dosiert werden mußte – die richtigen Mengen in den richtigen Handlungsmomenten. Um das zu gewährleisten, hatte er eine besondere Kontrollvorrichtung konstruiert: zwei hochempfindliche, stufenlose Leidenschaftsregler, die durch Pedale – ähnlich dem Gas- und dem Bremspedal beim Auto – bedient wurden. Das eine Pedal steuerte die Menge der injizierten Leidenschaft, das andere ihre Intensität. Der einzige Nachteil lag natürlich darin, daß sich der Schreiber eines Romans nach der Knipe-Methode etwa in der Situation eines Mannes befand, der zur gleichen Zeit ein Flugzeug und ein Auto lenkt und nebenher auch noch Orgel spielt. Aber das kümmerte den Erfinder nicht. Als alles fertig war, geleitete er Mr. Bohlen stolz in das Maschinenhaus und erklärte ihm die Arbeitsweise des neuen Wunderwerks.

«Mein Gott, Knipe, das schaffe ich ja nie! Menschenskind, ich glaube, es wäre einfacher, das Ding mit der Hand zu schreiben.»

«Sie werden sich bestimmt bald daran gewöhnen, Mr. Bohlen. In ein, zwei Wochen ist Ihnen jeder Griff in Fleisch und Blut übergegangen. Es ist genauso wie beim Autofahren – ein Anfänger kann eben nicht gleich losbrausen.»

Nun, es war nicht ganz leicht, aber nach vielen Übungsstunden bekam Mr. Bohlen den Dreh heraus, und endlich, eines späten Abends, beorderte er Knipe zur Fabrikation des ersten Romans in das Maschinenhaus. Es war ein erregender Augenblick, als der kleine, dicke Mann nervös auf dem Führersitz hockte und der große, langzahnige Knipe eifrig um ihn herumzappelte.

«Ich habe die Absicht, einen bedeutenden Roman zu schreiben, Knipe.»

«Ich bin sicher, daß es Ihnen gelingt, Sir. Ganz sicher.»

Langsam und bedächtig drückte Mr. Bohlen auf die Vorwählknöpfe:

Hauptknopf – *satirisch*
Thema – *Rassenproblem*
Stil – *klassisch*
Personen – *sechs Männer, vier Frauen, ein Kind*
Umfang – *fünfzehn Kapitel*

Zugleich richtete er sein Augenmerk auf die drei Orgelregister *Kraft*, *Geheimnis* und *Tiefe.*

«Sind Sie bereit, Sir?»

«Ja, ja, ich bin bereit.»

Knipe betätigte den Schalter. Die große Maschine summte. Fünfzigtausend gut geölte Zahnräder, Stangen und Hebel brachten ein dumpfes schwirrendes Geräusch hervor; dann begann die schnelle elektrische Schreibmaschine mit einem fast unerträglich lauten Geklapper zu arbeiten. Die vollgeschriebenen Seiten flogen in den Korb – alle zwei Sekunden eine. Für Mr. Bohlen, der die Register ziehen, den Kapitelzähler und den Geschwindigkeitsmesser beobachten und die Leidenschaftspedale bedienen mußte, waren der Lärm und die Aufregung einfach zuviel. Er geriet in Panik und reagierte genauso wie ein Fahrschüler im Auto, das heißt, er preßte beide Füße auf die Pedale und lockerte den Druck erst, als die Maschine anhielt.

«Ich darf Sie zu Ihrem ersten Roman beglückwünschen», sagte Knipe und nahm das dicke Bündel beschriebener Blätter aus dem Korb.

Über Mr. Bohlens Gesicht rannen dicke Schweißtropfen. «Ich kann Ihnen sagen, das war verdammt anstrengend, mein Junge.»

«Aber Sie haben es geschafft, Sir. Sie haben es geschafft.»

«Zeigen Sie mal her, Knipe. Wie liest es sich denn?»

Er überflog das erste Kapitel und reichte Seite um Seite an den jüngeren Mann weiter.

«Um Himmels willen, Knipe! Was ist das?» Mr. Bohlens dünne Fischlippen zitterten leicht, und seine Wangen blähten sich langsam auf.

«Also wissen Sie, Knipe, das ist ja unerhört!»

«Es ist tatsächlich ein bißchen saftig, Sir.»

«*Saftig!* Empörend ist es, einfach empörend! Ich kann unmöglich meinen Namen dafür hergeben!»

«Da haben Sie recht, Sir.»

«Knipe! Ist das ein schmutziger Scherz, den Sie sich mit mir erlaubt haben?»

«O nein, Sir! Nein!»

«Sieht aber ganz so aus.»

«Könnte es vielleicht daran liegen, Mr. Bohlen, daß Sie etwas zu hart auf die Leidenschaftspedale getreten haben?»

«Mein lieber Junge, wie soll *ich* das wissen?»

«Versuchen Sie's doch noch mal.»

So schrieb denn Mr. Bohlen einen zweiten Roman herunter, und diesmal ging alles nach Wunsch.

Binnen einer Woche hatte ein begeisterter Verleger das Manuskript gelesen und angenommen. Knipe zog mit einem Roman nach, für den er selbst als Verfasser zeichnete; dann fabrizierte er – da er schon einmal dabei war – ein Dutzend weitere. Bald war Adolph Knipes literarische Agentur berühmt für ihren Stall vielversprechender junger Romanciers. Und wieder begann das Geld hereinzuströmen.

Um diese Zeit stellte sich heraus, daß der junge Knipe nicht nur als Erfinder, sondern auch als Geschäftsmann ein großes Talent war.

«Hören Sie, Mr. Bohlen», sagte er, «wir haben noch immer zuviel Konkurrenz. Warum schlucken wir nicht einfach all die anderen Schriftsteller des Landes?»

Mr. Bohlen, der sich inzwischen ein flaschengrünes Samtjackett zugelegt hatte und das Haar so lang trug, daß es zwei Drittel der Ohren bedeckte, war ganz zufrieden mit der augenblicklichen Lage der Dinge. «Ich weiß gar nicht, was Sie meinen, lieber Junge. Wir können doch nicht so mir nichts, dir nichts Schriftsteller schlucken.»

«Natürlich können wir das, Sir. Genauso wie Rockefeller es mit den Ölgesellschaften machte. Wir kaufen sie einfach auf. Und wenn sie sich weigern, setzen wir sie unter Druck. Das ist überhaupt kein Problem.»

«Vorsichtig, Knipe. Seien Sie vorsichtig.»

«Sehen Sie, Sir, ich habe hier eine Liste der fünfzig erfolgreichsten Schriftsteller des Landes, und ich werde jedem von ihnen einen lebenslänglichen Vertrag auf Gehaltsbasis anbieten. Dafür brauchen sie sich nur zu verpflichten, daß sie nie mehr ein Wort schreiben. Und natürlich müssen sie uns ihre Namen für unser eigenes Material zur Verfügung stellen. Wie finden Sie das?»

«Damit werden Sie nicht durchkommen, Knipe.»

«Sie kennen die Schriftsteller schlecht, Mr. Bohlen. Warten Sie nur ab.»

«Ja, aber der schöpferische Drang?»

«Das ist leeres Gerede! Das einzige, woran sie – wie jeder andere – wirklich interessiert sind, ist Geld.»

Mr. Bohlen war noch immer nicht überzeugt, meinte aber nach einigem Zögern, daß man es wenigstens versuchen könne. So fuhr denn Knipe mit seiner Schriftstellerliste in einem großen, von einem Chauffeur gesteuerten Cadillac fort, um seine Besuche zu machen.

Der Mann, der als erster auf der Liste stand, ein hervorragender und sehr bekannter Schriftsteller, war sofort bereit, ihn zu empfangen. Knipe erzählte seine Geschichte, legte mehrere Romane eigener Produktion zur Ansicht vor und zog einen Vertrag aus der Tasche, der dem Mann auf Lebenszeit soundso viel im Jahr garantierte. Der Schriftsteller hörte höflich zu, kam zu dem Schluß, daß er es mit einem Verrückten zu tun hatte, lud ihn zu einem Drink ein und führte ihn dann freundlich, aber energisch zur Tür.

Der zweite Schriftsteller auf der Liste entpuppte sich als gefährlicher Bursche. Er ging tatsächlich so weit, daß er Knipe mit einem schweren metallenen Briefbeschwerer bedrohte, und der Erfinder mußte durch den Garten flüchten, während sich eine Sturzflut wilder Flüche und Obszönitäten über ihn ergoß.

Aber es gehörte mehr dazu, einen Adolph Knipe von seinem Vorhaben abzubringen. Enttäuscht, doch nicht entmutigt, fuhr er in seinem großen Wagen weiter, und zwar zu einer berühmten und überaus populären Schriftstellerin, deren dickleibige Liebesromane zu Millionen gekauft wurden. Sie empfing Knipe sehr gnädig, setzte ihm Tee vor und hörte sich seine Geschichte aufmerksam an.

«Das klingt faszinierend», sagte sie. «Aber ich kann es nicht so recht glauben.»

«Gnädige Frau», antwortete Knipe, «kommen Sie mit und überzeugen Sie sich mit eigenen Augen. Mein Wagen steht zu Ihrer Verfügung.»

Sie fuhren also los. Am Ziel angelangt, wurde die erstaunte Dame in das Maschinenhaus geführt. Eifrig erklärte ihr Knipe die Arbeitsweise des Wunderwerks, und nach einer Weile erlaubte er ihr sogar, auf dem Führersitz Platz zu nehmen und probeweise die Vorwählknöpfe zu bedienen.

«Sehr schön», sagte er plötzlich. «Möchten Sie jetzt vielleicht ein Buch machen?»

«O ja!» rief sie. «Bitte!»

Sie war zweifellos technisch begabt, und obendrein schien sie genau zu wissen, was sie wollte. Nachdem sie die Vorwahl selbständig getroffen hatte, brachte sie einen langen, abenteuerlichen, von Leidenschaft erfüllten Roman zustande. Sie las das erste Kapitel und war derart begeistert, daß sie den Vertrag sofort unterschrieb.

«Die haben wir glücklich aus dem Weg geräumt», sagte Knipe später zu Mr. Bohlen. «Und bei ihr hat sich's wirklich gelohnt.»

«Gute Arbeit, mein Junge.»

«Und wissen Sie, *warum* sie unterschrieben hat?»

«Na?»

«Nicht wegen des Geldes. Davon hat sie genug.»

«Sondern?»

Knipe grinste und entblößte dabei einen langen Streifen blassen Zahnfleisches. «Sie hat einfach eingesehen, daß dieses maschinell hergestellte Zeug besser ist als ihr eigenes.»

Von nun an hielt es Knipe für geraten, sich auf mittelmäßige Talente zu konzentrieren. Die guten Schriftsteller – zum Glück gab es nur wenige, so daß sie kaum ins Gewicht fielen – ließen sich offenbar nicht so leicht verführen.

Schließlich, nach monatelangen Bemühungen, hatte er etwa siebzig Prozent der Schriftsteller auf seiner Liste bewogen, den Vertrag zu unterschreiben. Er fand bald heraus, daß es mit den Älteren, die keine Einfälle mehr hatten und Zuflucht beim Alkohol suchten, die wenigsten Schwierigkeiten gab. Die Jüngeren waren widerspenstiger. Sie neigten dazu, auf Knipes Vorschlag mit Beleidigungen, gelegentlich sogar mit tätlichen Angriffen zu reagieren, und mehr als einmal wurde er auf seinen Rundfahrten leicht verletzt.

Aber alles in allem war es ein verheißungsvoller Anfang. Man schätzt, daß im letzten Jahr – dem ersten, in dem die Maschine voll arbeitete – mindestens die Hälfte aller in englischer Sprache veröffentlichten Romane und Kurzgeschichten von Adolph Knipe auf dem großen automatischen Grammatisator hergestellt wurden.

Überrascht Sie das?

Wohl kaum.

Und Schlimmeres steht noch bevor. Inzwischen ist das Geheimnis ruchbar geworden, von Tag zu Tag drängen sich mehr Schriftsteller danach, mit Mr. Knipe ins Geschäft zu kommen, und für diejenigen, die der Versuchung bisher widerstanden haben, wird die Schraube immer fester angezogen.

Gerade in diesem Augenblick, da ich hier sitze und dem Gebrüll meiner neun hungrigen Kinder lausche, merke ich, wie sich meine Hand näher und näher an jenen goldenen Vertrag herantastet, der drüben auf der anderen Seite des Schreibtisches liegt.

Gib uns Kraft, o Herr, unsere Kinder verhungern zu lassen!

Mein Herzblatt

Seit vielen Jahren bin ich gewohnt, ein Mittagsschläfchen zu halten. Ich setze mich in einen Sessel im Wohnzimmer, ein Kissen hinter dem Kopf, die Füße auf einem viereckigen Lederhocker, und lese, bis ich einschlummere.

So hatte ich es mir auch am Freitagnachmittag in meinem Sessel bequem gemacht und genoß die Lektüre eines meiner Lieblingsbücher – Doubleday und Westwoods *The Genera of Diurnal Lepidoptera,* ein Werk über Tagfalter –, als meine Frau, die noch nie zur Schweigsamkeit neigte, vom Sofa aus das Wort an mich richtete.

«Du», begann sie, «wann kommen eigentlich diese beiden Leute?»

Ich antwortete nicht, und sie wiederholte die Frage, diesmal erheblich lauter.

Ich teilte ihr höflich mit, daß ich es nicht wüßte.

«Ich finde sie nicht sehr sympathisch», fuhr sie fort. «Und ihn mag ich noch weniger als sie.»

«Nein, Liebes. In Ordnung.»

«Arthur! Ich sagte, sie sind mir nicht sehr sympathisch.»

Ich ließ mein Buch sinken und blickte zu ihr hinüber. Sie lag auf dem Sofa und blätterte in einem Modejournal. «Wir waren ja erst einmal mit ihnen zusammen», erwiderte ich.

«Ein schrecklicher Mann, wirklich. Erzählte pausenlos Witze oder Geschichten oder was weiß ich.»

«Du wirst schon mit ihnen fertig werden, Liebes.»

«Und *sie* ist nicht viel besser als er. Wann, glaubst du, werden sie kommen?»

«Wahrscheinlich so gegen sechs.»

«Aber findest *du* sie nicht auch gräßlich?» fragte sie und deutete mit dem Finger auf mich.

«Nun ...»

«Sie sind einfach unausstehlich, jawohl, das sind sie.»

«Wir können jetzt kaum noch absagen, Pamela.»

«Sie sind das absolut Letzte.»

«Warum hast du sie dann eingeladen?» Die Frage entschlüpfte mir unwillkürlich und zu meinem größten Bedauern, denn ich habe es mir zur Regel gemacht, meine Frau nie herauszufordern, wenn ich es irgend vermeiden kann. Eine Pause trat ein, und während ich auf Antwort wartete, betrachtete ich das Gesicht meiner Frau – dieses große weiße Gesicht, in dem etwas so seltsam Faszinierendes war, daß es mir oft nicht gelingen wollte, den Blick davon abzuwenden. Abends, wenn sie an ihrer Stickerei arbeitete oder ihre kniffligen kleinen Blumenbilder malte, straffte sich mitunter das Gesicht und spiegelte eine geheimnisvolle innere Kraft wider, die unsagbar schön war, und ich konnte nichts anderes tun, als es wie gebannt anstarren, während ich vorgab zu lesen. Selbst jetzt, mit dem verdrossenen, bitteren Blick, der gerunzelten Stirn, der ärgerlich gekrausten Nase, hatte diese Frau unleugbar etwas Majestätisches an sich, etwas Grandioses, fast Überwältigendes. Hinzu kam, daß sie sehr groß war, viel größer als ich – obgleich man sie heute, in ihrem einundfünfzigsten Jahr, eher massig als groß nennen müßte.

«Du weißt sehr gut, warum ich sie eingeladen habe», sagte sie in scharfem Ton. «Nur weil sie Bridge spielen, ein erstklassiges Bridge und um einen anständigen Einsatz.» Sie hob den Kopf und sah, daß ich sie beobachtete. «Mehr ist wirklich nicht an ihnen dran», schloß sie, «und du denkst doch genauso, nicht wahr?»

«Hm, natürlich, ich ...»

«Sei nicht albern, Arthur.»

«Ich habe sie ja erst einmal gesehen, aber ich finde, sie machten einen sehr netten Eindruck.»

«Den macht unser Fleischer auch.»

«Bitte, Pamela, Liebes, du darfst nicht ungerecht sein.»

«Hör mal zu», das Modeheft fiel klatschend auf ihren Schoß, «du weißt ebenso gut wie ich, was für Leute das sind. Dumme Streber, die sich einbilden, sie könnten überall verkehren, nur weil sie gut Bridge spielen.»

«So wird's wohl sein, Liebes. Ich verstehe nur nicht, warum du sie dann ...»

«Das sage ich dir ja die ganze Zeit – damit wir endlich einmal ein anständiges Bridge spielen können. Ich habe es satt, mich mit Stümpern herumzuärgern. Aber es ist doch wirklich eine Zumutung, diese gräßlichen Leute übers Wochenende im Haus zu haben.»

«Natürlich, Liebes, natürlich. Nur ... ist es jetzt nicht ein bißchen spät ...?»

«Arthur!»

«Ja?»

«Warum mußt du mir eigentlich dauernd widersprechen? Du *weißt*, daß sie dir genauso unsympathisch waren wie mir.»

«Ich bin sicher, Pamela, daß du dir keine Gedanken zu machen brauchst. Alles in allem schienen sie doch ein nettes junges Paar mit guten Manieren zu sein.»

«Arthur, übertreibe nicht so maßlos.» Sie sah mich streng an, und um ihrem Blick auszuweichen – diese runden grauen Augen verwirrten mich, wie schon so oft –, ging ich zu der Fenstertür, die in den Garten hinausführte.

Die große, leicht abfallende Rasenfläche vor dem Haus war frisch gemäht, so daß hellgrüne Streifen mit dunkleren wechselten. Drüben, auf der anderen Seite, standen die beiden Goldregensträucher endlich in voller Blüte und hoben sich leuchtend von den Bäumen im Hintergrund ab. Die Rosen und die scharlachroten Begonien waren ebenfalls erblüht, auch meine schönen Lupinen, Federnelken, Akeleien, Rittersporne und die blassen, duftenden Schwertlilien. Einer der Gärtner kam gerade vom Mittagessen zurück. Ich sah das Dach seines Häuschens durch die Bäume und seitlich dahinter das eiserne Gittertor an der Straße nach Canterbury.

Das Haus meiner Frau. Ihr Garten. Wie schön war das alles! Wie friedlich! Ach, wenn Pamela nur etwas weniger um mein Wohlergehen besorgt wäre, etwas weniger dazu neigte, mir – «einzig und allein zu deinem Besten, Arthur» – höchst lästige Entschlüsse aufzuzwingen, dann hätte ich hier den Himmel auf Erden. Mit diesen Worten möchte ich jedoch keinesfalls den Eindruck erwecken, daß ich sie nicht liebe – ich bete die Luft an, die sie atmet – oder daß ich nicht mit ihr fertig werde oder daß ich nicht Herr im Hause bin. Nein, es ist nur so, daß sie mir manchmal ein bißchen auf die Nerven geht. Ihr Benehmen zum Beispiel, ihre etwas manierierte Art – ich wünschte wirklich, sie würde sich gewisse Dinge abgewöhnen. Vor allem mißfällt mir, daß sie mit dem Finger auf mich deutet, sooft sie einen Satz betonen will. Wie ich bereits sagte, bin ich ziemlich klein von Statur, und wenn sich jemand, besonders ein Mensch wie meine Frau, unablässig dieser Geste bedient, dann schüchtert mich das natürlich ein. Manchmal bin ich nahe daran, zu bezweifeln, daß *ich* in unserer Ehe das Regiment führe.

«Arthur!» rief sie. «Komm her.»

«Was ist denn?»

«Ich habe eine wunderbare Idee. Komm her.»

Ich drehte mich gehorsam um und ging zu dem Sofa, auf dem sie lag.

«Paß mal auf», sagte sie. «Wie wär's, wenn wir uns einen kleinen Spaß machten?»

«Was für einen Spaß?»

«Mit den Snapes.»
«Wer sind die Snapes?» fragte ich.
«Herrje, wach doch auf. Henry und Sally Snape. Unsere Wochenendgäste.»
«Ja und?»
«Hör zu. Ich habe hier gelegen und daran gedacht, wie gräßlich sie sind ... er mit seinen Witzen und sie wie eine Turteltaube ...» Sie lächelte listig, und aus irgendeinem Grunde hatte ich den Eindruck, sie würde etwas Schockierendes sagen. «Nun – wenn sie sich in unserer Gegenwart so benehmen, wie müssen sie dann erst sein, wenn sie miteinander allein sind?»
«Moment mal, Pamela ...»
«Stell dich nicht so an, Arthur. Ich finde, wir sollten uns heute abend einen Spaß machen, einen richtigen Spaß.»
Sie hatte sich ein wenig aufgerichtet, plötzlich strahlend vor Übermut, den Mund leicht geöffnet, und ich sah in ihren runden grauen Augen zwei kleine Funken tanzen.
«Sag doch ja», drängte sie.
«Was hast du denn vor?»
«Na, das ist doch klar. Kannst du es nicht erraten?»
«Nein.»
«Wir brauchen nur ein Mikrophon in ihrem Zimmer aufzustellen.»
Ich gebe zu, ich war auf einiges vorbereitet, aber dieser Vorschlag brachte mich so aus der Fassung, daß ich einfach keine Worte fand.
«Genau das werden wir machen», fügte sie triumphierend hinzu.
«Halt!» rief ich. «Nein. Warte einen Augenblick. So was ist doch unmöglich.»
«Warum denn?»
«Das ist wohl der übelste Streich, von dem ich je gehört habe. Noch viel, viel schlimmer als ... als durch Schlüssellöcher sehen oder fremde Briefe lesen. Aber du hast es ja auch nur im Scherz gesagt, nicht wahr?»
«O nein. Ich meine es ernst.»
Obgleich ich wußte, daß sie keinen Widerspruch vertrug, hielt ich es manchmal für unbedingt notwendig, mich durchzusetzen, selbst auf die Gefahr hin, ihren Zorn zu erregen. «Pamela», stieß ich scharf hervor, «ich verbiete dir, das zu tun!»
Sie nahm die Füße vom Sofa und setzte sich auf. «Sag mal, Arthur, was glaubst du eigentlich, wer du bist? Wirklich, ich verstehe dich nicht.»
«Das dürfte doch nicht so schwer sein.»

«Lächerlich! Ich weiß, daß du schon viel schlimmere Sachen gemacht hast.»

«Niemals.»

«O doch. Versuch bloß nicht, den Tugendbold zu spielen.»

«Aber so etwas habe ich bestimmt noch nie gemacht.»

«Nicht so hastig, mein Junge.» Ihr Zeigefinger schnellte auf mich zu wie eine Pistole. «Wie war denn das Weihnachten bei den Milfords? Erinnerst du dich? Du hast dich halb totgelacht, und ich mußte dir die Hand auf den Mund legen, damit man uns nicht hörte. Na, was sagst du nun?»

«Das war etwas anderes», verteidigte ich mich. «Es war nicht unser Haus. Und es waren nicht unsere Gäste.»

«Wo ist da der Unterschied?» Sie saß jetzt sehr gerade, starrte mich mit ihren runden grauen Augen an, und ihr vorgestrecktes Kinn drückte tiefe Verachtung aus. «Laß gefälligst die blöde Heuchelei, Arthur. Was ist denn nur plötzlich in dich gefahren?»

«Ganz ehrlich, Pamela, die Sache gefällt mir nicht. Das ist doch eine ausgesprochene Gemeinheit.»

«Nun ja, mein Lieber, ich *bin* eben gemein. Und du auch – im Grunde deines Herzens. Deswegen passen wir ja so gut zusammen.»

«Ich habe noch nie so einen Unsinn gehört.»

«Aha, du hast dich offenbar plötzlich entschlossen, auf dem Pfad der Tugend zu wandeln. Ja, das ist natürlich etwas anderes.»

«Bitte hör auf, so zu reden, Pamela.»

«Sieh mal», fuhr sie unbeirrt fort, «wenn du wirklich entschlossen bist, dich zu bessern – was in aller Welt soll dann aus mir werden?»

«Du weißt nicht, was du sprichst.»

«Arthur, wie könntest du, ein guter Mensch, noch länger mit mir, einem Ekel, zusammen leben wollen?»

Ich setzte mich langsam in den Sessel ihr gegenüber, und sie ließ mich keine Sekunde aus den Augen. Um es noch einmal zu sagen, sie war eine große, stattliche Frau mit einem großen weißen Gesicht, und wenn sie mich so eindringlich anblickte, wurde ich – wie soll ich mich ausdrücken? – gleichsam von ihr umschlossen, von ihr eingehüllt, als wäre ich in einen riesigen Tiegel Hautcreme gefallen.

«Du willst das mit dem Mikrophon gar nicht machen, nicht wahr?»

«Doch, natürlich. Es wird Zeit, daß wir mal ein bißchen Spaß haben. Komm, komm, Arthur, hab dich nicht so.»

«Es ist nicht anständig, Pamela.»

«Es ist genauso anständig –» wieder schoß ihr Finger auf mich zu – «genauso anständig wie damals, als du diese Briefe, die du in Mary Proberts Handtasche fandest, von A bis Z gelesen hast.»

«Wir hätten das nie tun sollen.»

«Wir!»

«Du hast sie nach mir gelesen, Pamela.»

«Es hat ja niemandem geschadet. Das hast du damals selbst gesagt. Und dies hier ist nicht schlimmer.»

«Was würdest *du* sagen, wenn jemand das mit *dir* täte?»

«Dumme Frage. Was ich nicht weiß, macht mich nicht heiß. Also los, Arthur, sei kein Waschlappen.»

«Ich muß mir das überlegen.»

«Hat der große Radioingenieur vielleicht vergessen, wie man ein Mikrophon an den Lautsprecher anschließt?»

«Das ist das leichteste von allem.»

«Na bitte, worauf wartest du noch?»

«Laß mich doch überlegen. Ich sage dir nachher Bescheid.»

«Nachher ist es zu spät. Sie können jeden Moment kommen.»

«Dann lasse ich's bleiben. Sollen sie mich etwa auf frischer Tat ertappen?»

«Wenn sie kommen, bevor du fertig bist, halte ich sie einfach hier unten auf. Da kann gar nichts passieren. Wie spät ist es überhaupt?»

«Kurz vor drei.»

«Sie kommen von London», sagte sie, «und sie sind bestimmt nicht vor dem Mittagessen abgefahren. Du hast also reichlich Zeit.»

«Welches Zimmer wolltest du ihnen denn geben?»

«Das große gelbe am Ende des Flurs. Das ist nicht zu weit weg, nicht wahr?»

«Würde gerade noch gehen, denke ich.»

«Wo wirst du übrigens den Lautsprecher aufstellen?» erkundigte sie sich.

«Ich habe noch gar nicht gesagt, daß ich mitmache.»

«Mein Gott!» rief sie. «Dich kann doch jetzt keiner mehr halten. Du solltest dein Gesicht sehen. Es ist rosarot vor Aufregung, und deine Augen leuchten. Stell den Lautsprecher in unser Schlafzimmer, ja? Los, fang an – und beeil dich.»

Ich zögerte. Das tat ich immer, wenn sie mich herumkommandierte, statt mich freundlich zu bitten. «Mir ist nicht wohl bei der Sache, Pamela.»

Nun sagte sie nichts mehr; sie saß nur da, still und stumm, und sah mich an. Auf ihrem Gesicht lag ein resignierter, wartender Ausdruck, als stünde sie irgendwo Schlange. Ich wußte aus Erfahrung, daß dies ein Gefahrenzeichen war. Sie erinnerte mich an eine dieser Höllenmaschinen, bei denen die Zündung eingestellt ist, und es war nur eine

Frage der Zeit, wann sie – peng! – explodieren würde. In der Stille, die im Zimmer herrschte, konnte ich sie beinahe ticken hören.

So stand ich denn schweigend auf und ging in die Werkstatt, um ein Mikrophon und eine Rolle Draht zu holen. Zu meiner Schande muß ich bekennen, daß ich jetzt, seit ich nicht mehr in ihrer Nähe war, eine gewisse Erregung verspürte, ein warmes, prickelndes Gefühl in den Fingerspitzen. Es war nichts Besonderes, wohlgemerkt – überhaupt nicht der Rede wert. Du lieber Himmel, so etwas empfinde ich an jedem Morgen meines Lebens, wenn ich die Zeitung aufschlage und die Kurse der zwei, drei Aktien überprüfe, von denen meine Frau ein größeres Paket besitzt. Dieser alberne Spaß konnte mich wirklich nicht aus der Ruhe bringen. Aber ich freute mich darauf, das will ich nicht leugnen.

Ich lief die Treppe hinauf, immer zwei Stufen auf einmal, und betrat das gelbe Zimmer am Ende des Flurs. Mit seinem Doppelbett, den Steppdecken aus gelbem Atlas, den blaßgelben Wänden und den goldfarbenen Vorhängen hatte es das saubere, unbewohnte Aussehen aller Gästezimmer. Als erstes hielt ich Umschau nach einem guten Versteck für das Mikrophon. Das war sehr wichtig, denn es durfte ja auf keinen Fall entdeckt werden. Mein Blick fiel auf den Korb mit Brennholz am Kamin. Sollte ich es unter die Scheite legen? Nein – nicht sicher genug. Hinter die Heizung? Auf den Schrank? Unter den Tisch? Keiner dieser Plätze erschien mir günstig. Überall konnte man bei der Suche nach einem verlorengegangenen Kragenknopf oder etwas Ähnlichem auf das Mikrophon stoßen. Schließlich kam mir der überaus kluge Gedanke, es in den Sprungfedern des Sofas zu installieren. Das Sofa stand an der Wand, am Rande des Teppichs, so daß ich den Leitungsdraht unter dem Teppich bis zur Tür legen konnte.

Ich kantete das Sofa hoch und schob das Material darunter. Nachdem ich das Mikrophon sorgfältig an den Sprungfedern befestigt hatte – natürlich so, daß die Vorderseite dem Zimmer zugewandt war –, führte ich den Draht unter dem Teppich bis zur Tür. Ich arbeitete ohne Hast und ging sehr vorsichtig zu Werke. Auf der Schwelle, dort, wo der Draht nicht mehr vom Teppich verdeckt wurde, schnitt ich eine schmale Furche in das Holz, so daß er nahezu unsichtbar war.

Das alles dauerte natürlich seine Zeit, und als ich auf einmal das Knirschen von Rädern auf dem Kies, das Zuschlagen von Wagentüren und dann die Stimmen unserer Gäste vernahm, hockte ich noch mitten auf dem Flur, wo ich den Draht an der Scheuerleiste befestigte. Mit dem Hammer in der Hand fuhr ich erschrocken hoch, und ich muß gestehen, daß ich von Angst gepackt wurde. Diese Geräusche zerrten gewaltig an meinen Nerven. Ich hatte das gleiche flaue Gefühl in der Magengegend wie damals im Krieg, als ich eines Nachmittags nichtsahnend in der Bibliothek mit meinen Schmetterlingen beschäftigt war und plötzlich am anderen Ende des Dorfes eine Bombe niederging.

Reg dich nicht auf, sagte ich mir. Pamela wird schon dafür sorgen, daß diese Leute nicht heraufkommen.

Ziemlich nervös machte ich mich wieder an die Arbeit, und bald gelangte ich mit dem Draht in unser Schlafzimmer. Hier war es zwar nicht so wichtig, ihn zu verbergen, aber ich durfte mir wegen der Dienstboten keine Nachlässigkeit erlauben. Ich legte also den Draht unter den Teppich und führte ihn unauffällig zur Rückwand des Radios hinauf. Den Anschluß herzustellen war eine rein technische Frage; ich erledigte das im Handumdrehen.

So, fertig! Ich trat einen Schritt zurück und betrachtete das kleine Radio. Irgendwie schien es sich verändert zu haben – kein alberner Kasten mehr, der Töne hervorbrachte, sondern ein bösartiges kleines Geschöpf, das auf der Tischplatte hockte und sich mit einem Teil seines Körpers heimlich zu einem weit entfernten verbotenen Ort vortastete. Ich schaltete den Apparat ein. Er summte leise, gab aber sonst keine Geräusche von sich. Ich nahm meinen Wecker, der laut tickte, und trug ihn in das gelbe Zimmer, wo ich ihn vor dem Sofa auf den Boden stellte. Dann lief ich zu dem Radiogeschöpf hinüber. Tatsächlich, es tickte so laut, als stünde die Uhr im Zimmer – sogar noch lauter.

Ich holte den Wecker zurück, wusch und kämmte mich im Badezimmer, schaffte das Werkzeug fort, und jetzt hinderte mich nichts mehr, die Gäste zu begrüßen. Aber vorher, um mich zu beruhigen und auch, weil ich nicht sozusagen mit bluttriefenden Händen vor ihnen erscheinen wollte, verbrachte ich fünf Minuten bei meiner Schmetterlingssammlung in der Bibliothek. Ich widmete mich einem Glaskasten, der die herrliche *Vanessa cardui* – die ‹gemalte Dame› – enthielt, und machte mir ein paar Notizen zu einem Vortrag über ‹Beziehungen zwischen Farbmuster und Bau der Flügel›, den ich bei der nächsten Sitzung unseres Vereins in Canterbury zu halten gedachte. Auf diese Weise erlangte ich bald meine gewohnte würdevolle Gelassenheit zurück.

Nun ging ich ins Wohnzimmer hinüber. Unsere beiden Gäste, deren Namen ich mir einfach nicht merken konnte, saßen auf dem Sofa. Meine Frau mixte die Drinks.

«Ah, da bist du ja, Arthur», rief sie. «Wo hast du denn nur gesteckt?»

Ich fand diese Bemerkung höchst überflüssig. «Entschuldigen Sie bitte», sagte ich und schüttelte den Gästen die Hand, «ich habe gearbeitet und darüber die Zeit vergessen.»

«Wir wissen genau, was Sie gemacht haben», behauptete das Mädchen und lächelte verschmitzt. «Aber wir verzeihen ihm, nicht wahr, Liebster?»

«Ja, ausnahmsweise», antwortete ihr Mann.

Ich hatte eine entsetzliche Vision: meine Frau, die ihnen unter schallendem Gelächter haarklein erzählte, was ich oben gemacht hatte. Sie konnte – sie *konnte* mir das doch nicht angetan haben! Ich blickte mich nach ihr um und sah, daß auch sie lächelte, während sie das Meßglas mit Gin füllte.

«Es tut mir leid, daß wir Sie gestört haben», sagte das Mädchen.

Wenn das ein Scherz sein soll, dachte ich, dann geh lieber gleich darauf ein. Ich zwang mich also, ihr Lächeln zu erwidern.

«Aber Sie zeigen uns alles, nicht wahr?» fuhr das Mädchen fort.

«Zeigen? Was?»

«Ihre Sammlung. Ihre Frau sagt, Sie hätten wunderschöne Exemplare.»

Ich ließ mich langsam in einen Sessel sinken und holte tief Luft. Es war lächerlich, so mißtrauisch und nervös zu sein. «Interessieren Sie sich für Schmetterlinge?» fragte ich.

«Ihre würde ich jedenfalls sehr gern sehen, Mr. Beauchamp.»

Die Martinis wurden herumgereicht, und da wir bis zum Dinner noch gute zwei Stunden Zeit hatten, stand einer gemütlichen Unterhaltung nichts im Wege. Unsere Gäste machten einen ausgezeichneten Eindruck; ich fand, daß sie ein reizendes Paar waren. Meine Frau, die aus einer adligen Familie stammt, ist sehr stolz auf ihre Herkunft und Erziehung, und sie neigt dazu, vorschnell über Fremde zu urteilen, die ihre Bekanntschaft suchen – besonders wenn es sich um hochgewachsene Männer handelt. Sie hat häufig recht, aber in diesem Fall war ich fast sicher, daß sie sich geirrt hatte. Im allgemeinen habe ich auch nichts für hochgewachsene Männer übrig; sie sind meistens anmaßend und besserwisserisch. Aber Henry Snape – meine Frau hatte mir den Namen zugeflüstert – schien ein sympathischer junger Mann mit guten Manieren zu sein, und offenbar war er, wie sich das gehört, bis über die Ohren in Mrs. Snape verliebt. Er sah recht gut aus mit seinem langen Pferdegesicht und den dunkelbraunen Augen, deren Blick sanft und teilnahmsvoll war. Ich beneidete ihn um seinen schönen schwarzen Haarschopf und ertappte mich bei der Überlegung, welches Haarwasser er wohl benutzte. Er erzählte tatsächlich ein paar Witze, aber sie hatten Niveau, und niemand konnte etwas gegen sie einwenden.

«In der Schule» berichtete er, «nannten sie mich Scervix. Wissen Sie, warum?»

«Nein, keine Ahnung», sagte meine Frau.

«Weil unser englisches Wort *nape* im Lateinischen *cervix* heißt.»

Das war sehr scharfsinnig, und ich mußte eine Weile nachdenken, bevor ich die Pointe begriff.

«Welche Schule haben Sie besucht, Mr. Snape?» erkundigte sich meine Frau.

«Eton», antwortete er, und meine Frau nahm das mit einem beifälligen Nicken zur Kenntnis. Jetzt wird sie sich mit ihm unterhalten, dachte ich und wandte meine Aufmerksamkeit unserem anderen Gast, Sally Snape, zu. Sie war ein reizvolles Mädchen mit Busen. Wäre ich ihr fünfzehn Jahre früher begegnet, so hätte sie mich leicht zu einer Dummheit verleiten können. Nun, wie dem auch sei, ich kam sehr gut mit ihr aus und erzählte ihr von meinen schönen Schmetterlingen. Ich beobachtete sie, während ich sprach, und allmählich gewann ich den Eindruck, daß sie in Wirklichkeit gar nicht so heiter und unbekümmert war, wie ich zuerst geglaubt hatte. Sie schien sich gegen die Außenwelt abzuschließen, als hätte sie ein Geheimnis, das sie sorgsam hütete. Der Blick ihrer tiefblauen Augen huschte zu schnell durch den Raum, blieb nie länger als den Bruchteil einer Sekunde auf einem Gegenstand ruhen, und in ihr Gesicht hatte irgendein Kummer zarte, kaum wahrnehmbare Spuren eingegraben.

«Ich freue mich schon auf unser Bridge», sagte ich nach einer Weile, um das Thema zu wechseln.

«Wir auch», erwiderte sie. «Wissen Sie, wir spielen fast jeden Abend, weil es uns soviel Spaß macht.»

«Sie sind beide äußerst gewandt. Wie kommt es, daß Sie so gut spielen?»

«Es ist nur Übung», erklärte sie. «Übung, Übung und nochmals Übung.»

«Haben Sie schon mal an einem Turnier teilgenommen?»

«Nein, aber Henry möchte so gern, daß wir es tun. Wissen Sie, wenn man allen Ansprüchen genügen will, kostet das sehr viel Mühe. Schrecklich viel Mühe.»

Täuschte ich mich, oder schwang in ihrer Stimme tatsächlich eine leise Resignation mit? Ja, dachte ich, das wird es wohl sein: Er treibt sie zu hart an, macht aus dem Vergnügen eine Pflicht, und die Ärmste ist der Sache längst überdrüssig.

Um acht Uhr gingen wir, ohne uns umzuziehen, ins Speisezimmer hinüber. Das Dinner war ein Erfolg, und Henry Snape erzählte uns einige sehr komische Geschichten. Er lobte auch mit großer Kennerschaft meinen 34er Richebourg, was mich sehr erfreute. Als schließlich der Kaffee serviert wurde, stellte ich fest, daß mir die beiden jungen Menschen enorm sympathisch waren, und ich empfand ziemliches Unbehagen wegen dieser Geschichte mit dem Mikrophon. Wenn es sich um gräßliche Leute gehandelt hätte, wäre alles in Ordnung gewesen, aber der Gedanke, zwei so reizenden jungen Menschen einen solchen Streich zu spielen, rief ein starkes Schuldgefühl in mir hervor. Das soll nicht heißen, daß ich kalte Füße bekam. Ich hielt es durchaus nicht für notwendig, das Unternehmen abzublasen. Ich konnte nur nicht die Vorfreude teilen, die mir meine Frau mit verstohlenem Lächeln und Blinzeln und heimlichem Kopfnicken offenbarte.

Gegen halb zehn kehrten wir in heiterer Stimmung und gut gesättigt in das große Wohnzimmer zurück, um unsere Bridgepartie zu beginnen. Da wir um einen ziemlich hohen Einsatz spielten – zehn Shilling auf hundert Punkte –, kamen wir überein, die Familien nicht zu trennen. Ich blieb also die ganze Zeit der Partner meiner Frau. Wir alle nahmen das Spiel ernst – wer es nicht ernst nimmt, soll lieber die Finger davon lassen –, und wir spielten sehr konzentriert. Bis auf die Ansagen wechselten wir kaum ein Wort. Natürlich ging es uns nicht ums Geld. Weiß Gott, meine Frau hatte genug davon und die Snapes anscheinend auch. Aber unter Experten gehört es sozusagen zum guten Ton, daß um einen anständigen Einsatz gespielt wird.

An diesem Abend waren die Karten gleichmäßig verteilt, doch meine Frau spielte viel schlechter als sonst, so daß wir dauernd verloren. Ich merkte ihr an, daß sie nicht ganz bei der Sache war, und als es auf Mitternacht ging, achtete sie überhaupt nicht mehr auf ihre Karten. Sie blickte mich immer wieder mit ihren runden grauen Augen an, die Brauen hochgezogen, die Nasenflügel eigenartig gebläht, ein kleines hämisches Lächeln in den Mundwinkeln.

Unsere Gegner spielten ausgezeichnet. Ihre Ansagen waren meisterhaft, und während des ganzen Abends machten sie nur einen einzigen Fehler. Das war, als das Mädchen die Karten ihres Partners stark überschätzte und sechs Pik ansagte. Ich verdoppelte, und sie gingen auf drei herunter, was sie achthundert Punkte kostete. Das kann jedem einmal passieren, aber Sally Snape geriet dadurch sehr aus der Fassung, obwohl ihr Mann ihr sofort verzieh, ihr über den Tisch hinweg die Hand küßte und sie bat, sich doch nur nicht aufzuregen.

Gegen halb eins verkündete meine Frau, sie wolle jetzt schlafen gehen.

«Noch einen Robber», schlug Henry Snape vor.

«Nein, Mr. Snape. Ich bin müde. Und Arthur ist auch müde. Ich sehe es ihm an. Machen wir Schluß, das ist für uns alle das beste.»

Sie erhob sich, und wir vier gingen zusammen nach oben. Auf der Treppe wurde, wie es bei solchen Gelegenheiten üblich ist, die Frage des Frühstücks erörtert – was sie haben wollten und wie sie das Mädchen rufen konnten. «Ich glaube, das Zimmer wird Ihnen gefallen», sagte meine Frau. «Man hat dort einen herrlichen Blick auf das Tal, und von zehn Uhr an scheint die Morgensonne herein.»

Wir hatten inzwischen den Flur erreicht und blieben vor unserer Schlafzimmertür stehen. Ich betrachtete verstohlen den Draht, den ich am Nachmittag gelegt hatte und der an der Scheuerleiste entlang zum Zimmer unserer Gäste führte. Obwohl er fast die gleiche Farbe hatte wie der Anstrich, sprang er mir förmlich in die Augen. «Gute Nacht», sagte meine Frau. «Schlafen Sie gut, Mrs. Snape. Angenehme Ruhe, Mr. Snape.» Ich folgte ihr in unser Zimmer und riegelte die Tür ab.

«Schnell!» rief sie. «Stell es an!» So ist meine Frau immer – besorgt, daß sie irgend etwas verpassen könnte. Bei der Jagd – an der ich nie teilnehme – ist sie stets mit den Hunden vornweg, ohne Rücksicht auf sich selbst und ihr Pferd, damit sie nur ja keinen Abschuß verpaßt. Ich sah ihr an, daß sie nicht gesonnen war, diesen hier zu verpassen.

Das kleine Radio wurde zeitig genug warm, um die Geräusche beim Öffnen und Schließen der Tür zu übermitteln.

«Da! Sie sind hineingegangen.»

Meine Frau stand in der Mitte des Zimmers und lauschte gespannt, die Hände über ihrem blauen Kleid gefaltet, den Kopf vorgestreckt. Das große weiße Gesicht schien sich gestrafft zu haben wie ein Weinschlauch.

Im nächsten Augenblick drang die Stimme Henry Snapes aus dem Lautsprecher, stark und klar. «Du bist ein gottverdammter kleiner Idiot», sagte er, und seine Stimme war so anders, als ich sie in Erinnerung hatte, so barsch und unangenehm, daß ich zusammenzuckte. «Der ganze verfluchte Abend zum Teufel! Achthundert Punkte – das wären acht Pfund für uns gewesen!»

«Ich bin durcheinandergeraten», antwortete das Mädchen. «Es wird nicht wieder vorkommen, Henry, das verspreche ich dir.»

«Was ist *das*?» flüsterte meine Frau. «Was geht da vor?» Ihr Mund stand jetzt weit offen, und sie zog die Augenbrauen sehr hoch. Sie stürzte zum Radio, beugte sich vor und legte das Ohr an den Lautsprecher. Ich muß zugeben, daß auch ich ziemlich aufgeregt war.

«Ich verspreche, ich verspreche, es wird nicht wieder vorkommen», beteuerte das Mädchen.

«Versprechungen nützen mir gar nichts», sagte der Mann grimmig. «Wir werden es sofort noch mal üben.»

«O nein, bitte! Nicht jetzt! Ich kann einfach nicht mehr.»

«So was hab ich gern», knurrte der Mann. «Erst den ganzen Weg hier heraus, um der alten Schachtel ihr Geld abzuknöpfen, und dann vermasselst du mir die Tour.»

Diesmal war es meine Frau, die zusammenzuckte.

«Und das schon zum zweitenmal in dieser Woche», fügte er hinzu.

«Bestimmt, Henry, es wird nicht wieder vorkommen.»

«Setz dich hin. Ich sage an, und du antwortest.»

«Nein, Henry, *bitte*! Nicht alle fünfhundert. Dazu brauchen wir mindestens drei Stunden.»

«Na gut, dann lassen wir die Fingerstellungen aus. Ich glaube, die kannst du. Wir machen nur die Grundansagen, die die Honneurs anzeigen.»

«Ach, Henry, muß das sein? Ich bin so müde.»

«Es ist sehr wichtig, daß du sie bis ins letzte beherrschst», erwiderte er. «Du weißt doch, wir haben in der nächsten Woche jeden Abend ein Spiel. Wovon soll denn der Schornstein sonst rauchen?»

«Was ist das?» keuchte meine Frau. «Was in aller Welt ist das?»

«Pst», zischte ich. «Hör zu!»

«Also los», sagte die Stimme des Mannes. «Von Anfang an. Fertig?»

«Ach, Henry, *bitte*!» Sie schien den Tränen nahe zu sein.

«Vorwärts, Sally, reiß dich zusammen.»

Und dann sagte Henry Snape mit völlig veränderter Stimme – mit der, die wir im Wohnzimmer gehört hatten: «*Ein* Kreuz.» Mir fiel auf, daß er das Wörtchen ‹ein› stark betonte und es eigenartig gedehnt, fast singend aussprach.

«Kreuz-As und Kreuz-Dame», antwortete das Mädchen müde. «Pik-König und Pik-Bube. Kein Herz. Karo-As und Karo-Bube.»

«Und wie viele Karten zu jeder Farbe? Achte gefälligst auf meine Fingerstellung.»

«Die wollten wir doch auslassen, hast du gesagt.»

«Nun – wenn du ganz sicher bist, daß du sie kannst ...»

«Ja, ich kann sie.»

Eine Pause. Dann: «Ein *Kreuz*.»

«Kreuz-König und Kreuz-Bube», zählte das Mädchen auf, «Pik-As. Herz-Dame und Herz-Bube. Karo-As und Karo-Dame.»

Wieder eine Pause. Dann: «Ich sage *ein* Kreuz.»

«Kreuz-As und Kreuz-König ...»

«Herr des Himmels!» rief ich. «Das ist ein Code! Er gibt ihr jede Karte bekannt, die er in der Hand hat.»

«Arthur, das kann doch nicht sein?»

«Es ist wie bei diesen Männern im Varieté, die in den Zuschauerraum gehen und sich von irgendwem etwas geben lassen. Die Art, wie sie ihre Fragen formulieren, verrät dem Mädchen, das mit verbundenen Augen auf der Bühne steht, ganz genau, um was es sich handelt – wenn es ein Eisenbahnbillet ist, nennt sie sogar die Station, auf der es gelöst wurde.»

«Das ist doch unmöglich!»

«Keineswegs. Aber es kostet unendliche Mühe, das alles zu lernen. Hör zu!»

«Ich biete *ein Herz*», sagte die Stimme des Mannes.

«Herz-König, Herz-Dame und Herz-Zehn. Pik-As und Pik-Bube. Kein Karo. Kreuz-Dame und Kreuz-Bube ...»

«Außerdem», erklärte ich, «teilt er ihr die *Anzahl* der Karten jeder Farbe durch die Stellung seiner Finger mit.»

«Wie?»

«Keine Ahnung. Aber du hast ja gehört, daß er davon sprach.»

«Mein Gott, Arthur! Bist du sicher, daß es so ist?»

«Ich fürchte, ja.» Ich beobachtete, wie meine Frau zu ihrem Nachttisch ging, um sich eine Zigarette zu holen. Sie zündete sie an, drehte sich dann mit einem Ruck zu mir um und blies einen dünnen Rauchstrahl in die Luft. Mir war klar, daß wir irgend etwas unternehmen mußten, aber ich wußte nicht, was. Wir konnten ja die Snapes nicht beschuldigen, ohne zugleich unsere Informationsquelle preiszugeben. Ich wartete auf die Entscheidung meiner Frau.

«Du, Arthur», sagte sie langsam und blies eine Rauchwolke aus, «das ist eine *phantastische* Sache. Glaubst du, daß *wir* das lernen könnten?»

«Wir?»

«Natürlich. Warum nicht?»

«Halt! Nein! Hör mal, Pamela ...»

Aber da kam sie schon mit schnellen Schritten geradewegs auf mich zu, blieb vor mir stehen, senkte den Kopf und blickte auf mich herab. Um ihre Mundwinkel spielte der vertraute Anflug eines Lächelns, das keines war, die Nase krauste sich, die großen, runden grauen Augen starrten mich mit ihren glänzenden schwarzen Pupillen an, und dann wurden sie ganz grau, und alles übrige war weiß, von vielen roten Äderchen durchzogen. Und als sie mich so ansah, streng und aus nächster Nähe – also ich schwöre, daß mir zumute war wie einem Ertrinkenden.

«Ja», sagte sie. «Warum nicht?»

«Aber Pamela... Du meine Güte... Nein... Schließlich...»

«Arthur, ich wollte wirklich, du würdest mir nicht *dauernd* widersprechen. Genau das werden wir tun. Los, hol ein Spiel Karten; wir fangen sofort an.»

Edward der Eroberer

Mit einem Geschirrtuch in der Hand trat Louisa aus der Küchentür an der Rückseite des Hauses in den kühlen Oktobersonnenschein hinaus.

«Edward!» rief sie. «Ed-ward! Das Essen ist fertig!»

Sie wartete einen Augenblick und lauschte; dann überquerte sie, von einem kleinen Schatten begleitet, den Rasen. Als sie an dem Rosenbeet vorbeikam, strich sie leicht mit dem Finger über die Sonnenuhr. Für eine kleine, untersetzte Frau bewegte sie sich recht anmutig, schritt mit sanft schwingenden Schultern und Armen elastisch aus. Hinter dem Maulbeerbaum erreichte sie den gepflasterten Weg, auf dem sie weiterging, bis sie in die Senkung am Ende des großen Gartens hinabschauen konnte.

«Edward! Essen!»

Jetzt sah sie ihn dort unten am Waldrand, etwa achtzig Schritte entfernt – eine hochgewachsene, schmale Gestalt in Khakihosen und dunkelgrünem Sweater. Er stand neben einem lodernden Feuer und warf mit der Forke Brombeerranken hinein. Der milchige Rauch, der in Wolken aus den orangefarbenen Flammen quoll und über den Garten hinwegtrieb, verbreitete einen herrlichen Geruch nach Herbst und brennendem Laub.

Louisa lief den Abhang hinunter auf ihren Mann zu. Natürlich hätte sie nur noch einmal zu rufen brauchen, um seine Aufmerksamkeit zu erregen, aber das schöne Feuer zog sie an, lockte sie, dicht heranzutreten, damit sie die Hitze fühlen und das Knistern hören könnte.

«Das Essen ist fertig», sagte sie beim Näherkommen.

«Oh, hallo. Ja, gut – ich komme.»

«Das ist aber ein prächtiges Feuer.»

«Ich habe mir vorgenommen, hier gründlich Ordnung zu schaffen», erklärte der Mann. «Dieses Brombeergestrüpp ist eine schreckliche Plage.» Sein langes Gesicht war naß von Schweiß. An dem Schnurrbart hingen kleine Tropfen wie Tau, und zwei schmale Bäche rannen den Hals hinab auf den Rollkragen des Sweaters.

«Gib nur acht, daß du dich nicht überanstrengst, Edward.»

«Ich wollte, Louisa, du würdest mich nicht immer wie einen Achtzigjährigen behandeln. Ein bißchen Bewegung hat noch niemand geschadet.»

«Ja, Lieber, ich weiß. Ach, Edward, sieh mal – sieh!»

Der Mann drehte sich erstaunt nach Louisa um, die auf die andere Seite des Feuers deutete.

«Da drüben, Edward! Die Katze!»

Auf der Erde, so dicht am Feuer, daß die Flammen sie manchmal zu streifen schienen, saß eine große Katze von sehr ungewöhnlicher Farbe. Ganz still saß sie, den Kopf schräg gelegt, die Nase in der Luft, und beobachtete mit kühlen gelben Augen den Mann und die Frau.

«Sie wird sich verbrennen!» Louisa ließ das Geschirrtuch fallen, sprang rasch auf die Katze zu, packte sie mit beiden Händen, riß sie weg und setzte sie in sicherer Entfernung von den Flammen ins Gras.

«Was ist denn mit dir los, du närrisches Tier?» sagte sie, während sie sich die Hände abwischte.

«Katzen wissen, was sie tun», bemerkte ihr Mann. «Die tun nichts, was sie nicht wollen. Niemals.»

«Wem gehört sie? Hast du sie schon mal gesehen?»

«Bestimmt nicht. Hat eine eigenartige Farbe.»

Die Katze saß jetzt im Gras und schaute die beiden von der Seite an. Sie hatte einen verschleierten, nach innen gekehrten Ausdruck in den Augen, der ihr etwas seltsam Allwissendes und Nachdenkliches gab, und um die Nase lag ein kaum wahrnehmbarer verächtlicher Zug, als sei der Anblick dieser beiden Personen mittleren Alters – die eine klein, untersetzt und rosig, die andere mager und sehr verschwitzt – zwar einigermaßen überraschend, im Grunde aber sehr unwichtig. Für eine Katze war ihre Farbe tatsächlich recht eigenartig – ein reines Silbergrau ohne jede Spur von Blau –, und sie hatte überaus lange seidige Haare.

Louisa bückte sich und streichelte ihr den Kopf. «Du mußt jetzt heimgehen», sagte sie. «Sei ein braves Tier, lauf zu deinem Frauchen.»

Die Eheleute stiegen den Abhang hinauf, um in ihr Haus zurückzukehren. Die Katze erhob sich und folgte ihnen. Anfangs hielt sie sich in einigem Abstand, allmählich aber kam sie näher und näher. Bald war sie neben den beiden, dann lief sie vor ihnen her über den Rasen, mit einem Gang, als gehöre ihr alles hier. Ihr Schwanz ragte wie ein Mast steil in die Luft.

«Fort mit dir», rief der Mann. «Los, verschwinde. Wir wollen dich nicht haben.»

Doch die Katze schlüpfte hinter ihnen ins Haus, und Louisa gab ihr in der Küche etwas Milch. Als das Essen aufgetragen war, sprang das Tier auf den freien Stuhl zwischen dem Ehepaar, blieb während der Mahlzeit dort sitzen, mit dem Kopf gerade in Tischhöhe, und beobachtete alles, was vorging mit seinen dunkelgelben Augen, die es langsam von der Frau zu dem Mann und wieder zurück wandern ließ.

«Die Katze gefällt mir nicht», sagte Edward.

«Ach, ich finde sie wunderschön. Hoffentlich bleibt sie ein Weilchen bei uns.»

«Also hör mal, Louisa, hierbleiben kann das Tier unmöglich. Es gehört jemand anders. Es ist weggelaufen. Und wenn es sich nachmittags immer noch hier herumtreibt, bringst du es am besten zur Polizei. Dort wird man schon den Besitzer ermitteln.»

Nach dem Essen ging Edward in den Garten zurück. Louisa beschloß, sich wie gewöhnlich ans Klavier zu setzen. Sie liebte Musik über alles, war eine ausgezeichnete Pianistin und verwendete fast täglich eine Stunde darauf, für sich allein zu spielen. Die Katze lag auf dem Sofa. Louisa blieb einen Augenblick bei ihr stehen und streichelte sie. Das Tier öffnete kurz die Augen, schloß sie dann wieder und schlief weiter.

«Du bist eine sehr liebe Katze», sagte Louisa. «Und du hast eine so schöne Farbe. Ich wollte, ich könnte dich behalten.» Als sie über das Fell der Katze strich, fühlte sie am Kopf, dicht über dem rechten Auge, eine kleine Erhebung, eine Art Höcker.

«Arme Katze», murmelte sie, «du hast ja Beulen auf deiner schönen Stirn. Jung scheinst du nicht mehr zu sein.»

Louisa setzte sich auf die lange Klavierbank, fing aber noch nicht an zu spielen. Es gehörte zu ihren besonderen Freuden, jeden Tag ein kleines Konzert zu veranstalten, mit einem sorgfältig ausgewählten Programm, das sie in allen Einzelheiten festlegte, bevor sie begann. Sie unterbrach nicht gern ihr Spiel, um zu überlegen, was nun folgen sollte. Wenn sie nach jedem Stück eine kleine Pause machte, dann nur, damit die Zuhörer begeistert applaudieren und nach mehr verlangen konnten. Ein imaginäres Publikum war viel angenehmer als ein wirkliches. Mitunter – an Glückstagen – verblaßte das Zimmer, verschwamm in Dunkelheit, und dann sah sie nichts als Sitzreihen und ein Meer von weißen Gesichtern, die andächtig, hingerissen, bewundernd zu ihr aufblickten.

Manchmal spielte sie auswendig, manchmal nach Noten. Heute wollte sie auswendig spielen; ihr war gerade danach zumute. Und das Programm? Die Hände im Schoß gefaltet, saß sie vor dem Klavier, eine dralle, rosige kleine Person mit einem runden, noch immer hübschen Gesicht, das Haar in einem schlichten Knoten am Hinterkopf aufgesteckt. Wenn sie die Augen ein wenig nach rechts wandte, konnte sie die zusammengerollte, schlafende Katze sehen, deren silbergraues Fell sich wunderschön von dem purpurroten Bezug des Sofas abhob. Ob man mit Bach anfangen sollte? Nein, lieber mit Vivaldi. Bachs Orgelbearbeitung des *Concerto grosso* d-Moll. Ja, das zuerst. Dann vielleicht Schumann. Den *Carnaval*? Sehr schön. Und danach – nun, zur Abwechslung ein wenig Liszt. Eines der *Petrarca-Sonette*. Das zweite in E-Dur war das hübscheste. Dann noch einen Schumann, etwas von seinen fröhlichen Sachen, die *Kinderszenen*. Und zum Schluß, als Zugabe, einen Walzer von Brahms, vielleicht auch zwei, wenn sie dazu aufgelegt war.

Vivaldi, Schumann, Liszt, Schumann, Brahms. Ein sehr schönes Programm und eines, das sie auswendig spielen konnte. Sie rückte die Bank zurecht und wartete einen Moment, weil im Publikum – sie spürte schon, daß dies einer ihrer Glückstage war –, weil im Publikum noch gehustet wurde; dann hob sie mit jener lässigen Anmut, die fast allen ihren Bewegungen eigen war, die Hände zu den Tasten und fing an zu spielen.

In diesem Moment beachtete Louisa die Katze nicht – sie hatte das Tier sogar völlig vergessen –, doch als die ersten tiefen Töne des Vivaldi-Konzerts sanft erklangen, bemerkte sie aus dem Augenwinkel eine aufgeregte, blitzschnelle Bewegung auf dem Sofa zu ihrer Rechten. Sofort unterbrach sie ihr Spiel.

«Was ist?» fragte sie, zu der Katze gewandt. «Was hast du denn?»

Das Tier, das eben noch friedlich geschlafen hatte, saß jetzt kerzengerade, mit gestrafftem Körper und gespitzten Ohren. Seine weit aufgerissenen Augen starrten auf das Klavier.

«Habe ich dich erschreckt?» fragte Louisa freundlich. «Vielleicht hast du noch nie Musik gehört.»

Nein, sagte sie sich, ich glaube nicht, daß es daran liegt. Bei näherem Hinsehen schien die Haltung der Katze keine Furcht auszudrükken. Da war nichts Verkrampftes zu erkennen, keine Spur von ängstlichem Zurückweichen. Eher ein Sichvorlehnen, eine Art Begierde. Und das Gesicht – nun, das hatte einen sonderbaren Ausdruck, ein Mittelding zwischen Überraschung und Schock. Natürlich ist das Gesicht einer Katze klein und ziemlich ausdruckslos, aber wenn man genau auf das Zusammenspiel von Augen und Ohren achtet und vor allem auf die Stelle unter den Ohren und etwas seitlich davon, wo das Fell beweglich ist, dann kann man gelegentlich den Reflex sehr starker Erregungen wahrnehmen. Louisa behielt nun die Katze im

Auge, und weil sie gespannt war, was beim zweitenmal passieren würde, griff sie in die Tasten und begann von neuem, Vivaldi zu spielen.

Diesmal war die Katze vorbereitet, und anfangs war nur zu bemerken, daß sich ihr Körper ein wenig mehr straffte. Dann aber, als die Musik anschwoll und schneller wurde, als die erregende Einleitung zur Fuge erklang, zeigte sich auf dem Gesicht des Tieres ein seltsamer, fast ekstatischer Ausdruck. Die gespitzten Ohren erschlafften, sanken nach und nach zurück, die Augenlider schlossen sich, der Kopf neigte sich zur Seite, und in diesem Augenblick hätte Louisa schwören können, das Tier *genieße* die Musik.

Was sie sah (oder zu sehen vermeinte), war etwas, was sie oft an Menschen beobachtet hatte, die einem Musikstück mit Hingabe lauschen. Wenn sie von den Klängen gepackt und überwältigt werden, bekommen sie einen eigenartig verzückten Blick, der so leicht zu erkennen ist wie ein Lächeln. Soweit Louisa feststellen konnte, hatte die Katze jetzt genau diesen Gesichtsausdruck.

Louisa beendete die Fuge, ging zur Siciliana über und ließ dabei die Katze nicht aus den Augen. Der entscheidende Beweis, daß das Tier zuhörte, war für Louisa sein Verhalten, als die Musik verstummte. Die Katze blinzelte, bewegte sich ein wenig, streckte ein Bein aus, legte sich bequem zurecht, schaute sich rasch im Zimmer um und sah dann erwartungsvoll zu ihr hin. Genauso benimmt sich ein Konzertbesucher in der kurzen Pause zwischen zwei Sätzen einer Sinfonie. Diese durchaus menschliche Reaktion rief bei Louisa eine merkwürdige Erregung hervor.

«Hat's dir gefallen?» fragte sie. «Magst du Vivaldi?»

Kaum hatte sie diese Worte ausgesprochen, da kam sie sich lächerlich vor, wenn auch – und das war ihr etwas unheimlich – nicht ganz so lächerlich, wie sie wußte, daß sie sich hätte vorkommen müssen.

Nun, sie konnte nichts anderes tun, als zu der nächsten Nummer ihres Programms übergehen, zu Schumanns *Carnaval.* Bei den ersten Tönen fuhr die Katze hoch und saß wie erstarrt; dann schien sie ganz in der Melodie aufzugehen, sank langsam und selig in eine seltsam hingegebene Ekstase, die an Traum oder Verklärung denken ließ. Es war wirklich ein ungewöhnlicher Anblick – und dazu ein sehr drolliger –, diese silberhaarige Katze so verzückt auf dem Sofa sitzen zu sehen. Und das erstaunlichste, dachte Louisa, ist die Tatsache, daß diese Musik, die dem Tier offenbar so sehr gefällt, überaus schwierig, überaus *klassisch* und somit für die meisten Menschen viel zu hoch ist.

Aber vielleicht, dachte sie weiter, genießt das Tier die Musik gar nicht. Möglicherweise handelt es sich um eine Art hypnotischer Reaktion, wie bei Schlangen. Man kann eine Schlange mit Musik bezaubern, warum also nicht auch eine Katze? Allerdings hören Millionen von Katzen ihr Leben lang täglich Musik – durch Radio, Grammophon und Klavier –, und doch hat sich, soviel man weiß, noch nie eine so benommen wie diese. Sie scheint jede einzelne Note zu verfolgen. Phantastisch ist das.

Ja, es war phantastisch, das reinste Wunder. Wenn sich Louisa nicht sehr täuschte, war die Katze eines von jenen Wundertieren, die alle hundert Jahre nur einmal vorkommen.

«Ich habe dir angesehen, wie sehr du dieses Stück liebst», sagte sie, als die Musik verklungen war. «Ich fürchte nur, daß ich es heute nicht besonders gut gespielt habe. Wer gefällt dir besser – Vivaldi oder Schumann?»

Die Katze gab keine Antwort. Um die Aufmerksamkeit ihrer Zuhörerin nicht zu verlieren, ging Louisa sofort zur nächsten Nummer des Programms über, zu Liszts zweitem *Petrarca-Sonett.*

Und nun geschah etwas Erstaunliches. Kaum hatte sie drei oder vier Takte gespielt, als die Barthaare des Tieres zu zucken begannen. Langsam reckte es sich hoch, neigte den Kopf erst auf die eine Seite, dann auf die andere und sah starr vor sich hin, mit einem grüblerischen, konzentrierten Blick, der zu sagen schien: Was ist das? Nein, verrate es nicht. Ich kenne das Stück ganz genau, kann es nur im Moment nicht unterbringen. Louisa war fasziniert. Lächelnd, mit halb geöffnetem Mund spielte sie weiter und wartete, was wohl passieren würde.

Die Katze erhob sich, ging auf dem Sofa entlang, setzte sich in die Ecke, lauschte ein Weilchen, sprang dann plötzlich auf den Boden und von dort auf die Klavierbank, wo sie sitzen blieb. Sie hörte sich das schöne Sonett an, diesmal nicht träumerisch, sondern sehr aufmerksam, die großen gelben Augen auf Louisas Finger gerichtet.

«Ach», sagte Louisa, als sie den letzten Akkord anschlug, «du hast dich also neben mich gesetzt? Gefällt's dir hier besser als auf dem Sofa? Na schön, wenn du artig bist und nicht herumspringst, darfst du hierbleiben.» Sie strich der Katze sanft über den Rücken, vom Kopf bis zum Schwanz. «Das war Liszt», fuhr sie fort. «Manchmal, weißt du, kann er entsetzlich vulgär sein, aber in solchen Sachen ist er wirklich bezaubernd.»

Diese seltsame Tierpantomime machte ihr Spaß, und so begann sie sogleich mit der vierten Programmnummer, mit Schumanns *Kinderszenen.*

Nachdem sie ein oder zwei Minuten gespielt hatte, bemerkte sie, daß die Katze auf ihren Sofaplatz zurückgekehrt war. Louisa hatte inzwischen auf ihre Hände geachtet, und deswegen war ihr wohl das Verschwinden der Katze entgangen. Das Tier schaute noch immer zu ihr herüber, horchte noch immer auf die Musik, doch zweifellos nicht mehr mit der gleichen hingerissenen Begeisterung wie bei dem Stück von Liszt. Schon der Umstand, daß es die Klavierbank verlassen hatte, schien ein kleines, aber deutliches Zeichen von Enttäuschung zu sein.

«Was ist denn los?» fragte Louisa, als sie fertig war. «Magst du Schumann nicht? Was ist eigentlich so Wunderbares an Liszt?» Die Katze sah sie unverwandt mit ihren gelben Augen an, in deren Zentrum kleine pechschwarze Striche lagen.

Jetzt wird die Sache wirklich interessant, sagte sich Louisa – sogar etwas unheimlich, wenn man's recht bedenkt. Doch sie beruhigte sich rasch, als sie einen Blick auf die Katze warf, die sehr aufmerksam, sehr interessiert in der Sofaecke kauerte und offensichtlich auf weitere Darbietungen wartete.

«Gut», sagte sie, «weißt du was? Ich werde mein Programm ändern, eigens für dich. Du scheinst Liszt besonders zu lieben und sollst noch mehr von ihm hören.»

Sie zögerte einen Moment, suchte in ihrem Gedächtnis und entschloß sich für den *Weihnachtsbaum.* Sie spielte leise das erste der zwölf kleinen Stücke und beobachtete dabei die Katze genau. Sie stellte fest, daß die Barthaare wieder zu zucken begannen. Das Tier sprang auf den Teppich, blieb einen Augenblick stehen, zitternd vor Erregung und mit gesenktem Kopf, ging dann langsam um das Klavier herum, war mit einem Satz auf der Bank und setzte sich neben Louisa.

- So weit waren sie, als Edward hereinkam.

«Edward!» rief Louisa und lief ihm entgegen. «Edward, Liebling, stell dir vor, was passiert ist!»

«Was ist denn los?» knurrte er. «Ich möchte Tee haben.» Sein schmales, scharfnasiges und leicht gerötetes Gesicht glänzte von Schweiß und erinnerte an eine lange, nasse Traube.

«Es handelt sich um die Katze!» Louisa deutete auf das Tier, das ruhig sitzen geblieben war. «Du wirst staunen, wenn du hörst, was geschehen ist!»

«Habe ich nicht gesagt, du sollst sie zur Polizei bringen?»

«Aber Edward, hör doch zu. Es ist *schrecklich* aufregend. Dies ist eine *musikalische* Katze.»

«Ja?»

«Sie liebt Musik und versteht sie auch.»

«Red keinen Unsinn, Louisa, und kümmere dich gefälligst um den Tee. Ich bin todmüde, nachdem ich all die Brombeersträucher ausgerissen und verbrannt habe.» Er setzte sich in einen Sessel, nahm aus der Dose neben sich eine Zigarette und zündete sie mit einem großen Feuerzeug an, das auf dem Tisch bereitlag.

«Bitte, begreife doch», sagte Louisa, «während du im Garten warst, hat sich hier in unserem Haus etwas unglaublich Aufregendes ereignet, etwas, was sogar ... nun ... folgenschwer sein könnte.»

«Aha.»

«Edward, *bitte*!»

Louisa stand neben dem Klavier, ihr kleines rosiges Gesicht war rosiger denn je, mit einem purpurroten Fleck auf jeder Wange. «Wenn du es wissen möchtest», fuhr sie fort, «will ich dir sagen, was ich denke.»

«Ich höre, meine Liebe.»

«Wir befinden uns in diesem Augenblick – jedenfalls halte ich das für durchaus möglich – in Gegenwart von ...» Sie verstummte, als wäre sie sich auf einmal der Absurdität ihres Gedankens bewußt geworden.

«Nun?»

«Du wirst mich vielleicht für verrückt halten, Edward, aber ich bin fest davon überzeugt ...»

«In Gegenwart von wem, zum Donnerwetter?»

«Von Franz Liszt persönlich!»

Edward zog kräftig an seiner Zigarette und blies den Rauch zur Decke hinauf. Er hatte hohle Wangen mit straffer Haut, wie ein Mann sie hat, der seit Jahren ein künstliches Gebiß trägt, und sooft er den Rauch inhalierte, fielen die Wangen noch mehr ein, und die Knochen stachen hervor wie bei einem Gerippe. «Was soll das heißen?» erkundigte er sich.

«Hör zu, Edward. Nach dem, was ich heute nachmittag mit eigenen Augen gesehen habe, scheint es sich tatsächlich um eine Art Wiedergeburt zu handeln.»

«Meinst du etwa die lausige Katze?»

«Lieber, bitte, sprich nicht so.»

«Du bist doch nicht krank, Louisa, wie?»

«Danke schön, mir geht's ausgezeichnet. Gewiß, ich bin ein wenig durcheinander, aber wer wäre das nicht nach dem, was geschehen ist? Edward, ich schwöre dir ...»

«Was *ist* denn geschehen, wenn ich fragen darf?»

Louisa erklärte es ihm. Während sie sprach, lag ihr Mann im Sessel, beide Beine lang ausgestreckt, zog an der Zigarette und blies den Rauch zur Decke hinauf. Um seinen Mund spielte ein kleines zynisches Lächeln.

«Ich sehe an alledem nichts Ungewöhnliches», sagte er, als sie ihren Bericht beendet hatte. «Eine dressierte Katze. Irgend jemand hat sie abgerichtet, das ist alles.»

«Unsinn, Edward. Immer wenn ich Liszt spiele, wird sie maßlos aufgeregt, kommt angelaufen und setzt sich zu mir auf die Klavierbank. Aber nur bei Liszt, und niemand kann eine Katze den Unterschied zwischen Liszt und Schumann lehren. Den kennst ja nicht einmal du. Aber sie weiß genau Bescheid, sogar bei ganz unbekannten Sachen von Liszt. Jedesmal.»

«Zweimal», warf der Mann ein. «Sie hat's nur zweimal so gemacht.»

«Zweimal genügt.»

«Los, versuch's gleich noch mal.»

«Nein», widersprach Louisa. «Auf keinen Fall. Denn wenn es Liszt ist, wie ich glaube, oder jedenfalls Liszts Seele oder was sonst wiederkommt, dann ist es gewiß unrecht und taktlos, eine Menge alberner Versuche mit ihm anzustellen.»

«Meine Liebe, das hier ist eine *Katze* – eine ziemlich dumme graue Katze, die sich vorhin im Garten beinahe das Fell am Feuer versengt hätte. Und überhaupt, was weißt du von Reinkarnation?»

«Wenn seine Seele hier ist, genügt mir das», antwortete Louisa energisch. «Das ist alles, worauf es ankommt.»

«Na los, dann soll er's vormachen, dieser Herr Liszt. Laß ihn zeigen, daß er zwischen seinen und anderen Werken unterscheiden kann.»

«Nein, Edward. Ich habe dir schon gesagt, daß ich mich weigere, irgendwelche Tests mit ihm zu veranstalten. Für einen Tag hat er davon reichlich genug gehabt. Aber eines werde ich tun. Ich werde ihm noch eine seiner eigenen Kompositionen vorspielen.»

«Als ob das etwas beweisen könnte!»

«Paß nur auf. Ich versichere dir, wenn er die Musik erkennt, wird er sich nicht von der Bank rühren, auf der er jetzt sitzt.»

Louisa ging zum Notenschrank, zog einen Band Liszt heraus, blätterte ihn rasch durch und wählte eine seiner schönsten Schöpfungen, die *Sonate b-Moll*. Eigentlich hatte sie nur den ersten Satz spielen wollen, aber als sie die Katze sah, die buchstäblich vor Wonne zitterte und ihre Hände wieder mit jenem hingerissenen und dabei konzentrierten Blick beobachtete, da brachte sie es nicht übers Herz, aufzuhören. Sie spielte die Sonate zu Ende und schaute dann lächelnd ihren Mann an. «Bitte sehr», sagte sie, «du kannst nicht leugnen, daß er es über alle Maßen genossen hat.»

«Ach was, das Tier liebt den Lärm, das ist alles.»

«Nicht den Lärm, sondern die Musik. Habe ich nicht recht, Liebling?» fragte sie und nahm die Katze auf den Arm. «Ach, wenn er doch nur reden könnte. Stell dir vor, Edward – in seiner Jugend hat er Beethoven gekannt. Und Schubert und Mendelssohn und Schumann und Berlioz und Grieg und Delacroix und Ingres und Heine und Balzac. Und ... ja, warte ... er war Wagners Schwiegervater! Mein Gott, ich halte Wagners Schwiegervater in meinen Armen!»

«Louisa!» sagte der Mann scharf und richtete sich kerzengerade auf. «Nimm dich zusammen.» Seine Stimme hatte plötzlich einen anderen Klang, und er sprach ungewöhnlich laut.

Louisa warf ihm einen raschen Blick zu. «Edward, ich glaube, du bist eifersüchtig.»

«Auf eine lausige graue Katze? Daß ich nicht lache!»

«Dann sei gefälligst nicht so mürrisch und zynisch. Wenn du dich so benehmen willst, geh lieber an deine Gartenarbeit zurück und laß uns beide in Frieden. Das wäre für uns alle das beste, nicht wahr, Liebling?» sagte sie zu der Katze und streichelte ihr den Kopf. «Und heute abend werden du und ich noch ein wenig musizieren, natürlich aus deinen eigenen Werken. Ach ja –» sie küßte das Tier mehrmals auf den Nacken – «vielleicht spielen wir dann auch etwas von Chopin. Du brauchst mir gar nichts zu sagen – ich weiß, daß du Chopin gern hast. Du warst sehr befreundet mit ihm, nicht wahr, Herzchen? Wenn ich mich recht erinnere, bist du sogar in Chopins Wohnung der großen Liebe deines Lebens, dieser Madame Soundso, begegnet. Drei uneheliche Kinder hatte sie von dir, wie? Jawohl, so war es, du unartiges Ding, versuche nur nicht, es abzustreiten. Nun, du sollst nachher ein bißchen Chopin hören», schloß sie und küßte die Katze von neuem. «Das wird vermutlich allerlei schöne Erinnerungen in dir wecken.»

«Louisa, jetzt ist aber Schluß!»

«Reg dich doch nicht auf, Edward.»

«Du benimmst dich absolut idiotisch. Außerdem vergißt du, daß wir heute unseren Canasta-Abend bei Bill und Betty haben.»

«Nein, heute kann ich unmöglich ausgehen. Das ist ganz ausgeschlossen.»

Edward erhob sich langsam aus seinem Sessel, beugte sich vor und stieß die Zigarette hart in den Aschenbecher. «Sag mal», fragte er ruhig, «glaubst du das wirklich – diesen Quatsch, den du da redest?»

«Aber *natürlich.* Da kann's doch gar keinen Zweifel mehr geben. Und ich finde, es lädt uns eine enorme Verantwortung auf, Edward – uns beiden. Dir ebenso wie mir.»

«Und weißt du, was *ich* finde?» versetzte er. «Ich finde, du solltest zum Doktor gehen, und zwar schleunigst.»

Wütend drehte er sich um und stapfte durch die Verandatür in den Garten hinaus.

Louisa sah ihm nach, während er über den Rasen zu seinem Feuer und seinem Brombeergestrüpp ging. Sie wartete, bis er außer Sicht war, machte dann kehrt und lief, noch immer mit der Katze im Arm, zur Haustür.

Gleich darauf saß sie im Wagen und fuhr in die Stadt.

Sie parkte vor der Bibliothek, schloß die Katze im Wagen ein, eilte die Stufen zu dem Gebäude hinauf und steuerte geradewegs auf das Katalogzimmer zu. Dort suchte sie im Schlagwortkatalog nach Büchern über zwei Themen: *Seelenwanderung* und *Liszt.*

Unter *Seelenwanderung* fand sie ein Werk mit dem Titel *Wiederkehr des Erdenlebens – Wie und Warum,* das von einem Mann namens F. Milton Willis verfaßt und im Jahre 1921 erschienen war. Unter *Liszt* waren zwei Biographien aufgeführt. Sie entlieh alle drei Bände, kehrte zu ihrem Wagen zurück und fuhr nach Hause.

Daheim setzte sie sich mit den drei Büchern und der Katze aufs Sofa, fest entschlossen, ernsthafte Studien zu betreiben. Als erstes wollte sie das Buch von Mr. F. Milton Willis vornehmen. Der Band war dünn und etwas beschmutzt, aber er lag gewichtig in ihrer Hand, und der Name des Verfassers klang irgendwie vertrauenerweckend.

‹Die Lehre von der Seelenwanderung›, las sie, ‹weist nach, daß sich geistige Seelen von Mal zu Mal in höheren Tierformen verkörpern. Ein Mensch kann zum Beispiel ebensowenig als Tier wiedergeboren wie ein Erwachsener wieder zum Kind werden.›

Sie las den letzten Satz noch einmal. Woher wußte er das? So etwas konnte doch niemand mit Gewißheit behaupten. Trotz ihrer Skepsis nahm ihr jedoch diese Feststellung ziemlich viel Wind aus den Segeln.

‹Um unser Bewußtseinszentrum herum befinden sich vier Körper, wobei der feste äußere Körper nicht mitgerechnet ist. Sie sind für unser fleischliches Auge unsichtbar, jedoch vollständig sichtbar für alle diejenigen, deren Fähigkeit, übernatürliche Dinge wahrzunehmen, angemessen entwickelt ist ...›

Damit konnte Louisa nichts anfangen, aber sie las weiter und kam bald an eine interessante Stelle, die davon handelte, wie lange eine Seele im allgemeinen von der Erde entfernt blieb, bevor sie in einen anderen Körper zurückkehrte. Dieses Zwischenstadium war je nach dem Typus kürzer oder länger, und Mr. Willis gab folgende Übersicht:

Trunkenbolde und Taugenichtse	40–50 Jahre
Ungelernte Arbeiter	60–100 Jahre
Facharbeiter	100–200 Jahre
Die Bourgeoisie	200–300 Jahre
Der gehobene Mittelstand	500 Jahre
Die oberste Klasse der Gutsbesitzer	600–1000 Jahre
Die auf dem Wege zur Erkenntnis Befindlichen	1500–2000 Jahre

Rasch griff Louisa nach einem der anderen Bücher, um festzustellen, wann Liszt das Zeitliche gesegnet hatte. Sie erfuhr, daß er 1886 in Bayreuth gestorben war. Vor siebenundsechzig Jahren. Nach Mr. Willis mußte er also ungelernter Arbeiter gewesen sein, denn sonst wäre er nicht so schnell wiedergekommen. Das schien gar nicht zu passen. Louisa hielt überhaupt nicht viel von der Einstufungsmethode des Verfassers. Ihm zufolge umfaßte ‹die oberste Klasse der Gutsbesitzer› so ungefähr die höchststehenden Bewohner der Erde. Rote Fräcke, Steigbügeltrunk und das blutige, sadistische Morden von Füchsen ... Nein, dachte sie, das kann nicht stimmen. Sie freute sich, daß ihr Zweifel an Mr. Willis kamen.

Weiter hinten im Buch fand sie eine Liste der berühmtesten Wiederverkörperungen. Epiktet, so behauptete Mr. Willis, war als Ralph Waldo Emerson auf die Erde zurückgekehrt, Cicero als Gladstone, Alfred der Große als Königin Viktoria, Wilhelm der Eroberer als Lord Kitchener, Ashoka Vardhana, König von Indien (272 v. Chr.), als Oberst Henry Steel Olcott, ein angesehener amerikanischer Jurist. Pythagoras war als Master Koot Hoomi zurückgekehrt, also als der Herr, der gemeinsam mit Madame Blavatksy und Oberst H. S. Olcott (dem angesehenen amerikanischen Juristen, alias Ashoka Vardhana, König von Indien) die Theosophische Gesellschaft gegründet hatte. Wessen Seele in Madame Blavatsky wiederverkörpert war, stand nicht da. Aber von Theodore Roosevelt hieß es: ‹Er hat in vielen Inkarnationen eine bedeutende Führerrolle gespielt ... Von ihm stammte das Königsgeschlecht des alten Chaldäa ab, denn er wurde um 30 000 v. Chr. zum Herrscher über Chaldäa ausersehen, und zwar von dem Ego, das wir als Cäsar kennen und das damals König von Persien war ... Roosevelt und Cäsar sind immer wieder als militärische Führer und Regenten zusammengetroffen, und einmal, vor vielen Jahrtausenden, waren sie Mann und Frau ...›

Das reichte Louisa. Mr. F. Milton Willis war offensichtlich ein Phantast. Seine dogmatischen Behauptungen beeindruckten sie nicht im geringsten. Vielleicht befand sich der Bursche auf der richtigen Spur, aber seine Thesen waren viel zu verstiegen, um glaubhaft zu sein, besonders jene erste über die Tiere. Louisa hoffte, es werde ihr bald gelingen, die ganze theosophische Gesellschaft durch den Nachweis zu verwirren, daß ein Mensch tatsächlich als niederes Tier wiedergeboren werden konnte und daß man kein ungelernter Arbeiter zu sein brauchte, um innerhalb von hundert Jahren zurückzukehren.

Sie schlug nun eine der Biographien von Liszt auf, und während sie darin blätterte, kam ihr Mann ins Zimmer.

«Was machst du denn da?» fragte er.

«Ach, ich suche nur so ein bißchen herum. Hör mal, Lieber, hast du gewußt, daß Theodore Roosevelt einmal Cäsars Frau war?»

«Louisa», sagte er, «was soll denn dieser Unsinn? Du benimmst dich ausgesprochen närrisch, und das gefällt mir gar nicht. Gib mir die verwünschte Katze, ich bringe sie selbst zur Polizei.»

Louisa antwortete nicht. Sie starrte mit offenem Mund auf ein Bild von Liszt, das sie in dem Buch gefunden hatte.

«Mein Gott!» rief sie. «Edward, sieh nur!»

«Was?»

«Da! Die Warzen! Die hatte ich ganz vergessen. Er hatte große Warzen im Gesicht und war dafür berühmt. Seine Schüler ließen sich sogar kleine Haarbüschel an den gleichen Stellen stehen, um ihm zu ähneln.»

«Was haben die damit zu tun?»

«Nichts. Ich meine, die Schüler haben nichts damit zu tun. Aber die Warzen.»

«O Himmel», stöhnte der Mann. «O du allmächtiger Gott.»

«Die Katze hat sie auch! Warte, ich zeige sie dir.» Sie nahm das Tier auf den Schoß und fing an, sein Gesicht zu untersuchen. «Hier! Hier ist eine! Und da noch eine! Augenblick mal, ich glaube, sie sitzen an den gleichen Stellen! Wo ist das Bild?»

Es war ein berühmtes Altersporträt des Musikers, auf dem das schöne, bedeutende Antlitz zu sehen war, umrahmt von einer Flut langer grauer Haare, die über die Ohren fielen und bis in den Nakken reichten. Auf dem Gesicht war jede große Warze getreulich wiedergegeben; insgesamt waren es fünf.

«Also auf dem Bild ist *eine* über der rechten Augenbraue.» Sie sah über der rechten Augenbraue der Katze nach. «Ja! Da ist sie! Stimmt ganz genau! Und eine links an der Nasenspitze... Die ist auch da! Und eine gerade darunter auf der Wange... Und zwei dicht nebeneinander rechts unter dem Kinn ... Edward! Edward! Sieh dir das an! Es ist genau das gleiche.»

«Das beweist gar nichts.»

Sie blickte zu ihrem Mann auf, der in seinem grünen Sweater und den Khakihosen mitten im Zimmer stand und noch immer heftig schwitzte. «Du hast Angst, Edward, nicht wahr? Du hast Angst, deine kostbare Würde zu verlieren und zum Gespött der Leute zu werden.»

«Ich weigere mich nur, wegen einer Katze hysterisch zu werden, sonst nichts.»

Louisa wandte sich wieder ihrem Buch zu und las weiter. «Das ist interessant», sagte sie. «Hier steht, daß Liszt alle Werke von Chopin geliebt hat, nur eines nicht – das *Scherzo* b-Moll. Das hat er gehaßt. Er nannte es das ‹Gouvernanten-Scherzo› und sagte, es sei nur für Damen bestimmt, die diesen Beruf ausübten.»

«Na und?»

«Ich will dir was sagen, Edward. Da du dich darauf versteigst, so gräßlich zu sein und mir kein Wort zu glauben, werde ich jetzt dieses Scherzo spielen, und du kannst dabeistehen und sehen, was geschieht.»

«Und dann wirst du vielleicht geruhen, dich um unser Abendbrot zu kümmern.»

Louisa erhob sich und holte einen großen grünen Band, der Chopins sämtliche Werke enthielt. «Da ist es. O ja, ich erinnere mich. Ich hab's auch immer scheußlich gefunden. So, nun hör zu – oder vielmehr beobachte. Beobachte, was er tut.»

Sie stellte die Noten aufs Klavier und nahm Platz. Ihr Mann blieb stehen, die Hände in den Taschen, eine Zigarette im Mund, und beobachtete widerwillig die Katze, die auf dem Sofa schlummerte. Louisa schlug die ersten Töne an. Die Wirkung war äußerst dramatisch. Das Tier fuhr hoch, wie von der Tarantel gestochen, und verharrte mindestens eine Minute lang regungslos, mit gespitzten Ohren, am ganzen Körper zitternd. Dann fing es an, auf dem Sofa hin- und herzugehen. Schließlich sprang es auf den Fußboden und verließ langsam und majestätisch das Zimmer, Nase und Schwanz stolz erhoben.

«Da!» rief Louisa und lief dem Tier nach. «Das genügt! Jetzt haben wir den Beweis!» Sie kam mit der Katze im Arm zurück und setzte sie wieder auf das Sofa. Ihr Gesicht glühte vor Erregung, die Knöchel ihrer geballten Hände waren weiß, der kleine Haarknoten am Hinterkopf hatte sich gelockert und rutschte auf die Seite. «Was sagst du nun, Edward? Was meinst du?» Sie begleitete ihre Worte mit einem nervösen Lachen.

«War ganz amüsant, finde ich.»

«*Amüsant!* Mein lieber Edward! Das ist das größte Wunder aller Zeiten! O Himmel!» rief sie, nahm die Katze auf und preßte sie an sich. «Ist es nicht ein herrlicher Gedanke, daß Franz Liszt bei uns wohnt?»

«Na, Louisa, wir wollen doch nicht hysterisch werden.»

«Ich kann nicht anders, wirklich nicht. Und sich *vorzustellen*, daß er für immer in unserem Haus leben wird!»

«Wie bitte?»

«Ach Edward! Ich kann vor Aufregung kaum sprechen. Und weißt du, was ich als nächstes tun werde? Natürlich wird jeder Musiker in der ganzen Welt mit ihm zusammentreffen wollen, um ihn nach den großen Komponisten zu fragen, die er gekannt hat – nach Beethoven und Chopin und Schubert ...»

«Sie werden nur keine Antwort kriegen», warf der Mann ein.

«Ja – richtig. Aber jedenfalls werden sie alle herkommen wollen, um ihn zu sehen, ihn anzufassen und ihm ihre eigenen Kompositionen vorzuspielen, moderne Musik, die er noch nie gehört hat.»

«So bedeutend war Liszt doch gar nicht. Ja, wenn es Bach wäre oder Beethoven ...»

«Bitte, unterbrich mich nicht, Edward. Ich werde also alle bekannten lebenden Komponisten benachrichtigen. Das ist meine Pflicht. Ich werde ihnen mitteilen, daß Liszt hier ist und daß sie ihn besuchen können. Paß auf, wie sie dann von allen Ecken der Welt herbeieilen.»

«Um eine graue Katze zu sehen?»

«Liebling, das ist doch dasselbe. Die Katze ist *er*. Wen kümmert's denn, wie er aussieht? Ach, Edward, das wird die größte Sensation, die es je gegeben hat!»

«Sie werden dich für verrückt halten.»

«Warte nur ab.» Sie hielt die Katze in den Armen und streichelte sie zärtlich, schaute aber dabei zu ihrem Mann hinüber, der zur Verandatür gegangen war und in den Garten hinausblickte. Es wurde Abend, das Grün des Rasens färbte sich nach und nach schwarz, und in der Ferne sah Edward den Rauch seines Feuers als weiße Säule in die Luft steigen.

«Nein», sagte er, ohne sich umzuwenden, «das will ich nicht haben. Nicht in meinem Haus. Wir beide würden ja als komplette Narren dastehen.»

«Wie meinst du das, Edward?»

«Genau wie ich es sage. Ich verbiete dir ein für allemal, mit einer so verrückten Geschichte Staub aufzuwirbeln. Du hast zufällig eine dressierte Katze gefunden. Okay – schön und gut. Wenn's dir Spaß macht, behalte sie. Dagegen ist nichts einzuwenden. Aber weiter darfst du nicht gehen, Louisa, verstanden?»

«Weiter als was?»

«Ich will nichts mehr von diesem blöden Geschwätz hören. Du benimmst dich, als ob du irrsinnig wärst.»

Langsam setzte Louisa die Katze auf das Sofa. Dann richtete sich die kleine Person langsam zu ihrer vollen Höhe auf und machte einen Schritt vorwärts. «Verdammt noch mal, Edward!» schrie sie und stampfte mit dem Fuß auf. «Zum erstenmal in unserem Leben passiert etwas wirklich Aufregendes, und du willst nichts damit zu tun haben! Du zitterst vor Angst, daß jemand über dich lachen könnte! So ist es doch, nicht wahr? Kannst du das leugnen?»

«Louisa», sagte der Mann, «jetzt ist aber Schluß. Reiß dich zusammen und höre sofort mit dem dummen Gerede auf.» Er nahm eine Zigarette aus der Dose auf dem Tisch und zündete sie mit dem großen Feuerzeug an. Seine Frau stand daneben; unter ihren Lidern quollen Tränen hervor, die in zwei Bächen über die gepuderten Wangen liefen und schmale glänzende Streifen hinterließen.

«Solche Szenen haben wir in letzter Zeit mehr als genug gehabt, Louisa», fuhr Edward fort. «Nein, nein, unterbrich mich nicht. Ich will gern zugeben, daß gerade dieser Abschnitt deines Lebens nicht leicht für dich ist und daß ...»

«O mein Gott! Du Idiot! Du riesengroßer Idiot! Begreifst du denn nicht, daß es sich um etwas ganz anderes handelt – um etwas Wunderbares? Sieh das doch endlich ein!»

Er trat auf sie zu und packte sie fest an den Schultern. Die frisch angezündete Zigarette hing zwischen seinen Lippen, und seine Haut war fleckig von getrocknetem Schweiß. «Hör mal», sagte er, «ich bin hungrig. Ich habe heute auf mein Golfspiel verzichtet und dafür den ganzen Tag im Garten geschuftet, ich bin müde und hungrig und möchte essen. Du wirst auch Hunger haben. Geh also in die Küche und mach uns etwas Gutes zurecht.»

Louisa zuckte zusammen und preßte beide Hände auf den Mund. «Du lieber Himmel!» rief sie. «Das habe ich ganz vergessen. Er muß ja völlig ausgehungert sein. Bis auf die Milch hat er seit seiner Ankunft nichts zu essen bekommen.»

«Wer?»

«Na, *er* natürlich. Ich muß ihm sofort etwas recht Leckeres kochen. Wenn ich nur wüßte, was seine Leibgerichte waren! Kannst du mir nicht einen Rat geben, Edward?»

«Himmeldonnerwetter, Louisa ...»

«Bitte, Edward, mäßige dich! Jetzt werde ich einmal tun, was *ich* will. Du bleibst hier», sagte sie zu der Katze und strich ihr sanft über das Fell. «Es dauert nicht lange.»

Louisa ging in die Küche, wo sie einen Augenblick stehenblieb und überlegte, was für ein Gericht sie zubereiten sollte. Vielleicht ein Soufflé? Ein gutes Käsesoufflé? Ja, das war etwas Vortreffliches. Edward liebte es allerdings nicht sehr, aber darauf konnte sie keine Rücksicht nehmen.

Kochen war Louisas schwache Seite, und sie wußte nie, ob ein Soufflé geraten würde oder nicht, aber diesmal gab sie sich besondere Mühe und achtete darauf, daß der Ofen genau die richtige Temperatur hatte. Während das Soufflé buk, suchte sie nach einer passenden Zuspeise. Plötzlich fiel ihr ein, daß Liszt vermutlich noch nie Avocadobirnen oder Grapefruit gekostet hatte, und sie entschloß sich, ihm beides zusammen als Salat vorzusetzen. Ich bin gespannt, wie er darauf reagiert, dachte sie. Sehr gespannt, wirklich.

Als alles fertig war, brachte sie die Schüsseln auf einem Tablett ins Wohnzimmer. Beim Eintreten sah sie, daß ihr Mann durch die Verandatür aus dem Garten hereinkam.

«Hier ist das Essen», sagte sie, stellte das Tablett auf den Tisch und wandte sich zum Sofa. «Wo ist er?»

Ihr Mann schloß die Tür hinter sich, ging durch das Zimmer und nahm eine Zigarette aus der Dose.

«Edward, wo ist er?»

«Wer?»

«Du weißt genau, wen ich meine.»

«Ach ja. Richtig. Nun ... hm ... die Sache ist so ...»

Er beugte sich vor, um die Zigarette anzuzünden, und seine Hände umfaßten das große Feuerzeug. Als er den Kopf hob, bemerkte er, daß Louisa ihn musterte – sie betrachtete seine Schuhe und die Hosenbeine, die feucht waren vom Gehen im hohen Gras.

«Ich war eben mal draußen, um nach dem Feuer zu sehen», erklärte er.

Ihr Blick glitt langsam höher und blieb an seinen Händen haften.

«Es brennt noch gut», fuhr er fort. «Ich glaube, es wird die ganze Nacht brennen.»

Die Art, wie sie ihn anstarrte, bereitete ihm allmählich Unbehagen.

«Was ist denn?» fragte er, ließ das Feuerzeug sinken und schaute an sich hinab. Erst jetzt sah er, daß ein langer, dünner Kratzer diagonal über den Rücken seiner einen Hand lief, vom Fingerknöchel bis zum Handgelenk.

«Edward!»

«Ja», sagte er, «ich weiß. Diese Brombeerranken sind gräßlich. Sie reißen einen geradezu in Stücke. Nanu, Louisa, sachte, sachte. Was ist denn los?»

«Edward!»

«Um Himmels willen, Frau, setz dich hin und sei ruhig. Du hast überhaupt keinen Grund, dich aufzuregen. Louisa! Louisa, *setz dich hin!*»

Genesis und Katastrophe

EINE WAHRE GESCHICHTE

«Alles in bester Ordnung», sagte der Arzt. «Liegen Sie jetzt schön ruhig und entspannen Sie sich.» Seine Stimme schien Meilen und Meilen entfernt zu sein. «Sie haben einen Sohn.»

«Wie?»

«Sie haben einen Sohn, einen Prachtjungen. Das verstehen Sie doch, nicht wahr? Einen Prachtjungen. Haben Sie ihn schreien hören?»

«Ist er gesund, Herr Doktor?»

«Natürlich ist er gesund.»

«Bitte, ich möchte ihn sehen.»

«Ja, Sie können ihn gleich sehen.»

«Sind Sie auch sicher, daß er gesund ist?»

«Ganz sicher.»

«Schreit er noch?»

«Versuchen Sie auszuruhen. Sie brauchen sich keinerlei Sorgen zu machen.»

«Warum schreit er nicht mehr, Herr Doktor? Was ist passiert?»

«Regen Sie sich nicht auf. Es ist alles in Ordnung.»

«Ich möchte ihn sehen. Bitte, ich möchte ihn sehen.»

«Liebe Frau», sagte der Arzt und tätschelte ihre Hand. «Sie haben ein hübsches, kräftiges, gesundes Kind. Warum wollen Sie mir das nicht glauben?»

«Was tut die Frau da drüben mit ihm?»

«Ihr Kleiner wird für Sie schön gemacht», antwortete der Arzt. «Wir waschen ihn ein bißchen, das ist alles. Dafür müssen Sie uns schon einen Augenblick Zeit lassen.»

«Sie schwören, daß er ganz gesund ist?»

«Ich schwöre es Ihnen. So, nun liegen Sie aber still. Machen Sie die Augen zu. Na los, machen Sie die Augen zu. So ist es recht. Sehr gut. Sehr brav ...»

«Ich habe gebetet und gebetet, daß er am Leben bleibt, Herr Doktor.»

«Natürlich bleibt er am Leben. Warum denn nicht?»

«Weil die anderen ...»

«Wie?»

«Von meinen anderen ist keines am Leben geblieben, Herr Doktor.»

Der Arzt stand neben dem Bett und betrachtete das blasse, erschöpfte Gesicht der jungen Frau. Bis zu diesem Tage hatte er sie noch nie gesehen. Sie und ihr Mann waren erst seit kurzem in der Stadt ansässig. Die Gastwirtsfrau, die heraufgekommen war, um bei der Entbindung zu helfen, hatte ihm erzählt, was sie von dem Ehepaar wußte: Vor etwa drei Monaten waren die beiden unerwartet mit einer Kiste und einem Koffer im Gasthof eingetroffen. Der Mann arbeitete jetzt im Zollamt an der Grenze. Er sei ein Trunkenbold, hatte die Gastwirtsfrau hinzugefügt, ein anmaßender, hochnäsiger, streitsüchtiger kleiner Säufer, aber die junge Frau sei nett und fromm. Nur sehr schwermütig – sie lachte nie. Kein einziges Mal hatte die Wirtin sie in diesen Wochen lachen sehen. Angeblich war es die dritte Ehe des Mannes; man sagte, die eine Frau sei gestorben und die andere habe sich aus sehr üblen Gründen von ihm scheiden lassen. Aber das war nur ein Gerücht.

Der Arzt beugte sich vor und zog die Decke etwas höher über die Brust der Patientin. «Sie brauchen sich wirklich nicht zu sorgen», sagte er freundlich. «Ihr Baby ist ein durchaus normales Kind.»

«Genau das hat man mir bei den anderen auch gesagt. Aber ich habe sie alle verloren, Herr Doktor. In den letzten achtzehn Monaten habe ich drei Kinder verloren. Sie dürfen mir also keine Vorwürfe machen, wenn ich jetzt ängstlich bin.»

«Drei?»

«Dies ist mein viertes ... in vier Jahren.»

Der Arzt trat auf den nackten Dielen unbehaglich von einem Fuß auf den anderen.

«Sie können sich bestimmt nicht vorstellen, Herr Doktor, was das heißt, alle Kinder zu verlieren, alle drei, jedes einzeln, eins nach dem anderen. Ich sehe sie heute noch vor mir. Gustavs Gesicht sehe ich so deutlich, als läge er neben mir im Bett. Gustav war ein wunderhübscher Junge, Herr Doktor. Aber er war immer krank. Es ist schrecklich, wenn sie immer krank sind und man ihnen nicht helfen kann.»

«Ich weiß.»

Die Frau öffnete die Augen, um zu dem Arzt aufzublicken, und schloß sie dann wieder.

«Mein kleines Mädchen hieß Ida. Sie starb ein paar Tage vor Weihnachten. Vier Monate ist das erst her. Ich wollte, Sie hätten Ida sehen können, Herr Doktor.»

«Jetzt haben Sie ja wieder ein Kind.»

«Aber Ida war so schön.»

«Ja», sagte der Arzt. «Ich weiß.»

«Wie können Sie das wissen?» rief sie.

«Ich bin überzeugt, daß sie ein entzückendes Kind war. Aber Ihr neues Baby steht ihr in nichts nach.» Der Arzt wandte sich ab, trat ans Fenster und schaute hinaus in den nassen, grauen Aprilnachmittag. Schwere Regentropfen klatschten auf die roten Ziegeldächer der Häuser.

«Ida war zwei Jahre, Herr Doktor ... und so schön, daß ich sie immerzu ansehen mußte. Morgens zog ich sie an, und dann ließ ich sie nicht aus den Augen, bis sie abends wohlbehalten im Bett lag. Ich lebte in ewiger Angst, daß dem Kind etwas zustoßen könnte. Gustav war gestorben, mein kleiner Otto auch, und sie war alles, was ich noch hatte. Manchmal stand ich nachts auf, schlich zu Ida hinüber und hielt mein Ohr dicht an ihren Mund, um mich zu vergewissern, daß sie atmete.»

«Versuchen Sie auszuruhen», mahnte der Arzt und näherte sich dem Bett. «Sie haben es nötig.» Das Gesicht der Frau war weiß, wie ausgeblutet, um Mund und Nase lag ein leichter bläulichgrauer Schatten, und die Haarsträhnen, die ihr in die Stirn hingen, klebten an der schweißfeuchten Haut.

«Als sie starb ... ich war wieder schwanger, als es passierte, Herr Doktor. Das neue war schon fast fünf Monate unterwegs, als Ida starb. ‹Ich will nicht!› schrie ich nach der Beerdigung. ‹Ich will es nicht haben! Ich habe genug Kinder begraben!› Und mein Mann ... er schlenderte mit einem großen Glas Bier in der Hand zwischen den Gästen herum ... mein Mann drehte sich um und sagte: ‹Ich habe eine Überraschung für dich, Klara, eine gute Nachricht.› Können Sie sich das vorstellen, Herr Doktor? Unser drittes Kind war kaum unter der Erde – und er steht da mit einem Glas Bier in der Hand und sagt, er habe eine gute Nachricht. ‹Heute bin ich nach Braunau versetzt worden›, erzählte er. ‹Du kannst gleich die Koffer packen. Wird ein neuer Anfang für dich werden, Klara›, setzte er hinzu. ‹Ein neuer Ort und ein neuer Doktor ...›»

«Bitte, Sie dürfen nicht soviel sprechen.»

«Sie sind doch der neue Doktor, nicht wahr?»

«Gewiß.»

«Und wir sind hier in Braunau?»

«Ja.»

«Ich habe Angst, Herr Doktor.»

«Sie müssen sich bemühen, keine Angst zu haben.»

«Wie soll ich nach alledem hoffen, das vierte zu behalten?»

«So dürfen Sie nicht denken.»

«Ich kann nicht anders. Ich bin sicher, daß meine Kinder erblich belastet sind. Deswegen müssen sie sterben. Bestimmt ist es so.»

«Das ist Unsinn.»

«Wissen Sie, was mein Mann bei Ottos Geburt gesagt hat, Herr Doktor? Er kam ins Zimmer, beugte sich über die Wiege, in der Otto lag, und rief aus: ‹Warum müssen *alle* meine Kinder so klein und schwächlich sein?›»

«Das hat er gewiß nicht gesagt.»

«Doch. Und dann steckte er den Kopf in Ottos Wiege, als wollte er ein winziges Insekt untersuchen, und brummte: ‹Ich frage mich bloß, warum sie nicht etwas ansehnlicher sein können. Das ist alles, was ich wissen möchte.› Drei Tage darauf war Otto tot. Wir haben ihn schnell noch am dritten Tag getauft, und an demselben Abend starb er. Und dann starb Gustav. Und dann starb Ida. Alle starben sie, Herr Doktor ... und plötzlich war das ganze Haus leer ...»

«Denken Sie jetzt nicht daran.»

«Ist dieses sehr klein?»

«Es ist ein ganz normales Kind.»

«Aber klein, nicht wahr?»

«Nun, besonders groß ist es nicht. Aber gerade solche Kinder sind meistens sehr widerstandsfähig. Und stellen Sie sich nur vor, Frau Hitler, nächstes Jahr um diese Zeit wird der Junge schon gehen lernen. Ist das nicht ein hübscher Gedanke?»

Sie antwortete nicht.

«Und in zwei Jahren wird er sich den Mund fusselig reden und Sie mit seinem Geplapper verrückt machen. Haben Sie denn schon einen Namen für ihn?»

«Einen Namen?»

«Ja.»

«Ich weiß nicht. Jedenfalls nicht genau. Ich glaube, mein Mann hat gesagt, wenn's ein Junge wäre, sollte er Adolphus heißen.»

«Dann würde er also Adolf genannt werden.»

«Ja. Mein Mann liebt den Namen, weil Adolf so ähnlich wie Alois klingt. Mein Mann heißt Alois.»

«Ausgezeichnet.»

«O Gott!» rief sie und setzte sich plötzlich im Bett auf. «Bei Ottos Geburt hat man mich genau dasselbe gefragt. Das bedeutet, daß er sterben wird! Sie wollen ihm die Nottaufe geben, nicht wahr?»

«Aber, aber ...» Der Arzt nahm sie sanft bei den Schultern. «Wie können Sie so etwas denken? Ich schwöre Ihnen, daß Sie sich irren.

Ich bin nun mal ein neugieriger alter Mann und spreche gern über Namen. Adolphus klingt sehr hübsch, finde ich. Einer von meinen Lieblingsnamen. Und sehen Sie ... da kommt er.»

Die Wirtin, die den Säugling hoch auf ihrem enormen Busen trug, segelte freudestrahlend auf das Bett zu. «Hier ist die kleine Schönheit!» rief sie. «Wollen Sie ihn nehmen, meine Liebe? Oder soll ich ihn neben Sie legen?»

«Ist er auch warm eingepackt?» fragte der Arzt. «Hier drinnen ist es mächtig kalt.»

«Kein Sorge, der friert bestimmt nicht.»

Das Baby war fest in einen weißen Wollschal gewickelt, der nur sein winziges rotes Köpfchen frei ließ. Die Wirtin legte es behutsam neben die Mutter. «So», sagte sie, «jetzt können Sie ihn nach Herzenslust ansehen.»

«Ich glaube, er wird Ihnen gefallen», meinte der Arzt lächelnd. «Ein prächtiger kleiner Junge.»

«Und was für entzückende Hände er hat!» begeisterte sich die Gastwirtsfrau. «So lange, zarte Finger!»

Die Mutter rührte sich nicht. Sie wandte nicht einmal den Kopf, um ihr Kind anzusehen.

«Na, was denn!» rief die Wirtin. «Der beißt Sie doch nicht!»

«Ich habe Angst hinzusehen. Ich kann einfach nicht glauben, daß ich wieder ein Kind habe, noch dazu eines, das ganz gesund ist.»

«Los, los, seien Sie nicht so dumm.»

Langsam bewegte die Mutter den Kopf und blickte in das kleine, überaus friedliche Gesicht neben sich auf dem Kissen.

«Ist das mein Baby?»

«Natürlich.»

«Oh ... oh ... wie schön es ist ...»

Der Arzt ging zum Tisch und fing an, seine Sachen einzupacken. Die Mutter lag im Bett, schaute ihr Kind an, streichelte es lächelnd und gab kleine Laute der Freude von sich.

«Adolphus», flüsterte sie. «Mein kleiner Adolf ...»

«Pst!» machte die Wirtin. «Hören Sie? Ich glaube, Ihr Mann kommt.»

Der Arzt öffnete die Tür und blickte in den Korridor hinaus. «Herr Hitler?»

«Ja.»

«Kommen Sie bitte herein.»

Ein schmächtiger Mann in dunkelgrüner Uniform trat leise ins Zimmer und sah sich suchend um.

«Ich gratuliere», sagte der Arzt. «Sie haben einen Sohn.»

Der Mann hatte einen gewaltigen Backenbart nach dem Vorbild des Kaisers Franz Joseph und roch stark nach Bier. «Einen Sohn?»

«Ja.»

«Wie geht's ihm?»

«Ausgezeichnet. Und Ihrer Frau auch.»

«Gut.» Mit merkwürdig gezierten kleinen Schritten näherte sich der Vater dem Bett seiner Frau. «Nun, Klara», sagte er, durch den Bart lächelnd, «wie war's denn?» Er beugte sich vor, um das Baby zu betrachten. Er beugte sich tiefer. Mit raschen, ruckartigen Bewegungen beugte er sich immer tiefer, bis sein Gesicht nur noch zehn, zwölf Zoll von dem Kinderköpfchen entfernt war. Die Frau lag daneben und sah mit flehendem Blick zu ihm auf.

«Großartige Lungen hat er», verkündete die Gastwirtsfrau. «Sie hätten sein Geschrei hören sollen. Kaum war er auf der Welt, da brüllte er auch schon los.»

«Aber ... mein Gott, Klara ...»

«Was ist, Lieber?»

«Der ist ja noch schwächlicher als Otto!»

Der Arzt trat hastig ein paar Schritte vor. «Dem Kind fehlt nichts, gar nichts.»

Langsam richtete sich der Mann auf, wandte den Kopf und sah den Arzt an. Er machte einen verwirrten, ratlosen Eindruck. «Mir brauchen Sie nichts vorzulügen, Herr Doktor», sagte er. «Ich weiß Bescheid. Mit dem wird's wieder genauso gehen.»

«Jetzt hören Sie mal zu ...» begann der Arzt.

«Ja, wissen Sie denn nicht, was mit den anderen passiert ist?»

«Denken Sie nicht mehr an die anderen, Herr Hitler. Sie müssen zuversichtlich sein.»

«Aber so klein und schwächlich ...!»

«Mein lieber Herr, es handelt sich um ein Neugeborenes.»

«Trotzdem ...»

«Was soll denn das heißen?» empörte sich die Wirtin. «Wollen Sie ihn etwa ins Grab reden?»

«Genug!» sagte der Arzt scharf.

Die Mutter weinte. Heftiges Schluchzen schüttelte ihren Körper.

Der Arzt trat zu dem Mann und legte ihm die Hand auf die Schulter. «Seien Sie gut zu ihr», flüsterte er. «Bitte. Es ist sehr wichtig.» Er schob ihn mit einem kräftigen Druck auf die Schulter unauffällig an das Bett heran. Der Mann zögerte. Der Arzt drückte stärker, gab ihm mit Fingern und Daumen zu verstehen, was er von ihm erwartete. Schließlich beugte sich der Mann widerstrebend über seine Frau und küßte sie leicht auf die Wange.

«Schon gut, Klara», sagte er. «Hör auf zu weinen.»
«Ich habe so innig gebetet, daß er am Leben bleibt, Alois.»
«Ja.»
«Monatelang bin ich Tag für Tag in die Kirche gegangen und habe die Heilige Jungfrau auf den Knien angefleht, daß sie mir dieses Kind am Leben erhält.»
«Ja, Klara, ich weiß.»
«Drei tote Kinder – mehr kann ich nicht ertragen, verstehst du?»
«Natürlich.»
«Er *muß* leben, Alois. Er *muß*, er *muß* ... O Gott, hab Erbarmen mit ihm ...»

Des Pfarrers Freude

Mr. Boggis fuhr langsam dahin, behaglich zurückgelehnt, den Ellbogen auf den Rahmen des offenen Wagenfensters gestützt. Eine herrliche Gegend, dachte er, und wie erfreulich ist es, die ersten Boten des Sommers zu sehen. Vor allem die Schlüsselblumen, den Weißdorn und den Rotdorn. Die Hecken standen in voller Blüte, weiß, rosa und rot; darunter leuchteten in kleinen Büscheln die gelben Schlüsselblumen, und das war wunderschön.

Er ließ das Lenkrad mit einer Hand los und zündete sich eine Zigarette an. Am besten fahre ich jetzt den Brill Hill hinauf, beschloß er. Der Hügel lag vor ihm, etwa eine halbe Meile entfernt. Und das da mußte das Dorf Brill sein, diese in Grün eingebettete Gruppe ländlicher Häuser auf dem Gipfel. Ausgezeichnet. Nicht oft fand er bei seinen Sonntagsunternehmungen ein so günstig gelegenes Arbeitsgebiet.

Oben auf dem Hügel brachte er den Wagen am Rande des Dorfes zum Stehen, stieg aus und hielt Umschau. Wie ein riesiger grüner Teppich breitete sich die Landschaft vor ihm aus. Er konnte meilenweit sehen. Sehr gut war das. Er zog einen Block und einen Bleistift aus der Tasche, lehnte sich an den Wagen und ließ seinen geübten Blick langsam in die Runde schweifen.

Zur Rechten entdeckte er inmitten der Felder ein mittelgroßes Bauernhaus, zu dem von der Landstraße her ein Weg führte. Dahinter stand ein größeres. Dann war da ein von hohen Ulmen umgebenes Haus, das aus der Zeit Queen Annes stammen mochte, und auch die beiden Bauernhöfe, die weiter nach links lagen, sahen vielversprechend aus. Insgesamt also fünf. Das war wohl alles auf dieser Seite.

Mr. Boggis zeichnete in groben Zügen einen Lageplan auf seinen Block, damit er die Häuser nachher mühelos wiederfinden konnte. Dann stieg er in seinen Wagen und fuhr durch das Dorf auf die andere Seite des Hügels. Von dort erspähte er sechs weitere Möglichkeiten – fünf Höfe und ein großes weißes Haus in Georgianischem Stil. Es sah sauber und gepflegt aus, auch der Garten war in bester Ordnung. Schade. Er schaltete es sofort aus. Zu wohlhabenden Leuten zu gehen hatte gar keinen Sinn.

Mithin blieben alles in allem zehn Versuchsobjekte. Zehn ist eine hübsche Zahl, sagte sich Mr. Boggis. Gerade richtig für eine gemächliche Nachmittagsarbeit. Wie spät war es jetzt? Elf Uhr. Eigentlich hätte er ja gern ein Glas Bier getrunken, bevor er anfing, aber sonntags wurden die Wirtshäuser erst um zwölf geöffnet. Na schön, dann eben später. Er warf einen Blick auf seinen Plan und entschied sich für das Queen-Anne-Haus, das mit den Ulmen. Durchs Fernglas hatte es so hübsch verfallen ausgesehen. Die Bewohner würden vermutlich etwas Geld gut gebrauchen können. Mit Queen-Anne-Häusern hatte er von jeher Glück gehabt. Mr. Boggis klemmte sich hinter das Lenkrad, löste die Handbremse und ließ den Wagen ohne Motor langsam den Hügel hinunterrollen.

Abgesehen davon, daß er im Augenblick als Geistlicher verkleidet war, gab es an Mr. Cyril Boggis nichts auszusetzen. Er war Antiquitätenhändler, hatte sich auf Möbel spezialisiert und besaß in Chelsea, in der King's Road, einen Laden mit Ausstellungsraum. Sein Lager war nicht groß, und die Geschäfte gingen nicht allzu gut, doch da er immer billig einkaufte, sehr, sehr billig sogar, und sehr, sehr teuer verkaufte, brachte er es doch fertig, jedes Jahr einen netten kleinen Verdienst herauszuschlagen. Er war äußerst gewandt und hatte die Gabe, beim Kaufen wie beim Verkaufen genau den Ton anzuschlagen, der ihm die Sympathie des jeweiligen Kunden gewann: ernst, aber charmant für die Bejahrten, untertänig für die Reichen, schlicht für die Frommen, herrisch für die Weichen, mutwillig für die Witwen, frech und schelmisch für die alten Jungfern. Dieses Talentes war er sich durchaus bewußt, und er machte bei jeder Gelegenheit schamlos davon Gebrauch. Nach einer besonders gut geglückten Darbietung konnte er sich manchmal kaum enthalten, einen Schritt vorzutreten und sich zu verbeugen, als hätte ihm ein unsichtbares Publikum donnernden Applaus gespendet.

Trotz dieser ziemlich hanswurstmäßigen Eigenschaft war Mr. Boggis beileibe kein Narr. Man sagte ihm sogar nach, er verstehe von französischem, englischem und italienischem Mobiliar ebensoviel wie die besten Experten in London. Er hatte einen überraschend sicheren Geschmack, und wenn ihm ein Stück mißfiel, lehnte er es ohne Zögern ab, so echt es auch sein mochte. Seine eigentliche Liebe gehörte natürlich den Werken der großen englischen Kunsttischler und Architekten des achtzehnten Jahrhunderts – Ince, Mayhew, Chippendale, Robert Adam, Manwaring, Inigo Jones, Hepplewhite, Kent, Johnson, George Smith, Lock, Sheraton und wie sie alle heißen –, doch auch hier zog er gelegentlich eine Grenze. In seinem Ausstellungsraum duldete er zum Beispiel kein einziges Stück aus Chippendales chinesischer oder gotischer Periode, und ebenso verwarf er einige der massigeren italienischen Entwürfe von Robert Adam.

Durch sein Geschick, mit erstaunlicher Regelmäßigkeit ungewöhnliche, oft sogar sehr seltene Gegenstände aufzustöbern, hatte sich Mr. Boggis in den letzten Jahren beträchtlichen Ruhm bei seinen Geschäftsfreunden erworben. Anscheinend verfügte der Mann über eine nahezu unerschöpfliche Quelle, eine Art privaten Warenlagers, aus dem er sich von Woche zu Woche versorgte. Fragte man ihn, woher er die Sachen beziehe, so lächelte er überlegen und murmelte etwas von einem kleinen Geheimnis.

Hinter Mr. Boggis' kleinem Geheimnis steckte eine höchst einfache Idee. Sie ging auf ein Erlebnis zurück, das er vor nahezu neun Jahren gehabt hatte, als er eines Sonntag nachmittags über Land fuhr.

Er hatte sich am Morgen aufgemacht, um seine alte Mutter in Sevenoaks zu besuchen, und auf dem Rückweg war irgend etwas mit dem Kühler passiert, so daß sich der Motor überhitzte und das Wasser wegkochte. Er war ausgestiegen, zu dem nächsten Haus gegangen, einem Bauernhäuschen, etwa fünfzig Schritt von der Straße entfernt, und hatte die Frau, die ihm öffnete, um einen Krug Wasser gebeten.

Während er auf ihre Rückkehr vom Brunnen wartete, warf er zufällig einen Blick durch die offene Tür ins Wohnzimmer, und dort, greifbar nahe, entdeckte er etwas so Aufregendes, daß ihm der Schweiß auf die Stirn trat. Es war ein großer eichener Armstuhl von besonderer Art – so einen hatte er erst einmal im Leben gesehen. Jeder Arm wie auch die Fläche der Rückenlehne ruhte auf acht wundervoll gedrechselten Spindeln. Die Rückenlehne selbst war mit einer Einlegearbeit verziert, einem herrlichen Blumenmuster, und ein geschnitzter Entenkopf nahm die Hälfte jeder der beiden Armstützen ein. Guter Gott, dachte Mr. Boggis, das ist ja spätes fünfzehntes Jahrhundert!

Er steckte den Kopf weiter durch die Tür, und siehe da, auf der anderen Seite des Kamins stand wahrhaftig noch so ein Sessel!

Ganz sicher wußte er es nicht, aber zwei Stühle wie diese waren in London mindestens tausend Pfund wert. Ach, und wie schön sie waren!

Als die Frau zurückkam, stellte Mr. Boggis sich vor und fragte ohne Umschweife, ob sie die Sessel vielleicht verkaufen wolle.

«Du meine Güte», sagte sie, «warum in aller Welt sollte ich meine Sessel verkaufen?»

Aus keinem anderen Grunde, als weil er bereit sei, ihr ein schönes Stück Geld dafür zu zahlen.

Tatsächlich? Wieviel denn? Sie denke zwar nicht daran, zu verkaufen, aber aus Neugier, so zum Spaß, wissen Sie – wieviel würde er geben?

«Fünfunddreißig Pfund.»

«Wieviel?»

«Fünfunddreißig Pfund.»

Lieber Himmel, fünfunddreißig Pfund. Ja, ja, das sei sehr interessant. Für wertvoll habe sie die Stühle immer gehalten. Sie seien sehr alt. Und außerdem sehr bequem. Aber sie könne sie unmöglich entbehren, auf keinen Fall. Nein, da sei leider nichts zu machen. Trotzdem vielen Dank.

In Wirklichkeit, erklärte Mr. Boggis, seien die Sessel gar nicht so alt und daher auch keineswegs leicht zu verkaufen; er habe jedoch gerade einen Kunden an der Hand, der solche Sachen liebe. Vielleicht könne er noch zwei Pfund zulegen – sagen wir siebenunddreißig. Wie wäre es damit?

Eine halbe Stunde lang ging der Handel hin und her. Zuletzt bekam Mr. Boggis natürlich die Sessel und bezahlte dafür kaum den zwanzigsten Teil ihres Wertes.

Als Mr. Boggis am Abend nach London zurückfuhr – die beiden Prachtstücke waren im hinteren Teil des alten Kombiwagens untergebracht –, kam ihm plötzlich ein Gedanke, den er für glänzend hielt.

Sieh einmal, sagte er sich, wenn in diesem Bauernhaus gute Sachen sind, warum dann nicht auch in anderen? Sollte man also nicht danach suchen? Alle ländlichen Bezirke durchkämmen? Sonntags zum Beispiel, weil es dann nicht bei der Arbeit stört ... Mit dem Sonntag wußte Mr. Boggis ohnehin nie etwas anzufangen.

Er kaufte Landkarten, Karten in großem Maßstab von allen Grafschaften rund um London, und teilte sie mit einer feinen Feder in Quadrate ein, deren jedes ein Gebiet von fünf zu fünf Meilen umfaßte. Soviel konnte er seiner Schätzung nach bei gründlichem Vorgehen an einem Sonntag erledigen. Städte und große Dörfer wollte er außer acht lassen und lieber abgelegene Ortschaften, Bauernhöfe und mehr oder weniger verfallene Herrensitze aufsuchen. Wenn er allsonntäglich ein Quadrat abklapperte, zweiundfünfzig im Jahr, würde er nach und nach jeden Hof und jedes Bauernhaus der näheren und weiteren Umgebung erfassen.

Offensichtlich war es aber damit noch nicht getan. Landleute sind eine mißtrauische Gesellschaft. Ebenso die verarmten Reichen. Man kann nicht einfach an ihre Tür klopfen und erwarten, daß sie einem das ganze Haus zeigen, nur weil man es gern besichtigen möchte. Das tun sie nicht. Auf die Weise kommt man noch nicht einmal über die Schwelle. Wie sollte man sich also Einlaß verschaffen? Vielleicht war es am besten, gar nicht zu sagen, daß man Händler war. Man konnte sich als Telefonmann ausgeben, als Klempner, als Beauftragter der Gasanstalt. Oder als Geistlicher ...

Damit bekam der Plan Hand und Fuß. Mr. Boggis ließ eine Menge Visitenkarten drucken, auf denen zu lesen stand:

REVEREND CYRIL WINNINGTON BOGGIS *Präsident der Gesellschaft* *zur Erhaltung seltenen Mobiliars* *In Verbindung* *mit dem Victoria-und-Albert-Museum*

Von nun an war er jeden Sonntag ein netter alter Pfarrer, der seinen Feiertag opferte, um der «Gesellschaft» einen Liebesdienst zu erweisen, indem er ein Inventar der in englischen Bauernhöfen und Landhäusern verborgenen Schätze aufnahm. Und wer in aller Welt hätte gewagt, ihn hinauszuwerfen, wenn er das hörte?

Niemand.

War Mr. Boggis erst einmal drinnen und entdeckte er zufällig etwas, was er gern haben wollte – nun, dann gab es hundert verschiedene Wege, zum Ziel zu kommen.

Zu seiner eigenen Überraschung ging alles wie am Schnürchen. Die Freundlichkeit, mit der er in einem Haus nach dem anderen empfangen wurde, war ihm anfangs sogar geradezu peinlich. Etwas kalte Pastete, ein Glas Portwein, eine Tasse Tee, ein Korb Pflaumen, ein reichhaltiges Sonntagsmahl im Kreise der Familie, dergleichen wurde ihm immer wieder angeboten, ja aufgedrängt. Mitunter waren natürlich auch Minuten der Angst und unangenehme Zwischenfälle zu verzeichnen, aber neun Jahre, das sind mehr als vierhundert Sonntage, und in diesem Zeitraum kann man sehr viele Häuser besuchen. Alles in allem war es ein interessantes, aufregendes und lukratives Geschäft.

Und nun war wieder Sonntag, und Mr. Boggis betätigte sich in der Grafschaft Buckinghamshire, in einem der nördlichsten Quadrate seiner Karte, ungefähr zehn Meilen von Oxford entfernt. Als er den Hügel hinabfuhr und sein erstes Haus, das verfallene im Queen-Anne-Stil, ansteuerte, stieg in ihm das Gefühl auf, dieser Tag werde sich zu einem seiner glücklichsten entwickeln.

Er parkte den Wagen in einigem Abstand vom Eingang und machte sich daran, die restlichen zweihundert Schritte zu Fuß zu gehen. Seinen Wagen ließ er nicht gern sehen, bevor ein Handel abgeschlossen war. Ein lieber alter Geistlicher und ein großer Kombiwagen schienen nicht recht zueinander zu passen. Der kurze Weg gab ihm zudem Gelegenheit, das Haus von außen zu betrachten und sich in eine der Situation entsprechende Stimmung zu versetzen.

Mr. Boggis ging schnell die Auffahrt hinauf. Er war ein kleiner Mann, dickbäuchig, mit fleischigen Schenkeln und einem runden, rosigen Gesicht, das wie gemacht für seine Rolle war. Die großen braunen Augen, die aus diesem rosigen Antlitz hervorquollen, wirkten ebenso freundlich wie dumm. Er war schwarz gekleidet, trug das übliche «Hundehalsband» der Geistlichen, und auf seinem Kopf saß ein weicher schwarzer Hut. In der Hand hielt er einen alten Spazierstock aus Eichenholz, der ihm seiner Meinung nach ein ländlich-gemütliches Aussehen verlieh.

Er näherte sich der Haustür und läutete. Gleich darauf hörte er Schritte in der Halle, die Tür öffnete sich, und vor ihm – oder eigentlich über ihm – stand eine riesenhaft große Frau in Reithosen. Nicht einmal der Rauch ihrer Zigarette konnte den kräftigen Geruch nach Stall und Pferdemist übertäuben, der von ihr ausging.

«Ja?» fragte sie mit einem mißtrauischen Blick. «Was wünschen Sie?»

Mr. Boggis, der halb und halb darauf gefaßt war, sie im nächsten Moment wiehern zu hören, lüftete den Hut, machte eine kleine Verbeugung, überreichte seine Karte und murmelte: «Entschuldigen Sie vielmals, daß ich Sie störe.» Dann wartete er und beobachtete ihr Gesicht, während sie las.

«Das verstehe ich nicht», sagte sie und gab ihm die Karte zurück. «Was wünschen Sie?»

Mr. Boggis erklärte ihr Zweck und Ziel der Gesellschaft zur Erhaltung seltenen Mobiliars.

Ihre Augen unter den hellen, buschigen Brauen starrten ihn grimmig an. «Hat das etwas mit der Sozialistischen Partei zu tun?» erkundigte sie sich.

Nun war es leicht. Mit einem Tory in Reithosen, ob männlich oder weiblich, kam Mr. Boggis immer gut zurecht. Er verwendete zwei Minuten auf ein begeistertes Lob des äußersten rechten Flügels der Konservativen und zwei weitere auf eine heftige Kritik an den Sozialisten. Als letzten Trumpf spielte er die Tatsache aus, daß die Sozialisten einmal einen Gesetzentwurf für das Verbot der Parforcejagden auf dem Lande eingebracht hatten, und ging dann dazu über, der Dame seine Auffassung vom Himmel vorzutragen – «obwohl

Sie das lieber nicht dem Bischof erzählen sollten». Für ihn, so sagte er, sei der Himmel ein Ort, wo man Füchse, Hirsche und Hasen mit großen Meuten unermüdlicher Hunde jagen könne, und zwar täglich, auch sonntags, vom Morgen bis zum Abend.

Er beobachtete sie, während er sprach, und bald sah er, daß der Zauber zu wirken begann. Die Lippen seiner Zuhörerin verzogen sich zu einem breiten Lächeln und entblößten dabei zwei Reihen riesiger gelblicher Zähne. «Madam», rief Mr. Boggis, «ich bitte Sie inständig, halten Sie mich bloß nicht für einen Sozialisten!» In diesem Augenblick brach sie in ein wieherndes Lachen aus, hob eine breite rote Hand und schlug ihm so kräftig auf die Schulter, daß er fast umgefallen wäre.

«Kommen Sie rein!» rief sie. «Ich weiß nicht, was Sie wollen, aber kommen Sie in drei Teufels Namen rein!»

Unglücklicherweise und ziemlich überraschend gab es in diesem Hause nichts, was irgendwelchen Wert gehabt hätte, und Mr. Boggis, der an unfruchtbares Gebiet prinzipiell keine Zeit verschwendete, entschuldigte sich bald und ging. Der Besuch hatte kaum fünfzehn Minuten gedauert, und das, so sagte er sich, als er in seinen Wagen stieg, war genau das übliche für solche Fälle.

Nun hatte er nur noch Bauernhäuser zu besuchen, und das nächste lag ungefähr eine halbe Meile entfernt. Es war ein großes Fachwerkgebäude von beträchtlichem Alter, und seine Südwand wurde von einem prächtig blühenden Birnbaum verdeckt.

Mr. Boggis klopfte an die Tür. Er wartete, bekam aber keine Antwort und klopfte daher noch einmal. Als sich wieder nichts rührte, ging er um das Haus herum, denn er nahm an, der Bauer sei im Kuhstall. Auch auf dem Hof fand er niemanden. Sie werden wohl alle in der Kirche sein, dachte er und fing an, in die Fenster zu spähen, ob er etwas Interessantes entdecken könnte. Im Eßzimmer war nichts. Er versuchte es mit dem Wohnzimmer, und dort, direkt vor seiner Nase, erblickte er in der Fensternische ein wunderschönes Stück, einen halbrunden Spieltisch aus Mahagoni, reich mit Intarsien versehen, im Stil von Hepplewhite, um 1780.

«Aha!» sagte er laut und preßte das Gesicht gegen die Scheibe. «Gut gemacht, Boggis.»

Aber das war noch nicht alles. Da stand auch ein Stuhl, ein einzelner Stuhl, allem Anschein nach von noch besserer Qualität als der Tisch. Ebenfalls Hepplewhite, nicht wahr? Und so schön! Die Stäbe der Rückenlehne waren mit fein geschnitzten Blättern und Ranken verziert, das Rohrgeflecht des Sitzes war zweifellos echt, und was die anmutig geschweiften Beine betraf, so hatten die beiden hinteren jenen besonderen Schwung nach außen, der so viel bedeutet. Ein erlesener Stuhl. «Bevor dieser Tag vorüber ist», sagte Mr. Boggis ruhig vor sich hin, «werde ich die Freude haben, auf diesem entzückenden Stuhl zu sitzen.» Nie kaufte er einen Stuhl, ohne das zu tun. Für ihn war das die Probe aufs Exempel, und es war immer interessant zu sehen, wie er sich behutsam auf den Sitz sinken ließ und dabei auf das Nachgeben achtete, das ihm, dem Fachmann, genau verriet, wieweit die Jahre die Fugen und die Schwalbenschwanzverbindungen hatten eintrocknen lassen.

Es eilt nicht, sagte er sich und beschloß, später wiederzukommen. Er hatte ja den ganzen Nachmittag vor sich.

Der nächste Hof lag inmitten von Feldern. Damit man den Wagen nicht sah, mußte Mr. Boggis ihn auf der Landstraße stehenlassen und etwa sechshundert Schritte auf einem Seitenweg gehen, der in den hinteren Hof des Bauernhauses mündete. Wie er beim Näherkommen bemerkte, war dieses Anwesen erheblich kleiner als das vorige, so daß hier wohl nicht viel zu erhoffen war. Alles sah vernachlässigt und schmutzig aus, und einige Ställe waren recht baufällig.

In einer Ecke des Hofes standen dicht beieinander drei Männer. Einer von ihnen hielt zwei große schwarze Windhunde an der Leine. Als die Männer den schwarzgekleideten Mr. Boggis mit seinem Pfarrerkragen herankommen sahen, verstummten sie, schienen plötzlich starr und steif zu werden und wandten ihm ihre Gesichter zu, um ihn argwöhnisch zu beäugen.

Der älteste von den dreien, ein untersetzter Mann mit breitem Froschmund und kleinen, verschmitzten Augen, hieß – was Mr. Boggis natürlich nicht wußte – Rummins und war der Besitzer des Hofes.

Der hochgewachsene junge Mann neben ihm, dessen eines Auge nicht ganz in Ordnung zu sein schien, war sein Sohn Bert.

Der kleine Mann mit dem flachen Gesicht, der niedrigen, faltigen Stirn und den ungeheuer breiten Schultern hieß Claud und hatte sich bei Rummins eingefunden, weil er ein Stück Schweinefleisch oder Schinken von dem tags zuvor geschlachteten Schwein zu ergattern hoffte. Claud wußte von der Schlachtung – das Quieken des Tieres war weithin zu hören gewesen –, und er wußte auch, daß man für so etwas eine behördliche Genehmigung brauchte, daß Rummins aber keine hatte.

«Guten Tag», sagte Mr. Boggis. «Schönes Wetter heute.»

Keiner der Männer rührte sich. Alle drei dachten genau dasselbe – daß dieser Geistliche, der ganz gewiß nicht aus der Gegend stammte, ein Abgesandter der Behörde sei und hier herumschnüffeln wolle.

«Was für schöne Hunde», fuhr Mr. Boggis fort. «Ich muß zwar gestehen, daß ich noch nie bei einem Windhundrennen war, aber es soll ja ein hochinteressanter Sport sein.»

Beharrliches Schweigen. Mr. Boggis blickte rasch von Rummins zu Bert, dann auf Claud und wieder auf Rummins, und stellte fest, daß sie alle den gleichen Gesichtsausdruck hatten, eine eigenartige Mischung von Spott und Herausforderung, mit einem geringschätzigen Kräuseln um den Mund und einem höhnischen Zug um die Nase.

«Darf ich fragen, ob Sie der Hofbesitzer sind?» wandte sich Mr. Boggis unerschrocken an Rummins.

«Was wünschen Sie?»

«Entschuldigen Sie vielmals, daß ich Sie störe, noch dazu an einem Sonntag.»

Mr. Boggis überreichte seine Karte, die Rummins nahm und dicht vor die Augen hielt. Die beiden anderen rührten sich nicht, schielten aber zur Seite und versuchten mitzulesen.

«Ja, was wollen Sie eigentlich?» fragte Rummins.

Zum zweitenmal an diesem Tage erklärte Mr. Boggis umständlich Zweck und Ziel der Gesellschaft zur Erhaltung seltenen Mobiliars.

«So was haben wir nicht», knurrte Rummins, als der Vortrag beendet war. «Sie vergeuden nur Ihre Zeit.»

«Nicht so hastig, Sir», erwiderte Mr. Boggis mit erhobenem Finger. «Der letzte Mann, der mir das gesagt hat, war ein alter Bauer unten in Sussex, und als er mich schließlich doch ins Haus ließ, wissen Sie, was ich da in der Küchenecke gefunden habe? Einen schmutzigen alten Stuhl, der bei näherer Betrachtung *vierhundert Pfund* wert war! Ich habe dem Mann geholfen, ihn zu verkaufen, und er hat sich für das Geld einen Traktor angeschafft.»

«Was schwatzen Sie denn da?» sagte Claud. «Einen Stuhl, der vierhundert Pfund wert ist, gibt's auf der ganzen Welt nicht.»

«Entschuldigen Sie», antwortete Mr. Boggis steif, «aber ich kenne viele Stühle in England, die mehr als das Doppelte dieser Summe wert sind. Und wo befinden sie sich? Überall auf dem Lande sind sie auf Bauernhöfen und in Landhäusern versteckt und werden als Tritte oder Leitern benutzt. Tatsächlich, die Leute trampeln mit Nagelschuhen darauf herum, wenn sie einen Topf Marmelade vom Küchenschrank nehmen oder ein Bild aufhängen wollen. Ich sage Ihnen nur die Wahrheit, liebe Freunde.»

Rummins trat unbehaglich von einem Fuß auf den anderen. «Sie meinen also, Sie wollen nur hineingehen, mitten im Zimmer stehenbleiben und sich umsehen?»

«Genau das», versicherte Mr. Boggis, dem allmählich klarwurde, wo hier der Hase im Pfeffer lag. «Ich will meine Nase weder in Ihre Schränke noch in Ihre Speisekammer stecken. Nur die Möbel möchte ich anschauen, um festzustellen, ob Sie zufällig irgend etwas Kostbares besitzen, über das ich in der Zeitschrift unserer Gesellschaft berichten könnte.»

«Wissen Sie, was ich glaube?» Rummins fixierte ihn mit seinen kleinen, boshaften Augen. «Ich glaube, Sie sind darauf aus, die Möbel auf eigene Rechnung zu kaufen. Wozu sollten Sie sich sonst soviel Mühe machen?»

«Ach, du lieber Himmel, ich wollte, ich hätte das Geld dazu. Natürlich, wenn ich etwas sehe, was mir gefällt, und es übersteigt meine Mittel nicht, dann komme ich schon mal in Versuchung, ein Angebot zu machen. Aber so was gibt's leider selten.»

«Schön», meinte Rummins, «wenn Sie weiter nichts wollen als sich umsehen, dann können Sie das meinetwegen tun.» Damit ging er über den Hof zur Hinterseite des Hauses, und Mr. Boggis folgte ihm. Auch Bert, der Sohn, und Claud mit seinen beiden Hunden schlossen sich an. Sie durchquerten die Küche – das einzige Möbelstück war dort ein billiger Tisch aus Tannenholz, auf dem ein totes Huhn lag – und traten in ein ziemlich großes, außerordentlich schmutziges Wohnzimmer.

Und da war sie! Mr. Boggis sah sie sofort, blieb wie angewurzelt stehen und schnappte hörbar nach Luft. Fünf, zehn, fünfzehn Sekunden, wenn nicht länger, stand er unbeweglich da und glotzte wie ein Idiot, weil er nicht zu glauben vermochte, nicht zu glauben wagte, daß er wirklich das sah, was er sah. Das *konnte* nicht wahr sein, unmöglich! Doch je länger er hinstarrte, desto wahrer schien es zu werden.

Ja, da war sie, unmittelbar vor ihm an der Wand, ebenso wirklich wie das Haus selbst! Und wer in der Welt hätte sich bei so einem Ding täuschen können? Zugegeben, sie war weiß angestrichen, aber das hatte nichts, gar nichts zu sagen. Irgendein Idiot hatte sie so verschandelt, und die Farbe war leicht zu entfernen. Du guter Gott! Was für eine Pracht! Und an so einem Ort!

In diesem Augenblick wurde sich Mr. Boggis bewußt, daß die drei Männer, Rummins, Bert und Claud, am Kamin lehnten und ihn scharf beobachteten. Sie hatten ihn stehenbleiben, nach Luft schnappen und glotzen sehen, sie mußten bemerkt haben, daß sein Gesicht rot – vielleicht auch blaß – geworden war, und wenn er nicht sofort etwas dagegen tat, würden sie ihm auf jeden Fall das Geschäft gründlich verderben. Rasch entschlossen, griff sich Mr. Boggis ans Herz, taumelte zum nächsten Stuhl und sank schwer atmend darauf nieder.

«Was haben Sie denn?» fragte Claud.

«Nichts», hauchte er. «Es geht gleich vorüber. Bitte – Wasser. Mein Herz...»

Bert holte ein Glas Wasser, gab es Mr. Boggis und blieb, ihn blöde anstarrend, neben ihm stehen.

«Ich dachte schon, Sie hätten was entdeckt», sagte Rummins. Sein schlaues Grinsen zog den Froschmund noch mehr in die Breite und enthüllte einige Zahnstummel.

«Nein, nein», beteuerte Mr. Boggis. «O nein, es ist nur mein Herz. Tut mir sehr leid, wirklich. Ich habe ab und zu so einen Anfall, aber das geht immer schnell vorüber. In ein paar Minuten bin ich wieder in Ordnung.»

Ich brauche Zeit zum Überlegen, dachte er. Vor allem aber muß ich mich ganz und gar fassen, bevor ich noch ein Wort sage. Reiß dich zusammen, Boggis. Was du auch tust, bleibe ruhig. Diese Leute mögen unwissend sein, aber dumm sind sie nicht. Mißtrauisch sind sie, wachsam und gerissen. Und wenn es wirklich stimmt – nein, es *kann* nicht, kann nicht stimmen...

Mit einer Gebärde des Schmerzes preßte er die Hand auf die Augen, öffnete sehr vorsichtig einen kleinen Spalt zwischen zwei Fingern und spähte hindurch.

Kein Zweifel, das Ding stand noch da, und er nahm die Gelegenheit wahr, es lange und gründlich zu betrachten. Ja, er hatte richtig gesehen, daran war nicht zu zweifeln. Es war einfach unglaublich.

Was er sah, war ein Möbel, für dessen Erwerb ein Fachmann so gut wie alles gegeben hätte. Einem Laien wäre es nicht weiter begehrenswert erschienen, zumal es mit schmutzigweißer Farbe bedeckt war, doch für Mr. Boggis war es der Wunschtraum eines Antiquitätenhändlers. Wie jeder Experte in Europa und Amerika wußte auch er, daß zu den bekanntesten und gesuchtesten Stücken englischer Möbelkunst des achtzehnten Jahrhunderts die berühmten «Chippendalekommoden» gehören. Er hätte ihre Geschichte im Schlaf hersagen können – die erste war 1920 in Moreton-in-Marsh entdeckt und in demselben Jahr bei Sotheby verkauft worden; die beiden anderen, die aus Raynham Hall, Norfolk, kamen, waren ein Jahr später aufgetaucht, ebenfalls in Sothebys Auktionsräumen. Alle drei hatten enorme Preise erzielt. An den genauen Preis der ersten und zweiten Kommode konnte sich Mr. Boggis nicht mehr erinnern, doch er wußte mit Sicherheit, daß die dritte dreitausendneunhundert Guineen eingebracht hatte. Und das im Jahre 1921! Heute war sie gewiß zehntausend Pfund wert. Irgend jemand – der Name des Mannes war Mr. Boggis entfallen – hatte vor nicht allzu langer Zeit eine Abhandlung über diese Kommoden geschrieben und einwandfrei nachgewiesen, daß alle drei aus derselben Werkstatt stammten. Wenn man auch keine Rechnungen gefunden hatte, so waren doch sämtliche Fachleute der Meinung, diese drei Kommoden könnte nur Thomas Chippendale selbst hergestellt haben, und zwar in seiner besten Zeit.

Und hier, sagte sich Mr. Boggis immer wieder, während er heimlich durch den Spalt zwischen seinen Fingern schaute, hier stand die vierte Chippendalekommode! Die *er* gefunden hatte! Reich würde er werden! Und berühmt! Jede der drei anderen war in der Welt der Kunsthändler unter einem besonderen Namen bekannt: die Chastletonkommode, die erste Raynhamkommode, die zweite Raynhamkommode. Diese würde als Boggiskommode in die Geschichte eingehen. Man brauchte sich nur die Gesichter der Leute in London vorzustellen, wenn sie den Fund morgen früh bewundern durften! Von den großen Händlern in West End – Frank Partridge, Mallett, Jetley und so weiter – würden phantastische Angebote einlaufen. Die TIMES würde ein Bild bringen und dazu schreiben: «Die Entdeckung dieser herrlichen Chippendalekommode verdanken wir dem Londoner Kunsthändler Mr. Cyril Boggis ...» Guter Gott, was für eine Aufregung das geben würde!

Diese hier, dachte Mr. Boggis, sieht genau aus wie die zweite Raynhamkommode. (Alle drei, die Chastleton und die Raynhams, unterschieden sich durch allerlei Kleinigkeiten voneinander.) Es war ein höchst eindrucksvolles Möbelstück in französischem Rokokostil aus Chippendales Directoire-Periode, eine große, massige Kommode auf vier geschnitzten ausgekehlten Beinen, die etwa einen Fuß hoch waren. Insgesamt hatte sie sechs Schubladen, zwei lange in der Mitte und zwei kürzere an jeder Seite. Die geschweifte Vorderpartie war oben, unten, links und rechts reich ornamentiert, und auch zwischen den mittleren und den seitlichen Schubladen sah man senkrecht verlaufende kunstvolle Schnitzereien in Form von Girlanden, Schnecken und Trauben. Die Messinggriffe waren zum Teil von dem weißen Anstrich überdeckt, schienen jedoch prächtig zu sein. Gewiß, die Kommode war ein ziemlich «schweres» Stück, aber so elegant, so graziös entworfen und ausgeführt, daß die Schwere nicht im geringsten störte.

«Wie fühlen Sie sich jetzt?» hörte Mr. Boggis jemanden fragen.

«Danke, danke, schon viel besser. Es geht immer schnell vorüber. Mein Doktor sagt, diese Anfälle seien ganz harmlos, ich müßte mich nur ein paar Minuten ruhig verhalten. Ach ja –» er erhob sich langsam – «jetzt ist es besser.»

Vorsichtig, ein wenig schwankend, fing er an, im Zimmer umherzugehen und die Möbel einzeln zu begutachten. Er sah sofort, daß außer der Kommode nichts als Plunder vorhanden war.

«Hübscher Eichentisch», bemerkte er. «Nur fürchte ich, er ist nicht so alt, daß er irgendwie interessant wäre. Gute, bequeme Stühle, leider ganz modern, ja ganz modern. Und die Anrichte – nun, sie ist recht gefällig, aber ebenfalls ohne besonderen Wert. Diese Kommode –» er blieb vor der Chippendalekommode stehen und tippte geringschätzig mit dem Finger darauf – «ein paar Pferde würden Sie vielleicht dafür kriegen, mehr gewiß nicht. Eine ziemlich plumpe Imitation. Vermutlich aus der Viktorianischen Zeit. Ist der weiße Anstrich von Ihnen?»

«Ja», antwortete Rummins. «Bert hat's gemacht.»

«Sehr vernünftig. In Weiß ist sie viel erträglicher.»

«Ein solides Stück», meinte Rummins. «Hat auch hübsche Schnitzereien.»

«Maschinenarbeit», erklärte Mr. Boggis in überlegenem Ton und bückte sich, um die meisterhafte Arbeit näher zu betrachten. «Das sieht man auf eine Meile. Immerhin, in seiner Art ist es ein nettes Stück. Hat seine Vorzüge.»

Er schlenderte weiter, schien sich plötzlich zu besinnen und kehrte langsam um. Mit gerunzelter Stirn, die Hand am Kinn, den Kopf zur Seite geneigt, stand er wie in Gedanken versunken da und schaute auf die Kommode.

«Wissen Sie was?» sagte er so beiläufig, daß er nicht einmal die Stimme hob. «Mir fällt gerade ein – solche Beine, wie diese Kommode sie hat, suche ich schon lange. In meinem Häuschen habe ich einen recht aparten Tisch, so ein niedriges Ding, wie es die Leute vors Sofa stellen, eine Art Kaffeetischchen, und an dem haben mir im Herbst, als ich umzog, die dummen Packer die Beine völlig ruiniert. Dabei hänge ich so sehr an dem Tischchen. Ich habe immer meine dicke Bibel darauf liegen und die Notizen für meine Predigten.» Er machte eine Pause und strich sich mit dem Finger über das Kinn. «Jetzt dachte ich eben daran, daß sich die Beine Ihrer Kommode sehr gut verwerten ließen. Ja, tatsächlich. Man könnte sie ohne weiteres abschneiden und an meinen Tisch leimen.»

Er wandte sich um und sah die drei Männer unbeweglich dastehen. Drei Paar Augen beobachteten ihn mißtrauisch, drei verschiedene Augenpaare, aber alle gleich ungläubig: Rummins' Schweinsäuglein, Clauds große, träge Augen und Berts Augen, deren eines sehr seltsam aussah, blaß, verschwommen, wie gesotten, mit einem kleinen schwarzen Punkt in der Mitte, wie ein Fischauge auf einem Teller.

Mr. Boggis schüttelte lächelnd den Kopf. «Ach, was rede ich denn da? Ich tue ja, als gehörte das Ding mir. Entschuldigen Sie.»

«Sie meinen, Sie wollen es kaufen?» fragte Rummins.

«Nun ...» Mr. Boggis warf einen Blick auf die Kommode und legte die Stirn in Falten. «Ich weiß nicht recht. Ich möchte schon ... und dann wieder ... wenn ich's mir überlege ... nein ... ich glaube, es würde doch zuviel Umstände machen. Das lohnt sich nicht. Ich lasse es lieber.»

«Wieviel würden Sie bieten?» erkundigte sich Rummins.

«Nicht viel, fürchte ich. Sehen Sie, es ist ja kein echtes altes Stück, bloß eine Nachahmung.»

«Das weiß man nicht so genau», widersprach Rummins. «Wir haben die Kommode seit über zwanzig Jahren im Haus, und vorher hat sie oben im Schloß gestanden. Dort habe ich sie auf der Auktion gekauft, als der alte Herr gestorben war. Neu ist das Ding also nicht, soviel steht fest.»

«Nicht gerade neu, aber bestimmt nicht älter als etwa sechzig Jahre.»

«O doch», beharrte Rummins. «Bert, wo ist der Zettel, den du mal hinten in einer Schublade gefunden hast? Die alte Rechnung.»

Der Sohn glotzte seinen Vater verständnislos an.

Mr. Boggis öffnete den Mund, schloß ihn aber sofort wieder, ohne einen Laut von sich zu geben. Er zitterte buchstäblich am ganzen Leibe. Um sich zu beruhigen, trat er ans Fenster und blickte auf den Hof, wo eine dicke braune Henne Körner aufpickte.

«Der Zettel lag hinten in einer Schublade unter den Kaninchenschlingen», sagte Rummins. «Los, hol ihn her und zeig ihn dem Pfarrer.»

Als Bert zur Kommode ging, drehte sich Mr. Boggis um. Er konnte nicht anders, er mußte ihm zuschauen. Der Bursche zog eine der mittleren Schubladen auf, und Mr. Boggis bemerkte, wie wundervoll weich sie herausglitt. Dann sah er Berts Hand unter Schnüren und Drähten herumwühlen.

«Meinst du das?» Bert brachte ein mehrmals geknifftes gelbliches Blatt zum Vorschein und reichte es seinem Vater, der es entfaltete und dicht vor die Augen hielt.

«Wollen Sie mir etwa erzählen, daß dieses Schriftstück nicht steinalt ist?»

Rummins hielt das Papier Mr. Boggis hin, der es mit zitternder Hand nahm. Es war spröde und knisterte leise zwischen den Fingern. Die Schrift war schräg, wie gestochen:

Edward Montagu, Esq.
schuldet dem Thos. Chippendale für eine große Mahagonny Kommode aus außerordentlich feinem Holze, sehr reich geschnitzet, auf ausgekehlten Beinen, zwey sehr hübsch geschweifte, lange Auszüge in der Mitten und zwey ditto an jeder Seite, mit reich ziselierten Messing Handgriffen und Ornamenten, alles in vollendetstem Geschmack ausgearbeitet . . . . £ 87

Mr. Boggis hielt gewaltsam an sich, bemüht, die Erregung zu unterdrücken, die in seinem Innern wühlte und ihn schwindlig machte. O Gott, war das wundervoll! Mit dieser Nota stieg der Wert noch höher. Wieviel würde jetzt wohl herausspringen? Zwölftausend Pfund? Vierzehn? Vielleicht fünfzehn oder gar zwanzig? Wer konnte das wissen?

Du lieber Himmel!

Geringschätzig ließ er das Papier auf den Tisch fallen und sagte kühl: «Na bitte, ich hab's gewußt – eine Viktorianische Nachahmung. Das hier ist einfach die Rechnung, die der Verkäufer – der Mann, der sie gemacht und für alt ausgegeben hat – seinem Kunden ausstellte. Von der Sorte habe ich schon viele gesehen. Beachten Sie, daß er nicht sagt, er hätte sie selbst angefertigt. Er war schlau genug, sich nicht zu verraten.»

«Sagen Sie, was Sie wollen», verkündete Rummins, «aber das ist ein altes Stück Papier.»

«Natürlich, mein lieber Freund. Es ist viktorianisch, spätviktorianisch. Etwa achtzehnhundertneunzig. Sechzig oder siebzig Jahre alt. Hunderte davon habe ich gesehen. Damals gab es unzählige Tischler, die sich ein Gewerbe daraus machten, die schönen Möbel des achtzehnten Jahrhunderts zu imitieren.»

«Hören Sie, Herr Pfarrer ...» Rummins deutete mit einem dicken, schmutzigen Finger auf Mr. Boggis. «Ich sage ja nicht, daß Sie keine Ahnung von Möbeln haben, aber was ich sage, ist dies: Wie können Sie so mächtig sicher sein, daß die Kommode nachgemacht ist, wenn Sie gar nicht wissen, wie sie unter all der Farbe aussieht?»

«Kommen Sie», antwortete Mr. Boggis. «Kommen Sie her, ich will es Ihnen zeigen.» Er wartete, bis sich die anderen um ihn geschart hatten. «Hat jemand ein Messer?»

Claud förderte ein Taschenmesser mit Hornschale zutage. Mr. Boggis nahm es und öffnete die kleinste Klinge. Scheinbar nachlässig, in Wirklichkeit jedoch mit größter Vorsicht, begann er, oben auf der Kommode ein wenig Farbe abzukratzen. Die weiße Schicht blätterte von der harten, alten Politur sauber ab, und als er etwa drei Quadratzoll freigelegt hatte, trat er zurück und sagte: «So, nun schauen Sie sich das an.»

Es war wunderschön – ein kleiner Fleck Mahagoni, leuchtend wie ein Topas, warm und dunkel mit der echten Farbe seiner zweihundert Jahre.

«Na und?» fragte Rummins.

«Es ist behandelt. Das sieht doch jeder!»

«Wieso? Erklären Sie mal, woran man das sieht.»

«Schön. Ich muß allerdings sagen, daß so etwas nicht leicht zu erklären ist. Erfahrungssache, wissen Sie? Meine Erfahrung verrät mir ohne den leisesten Zweifel, daß dieses Holz mit Leim behandelt worden ist. Das geschieht, um dem Mahagoni die altersdunkle Farbe zu verleihen. Für Eiche nimmt man Pottasche und für Nußbaum Salpetersäure, aber für Mahagoni immer Leim.»

Die drei Männer kamen etwas näher, um das Holz zu betrachten. Die Sache fing offenbar an, sie zu interessieren. Von einer neuen Art Betrug oder Schwindel zu hören, ist immer spannend.

«Achten Sie auf die Maserung. Sehen Sie diese leichte Orangetönung in dem dunklen Rotbraun? Das ist das Zeichen von Leim.»

Sie beugten sich vor, die Nase dicht über dem Holz, zuerst Rummins, dann Claud, dann Bert.

«Und vor allem die Patina», fuhr Mr. Boggis fort.

«Die was?»

Er erklärte ihnen die Bedeutung des Wortes in bezug auf Möbel.

«Sie haben keine Ahnung, liebe Freunde, wieviel Mühe sich diese Schufte machen, um die harte, schöne bronzefarbene Patina zu fälschen. Entsetzlich ist das, geradezu entsetzlich, und es macht mich ganz krank, davon zu reden.» Er spie jedes Wort von der Zungenspitze und verzog den Mund, um seinen Ekel zu zeigen.

Die Männer warteten, in der Hoffnung, weitere Geheimnisse zu erfahren.

«Wenn ich an die Zeit und Arbeit denke, die manche Sterbliche daran wenden, Unschuldige zu betrügen!» rief Mr. Boggis. «Einfach widerlich! Wissen Sie, meine Freunde, was hier geschehen ist? Ich kann es deutlich erkennen. Ja, ich sehe sie förmlich vor mir, diese Gauner, wie sie in einem langen, komplizierten Prozeß auf das mit Leinöl getränkte Holz entsprechend gefärbte französische Politur auftragen, die sie mit Bimsstein und Öl bürsten, mit einem Wachs einreiben, das voll Schmutz und Staub ist, und schließlich mit Hitze behandeln, damit die Politur springt und zweihundert Jahre alt aussieht! Wirklich, schon bei dem Gedanken an solche Schurkerei wird mir übel!»

Die drei Männer starrten unverwandt auf den kleinen dunklen Fleck.

«Fühlen Sie das Holz an!» befahl Mr. Boggis. «Legen Sie die Finger darauf! Na, wie kommt es Ihnen vor, warm oder kalt?»

«Kalt», sagte Rummins.

«Sehr richtig, mein Freund! Es ist eine bekannte Tatsache, daß sich gefälschte Patina immer kalt anfühlt. Bei echter hat man den Eindruck, sie sei warm.»

«Die hier fühlt sich ganz normal an», behauptete Rummins streitlustig.

«Nein, Sir, kalt. Aber natürlich braucht man Erfahrung und Fingerspitzengefühl, um ein endgültiges Urteil abgeben zu können. Von Ihnen darf man wirklich nicht erwarten, daß Sie mehr von Möbeln verstehen, als ich beispielsweise von der Qualität Ihrer Gerste. Alles im Leben, mein lieber Freund, beruht auf Erfahrung.»

Die Männer starrten den merkwürdigen Geistlichen mit dem Mondgesicht und den hervorquellenden Augen nicht mehr ganz so mißtrauisch an, denn offenbar kannte er sich auf seinem Gebiet aus. Allerdings waren sie noch weit davon entfernt, ihm zu glauben.

Mr. Boggis bückte sich und wies auf einen der metallenen Handgriffe an der Kommode. «Das ist auch Fälscherarbeit», sagte er. «Altes Messing hat für gewöhnlich einen ganz charakteristischen Farbton. Wußten Sie das?»

Begierig, noch mehr Kniffe zu erfahren, blickten sie ihn an.

«Leider Gottes haben diese Schurken eine außerordentliche Geschicklichkeit erworben, besagten Farbton zu imitieren. Es ist praktisch unmöglich, zwischen ‹echtem altem› und ‹künstlichem altem› zu unterscheiden. Ich gebe offen zu, daß auch ich in diesem Punkt nur auf Vermutungen angewiesen bin. Es lohnt sich also nicht, die Farbe von den Handgriffen abzukratzen. Wir würden dadurch kein bißchen klüger werden.»

«Wie kann man denn neues Messing auf alt zurechtmachen?» erkundigte sich Claud. «Messing rostet doch nicht.»

«Stimmt genau, mein Freund, aber diese Verbrecher haben ihre geheimen Methoden.»

«Nämlich?» Claud ließ nicht locker. Seiner Meinung nach war jede Information dieser Art wertvoll. Man weiß ja nie, was die Zukunft bringt.

«Die Fälscher», dozierte Mr. Boggis, «brauchen nichts weiter zu tun, als die Handgriffe über Nacht in Mahagonispäne zu legen, die mit Salmiak getränkt sind. Der Salmiak färbt das Metall grün, aber wenn man das Grün abreibt, kommt darunter ein zarter silbriger

Glanz zum Vorschein, genau der Glanz, den sehr altes Messing hat. Ach, auf was die alles verfallen! Für Eisen haben sie wieder einen anderen Trick.»

«Was tun sie mit Eisen?» fragte Claud interessiert.

«Mit Eisen ist die Sache sehr einfach», erklärte Mr. Boggis. «Eiserne Schlösser, Platten und Scharniere werden mit gewöhnlichem Salz bedeckt, und nach kurzer Zeit kann man sie verrostet und fleckig herausnehmen.»

«Schön», sagte Rummins, «Sie geben also zu, daß Sie über die Griffe nichts Genaues wissen. Mit anderen Worten, die Dinger können ohne weiteres viele hundert Jahre alt sein. Stimmt's?»

Mr. Boggis richtete seine hervorquellenden braunen Augen auf Rummins. «O nein», flüsterte er, «da irren Sie sich. Passen Sie auf.»

Er nahm aus seiner Jackentasche einen kleinen Schraubenzieher und gleichzeitig, ohne daß es jemand bemerkte, eine Messingschraube, die er in der Handfläche verbarg. Dann wählte er eine der Schrauben an der Kommode aus – an jedem Griff befanden sich vier – und befreite sie behutsam von der weißen Farbe, die ihr anhaftete. Als das erledigt war, drehte er sie langsam heraus.

«Wenn es eine echte Messingschraube aus dem achtzehnten Jahrhundert ist», sagte er, «dann wird das Gewinde etwas unregelmäßig sein, ein Zeichen, daß sie mit der Hand gefeilt worden ist. Haben wir es aber mit einer Fälschung aus der Viktorianischen Zeit oder später zu tun, so wird auch die Schraube jüngeren Datums sein und sich als maschinell hergestelltes Massenprodukt erweisen. Jeder kann so ein Serienfabrikat erkennen. Nun, wir werden sehen.»

Während Mr. Boggis die Hände über die alte Schraube legte und sie langsam herauszog, gelang es ihm mühelos, sie mit der neuen zu vertauschen, die er zwischen zwei Fingern versteckt hielt. Das war ein Trick, der sich im Laufe der Jahre immer von neuem bewährt hatte. In den Taschen seines geistlichen Rocks trug er stets eine Anzahl billiger Messingschrauben in den verschiedensten Größen mit sich herum.

«Na bitte», sagte er und reichte Rummins die moderne Schraube. «Überzeugen Sie sich selbst. Sehen Sie, wie gleichmäßig das Gewinde ist? Natürlich sehen Sie es. Dies hier ist eine ganz gewöhnliche Schraube, wie sie in jeder Eisenwarenhandlung verkauft wird.»

Die Schraube ging von Hand zu Hand, und alle drei Männer betrachteten sie genau. Sogar Rummins zeigte sich beeindruckt.

Mr. Boggis steckte den Schraubenzieher in die Tasche und mit ihm die handgefertigte Schraube, die er aus der Kommode entfernt hatte.

Dann machte er kehrt und schritt langsam an den drei Männern vorbei.

«Meine lieben Freunde», sagte er, als er die Tür zur Küche erreicht hatte, «es war sehr freundlich von Ihnen, daß Sie mir erlaubt haben, einen Blick in Ihr kleines Heim zu werfen, wirklich sehr freundlich. Ich hoffe nur, daß ich Sie nicht zu sehr belästigt habe.»

Rummins, der noch immer die Schraube untersuchte, blickte auf. «Sie haben nicht gesagt, wieviel Sie bieten», bemerkte er.

«Ach ja», antwortete Mr. Boggis, «da haben Sie recht. Wieviel ich biete? Nun, wenn ich ehrlich sein soll, ich finde, es lohnt sich nicht recht. Viel zu umständlich. Ich glaube, ich lasse es lieber.»

«Wieviel wollten Sie denn geben?»

«Möchten Sie die Kommode wirklich loswerden?»

«Daß ich sie loswerden möchte, habe ich nicht gesagt. Ich habe nur gefragt: wieviel.»

Mr. Boggis schaute auf die Kommode, neigte den Kopf erst auf die eine Seite, dann auf die andere, zog die Stirn kraus, schob die Lippen vor, zuckte die Achseln und machte eine kleine verächtliche Handbewegung, um anzudeuten, es lohne sich gar nicht, ernsthaft darüber zu reden.

«Sagen wir ... zehn Pfund. Ich meine, das wäre angemessen.»

«Zehn Pfund!» rief Rummins. «Seien Sie doch nicht komisch, Herr Pfarrer, *bitte*!»

«Als Brennholz wäre die Kommode schon teurer», erklärte Claud entrüstet.

«Schauen Sie sich die Rechnung an!» Rummins stach mit seinem schmutzigen Zeigefinger so heftig auf das kostbare Dokument ein, daß Mr. Boggis vor Angst verging. «Hier steht, was sie gekostet hat. Siebenundachtzig Pfund! Und da war sie neu. Jetzt ist sie antik und mindestens das Doppelte wert.»

«Entschuldigen Sie, Sir, so ist es nun doch nicht. Schließlich ist die Kommode eine Nachahmung. Aber ich will Ihnen was sagen, mein Freund – ich weiß, daß ich leichtsinnig bin, das liegt nun mal in meiner Natur –, ich werde Ihnen fünfzehn Pfund geben. Wie wär's?»

«Fünfzig», forderte Rummins.

Ein köstlicher kleiner Schauer, prickelnd wie Nadelstiche, lief über Mr. Boggis' Rücken und an den Beinen hinab bis unter die Fußsohlen. Er hatte sie. Jetzt war sie sein. Ohne jeden Zweifel. Aber billig kaufen, so billig wie menschenmöglich, war ihm unter dem Druck der Verhältnisse und durch jahrelange Übung so sehr zur Gewohnheit geworden, daß er es einfach nicht fertigbrachte, sofort zuzustimmen.

«Lieber Mann», flüsterte er sanft, «ich kann ja nur die Beine der Kommode gebrauchen. Vielleicht lassen sich später auch einmal die Schubladen verwerten, aber alles übrige, das Gestell selbst, ist nur Brennholz, wie Ihr Freund sehr richtig sagte.»

«Na, dann fünfunddreißig», schlug Rummins vor.

«Ich *kann* nicht, Sir, ich *kann* nicht! Soviel ist sie nicht wert. Überhaupt – ich weiß gar nicht, wie ich dazu komme, derart um einen Preis zu feilschen. Das schickt sich nicht für mich. Ich will Ihnen ein letztes Angebot machen, bevor ich gehe. Zwanzig Pfund.»

«Einverstanden», rief Rummins hastig. «Sie gehört Ihnen.»

«Ach herrje», sagte Mr. Boggis und faltete die Hände. «Nun habe ich mich doch wieder verleiten lassen. Ich hätte das gar nicht tun dürfen.»

«Jetzt können Sie nicht mehr zurück, Herr Pfarrer. Verkauft ist verkauft.»

«Ja, ja, ich weiß.»

«Wie wollen Sie das Ding fortschaffen?»

«Hm ... Ich könnte meinen Wagen hier auf den Hof fahren, und wenn dann die Herren so freundlich wären, mir beim Verladen zu helfen ...»

«In einen Wagen? Das Ding paßt doch in keinen Wagen! Dazu brauchen Sie ein Auto mit Ladefläche.»

«Ach, ich glaube, es geht auch so. Wir wollen's jedenfalls probieren. Mein Wagen steht auf der Landstraße. Ich bin gleich zurück. Irgendwie schaffen wir das schon.»

Mr. Boggis ging über den Hof, durch das Tor und dann den langen Weg zur Straße hinunter. Er konnte ein leises Kichern nicht unterdrücken, und ihm war, als stiegen Hunderte und aber Hunderte kleiner Blasen, kribbelnd wie Selterswasser, aus seinem Magen auf und platzten vergnügt in seinem Kopf. Alle Butterblumen auf den Feldern hatten sich in Goldstücke verwandelt, die im Sonnenlicht blitzten. Der Boden war mit ihnen übersät, und Mr. Boggis wich vom Wege ab, damit er zwischen ihnen, auf ihnen gehen und den leisen metallischen Ton hören konnte, wenn er sie mit den Füßen zertrat. Kaum vermochte er sich soweit im Zaum zu halten, daß er nicht anfing zu rennen. Aber Geistliche rennen nie. Sie gehen schön gemächlich. Langsam, Boggis. Bleib ruhig, Boggis. Du hast keine Eile. Die Kommode gehört dir! Für zwanzig Pfund, und dabei ist sie fünfzehn- oder zwanzigtausend wert! Die Boggiskommode! In zehn Minuten wird sie in deinem Wagen stehen – das Verladen ist ja nicht weiter schwierig –, du wirst nach London zurückfahren und unterwegs in einem fort singen! Boggis fährt die Boggiskommode in Boggis' Wagen heim. Ein historischer Augenblick. Was würde ein Reporter darum geben, könnte er dieses Ereignis im Bild festhalten! Ob man das arrangieren sollte? Vielleicht. Warten wir's ab. O du herrlicher Tag. Du köstlicher, sonniger Sommertag! Es ist eine Lust zu leben!

Auf dem Hof sagte unterdessen Rummins: «Stellt euch bloß vor, zwanzig Pfund gibt der alte Esel für solchen Plunder.»

«Gut haben Sie das gemacht, Mr. Rummins», lobte Claud.

«Glauben Sie, daß er zahlen wird?»

«Wir laden die Kommode nicht eher in den Wagen, bis er's getan hat.»

«Und wenn sie nun nicht hineingeht?» fragte Claud. «Wissen Sie, was ich denke, Mr. Rummins? Wollen Sie meine ehrliche Meinung hören? Ich denke, das verdammte Ding ist viel zu groß, als daß wir's je in den Wagen kriegen. Und was dann? Zum Teufel damit, wird er dann sagen und ohne die Kommode davonfahren. Auf Nimmerwiedersehen, mitsamt dem Geld. Sehr viel schien ihm ja an der Kommode gar nicht zu liegen.»

Rummins schwieg, um diese neue, ziemlich beunruhigende Möglichkeit zu erwägen.

«Wie soll denn so ein Ding in einen Wagen passen?» fuhr Claud unbarmherzig fort. «Geistliche haben nie große Wagen. Oder haben Sie schon mal einen Pfarrer mit einem großen Wagen gesehen, Mr. Rummins?»

«Nicht daß ich wüßte.»

«Na bitte. Und nun hören Sie zu. Mir ist da was eingefallen. Nicht wahr, er hat doch gesagt, er will nur die Beine? Stimmt's? Wir brauchen also nichts weiter zu tun, als sie hier abzusägen, bevor er zurückkommt, dann geht das Ding bestimmt in den Wagen. Und außerdem ersparen wir ihm damit viel Arbeit und Mühe. Was halten Sie davon?» Clauds flaches Rindsgesicht glänzte von dummem Stolz.

«Keine schlechte Idee», sagte Rummins mit einem Blick auf die Kommode. «Eigentlich sogar eine verdammt gute Idee. Also dann los, wir müssen uns beeilen. Ihr beide tragt sie auf den Hof, und ich hole die Säge. Aber zieht zuerst die Schubladen raus.»

Wenige Minuten später hatten Claud und Bert die Kommode hinausgeschafft und sie mitten in dem Hühnerdreck und dem Kuhmist auf den Kopf gestellt. In der Ferne, auf halbem Wege zwischen Hof und Straße, sahen sie eine kleine schwarze Gestalt dahineilen. Sie schauten ihr nach. Die Gestalt benahm sich einigermaßen komisch. Von Zeit zu Zeit fiel sie in Trab, dann wieder hüpfte sie auf einem

Bein oder vollführte Luftsprünge, und einmal schienen Töne eines lustigen Liedchens über die Wiese zu dringen.

«Bei dem ist eine Schraube locker», meinte Claud lachend. Bert grinste vielsagend, und sein schlimmes Auge rollte langsam hin und her.

Rummins, plump wie ein Frosch, kam vom Schuppen herübergewatschelt, Claud nahm ihm die große Säge ab und machte sich ans Werk.

«Dicht absägen», sagte Rummins. «Sie wissen ja, er braucht sie für einen anderen Tisch.»

Das Mahagoniholz war hart und sehr trocken. Feiner roter Staub sprühte von dem Blatt der Säge und fiel sanft zu Boden. Ein Bein nach dem anderen löste sich, und als alle abgesägt waren, bückte sich Bert und legte sie sorgsam in eine Reihe.

Claud trat zurück, um das Ergebnis seiner Arbeit zu betrachten. Eine längere Pause entstand.

«Nur eine Frage, Mr. Rummins», sagte er schließlich. «Auch so, wie es jetzt ist – können *Sie* dieses Ungetüm hinten in einen Wagen laden?»

«Müßte schon ein Kombiwagen sein.»

«Richtig!» rief Claud. «Aber Geistliche fahren keine Kombiwagen. Die haben doch allerhöchstens einen Morris Acht oder einen Austin Sieben.»

«Er will ja nur die Beine», erwiderte Rummins. «Wenn das übrige nicht hineingeht, kann er's hierlassen. Hauptsache, er hat die Beine, dann wird er schon zufrieden sein.»

«Das glauben Sie doch selbst nicht, Mr. Rummins», sagte Claud geduldig. «Sie wissen ganz genau, daß er vom Preis was abhandeln wird, wenn er nicht jedes kleine Stückchen mitkriegt. In Gelddingen sind alle Pfarrer gerieben, das steht nun mal fest. Und besonders dieser alte Knabe. Aber was halten Sie davon, wenn wir ihm sein Brennholz fix und fertig mitgeben? Wo haben Sie Ihre Axt?»

«Ja, das ist wohl das beste», meinte Rummins. «Los, Bert, hol die Axt her.»

Bert ging in den Schuppen und kam mit einer großen Holzfälleraxt zurück.

Claud spuckte in die Hände, rieb sie aneinander, ergriff die Axt, schwang sie hoch in die Luft und ließ sie auf die beinlose Kommode niedersausen.

Die Arbeit war schwer, und es dauerte mehrere Minuten, bis er das Möbelstück kurz und klein geschlagen hatte.

«Eins kann ich euch sagen», verkündete er und wischte sich dabei den Schweiß von der Stirn. «Der Pfarrer mag reden, was er will, aber der Mann, der diese Kommode gebaut hat, war ein verflucht guter Tischler.»

«Wir haben's gerade noch geschafft», rief Rummins. «Da kommt er!»

Einsatz

Am Morgen des dritten Tages beruhigte sich das Meer. Selbst die empfindlichsten Passagiere – jene, die sich seit der Abfahrt kein einziges Mal hatten blicken lassen – tauchten aus ihren Kabinen auf und wankten aufs Sonnendeck. Der Decksteward gab ihnen Liegestühle und packte sie warm ein, und so lagen sie einer neben dem anderen in langen Reihen, das Gesicht der blassen, fast kühlen Januarsonne zugewandt.

Nach zwei recht stürmischen Tagen hatte diese plötzliche Ruhe etwas so Tröstliches, daß sich die allgemeine Stimmung beträchtlich hob. Zwölf Stunden guten Wetters erfüllten die Passagiere mit neuer Zuversicht, und um acht Uhr abends war der Hauptspeisesaal voller Menschen, die mit der selbstsicheren und selbstzufriedenen Miene abgehärteter Seeleute aßen und tranken.

Sie hatten ihre Mahlzeit noch nicht beendet, als sie an einer leichten Reibung zwischen sich und den Stuhlsitzen merkten, daß das große Schiff von neuem zu schlingern begann. Zuerst war es nur ein langsames, sanftes Wiegen, aber es genügte, die Atmosphäre im Saal sofort zu verändern. Einige Passagiere blickten von ihren Tellern auf, zögerten weiterzuessen, warteten, ja lauschten beinahe auf das nächste Schlingern und lächelten nervös, einen Schimmer heimlicher Angst in den Augen. Andere blieben völlig ungerührt, wieder andere behaupteten prahlerisch, gegen die Seekrankheit immun zu sein, und machten Witze über das Essen und das Wetter, um diejenigen zu quälen, die sich bereits elend fühlten. Die Bewegungen des Schiffes wurden immer schneller, immer heftiger, und schon fünf oder sechs Minuten nach dem ersten Schlingern rollte es schwer von einer Seite auf die andere. Die Passagiere versteiften sich in ihren Stühlen und versuchten, wie in einem Auto, das eine Kurve nimmt, den Druck durch Gegendruck unwirksam zu machen.

Dann kamen die ersten sehr starken Stöße. Mr. William Botibol, der am Tisch des Zahlmeisters saß, sah seinen Teller mit gekochtem Steinbutt und holländischer Sauce plötzlich unter der Gabel weggleiten. Die Unruhe der Passagiere nahm zu, jeder griff nach Tellern und Weingläsern. Mrs. Renshaw schrie auf und umklammerte den Arm des Zahlmeisters, ihres Nachbarn zur Linken.

«Wird 'ne schlimme Nacht werden», meinte der Zahlmeister und blickte Mrs. Renshaw an. «Ich glaube, da braut sich etwas zusammen.» In seiner Stimme schwang eine Spur von Schadenfreude mit.

Ein Steward eilte herbei und befeuchtete das Tischtuch zwischen den Tellern mit Wasser. Die Aufregung legte sich, die meisten Passagiere aßen weiter. Ein paar, unter ihnen auch Mrs. Renshaw, erhoben sich vorsichtig und steuerten mit einer Art unauffälliger Hast zwischen den Tischen hindurch auf die Tür zu.

«Hm», sagte der Zahlmeister. «Da geht sie hin.» Er blickte beifällig auf diejenigen seiner Herde, die ruhig sitzen geblieben waren und unverhohlen den selbstgefälligen Stolz zur Schau trugen, den Passagiere darein zu setzen scheinen, als seefest zu gelten.

Nach dem Essen wurde der Kaffee serviert. Mr. Botibol, der ungewöhnlich ernst und nachdenklich geworden war, stand auf, nahm seine Tasse und ging um den Tisch herum zu Mrs. Renshaws leerem Platz. Er setzte sich, beugte sich zu dem Zahlmeister und sagte in eindringlichem Flüsterton: «Ach bitte, dürfte ich Sie wohl etwas fragen?»

Der Zahlmeister, klein, dick und rotgesichtig, wandte sich ihm zu. «Na, wo fehlt's denn, Mr. Botibol?»

«Die Sache ist so...» Seine Miene war, wie der Zahlmeister feststellte, äußerst besorgt. «Ich würde gern wissen, ob der Kapitän schon die Strecke berechnet hat, die das Schiff bis morgen mittag zurücklegen wird – für die Tageswette, verstehen Sie? Ich meine, ob er's getan hat, bevor es so auffrischte.»

Der Zahlmeister, der irgendeine vertrauliche Mitteilung privater Natur erwartet hatte, lächelte und lehnte sich zurück, um seinen vollen Bauch zu entspannen. «Das möchte ich eigentlich annehmen», erwiderte er. Obwohl er fand, daß kein Grund zum Flüstern vorlag, senkte er – wie immer, wenn man ein Flüstern beantwortet – unwillkürlich die Stimme.

«Und wann, glauben Sie, hat er die Strecke berechnet?»

«Irgendwann am Nachmittag. Das ist so seine übliche Zeit.»

«Um wieviel Uhr etwa?»

«Ach, ich weiß nicht. So gegen vier, würde ich sagen.»

«Nun verraten Sie mir noch etwas. Wie kommt der Kapitän zu dem jeweiligen Ergebnis? Macht er deswegen viel Umstände?»

Der Zahlmeister betrachtete lächelnd Mr. Botibols sorgenvolle Miene. Er wußte genau, worauf der Mann hinauswollte. «Nun, der Kapitän bespricht sich mit dem Navigationsoffizier, sie studieren die Wetterlage, berücksichtigen auch so manches andere und ziehen aus alledem ihre Schlüsse.»

Mr. Botibol nickte und grübelte über diese Antwort nach. Dann sagte er: «Glauben Sie, der Kapitän hat gewußt, daß sich das Wetter heute abend verschlechtern würde?»

«Da fragen Sie mich zuviel, Mr. Botibol.» Der Zahlmeister blickte in die kleinen schwarzen Augen seines Nachbarn und sah, daß Fünkchen der Erregung in ihnen tanzten. «Wirklich, das kann ich Ihnen beim besten Willen nicht sagen.»

«Wenn der Sturm noch stärker wird, wäre es vielleicht günstig, eine niedrige Nummer zu ersteigern, nicht wahr?» Das Flüstern war jetzt noch eindringlicher, noch besorgter.

«Kann schon sein», meinte der Zahlmeister. «Ich bezweifle, daß der Alte mit einer wirklich stürmischen Nacht gerechnet hat. Heute nachmittag deutete ja noch nichts darauf hin.»

Die anderen am Tisch waren verstummt und suchten dem Gespräch zu folgen. Sie sahen den Zahlmeister mit jenem starren, gleichsam angespannt lauschenden Blick an, den manche Leute auf der Rennbahn haben, wenn sich in ihrer Nähe ein Trainer über die Chancen seiner Pferde verbreitet: leicht geöffnete Lippen, hochgezogene Augenbrauen, vorgestreckter, ein wenig zur Seite geneigter Kopf – der selbstvergessene, fast entrückte Blick eines Menschen, der etwas aus erster Quelle erfährt.

«Angenommen, Sie dürften mitmachen – auf welche Zahl würden *Sie* heute setzen?» flüsterte Mr. Botibol.

«Ich kenne die Eckzahlen noch nicht», antwortete der Zahlmeister geduldig. «Die werden ja erst nach dem Dinner, unmittelbar vor Beginn der Versteigerung bekanntgegeben. Außerdem verstehe ich nicht viel davon. Ich bin nur der Zahlmeister, wissen Sie.»

Mr. Botibol erhob sich. «Entschuldigen Sie mich», murmelte er und ging vorsichtig über den schwankenden Fußboden. Auf seinem Weg zwischen den Tischen hindurch mußte er sich zweimal an einer Stuhllehne festhalten, um bei dem Schlingern des Schiffes nicht das Gleichgewicht zu verlieren.

«Zum Sonnendeck, bitte», sagte er zu dem Fahrstuhlführer.

Der Wind schlug ihm hart ins Gesicht, als er auf das offene Deck hinaustrat. Mit unsicheren Schritten erreichte er die Reling, und dort blieb er, krampfhaft festgeklammert, eine Weile stehen, um das Meer zu betrachten, auf das die Nacht herniedersank. Hoch schwollen die großen Wogen an und warfen sich gischtsprühend, weißen Pferden gleich, gegen den Sturm.

«Ziemlich bewegt draußen, nicht wahr, Sir?» sagte der Fahrstuhlführer, als sie hinunterfuhren.

Mr. Botibol glättete sein zerzaustes Haar mit einem kleinen roten

Kamm. «Glauben Sie, daß wir wegen des Wetters die Geschwindigkeit herabgesetzt haben?» fragte er.

«Aber ja, Sir, gewiß. Wir sind beträchtlich runtergegangen, als es anfing. Das muß sein, schon damit uns die Passagiere nicht durcheinanderpurzeln.»

Im Rauchsalon versammelten sich die Leute bereits zur Versteigerung. Sie nahmen mit höflicher Zurückhaltung an den Tischen Platz, die Männer im Smoking, ein wenig steif, mit etwas zu scharf rasierten rosigen Wangen, und neben ihnen ihre kühlen, weißarmigen Frauen. Mr. Botibol setzte sich auf einen Stuhl in unmittelbarer Nähe des Auktionators. Er schlug die Beine übereinander, verschränkte die Arme und lehnte sich zurück – alles mit der verbissenen Miene eines Mannes, der eine gewaltige Entscheidung getroffen hat und sich um keinen Preis einschüchtern lassen will.

Der Gesamteinsatz, sagte er sich, wird rund siebentausend Dollar betragen. So hoch war er auch in den letzten beiden Tagen gewesen, und die einzelnen Nummern hatten zwischen drei- und vierhundert Dollar gekostet. Da es ein britisches Schiff war, rechnete man in Pfunden, aber bei seinen Überlegungen bevorzugte er die heimatliche Währung. Siebentausend Dollar – mein Gott, das war eine Menge Geld! Er würde es sich in Hundertdollarnoten auszahlen lassen und die Scheine in die Innentasche seines Jacketts stecken, wenn er an Land ging. Gar kein Problem. Und dann, ja dann würde er sofort ein Lincoln-Kabriolett kaufen. Gleich nach der Ankunft würde er den Wagen kaufen und in ihm nach Haus fahren – nur um des Vergnügens willen, Ethels Gesicht zu sehen, wenn sie aus der Haustür trat und ihn in dem neuen Wagen erblickte. Na, wäre das vielleicht nichts, Ethels Gesicht zu sehen, wenn er in einem funkelnagelneuen hellgrünen Lincoln-Kabriolett vorfuhr! Hallo, Ethel, Süße, würde er ganz lässig sagen, ich hab mir gedacht, ich bringe dir ein kleines Geschenk mit. Weißt du, er stand im Schaufenster, als ich vorbeikam, und da fiel mir auf einmal ein, daß du dir immer schon einen gewünscht hast. Gefällt er dir, Süße? würde er fragen. Gefällt dir die Farbe? Und dabei würde er ihr Gesicht beobachten.

Jetzt erhob sich der Auktionator. «Meine Damen und Herren!» rief er. «Der Kapitän hat die Strecke, die das Schiff bis morgen mittag durchfahren wird, auf fünfhundertfünfzehn Meilen veranschlagt. Wie üblich werden wir die Eckzahlen um zehn höher beziehungsweise tiefer ansetzen, so daß die Spielskala von fünfhundertfünf bis fünfhundertfünfundzwanzig reicht. Für den, der glaubt, die richtige Zahl liege weiter nach oben oder nach unten, gibt es natürlich noch das ‹obere Feld› und das ‹untere Feld›, die beide gesondert versteigert werden. Also, wir ziehen die erste Nummer aus dem Hut... Hier... Fünfhundertzwölf?»

Im Salon wurde es still. Die Menschen saßen regungslos auf ihren Stühlen, alle Augen waren auf den Auktionator gerichtet. Eine gewisse Spannung lag in der Luft, und sie wuchs mit jedem Betrag, der genannt wurde. Hier handelte es sich nicht mehr um ein Spiel oder einen Spaß; das verriet schon die Art, wie jemand, der überboten worden war, seinen Widersacher musterte – lächelnd zwar, aber nur mit den Lippen lächelnd, während die Augen wachsam und völlig kalt blieben.

Nummer fünfhundertzwölf wurde bei einhundertzehn Pfund zugeschlagen. Die nächsten drei, vier Nummern brachten etwa das gleiche ein.

Das Schiff schlingerte und stampfte. Jedesmal wenn es überkrengte, knackte die Holztäfelung an den Wänden, als wollte sie bersten. Die Passagiere hielten sich an den Sessellehnen fest und konzentrierten sich auf die Versteigerung.

«Unteres Feld!» rief der Auktionator. «Wir kommen jetzt zum unteren Feld.»

Mr. Botibol richtete sich auf. Sehr gerade, sehr steif saß er jetzt da. Er hatte beschlossen zu warten, bis niemand mehr bieten wollte; dann würde er einsteigen und das letzte Gebot machen. Seiner Berechnung nach mußte er noch mindestens fünfhundert Dollar auf der Bank haben, wahrscheinlich sogar etwas mehr. Das waren gut und gern zweihundert Pfund. Höher würde bei dieser Nummer bestimmt niemand gehen.

«Wie Sie alle wissen», sagte der Auktionator, «umfaßt das untere Feld *jede* Zahl, die tiefer liegt als die untere Eckzahl, in diesem Fall jede Zahl unter fünfhundertfünf. Wenn Sie also meinen, das Schiff wird in den vierundzwanzig Stunden von heute mittag bis morgen mittag weniger als fünfhundertfünf Meilen zurücklegen, dann sollten Sie versuchen, sich diese Nummer zu sichern. Nun, wer bietet?»

Die Gebote stiegen sofort auf einhundertdreißig Pfund. Mr. Botibol schien nicht der einzige zu sein, der bemerkt hatte, daß schlechtes Wetter war. Einhundertvierzig... fünfzig... Dann nichts mehr. Der Auktionator hob den Hammer.

«Einhundertfünfzig zum ersten...»

«Sechzig!» rief Mr. Botibol. Jedes Gesicht im Saal wandte sich ihm zu und starrte ihn an.

«Siebzig!»

«Achtzig!» rief Mr. Botibol.

«Neunzig!»

«Zweihundert!» rief Mr. Botibol. Um nichts in der Welt hätte er jetzt aufgehört.

Eine Pause trat ein.

«Bietet jemand mehr als zweihundert Pfund?»

Sitz still, ermahnte er sich. Sitz ganz still und sieh nicht hoch. Es bringt Unglück, wenn du hochsiehst. Halt die Luft an. Niemand überbietet dich, solange du die Luft anhältst.

«Zweihundert Pfund zum ersten ...» Der Auktionator hatte einen kahlen rosigen Schädel, auf dem kleine Schweißperlen glitzerten. «Zum zweiten ...» Mr. Botibol hielt die Luft an. «Und ... zum dritten!» Der Hammer fiel auf den Tisch. Mr. Botibol schrieb einen Scheck aus und überreichte ihn dem Assistenten des Auktionators. Dann lehnte er sich in seinem Stuhl zurück, um das Ende abzuwarten. Er konnte doch nicht zu Bett gehen, bevor er wußte, wieviel der Gesamteinsatz betrug.

Als die Versteigerung beendet war, zählte man das Geld und kam auf zweitausendeinhundert und einige Pfund. Das waren ungefähr sechstausend Dollar. Neunzig Prozent der Summe gingen an den Gewinner, zehn Prozent an eine Stiftung für Seeleute. Neunzig Prozent von sechstausend waren fünftausendvierhundert. Nun – das genügte. Er konnte den Lincoln kaufen und behielt sogar noch etwas übrig. Mit diesem erfreulichen Gedanken ging Mr. Botibol glücklich und erwartungsfroh in seine Kabine.

Als er am nächsten Morgen erwachte, blieb er einige Minuten mit geschlossenen Augen liegen, um dem Tosen des Sturmes, dem Krachen und Knarren des schlingernden Schiffes zu lauschen. Kein Sturm war zu hören, kein Krachen, kein Knarren. Das Schiff schlingerte nicht. Er sprang aus dem Bett und lugte durch das Bullauge. Das Meer – o Gott – war spiegelglatt. Das große Schiff durchfurchte die See mit voller Kraft und holte offensichtlich die während der Nacht verlorene Zeit auf. Mr. Botibol drehte sich um und ließ sich langsam auf den Rand der Koje sinken. Ein leichtes Angstgefühl löste prikkelnde elektrische Ströme in seiner Magengegend aus. Es war hoffnungslos. Natürlich würde jetzt eine der höheren Nummern gewinnen.

«Ach mein Gott», stöhnte er. «Was soll ich bloß tun?»

Was würde Ethel sagen? Es war einfach unmöglich, ihr zu gestehen, daß nahezu alles, was er in zwei Jahren erspart hatte, für einen Wettschein draufgegangen war. Ebenso unmöglich war es, ihr die Sache zu verheimlichen, denn wie sollte er sie hindern, weiterhin Schecks auszuschreiben? Und was war mit den monatlichen Raten für den Fernsehapparat und die *Encyclopaedia Britannica*? Er sah schon den Zorn und die Verachtung in dem Blick seiner Frau: Immer wenn sie in Wut geriet, verengten sich ihre Augen, und das Blau wurde grau.

«Ach, mein Gott. Was *soll* ich bloß tun?»

Eines war sicher: Er hatte nicht die geringste Chance – es sei denn, das verdammte Schiff finge an, rückwärts zu laufen. Ja, wenn jemand den Kahn mit voller Kraft zurücklaufen ließe – das wäre die einzige Möglichkeit, doch noch zu gewinnen. Ob man vielleicht den Kapitän dazu überreden konnte? Mit dem Versprechen, ihm zehn Prozent des Gewinns abzutreten? Oder auch mehr, falls ihm das zuwenig war? Mr. Botibol begann zu kichern. Und dann hielt er plötzlich inne. Seine Augen und sein Mund öffneten sich weit in einem geradezu entsetzten Erstaunen. Wie ein Blitz, jäh und unerwartet, hatte ihn ein Gedanke durchzuckt, ein unerhört kühner Gedanke. Wieder sprang er aufgeregt aus dem Bett und lief zum Bullauge, um hinauszuschauen. Nun ja, dachte er, warum nicht? Warum eigentlich nicht? Die See war ruhig; es würde ihm nicht schwerfallen, so lange im Wasser herumzuschwimmen, bis sie ihn herauszogen. Er hatte das unbestimmte Gefühl, so etwas sei irgendwann, irgendwo schon einmal passiert, aber das sollte ihn nicht davon abhalten, es zu wiederholen. Das Schiff würde stoppen und ein Rettungsboot zu Wasser lassen, das sicherlich eine halbe Meile zurückfahren mußte, um ihn aufzufischen. Rechnete man noch den Rückweg zum Schiff dazu und die Zeit, die benötigt wurde, das Boot an Bord zu hieven, dann dauerte die Geschichte mindestens eine Stunde. Eine Stunde entsprach etwa dreißig Meilen. Das Schiff würde also dreißig Meilen weniger laufen. Das genügte auf jeden Fall, die Tagesleistung in das ‹untere Feld› zu verlagern. Er mußte nur dafür sorgen, daß jemand ihn über Bord fallen sah – nun, das ließ sich mühelos arrangieren. Und es war ratsam, sich leicht anzuziehen, damit ihn beim Schwimmen nichts behinderte. Sportkleidung, ja, das war gut. Ein Hemd, Shorts und Tennisschuhe – als ob er Decktennis spielen wollte. Und seine Uhr würde er in der Kabine lassen. Wie spät war es? Viertel nach neun. Je eher, desto besser. Geh gleich ran, dann hast du es hinter dir. Viel Zeit bleibt dir sowieso nicht mehr, denn um zwölf Uhr mittags läuft die Frist ab.

Mr. Botibol war ängstlich und aufgeregt, als er in seiner Sportkleidung auf das Sonnendeck trat. Sein kleiner Körper mit den breiten Hüften und den unverhältnismäßig schmalen, abfallenden Schultern erinnerte – zumindest in der Form – an einen Schiffspoller. Die dünnen weißen Beine waren mit schwarzen Haaren bedeckt. Vorsichtig, fast unhörbar in seinen Tennisschuhen, ging er über das Deck und blickte nervös um sich. Nur eine ältere Frau mit sehr dicken Fußknöcheln und einem gewaltigen Hinterteil war zu sehen; sie lehnte an der Reling und schaute auf das Meer. Der Kragen ihres Persianermantels war hochgeschlagen, so daß Mr. Botibol ihr Gesicht nicht erkennen konnte.

Er blieb stehen und betrachtete sie aufmerksam aus einiger Entfernung. Ja, sagte er sich, sie ist wahrscheinlich geeignet. Sie wird vermutlich genauso schnell Alarm schlagen wie jeder andere. Aber warte einen Augenblick. Laß dir Zeit, William Botibol, laß dir Zeit. Weißt du noch, was du dir eben in der Kabine geschworen hast? Weißt du es noch?

Mr. Botibol – von jeher und in allem auf äußerste Sicherheit bedacht – war nicht gewillt, tausend Meilen vom nächsten Ufer entfernt ohne entsprechende Vorsichtsmaßnahmen in den Ozean zu springen. Er war noch keineswegs davon überzeugt, daß die Frau an der Reling unbedingt und auf jeden Fall Alarm schlagen würde, wenn er über Bord sprang. Seiner Meinung nach gab es zwei mögliche Gründe, aus denen sie ihn im Stich lassen konnte. Erstens war sie vielleicht taub oder blind. Für sehr wahrscheinlich hielt er das zwar nicht, aber es war immerhin denkbar, und warum sollte er etwas riskieren? Nun, um das herauszufinden, brauchte er sich vorher nur einen Augenblick mit ihr zu unterhalten. Zweitens – und das zeigte, in welchem Maße Selbsterhaltungstrieb und Angst das Mißtrauen fördern –, zweitens war ihm der Gedanke gekommen, daß die Frau vielleicht eine der höheren Nummern aus der Versteigerung besaß und somit einen triftigen finanziellen Grund hatte, keine Fahrtunterbrechung zu wünschen. Es gab Menschen, die schon für weit weniger als sechstausend Dollar einen anderen getötet hatten. Das war nichts Neues, so etwas konnte man jeden Tag in der Zeitung lesen. Warum also sollte sich Mr. Botibol auf ein Wagnis einlassen? Überzeuge dich erst einmal, daß alles seine Richtigkeit hat. Vergewissere dich. Fange eine kleine höfliche Unterhaltung mit der Frau an. Wenn sich herausstellt, daß sie nett und gutartig ist, brauchst du nichts zu befürchten und kannst leichten Herzens über Bord springen.

Mr. Botibol näherte sich wie zufällig der Frau und blieb neben ihr an der Reling stehen. «Guten Morgen», grüßte er freundlich.

Sie drehte sich um. «Guten Morgen», antwortete sie mit einem Lächeln, das ihrem an sich völlig reizlosen Gesicht etwas erstaunlich Gewinnendes gab und es fast schön erscheinen ließ.

Damit, sagte sich Mr. Botibol, wäre die erste Frage geklärt. Sie ist weder blind noch taub. Also weiter im Text. «Wie fanden Sie denn gestern abend die Versteigerung?» erkundigte er sich.

«Versteigerung?» Sie runzelte die Stirn. «Versteigerung? Was für eine Versteigerung?»

«Na, Sie wissen doch, diese blöde Sache, die jeden Abend nach dem Dinner im Salon veranstaltet wird. Die Tageswette. Ich hätte gern mal Ihre Meinung darüber gehört.»

Sie schüttelte den Kopf, wieder mit einem netten, sympathischen Lächeln, das diesmal ein wenig entschuldigend war. «Ich bin sehr faul», gestand sie. «Ich gehe immer früh zu Bett. Ich esse im Bett Abendbrot. Es ist so beruhigend, wenn man im Bett Abendbrot ißt.»

Mr. Botibol lächelte ebenfalls und rückte langsam von ihr ab. «Muß jetzt gehen und meine Übungen machen», sagte er. «Ich fange den Tag immer mit ein paar Übungen an. Es war mir ein Vergnügen, Sie kennenzulernen. Ein sehr großes Vergnügen...» Er ging etwa zehn Schritte, ohne daß sich die Frau nach ihm umschaute.

Alles war jetzt in bester Ordnung. Die See war ruhig, er war leicht angezogen, es gab mit größter Wahrscheinlichkeit keine menschenfressenden Haie in diesem Teil des Atlantiks, und die freundliche alte Dame würde Alarm schlagen. Nur eine Frage war noch offen: Konnte er das Schiff so lange aufhalten, daß ihm die Verzögerung wirklich zum Vorteil gereichte? Ja, das war so gut wie sicher. Außerdem hatte er es in der Hand, das Rettungsmanöver ein wenig auszudehnen, beispielsweise indem er dafür sorgte, daß sie ihn nicht gleich beim ersten Versuch herausfischten. Ein bißchen hin und her schwimmen, unauffällig zurückweichen, wenn sie sich ihm näherten, um ihn ins Boot zu ziehen... Jede gewonnene Minute würde ihm zustatten kommen. Er trat wieder an die Reling, aber plötzlich packte ihn eine neue Furcht. Wenn er nun in die Schiffsschraube geriet? Er hatte von Leuten gehört, denen das passiert war, als sie über Bord fielen. Ach was, er würde ja nicht fallen, sondern springen. Das war etwas ganz anderes. Er mußte nur weit genug springen, dann entging er der Schraube bestimmt.

Mr. Botibol schritt gemächlich an der Reling entlang, bis er etwa zwanzig Meter von der Frau entfernt war. Sie schaute nicht zu ihm herüber. Um so besser. Er legte keinen Wert darauf, daß sie sah, wie er sprang. Wenn es keine Augenzeugen gab, konnte er später ohne weiteres sagen, er sei ausgerutscht und habe das Gleichgewicht verloren. Er blickte an der Schiffswand hinunter.

Tief, sehr tief würde er fallen. Und nun, bei näherer Überlegung, wurde ihm auch klar, wie leicht er sich verletzen konnte, wenn er flach auf das Wasser aufschlug. Wer hatte sich doch gleich bei einem Bauchklatscher vom hohen Sprungbrett den Leib aufgerissen? Er mußte also beim Springen auf seine Haltung achten. Kerzengerade, Füße voran. Jawohl. Das graue Wasser schien so kalt, so tief zu sein, daß ihn ein Schauer überlief, als er es betrachtete. Aber jetzt oder nie. Sei ein Mann, William Botibol, sei ein Mann. Also dann ... jetzt ... los geht's ...

Er kletterte auf die breite Reling, hielt sich dort oben drei schreckliche Sekunden im Gleichgewicht, und dann sprang er – er sprang so hoch und so weit, wie er nur konnte, und zugleich schrie er: *«Hilfe!»*

«Hilfe! Hilfe!» schrie er, während er fiel. Und schon verschwand er im Wasser.

Als der erste Hilferuf ertönte, zuckte die Frau an der Reling zusammen, hob rasch den Kopf, schaute umher und sah den kleinen Mann in weißen Shorts, weißem Hemd und Tennisschuhen mit ausgebreiteten Armen und laut kreischend durch die Luft segeln. Einen Augenblick lang schien sie zu überlegen, was sie tun sollte: einen Rettungsring werfen, weglaufen und Alarm schlagen oder sich einfach umdrehen und schreien. Sie trat einen Schritt von der Reling zurück und wandte sich halb um, so daß sie mit dem Gesicht zur Kommandobrücke stand. So verharrte sie einige Sekunden, regungslos, angespannt, unentschlossen. Gleich darauf hatte sie den Schock überwunden, beugte sich über die Reling und spähte angestrengt ins Wasser, dorthin, wo es von der Schiffsschraube aufgewühlt wurde. Ein winziger runder schwarzer Kopf tauchte aus dem Schaum, ein Arm hob sich, winkte ein-, zweimal äußerst heftig, und eine schwache, ferne Stimme rief irgend etwas Unverständliches. Die Frau beugte sich noch weiter vor und versuchte, den auf und ab tanzenden schwarzen Punkt im Auge zu behalten, aber bald, sehr bald war er so klein geworden, daß sie nicht genau wußte, ob er überhaupt noch da war.

Nach einer Weile kam eine zweite Frau an Deck. Sie war mager, hatte eckige Bewegungen und trug eine Hornbrille. Als ihr Blick auf die Frau an der Reling fiel, ging sie mit dem festen, militärischen Schritt alter Jungfern auf sie zu.

«*Hier* bist du also», sagte sie.

Die Frau mit den dicken Knöcheln fuhr herum und sah sie an, erwiderte aber nichts.

«Ich habe dich gesucht», fügte die Magere hinzu. «Überall habe ich dich gesucht.»

«Merkwürdig», murmelte die Frau mit den dicken Knöcheln. «Da ist eben ein Mann über Bord gesprungen. Mit allen Kleidern.»

«Unsinn!»

«Doch, doch. Er sagte, er wollte seine Übungen machen, und sprang ins Wasser, ohne sich auszuziehen.»

«Komm jetzt mit nach unten», befahl die magere Frau. Ihre Lippen waren plötzlich schmal geworden, ihr Gesicht hatte einen strengen, wachsamen Ausdruck, und sie sprach weniger freundlich als zuvor. «Und daß du mir nicht wieder allein an Deck gehst. Du weißt sehr gut, daß du auf mich warten sollst.»

«Ja, Maggie», antwortete die Frau mit den dicken Knöcheln, und wieder lächelte sie ihr zartes, vertrauensvolles Lächeln. Sie nahm die Hand der anderen und ließ sich fortführen.

«So ein netter Mann», sagte sie. «Er hat mir zugewinkt.»

Quellennachweis

Lammkeule (Lamb to the Slaughter)
aus: «Someone Like You», Michael Joseph, London
Übertragen von Hans-Heinrich Wellmann

Mann aus dem Süden (Man from the South)
aus: «Someone Like You», Michael Joseph, London
Übertragen von Hans-Heinrich Wellmann

Schwein (Pig)
aus: «Kiss, Kiss», Alfred A. Knopf, Inc., New York
Übertragen von Wolfheinrich von der Mülbe

Die Wirtin (The Landlady)
aus: «Kiss, Kiss», Alfred A. Knopf, Inc., New York
Übertragen von Wolfheinrich von der Mülbe

Der Weltmeister (The Champion of the World)
aus: «Kiss, Kiss», Alfred A. Knopf, Inc., New York
Übertragen von Wolfheinrich von der Mülbe

Der Wunsch (The Wish)
aus: «Someone Like You», Michael Joseph, London
Übertragen von Hans-Heinrich Wellmann

Hals (Neck)
aus: «Someone Like You», Michael Joseph, London
Übertragen von Hans-Heinrich Wellmann

Geschmack (Taste)
aus: «Kiss, Kiss», Alfred A. Knopf, Inc., New York
Übertragen von Wolfheinrich von der Mülbe

Haut (Skin)
aus: «Someone Like You», Michael Joseph, London
Übertragen von Hans-Heinrich Wellmann

Der Weg zum Himmel (The Way up to Heaven)
aus: «Kiss, Kiss», Alfred A. Knopf, Inc., New York
Übertragen von Wolfheinrich von der Mülbe

Gelée Royale (Royal Jelly)
aus: «Kiss, Kiss», Alfred A. Knopf, Inc., New York
Übertragen von Wolfheinrich von der Mülbe

Der rasende Foxley (Galloping Foxley)
aus: «Someone Like You», Michael Joseph, London
Übertragen von Hans-Heinrich Wellmann

Georgy Porgy (Georgy Porgy)
aus: «Kiss, Kiss», Alfred A. Knopf, Inc., New York
Übertragen von Wolfheinrich von der Mülbe

Der Lautforscher (The Sound Machine)
aus: «Someone Like You», Michael Joseph, London
Übertragen von Hans-Heinrich Wellmann

Der krumme Hund (Claud's Dog)
aus: «Someone Like You», Michael Joseph, London
Übertragen von Fritz Güttinger

Mrs. Bixby und der Mantel des Obersten (Mrs. Bixby and the Colonel's Coat)
aus: «Kiss, Kiss», Alfred A. Knopf, Inc., New York
Übertragen von Wolfheinrich von der Mülbe

Nunc Dimittis (Nunc Dimittis)
aus: «Someone Like You», Michael Joseph, London
Übertragen von Hans-Heinrich Wellmann

Gift (Poison)
aus: «Someone Like You», Michael Joseph, London
Übertragen von Hans-Heinrich Wellmann

William und Mary (William and Mary)
aus: «Kiss, Kiss», Alfred A. Knopf, Inc., New York
Übertragen von Wolfheinrich von der Mülbe

Der Soldat (The Soldier)
aus: «Someone Like You», Michael Joseph, London
Übertragen von Hans-Heinrich Wellmann

Der große automatische Grammatisator (The Great Automatic Grammatisator)
aus: «Someone Like You», Michael Joseph, London
Übertragen von Hans-Heinrich Wellmann

Mein Herzblatt (My Lady Love, My Dove)
aus: «Someone Like You», Michael Joseph, London
Übertragen von Hans-Heinrich Wellmann

Edward der Eroberer (Edward the Conqueror)
aus: «Kiss, Kiss», Alfred A. Knopf, Inc., New York
Übertragen von Wolfheinrich von der Mülbe

Genesis und Katastrophe (Genesis and Catastrophe)
aus: «Kiss, Kiss», Alfred A. Knopf, Inc., New York
Übertragen von Wolfheinrich von der Mülbe

Des Pfarrers Freude (The Parson's Pleasure)
aus: «Kiss, Kiss», Alfred A. Knopf, Inc., New York
Übertragen von Wolfheinrich von der Mülbe

Einsatz (Dip in the Pool)
aus: «Someone Like You», Michael Joseph, London
Übertragen von Hans-Heinrich Wellmann

ROALD DAHL

Küßchen, Küßchen!
11 ungewöhnliche Geschichten
Deutsch von
Wolfheinrich von der Mülbe
rororo 835

... und noch ein Küßchen!
Weitere ungewöhnliche
Geschichten
Deutsch von
Hans-Heinrich Wellmann
rororo 989

... steigen aus...
maschine brennt...
10 Fliegergeschichten
Deutsch von Alfred Scholz
rororo 868

Der krumme Hund
Eine lange Geschichte
Deutsch von Fritz Güttinger
Mit 25 Zeichnungen
von Catrinus N. Tas
rororo 959

Kuschelmuschel
Vier erotische Überraschungen
Deutsch von
Jürgen Abel, Werner Gronwald
und Gisela Stege
rororo 4200

Ich sehe was, was du nicht siehst
Acht unglaubliche Geschichten
Deutsch von
Sybil Gräfin Schönfeldt,
Hansgeorg Bergmann
und Rudolf Braunburg
260 Seiten. Gebunden und
rororo 5362

Onkel Oswald und der Sudan-Käfer
Eine haarsträubende Geschichte
Deutsch von
Sybil Gräfin Schönfeldt
240 Seiten. Gebunden und
rororo 5544

Konfetti
Ungemütliches + Ungezogenes
Deutsch von Barbara Uhl und
Heinrich Maria Ledig-Rowohlt
112 Seiten. Gebunden und
rororo 5847

Boy
Schönes und Schreckliches
aus meiner Kinderzeit
Deutsch von Adam Quidam
rororo 5693

Im Alleingang
Meine Erlebnisse in der Fremde
Deutsch von Hermann Stiehl
rororo 12182

Buch der Schauergeschichten
Deutsch von
Nils-Henning von Hugo,
Ilse Strasmann
und Benjamin Schwarz.
rororo 12629

Reimtopf
Deutsch von
Heinrich Maria Ledig-Rowohlt
Bilder von Quentin Blake
80 Seiten. Gebunden
Wunderlich

ROWOHLT

ROALD DAHL
Kinderbücher
Eine Auswahl

Der fantastische Mr. Fox
Deutsch von
Charles Schüddekopf
Bilder von Irmtraut Teltau
rororo rotfuchs 615

Das Konrädchen bei den Klitzekleinen
Deutsch von Adam Quidam
Illustrationen von
Patrick Benson
48 Seiten. Laminierter Pappband

Die Zwicks stehen kopf
Deutsch von
Charles Schüddekopf
Illustrationen von Quentin Blake
rororo rotfuchs 609

Das Wundermittel
Deutsch von Karin Polz
Illustrationen von Quentin Blake
128 Seiten. Laminierter Pappband

Sophiechen und der Riese
Deutsch von Adam Quidam
Bilder von Quentin Blake
rororo rotfuchs 582

Danny oder Die Fasanenjagd
Deutsch von
Sybil Gräfin Schönfeldt
Bilder von Hansjörg Langenfass
rororo rotfuchs 315

Charlie und die Schokoladenfabrik / Charlie und der gläserne Fahrstuhl
Deutsch von Inge M. Artl
und Adolf Himmel
Illustrationen von
Michael Foreman
336 Seiten. Gebunden
Wunderlich

Hexen hexen
Deutsch von
Sybil Gräfin Schönfeldt
Illustrationen von
Amelie Glienke
192 Seiten. Laminierter Pappband
Wunderlich und
rororo rotfuchs 587

Matilda
Deutsch von
Sybil Gräfin Schönfeldt
Bilder von Quentin Blake
224 Seiten. Laminierter Pappband
Wunderlich

Die Prinzessin und der Wilderer
Vier Geschichten
Deutsch von Thomas Koch
112 Seiten. Gebunden
Wunderlich

ROWOHLT